文學研究叢書·古典詩學叢刊

杜詩繫年考論

蔡 志 超 著

目　次

至德年間

乾元年間

寶應年間

廣德年間

緒　論

一　研究對象、動機與目的

　　本文主要是嘗試考論杜甫詩歌之繫年，略及詩歌創作地點，並依創作之年月地點編排杜詩，考訂糾謬；藉由杜詩時地之約略排纘，鉤稽杜甫（西元712～770年）生平若干重要之行迹；從而編次杜甫年譜簡表，附於書末。

　　宋代以下即不乏杜甫年譜之撰著，然而年譜之編定須有堅實之基礎，此基礎即是杜詩繫年。亦即惟有通過杜甫詩歌的繫年，甚至藉由賦文創作時地之析究，始能建立一較為可證或可信的年譜。

　　杜詩之繫年亦須提出相關的理由。繫年若未提出任何理由，讀者無法驗證其說是否成立。事實上，沒有提出任何相關理由，逕自遽下判斷，繫年恐即流於錯謬。或者，引證卻未標明出處使讀者難以查驗；或者，單一舉證使繫年之證據力趨於薄弱；或者，援引明清史料卻不考據其原始。要之，皆使讀者難以信服。那麼，杜詩繫年倘欲使讀者信服，當有相關的理由。有時杜詩或其原注即已標示時地，那麼，此詩繫年之理由即較為顯明，然而更多的時候，杜詩中僅有人物、時事與地點，此時，當即以考據作為主要方法，考證杜詩中的人物、史事與地點等等，以判斷杜詩創作之時地。

　　本文試圖以考據論述作為方法，提出相關理由進行杜詩繫年，釐清杜甫若干行跡出處，希冀有益於杜詩之詮釋。

二　學術脈絡──杜詩繫年的五種表現形式

　　宋代即已出現杜詩繫年之探究，並以五種多元形式呈現，以下就目前可見資料依序分述之：

一、分體編年：宋・王洙（997～1057）曾編次杜詩，並鑑於當時杜集次第失序，乃採古、近分體，視居行之先後略為編次。此法並非對杜詩編次詳加考述，僅約略為之，當屬早期杜詩編年的一種簡單方式。〈杜工部集記〉即說：「甫《集》初六十卷，今秘府舊藏，通人家所有稱大小集者，皆亡逸之餘，人自編撮，非當時第敘矣。蒐裒中外書，凡九十九卷。除其重複，定取千四百有五篇，凡古詩三百九十有九，近體千有六。起太平時，終湖南所作，視居行之次，若歲時為先後，分十八卷。……。寶元二年十月王原叔記。」[1]此外，集內卷十八「近體詩五十七首」下有「自公安發，次岳州及湖南作」諸字，目錄次第為〈曉發公安數月憩息此縣一首〉、〈泊岳陽城下一首〉、〈纜舡苦風戲題奉簡鄭十三郎判官一首〉、〈登岳陽樓一首〉、〈陪裴使君登岳陽樓一首〉、〈過南岳入洞庭湖一首〉、〈宿青草湖一首〉、〈宿白沙驛一首〉、〈湘夫人祠一首〉、〈祠南夕望一首〉（下略）。此中，除〈纜舡苦風戲題奉簡鄭十三郎判官〉詩無明文可考其具體歲月外，就本文繫年結果言，王洙之編次實與大曆三年冬杜甫自江陵郡公安縣舟發南下，歲暮次於岳州岳陽城下並登樓，隔年初春再陪裴使君登岳陽樓，後往南嶽而入洞庭、青草湖，次於白沙驛並抵湘夫人祠等行止相符。

然王洙編次亦有失序之處，譬如，卷二「古詩四十三首」下將〈雨過蘇端〉次於〈述懷〉、〈北征〉諸詩後（間隔二十數首詩）[2]。〈雨過蘇端〉乃杜甫至德二載春陷賊中作；〈述懷〉（「涕淚受拾遺，流離主恩厚」）與〈北征〉（「皇帝二載秋，閏八月初吉」）乃杜甫至德二載五月授左拾遺後作。因此，〈雨過蘇端〉當次於兩詩前，不當次於其後。又如，卷三「古詩七十八首」下將〈萬丈潭一首〉次於〈發秦州一首〉前（兩詩間隔〈兩當縣吳十侍御江上宅一首〉）[3]。據杜詩，杜甫乾元二年秋罷華州司功參軍，並客秦州；十月初，自秦州前往成州同谷縣。今已知〈萬丈潭〉詩乃杜甫在同谷縣時作，王

---

[1] 《杜工部集》（一）（影宋本）（臺北：臺灣學生書局，1967年），頁3～4。

[2] 《杜工部集》（一），卷二，頁49與51。

[3] 《杜工部集》（一），卷三，頁95。

洙本題下即有「同谷縣作」諸字[4]，那麼，詩當與〈乾元中寓居同谷縣作歌七首〉先後為次，不當次於〈發秦州一首〉前。依此，王洙雖先後編次杜集，然亦有失序處。明‧胡震亨（1569～1645）即認為王洙乃約略藉由杜甫詩歌內容而編次之，並非有鑿如金石之據，《唐音癸籤》說：「寶元初，翰林王洙原叔始分古體、近體二類，考其歲月以次之。……。初，原叔編年，第約畧詩中語，求其時以為次，非真有確然可據之歲月。中間牽合雖多，而闕疑之意尚存。」[5]然而無論如何，北宋仁宗寶元二年（1039）杜集即出現分體編年體例，周采泉《杜集書錄》曾說：「《杜集》之分古、近體編次，恐始於王洙。以其刪汰重複，取捨審慎，而分體之中，又寓編年，兩宋名家編《杜集》大率宗此。」[6]

　　二、少陵詩譜：早期的分體編年，僅略為排編，其弊在於無法次第杜甫進退出處與詩作時間，因此出現了杜詩年譜。其後，宋人又針對初期杜詩年譜之疏略，稍加重編。最後，再以考訂杜詩創作年月作為方法，使杜甫年譜具有較為堅實可信的基礎。分述如下：

　　（一）呂大防：首先，宋‧呂大防（字微仲，世稱呂汲公，1027～1097）曾作〈杜詩年譜〉，略為次第杜甫進退蹤跡，並創作年月。他說：「予苦韓文、杜詩之多誤，既讐正之，又各為〈年譜〉，以次第其出處之歲月，而略見其為文之時。則其歌時傷世、幽憂切歎之意，粲然可觀。」[7]第二，篇名當作〈杜詩年譜〉，譬如，宋‧王得臣（1036～1115？）曾說：「近時故丞相

---

[4]　《杜工部集》（一），卷三，頁114。

[5]　《唐音癸籤》，見《文淵閣四庫全書》（臺北：臺灣商務印書館，1986年），第1482冊，卷三十二，頁717～718。

[6]　《杜集書錄》（上海：上海古籍出版社，1986年），內編，卷一，頁5。

[7]　《分門集註杜工部詩》（一）（臺北：臺灣大通書局，1974年），年譜，頁60～61。是書以下簡稱《分門集註》。此中，呂氏當亦鑑於杜詩之多誤，因此校正杜詩後又作〈杜詩年譜〉，譬如，呂大防〈年譜〉即曾云：「開元三年丙辰。〈觀公孫弟子舞劍器詩序〉云：『開元三年，余尚童稚，於郾城，觀公孫氏舞劍器。』按：甫是年纔四歲，年必有誤。」（《分門集註》（一），年譜，頁57）

呂公為〈杜詩年譜〉……。」[8]或作〈子美詩年譜〉（王觀國語，見後）。古人簡稱〈年譜〉，譬如，《補注杜詩・集注杜詩姓氏》即曾說「呂大防撰〈年譜〉」[9]。又如，宋・趙希弁（宋太祖九世孫）亦曾稱「呂汲公〈年譜〉」[10]。亦有簡稱〈詩譜〉者，譬如，清・朱鶴齡（1606～1683）與仇兆鰲（1640～1714以後）皆曾稱「呂汲公〈詩譜〉」[11]。第三，〈杜詩年譜〉作於何時呢？當作於宋神宗元豐七年。呂大防〈年譜〉末有「元豐七年十一月十三日，汲郡呂大防記」[12]諸字。另外，陳文華（1946～）先生亦曾引日本館藏「昌黎先生文集」之呂大防〈年譜〉，末亦有「元豐七年十一月十三日汲郡呂大防記」諸字，並認為呂譜當撰於宋神宗元豐七年（1084）[13]。最後，宋・王觀國（約1142左右在世）也曾說：「元祐（1086～1093）中，呂丞相作〈子美詩年譜〉……。」[14]那麼無論如何，呂譜當在宋神宗元豐年間即已出現；元祐年間已被記載。呂氏〈杜詩年譜〉當為杜詩年譜之創始。宋・魯訔於〈杜工部詩年譜〉「睿宗先天元年壬子」下說：「汲公呂大防始作〈詩年譜〉。」[15]此外，周采泉也曾說：「今世所存北宋人所著〈年譜〉，恐以汲公杜、韓兩〈譜〉為濫觴，則此不僅為〈杜甫年譜〉之第一種，亦為我國所有年譜之第一種。」[16]

　　由於呂大防〈杜詩年譜〉粗簡多誤，其後宋人多為糾謬補正，同時亦及

---

[8]　《塵史》，見《全宋筆記》（第一編，十）（鄭州：大象出版社，2003年），卷中，頁65。

[9]　《補注杜詩》，見《文淵閣四庫全書》（臺北：臺灣商務印書館，1986年），集注姓氏，頁33。

[10]　《郡齋讀書志校證》（下）（上海：上海古籍出版社，2006年），讀書附志，頁1170。

[11]　《杜工部詩集》（上）（京都：中文出版社，1977年），年譜，頁61；《杜詩詳注》（一）（臺北：里仁書局，1980年），年譜，頁11。

[12]　〈韓吏部文公集年譜〉，見《韓柳年譜》（北京：中華書局，1991年），卷一，頁6。

[13]　《杜甫傳記唐宋資料考辨》（臺北：文史哲出版社，1987年），凡例，頁16與13。

[14]　《學林》，見《文淵閣四庫全書》，第851冊，卷五，頁134。

[15]　〈杜工部詩年譜〉，見《杜工部草堂詩箋》（古逸叢書）（臺北：藝文印書館，1965年），杜詩年譜，頁36。今《分門集註》（一）本無此諸字（年譜，頁80）。

[16]　《杜集書錄》，外篇，卷三，頁805。

記傳舊說，姑不論宋人對呂譜或其前舊說之訂正結果是否可屬確證，然而無論如何，此後宋代已然形成一股重編杜詩年譜的特殊現象。

（二）趙子櫟：宋・趙子櫟（字夢援，？～1137）嘗為訂正補闕呂〈譜〉而作〈杜工部草堂詩年譜〉，並於宣和（1119～1125）中進譜。他說：「呂汲公大防為〈杜詩年譜〉，……，且多疎略，今輒為訂正，而稍補其闕，俾觀者得以考焉。」[17]此外，宋・莊綽《雞肋編》也說：「宗室子櫟字夢援，宣和中以進韓文、杜詩二譜，為本朝除從官之始。然必欲次序作文歲月先後，頗多穿鑿。」[18]然趙〈譜〉不乏錯謬，因而歷來較不受重視。

（三）蔡興宗：宋・蔡興宗（即蔡伯世，生卒之年未詳，當與晁公武為同時之人）亦曾針對呂大防〈杜詩年譜〉之誤並加以訂正重編，《分門集註》即有「東萊蔡興宗重編」諸字[19]。蔡興宗所重編者，或稱〈詩譜〉，譬如趙次公即曾云「蔡伯世作〈詩譜〉」[20]；或稱〈年譜〉，譬如《分門集註》下即云「東萊蔡氏伯世撰〈年譜〉」[21]；蔡譜嘗試訂正呂譜其例如下：

17　〈杜工部草堂詩年譜〉，見《杜工部草堂詩箋》，杜詩年譜，頁12。

18　《雞肋編》（北京：中華書局，2004年），卷中，頁82。另亦可參《杜集書錄》，外編，卷三，頁807。

19　《分門集註》（一），年譜，頁61。

20　《杜詩趙次公先後解輯校》（下）（上海：上海古籍出版社，1994年），丁帙卷之四，頁767。

21　《分門集註》（一），集註杜工部詩姓氏，頁48。此外，宋・汪應辰（1118～1176）〈書少陵詩集正異〉亦曾云：「始余得洪州州學所刻《少陵詩集正異》者觀之，中間多云『其說已見卷首』，或云『他卷』，或云『年譜』，殊不可曉。既而過進賢，偶縣大夫言有蜀人蔡伯世重編杜詩，亟借之，乃得全書。然後知〈正異〉者，特其書之一節耳，不可以孤行也。」（《文定集》，見《文津閣四庫全書》（北京：商務印書館，2006年），第1142冊，卷十，頁760～761）換言之，汪應辰曾見蔡興宗本附有「年譜」一節。最後，蔡興宗與蔡伯世當為同一人，今若比對趙次公注語引蔡伯世之說與蔡興宗重編之杜甫年譜，即可證明這點。譬如，蔡興宗〈重編杜工部年譜〉「永泰元年乙巳」下云：「青溪驛隸嘉州犍為縣。」（《分門集註》（一），年譜，頁75）趙次公於〈宿青溪驛奉懷張員外十五兄之緒一首〉題下則說：「蔡伯世以此為嘉州犍為縣之青溪，大誤。」（《杜詩趙次公先後解輯校》（下），己帙卷之一，頁1260）又如，蔡興宗於「（大曆）五年庚戌」下云：「先生避亂竄還衡州，有〈衡山縣學堂〉、〈入

　　1. 呂譜作「睿宗先天元年癸丑」；蔡譜於「玄宗先天元年壬子」下說「呂汲公所編年譜作『睿宗先天元年癸丑』，皆誤」[22]。

　　2. 呂譜於「天寶十三年乙未」下說「是年有〈三大禮賦〉」；蔡譜於「（天寶）九載庚寅」下說「時年三十九，是歲冬進〈三大禮賦〉。〈進表〉曰：『臣生陛下淳樸之俗，行四十載矣。』其〈賦〉曰：『冬十有一月，天子將納處士之議。』又曰：『明年孟陬，將攄大禮。』又曰：『壬辰，既格于道祖。』又曰『甲午，方有事於采壇。』按《唐史》：『十載春正月，壬辰，上朝獻太清宮。癸巳，朝享太廟。甲午，合祀天地於南郊。』《新書‧列傳》、〈集記〉、〈舊譜〉及賦題之下註文皆作十三年，非也」[23]。

　　3. 呂譜於「天寶十一年癸巳」下有「〈麗人行〉」；蔡譜於「（天寶）十一載壬辰」下說「〈麗人行〉之謂『丞相』者，楊國忠也。桉《唐史》：是冬國忠始拜相，當是次歲以後詩。而〈舊譜〉入此載，非也」[24]。

衡州〉、〈舟中苦熱遣懷〉諸詩。其詩曰『遠歸兒侍側』。又曰『久客幸脫免』。又曰『中夜混黎甿，脫身亦奔竄』。乃知嘗寓家衡陽，獨至長沙，遂罹此變。〈本傳〉謂先生『數遭寇亂，挺節無所污』是也。尋於江上阻暴水，半旬不食。耒陽聶令具舟致酒肉迎歸。一夕而卒。」（《分門集註》（一），年譜，頁78）趙次公於〈聶耒陽以僕阻水，書致酒肉，療饑荒江。詩得代懷，興盡本韻，至縣呈聶令。陸路去方田驛四十里，舟行一日。時屬江漲，泊於方田一首〉末則注云：「蔡伯世云：公避亂竄還衡州，有〈衡山縣學堂〉、〈入衡州〉、〈舟中苦熱遣懷〉諸詩。其詩有曰：遠歸兒侍側。又曰：久客幸脫免。又曰：中夜混黎甿，脫身亦奔竄。乃知嘗寓家衡陽，獨至長沙還罹此變。〈本傳〉謂之數遭寇亂，挺節無所污，蓋亦謂此。尋於江上阻暴水，半旬不食。耒陽聶令具舟致酒肉迎歸。一夕而卒。」（己帙卷之八，頁1530）依此，蔡興宗與蔡伯世實為同一人。最後，關於蔡興宗與蔡伯世是否為同一人，林繼中亦嘗舉例說明，見《杜詩趙次公先後解輯校》（上），前言，頁4。

22 《分門集註》（一），年譜，頁57與61～62。

23 《分門集註》（一），年譜，頁58與62～63。

24 《分門集註》（一），年譜，頁58與65。又，蔡譜訂正呂譜之例再續於下：4、呂譜於「天寶十一年癸巳」下說「〈上韋左相〉詩云『鳳曆軒轅紀，龍飛四十春』，是年玄宗即位四十年」；蔡譜於「（天寶）十三載甲午」下說「〈上韋丞相〉詩略曰『龍飛四十春』，又曰『霖雨思賢佐』。桉《唐史》：以是歲苦雨潦閡六旬，上謂宰相非其人，罷陳希烈，拜韋見素。時明皇在位四十三年，蓋詩得略舉成數，非若進賦之可據，

　　蔡興宗與晁公武當為同時之人，晁公武曾說：「呂微仲在成都時，嘗譜
其年月。近時有蔡興宗者，再用年月編次之。」[25]據此，兩人當約同時人[26]。晁
公武約生於宋徽宗崇寧年間（1102〜1106），約卒於孝宗淳熙十四年（1187）
前[27]。因此，蔡興宗當亦其時之人。

　　再依趙次公曾論及蔡興宗（蔡伯世）作〈詩譜〉及其相關內容，那麼，
就這兩者的成書時間而言，當以〈詩譜〉較早，趙次公本為晚。據今人林繼
中（1944〜）之研究，趙本當成於宋高宗紹興四年至十七年（1134〜1147）
間[28]。那麼，蔡興宗之〈詩譜〉當作於此前，且在呂譜（1084）之後。

　　（四）魯訔：宋·魯訔（紹興五年進士）鑑於宋代杜詩舊譜諸注有用意
過率者，因而對舊集採合體編年方式重加編次，〈編次杜工部詩序〉說：
「名公鉅儒，譜敘注釋，是不一家，用意率過，異說如蝟。余因舊集略加編
次，古詩近體，一其先後，摘諸家之善，有考於當時事實及地理歲月，與
古語之的然者，聊注其下。……紹興癸酉五月晦日，丹丘冷齋魯訔序。」[29]
魯訔的著譜過程極可能是在編注杜詩之時，進一步依其編注成果，並參諸

　　　而〈舊譜〉入十一載，皆誤」（《分門集註》（一），年譜，頁58與66）。5、呂譜於
　　「永泰元年丙午」下說「嚴武平蜀亂，甫遊東川，除京兆功曹，不赴」；蔡譜於「代
　　宗廣德元年癸卯」下說「是歲召補京兆功曹，不赴，時嚴武尹京，有春日〈寄馬巴
　　州〉詩，注曰：『時除京兆功曹，在東川。』而〈本傳〉與〈集記〉作上元年間；〈舊
　　譜〉作永泰年，皆誤」（《分門集註》（一），年譜，頁60與73）。又，蔡譜於「永泰
　　元年乙巳」下說「夏，以嚴公卒，遂發成都，泛舟順流，經嘉、戎、渝、忠諸郡，皆
　　有詩。秋末，留寓夔州雲安縣，有〈九日〉及〈十二月一日〉諸詩。桉《唐史》：四
　　月，嚴武卒；冬，蜀中大亂。……。〈舊譜〉尤誤」（《分門集註》（一），年譜，頁
　　75〜76）。6、呂譜於「大曆五年辛亥」下說「是年夏，甫還襄漢，卒於岳陽」；蔡譜
　　於「（大曆）五年庚戌」下說「〈舊譜〉乃書還襄漢，卒於岳陽，尤誤」（《分門集註》
　　（一），年譜，頁60與78〜79）。

25　《郡齋讀書志校證》（下），卷十七，頁857。
26　另亦可參《杜甫傳記唐宋資料考辨》，第二篇，頁50與53。
27　孫猛說：「晁公武……他大約生於宋徽宗崇寧年間（1102至1106），……約於孝
　　宗淳熙間（當在十四年前）去世。」（《郡齋讀書志校證》（上），前言，頁1）
28　《杜詩趙次公先後解輯校》（上），前言，頁3。
29　《草堂詩箋》（一）（臺北：廣文書局，1971年），序，頁20。

舊譜，作成〈年譜〉。此即現存的〈杜工部詩年譜〉。其序成於宋高宗紹興二十三年（1153）。姑不論考據結果為何，今將魯譜嘗試訂正呂譜之例臚次於下：

1. 呂譜作「睿宗先天元年癸丑」，又於「代宗廣德元年申辰」下說「是年有〈祭房相國文〉」；魯譜於「睿宗先天元年壬子」下說「呂汲公攷公生『先天元年癸丑』，……《唐書‧宰相表》及紀年通譜『先天元年壬子』。而〈譜〉以為『癸丑』；《集‧祭房公》：『廣德元年歲次癸卯。』而〈譜〉以為『甲辰』，皆差一年」[30]。

2. 呂譜於「開元三年丙辰」下說「〈觀公孫弟子舞劍器詩序〉云：『開元三年，余尚童稚，於郾城，觀公孫氏舞劍器。』按：甫是年纔四歲，年必有誤」；魯譜於「（開元）三年乙卯」下說「〈年譜〉以為：三年丙辰，桉公是年纔四歲，年必有誤。公〈進雕賦表〉云：『臣素賴先人緒業，自七歲所綴詩筆，向四十載矣，約千有餘篇。』則能憶四歲時事，不為誤也」[31]。

3. 呂譜於「上元二年壬寅」下說「是年，嚴武鎮成都，甫往依焉」；魯譜於「（上元）二年辛丑」下說「〈年譜〉與《史》云：嚴武鎮成都，甫往依焉。《新史》云：『上元二年冬，黃門侍郎鄭國公嚴武鎮成都，奏為節度參謀、檢校尚書工部員外郎，賜緋魚。』公先赴成都，裴公為卜居浣花里。〈譜〉、《傳》皆非是」[32]。

4. 呂譜於「大曆五年辛亥」下說「是年夏，甫還襄漢，卒於岳陽」；魯譜於「（大曆）五年庚戌」下說「《傳》言卒於耒陽，非也；汲公云：是夏，亦非也」[33]。

---

[30] 《分門集註》（一），年譜，頁57、60與79～80。此中，呂譜之「申辰」當為「甲辰」之訛。

[31] 《分門集註》（一），年譜，頁57與80。

[32] 《分門集註》（一），年譜，頁59與96～97。此中，所引當為《舊唐書‧文苑傳》（十五）（北京：中華書局，2002年）（卷一百九十下，頁5054），非《新唐書‧文藝傳》（十八）（北京：中華書局，2003年）（卷二百一，頁5737）。

[33] 《分門集註》（一），年譜，頁60與113。

　　（五）黃鶴：宋・黃鶴鑑於呂大防〈年譜〉失之粗略，蔡興宗與魯訔〈年譜〉多所疎鹵，因此，續作〈年譜辨疑〉。〈補注杜詩年譜辨疑後序〉說：「呂汲公〈年譜〉既失之畧，而蔡、魯二〈譜〉亦多疎鹵，遂更為一譜，以繼于後。……嘉定丙子三月望日臨川黃鶴書。」[34]其〈後序〉成於宋寧宗嘉定九年（1216）三月。

　　宋朝杜甫詩譜（或詩年譜，簡稱年譜）出現的過程中，最早乃是以詩譜的形式單獨出現，譬如呂大防的〈杜詩年譜〉與趙子櫟的〈杜工部草堂詩年譜〉，兩人皆當未注杜[35]。此外，蔡興宗嘗試以年月編次杜詩，著有《編杜詩》二十卷[36]；魯訔亦曾編注杜詩，著有《編注子美詩》十八卷[37]，兩人極可能是在編次編注杜詩的基礎上分別完成〈重編杜工部年譜〉與〈杜工部詩年譜〉。其後，黃希、黃鶴父子完成了《補注杜詩》，是書先考訂杜詩創作年月，進而編次杜詩年譜，以考訂作為年譜編定的方法，年譜編次成為考訂的結果，如此，杜詩年譜即有了較為可靠的依據，此是方法上的進步。

　　三、行止注語：這是指舊家於杜詩分卷之下載明的杜甫行止注語，以對杜詩的分卷內容作一撮要總括。最早分卷下行止注語較為扼要，亦非卷卷皆有；其後，卷下皆有標注，甚至行止注語之記載亦頗為詳細，宛若分卷之年譜。舉例如下：

　　（一）王洙：王洙編次之《杜工部集》其分體卷下已出現若干注明杜甫出處行迹之語，然非遍及全帙，譬如卷十「近體詩一百二十二首」下有「避

---

[34]　《補注杜詩》，年譜辨疑，頁31。

[35]　蔡錦芳（1965～）：〈趙子櫟未嘗注杜考〉，見《杜詩版本及作品研究》（上海：上海大學出版社，2007年），頁33～39。

[36]　《郡齋讀書志校證》（下），卷十七，頁857。宋・胡仔（1108？～1168？）對於是書之名則作《重編少陵先生并正異》，他說：「子美詩集，余所有者凡八家：……，《重編少陵先生集並正異》，則東萊蔡興宗也。」（《漁隱叢話・後集》（五）（臺北：廣文書局，1967年），卷八，頁1351～1352）

[37]　《分門集註》（一）「集註杜工部詩姓氏」下有「嘉興魯氏訔編注子美詩一十八卷」諸字（頁45）。

賊至鳳翔；及收復京師；在諫省；出華州；轉至秦州作」諸字[38]；又如卷十七
「近體詩五十四首」下亦有「大曆三年正月起峽中，至江陵及湖南作」諸
字[39]；最後卷十八「近體詩五十七首」下也有「自公安發，次岳州及湖南作」
諸字[40]。此即王洙本分卷下之行止注語。

　　（二）吳若：宋・吳若校刊之《杜工部集》當亦在卷下注明杜甫行迹去
就之語，今書雖已不得見，然於《錢牧齋先生箋註杜詩》中大體尚能見其髣
髴。清・錢謙益（1582～1664）〈注杜詩畧例〉說：「呂汲公大防作〈杜詩
年譜〉，以謂次第其出處之歲月，略見其為文之時，得以攷其辭力少而銳、
壯而肆、老而嚴者如此。汲公之意善矣，亦約畧言之耳。後之為年譜者，紀
年繫事，互相排纘，梁權道、黃鶴、魯訔之徒，用以編次後先，年經月緯，
若親與子美游從，而籍記其筆札者。其無可援據，則穿鑿其詩之片言隻字，
而曲為之說，其亦近于愚矣。今據吳若本識其大畧：某卷為天寶未亂作；某
卷為居秦州；居成都；居夔州作。其紊亂失次者，略為詮訂。而諸家曲說，
一切削去。」[41]此外，周采泉亦曾云：「吳若本在宋代未見公私藏家著錄，錢
謙益始得此本，視為秘笈，錢箋當時即據此為底本。……。所以在《錢箋》
中尚能得其髣髴。」[42]換言之，吳若本尚能於錢箋中識其大略，諸如「某卷為
天寶未亂作；某卷為居秦州；居成都；居夔州作」等等。今《錢箋》除杜詩
數量與排編次序外，其卷十、十七與十八下注語皆與王洙本所載相同[43]，因
此，吳若本極有可能即承繼若干王洙本分體卷下杜甫進退行迹之注語。

　　吳若本除上述所云承繼王洙本卷下若干杜甫行止注語外，其餘卷下注語
時當亦有所增添，茲舉數例：《錢箋》卷一下有「天寶未亂時，并陷賊中作」

---

[38] 《杜工部集》（一），卷十，頁407。
[39] 《杜工部集》（二），卷十七，頁739。
[40] 《杜工部集》（二），卷十七，頁773。
[41] 《錢牧齋先生箋註杜詩》（一）（臺北：臺灣大通書局，1974年），頁25。是書又名
　　《錢牧齋先生箋註杜工部集》。
[42] 《杜集書錄》，內篇，卷二，頁40。
[43] 《錢牧齋先生箋註杜詩》（二），卷十，頁655；卷十七，頁1067；卷十八，頁1101。

諸字；卷三下云「寓秦州及同谷縣，行赴蜀中作」；卷七下云「居夔州作」；卷十一下云「以下在成都作」；卷十五、十六下皆云「居夔州作」[44]。若據錢謙益〈注杜詩畧例〉所云，此當即吳若本分體卷下之注語。簡言之，吳若本卷下杜甫行次出處注語部分可能源自於王洙，部分當是吳氏之增訂，且記載較為詳細。

（三）趙次公：據林繼中於《杜詩趙次公先後解輯校・凡例》所言：是書本分甲、乙、丙、丁、戊、己六帙。然前三帙已佚；後三帙乃依明鈔本殘卷為底本[45]。今後三帙分卷之下皆有行止注語（亦即分卷下之行止條目）。

今林繼中輯校之趙本卷下行止注語大致上是由紀元、杜甫行年、時地行止遊蹤、並其「所存之詩」諸字構成。譬如，「丁帙卷之五」下云：「丙午大曆元年，時公五十五歲。秋在夔州舟居。繼遷西閣所存之詩。」[46]又如，「戊帙卷之一」下亦云：「丁未大曆二年，時公五十六歲。正月在夔州西閣，尋遷赤甲，至二月所存之詩。」[47]又如，「己帙卷之七」下亦云：「庚戌大曆五年，時公五十九歲。春正月在潭州，二月自潭入衡州所存之詩。」[48]

44　《錢牧齋先生箋註杜詩》（一），卷一，頁141；卷三，頁273；卷七，頁463；卷十一，頁737；卷十五，頁937；卷十六，頁1023。

45　《杜詩趙次公先後解輯校》（上），凡例，頁1。

46　《杜詩趙次公先後解輯校》（下），丁帙卷之五，頁787。

47　《杜詩趙次公先後解輯校》（下），戊帙卷之一，頁873。

48　《杜詩趙次公先後解輯校》（下），己帙卷之七，頁1469。有時趙次公本卷下之行止注語逕略去杜甫行年，譬如「己帙卷之一」下云：「戊申大曆三年春正月至三月望前，猶在夔州，迤邐出峽到荊南，盡三月所存之詩。」（頁1237）又如「己帙卷之四」下云：「己酉大曆四年接岳州之春，離岳州而往潭州，以二月到潭，至春盡在潭所存之詩。」（頁1368）就目前所見資料言，趙次公偶亦於行止注語中略及當時事，此通常是為了說明杜甫之行蹤，譬如，「丁帙卷之一」下云：「乙巳永泰元年，時公五十四歲。四月盡，嚴武既死，公於五月挈家下戎、渝、忠，……。」（頁663）又如，「己帙卷之八」下云：「庚戌大曆五年三月自衡州暫往潭州，四月避臧玠之亂，仍竄還衡州。……」（頁1505）有時趙次公亦於「所存之詩」後說明分卷理由，譬如「戊帙卷之六」下云：「丁未大曆二年，時公五十六歲。秋八月，在夔州瀼西所存之詩。以文字之多，今以〈詠懷寄鄭監李賓客〉者乃百韻詩，故獨專一卷，為八月詩上。」（頁1036）又如「戊帙卷之七」下云：「丁未大曆二年，時公五十六歲。秋八月在夔

　　趙本後三峽卷下之行止注語實為總綱。總綱後有時又附有細目，細目內容主要是年月季節與行止地點。其或置於行止注語後、杜甫詩歌前，譬如，「丁帙卷之三」下除「乙巳永泰元年，時公五十四歲。此年之冬至丙午大曆元年，時公五十五歲。其三月望精，皆在雲安所存之詩」等注語外；後又云「乙巳冬在雲安」[49]，此可視為細目。又如，「己帙卷之五」下除「己酉大曆四年，接潭州之春，自夏至[秋]并在潭州，所存之詩」等注語外；後又云「夏在潭州」[50]，此亦可視為細目。或置於卷內、詩歌間，譬如，「丁帙卷之一」詩內有「九月在雲安縣」諸字[51]；又如，「己帙卷之四」詩內有「二月至潭州」諸字[52]；又如，「己帙卷之六」詩內有「冬之窮」諸字[53]，皆可視為細目。總綱與細目下再繫以杜詩。今若概括言之，林繼中輯校之趙本卷下（少部分在卷內）注語乃由紀元、時地行止為綱，後並領以杜詩。此即分散於諸卷下之杜詩繫年，亦為杜詩繫年之另類呈現。就目前所見資料言，杜集卷下之行止注語，以趙本（注杜約在紹興四年至十七年間）時屬早期，又最為詳細整全，因而較為特殊又具有代表性。

　　四、編年目錄：此即合體編年目錄（或稱譜目、目譜）。《王狀元集百家注編年杜陵詩史》稱為「（王）狀元集百家注編年杜陵詩史目錄」[54]；《草堂

州瀼西所存之詩。以文字之多，除〈百韻詩〉專為一卷外，以眾篇為八月詩下。」（頁1056）又如「戊帙卷之八」下云：「丁未大曆二年，時公五十六歲。秋九月在夔州瀼西、東屯往來所存之詩。以文字之多，分為九月詩之上。」（頁1088）

49 《杜詩趙次公先後解輯校》（下），丁帙卷之三，頁726。

50 《杜詩趙次公先後解輯校》（下），己帙卷之五，頁1411。

51 《杜詩趙次公先後解輯校》（下），丁帙卷之一，頁677。

52 《杜詩趙次公先後解輯校》（下），己帙卷之四，頁1397。

53 《杜詩趙次公先後解輯校》（下），己帙卷之六，頁1446。有時細目是置於詩題下，譬如，〈子規一首〉下有「丙午大曆元年，時公五十五歲，春在雲安」（丁帙卷之三，頁734）；又如，〈槐葉冷淘一首〉下有「夏在夔州舟居」（丁帙卷之四，頁780），若依「丁帙卷之五」下行止注語「秋在夔州舟居」諸字（頁787），〈槐葉冷淘〉題下諸字，當為杜甫行止細目。此題下細目當是誤入。

54 《王狀元集百家注編年杜陵詩史》（上）（京都：中文出版社，1977年），目錄，頁1。以下簡稱《百家注》。

詩箋》則稱「杜工部草堂詩箋目錄」[55]。合體編年目錄，後世亦有名為「譜目」
者，《讀書堂杜詩集註解》即稱「杜工部編年詩史譜目」[56]；或有謂「目譜」
者，《讀杜心解》雖為分體，然亦附有「少陵編年詩目譜」[57]。然而，無論是
編年目錄、編年譜目或編年目譜，皆依年月行次排纂詩歌。分述如下：

　　首先，《草堂詩箋》對杜詩的編排主要是依魯訔的編次，「杜工部草堂
詩箋目錄」下即有「嘉興魯訔編次」諸字[58]。此外，〈草堂詩箋序〉又云：
「夢弼因博求唐宋諸本杜詩十門，聚而閱之，三復參校，仍用嘉興魯氏編次
先生用捨之行藏、作詩歲月之先後，以為定本。……。大宋嘉泰天開甲子正
月穀旦，建安三峯東塾蔡夢弼傅卿謹識。」[59]那麼，蔡夢弼之合體編年目錄主
要仍依魯訔對杜甫行止之編次，且是文作於宋寧宗嘉泰四年（1204）正月。

　　此外，《百家注》亦依魯訔的杜詩編次，「王狀元集百家注編年杜陵詩
史」一卷下亦有「嘉興魯訔編年并注」諸字[60]。那麼，上述兩書對杜詩的編纂
皆本於魯訔的排編。今將兩書編年目錄之條目附陳於下：

---

[55] 《草堂詩箋》（一），目錄，頁1。

[56] 《讀書堂杜詩集註解》（一）（臺北：臺灣大通書局，1974年），譜目，頁123。

[57] 《讀杜心解》（上）（北京：中華書局，2000年），目譜，頁19。

[58] 《草堂詩箋》（一），目錄，頁1。

[59] 《草堂詩箋》（一），草堂詩箋傳序碑銘，頁21～23。最後，《唐音癸籤》亦云：「嘉
　　泰中，建安蔡夢弼據冷齋本為會箋。……。」（見《文淵閣四庫全書》，第1482冊，
　　卷三十二，頁717）「冷齋本」即魯訔之《編次杜工部詩》，〈編次杜工部詩序〉即有
　　「丹丘冷齋魯訔序」諸字（見《草堂詩箋》（一），序，頁20）。

[60] 《百家注》（上），卷一，頁59。

《百家注》目錄條目	《草堂詩箋》目錄條目
開元間留東都所作	開元間留東都所作
齊趙梁宋間所作	齊趙梁宋之間所作（目錄無此條，見卷一詩內，頁5）
天寶以來在東都及長安所作	天寶以來在東都及長安所作
天寶十五載丙申夏五月挈家避地鄜州及沒賊中所作	天寶十五載丙申夏五月挈家避地鄜州及沒賊中所作
	至德元載公自鄜州赴朝廷遂陷賊中、在藍田縣所作
至德二載丁酉在賊中所作	至德二載丁酉在賊中所作
至德二載自賊中達行在所授拾遺以後所作	至德二載夏自賊中達行在所授拾遺以後所作
八月還鄜州及扈從還京所作	八月還鄜州及扈從還京所作
乾元元年戊戌春至夏五月在諫省所作	乾元元年戊戌春至夏五月在諫省所作
乾元元年夏六月出為華州司功、冬末以事之東都至乾元二年七月立秋後欲弃官所作	乾元元年夏六月出為華州司功、冬末以事之東都至乾元二年七月立秋後欲棄官以來所作
乾元二年秋七月弃官居秦州以後所作	乾元二年秋七月棄官居秦州以後所作
乾元二年自秦州如同谷十二月一日紀行所作	乾元二年自秦州如同谷十二月一日紀行所作
	居同谷所作
乾元二年十二月一日自隴右赴劍南紀行所作	乾元二年十二月一日自隴右赴劍南紀行所作
上元二年庚子在成都所作（筆者按：當作上元元年，非上元二年）	上元元年庚子在成都所作
上元二年辛丑在成都，公年五十歲	

《百家注》目錄條目	《草堂詩箋》目錄條目
暫如蜀州新津縣	暫如蜀川之新津縣所作[61]
暫之漢州作	
歸成都迎家遂徑往梓	
十一月往射洪縣、通泉縣	
廣德元年癸卯春在梓、之綿、之閬、復歸梓所作	
自梓暫往閬	廣德元年自梓暫往閬所作
廣德二年甲辰自梓州挈家再往閬州	廣德二年甲辰自梓州挈家再往閬中所作[62]
春末再至成都作	春末再至成都所作
永泰元年乙巳	永泰元年乙巳在成都所作
挈家下忠、渝州所作	挈家下忠、渝州所作
到雲安所作	到雲安所作
	上元元年庚子在成都所作（目錄無此條，僅見於卷二十五內行止注語，頁619）
大曆元年春後遷夔州所作	大曆元年丙午春後遷夔州所作[63]
	此係自赤甲遷瀼西日所作（目錄無此條，僅見於卷二十五內行止注語，頁635）
	大曆元年丙午春後遷夔州及荊州所作（僅見於目錄，卷二十五無此條）

---

[61] 《草堂詩箋》（一）目錄中之「蜀川」當為「蜀州」之訛。

[62] 《草堂詩箋》（二）卷內作「廣德二年甲辰自梓州挈家再往閬州作」（卷二十，頁496）。

[63] 《草堂詩箋》（三）卷內作「大曆元年春復還夔州所作」（卷二十五，頁626），此中，「還」當為「遷」之訛。

《百家注》目錄條目	《草堂詩箋》目錄條目
	此係在雲安（目錄無此條，僅見於卷二十七內行止注語，頁681）
大曆二年丙午在夔州西閣[64]（筆者按：當作大曆元年，非大曆二年）	
三月新自赤甲遷瀼西	大曆元年春新自赤甲遷瀼西所作[65]
大曆二年秋在瀼西	大曆二年秋在瀼西所作
大曆二年秋在夔所作	大曆二年秋在夔州所作
大曆三年戊申在夔所作	大曆三年戊申在夔州所作
春末下荊州所作	大曆三年末下荊州所作（目錄無此條，僅見於卷三十五內行止注語，頁903）
移居公安下岳陽所作	大曆三年移居公安下岳陽所作
大曆四年己酉在岳陽至潭遂如衡及復回潭所作	大曆四年己酉在岳陽至潭遂如衡及復回潭所作
	大曆四年在潭州所作
二月至潭州所作	大曆四年春二月至潭州所作
	大曆四年秋至潭州所作
大曆五年庚戌在潭州	
至衡州所作	至衡州所作
三月自衡州暫往潭州	三月自衡州暫往潭州所作

今若比較兩書之目錄條目，除《草堂詩箋》於上元寶應年間敘述略漏、卷內（二十五、二十七）條目編次顛倒錯舛以及兩書若干出入外，《百家注》

---

[64] 《百家注》（上）中之「大曆二年」當為「大曆元年」之訛。

[65] 《草堂詩箋》（三）卷內作「大曆元年自赤甲遷瀼西所作」（卷二十八，頁687）。

與《草堂詩箋》編次杜甫的行跡大體上是相同的。再依兩書所言「嘉興魯訔編年并注」暨「嘉興魯訔編次」，可知兩書對杜甫生平行述之排編基本上乃是依據魯訔之編次。此為目前可見較早的杜集合體編年目錄。

其次，再就體例而言，兩書編年目錄之條目往往又著錄於分卷之下，部分條目則著列於分卷之內。譬如，《百家注》與《草堂詩箋》編年目錄卷一皆有「開元間留東都所作」，兩書分卷之下亦有此諸字。此分卷下之文字即前述所言之杜甫行止注語。《百家注》與《草堂詩箋》卷下行止注語是由紀元與杜甫時地行止所構成，後即領杜詩。若與林繼中輯校之趙本卷下之行止注語相較，則兩書敘述較簡，大致上略去杜甫行年，僅《百家注》中一條間及杜甫年歲（見「上元二年辛丑在成都」條），此當為遺跡；更無趙本注語尾末「所存之詩」諸字。然而無論如何，行止注語這種以紀元與時地行止為主，並領以杜詩的方式，實是杜詩編年目錄的呈現，具體實例即《百家注》與《草堂詩箋》，兩書編年目錄即分別與其卷下行止注語大體上是一致的。

時間更早的趙本，今已知其卷下亦有行止注語，因此，趙本當亦有編年目錄。趙次公即曾著有〈紀年編次〉，譬如，趙次公於〈觀公孫大娘弟子舞劍器行并序一首〉下曾說：「次公有說，具於〈紀年編次〉甲帙之中。」[66]又如，〈宿青溪驛奉懷張員外十五兄之緒一首〉下又云：「次公曰：蔡伯世以此為嘉州犍為縣之青溪，大誤。〈紀年編次〉中有解。」[67]再就〈紀年編次〉名稱而言，此應即趙氏依年排編杜詩，當即是杜詩之編年目錄[68]。只是〈紀年編次〉早已亡佚，無法見其梗概。然就目前所見杜集而言，今之趙本當是後世杜集編年之祖，周采泉說：「今據許承堯〈跋〉，知其所以命名為《先後解》者，實為就詩之先後編次，正為後世編年之祖本。」[69]此外，林繼中甚至

---

[66] 《杜詩趙次公先後解輯校》（下），戊帙卷之十，頁1179～1180。另亦可參《杜詩趙次公先後解輯校》（上），前言注九，頁30。

[67] 《杜詩趙次公先後解輯校》（下），己帙卷之一，頁1260。

[68] 林繼中曾說：「因取分體本屬稿，故趙次公又有所謂〈紀年編次〉弁諸卷首。」（《杜詩趙次公先後解輯校》（上），前言，頁30）

[69] 《杜集書錄》（上），內編，卷一，頁32。

認為，《百家注》與《草堂詩箋》兩書的本源當是趙本，他說：「只要取明
鈔本己帙編次與《百家注》、《草堂詩箋》……目錄校讀一過，便會發現二刻
本編次真正淵源是趙本。」[70] 換言之，《百家注》與《草堂詩箋》之編年目錄
暨卷下行止注語當以趙本為源祖。

　　五、題下繫年：這是指於杜詩題下（或題後）說明是詩繫年依據並其時
地行止，以醒豁眼目，使讀者在閱讀作品前，能先知悉其創作時地及相關背
景，而有助於理解作品。早期之杜詩舊家偶於詩題下說明創作時地並繫年根
據；其後，黃希、黃鶴父子幾乎於杜詩題下皆繫有創作時地並其據依。分述
如下：

　　（一）趙次公：趙次公即曾於杜詩題後說明創作時間地點及其繫年之理
由。譬如，〈近聞〉詩題後說：「次公必定之為今歲大曆元年之秋者，去歲
八月僕固懷恩及吐蕃、回紇、党項羌、渾奴剌眾三十萬寇邊，掠涇邠，躪鳳
翔，入醴泉、奉天，京師大震。十月，又有靈臺之戰。而今歲大曆元年二
月，史載吐蕃遣使來朝，至九月而後陷原州。則自二月至八月為無事矣。
公之作，蓋七月、八月詩也。」[71] 又如，〈送殿中楊監赴蜀見相公一首〉詩題
後說：「次公曰：相公者，杜鴻漸也。句云『送子清秋暮』，則詩作於九月
也。何以知其為大曆元年之九月，蓋鴻漸以是年二月壬午授命劍南西川節度
使以平蜀。至明年夏四月，請入朝奏事，許之。既去，不復來蜀。則九月
乃元年之九月甚明。」[72] 又如，〈清明二首〉詩題後說：「次公曰：此詩在潭
州作，蓋今歲大曆四年之清明也。……今公詩中使定王城、賈誼井事，所
以知其在潭州作。公於今年春發岳陽，泛洞庭，至潭州，遂留終歲。而次年
春發長沙，入衡陽，有二月紀行諸詩。則在湘潭見清明者，今歲四年也。」[73]

70　《杜詩趙次公先後解輯校》（上），前言，頁11。
71　《杜詩趙次公先後解輯校》（下），丁帙卷之五，頁799～800。
72　《杜詩趙次公先後解輯校》（下），丁帙卷之六，頁839～840。另亦可參《九家集註杜
　　詩》（二）（臺北：臺灣大通書局，1974年），卷十二，頁799。
73　《杜詩趙次公先後解輯校》（下），己帙卷之四，頁1398。另亦可參《九家集註杜詩》
　　（五），卷三十六，頁2511。

趙次公之題下繫年僅偶亦為之，非詩詩題下皆有繫年。然就目前所見的資料言，趙本題下繫年當屬杜集舊注中較早的體例格式。

（二）黃希、黃鶴：黃希嘗欲於杜詩題下考訂杜詩年月，然卻未竟而卒；其子黃鶴承續其志，考注杜詩，並於題下說明繫年原因，暨杜甫時地行止，甚至辨駁前人繫年訛誤。黃鶴〈補注杜詩年譜辨疑後序〉說：「鶴先君未第時，酷嗜杜詩，頗恨舊註多遺舛，嘗補緝，未竟而逝。又欲考所作歲月於逐篇下，終不果運力，未必不齎恨泉下也。鶴不肖，常恐無以酬先志，乃取槧本集註，以遺藁為之正定。……。每詩再加考訂，或因人以核其時，或蒐地以校其迹，或摘句以辨其事，或即物以求其意。所謂千四百餘篇者，雖不敢謂盡知其詳，亦庶幾十得七八矣。呂汲公〈年譜〉既失之畧，而蔡、魯二〈譜〉亦多疏鹵，遂更為一譜，以繼于後。」[74]此外，〈四庫提要〉亦曾云：「大旨在于按年編詩，故冠以〈年譜辨疑〉，用為綱領。而詩中各以所作歲月註于逐篇之下，使讀者得考見其先後出處之大致。」[75]

黃鶴自覺地以考據作為方法，依詩以辨事核時並校考行迹，提點理由，試圖解決杜詩創作的時地等相關問題，並將其成果撰成題下繫年；甚至，更進一步以此考訂之成果作為依據，此外，亦鑑於呂大防、蔡興宗與魯訔等人所撰〈年譜〉弊於疏粗鹵略，黃鶴因而撰作〈年譜辨疑〉。換言之，從撰作過程而言，黃鶴以考訂作為要法，將杜詩創作時地之研討成果，以「補注」方式，撮要成題下繫年；再以此題下繫年之研究成果，編撰成〈年譜辨疑〉。如此一來，杜詩繫年與年譜始有更加堅穩的基礎，其間關係亦更為密切。

清人錢謙益曾諷譏黃鶴之年譜「若親與子美游從」，若就詩詩題下繫年與〈年譜辨疑〉若干結論言，其確有無法繫年卻強為排編、繫年結果與事實不合等弊病，然此恐亦無損於黃鶴的努力與成就，當屬微瑕白璧，此從仇兆鰲《杜詩詳注》題下繫年多所援據黃鶴舊說，即可說明這點。

---

[74] 《補注杜詩》，年譜辨疑，頁31。
[75] 《補注杜詩》，提要，頁2。

　　總而言之，黃希、黃鶴父子的杜詩研究揭示兩個要點，首先，杜詩繫年
須以杜詩內容作為主要依據，旁及杜甫其它作品暨史傳地理資料，此依據實
以考證為方法。其次，杜甫年譜須以杜詩繫年成果作為基礎，在此成果上進
行考訂除錯並排次纂編。亦即，由某些杜詩中時、事、人、地、物等記載，
考訂出杜詩創作時地；再依杜詩創作時地，考訂排編杜甫的時地行止，並撰
作杜甫年譜。如此，杜詩繫年與年譜始能有較為堅實的根柢。

　　宋人基本上即是以上述這五種廣義形式來對杜詩繫年進行析論探究。宋
代以下，清末以前，杜詩繫年的編定，大抵亦不出上述這些主要形式，有些
甚至另附時事，或以表格呈現。其中進一步撰作並屬較為重要的年譜者諸
如：錢謙益〈少陵先生年譜〉、朱鶴齡〈杜工部年譜〉、仇兆鰲〈杜工部年
譜〉、浦起龍〈少陵編年詩目譜〉與楊倫〈杜工部年譜〉等等。迨及民國，
杜詩繫年或年譜的研究呈現兩個發展面向，內容上——考證的深化，譬如，
聞一多先生的〈少陵先生年譜會箋〉，是文對於杜甫進退出處之年月詳加考
證，突破以往篇幅，並為後來專書的出現預為伏筆。又如，彭毅先生的〈杜
甫詩繫年辨證〉，是篇對若干杜詩亦詳為考據；形式上——專書的出現，這
主要是由於過往短卷篇幅已不符合杜詩繫年或年譜文字之需求，譬如，《杜
甫年譜》與李辰冬先生的《杜甫作品繫年》等書。最後，陳文華先生的《杜
甫傳記唐宋資料考辨》一書中對杜甫的「生平」、「應舉」、「獻賦」、「試
文、授官」、「避兵、陷賊」、「奔行在、授拾遺、歸長安」、「一歲四行役」
等重要事蹟多所考證，燦然可觀，實有助於杜甫行止足迹之編定。上述是杜
詩繫年學術脈絡之梗概[76]。

---

[76] 近人所著杜詩繫年尚有：簡明勇：〈杜詩的繫年〉，見《杜甫詩研究》（臺北：學海
　　出版社，1984 年），頁二～101 至二～169；張忠綱等：〈作品提要〉，見《杜甫大辭
　　典》（濟南：山東教育出版社，2009 年），頁1～174。近人所撰杜甫年譜尚有：李春
　　坪：《少陵新譜》（臺北：古亭書屋，1969）；簡明勇：〈年譜〉，見《杜甫詩研究》，
　　頁一～10 至一～31；蕭麗華（1958～）：〈詩聖杜甫年譜〉，見《杜甫──古今詩史
　　第一人》（臺北：幼獅文化事業公司，1994 年），頁 113～129；莫礪鋒（1949～）：
　　〈杜甫簡譜〉，見《杜甫評傳》（南京：南京大學出版社，2002 年），頁 422～426；宋
　　開玉（1964～）：〈杜甫行跡簡譜〉，見《杜詩釋地》（上海：上海古籍出版社，2004

三　杜詩繫年、年譜與解讀

　　杜詩可以繫年這主要是與杜甫詩歌的創作特色——敘時事——有關。此「敘時事」的特色也使杜甫自唐代起即號為「詩史」。宋・胡宗愈（1029～1094）〈成都草堂詩碑序〉說：「先生以詩鳴於唐，凡出處動息勞佚，悲懽憂樂，忠憤感激，好賢惡惡，一見於詩。讀之，可以知其世。學士大夫，謂之詩史。……。先生雖去此，而其詩之意有在於是者，亦附其後。庶幾好事者，於以考先生去來之迹云。」[77]杜甫將其去就進退、勞苦動息、悲憂歡樂等當時之事入於詩作，因而具有「詩史」稱號，也使讀者得以藉由所敘時事而將詩歌繫年繫地，並查考來往行跡。

　　清・浦起龍（1679～1759以後）更具體認為：這是由於杜甫將國家變亂、征程地理、土地萬物等等具於吟詠的緣故，使得以查驗，因而創作時間顯明，《讀杜心解》說：「古人遺集，不得以年月限者，其故有三：生逢治朝，無變故可稽，一也；居有定處，無征途顯迹，二也；語在當身，與庶務罕涉，三也。杜皆反是。變故、征途、庶務交關而互勘，而年月昭昭矣。惟天寶以前，事端未起，則不得泥。」[78]亦即：由於杜詩敘當時之事，這使得後

年），頁674～680；陳冠明（1952～）、孫愫婷（1952～）：《杜甫親眷交遊行年考：外一種》（上海：上海古籍出版社，2006年）；張忠綱編：〈杜甫年表〉，見《杜甫大辭典》，頁781～797；張忠綱、趙睿才、綦維等：〈新編杜甫年表〉，見《新譯杜甫詩選》（臺北：三民書局，2009年），515～552。

[77] 《草堂詩箋》（一），序，頁18。此外，明・唐順之（1507～1560）亦曾云：「杜少陵一老拾遺，偃蹇無所與於世，以其忠義所發為詩，多紀時事，故謂『詩史』，而唐人又為少陵詩譜，以論其世。」（〈鈐山堂詩集序〉，見《荊川先生文集》，上海商務印書館縮印明刊本，《四部叢刊初編集部》，卷十，頁207）由於杜甫善敘時事，因此杜詩可以繫年，並歸納杜甫行止出處，因此亦得以藉由杜詩繫年來撰作年譜。

[78] 《讀杜心解》（上），發凡，頁8～9。明・江盈科（1556～1605）甚至認為：杜詩敘其所歷之事，因此杜詩可當作杜甫年譜來看。《雪濤詩評》說：「杜少陵□固窮之士，平生無大得意事，中間兵戈亂離，饑寒老病，皆其實歷，而所歷苦楚，都於詩中寫出。故讀少陵詩，即當少陵年譜看得。」（《明詩話全編》（六）（南京：江蘇古籍出

人得以透過杜詩時事與唐史記載間的相互比對查勘,判斷所敘時事的年月,因而可以斷定其創作時間。楊倫《杜詩鏡銓·凡例》曾說:「杜公一生憂國,故其詩多及時事。朱注於《新》《舊唐書》及《通鑑》等考證最詳,其間有漏略處,更為增入。」[79]朱鶴齡能藉由唐史來考證杜詩,其前提即是杜詩中多敘時事。若能考證出杜詩所敘時事,往往能知其創作歲月或定其創作上下限。據此,杜詩繫年或年譜撰作的樞紐在於援引證據。

倘若杜詩中所敘事件難辨,甚或史傳記載未詳,那麼,亦可援據詩中記載之時間、地點、人物,或查考之,以為繫年依據,仇兆鰲《杜詩詳注·杜詩凡例》「杜詩編年」下說:「今去杜既遠,而史傳所載未詳,致編年互有同異。幸而散見詩中者,或記時,或記地,或記人,彼此參證,歷然可憑。」[80]杜詩雖可藉由所載時間、地點、人物、史事、題下原注等資料來進行繫年,然而這並不意指每一首杜詩皆可繫年,那麼,有些杜詩實無法判斷出其創作時間。這意謂若無相關證據,當暫置而闕疑,不可穿鑿排編。明·胡震亨《唐音癸籤》說:「讀杜詩者,即不可不稍知其歲月,然亦何至每首必定以所作之年,強為穿鑿,而終失于不可通乎?」[81]也因此,杜詩無法首首定其創作時間。

具體地說,杜詩繫年可以分為兩個程序:一、依詩繫年繫地:此包含依詩繫年與依詩繫地兩個部分。這主要是由於杜詩敘明某一時事,或者杜詩記載其至某一地名。此中,時事與地名須是顯而易見或易於辨識的,否則,即須提出理由或者援引權威加以說明。其後,讀者援引史書查考時事所發生之時間,引用地志查驗地名所在之位置,證明杜詩作於何年、何地。最後,讀者因而得以提出此詩作於何年、何地之結論。此即依詩繫年、繫地之步驟。

版社,1997年),頁5839)

79 《杜詩鏡銓》(臺北:華正書局,1986年),凡例,頁11～12。

80 《杜詩詳注》(一),凡例,頁22。此外,清·張謙宜《絸齋詩談》也曾說:「詩不可以空談,故援據為證,須耐心去尋看。」(《清詩話續編》(二)(臺北:藝文印書館,1985年),卷四,頁820)

81 《唐音癸籤》,見《文淵閣四庫全書》,第1482冊,卷三十二,頁718。

　　二、依時地次詩：這是指讀者藉由前述階段之繫年結果，以時地為經緯，進一步排次杜詩，突顯杜甫進退出處與行事足迹，甚至以杜詩為證，並旁及賦文，撰成年譜或簡譜。有時亦可於年譜中加入杜甫行年以及當時之事，使更加整全。

　　此中關於「譜」字，《文心雕龍・書記》曾說：「故謂譜者，普也。注序世統，事資周普，鄭氏譜《詩》，蓋取乎此。」[82]此外，唐・張守節於《史記・三代世表》「自殷以前諸侯不可得而譜」下也曾說：「譜，布也，列其事也。」[83]歸結言之，「譜」當指依序安排布置物事並藉由文字加以陳述力求周全之意；而「年譜」當指透過文字依年月排列敘述作者平生之行事出處、交游足迹與詩文創作等等，務求生平大事之周全。有些年譜並附陳時事，此當屬廣義年譜，就杜甫年譜言，譬如：劉辰翁（1232～1297）批點、高楚芳編《集千家註批點補遺杜詩集》〈杜工部年譜〉；單復〈重定杜子年譜詩史目錄〉；張溍（1621～1678）〈杜工部編年詩史譜目〉；吳景旭〈杜陵年譜〉；錢謙益〈少陵先生年譜〉；聞一多（1899～1946）〈少陵先生年譜會箋〉；《杜甫年譜》（學海版）等等。有些年譜並無專列時事，若及時事，亦偶為之，此當屬狹義年譜，就杜甫年譜言，譬如：呂大防〈杜詩年譜〉；朱鶴齡〈杜工部年譜〉；仇兆鰲〈杜工部年譜〉；浦起龍〈少陵編年詩目譜〉；楊倫〈杜工部年譜〉等等。

　　由於杜詩繫年與年譜可使人領略窺知杜甫交游學思與出處行迹等過程梗概，因此，可知悉其人之生平；也因為可使人考究出杜詩所敘當時之事，因此，可考論當時之世。依此，杜詩繫年與年譜的撰作使讀者得以知其人、論其世。仇兆鰲《杜詩詳注・原序》即曾云：「宋人之論詩者，稱杜為詩史，謂得其詩可以論世知人也。」[84]簡言之，杜詩繫年與年譜的撰作可使知其人論其世。

82　《文心雕龍註訂》（北京：國家圖書館出版社，2010年），書記第二十五，頁237。

83　《史記》（二）（北京：中華書局，2005年），卷十三，頁487。

84　《杜詩詳注》（一），頁1。此外，明・董說（1620～1686）〈文苑英華詩略序〉亦曾云：「余欲為風雅編年而未成，蓋以詩繫事，以事繫年，以年繫代，古今大略可吟詠而見也。……。故（杜）甫之詩並與時事相經緯，而世謂之『詩史』，此編年之略例

　　孟子（前385左右～前304左右）之「知人論世」說本即有助於作品的
解讀。譬如，楊倫《杜詩鏡銓・序》說：「竊謂昔之杜詩，亂於偽注，今之
杜詩，汨於謬解，多有詩義本明，因解而晦，所謂萬丈光焰化作百重雲霧
者，自非摧陷廓清，不見廬山真面。惟設身處地，因詩以得其人，因人以論
其世，雖一登臨感興之暫，述事詠物之微，皆指歸有在，不為徒作。」[85]若能
設身處地因詩而得其人論其世，那麼，即能明登臨感興、述事詠物其旨趣之
所在。又如，周采泉《杜集書錄》亦曾云：「欲究心一人之著作，必須探討
作者之生平出處，觀詩以求其人，因人以知其時，所謂『知人論世』也。」[86]

　　因此，杜詩繫年與年譜的撰作有助於杜詩之解讀。浦起龍《讀杜心解・

也。」（《豐草庵詩文集》，見《明詩話全編》（十），卷三，頁10838～10841）

[85] 《杜詩鏡銓》，序，頁8。

[86] 《杜集書錄》，外編，卷三，頁804。除「知人論世」外，孟子「以意逆志」亦有助於
　　解讀作品。譬如，明・王嗣奭（1565～1645以後）〈杜臆原始〉曾說：「『臆』者，
　　意也。『以意逆志』，孟子讀詩法也。誦其詩，論其世，而逆以意，向來積疑，多所
　　披豁，前人謬迷，多所駁正。」（《杜臆》，見《續修四庫全書》（上海：上海古籍出
　　版社，2003年），第1307冊，頁379）此外，清・劉子春於《石園詩話・序》亦云：
　　「孟氏『尚友』為言，誦詩讀書，必論及其世。嗚呼！此定論矣。然則作者之意，在
　　一時一事，時事在當代，又不必盡人而合之也。以我之意，推求古人之意，而欲其
　　一一盡合，亦不可必得之數矣。言其所能得者，而缺其所不能得者，古人可作，未必
　　不心許之。則且舉古人之世而兼論之，所謂微者，不且顯而彰乎？……。嘉慶癸酉
　　（1813）八月閏後廿三日，新建劉子春序。」（《清詩話續編》（三），頁1736）簡言
　　之，孟子之「知人論世」「以意逆志」為解讀作品之兩個重要條件。最後，清・黃生
　　（1622～1696）〈杜詩說序〉亦云：「古今善說詩者，莫如孟子。孟子之言曰：『以意
　　逆志，是為得之。』『逆』之為言迎也。夫古人在百世之上，我在百世之下，雖以志
　　形之於言，而欲從紙上探微索隱，使作者肺肝如揭，不亦難乎？余以為，說詩者譬若
　　出戶而迎遠客，彼從大道而來，我趨小徑以迎之，不得也；彼從中道而來，我出其左
　　右以迎之，不可也。賓主相失，而欲與之班荊而語，周旋揖讓于階庭几席之間，豈可
　　得哉？故必知其所由之道，然後從而迎之，則賓主歡然把臂、欣然促膝矣，此『以意
　　逆志』之說也。竊怪後之說詩者，不能通知作者之志，其為評論注釋，非求之太深，
　　則失之過淺，疏之而反以滯，抉之而反以翳，支離錯迕，紛亂膠固，而不中竅會。若
　　是者何哉？作者之志，不能意為之逆故也。」（《杜工部詩說》（京都：中文出版社，
　　1976年），頁1～4）

發凡》說:「編杜詩者,編年為上,古近分體次之,分門為類者乃最劣。蓋杜詩非循年貫串,以地繫年,以事繫地,其解不的也。」[87]

　　歸結言之,由於杜甫將時事人物、年月地理、征途行迹與交游庶務等一一入詩,因而號為「詩史」;這同時也使杜詩得以繫年繫地,甚至進一步撰次年譜。由於杜詩繫年與年譜呈現杜甫平生大略並關涉唐時之事,因此讀者能知其為人並考論其世。古來前人都認為孟子之「知人論世」說有助於解讀杜詩,提供解讀杜詩的資訊。因此,杜詩繫年與年譜實有助於詮釋杜詩。以上總述杜詩繫年、年譜與解讀三者間的關係。

四　研究方法

　　回顧省思宋代以下的杜詩繫年,倘若以檢證作為區分標準,那麼,杜詩繫年可以概分為二種形態:一、驗證繫年:這是指杜詩繫年陳述相關理由並舉證說明其作於何年,此為可驗證之繫年;二、推薦繫年:這是指杜詩繫年沒有陳述相關理由亦未舉證說明其作於何年,此為不可驗證之繫年。由於此類繫年不可驗證,因此其說僅屬於推舉介紹,無法加以查驗。目前杜詩學界尚有若干杜詩繫年之說仍屬推薦繫年,非可驗證繫年。事實上,未陳述相關理由且未經舉證,實無法逕予繫年,其適切作法當乃擱置闕疑,恐無須費辭。依此,杜詩繫年的探究當以可驗證作為研究進路。

　　具體而言,本文是以「考論」作為研究方法;提出以「考論」作為作品繫年的新的研究方法。此方法不僅可以研究杜詩繫年,亦可作為其他作家作品繫年之探究之道。「考論」在此指考據與論述,考據論述雖二實一,乃一體之兩面。亦即:查考杜詩,務求援據,疏通證明繫年之所然,使讀者得以據信。此中,稽考援引以取信即是考據;疏通證明其所然即是論述[88]。此即所

---

[87] 《讀杜心解》(上),發凡,頁8。

[88] 此外,林慶彰(1948～)《明代考據學研究》(臺北:臺灣學生書局,1986年)一書亦曾言及考據的共通原則,包含:(1)「資料之蒐集」;(2)「資料之檢覈」;(3)「歸納與演繹」(見《明代考據學研究》,第一章,頁2)。

謂的考據論述。譬如,杜詩敘及一時事,那麼,稽考杜詩所敘明之時事,以
及時事所發生時間,並援引文獻史料證明之,因而證成是詩當繫於某年。茲
以「因事以核其時」說明杜詩載明某一時事,其杜詩繫年之程序,如下:

> 由於(一)杜詩中敘明某一時事,(二)讀者援引文獻史料查考時事
> 發生之時間,因而(三)疏通證明杜詩當繫於某年。

再以「因地以繫其年」說明杜詩中載明杜甫之行旅足迹,其繫年之步
驟,餘則類推:

> 由於(一)杜詩中敘明杜甫至某地之行跡或其於某地之聞見等,
> (二)讀者援引文獻史料查考杜甫於某地行迹之時間,因而(三)疏
> 通證明杜詩當繫於某年或某一段時間。

由於杜甫將時事地理、人物年月與交游行迹等等見之於詩,因而使得杜
詩能加以繫年。今若將杜詩詩題、詩序、詩歌內容與杜甫原注(含題下及句
下)四者之組成視為一詩之全部,不再加以細分,那麼,杜詩繫年的依據至
少有下列數種情形[89]:

一、依據杜詩載明之時間:譬如,〈草堂即事〉詩之「荒村建子月,獨
樹老夫家」、〈觀公孫大娘弟子舞劍器行并序〉云「大曆二年十月十九日,
夔州別駕元持宅,見臨潁李十二娘舞劍器,壯其蔚跂」與〈大曆三年春白帝
城放船出瞿唐峽,久居夔府,將適江陵,漂泊有詩,凡四十韻〉詩等等。此
中,時間亦包含詩中之紀元、季節、月份與日期。

二、依據杜詩載明之年齡:譬如,〈杜位宅守歲〉詩之「四十明朝過,
飛騰暮景斜」與〈百憂集行〉詩之「即今倏忽已五十,坐臥只多少行立」等

---

[89] 關於杜詩繫年的方法,簡明勇先生曾明確指出下列幾條門徑:(一)「按詩題所載年
月繫年」;(二)「按詩題下原註年月繫年」;(三)「按史事繫年」;(四)「按內文所
載年代繫年」;(五)「一年中繫年的先後以詩題上或內文的季節日期為先後」;(六)
「按比附方法繫年」(詳見《杜甫詩研究》,第二篇第二章,頁二～101)。此書有詳細
的說明。

等。前人已考據出杜甫生於先天元年（712），今若依杜詩中載明杜甫之年紀，即可推算是詩當作於何年。

三、依據杜詩載明之史事：譬如，〈冬日洛城北謁玄元皇帝廟〉詩之「五聖聯龍袞，千官列鴈行」、〈建都十二韻〉詩之「建都分魏闕，下詔闢荊門」、〈述懷〉詩之「去年潼關破，妻子隔絕久。……。今夏草木長，脫身得西走」等等。此中，「史事」是從讀者角度言，那麼，史事不僅指杜甫以前發生的歷史事件，亦包含杜甫當時發生之事及其親身之經歷。

四、依據杜詩載明之官名：譬如，〈奉答岑參補闕見贈〉、〈奉贈王中允維〉、〈奉寄高常侍〉與〈述懷〉詩之「涕淚受拾遺，流離主恩厚」等等。若能查考詩中人物為官的時間，則可確定杜詩的創作時間，或推斷其創作之上下限。

五、依據杜詩載明之地名：地名在此含義甚廣包括州縣故宅、宮殿村落、湖川山岳、古蹟名勝、寺廟墳墓與樓亭驛站等等。倘欲依杜詩載明之地名來繫年，大體上須考證出杜甫在某地乃是何年之事，其後始能憑藉考證結果再加以繫年。譬如〈觀薛稷少保書畫壁〉詩，詩云「我遊梓州東，遺跡涪江邊。……。不知百載後，誰復來通泉」，依此，時杜甫至通泉縣。杜甫寶應元年（762）十一月在射洪縣，其後南往通泉縣，有〈早發射洪縣南途中作〉詩；隔年廣德元年（763）春在梓州，有〈春日梓州登樓二首〉詩。那麼，杜甫在通泉縣的時間當在寶應元年十一、十二月。因此，〈觀薛稷少保書畫壁〉當繫於寶應元年十一、十二月。又如〈雲安九日鄭十八攜酒陪諸公宴〉詩，詩題云及「雲安」，當是嚴武死後杜甫去蜀南下，途經嘉、戎、渝、忠諸州，後抵夔州雲安縣所作。那麼，杜甫抵雲安縣當在永泰元年（765）。明年大曆元年（766）春晚即自雲安縣移居夔州白帝城，〈移居夔州作〉詩即有「伏枕雲安縣，遷居白帝城」之句。因此，〈雲安九日鄭十八攜酒陪諸公宴〉當繫於永泰元年九日。又如〈東屯月夜〉詩，詩題云及「東屯」，當是杜甫居於東屯月夜時作。杜甫移居東屯在大曆二年（767）秋，有〈自瀼西荊扉且移居東屯茅屋四首〉詩。隔年大曆三年（768）春正月杜甫即去夔出峽，有〈續得觀書迎就當陽居止正月中旬定出三峽〉詩。今〈東屯月

夜〉詩又有「青女霜楓重」之語，因此，〈東屯月夜〉當繫於大曆二年秋。

亦即：藉由杜詩敍明時間、年齡、史事、官名與地名等等資訊，並援引杜詩、唐史、地志，甚至唐宋詩文筆記與後人相關考據成果等等資料來說明杜詩創作年月。事實上，杜詩繫年不僅使用前述臚陳之具體依據，有時亦將上述諸法交互為用，以解釋杜詩之創作時間，而非僅僅使用單一依據。

總而言之，本文嘗試以「考論」的方法來探究杜甫詩歌的繫年，說明杜詩創作時間，略及創作地點，糾考杜詩繫年之訛謬，並依杜詩創作時地約略排纂杜詩，撰作杜甫年譜簡表。事實上，任何過詳的年譜往往多屬推薦性年譜，而非可驗證年譜，或引述務博，然未詩詩詳加確證，如親與游從；或詩詩繫年，卻未加以稽考據信，似當暫置待決。

那麼，杜詩繫年研究須提供並陳述杜詩繫年之方法與原則；杜詩繫年研究須說明杜詩繫年之理由，且此等理由須經證明，並可加以檢證，使得以稽考糾謬；由此獲得杜甫之任官時間、經行足跡或人情聚散等等始有據依，那麼，杜詩繫年實乃杜甫年譜之基礎研究，換言之，杜詩年譜撰作的必要條件即在於杜詩繫年。此三者即是本篇之價值。

惟需說明的是，若干杜詩之繫年，嘗於拙著《杜詩舊注考據補證》中言及[90]，今為免複重，諸詩之繫年暨證明過程於本書正文中皆不贅述。此外，杜學浩瀚，注本論文繁多，筆者學識疏淺，此篇中之杜詩繫年與排序，雖經數刪改易，然當有錯訛與失序，尚祈讀者海量。

本文以下僅以開元、天寶、至德、乾元、上元、寶應、廣德、永泰與大曆等年號為次，並繫以杜詩，不再另立章節。

---

90 臚陳於下：〈湖城東遇孟雲卿，復歸劉顥宅宿宴飲散，因為醉歌〉、〈閿鄉姜七少府設鱠戲贈長歌〉、〈洗兵馬〉、〈太子張舍人遺織成褥段〉、〈冬狩行〉、〈將適吳楚留別章使君留後兼幕府諸公得柳字韻〉、〈大麥行〉、〈贈韋左丞丈濟〉、〈上韋左丞相二十韻〉、〈春望〉、〈奉贈韋左丞丈二十二韻〉、〈揚旗〉、〈秋雨歎三首〉、〈苦雨奉寄隴西公兼呈王徵士〉、〈橋陵詩三十韻因呈縣內諸官〉、〈戲作花卿歌〉、〈百憂集行〉、〈戲贈友二首〉、〈哀江頭〉、〈述懷〉、〈奉贈射洪李四丈明甫〉、〈杜鵑〉、〈苦戰行〉、〈九日藍田崔氏莊〉與〈崔氏東山草堂〉等等。

凡　例

一、每一首杜詩基本上皆視為一整體，並獨立地對其進行繫年，而非以繫年
　　結果相互為據。亦即，作品與作品間的繫年結果須儘可能避免互為依據
　　所形成之繫年循環[91]。組詩除有可說服之證據顯示其非同一時期之作外，
　　否則當亦視為一整體，甚或闕疑待決。

二、繫年（或年譜）須尋找可驗證之時地斷點。亦即，若能藉由杜詩及其
　　相關史料而確證某一詩歌的創作時間，再加上杜甫於該詩中（含詩題、
　　詩序、詩歌內容與原注）所敘及身處或經行地點，如此，即可說明杜甫
　　於某時身處何地，由此所獲得杜甫某時於某地之結論，為時地所在點；
　　若杜甫於該詩中言及其將前往某地，其後且經證實，那麼，此即將變化
　　之時空所在，即時地斷點。斷點與斷點間可形成杜甫一生中之時期，譬
　　如：長安時期、避兵陷賊、奔行在授拾遺、歸返長安、華州時期、秦成
　　時期、成都時期、夔岳潭衡時期等等。而此時地斷點能使相關的杜詩得
　　以進行排次。

三、杜詩中史事、地理、官名與舊說等等儘可能考據其原始，並以最先者
　　為據，不得已始轉引舊注、舊說中之史料。此外，地名僅作文獻上的考
　　索，無力進行現地研究。

四、凡無考者或無確證者，則缺之；不得已始定其創作上下限，然亦無意詩
　　詩定其界限，此恐流於泛濫，亦非繫年本旨。

五、杜詩繫年之排編以其經歷之時地為經緯，大致上具體月日在前，抽象季
　　節年份在後，然有時亦難以斷為兩截，姑略為編次而已，最後再附以僅

91　繫年循環譬如：A詩作於B年，是由於C詩作於D年；C詩作於D年，是因為A詩作
　　於B年。餘亦類推。

能定其創作上下限之詩歌。然而杜詩中不一定皆有具體時間意象語彙可供辨識判斷，有時即須藉由杜甫實際經歷地名或行進方向作為詩歌排編依據。

六、凡前文已述及之文獻資料，除非必要後即儘量避免重出。

繫年考論

開元年間

〈登兗州城樓〉

　　單復將此詩繫於開元十四年杜甫十五歲時作[1]。今考此詩創作上限當斷於開元二十三、二十四年應試下第後，創作下限當斷在開元二十九年以前。

　　《讀杜詩愚得》「（開元）十四年丙寅」下云：「按公〈壯遊〉詩：『往昔十四五，出遊翰墨場。斯文崔魏徒，以我似班揚。』及考公〈別張十三建封湖南參謀〉詩云：『乃吾故人子，童卝聯居諸。』則〈望嶽〉及〈登兗州城樓〉二詩當在此際。」又云「公年十五省親兗州」[2]。單復首先據杜甫〈壯遊〉詩言其十五歲時已出入文壇，且有創作，並以此為杜甫詩文創作繫年之始；其次將〈壯遊〉與〈別張十三建封〉詩語並舉繫聯，有意暗示杜甫於開元十四年十五歲時已有詩文創作，並曾至兗州且認識居住在兗州的張建封[3]，單復於是遂將〈登兗州城樓〉繫於開元十四年作。

　　首先，並無證據顯示杜甫曾於十五歲時至兗州。其次，據史張建封卒於貞元十六年，年六十六，《舊唐書·張建封傳》說：「（貞元）十六年，……

---

[1]　《讀杜詩愚得》（一）（臺北：臺灣大通書局，1974年），年譜，頁17。

[2]　《讀杜詩愚得》（一），年譜，頁17。然《讀杜詩愚得》（一）又將〈登兗州城樓〉繫於「開元十五年間杜子省親兗州時作」（卷一，頁75），兩處繫年不同。

[3]　張建封曾居兗州，譬如《舊唐書·張建封傳》（十二）說：「張建封字本立，兗州人。」（卷一百四十，頁3828）另外《新唐書·張建封傳》（十六）亦云：「張建封字本立，鄧州南陽人，客隱兗州。」（卷一百五十八，頁4939）另亦可參《杜詩詳注》（三），卷二十三，頁2010。

建封卒，時年六十六。」[4]《新唐書・張建封傳》也說：「（貞元）十六年，以病求代，詔韋夏卿代之，未至而建封卒，年六十六。」[5]張建封既死於貞元十六年，享壽六十六，那麼張建封當生於開元二十三年。張建封既生於開元二十三年如何能與杜甫相識於開元十四、十五年間？仇兆鰲即曾云：「舊注謂公幼時與建封友善，謬矣。」[6]

〈登兗州城樓〉詩現已不易斷定其創作時間。兗州曾於天寶元年改為魯郡，《太平寰宇記》說：「唐武德五年平徐圓朗，置兗州，……，天寶元年改為魯郡。」[7]另外，《輿地廣記》亦云：「大業二年改兗州為魯郡。唐武德初克徐圓朗，復曰兗州。天寶元年曰魯郡。」[8]最後，《舊唐書・地理志》亦云：「天寶元年，改兗州為魯郡。」[9]今詩題既曰「兗州」而非「魯郡」，詩最遲也當在天寶元年改兗州為魯郡之前所作。

杜甫另有〈祭遠祖當陽君文〉，文有「維開元二十九年歲次辛巳月日，十三葉孫甫，謹以寒食之奠，敢昭告于先祖晉駙馬都尉鎮南大將軍當陽成侯之靈。……。小子築室首陽之下」諸語。「首陽」乃首陽山，在河南府偃師縣西北約二十五里左右，杜甫築室於山下，其遠祖晉當陽成侯杜預（字元凱，222～284）亦葬於此，《通典》「河南府」「偃師縣」下云：「有首陽山。……。晉當陽侯杜元凱墓在西北。」[10]此外，《元和郡縣圖志》「河南府」「偃師縣」下亦云：「首陽山，在縣西北二十五里。」[11]最後，《太平寰宇記》「河南道」「偃師縣」下則云：「首陽山，在縣西北三十五里。」[12]「寒食」約在清明節前一或二日。清明約在陽曆四月四、五或六日，今查《增補二十史朔

---

[4] 《舊唐書》（十二），卷一百四十，頁3832。

[5] 《新唐書》（十六），卷一百五十八，頁4941。

[6] 《杜詩詳注》（三），卷二十三，頁2010。

[7] 《太平寰宇記》（一）（北京：中華書局，2007年），卷二十一，頁432。

[8] 《輿地廣記》（上）（成都：四川大學出版社，2003年），卷七，頁134。

[9] 《舊唐書》（五），卷三十八，頁1446。

[10] 《通典》（五）（北京：中華書局，2003年），卷一百七十七，頁4656。

[11] 《元和郡縣圖志》（上）（北京：中華書局，2005年），卷五，頁132。

[12] 《太平寰宇記》（一），卷五，頁81。

閏表》「開元二十九年」：陽曆三月二十二日為陰曆三月壬午日（初一）[13]。那麼，陽曆四月四、五或六日當為陰曆三月乙未、丙申或丁酉（十四、十五、十六日）。推算開元二十九年寒食日當落於陰曆三月十二（癸巳）至十五（丙申）日間。「偃師」又在東都東北七十里處，《元和郡縣圖志》「河南府，洛州，東都」「偃師縣」下云：「西南至府七十里。」[14]此外，《太平寰宇記》「河南府，古洛州」「偃師縣」下亦云：「東北七十里。」[15]那麼，杜甫開元二十九年三月中旬前已在東都，寒食日並至偃師祭遠祖當陽成侯。依此，杜甫遊兗當在二十九年之前。黃鶴即曾說：「魯訔〈年譜〉引公酹文云：（開元）二十九年，在洛之首陽祭遠祖，則至兗在二十九年之前。」[16]據此，〈登兗州城樓〉詩創作時間下限當斷在開元二十九年以前。

　　另據〈壯遊〉詩「忤下考功第，獨辭京尹堂。放蕩齊趙間，裘馬頗清狂」諸語，杜甫「忤下考功第」後曾遊齊趙，並曾至兗，這是因為齊地與兗州相鄰近的緣故；而杜集中另有數首兗州詩，譬如〈望嶽〉（岱宗夫如何）、〈劉九法曹鄭瑕丘石門宴集〉、〈與任城許主簿遊南池〉與〈對雨書懷走邀許主簿〉等，皆可證明杜甫曾至兗州；〈壯遊〉詩獨舉「齊趙」，不言「兗州」，乃囿於字數而以部分代全體的緣故[17]。那麼，〈登兗州城樓〉詩的上限則當斷在「忤下考功第」後，換言之，杜甫此次至兗州乃在下第後。據《杜甫傳記唐宋資料考辨》一書考證的結果，杜甫此次下第當在開元二十三、二十四年，是書云：「杜甫的下第至遲應在廿四年；廿三年當然也屬可能。」[18]那麼，〈登兗州城樓〉詩的創作上限應在開元二十三、二十四年

[13]　陳垣編、董作賓增補：《增補二十史朔閏表》（臺北：藝文印書館，1958年），頁96。

[14]　《元和郡縣圖志》（上），卷五，頁129與132。

[15]　《太平寰宇記》（一），卷五，頁80。

[16]　《補注杜詩》，卷十八，340。另外，《補注杜詩》亦載：「《輿地廣記》：隋大業二年改兗州為魯郡。唐武德克徐圓朗，復曰兗州。天寶元年曰魯郡。……。詩當作於開元二十九年之前。」（卷十七，頁337）

[17]　《杜工部詩集》（上）說：「按〈壯遊〉詩，不言遊兗州，而集中頗多兗州所作，蓋兗州與齊州接境。」（年譜，頁64）

[18]　《杜甫傳記唐宋資料考辨》，第二篇，頁61。

應試下第之後。

因此，杜甫〈登兗州城樓〉詩之創作上限當斷在開元二十三、二十四年應試下第之後，創作下限當斷在開元二十九年以前。依目前所見資料言，實已不易確證此詩作於何年。

〈臨邑舍弟書至，苦雨，黃河泛溢，隄防之患，簿領所憂，因寄此詩，用寬其意〉

黃鶴繫此詩於開元二十九年秋作[19]。單復將此詩繫於天寶元年作[20]，然未言理由。浦起龍則將此詩繫於天寶四年作[21]。今考此詩當繫於開元二十九年秋作。

浦起龍認為：杜甫先有〈臨邑舍弟書至苦雨〉詩，其後前往省弟，並作〈暫如臨邑至山郲湖亭〉詩；而〈暫如臨邑至山郲湖亭〉詩當作於天寶四載，因此遂將〈臨邑舍弟書至苦雨〉詩繫於天寶四載作[22]。浦氏此詩之繫年頗值斟酌，關鍵在於：杜甫先有〈臨邑舍弟書至苦雨〉詩，而後往省其弟，作有〈暫如臨邑至山郲湖亭〉詩。這意指〈臨邑舍弟書至苦雨〉詩當作於〈暫如臨邑至山郲湖亭〉詩之前。〈暫如臨邑至山郲湖亭〉詩假若創作於天寶四載，那麼〈臨邑舍弟書至苦雨〉詩當繫於天寶四載作〈暫如臨邑至山郲湖亭〉詩之前。換言之，〈臨邑舍弟書至苦雨〉詩可以繫於天寶四載，亦可繫於天寶四載以前。問題是：浦起龍何以遂將此詩繫於天寶四載，並排除天寶四載以前作的可能性呢？

黃鶴則據史書記載認為：詩題「黃河泛溢」事乃在開元二十九年，其

---

[19] 《補注杜詩》，卷十八，頁342。

[20] 《讀杜詩愚得》（一），年譜，頁21～22。

[21] 《讀杜心解》（上），目譜，頁20。

[22] 《讀杜心解》（下）說：「先是有臨邑弟河泛書至，公嘗寄詩寬意矣，至是復往省之。」（卷三之一，頁343）又〈臨邑舍弟書至苦雨〉下云：「公有〈暫如臨邑〉詩，……，作於天寶四載。蓋因得弟書而往省之也。宜與此詩不甚相後。」（卷五之一，頁682）

時伊水、洛水及支流泛溢，河南、河北諸州多漂溺[23]。譬如《舊唐書‧玄宗本紀》「開元二十九年」下即曾說：「秋七月乙卯，洛水汎漲，毀天津橋及上陽宮仗舍。洛、渭之間，廬舍壞，溺死者千餘人。……。是秋，河北博、洺等二十四州言雨水害稼。」[24]《舊唐書‧五行志》又云：「（開元）二十九年，暴水，伊、洛及支川皆溢，損居人廬舍，秋稼無遺，壞東都天津橋及東西漕；河南北諸州，皆多漂溺。」[25]而「臨邑」在黃河南方七十里，與黃河相距未遠，唐屬齊州，為河南諸州之一，《元和郡縣圖志》「河南道」「齊州」「臨邑縣」下說：「黃河，在縣北七十里。」[26]亦即：臨邑屬齊州，齊州乃河南諸州之一，其泛溢漂溺在開元二十九年秋，因此黃鶴將詩繫於開元二十九年秋作。

依前〈登兗州城樓〉詩繫年所云，杜甫開元二十九年三月中旬築室於洛陽附近偃師縣西北首陽山下，並告祭遠祖當陽成侯；天寶元年春杜甫有〈天寶初，南曹小司寇舅於我太夫人堂下壘土為山，一匱盈尺，以代彼朽木，承諸焚香瓷甌，甌甚安矣。旁植慈竹，蓋茲數峯，嶔岑嬋娟，宛有塵外致。乃不知興之所至，而作是詩〉詩（詳後是詩繫年），是時杜甫嘗探望其繼祖母盧氏，其極可能即居於汴州（陳留郡）。依此，時杜甫活動範圍當在洛陽附近，最遠曾至汴州。那麼，此詩極有可能即作於洛陽東北方偃師縣首陽山下。

明‧張綖（1487～1543）曾對杜詩舊家將此詩繫於開元二十九年作的說法提出兩點質疑：一、他認為：若將此詩繫於開元二十九，其時杜甫年歲三十，此恐與詩中「吾衰」句不相符合；二、詩云「黃河泛溢」，然泛溢

---

[23] 黃鶴說：「《唐志》、《輿地廣記》並云：臨邑屬齊州，在河南道。按《（舊唐書）五行志》：開元二十九年七月，伊、洛及支川皆溢。是秋，河南、河北二十四郡水。齊，其一也。當是其年作。」（《補注杜詩》，卷十八，頁342）

[24] 《舊唐書》（一），卷九，頁213～214。

[25] 《舊唐書》（四），卷三十七，頁1358。

[26] 《元和郡縣圖志》（上），卷十，頁278～279。另亦可參《杜詩釋地》（上海：上海古籍出版社，2004年），卷一，頁16。

事，時而有之，詩作何不繫於他年？《杜工部詩通》云：「〈臨邑舍弟黃河泛溢〉詩，諸家皆編在開元二十九年，公是時年甫三十，而詩中有『吾衰同泛梗』之句，是豈其少作耶。徒以《唐史》此年有伊、洛及支川皆溢，河南北二十四郡水，遂為編附。然黃河水溢，常常有之，豈獨是年哉。集中如此類者甚多，不能徧舉。」[27]今就此說明如下：

首先，就「衰」而言，「衰」字並非指衰老，亦可指運蹇不遇，張忠綱等曾說：「『吾衰』，非衰老之謂，而謂運蹇不遇，猶漂泊湖南〈上水遣懷〉詩所云『我衰太平時』之意。」[28]

第二，就質疑引證而言，「臨邑」在黃河南方數十里處，地屬齊州，齊州屬河南諸州之一，遭逢黃河泛溢，此與河南北諸州漂溺史事相合，黃鶴所引證之資料在質上有一定的可接受性。除《舊唐書·五行志》外，《舊唐書·玄宗本紀》亦有相關的記載，是年秋黃河泛溢非單一證據。

最後，張縱並沒有提出任何證據來證明此詩不作於開元二十九年，此情形下，就不能進一步主張：是詩不作於開元二十九年。倘欲駁斥黃鶴將此詩繫於開元二十九年，則當舉出反例，引證說明黃河泛溢事在開元二十九年為假，亦即：舉證詩歌所云黃河泛溢之事非在開元二十九年；或者，河南北諸州漂溺之事非在開元二十九年；甚或，另提新證新說，如此即能說明此詩非作於開元二十九年。今張縱云「黃河溢，常常有之，豈獨是年哉」，此僅指出黃河泛溢不只在開元二十九年，然懷疑並不意指否證，並未否定詩作於此年之可能性，更未具體舉證糾斥黃鶴之說。今新證據未出現前，仍依黃鶴引證之繫年。

---

27 《杜工部詩通》（一）（臺北：臺灣大通書局，1974年），卷一，頁20。另亦可參《杜詩詳注》（一），卷一，頁23。

28 張忠綱、趙睿才、綦維：《新譯杜甫詩選》（臺北：三民書局，2009年），頁9。另外，《杜詩詳注》（三）〈上水遣懷〉「我衰太平時」下亦云：「『太平』，指天寶以前。」（卷二十二，頁1957）「太平」既指天寶前，亦可知「衰」字非謂「衰老」。此外，《讀杜心解》（上）亦曾云：「『我衰』，廢棄之意。」（卷一之六，頁196）

天寶年間

〈天寶初，南曹小司寇舅於我太夫人堂下壘土為山，一匱盈尺，以代彼朽木，承諸焚香瓷甌，甌甚安矣。旁植慈竹，蓋茲數峯，嶔岑嬋娟，宛有塵外致。乃不知興之所至，而作是詩〉（〈假山〉）

　　呂大防、魯訔、計有功與黃鶴皆將此詩繫於天寶元年作[1]。今考此詩當繫於天寶元年春作。

　　杜甫詩題中「初」字指紀元元年本有其例，譬如〈至德二載，甫自京金光門出，間道歸鳳翔。乾元初，從左拾遺移華州掾，與親故別，因出此門，有悲往事〉詩。此中「乾元初」即指乾元元年，時杜甫已自左拾遺移為華州掾，杜甫〈為華州郭使君進滅殘寇形勢圖狀〉末即有「乾元元年七月日某官臣狀進」一語，杜甫另有〈乾元元年華州試進士策問五首〉，這兩者皆可證明乾元元年時杜甫已移華州掾。據此，詩題中「乾元初」當指乾元元年。那麼，杜甫詩題中「初」字指君王改元之元年確有其例。清·盧元昌更進一步認為杜甫特提「天寶初」乃時方改元的緣故，他說：「時方改元，故特提『天寶初』。」[2]杜詩中既有其例，那麼，「天寶初」當指天寶元年。

　　此外，杜甫詩題、詩序或題下原注若非指紀元元年，往往即逕以某年標示，詩題譬如〈大曆二年九月三十日〉與〈大曆三年春白帝城放船出瞿唐

---

[1]　《分門集註》（一），年譜，頁57與83。宋·計有功（約1170左右在世）《唐詩紀事》說：「天寶元年癸未，有〈南曹小司寇為山〉之作。時年三十一。」（見《文津閣四庫全書》，第1483冊，卷十八，頁656）此中，計有功訛「壬午」為「癸未」。此外，黃鶴也曾說：「謂之『天寶初』，專指為元年，故呂汲公、魯訔俱編此詩在元年。……今從呂、魯〈譜〉，為天寶元年作。」（《補注杜詩》，卷十七，336）

[2]　《杜詩闡》（一）（臺北：臺灣大通書局，1974年），卷一，頁35。

峽，久居夔府，將適江陵，漂泊有詩，凡四十韻〉等。詩序譬如〈觀公孫大娘弟子舞劍器行并序〉之「大曆二年十月十九日」與〈追酬故高蜀州人日見寄并序〉之「大曆五年正月二十一日却追酬高公此作」等。題下原注譬如〈發秦州〉之「乾元二年，自秦州赴同谷縣，紀行十二首」與〈發同谷縣〉之「乾元二年十二月一日，自隴右赴劍南紀行」；有時亦逕以「〇〇中」標示，譬如〈乾元中寓居同谷縣作歌七首〉，此「乾元中」乃指「乾元二年」。

今詩又有「慈竹春陰覆，香爐曉勢分」之語，既云「春」字，詩當是天寶元年春作。

詩題有「天寶初，南曹小司寇舅於我太夫人堂下壘土為山」諸語。「太夫人」舊為官員母親之稱，杜甫即有〈奉賀陽城郡王太夫人恩命加鄧國太夫人〉詩。其乃杜甫〈唐故范陽太君盧氏墓誌〉一文中的盧氏，即杜甫祖父杜審言之繼室[3]。據〈唐故范陽太君盧氏墓誌〉一文，杜甫祖母盧氏卒於天寶三載五月五日陳留郡之私第，年六十九，八月葬於河南偃師，文云：「維天寶三載五月五日，故修文館學士著作郎京兆杜府君諱某審言之繼室，范陽縣太君盧氏，卒於陳留郡之私第，春秋六十有九。嗚呼，以其載八月旬有一日發引，歸葬於河南之偃師。」那麼，推測此前天寶元年盧氏極有可能即居於此。而杜甫前往探視，並作此詩。換言之，詩題「太夫人堂」極可能即位於陳留郡。據《通典》、《元和郡縣圖志》與《新唐書·地理志》所載，陳留郡亦即汴州[4]。因此，此詩當繫於天寶元年春作，時杜甫可能在汴州（陳留郡）。

〈贈李白〉（秋來相顧尚飄蓬）

---

[3] 《錢牧齋先生箋註杜詩》（一），卷九，頁614。《杜工部詩集》（上），卷一，頁110。《杜詩詳注》（一），卷一，頁28。

[4] 《通典》（五），卷一百七十七，頁4662～4663。《元和郡縣圖志》（上），卷七，頁175。《新唐書》（四），卷三十八，頁989。

　　黃鶴將此詩繫於開元十八年作[5]。浦起龍將此詩繫在天寶四載[6]。錢謙益認為「或四五載之秋也」[7]。今考此詩或作於天寶四載秋，或作於天寶五載秋。

　　首先，此詩繫年關鍵在於李白離京東遊與杜甫相遇之時間。據耿元瑞〈有關李杜交遊的幾個問題〉一文的考證結果，李白「離長安的時間頂早也在天寶四年的春天」[8]；此詩又云「秋來相顧尚飄蓬」。換言之，據現存所見資料言，李杜交遊時間最早當於天寶四載秋，所以此詩的創作上限當斷在是年之秋。

　　其次，天寶六載正月玄宗廣求天下士，命通一藝以上詣京師就選。《資治通鑑》「天寶六載正月」下云：「上欲廣求天下之士，命通一藝以上皆詣京師。李林甫恐草野之士對策斥言其姦惡，建言：『舉人多卑賤愚聵，恐有俚言污濁聖聽。』乃令郡縣長官精加試練，灼然超絕者，具名送省，委尚書覆試，御史中丞監之，取名實相副者聞奏。既而至者皆試以詩、賦、論，遂無一人及第者。林甫乃上表賀野無遺賢。」[9]杜甫曾赴京參加此次應舉，譬如〈奉贈韋左丞丈二十二韻〉即曾云：「主上頃見徵，欻然欲求伸。青冥却垂翅，蹭蹬無縱鱗。」「頃」字釋為「前」（或「昔」）[10]。錢謙益、朱鶴齡與仇兆鰲諸人皆於詩句下注天寶六載詔天下有一藝者詣京師，而李林甫命尚書省皆下之事[11]。又如〈奉贈鮮于京兆二十韻〉，詩亦云「破膽遭前政，陰謀獨秉

5　《補注杜詩》，卷十七，頁337。

6　《讀杜心解》（上），目譜，頁20。

7　錢謙益雖將此詩繫於「天寶四載」下，然「少陵先生年譜」「天寶四載」下「出處」又說：「（李）白有〈魯郡石門別杜二子美〉詩，或四五載之秋也。」「詩」下並引「〈贈李白〉」（《錢牧齋先生箋註杜詩》（二），少陵先生年譜，頁1262）。那麼，〈贈李白〉或作於四五載之秋。

8　耿元瑞：〈有關李杜交遊的幾個問題〉，見《唐詩研究論文集》，第二集中冊李白詩研究專集，（中國語文學社，1969年），頁147。耿元瑞又說：「李白與杜甫交遊的時間不過一年——由天寶四年秋到天寶五年秋，而實際上住在一起也僅僅是兩個秋天，一個春天。」（頁154）

9　《資治通鑑》（十），卷二百一十五，頁6876。

10　《杜詩新補注》（鄭州：中州古籍出版社，2002年），卷之一，頁23。

11　《錢牧齋先生箋註杜詩》（一），卷一，頁142～143。《杜工部詩集》（上），卷一，頁

鈞。微生霑忌刻，萬事益酸辛」，極盡李林甫此次陰謀之「姦邪情狀」[12]。據
此，杜甫曾赴長安參與天寶六載正月舉行之考試。杜甫既曾參加此次應舉，
那麼杜甫與李白分別而趕赴京闕最遲亦當在天寶六載正月此次考試之前。此
詩既有「秋來相顧」之句。因此〈贈李白〉的創作下限當在天寶五載秋天。
依據上述這兩個理由，此詩或作於天寶四載之秋，或作於天寶五載之秋。

此外，〈與李十二白同尋范十隱居〉詩有「醉眠秋共被，攜手日同行」
之句，是詩當亦天寶四載、五載秋日之作。

〈冬日洛城北謁玄元皇帝廟〉

《讀杜詩愚得》將此詩繫於天寶七載作[13]；《集千家註批點補遺杜詩集》則
將此詩繫於天寶九載作[14]。今考此詩當繫於天寶八載冬洛陽作。

詩有「五聖聯龍袞，千官列鴈行」之句。就目前所見資料言，《百家注》
中舊題為王洙者，乃最早引史云天寶八載唐玄宗加五帝「大聖皇帝」之字
者[15]。其後黃鶴與朱鶴齡等人皆據史所述而將此詩繫於天寶八載冬作[16]。

「五聖」事乃唐玄宗加諡高祖、太宗、高宗、中宗、睿宗等五帝「大聖

145。《杜詩詳注》（一），卷一，76。

[12] 《杜詩詳注》（一），卷二，143。

[13] 《讀杜詩愚得》（一），年譜，頁24。

[14] 《集千家註批點補遺杜詩集》（一）（臺北：臺灣大通書局，1974年），卷一，頁129。

[15] 《百家注》（上）說：「洙曰：《唐書》：天寶八年，上親謁太清宮，上聖祖玄元皇帝尊
號為聖祖大道玄元皇帝。高祖、太宗、中宗、睿宗五帝，皆加『大聖皇帝』之字。」
（卷一，頁80）據《舊唐書‧玄宗本紀》（一），五帝中奪「高宗」兩字（卷九，頁
223）。杜詩偽王洙注之注語內容最晚當於宋微宗大觀三年（1109）即已出現，參拙著
〈杜詩王洙注研究〉，見《慈濟技術學院學報》，第十四期，2009年11月，頁4～6。

[16] 黃鶴說：「詩所言『五聖聯龍袞』，又却是天寶八年閏六月事，詩云『翠柏深留景，
紅梨迥得霜。風箏吹玉柱，露井凍銀牀』，當是其年冬作。」（《補注杜詩》，卷
十七，頁323）此外，《杜工部詩集》（上）也說：「此詩所詠，即太微宮也。作於加
諡五聖之後，當在天寶八載冬。……《通鑑》：天寶八載六月，上以符瑞相繼，皆
祖宗休烈，上高祖諡曰神堯大聖皇帝，太宗諡曰文武大聖皇帝，高宗諡曰天皇大聖皇
帝，中宗諡曰孝和大聖皇帝，睿宗諡曰玄貞大聖皇帝。」（卷一，頁147～148及150）

皇帝」諸字，事見《舊唐書・玄宗本紀》、《舊唐書・禮儀志》與《資治通鑑》「天寶八載（閏）六月」等[17]。此外，《全唐文》中亦收有唐玄宗〈高祖神堯大聖皇帝加諡冊文〉、〈太宗文武大聖皇帝加諡冊文〉、〈高宗天皇大聖皇帝加諡冊文〉、〈中宗孝和大聖皇帝加諡冊文〉及〈睿宗玄真大聖皇帝加諡冊文〉等，諸文中並有「天寶八載歲次己丑閏六月癸亥朔四日」等字[18]。換言之，詩乃作於是年。詩題與內容又有「冬日」、「初寒」（碧瓦初寒外，金莖一氣旁）諸字。因此詩當作於天寶八載冬，時杜甫在洛陽[19]。

〈兵車行〉

黃鶴將此詩繫於天寶九載作[20]。今考此詩當繫於天寶十載長安作，創作上限當斷於是年四月。

黃鶴繫此詩於天寶九載作，這是因為他認為詩中所云「且如今年冬，未休關西卒」，當指《通鑑》載云「天寶九載十二月」「關西遊弈使王難得擊吐蕃，克五橋，拔樹敦城」事[21]。然他本一云「如今縱得休，為隴西卒」[22]；或作「如今縱得休，還為隴西卒」[23]；又作「如今縱得休，休為隴西卒」[24]。此三詩句中的時間線索較不明顯；且諸版本詩意甚為相異，恐不宜作為繫年依

---

[17] 《舊唐書》（一），卷九，頁223。《舊唐書》（三），卷二十四，頁927。《資治通鑑》（十），卷二百一十六，頁6896。

[18] 《全唐文》（一）（北京：中華書局，2001年），卷三十八，頁412～414。另見《唐大詔令集》（北京：中華書局，2008年），卷七十八，頁445～446。

[19] 此外，關於洛陽有「玄元皇帝廟」，另亦可參拙著《杜詩舊注考據補證》（臺北：萬卷樓圖書股份有限公司，2007年），第三章，頁30～31。

[20] 《補注杜詩》，卷一，頁50。

[21] 黃鶴說：「以『且如今年冬，未休關西卒』，當是九載。」（《補注杜詩》，卷一，頁50）黃鶴於「且如」句下又說：「《通鑑》：九載冬十二月，關西遊奕使王難得擊吐蕃，克五橋，拔樹敦城。」（卷一，頁51）另外，史事亦可參《資治通鑑》（十），卷二百一十六，頁6901。

[22] 《杜工部集》（一），卷一，頁16。句中恐有奪字。

[23] 《草堂詩箋》（一），卷二，頁26。《杜詩詳注》（一），卷二，頁115。

[24] 《九家集注杜詩》（一）（臺北：臺灣大通書局，1974年），卷一，頁52。

據。

　　此詩又云「車轔轔，馬蕭蕭，行人弓箭各在腰。耶孃妻子走相送，塵
埃不見咸陽橋。牽衣頓足攔道哭，哭聲直上干雲霄」。首先，「咸陽橋」在
咸陽縣西南，又名西渭橋、便橋，《大清一統志》「西安府」「津梁」「西渭
橋」下云：「在咸陽縣西南，一名便橋。……。《縣志》：西渭橋在縣西南，
一名咸陽橋。」[25]另外，《關中勝蹟圖志》「西渭橋」下亦云：「《〔咸陽〕縣
志》：『漢名便橋，唐名咸陽橋。』」[26]此外，《元和郡縣圖志》「關內道」「咸
陽縣」下亦云：「便橋，在縣西南十里，駕渭水上。」[27]其次，詩云之事與
《資治通鑑》記載為討南詔而大募兩京等地之兵，父母妻子相送、哭聲振野
相符，《資治通鑑》「天寶十載」說：「四月，壬午，劍南節度使鮮于仲通討
南詔蠻，大敗於瀘南。……。制大募兩京及河南、北兵以擊南詔；人聞雲南
多瘴癘，未戰士卒死者什八九，莫肯應募。楊國忠遣御史分道捕人，連枷送
詣軍所。舊制，百姓有勳者免征役，時調兵既多，國忠奏先取高勳。於是行
者愁怨，父母妻子送之，所在哭聲振野。」[28]就目前所見資料言，黃鶴乃最早
於「牽衣頓足」句下言及此內容者[29]，然卻將詩繫於天寶九載作。詩既作於
九載，杜甫又何能預料後事？若詩敘及後事，則應完成於十載。錢謙益即據
《通鑑》記載討伐南詔蠻而父母妻子相送事，將詩繫於天寶十載作[30]。今並將
此詩創作上限斷於四月。

---

[25] 《大清一統志》（五），《續修四庫全書》本（上海：上海古籍出版社，2008 年），卷
　　二二九，頁 607。

[26] 清·畢沅：《關中勝蹟圖志》（西安：三秦出版社，2004 年），卷八，頁 281。

[27] 《元和郡縣圖志》（上），卷一，頁 14。另亦可參《杜詩詳注》（一），卷二，頁 113。

[28] 《資治通鑑》（十），卷二百一十六，頁 6906～6907。

[29] 《補注杜詩》，卷一，頁 50。

[30] 《錢牧齋先生箋註杜詩》（一），卷一，頁 156；〈年譜〉，頁 1263。

〈病後過王倚飲贈歌〉

單復將此詩繫於天寶十一載作[31]。梁權道將此詩繫於至德二載作[32]。盧元昌則將此詩繫於乾元二年秦州詩內[33]。今考此詩當繫於天寶十載冬長安作。

詩云「長安冬葅酸且綠，金城土酥淨如練」，「金城」本乃隋代始平縣，唐景龍四年（710）中宗送金城公主入吐蕃至此，遂改為金城縣，至德二年（757）又改為興平縣。《舊唐書・地理志》「關內道」下說：「興平，隋始平縣。……。景龍四年，中宗送金城公主入蕃，別於此，因改金城縣。至德二年十月，改興平縣。」[34]此外，《元和郡縣圖志》「京兆下」也說：「興平縣，……，金城公主出降吐蕃，中宗送至此縣，改始平縣為金城縣。至德二年改名興平。」[35]據此，金城縣屬京兆府。黃鶴即曾於句下說：「金城乃京兆府屬。按《唐志》：景龍二年，中宗送金城公主降吐蕃至此，改始平為金城。至德二年更名興平。」[36]此中，黃鶴所云之「景龍二年」應為四年[37]。由於詩有長安與金城諸語，因此詩當是杜甫在京城時作。朱鶴齡即曾說：「詩有『長安』、『金城』語，必京師作也。」[38]依此，盧氏繫年為非。

詩又云「酷見凍餒不足恥，多病沉年苦無健。王生怪我顏色惡，答云伏枕艱難遍。瘧癘三秋孰可忍，寒熱百日相交戰」，此言寒冷饑餓，終年多

---

[31] 《讀杜詩愚得》（一），年譜，頁26。
[32] 《補注杜詩》，卷四，頁113。
[33] 《杜詩闡》（二），卷九，頁419與434。
[34] 《舊唐書》（五），卷三十八，頁1398。另亦可參《新唐書》（四），卷三十七，頁962。
[35] 《元和郡縣圖志》（上），卷二，頁25。
[36] 《補注杜詩》，卷四，頁113。
[37] 詳參《新唐書》（四），卷三十七，頁977。《元和郡縣圖志》（上），卷二，頁46。此外，《唐大詔令集》中之〈金城公主降吐蕃制〉末有「即以今月二十七日，朕親自送于郊外。景龍四年正月」諸字（卷四十二，頁205），亦可證金城公主入蕃應為「景龍四年」，而非「景龍二年」。
[38] 《杜工部詩集》（上），卷一，頁170。

病，秋日癯瘠，寒熱相迫。事與杜甫〈秋述〉一文中之「秋，杜子臥病長安旅次」相符。〈秋述〉又有「多雨生魚，青苔及榻」諸語，據《舊唐書‧玄宗本紀》，乃天寶十載秋霖雨事[39]，因此，此詩當繫於天寶十載作。

　　黃鶴於詩題下即曾說：「梁權道雖編在至德二年，自行在還長安時作。然詩中署不及遭亂而病之意。⋯⋯。按公〈秋述〉⋯⋯云：『秋，杜子臥病長安旅況，多雨，⋯⋯。』又云：『四十無位。』當是天寶十三年。與『素知賤子甘貧賤，酷見凍餒不足恥』之句合耳。」[40]此中，《補注杜詩》又將「天寶十載」衍為「天寶十三載」，此恐刊刻刀誤，黃鶴於〈年譜辨疑〉「天寶十載辛卯」下即曾云：「先生在京師以奏賦，明皇奇之，命待制集賢院，召試文章。有〈秋述〉。」[41]依此，黃鶴認為〈秋述〉作於天寶十載，而非十三載。〈病後過王倚飲贈歌〉詩的內容既與〈秋述〉所云相合，因此，〈病後過王倚飲贈歌〉詩當繫於天寶十載作。今詩既云「長安冬菹酸且綠」，那麼，詩當是天寶十載冬日之作。

〈杜位宅守歲〉

　　梁權道將此詩編在天寶十三載作[42]。其餘杜詩舊注諸家多將此詩繫於天寶十載作。今考此詩當繫於天寶十載除夕長安作。

　　詩有「四十明朝過」之語，那麼，今天當為何日？詩題云「守歲」，守歲本指除夕達旦不眠，晉‧周處（236～297）《陽羨風土記》云：「除夕達旦不眠，謂之守歲。」[43]此外，宋‧袁文（1119～1190）《甕牖閒評》也說：

---

[39] 《舊唐書》（一），卷九，頁225。

[40] 《補注杜詩》，卷四，頁113。此中，「旅況」當為「旅次」之訛。《補注杜詩》所載「然詩中署不及遭亂而病之意」之語，仇兆鰲僅作「略不及喪亂之意」，見《杜詩詳注》（一），卷三，頁198。

[41] 《補注杜詩》，年譜辨疑，頁22。

[42] 《集千家註分類杜工部詩》（二）（臺北：臺灣大通書局，1974年），卷十一，頁759。是書以下簡稱《千家註》。

[43] 《陽羨風土記》，見《中國風土志叢刊》（揚州：廣陵書社，2003年），頁15。

「古來除夕，闔家團坐達旦，謂之守歲。」[44]換言之，明日當為新春初一；且其時已過四十歲。因此，今日除夕之夜時值四十[45]。接下來的問題是：杜甫四十歲時為何年？當為天寶十載，舊題為鮑曰者即曾說：「天寶十載辛卯，時年四十歲，在京師。〈杜位宅守歲〉是以有『四十明朝過』之句。」[46]惜未舉證。

這個問題的處理須先確定杜甫出生的年份。在杜詩學中，以黃鶴的說明較為清楚明白。據黃鶴的考證，杜甫當生於先天元年（712）[47]。杜甫既生於先天元年，四十歲時當為天寶十載（751）。因此，〈杜位宅守歲〉當繫於天寶十載除夕作。黃鶴即曾說：「詩云『四十明朝過』，則是天寶十載除夜。……蔡興宗、魯訔與鮑注、趙注俱同。獨梁權道編在天寶十三載，為非。」[48]

最後，依〈寄杜位〉（近聞寬法離新州）詩題下有原注「位京中（有）宅，近西曲江，詩尾有述」諸字（詳〈寄杜位〉繫年），那麼，杜位在長安嘗有宅第。因此，時杜甫當在長安。

〈奉留贈集賢院崔、于二學士，國輔、休烈〉

黃鶴將此詩繫於天寶十一載作[49]。吳見思則將此詩繫於天寶十二載作[50]。今考此詩的創作上限當斷在天寶十載杜甫待制集賢院、試文參選後，創作下限當斷在天寶十一載四月王鉷賜死，崔國輔坐王鉷近親而貶竟陵司馬前。

杜甫於此詩末兩句「謬稱三賦在，難述二公恩」下注云：「甫獻〈三大

---

[44] 《甕牖閒評》，見《文津閣四庫全書》，第854冊，卷三，頁543。

[45] 此外，顧宸亦曾云：「言四十自明朝而過，則是年正四十也。」（見《杜詩詳注》（一），卷二，頁110）

[46] 《補注杜詩》，卷十八，頁352。

[47] 參拙著《杜詩舊注考據補證》，第四章，頁84～85。此前，《杜甫傳記唐宋資料考辨》亦有詳細證明（第二篇，頁49～52）。

[48] 《補注杜詩》，卷十八，頁352。

[49] 《補注杜詩》，卷十九，頁359。

[50] 《杜詩論文》（一）（臺北：臺灣大通書局，1974年），目錄，頁72。

禮賦〉出身，二公常謬稱述。」[51]天寶九載冬杜甫預獻〈三大禮賦〉[52]；十載春正月玄宗有事於郊廟[53]；杜甫獻賦後，玄宗奇之，使待制於集賢院，學官試文章，送隸有司參選。杜甫〈進封西岳賦表〉曾云：「頃歲，國家有事於郊廟，幸得奏賦，待罪於集賢，委學官試文章，再降恩澤，仍猥以臣名實相副，送隸有司，參列選序。」當時杜甫的考官有崔國輔、于休烈等人。

　　崔國輔曾官集賢院學士、禮部員外郎，後因王鉷（？～752）、王銲（？～752）事坐貶竟陵司馬。《新唐書·藝文志》「崔國輔集」下云：「應縣令舉，授許昌令，集賢直學士、禮部員外郎。坐王鉷近親貶竟陵郡司馬。」[54]此外，元·辛文房（約1304左右在世）《唐才子傳》亦云：「崔國輔，……，累遷集賢直學士，禮部員中。天寶間，坐是王鉷近親，貶竟陵司馬。」[55]最後，宋·陳振孫（1183？～1249？）《直齋書錄解題》「崔國輔集」下亦云：「天寶中加學士後，以王鉷近親，坐貶。」[56]王銲謀反事在天寶十一載（752）四月，《新唐書·玄宗本紀》說：「（十一載）四月乙酉，戶部郎中王銲、京兆人邢縡謀反，伏誅。丙戌，殺御史大夫王鉷。」[57]此外，《舊唐書·玄宗本紀》亦云：「（十一載）夏四月，御史大夫兼京兆尹王鉷賜死，坐弟銲與兇人邢縡謀逆故也。」[58]最後，《資治通鑑》亦載云：「（十一載夏四

---

[51] 《杜工部集》（一），卷九，頁394。《錢牧齋先生箋註杜詩》（一），卷九，頁646。《杜詩詳注》（一），卷二，頁132。此中，仇本「常」字作「嘗」。

[52] 亦可參拙著《杜詩舊注考據補證》，第四章，頁84～85。

[53] 《舊唐書·玄宗本紀》（一）即曾云：「（天寶）十載春正月，……。壬辰，朝獻太清宮。癸巳，朝饗太廟。甲午，有事于南郊，合祭天地。」（卷九，頁224）又，《新唐書·玄宗本紀》（一）亦曾云：「（天寶）十載正月壬辰，朝獻于太清宮。癸巳，朝享于太廟。甲午，有事于南郊。」（卷五，頁147）

[54] 《新唐書》（五），卷六十，頁1603。

[55] 《唐才子傳》，見《文淵閣四庫全書》，第451冊，卷一，頁416。

[56] 《直齋書錄解題》，見《文淵閣四庫全書》，第674冊，卷十九，頁856。另亦可參宋·計有功：《唐詩紀事》，見《文淵閣四庫全書》，第1479冊，卷十五，頁431。

[57] 《新唐書》（一），卷五，頁148。

[58] 《舊唐書》（一），卷九，頁226。

月），鍖賜自盡，鋽杖死於朝堂。」[59] 據此，此詩的創作下限當斷在天寶十一載四月王鍖賜死，崔國輔坐王鍖近親而貶竟陵司馬之前；創作上限當斷在天寶十載待制集賢院、試文參選之後[60]。

〈同諸公登慈恩寺塔〉

單復、張溍與范蘱雲等皆將此詩繫於天寶十載長安作[61]。黃鶴則認為此詩創作時間「應在祿山陷京師之前，（天寶）十載奏賦之後」[62]。今考此詩當繫於天寶十一載秋長安作。

此詩題下注云「時高適、薛據先有此作」[63]，高適（704～765）集中有〈同諸公登慈恩寺塔〉詩，另外，岑參（716～770）集中亦有〈與高適、薛據同登慈恩寺浮圖〉詩。據此，這次至少有杜甫、高適、岑參與薛據等四人同登慈恩寺塔。據宋‧宋敏求（1018～1079）撰之《長安志》所載：慈恩寺在長安進昌坊[64]。宋‧張禮（約1086前後在世）於《游城南記》一書即曾記載其登慈恩寺塔[65]。今詩又云「羲和鞭白日，少昊行清秋」，那麼，杜甫等人

59　《資治通鑑》（十），卷二百一十六，頁6912。

60　另亦可參〈少陵先生年譜會箋〉，見《聞一多全集》（臺北：里仁書局，2000年），頁67；《杜甫評傳》（上）（北京：北京大學出版社，2003年），第六章，頁155；《杜甫傳記唐宋資料考辨》，第二篇，頁77～79。

61　《讀杜詩愚得》（一），年譜，頁26。《讀書堂杜詩集註解》（一）（臺北：臺灣大通書局，1974年），卷一，頁339。《歲寒堂讀杜》（一）（臺北：臺灣大通書局，1974年），卷一，頁60。

62　《補注杜詩》，卷一，頁63。

63　《杜工部集》（一），卷一，頁24。《杜詩趙次公先後解輯校》（上），甲帙卷之四，頁114。《錢牧齋先生箋註杜詩》（一），卷一，頁168。《御定全唐詩》，見《文淵閣四庫全書》，第1425冊，卷二百十六，頁7。《杜詩詳注》（一）則作「原注：時高適、薛據先有作」（卷二，頁103）。

64　《長安志》（北京：中華書局，1991年），卷八，頁104。另亦可參《兩京新記輯校》（西安：三秦出版社，2006年），卷二，頁19。《關中勝蹟圖志》，卷七，頁236～237。《增訂唐兩京城坊考》（西安：三秦出版社，2006年），卷三，頁108～109。

65　《游城南記校注》（西安：三秦出版社，2006年）說：「東南至慈恩寺。少遲，登塔，觀唐人留題。」（頁23）

登慈恩寺塔當在秋季，時在長安。

　　黃鶴將此詩創作上下限斷在天寶十載奏賦之後，安祿山陷京師以前；近人聞一多於〈岑嘉州繫年考證〉一文中則認為岑參天寶十載秋即返抵長安[66]，並考訂此次諸公同登慈恩寺塔當在天寶十一載秋，理由分述如下：

　　一、詩非作於天寶十載（751）秋：因為天寶十載秋杜甫「臥病長安旅次，多雨生魚，青苔及榻」（〈秋述〉）；此外「霖雨積旬，牆屋多壞，西京尤甚」（《舊唐書・玄宗本紀》「天寶十載秋」），因此是年秋杜甫無登塔望遠之理。

　　二、詩非作於天寶十二載（753）秋：因為天寶十二載秋高適在廓州附近。高適有〈同呂判官從哥舒大夫破洪濟城迴登積石軍多福七級浮圖〉一詩，詩題並載哥舒翰（？～757）破洪濟城事，哥舒翰取洪濟城乃在天寶十二載五月，《資治通鑑》「天寶十二載五月」即曾說：「隴右節度使哥舒翰擊吐蕃，拔洪濟、大漠門等城，悉收九曲部落。」[67]洪濟在廓州，《太平寰宇記》「隴右道」「廓州」「達化縣」下說：「故洪濟鎮城，後周武帝逐吐谷渾出後築，在今縣正西二百七十里。」[68]積石軍亦在廓州，《元和郡縣圖志》「隴右道」「廓州」下云：「積石軍，在州西南一百五十里。」[69]詩中又有「涼風颯然至」之語，因此，高適作此詩當在天寶十二載之秋[70]。由於高適是年五月至秋天皆在廓州附近，未在長安，所以是年秋高適無慈恩寺塔之遊。

　　三、詩非作於天寶十三載（754）秋：因為天寶十三載秋長安霖雨六十

66　〈岑嘉州繫年考證〉，見《聞一多全集》，唐詩雜論，頁118與119。此外，亦可參《岑參詩集編年箋註》（成都：巴蜀書社，1995年），年譜，頁12。廖立則認為天寶十載岑參約在六月底已可抵京，見《岑嘉州詩箋注・年譜》（下）（北京：中華書局，2004年），頁899。換言之，岑參返京當在天寶十載夏末秋初。

67　《資治通鑑》（十），卷二百一十六，頁6918。

68　《太平寰宇記》（七），卷一百五十五，頁2984。

69　《元和郡縣圖志》（下），卷三十九，頁994。

70　劉開揚《高適詩集編年箋註》（臺北：漢京文化事業有限公司，1983年）對此詩說：「《資治通鑑》卷二一六：哥舒翰攻破吐蕃洪濟、大漠門等城，在天寶十二載夏。……。詩云『涼風颯然至』，知此詩為是年秋作。」（頁268）

餘日，害稼，物價暴貴，九月京城垣屋頹壞殆盡，人多乏食[71]。因此，是年秋諸人當無冒險登塔之理、遊覽唱和之興[72]。

四、詩非作於天寶十三載（754）秋至至德元載（756）秋：因為天寶十三載至至德元載秋，岑參在隴右道。岑參有〈北庭西郊候封大夫受降回軍獻上〉詩，而封常清（？～755）於天寶十三載攝御史大夫，三月權知北庭都護，《舊唐書·封常清傳》說：「（天寶）十三載入朝，攝御史大夫。……。俄而北庭都護程千里入為右金吾人將軍，仍令常清權知北庭都護。」[73]另外，《舊唐書·玄宗本紀》亦云：「（天寶十三載）三月，……，左羽林上將軍封常清權北庭都護、伊西節度使。」[74]據此，〈北庭西郊候封大夫

---

[71] 《新唐書》（三），卷三十四，頁876；《舊唐書》（一），卷九，頁229；《舊唐書》（十），卷一百八，頁3275。

[72] 聞一多〈岑嘉州繫年考證〉說：「（岑）公有〈與高適薛據登慈恩寺浮圖〉詩，杜甫、儲光羲並有同諸公登慈恩寺塔詩，知斯遊杜、儲亦與。今惟薛作不存，餘四家詩中所紀時序並同，（公詩曰『秋色從西來』，杜曰『少昊行清秋』，高曰『秋風昨夜至』，儲曰『登之清秋時』）尤為五人同遊之證。……。今案登塔事，十載、十二載、十三載皆不可能，各有反證，分述如下：1天寶十載，《舊·玄宗紀》十載『是秋霖雨積旬，牆屋多壞，西京尤甚』。是年杜甫所作〈秋述〉曰，『秋杜子臥病長安旅次，多雨生魚，青苔及榻。』多雨既非登塔之時，而杜甫臥病，尤無參與斯遊之理，是登塔不得在天寶十載秋也。2天寶十二載，《通鑑》天寶十二載五月，哥舒翰擊吐蕃，拔洪濟、大漠門等城，悉收黃河九曲，《舊·玄宗紀》，天寶十二載九月，哥舒翰進封西平郡王。案高適有〈同呂判官從哥舒大夫破洪濟城迴登積石軍多福寺七級浮圖〉、〈同李員外賀哥舒大夫破九曲之作〉兩詩，又有〈九曲詞〉三首，句云『御史臺中異姓王』，是則天寶十二載五月至九月，適在河西，不得與於長安慈恩寺塔之遊也。3天寶十三載，《舊·玄宗紀》，十三載八月以久雨，左相陳希烈罷知政事，又云『是秋霖雨積六十餘日』，蓋即杜甫〈秋雨歎〉（盧氏編在十三載）所謂『秋來未曾見白日，泥污后土何時乾』者，十三載秋亦積雨若是之久，則登塔亦為根本不可能。且據杜〈年譜〉，是秋因京師霖雨乏食生計艱窘，攜家往奉先，則縱有斯遊，杜不得與。又十三載四月岑公已赴北庭（……），則岑亦不得與於斯遊也。……。則登塔賦詩之事，必在十（一）載無疑。」（見《聞一多全集》，唐詩雜論，頁119～120）

[73] 《舊唐書》（十），卷一百四，頁3209。另亦可參《資治通鑑》（十），卷二百一十七，頁6926。

[74] 《舊唐書》（一），卷九，頁228。

受降回軍獻上〉詩創作時間的上限當斷在天寶十三載三月之後。時岑參隨赴北庭。北庭治庭州[75]，庭州下有輪臺縣[76]。岑參另有〈首秋輪臺〉一詩，此詩當作於至德元載秋。理由如下：首先，因為至德二載（757）六月杜甫等曾薦岑參為右補闕，杜甫〈為補遺薦岑參狀〉一文末即有「至德二載六月十二日」諸字，且杜集中有〈奉答岑參補闕見贈〉詩，可見杜甫等人此次薦後，岑參即除補闕，已在鳳翔，因此〈首秋輪臺〉當非作於至德二載初秋。其次，〈首秋輪臺〉有「輪臺萬里地，無事歷三年」之語。而岑參於天寶十三載至北庭。今若將此詩繫於天寶十三初秋或十四載初秋作，則其至北庭、輪臺等地未及三年，與「無事歷三年」詩意未合，因此〈首秋輪臺〉當非作於天寶十三載初秋或十四載初秋。最後，由於詩有「歷三年」諸字，而岑參自天寶十三載三月或其後不久即隨赴邊庭，至至德元載秋歷經三年，因此詩當繫於至德元載初秋作[77]。總之，岑參自天寶十三載三月或其後不久赴北庭至至德元載秋在輪臺，其在隴右道西部歷經三年，因此天寶十三秋、十四載秋與至德元載之秋，岑參無慈恩寺塔之遊。

依據上述所云，諸公同遊慈恩寺塔當在天寶十一載秋，詩當作於是時，

---

[75] 〈岑嘉州繫年考證〉，見《聞一多全集》，唐詩雜論，頁122。

[76] 《元和郡縣圖志》（下），卷四十，頁1033～1034。《通典》（五），卷一百七十四，頁4559。

[77] 〈首秋輪臺〉詩當作於至德元年，聞一多〈岑嘉州繫年考證〉「天寶十三載」下曾說：「知五月常清出師西征，六月受降回軍者，〈北庭西郊候封大夫受降回軍獻上〉及〈登北庭北樓呈幕中諸公〉二詩可證。常清十三載入朝，加御史大夫，三月兼北庭，據詩，回軍北庭西郊，又稱『封大夫』，是至早作於天寶十三載，且必在三月以後。又案是年首秋，公已自北庭至輪臺（北庭治庭州，輪臺在庭州西三百二十里）。……。知七月至輪臺者，〈首秋輪臺〉詩可證也。詩曰『輪臺萬里地，無事歷三年』。玫公此次在邊，自十三載夏，至至德二載夏，適為三周年。此詩題曰首秋，而至德二載六月已歸至鳳翔，則必作於至德元載之秋，其時在輪臺已歷三年，則本年應已自北庭至輪臺。」（頁122～123）聞氏於「至德元載」下又云：「〈首秋輪臺〉詩曰『輪臺萬里地，無事歷三年』，則七月猶在輪臺。」（頁124）另亦可參劉開揚：《岑參詩集編年箋註》，年譜，頁14～16與頁373；廖立：《岑嘉州詩箋注·年譜》（下），頁905～913。

聞氏之說可從。

〈送韋書記赴安西〉

單復繫此詩於天寶七載作[78]。黃鶴與吳見思皆繫此詩於天寶十一載作[79]。蔡夢弼則將此詩繫於廣德元年自梓暫往閬所作[80]。今考此詩當繫於天寶十一載作。

詩曰「書記赴三捷，公車留二年」，舊題為王洙者注云：「『〈東方朔（傳）〉：待詔公車。師古曰：『公車令屬衛尉，上書者所詣。』」[81]「公車」本指漢朝上書者所詣待詔之處。此謂獻賦之後，待制於集賢院，學官試文，送隸有司，參列選序之時。錢謙益即曾說：「『公車留二年』，公獻賦，隸有司參列選序之時也。」[82]杜甫待制試文參選之事在天寶十載，陳貽焮（1924～2000）撰之《杜甫評傳》說：「玄宗行三大禮都在十載正月，杜甫獻三賦，當在此後不久。玄宗奇之，既『使待制集賢院，命宰相試文章』，這年才開始不久，有的是時間，而且考的只是杜甫一人，無須費時準備，按常情推斷，這一極簡便的考試，決無推遲到第二年舉行之理。」[83]待制試文參選事若在天寶十載，今詩云「留二年」，因此，此詩當作於天寶十一載。

黃鶴即曾說：「公以天寶十載獻三賦，召試文章，〈進封西嶽（賦）表〉云：『幸得奏賦，待制於集賢。』今詩云『公車留二年』，當是十一載作。」[84]

---

[78] 《讀杜詩愚得》（一），年譜，頁24。

[79] 《補注杜詩》，卷十八，頁348。《杜詩論文》（一），目錄，頁72。

[80] 《草堂詩箋》（一），目錄，頁34。

[81] 《百家注》（上），卷十八，頁613。另外，《漢書‧東方朔傳》（九）（北京：中華書局，2002年）云：「（東方）朔文辭不遜，高自稱譽，上偉之，令待詔公車。」（卷六十五，頁2842）

[82] 《錢牧齋先生箋註杜詩》（一），卷九，頁629。

[83] 《杜甫評傳》（上），第六章，頁161。另亦可參《杜甫傳記唐宋資料考辨》，第二篇，頁79。

[84] 《補注杜詩》，卷十八，頁348。

〈奉贈鮮于京兆二十韻〉

　　黃鶴將此詩繫於天寶十一載十二月作[85]。單復與錢謙益則將此詩繫於天寶十二載作[86]。今考此詩的創作上限當斷於天寶十一載五月十一日後，創作下限當斷於天寶十二載鮮于仲通貶邵陽郡司馬之時。

　　「鮮于」乃鮮于向，字仲通，以字行世，曾拜京兆尹。唐・顏真卿（708～784）〈中散大夫京兆尹漢陽郡太守贈太子少保鮮于公神道碑銘〉一文，其云：「公諱向，字仲通，以字行。……。十一載，拜京兆尹。公威名素重，處理剛嚴。公初善執事者，後為所忌。十二載，遂貶邵陽郡司馬。灌園築室，以山泉琴酒自娛，賦詩百餘篇。俄移漢陽郡太守。」[87]天寶十二載鮮于仲通以忤楊國忠（？～756）遂貶邵陽郡司馬，八月移漢陽郡太守，顏真卿〈鮮于氏離堆記〉又說：「天寶九載，以益州大都督府長史兼御史中丞持節充劍南節度副大使知節度事劍南山南西道採訪處置使入為司農少卿，遂作京兆尹，以忤楊國忠貶邵陽郡司馬。十有二載秋八月，除漢陽郡太守。」[88]依據上述兩文，鮮于仲通於天寶十一載為京兆尹；十二載貶邵陽郡司馬，八月為漢陽郡太守。

　　據史，天寶十一載四月因王銲逆事，以楊國忠為京兆尹，《舊唐書・玄宗本紀》「天寶十一載」云：「夏四月，御史大夫兼京兆尹王鉷賜死，坐弟銲與兇人邢縡謀逆故也。楊國忠兼京兆尹。」[89]此外，《資治通鑑》「天寶十一載」亦云：「（夏四月）……。會陳希烈極言鉷大逆當誅，戊子，敕希烈與國忠鞫之，仍以國忠兼京兆尹。」[90]未久，楊國忠拜為御史大夫，引鮮于仲通為

---

[85] 《補注杜詩》，卷十七，頁331。

[86] 《讀杜詩愚得》（一），年譜，頁27。《錢牧齋先生箋註杜詩》（二），年譜，頁1264。

[87] 《全唐文》（四），卷三四三，頁3483～3484。另亦可參《錢牧齋先生箋註杜詩》（一），卷九，頁607～608。《唐刺史考全編》（一），卷一，頁23。

[88] 《全唐文》（四），卷三三七，頁3420。另亦可參《錢牧齋先生箋註杜詩》（一），卷九，頁607～608。《唐刺史考全編》（一），卷一，頁23。

[89] 《舊唐書》（一），卷九，頁226。

[90] 《資治通鑑》（十），卷二百一十六，頁6912。

京兆尹。《新唐書・外戚列傳》說:「俄拜(楊)國忠御史大夫,因引仲通為京兆尹。」[91]另外,《欽定續通志》亦云:「(楊國忠)俄拜御史大夫,引仲通為京兆尹。」[92]楊國忠拜御史大夫乃在天寶十一載五月丙辰(十一日),《資治通鑑》「天寶十一載」云:「(五月)丙辰,京兆尹楊國忠加御史大夫。」[93]此外,《新唐書・玄宗本紀》「天寶十一載」下亦有「六月壬午,御史大夫兼劍南節度使楊國忠」諸字[94]。據此,楊國忠為御史大夫當在十一載五月丙辰。今據《新唐書・外戚列傳》所云,楊國忠既在天寶十一載五月丙辰加御史大夫,那麼,鮮于仲通為京兆尹當在五月丙辰之後[95]。

此外,史書亦載:王鉷犯法,籍沒其家財,時韓浩為萬年縣主簿,緝拿其資財,有所隱瞞,而為京兆尹鮮于仲通揭發論罪,流配循州。《舊唐書・韓休列傳》說:「御史大夫王鉷犯法,籍沒其家,(韓)洽兄浩為萬年主簿,捕其資財,有所容隱,為京兆尹鮮于仲通所發,配流循州。」[96]另外,《新唐書・韓休列傳》也說:「(韓)浩,萬年主簿,坐籍王鉷家貲有隱入,為尹鮮于仲通所劾,流循州。」[97]鮮于仲通為京兆尹時揭發韓浩之罪,使其流配循州,其事當在王鉷犯法後不久。據此,《新唐書・外戚列傳》所言當屬

---

91 《新唐書》(十九),卷二百六,頁5848。

92 《欽定續通志》,見《文淵閣四庫全書》,第400冊,卷五百一,頁31。

93 《資治通鑑》(十),卷二百一十六,頁6912。

94 《新唐書》(一),卷五,頁149。

95 《舊唐書・楊國忠傳》(十)說:楊國忠、鮮于仲通為京兆尹在天寶十載。書云:「十載,國忠權知蜀郡都督府長史,充劍南節度副大使,知節度事,仍薦仲通代己為京兆尹。」(卷一百六,頁3243)此說當誤。據《舊唐書・玄宗本紀》與《資治通鑑》所云,楊國忠為京兆尹在天寶十一載四月。另據〈中散大夫京兆尹漢陽郡太守贈太子少保鮮于公神道碑銘〉所云,鮮于仲通為京兆尹在天寶十一載。此外,《舊唐書・崔光遠傳》(十)亦云:「天寶十一載,京兆尹鮮于仲通舉光遠為長安令。」(卷一百一十一,頁3317)據此,《舊唐書・楊國忠傳》所言當誤。

96 《舊唐書》(九),卷九十八,頁3079。

97 《新唐書》(一四),卷一百二十六,頁4433。此外,明・余寅撰之《同姓名錄》「韓浩」下亦有相似的記載,其云:「唐・韓浩,韓休之子,為萬年主簿,坐籍御史大夫王鉷家財,有所容隱,為鮮于仲通所發,配流循州。」(見《文淵閣四庫全書》,第964冊,卷八,頁196)

可信。

詩題既云「鮮于京兆」,而鮮于仲通為京兆尹在天寶十一載五月丙辰之後,因此,此詩的創作上限當斷在此時。詩歌的創作下限當斷在天寶十二載鮮于仲通貶為邵陽郡司馬之前,最遲亦不晚於八月。

〈麗人行〉

仇兆鰲將此詩繫於天寶十二載春作[98]。錢謙益則將此詩繫於天寶十三載春作[99]。今考此詩的創作上限當斷於天寶十二載春三月,下限當斷於天寶十四載春三月,杜甫在長安所作。

詩云「炙手可熱勢絕倫,慎莫近前丞相嗔」,「丞相」指楊國忠,蔡興宗曾說:「〈麗人行〉之謂『丞相』者,楊國忠也。」[100]此外,趙次公亦曾云:「『丞相嗔』,以指言國忠。」[101]楊國忠為相在天寶十一載十一月,譬如,《舊唐書·玄宗本紀》「天寶十一載」說:「十一月乙卯,尚書左僕射兼右相、晉國公李林甫薨於行在所。庚申,御史大夫兼蜀郡長史楊國忠為右相兼文部尚書。」[102]又如,《新唐書·玄宗本紀》「天寶十一載」亦云:「十一月乙卯,李林甫薨。庚申,楊國忠為右相。」[103]此外,〈楊國忠右相制〉末亦有「天寶十一載十一月」[104]諸字。楊國忠為相既在天寶十一載十一月,而詩又有「三月三日天氣新,長安水邊多麗人」之句,因此,此詩的創作上限當斷於

---

[98] 仇兆鰲說:「此當是(天寶)十二年春作,蓋國忠於十一年十一月為右丞相也。」(《杜詩詳注》(一),卷二,頁156)

[99] 《錢牧齋先生箋註杜詩》(二),年譜,頁1264。

[100] 《分門集註》(一),年譜,頁65。

[101] 《杜詩趙次公先後解輯校》(上),甲帙卷之三,頁67。最後,宋·葛立方(?~1164)亦云:「老杜〈麗人行〉……『慎莫近前丞相嗔』之句,當是謂楊國忠也。」(《韻語陽秋》,見《文津閣四庫全書》,第1483冊,卷十九,頁428)

[102] 《舊唐書》(一),卷九,頁226。

[103] 《新唐書》(一),卷五,頁149。另外,《資治通鑑》(十)「天寶十一載」亦云:「(十一月)庚申,以楊國忠為右相,兼文部尚書。」(卷二百一十六,頁6914)

[104] 《唐大詔令集》,卷四十五,頁223。

天寶十二載春三月，十三、十四載之春當然亦有可能，創作下限當斷於十四載春，因為是年冬十一月安祿山已兵反。彭毅即曾說：「楊國忠天寶十一載十一月為右相，則詩當作於十二、十三或十四載春。」[105]

〈渼陂行〉

　　黃鶴、吳見思與仇兆鰲等皆將此詩繫於天寶十三載作[106]。今考此詩的創作上限當斷於天寶十載夏六月，下限當斷於天寶十二載夏六月，時杜甫在長安。

　　「渼陂」，或作美陂，因陂中之魚甚美而名之，其位於鄠縣西五里。《元和郡縣圖志》「關內道」「京兆」「鄠縣」下云：「美陂，在縣西五里。周迴十四里。」[107]另外，《新唐書·地理志》「關內道」「京兆府」「鄠縣」下亦有「渼陂」[108]。此外，宋·程大昌（1123～1195）《雍錄》「渼陂」下則說：「在鄠縣西五里，源出終南山，有五味陂，陂魚甚美，因加水而以為名。其周一十四里，北流入澇水，即杜甫所賦渼陂也。」[109]而鄠縣在京兆府西南六十五里，《元和郡縣圖志》「鄠縣」下云：「東北至府六十五里。」[110]因此，渼陂在京兆府之西南。

---

[105] 〈杜甫詩繫年辨證〉，見《文史哲學報》，第十七期，1968 年，頁 98。

[106] 《補注杜詩》說：「陂，在京兆鄠縣。……。以『岑參』『攜我來遊』之句，當是公未薦充近待前作；又以後篇云『身退豈待官』，乃十三載未授官時作。」（卷二，頁 72～73）吳見思之繫年，見《杜詩論文》（一），目錄，頁 73。另外，仇兆鰲則引黃鶴語而入天寶十三載未授官時作（《杜詩詳注》（一），卷三，頁 179）。

[107] 《元和郡縣圖志》（上），卷二，頁 31。

[108] 《新唐書》（四），卷三十七，頁 963。

[109] 《雍錄》（北京：中華書局，2005 年），卷六，頁 134。另外，《關中勝蹟圖志》亦曾云：「渼陂，在鄠縣西五里，一作美陂。……。《唐書·地理志》：鄠縣有渼陂。《水經注》：『水出宜春觀北，東北流，注澇水。』《十道志》：『本五味陂。陂魚甚美，因誤名之。』《長安志》：『渼陂出終南山諸谷，合胡公泉為陂。』」（卷三，頁 87）相關記載尚可參見《長安志》，卷十五，頁 213；宋·王存（1023～1101）：《元豐九域志》（上）（北京：中華書局，2005 年），卷三，頁 104。

[110] 《元和郡縣圖志》（上），卷二，頁 29。

詩云「岑參兄弟皆好奇，攜我遠來遊渼陂」，據此，杜甫此次當與岑參兄弟同遊渼陂。詩又有「菱葉荷花淨如拭」之語，「荷花」本夏日之物，明‧劉文泰等纂修之《本草品彙精要》「果部上品」「藕實」下云：「《詩傳》云：荷，芙蕖也。……。地〔圖經曰〕生汝南池澤、江南，今處處有之。時〔生〕三月、四月生苗，六月開花。」[111]前文〈同諸公登慈恩寺塔〉詩注與詩下已言：岑參於天寶十載夏末秋初返抵長安；岑參又有〈北庭西郊候封大夫受降回軍獻上〉一詩，並且封常清於天寶十三載攝御史大夫，三月權知北庭都護，因此，〈北庭西郊候封大夫受降回軍獻上〉詩當作在天寶十三載三月封常清為北庭都護之後，其時岑參隨赴北庭。岑參既已隨赴北庭，並在隴右道西部三年，即不可能於十三載夏五、六月與杜甫同遊渼陂[112]。因此，〈渼陂行〉詩的創作上限當斷於天寶十載夏六月，而下限當斷於十二載夏六月。

〈贈田九判官梁丘〉

錢謙益將此詩繫於天寶十三載作[113]。黃鶴則將此詩繫於天寶十四載春作[114]。今考此詩當繫於天寶十三載作。

黃鶴繫年的理由主要乃據詩云「崆峒使節上青霄，河隴降王款聖朝」之句，而句下趙次公之注即認為「上青霄」乃指「領吐蕃降王以朝」[115]。然「青霄」除指帝都外，亦可指青天，形容崆峒地高[116]。今據《唐書‧王思禮

---

[111] 《本草品彙精要》（北京：華夏出版社，2004年），卷三十二，頁546。

[112] 劉開揚《岑參詩集編年箋註‧年譜》「天寶十二載」下曾說：「〈渼陂行〉亦云：『岑參兄弟皆好奇，攜我遠來游渼陂。』……。詩又云：『菱葉荷花淨如拭。』乃夏日作。黃鶴、仇兆鰲均繫於天寶十三載，然十三載四月岑參已赴北庭，恐當是十二載事。」（頁13）或參廖立：《岑嘉州詩箋注‧年譜》（下），頁902。

[113] 《錢牧齋先生箋註杜詩》（二），年譜，頁1264。錢謙益於「（河隴）降王」句下注說：「十三載，吐谷渾蘇毗王欵塞，詔翰至磨環川應接之。」（卷九，頁628）

[114] 《補注杜詩》，卷十八，頁346。

[115] 《補注杜詩》，卷十八，頁346～347。此外，《杜詩趙次公先後解輯校》（上）也說：「上青霄，言入朝見天子也。蓋領吐蕃降王以朝矣。」（甲帙卷之三，頁71）

[116] 《杜詩詳注》（一）說：「陳注：上青霄，謂崆峒地高，非指朝宁之地。」（卷三，頁187）

傳》所載,「崆峒」兩句當指吐蕃蘇毗王叩關請降、哥舒翰（？～757）受
降之事。依史,天寶十二載夏五月,哥舒翰擊吐蕃收九曲部落,《資治通
鑑》「天寶十二載」說:「（五月）隴右節度使哥舒翰擊吐蕃,拔洪濟、大漠
門等城,悉收九曲部落。」[117]明年十三載三月,再復河源九曲,《新唐書・玄
宗本紀》說:「（十三載）三月,隴右、河西節度使哥舒翰敗吐蕃,復河源
九曲。」[118]十三載,吐蕃蘇毗王叩塞請降,《舊唐書・王思禮傳》說:「十三
載,吐蕃蘇毗王款塞,詔（哥舒）翰至磨環川應接之。」[119]此外,《新唐
書・王思禮傳》亦云:「天寶十三載,吐谷渾蘇毗王款附,詔翰至磨環川應
接。」[120]明年十四載春正月,蘇毗王子悉諾邏來降,《資治通鑑》「天寶十四
載」說:「春,正月,蘇毗王子悉諾邏去吐蕃來降。」[121]由於詩言「降王款聖
朝」,此當指蘇毗王叩關請降之事,因此,詩當作於天寶十三載。錢謙益之
繫年可從[122]。

〈贈獻納起居田舍人澄〉

　　單復將此詩繫於天寶六載作[123]。今考此詩當繫於天寶十三載長安作。

　　詩題言「獻納」,獻納使掌納四方所上之書,本名理匭使,天寶九載三
月,以「匭」聲近「鬼」,改理匭使為獻納使。《新唐書・百官志》說:「武
后垂拱二年,有魚保宗者,上書請置匭以受四方之書。……。以諫議大夫、
補闕、拾遺一人充使,知匭事;御史中丞、侍御史一人,為理匭使。其後,
同為一匭。天寶九載,玄宗以『匭』聲近『鬼』,改理匭使為獻納使。」[124]

[117] 《資治通鑑》（十）,卷二百一十六,頁6918。

[118] 《新唐書》（一）,卷五,頁150。

[119] 《舊唐書》（十）,卷一百一十,頁3312。

[120] 《新唐書》（十五）,卷一百四十七,頁4749。

[121] 《資治通鑑》（十）,卷二百一十七,頁6929。

[122] 詩中所敘及事件亦可參《杜詩詳注》（一）,卷三,頁186～187;《杜工部詩集》
　　（上）,卷三,頁281～282。

[123] 《讀杜詩愚得》（一）,年譜,頁23～24。然單復未言其理。

[124] 《新唐書》（四）,卷四十七,頁1206～1207。

《舊唐書・職官志》則曰：「知匭使。天后垂拱元年，置匭以達冤滯。……。天寶九年，改匭為獻納。」[125]此外，宋・王溥所撰之《唐會要》更云：「天寶九載三月十八日，改理匭為獻納使。」[126]今詩題既曰「獻納」，因此詩當作於天寶九載改理匭使為獻納使之後。據此，單復之說有誤。

今詩又云「揚雄更有〈河東賦〉，唯待吹噓送上天」，杜甫於此以揚雄（前58～18）自比，舊題為王洙者對此即曾說：「此子美自比雄也。」[127]杜甫引揚雄以自方，首先，這是因為杜甫認為其賦作堪與揚雄匹敵相當，譬如〈奉贈韋左丞丈二十二韻〉即云「賦料揚雄敵」；又如〈進鵰賦表〉亦云「至於沉鬱頓挫，隨時敏捷，揚雄、枚皋之徒，庶可企及也」。其次，這是由於揚雄〈河東賦〉與杜甫〈封西岳賦〉皆與西岳華山有關，朱鶴齡即曾說：「《漢・揚雄傳》：上陟西岳，以望八荒，迹殷周之虛，思唐虞之風。雄以為臨淵羨魚，不如退而結網。還，上〈河東賦〉以勸。時公既獻三賦投延恩匭，又欲奏〈封西嶽賦〉，故云『更有〈河東賦〉』也。」[128]

杜甫〈封西岳賦〉當作於天寶十三載，分述如下：首先，〈進封西岳賦表〉云：「臣本杜陵諸生，年過四十，經術淺陋，進無補於明時，退嘗困於衣食，蓋長安一匹夫耳。」已知杜甫生於先天元年，那麼，杜甫四十歲時乃天寶十載，今詩既云「年過四十」，因此，〈進封西岳賦表〉當作於天寶十載之後，時杜甫在長安。其次，〈表〉又云：「維岳，固陛下本命，以永嗣業；維岳，授陛下元弼，克生司空。」此中，「授陛下元弼，克生司空」事指天寶十三載二月楊國忠進位司空，《舊唐書・玄宗本紀》「天寶十三載二月」說：「戊寅，右相兼文部尚書楊國忠守司空，餘如故。甲申，司空楊國忠受冊。」[129]另外，《新唐書・玄宗本紀》「天寶十三載二月」亦云：「丁丑，

---

125 《舊唐書》（六），卷四十三，頁1853。

126 《唐會要》（下）（上海：上海古籍出版社，2006年），卷五十五，頁1123。另亦可參《補注杜詩》，卷十八，頁347。

127 《百家注》（上），卷四，頁227。此外，仇兆鰲亦云：「公詩『賦料揚雄敵』，蓋素以子雲自方也。」（《杜詩詳注》（一），卷三，頁204）

128 《杜工部詩集》（上），卷二，頁232。

129 《舊唐書》（一），卷九，頁228。

楊國忠為司空。」[130]此外，《資治通鑑》「天寶十三載二月」亦載：「丁丑，楊
國忠進位司空。」[131]最後，〈授楊國忠兼右相詔〉亦載云：「楊國忠，加光祿
大夫、守司空、兼右相。……。天寶十三載二月。」[132]據此，〈封西岳賦〉當
作於十三載[133]。

今杜甫既以揚雄自比，那麼，依據上述這些理由，〈贈獻納使田舍人詩〉
當作於天寶十三載。宋・葛立方（？～1164）即曾云：「〈西嶽賦序〉云：
『上既封泰山之後，三十年。』按《史》：開元十三年乙丑封泰山，至天寶
十三載，始及三十年，則是進〈西嶽賦〉在天寶十三載也。老杜有〈贈獻納
使田舍人〉，……，其云『更有〈河東賦〉』，當是獻〈西嶽賦〉時也。」[134]此
外，黃鶴也曾說：「詩云『揚雄更有〈河東賦〉，唯待吹噓送上天』，當是天
寶十三載作。」又曰：「公既獻三賦，又作〈封西岳賦〉，欲奏上，故云『揚
雄更有〈河東賦〉』，亦『賦料揚雄敵』意也。按〈進賦表〉云『惟岳，授
陛下元弼，克生司空』，又云『春將披圖視典，冬乃展采錯事』，『司空』，
指楊國忠。《舊史》：天寶十三載二月戊寅，右丞相兼吏部尚書楊國忠守司
空。甲申，授冊。則進〈賦〉必在是年。」[135]

最後，今據「揚雄」兩句，可斷定天寶十三載杜甫先作〈封西岳賦〉，
後作〈贈獻納起居田舍人澄〉詩。再據詩題，時杜甫當在長安。

---

[130] 《新唐書》（一），卷五，頁150。

[131] 《資治通鑑》（十），卷二百一十七，頁6924。

[132] 李希泌主編；毛華軒等編：《唐大詔令集補編》（上）（上海：上海古籍出版社，2003
年），卷七，頁159。

[133] 蔡興宗〈年譜〉「天寶十三年甲午」下即曾云：「冬進〈封西岳賦〉，〈賦序〉曰：『上
既封太山之後，三十年（間）。』按《唐史》：『開元十三年乙丑歲，封太山。』至是
『三十年』矣。」（《分門集註》（一），年譜，頁66）亦即〈封西岳賦序〉云「上既
封泰山之後，三十年間」，據《新唐書・玄宗本紀》（一），玄宗封泰山在開元十三年
（卷五，頁131）。今若自開元十三年起算，則「三十年」當為天寶十三載，因此，
〈封西岳賦〉當繫於天寶十三載作。此外，關於〈封西岳賦〉的創作年份，另亦可參
《杜甫傳記唐宋資料考辨》，第二篇，頁70～71。

[134] 《韻語陽秋》，見《文津閣四庫全書》，第1483冊，卷六，頁341。

[135] 《補注杜詩》，卷十八，頁347。

〈醉時歌〉

錢謙益將此詩繫在天寶九載作[136]。單復將此詩繫在天寶十載作[137]。黃鶴疑此詩當於天寶十三載春作[138]。今考此詩或繫於天寶十三載春，或繫於十四載春作，時杜甫在長安。

諸本題下有原注：「贈廣文館博士鄭虔。」[139]鄭虔為廣文館博士在天寶九載七月[140]。今詩又有「日糴太倉五升米，時赴鄭老同襟期」之語，「日糴太倉」事分別在天寶十二載秋八月及十三載秋。就前者而言，黃鶴即曾於句下援引《舊唐書・玄宗本紀》說：「按《舊史》：『天寶十二載八月，京城霖雨，米貴，令出太倉米十萬石，減價糴與貧人。』」[141]就後者而言，《舊唐書・玄宗本紀》說：「（天寶十三載）是秋，霖雨積六十餘日，京城垣屋頹壞殆盡，物價暴貴，人多乏食，令出太倉米一百萬石，開十場賤糴以濟貧民。」[142]此外，《通典》亦云：「（天寶）十三載，京城秋霖，米價騰貴，官出太倉米，分為十場出糴。」[143]最後，詩中又有「清夜沉沉動春酌，簷前細雨燈花落」之語，既云「春」字，當是隔年春作。因此，此詩的繫年有兩種可能：或繫於天寶十三載春，黃鶴即曾對此說：「『以杜陵野客人更嗤，被褐短窄鬢如絲』，當是天寶十載獻賦後。……。疑在天寶十三載春作，蓋公詩云『日糴太倉五升米』，事在十二載之秋也。」[144]或繫於天寶十四載春，時杜甫在長安。

---

[136]《錢牧齋先生箋註杜詩》（二），年譜，頁1263。

[137]《讀杜詩愚得》（一），年譜，頁26。

[138]《補注杜詩》，卷一，頁57。

[139]《杜工部集》（一），卷一，頁20。《錢牧齋先生箋註杜詩》（一），卷一，頁163。《杜工部詩集》（上），卷二，頁208。《杜詩詳註》（一），卷三，頁174。《御定全唐詩》，見《文淵閣四庫全書》，第1425冊，卷二百十六，頁6。另外，《草堂詩箋》（一）作「贈廣文館學士鄭虔」（卷三，頁52），此訛「博士」為「學士」。

[140] 參拙著《杜詩舊注考據補證》，第四章，頁94。

[141]《補注杜詩》，卷一，頁58。另見《舊唐書》（一），卷九，頁227。

[142]《舊唐書》（一），卷九，頁229。

[143]《通典》（一），卷七，頁153。

[144]《補注杜詩》，卷一，頁57。

〈官定後戲贈〉

　　單復將此詩繫於天寶十三載作[145]。黃鶴與錢謙益則將此詩繫於天寶十四載作[146]。浦起龍進一步認為此詩當繫於天寶十四載秋後作[147]。今考此詩當繫於天寶十四載十月作，最晚當不晚於十一月初以前，時杜甫在長安。

　　「官定」指杜甫授右衛率府兵曹一職，諸本詩題下原注：「時免河西尉，為右衛率府兵曹。」[148]據〈夔府書懷四十韻〉詩，杜甫罷尉任曹在「初興薊北師」之時，黃鶴即曾說：「十三載，再進〈封西嶽賦表〉，上云『一匹夫』，則其時未得官。改衛率府參軍，乃在十四載，所謂『昔罷河西尉，初興薊北師』是也。」[149]黃氏又云：「〈官定戲贈〉曰『不作河西尉，淒涼為折腰。老夫怕奔走，率府且逍遙』。而〈夔府書懷〉云『昔罷河西尉，初興薊北師』，則改授率府胄曹，當在是年之冬，蓋是年十一月祿山反也。」[150]安祿山河北起兵造反在天寶十四載十一月，《新唐書·玄宗本紀》說：「（十四載）十一月，安祿山反，陷河北諸郡。」[151]因此，此詩目前可以暫時繫於天寶十四載十一月安史兵反之時所作。然而，杜甫作〈官定後戲贈〉詩時，其在長安；而〈自京赴奉先縣詠懷五百字〉詩乃其離開京城前往奉先所作，因此，〈官定後戲贈〉當作於〈自京赴奉先縣詠懷五百字〉之前。據〈自京赴奉先

---

[145] 《讀杜詩愚得》（一），年譜，頁28。

[146] 《補注杜詩》，卷十八，頁357。《錢牧齋先生箋註杜詩》（二），年譜，頁1265。

[147] 《讀杜心解》（下），卷三之一，頁359。聞一多〈少陵先生年譜會箋〉更認為：杜甫罷尉授曹當在十月。他說：「十月，歸長安，授河西尉，不拜，改右衛率府胄曹參軍。」（見《聞一多全集》，唐詩雜論，頁72）

[148] 《杜工部集》（一），卷九，頁393。《九家集註杜詩》（三），卷十八，頁1310。《錢牧齋先生箋註杜詩》（一），卷九，頁648。《杜工部詩集》（上），卷三，頁287。《杜詩詳注》（一），卷三，頁244。另亦可參《御定全唐詩》，見《文淵閣四庫全書》，第1425冊，卷二百二十四，頁122。最後，《草堂詩箋》（一）題目則作〈官定後戲贈，時免河西尉，為左衛率府兵曹〉（卷五，頁111），此中，「左」字為「右」字之訛。

[149] 《補注杜詩》，卷十八，頁357。

[150] 《補注杜詩》，年譜辨疑，頁24。

[151] 《新唐書》（一），卷五，頁150。

縣詠懷五百字〉詩，杜甫離開長安途經驪山最遲當在天寶十四載十一月初（見下）。因此，〈官定後戲贈〉最遲也當在此前所作。浦起龍認為係十四載「秋後」作，「秋後」當指十月，最晚也當在十一月初以前。

〈自京赴奉先縣詠懷五百字〉

單復將此詩繫於天寶十三載作[152]。錢謙益將此詩繫於天寶十四載所作[153]。呂大防與蔡夢弼則將此詩繫於天寶十四載十一月初作[154]。今考此詩當繫於天寶十四載十一月初作。

首先，據〈橋陵詩三十韻因呈縣內諸官〉「主人念老馬，廨署容秋螢」諸語，時杜甫前往奉先，節序為秋日。今據〈自京赴奉先縣詠懷五百字〉「歲暮百草零，疾風高岡裂。天衢陰崢嶸，客子中夜發」四語，時杜甫前往奉先當在冬日。因此，僅就上述這兩詩的內容言，這兩詩非同一時間、相同季節所作。

問題是：這兩詩是否為同一年先後之作品呢？兩詩並非同一年前後之作。〈詠懷〉詩云：「老妻寄異縣，十口隔風霜。誰能久不顧？庶往其饑渴。」「老妻」兩句乃雙句互文，詩言：老妻、十口寄異縣；老妻、十口隔風霜。「異縣」就詩題而言當指奉先縣，而杜甫時在京城，因此杜甫欲自京城前往奉先縣探視親人。那麼，〈詠懷〉詩乃孤身前往之作。〈橋陵詩〉乃攜家同行之作，杜甫攜妻兒寄居奉先縣乃去年天寶十三載秋事[155]，亦即〈橋陵詩〉中所謂「荒歲兒女瘦，暮途涕泗零。主人念老馬，廨署容秋螢」之

---

[152] 《讀杜詩愚得》（一），年譜，頁28。

[153] 《錢牧齋先生箋註杜詩》（二），年譜，頁1265。

[154] 呂大防〈年譜〉「天寶十四年」下說：「是年十一月初，自京赴奉先，有〈詠懷〉詩。是月，有祿山之亂。」（《分門集註》（一），年譜，頁58）此外，《草堂詩箋》（一）題下說：「天宗十四載十一月初作。按：是月安祿山反於范陽。」（卷六，頁113）此中，「宗」字當為「寶」字之訛。

[155] 《杜甫傳記唐宋資料考辨》即曾說：「據（〈橋陵詩〉）詩意，應是攜家同行，而把家小寄身於楊奉先縣街。但『詠懷』一詩，卻不得訂於十三載，因為作此詩時，杜甫是孤身而往，……，顯然是去年把家安頓好後再去探視的作品。」（第二篇，頁81）

語。據此，〈橋陵詩〉與〈詠懷〉詩非同一年作。今已知〈橋陵詩〉作於天寶十三載秋，那麼，〈自京赴奉先縣詠懷五百字〉當作於天寶十四載冬。

其次，〈詠懷〉詩又云：「凌晨過驪山，御榻在嵽嵲。……。君臣留歡娛，樂動殷膠葛。」據史，天寶十四載冬十月四日（庚寅）玄宗曾幸華清宮，《新唐書‧玄宗本紀》即曾說：「（十四載）十月庚寅，幸華清宮。」[156]《資治通鑑》「天寶十四載」亦云：「冬，十月，庚寅，上幸華清宮。」[157]「華清宮」本即溫泉宮，其在驪山，《元和郡縣圖志》「關內道」「京兆府」「昭應縣」下說：「華清宮，在驪山上。開元十一年，初置溫泉宮，天寶六年改為華清宮。」[158]《新唐書‧地理志》「昭應縣」下也說：「有宮在驪山下，貞觀十八年置，咸亨二年始名溫泉宮。……。六載，更溫泉曰華清宮。」[159]此外，《歷代宅京記》亦云：「（開元）十一年冬十月丁酉，作溫泉宮於驪山。……。（天寶）六載冬十月，改溫泉宮為華清宮。」[160]因此，天寶十四載冬十月四日玄宗嘗遊幸驪山。安祿山范陽起兵時玄宗仍在華清宮，至十一月丙子（二十一日）始還宮[161]。

杜甫離開京城途經驪山時尚且聞見「君臣留歡娛，樂動殷膠葛」，依此，時當是玄宗尚未相信安祿山起兵造反以前；玄宗相信安祿山兵反在十一月十五日（庚午），《資治通鑑》「天寶十四載十一月」說：「乙丑，北京副留守楊光翽出迎，因劫之以去。太原具言其狀。東受降城亦奏祿山反。上猶以為惡祿山者詐為之，未之信也。庚午，上聞祿山定反，乃召宰相謀之。」[162]

[156]《新唐書》（一），卷五，頁150。另亦可參《舊唐書》（一），卷九，頁230。

[157]《資治通鑑》（十），卷二百一十七，頁6934。

[158]《元和郡縣圖志》（上），卷一，頁7。

[159]《新唐書》（四），卷三十七，頁962。

[160] 清‧顧炎武：《歷代宅京記》（北京：中華書局，2005年），卷六，頁100～101。另亦可參《雍錄》，卷四，頁82；元‧駱天驤（約1223左右～1300以後）《類編長安志》（西安：三秦出版社，2006年），卷二，頁67。

[161]《新唐書》（一），卷五，頁151。《資治通鑑》（十），卷二百一十七，頁6937。

[162]《資治通鑑》（十），卷二百一十七，頁6935。此中，「乙丑」為初十。此外，《杜工部詩集》（上）亦曾云：「《舊書‧玄宗紀》：天寶十四載，冬十月壬辰，幸華清宮。

因此，杜甫離開長安途經驪山最遲當在天寶十四載十一月十五日之前[163]。所以，〈自京赴奉先縣詠懷五百字〉當作於天寶十四載十一月十五日以前。現在是否有更具體的時間呢？王洙與錢謙益諸本題下皆有原注「天寶十四載十一月初作」[164]諸字，因此〈詠懷〉詩當作於十四載十一月初。

〈白水縣崔少府十九翁高齋三十韻〉

趙次公、單復、錢謙益與浦起龍皆將此詩繫於天寶十五載作[165]。今考此詩當繫於天寶十五載夏五月同州白水縣作。

首先，詩云「知是相公軍，鐵馬雲霧積」，「相公」指哥舒翰，哥舒翰於天寶十五載正月為相，《舊唐書・玄宗本紀》「天寶十四載」說：「（十二月）以哥舒翰為太子先鋒兵馬元帥，領河、隴兵募守潼關以拒之。……。十五載春正月，……，哥舒翰進位尚書左僕射、同中書門下平章事。」[166]此外，《資治通鑑》「至德元載」下亦云：「（春正月）甲子，加哥舒翰左僕射、同平章事。」[167]顧炎武（1613～1682）更進一步指出：前代拜相必封公。《日知錄》「相公」條下云：「前代拜相者必封公，故稱之『相公』；若封王，則稱相王。」[168]因而，杜甫在此稱哥舒翰為「相公」。據此，詩當是

十一月丙寅，祿山反。〔按〕：公赴奉先，玄宗時正在華清，故詩中言驪山事特詳。〔又按〕：十一月九日，祿山反。書至長安，玄宗猶未信，故此言歡娛聚斂，致亂在旦夕，而不及祿山反狀也。」（卷三，頁300～301）

[163] 《杜甫評傳》（上）亦曾云：「老杜作這詩的日期最遲當在十一月十五日反訊證實、傳開以前。」（第七章，頁252）

[164] 《杜工部集》（一），卷一，頁39。《錢牧齋先生箋註杜詩》（一），卷一，頁196。此外，《九家集註杜詩》與《百家注》題下亦有此諸字，見《九家集註杜詩》（一），卷二，頁173；見《百家注》（上），卷三，頁170。

[165] 《杜詩趙次公先後解輯校》（上），乙帙卷之一，頁157及159。《讀杜詩愚得》（一），年譜，頁30。《錢牧齋先生箋註杜詩》（二），年譜，頁1265。《讀杜心解》（上），目譜，23。

[166] 《舊唐書》（一），卷九，頁230～231。

[167] 《資治通鑑》（十），卷二百一十七，頁6953。

[168] 《日知錄》，見《文淵閣四庫全書》，第858冊，卷二十四，頁933。另亦可參《杜詩

十五載春正月之後作。詩又云「旅食白日長，況當朱炎赫」，「朱炎」乃夏日，因此，時值當夏。今詩既云「知是」兩句，當是哥舒翰與安祿山叛軍戰，未敗前作。據史，哥舒翰敗於十五載六月，《新唐書・玄宗本紀》「天寶十五載」說：「（六月）丙戌，哥舒翰及安祿山戰于靈寶西原，敗績。」[169]因此，詩當繫於此前。

其次，詩又云「客從南縣來，浩蕩無與適」，「南縣」指奉先縣，這是因為奉先縣本蒲城縣，蒲城縣在後魏時乃南白水縣，以在白水之南而名之，因此，奉先縣得稱南縣。就地志而言，譬如《元和郡縣圖志》「關內道」「京兆府」「奉先縣」下說：「本秦重泉縣，後魏省，至孝文帝分白水縣置南白水縣，西魏改為蒲城縣。……（開元四年）改為奉先縣。」[170]此外，《太平寰宇記》「關西道」「同州」「蒲城縣」下也說：「今縣即後魏太和十一年分白水縣于此置南白水縣，以在白水之南為名。……。唐開元四年十月改為奉先縣。」[171]最後，《讀史方輿紀要》「陝西」「華州」「蒲城縣」下亦云：「後魏太和十一年置南白水縣。……。西魏改為蒲城縣，白水郡治焉。隋初郡廢，縣屬同州。唐初因之，開元四年改為奉先縣。」[172]就舊注而言，錢謙益即曾說：「舊注『南縣』，謂奉先縣也。奉先在白水之南。……。公從奉先而來，循其舊名，故曰『南縣』也。」[173]此外，宋・黃希亦曾云：「公自奉先來，故以奉先為南縣。」[174]據此，「南縣」謂奉先縣。

第三，王洙、趙次公與錢謙益諸本題下皆有原注「天寶十五載五月作」

詳注》（一），卷四，頁302。此外，「相公」指哥舒翰，亦可參《杜詩趙次公先後解輯校》（上），乙帙卷之一，頁159。

[169] 《新唐書》（一），卷五，頁152。另亦可參《資治通鑑》（十），卷二百一十八，頁6967～6969。

[170] 《元和郡縣圖志》（上），卷一，頁9。

[171] 《太平寰宇記》（二），卷二十八，頁603。

[172] 清・顧祖禹（1631～1692）：《讀史方輿紀要》（五）（北京：中華書局，2005年），卷五十四，頁2590。

[173] 《錢牧齋先生箋註杜詩》（一），卷一，頁204。

[174] 《補注杜詩》，卷二，頁84。

諸字[175]。

現在依據上述這三點，詩當是天寶十五載五月作。黃鶴即曾說：「按《舊史》云：白水，隋縣。公以天寶十五載夏自奉先來依舅氏崔十九，故首曰『客從南縣來』、『況當朱夏赫』，此詩當在是年五月。詩云『知是相公軍，鐵馬雲霧積』，指哥舒翰軍未敗而言也。六月……，翰與祿山戰于靈寶西原，敗績。」[176]

此外，「白水縣」屬同州，其東南至州治一百二十里，《元和郡縣圖志》「同州」下說：「白水縣，……。東南至州一百二十里。」[177]同州又在京師東北二百五十五里處，《舊唐書‧地理志》「同州」下云：「在京師東北二百五十五里，至東都六百二里。」[178]那麼，白水縣當在長安東北。

最後，據〈彭衙行〉「憶昔避賊初，北走經險艱。夜深彭衙道，月照白水山。盡室久徒步，逢人多厚顏」諸語。此中，「白水」即白水縣；「彭衙」即彭衙故城，地在白水縣東北六十里（詳後〈彭衙行〉繫年）。此次杜甫避賊北走白水、後抵鄜州乃是攜家同行。

〈三川觀水漲二十韻〉

黃鶴、單復、錢謙益與浦起龍皆將此詩繫於天寶十五載作[179]。今考此詩

---

175 《杜工部集》（一），卷一，頁42。《杜詩趙次公先後解輯校》（上），乙帙卷之一，頁157。《錢牧齋先生箋註杜詩》（一），卷一，頁203。另亦可參《御定全唐詩》，見《文淵閣四庫全書》，第1425冊，卷二百六，頁14。此外，《九家集註杜詩》題下亦有「天寶十五載五日作」（見《九家集註杜詩》（一），卷二，頁184），此中，「五日」當為「五月」之訛。

176 《補注杜詩》，卷二，頁84。

177 《元和郡縣圖志》（上），卷二，頁38。

178 《舊唐書》（五），卷三十八，頁1400。此外，黃希亦曾云：「白水在同州西北一百二十里，而同州又在京兆東北二百五十里。」（見《補注杜詩》，卷二，頁84）

179 《補注杜詩》，卷二，頁86。《讀杜詩愚得》（一），年譜，頁30。《錢牧齋先生箋註杜詩》（二），年譜，頁1265。《讀杜心解》（上），目譜，23。此中，《讀杜詩愚得》說：「公於是年五月自奉先往白水依舅氏崔少府，八月又自白水攜家往鄜州。」（年譜，頁30）據此詩題下原注，「八月」當為「七月」。

當是天寶十五載七月中鄜州三川縣作。

首先，詩題「三川」乃三川縣，地屬鄜州，《元和郡縣圖志》《舊》、《新唐書·地理志》「鄜州」下皆有「三川縣」[180]。三川縣約在鄜州州治西南六十里處，《元和郡縣圖志》「關內道」「鄜州」「三川縣」下說：「東北至州六十里。」[181]此外，《太平寰宇記》「關西道」「鄜州」「三川縣」下亦云：「西南六十里。」[182]今詩又云「我經華原來，不復見平陸」，「華原」在京兆府東北一百六十里處，《元和郡縣圖志》「關內道」「京兆府」「華原縣」下說：「西南至府一百六十里。」[183]據此，詩當是杜甫途經華原至三川所作。黃鶴即曾說：「三川，唐屬鄜郡，……。按：公天寶十四載十一月自京兆之奉先，明年夏自奉先之白水，賦〈高齋〉詩已是五月。又自白水之鄜州，故回經華原。」[184]因此，詩當作於天寶十五載杜甫離開白水縣之後。據〈白水縣崔少府十九翁高齋三十韻〉，杜甫在白水縣乃十五載五月，因此，此詩當繫於其後。

其次，王洙、趙次公與錢謙益諸本題下皆有原注「天寶十五載七月中，避寇時作」或「天寶十五年七月中，避寇時作」諸字[185]。因此，詩當是天寶十五載七月中作。

---

[180] 《元和郡縣圖志》（上），卷三，頁71。《舊唐書》（五），卷三十八，頁1409～1410。《新唐書》（四），卷三十七，頁970。

[181] 《元和郡縣圖志》（上），卷三，頁71。

[182] 《太平寰宇記》（二），卷三十五，頁738。

[183] 《元和郡縣圖志》（上），卷二，頁28。

[184] 《補注杜詩》，卷二，頁86。

[185] 《杜工部集》（一），卷一，頁43。《杜詩趙次公先後解輯校》（上），乙帙卷之一，頁162。《錢牧齋先生箋註杜詩》（一），卷一，頁205。另亦可參《御定全唐詩》，見《文淵閣四庫全書》，第1425冊，卷二百十六，頁14。此外，《九家集註杜詩》題下亦有此諸字，見《九家集註杜詩》（一），卷二，頁190。

至德年間

〈月夜〉

趙次公與黃鶴皆將此詩繫於至德元載八月作[1]。今考此詩當繫於至德元載八月長安作。

首先，詩云「今夜鄜州月，閨中只獨看」，換言之，杜甫之妻時在鄜州。再依〈三川觀水漲二十韻〉詩，天寶十五載（756）七月中杜甫在鄜州三川縣。若再據〈羌村三首〉詩，杜甫此行後當抵羌村。

其後，杜甫聞肅宗即位靈武，隨自鄜州奔赴行在，途中為賊所得而身陷長安，《新唐書‧本傳》即曾說：「會祿山亂，天子入蜀，甫避走三川。肅宗立，自鄜州羸服欲奔行在，為賊所得。」[2]此外，〈北征〉詩亦有「況我墮胡塵」之語。依此，〈本傳〉此處所言應是無庸置疑之史事。再據〈（自京竄至鳳翔）喜達行在所三首〉詩題，杜甫至德二載四月動身前往鳳翔行在，其時仍身陷長安賊中，處境十分危險，在此情況下，杜甫仍極欲奔赴行在，更何況是在鄜州未陷賊時。據此，〈本傳〉所言當屬可信。

其次，〈月夜〉詩又云「遙憐小兒女，未解憶長安」，此言小兒女不懂得體會母親思念在長安父親之心事，那麼，杜甫時已在長安。因此，〈月夜〉詩當作於至德元載（756）八月，時杜甫在長安。黃鶴即曾說：「至德元載八月，自鄜州赴行在，為賊所得時作，故詩云『遙憐小兒女，未解憶長安』。」[3]

---

[1] 《杜詩趙次公先後解輯校》（上），乙帙卷之一，頁168～169。《補注杜詩》，卷十九，頁362。

[2] 《新唐書》（十八），卷二百一，頁5737。此外，〈少陵先生年譜會箋〉曾說：「聞肅宗即位靈武，即留妻子……奔行在所。途中為賊所得，遂至長安。」（見《聞一多全集》，唐詩雜論，頁73）

[3] 《補注杜詩》，卷十九，頁362。

〈哀王孫〉

黃鶴將此詩繫於至德元載七月作[4]。今考此詩當繫於至德元載九月長安作。

黃鶴此詩的繫年主要是依據「竊聞天子已傳位」一語，肅宗即位在天寶十五載七月甲子（十三日），《舊唐書‧肅宗本紀》「天寶十五載」下說：「是月甲子，上即皇帝位於靈武。」[5]《新唐書‧肅宗本紀》則說：「（天寶）十五載……，七月辛酉，至于靈武。……。甲子，即皇帝位于靈武。」[6]也因此，黃鶴認為此詩當作於至德元年七月。他說：「詩云『切聞太子已傳位』，當在至德元載七月作。」[7]。

然而此詩中尚有兩處是黃鶴之說無法解釋者：首先，詩中另有「聖德北服南單于，花門剺面請雪恥」之語，「花門即回紇之別名」[8]。此乃至德元載八月迴紇等願助討叛賊事，《舊唐書‧肅宗本紀》「至德元載」下云：「八月，……，迴紇、吐蕃遣使繼至，請和親，願助國討賊，皆宴賜遣之。」[9]另外，《資治通鑑》「至德元載」亦云：「八月，……，回紇可汗、吐蕃贊普相繼遣使請助國討賊，宴賜而遣之。」[10]據此，詩當作於七月之後；由於詩當作於七月之後，因此黃鶴七月作之說頗值斟酌。

其次，黃鶴繫年之月份亦無法解釋「已經百日竄荊棘」一句。據此句而定詩當作於至德元載九月者，以仇兆鰲說明較詳。他先認為「金鞭折斷九馬死，骨肉不得同馳驅。腰下寶玦青珊瑚，可憐王孫泣路隅」四語，乃言「上

---

[4] 《補注杜詩》，卷二，頁89。

[5] 《舊唐書》（一），卷十，頁242。

[6] 《新唐書》（一），卷六，頁156。另亦可參《資治通鑑》（十），卷二百一十八，頁6981～6982。

[7] 《補注杜詩》，卷二，頁89。此中，「切」當作「竊」；「太」當作「天」。

[8] 《杜詩趙次公先後解輯校》（上），乙帙卷之五，頁252。

[9] 《舊唐書》（一），卷十，頁243。張忠綱等撰之《新譯杜甫詩選》亦曾言及此條，頁100～101。

[10] 《資治通鑑》（十），卷二百一十八，頁6990～6992。

皇急於出奔，致委王孫而去」[11]。此乃天寶十五載六月十三日事，此前士民已
奔走於路，《通鑑》記載最詳：九日（辛卯）潼關失守；十日（壬辰）唱幸
蜀之策；十一日（癸巳）朝罷士民驚擾奔走，不知所之；十二日（甲午）玄
宗云欲親征；十三日（乙未）黎明玄宗等出延秋門，妃、主、皇孫在外者皆
委去[12]。據此，詩當作於六月十三日後。仇兆鰲再依「已經百日竄荊棘」一
語，認定詩當作於九月間，而此亦能與「竊聞天子已傳位」一語不衝突。
仇兆鰲說：「按：明皇西狩，在天寶十五載六月十二日。肅宗即位，改元至
德，在七月甲子。……。詩云『已經百日竄荊棘』，蓋在九月間也。詩必此
時所作。……。《舊唐書》：十五載六月九日，潼關不守。十二日凌晨，上自
延秋門出。」[13]因此，仇兆鰲認為此詩當作於至德元載九月。仇氏繫年可從。

　　此外，尚有其它不同之繫年，譬如，李辰冬將此詩繫於至德元載十月
作，他與黃鶴一樣也是依據「竊聞天子已傳位」之語，然而他們的解讀不
同：黃鶴認為此句應指肅宗於靈武即位[14]；李辰冬則認為此句當指玄宗傳位肅
宗，而「九月二十五日傳國寶等才到順化，那末，這個消息傳到長安，至早
也是十月初，詩當作於此時」[15]。此兩者之區別在於：李辰冬認為這是直筆實
說；黃鶴認為這是曲筆虛說。亦即，前者明言玄宗傳位肅宗；後者暗指肅宗

---

[11] 《杜詩詳注》（一），卷四，頁311。
[12] 《資治通鑑》（十）「至德元載六月」說：「辛卯，（崔）乾祐進攻潼關，克之。……。
　　壬辰，召宰相謀之。楊國忠自以身領劍南，聞安祿山反，即令副使崔圓陰具儲偫，
　　以備有急投之，至是首唱幸蜀之策。上然之。癸巳，……，仗下，士民驚擾奔走，
　　不知所之，市里蕭條。……。甲午，百官朝者什無一二。上御勤政樓，下制，云欲
　　親征。……。乙未，黎明，上獨與貴妃姊妹、皇子、妃、主、皇孫、楊國忠、韋見
　　素、魏方進、陳玄禮及親近宦官、宮人出延秋門，妃、主、皇孫之在外者，皆委之
　　而去。」（卷二百一十八，頁6969～6971）《舊唐書·玄宗本紀》（一）「天寶十五
　　載六月」則說：「辛卯，哥舒翰至潼關，為其帳下火拔歸仁以左右數十騎執之降
　　賊。……。甲午，將謀幸蜀，乃下詔親征，仗下後，士庶恐駭，奔走于路。乙未，凌
　　晨，自延秋門出。」（卷九，頁232）
[13] 《杜詩詳注》（一），卷四，頁310。
[14] 參「豺狼」兩句句下注，見《補注杜詩》，卷二，頁89。
[15] 《杜甫作品繫年》，頁2。

即位靈武。問題是：何說為是呢？應是曲筆虛寫。曲筆虛寫是以「玄宗傳位蕭宗」來替代「蕭宗即位靈武」，不寫蕭宗即位靈武，卻寫玄宗傳位蕭宗。這是屬於對面著筆的技法。杜甫這種創作技巧在〈月夜〉與〈一百五日夜對月〉詩中已使用[16]。此外，從「朔方」以下至「花門」應是依時間的順敘描寫。「朔方」兩句言六月哥舒翰兵敗[17]；「竊聞」句言七月蕭宗即位靈武[18]；「花門」句言八月迴紇請助討賊。依據上述這兩個理由，「竊聞天子已傳位」應是曲筆虛寫，非直筆實說。

最後，詩又有「昨夜東風吹血腥，東來橐駝滿舊都」兩語，「東風」未必指春風，東風亦可指東方之風，趙次公即曾對此說：「東風，應是東方之風。風，非言春也。」[19]此外，據「昨夜」兩語，「舊都」當指長安[20]，那麼，杜甫時在長安。總而言之，詩當是作於至德元載九月。

〈悲陳陶〉

黃鶴、單復、錢謙益與浦起龍等皆將此詩繫於至德元載十月作[21]。今考此

---

16 關於〈月夜〉詩，譬如，清・吳瞻泰之《杜詩提要》（二）（臺北：臺灣大通書局，1974年）說：「本寫長安之月，卻偏陡寫鄜州之月；本寫自己獨看，卻偏寫閨中獨看。」（卷七，頁377）又如，陳文華先生之《不廢江河萬古流》（臺北：偉文圖書公司，1978年）也說：「這首詩是杜甫在月夜下思家的作品，可是卻用對面著筆的方法；不寫自己思家，反說是家人在想念自己。」（頁102～103）關於〈一百五日夜對月〉詩，《杜詩提要》（二）說：「本寫我憶家，卻不寫我憶，偏寫家人憶，寫得低徊欲絕。」（卷七，頁376）

17 《舊唐書・哥舒翰傳》（十）說：「及安祿山反，……，召（哥舒）翰入，拜為皇太子先鋒兵馬元帥，……，河隴、朔方兵及蕃兵與高仙芝舊卒共二十萬，拒賊於潼關。……。軍既敗，翰與數百騎馳而西歸，為火拔歸仁執降於賊。」（卷一百四，頁3213～3215）另亦可參《杜詩詳注》（一），卷四，頁313。

18 仇兆鰲說：「傳位蕭宗，即位靈武也。」（《杜詩詳注》（一），卷四，頁313）

19 《杜詩趙次公先後解輯校》（上），乙帙卷之一，頁164。

20 仇兆鰲說：「長安時為祿山所陷，故曰舊都。」（《杜詩詳注》（一），卷四，頁313）

21 《補注杜詩》，卷二，頁90。《讀杜詩愚得》（一），年譜，30。《錢牧齋先生箋註杜詩》（二），年譜，頁1265～1266。《讀杜心解》（上），目譜，頁23；卷二之一，頁247。

詩當繫於至德元載十月作，創作上限當斷於十月二十一日，時杜甫在長安。

　　「陳陶」（陳陶澤）乃地名，史書作陳濤斜、陳濤澤，以路斜出名之，在咸陽東。《資治通鑑》「陳濤斜」下注云：「陳濤澤，在咸陽縣東，其路斜出，故曰陳濤斜。」[22]《雍錄》亦云：「陳濤斜，在咸陽也。」[23]今詩云「孟冬十郡良家子，血作陳陶澤中水。野曠天清無戰聲，四萬義軍同日死」，事乃至德元載十月辛丑（二十一日）房琯（696～763）兵敗於咸陽之陳濤斜，《資治通鑑》「至德元載十月」說：「房琯以中軍、北軍為前鋒，庚子，至便橋。辛丑，二軍遇賊將安守忠於咸陽之陳濤斜。琯效古法，用車戰，以牛車二千乘，馬步夾之；賊順風鼓譟，牛皆震駭。賊縱火焚之，人畜大亂，官軍死傷者四萬餘人。」[24]此外，《新唐書·房琯傳》亦云：「十月庚子，次便橋。辛丑，中軍、北軍遇賊陳濤斜，戰不利。……，殺卒四萬，血丹野，殘眾才數千，不能軍。」[25]宋·王回（字深父，1023～1065）對此即曾說：「〈悲陳陶〉，至德元年，宰相房琯以車師戰祿山之黨，而陳陶敗績。」[26]另外，舊題為王洙者亦曾云：「當是天寶十五載十月辛丑，房琯陳陶戰敗後作。……。辛丑，乃十月二十一日。」[27]此外，仇兆鰲亦曾云：「『同日死』，乃十月

---

[22] 《資治通鑑》（十），卷二百一十九，頁7004。朱鶴齡更進一步認為：斜者乃山澤之名。他說：「《通鑑注》：陳陶斜，在咸陽縣東。斜者，山澤之名，故又曰陳陶澤。」（《杜工部詩集》（上），卷三，頁315）

[23] 《雍錄》，卷七，頁157。《雍錄》又云：「陳濤者，隸屬咸陽縣也。」（卷五，頁98）另亦可參《錢牧齋先生箋註杜詩》（一），卷一，頁207。

[24] 《資治通鑑》（十），卷二百一十九，頁7004。另亦可參《杜詩詳註》（一），卷四，頁314。

[25] 《新唐書》（十五），卷一百三十九，頁4627。另外，《舊唐書·房琯傳》亦云：「十月庚子，師次便橋。辛丑，二軍先遇賊於咸陽縣之陳濤斜，接戰，官軍敗績。……，為所傷殺者四萬餘人。」（《舊唐書》（十），卷一百一十一，頁3321）此外，黃鶴亦曾於「野曠」句下注云：「按〈房琯本傳〉亦云：『殺卒四萬，血丹野，殘眾纔數千，不能軍。』」（《補注杜詩》，卷二，頁90）

[26] 《諸家老杜詩評》，見《杜甫詩話六種校注》（濟南：齊魯書社，2004年），頁15。

[27] 《百家註》（上），卷五，頁248。

二十一日辛丑也。」[28]因此，此詩當作於至德元載十月，創作上限當不會早於十月二十一日。

此外，詩又云「都人迴面向北啼，日夜更望官軍至」，「都人」指京都百姓，仇兆鰲即曾於句下注引東漢・班固（32～92）〈西都賦〉「都人士女」之語為證[29]。因此，杜甫時在長安。

〈元日寄韋氏妹〉

趙次公、黃鶴、錢謙益與浦起龍等皆將此詩繫於至德二載元日作[30]。今考此詩當繫於至德二載元日長安作。

詩云「郎伯殊方鎮，京華舊國移」，「舊國」當指故國，暗指「國破」（〈春望〉）之意。這是由於長安為賊所據，京華為之改觀的緣故[31]。其事在天寶十五載（756）六月。今詩題又云「元日」，乃指至德二載（757）正月初一。趙次公即曾說：「此至德二載之元日，……。春猶在賊。」[32]黃鶴亦曾云：「詩云『京華舊國移』，謂肅宗行宮在靈武。……。當是至德二載元日，時陷賊中。」[33]杜甫是年夏四月即自京竄至鳳翔，有〈喜達行在所三首〉；五月授左拾遺。那麼，杜甫至德元載八月至二載夏四月竄至鳳翔前皆困在長安。因此，此詩當是至德二載正月初一長安作。

此外，《讀書堂杜詩集註解》題下有「原註：至德二載在賊中作」諸

---

[28] 《杜詩詳注》（一），卷四，頁315。

[29] 《杜詩詳注》（一），卷四，頁315。原句另見《文選》，卷一，頁23。

[30] 《杜詩趙次公先後解輯校》（上），乙帙卷之二，頁171。《補注杜詩》，卷十九，頁362。《錢牧齋先生箋註杜詩》（二），年譜，頁1266。《讀杜心解》（上），目譜，頁23；又，卷三之一，頁360。錢、浦二氏將此詩繫於至德二載下，再依詩題「元日」兩字，則當謂是詩作於至德二載元日。

[31] 《讀杜心解》（下）「京華」句注云「為賊所據」，末又云「此則『京華』改觀矣」（卷三之一，頁360～361）。

[32] 《杜詩趙次公先後解輯校》（上），乙帙卷之二，頁171。

[33] 《補注杜詩》，卷十九，頁362。

字[34]，然他本罕見，姑為一證。

〈塞蘆子〉

　　錢謙益將此詩繫於至德二載作[35]。今考此詩當繫於至德二載正月左右作。

　　首先，詩云「岐有薛大夫，旁制山賊起」，「岐」指岐州，唐代岐州或為扶風郡，《通典》「岐州」下說：「隋初郡廢，置岐州；煬帝初州廢，置扶風郡。大唐為岐州，或為扶風郡。」[36]《舊唐書・地理志》「鳳翔府」下亦云：「隋扶風郡。武德元年，改為岐州。……。天寶元年，改為扶風郡。」[37]此外，《新唐書・地理志》亦云：「鳳翔府扶風郡，……，本岐州。」[38]據此，唐代岐州亦可稱為扶風郡。「岐有薛大夫」事指至德元載（756）七月甲戌安祿山叛軍寇扶風，而薛景仙擊卻之，《新唐書・肅宗本紀》「至德元年」說：「（七月）甲戌，安祿山寇扶風，太守薛景山敗之。」[39]此外，《資治通鑑》「至德元載」亦曾云：「以陳倉令薛景仙為扶風太守。……。（七月）賊遣兵寇扶風，薛景仙擊卻之。」[40]那麼，詩當作於元載七月後。

　　其次，詩又云「思明割懷衛，秀巖西未已」，此指至德二載（757）正月史思明捨棄懷、衛二州，高秀巖西進不止，《資治通鑑》「至德二載正月」說：「史思明自博陵，蔡希德自太行，高秀巖自大同，牛廷介自范陽，引兵共十萬，寇太原。李光弼麾下精兵皆赴朔方，餘團練烏合之眾不滿萬人。思明以為太原指掌可取，既得之，當遂長驅取朔方、河、隴。」[41]錢謙益亦曾引

34　《讀書堂杜詩集註解》（二），卷三，頁459。

35　《錢牧齋先生箋註杜詩》（二），年譜，頁1267。

36　《通典》（四），卷一百七十三，頁4515。

37　《舊唐書》（五），卷三十八，頁1402。此外，《元和郡縣圖志》（上）亦云：「鳳翔府，岐州。……。大業三年罷州，為扶風郡，武德元年復為岐州。」（卷二，頁40）

38　《新唐書》（四），卷三十七，頁966。

39　《新唐書》（一），卷六，頁156。

40　《資治通鑑》（十），卷二百一十八，頁6982與6986。錢箋即曾引及《通鑑》此段文獻，參《錢牧齋先生箋註杜詩》（一），卷二，頁231。

41　《資治通鑑》（十），卷二百一十九，頁7015。

及此段文獻並用以詮釋杜詩,他說:「思明自博陵寇太原,舍河北而西,故曰『割懷衛』;秀巖自大同與思明合兵,故曰『西未已』。」[42]今詩又云「焉得一萬人,疾驅塞盧子」,當是事件發生不久時作,因此,今將此詩繫於至德二載正月左右作。

〈憶幼子〉

黃鶴與浦起龍皆將此詩繫於至德二載春作[43]。今考此詩當繫於至德二載春長安作。

王洙與錢謙益本題下皆有原注「字驥子,時隔絕在鄜州」諸字[44]。據〈白水縣崔少府十九翁高齋三十韻〉詩,天寶十五載(756)五月杜甫攜家北往白水縣;又據〈三川觀水漲二十韻〉詩,是年七月中在鄜州三川縣。再依〈羌村三首〉詩,杜甫攜家後抵鄜州羌村。不久,杜甫聞肅宗即位靈武,奔赴行在,並為賊所得,而身陷長安;明年至德二載(757)秋,杜甫始得前往鄜州探親省家,有〈北征〉詩。今詩又云「驥子春猶隔,鶯歌暖正繁」,那麼,題下原注所言乃去秋至今之事,因此,詩當作於至德二載春。

依〈月夜〉詩,杜甫至德元載八月時身在長安。再依〈春望〉詩「烽火連三月,家書抵萬金」兩句,至德二載春三月杜甫仍在長安。夏四月,杜甫自京逃出,間道歸鳳翔,有〈喜達行在所三首〉詩。因此,杜甫作〈憶幼子〉詩時,亦在長安。黃鶴即曾說:「詩云『驥子春猶隔,鶯歌暖正繁』,則是公在長安,故與之相隔,此詩當在至德二載春,謂之『春猶隔』,則去年已隔,至春猶未見也。」[45]

此外,依〈憶幼子〉題下原注與〈月夜〉「今夜鄜州月,閨中只獨看。

---

[42] 《錢牧齋先生箋註杜詩》(一),卷二,頁231。

[43] 《補注杜詩》,卷十九,頁363。《讀杜心解》(上),目譜,頁24。

[44] 《杜工部集》(一),卷九,頁398。《錢牧齋先生箋註杜詩》(一),卷九,頁652。此外,他本題下亦有此諸字,譬如:《九家集註杜詩》(三),卷十九,頁1331;《御定全唐詩》,見《文淵閣四庫全書》,第1425冊,卷二百二十四,頁123。

[45] 《補注杜詩》,卷十九,頁363。

遙憐小兒女，未解憶長安」諸語，亦可佐證天寶十五載杜甫至鄜州乃攜家前
往。

〈雨過蘇端〉

黃鶴、仇兆鰲與浦起龍皆將此詩繫於至德二載春作[46]。今考此詩當繫於至
德二載春三月作。

首先，詩云「妻孥隔軍壘，撥棄不擬道」，「妻孥隔軍壘」亦「寄家鄜
州羌村」之意。杜甫與妻兒因亂事相隔，事在聞肅宗即位靈武隨即奔赴行
在，為賊所得，而身陷長安後。詩又有「杖藜入春泥，無食起我早」，既云
「春泥」，因此詩當作於隔年至德二載春，師古即曾說：「天寶十五年，甫攜
家三川，是詩末章云『妻孥隔軍壘』，則知此詩之作在至德二載也。」[47]是年
秋，杜甫即前往鄜州省家，有〈北征〉詩。

其次，詩又云「鷄鳴風雨交，久旱雨亦好」，黃鶴於此提出另一則輔助
性證據，他於「鷄鳴」句下說：「按《舊史》：至德二年三月，癸亥大雨，甲
戌方止，故云。」[48]此事見於《舊唐書・肅宗本紀》[49]。因此，依據上述這兩個
理由，此詩當作於至德二載春三月。

〈喜晴〉

黃鶴、仇兆鰲與浦起龍皆將此詩繫於至德二載春作[50]。今考此詩當繫於至

---

[46] 《補注杜詩》說：「詩云『妻孥隔軍壘』，當是至德二年作。」（卷四，頁111）《杜詩
詳注》（一），卷四，頁338。《讀杜心解》（上），目譜，24。

[47] 《百家注》（上），卷五，頁256。此外，師古注最晚當於南宋孝宗淳熙十三年（1186）
即已出現，詳參拙著〈論杜詩師古注之錯謬〉，見《慈濟技術學院學報》，第十二
期，2008年，頁21～24。

[48] 《補注杜詩》，卷四，頁111。

[49] 《舊唐書》（一）「至德二載」說：「（三月）癸亥大雨，至癸酉不止，詔疏理刑獄，甲
戌方止。」（卷十，頁246）「癸亥」為十五日；「甲戌」乃二十六日。

[50] 《補注杜詩》，卷四，頁111。仇兆鰲說：「今按：前篇云『久旱雨亦好』，此篇云『既
雨晴亦佳』，兩章為同時作明矣。」（《杜詩詳注》（一），卷四，頁340）《讀杜心解》

德二載三月二十六日雨止後作。

首先，詩云「干戈雖橫放，慘澹鬭龍蛇」，兩句指祿山叛亂，仇兆鰲說：「干戈龍蛇，指祿山之亂。」[51]那麼，詩當作於安史兵反後。其次，詩云「出郭眺西郭，蕭蕭春增華」，那麼，詩當是春日之作。第三，今詩又云「皇天久不雨，既雨晴亦佳」，此「久旱而雨」與前篇〈雨過蘇端〉之「久旱雨亦好」同意。此外，王洙編次《杜工部集》亦將〈喜晴〉次於〈雨過蘇端〉詩後[52]。〈雨過蘇端〉既作於至德二載春三月，因此，〈喜晴〉當亦作於是時，乃雨後天晴之作。黃鶴於題下注即曾說：「以前篇〈雨過蘇端〉詩考之，當是至德二年，此詩作於是年三月甲戌雨止之後。」[53]因此，此詩當繫於至德二載三月二十六日（甲戌）雨止之後。

〈鄭駙馬池臺喜遇鄭廣文同飲〉

黃鶴、仇兆鰲與浦起龍皆將此詩繫於至德二載春作[54]。今考此詩當繫於至德二載春長安作。

詩題云「鄭廣文」，鄭虔為廣文館博士始自天寶九載七月（詳〈醉時歌〉繫年）。據《新唐書·文藝傳》載，其後，安祿山反，鄭虔被叛軍劫送洛陽，偽授虔水部郎中，賊平下獄，免死，貶台州司戶參軍事[55]。此中，「賊平」當指至德二載十月收復東京洛陽。據此，鄭虔為廣文館博士，除劫置洛陽迫為偽官外，當自天寶九載七月至至德二載十月下獄前。

詩又云「燃臍郿塢敗，握節漢臣回」，「燃臍」句本指董卓死後守尸之吏於其肚臍上燃火，此指安祿山之死，師古即曾說：「此句言祿山伏誅

（上），目譜，24。

51 《杜詩詳注》（一），卷四，頁341。

52 《杜工部集》（一），卷二，頁75～76。錢謙益編次亦同，見《錢牧齋先生箋註杜詩》（一），卷二，頁219～220。錢氏箋註杜詩之底本乃吳若本。

53 《補注杜詩》，卷四，頁111。

54 《補注杜詩》，卷十九，頁374。《杜詩詳注》（一），卷五，頁345。《讀杜心解》（上），目譜，24。

55 《新唐書》（十八），卷二百二，頁5766。

也。」[56]此外，朱鶴齡也說：「《後漢書》：董卓築鄔於郿，高厚七丈，號萬歲城。及呂布殺卓，尸卓於市。天時始熱，卓素充肥，脂流於地。守尸吏燃火置卓臍中，光明達曙。按《唐書》：至德二載正月，嚴莊與祿山子慶緒謀殺祿山，使帳下李豬兒以大刀斫其腹，腸潰於牀而死。事正與卓類也。」[57]安祿山既死於至德二載正月，今詩又云「留連春夜舞，淚落強徘徊」，因此，此詩當繫於至德二載春作；是夏，杜甫即自京竄抵鳳翔。黃鶴說：「詩云『燃臍郿隝敗』，指祿山死，則是此詩在至德二載作，蓋祿山以是年正月為安慶緒所弒。」[58]此外，仇兆鰲亦云：「此詩當作於至德二載之春，是年正月，安慶緒殺祿山，故詩中有『燃臍』句。」[59]

〈喜達行在所三首〉

黃鶴、錢謙益與浦起龍皆將此詩繫於至德二載夏作[60]。今考此詩的創作上限當斷於至德二載夏四月，下限當斷於是年五月十六日，時杜甫在鳳翔。

王洙、錢謙益與湯啟祚（生卒未詳）等諸本題下皆有「自京竄至鳳翔」諸字[61]。仇兆鰲本則將「自京竄至鳳翔」諸字置於「喜達行在所」前[62]。此杜甫自言其從京城長安竄歸至鳳翔。另外，王洙與錢謙益本〈述懷〉詩下亦有

56 《百家注》（上），卷七，頁322。

57 《杜工部詩集》（上），卷三，頁347。安祿山死於至德二載正月，史事另見《資治通鑑》（十），卷二百一十九，頁7011～7012。《舊唐書》（一），卷十，頁245。《新唐書》（一），卷六，頁157。

58 《補注杜詩》，卷十九，頁374。

59 《杜詩詳注》（一），卷五，頁345。

60 《補注杜詩》說：「今云『行在所』，是至德二載夏，公自賊營逃至鳳翔行在所時作。」（卷十九，頁366）《錢牧齋先生箋註杜詩》（二），年譜，頁1266～1267。《讀杜心解》（上），目譜，24。

61 《杜工部集》（一），卷十，頁407。《錢牧齋先生箋註杜詩》（二），卷十，頁655。《杜詩箋》（一）（臺北：臺灣大通書局，1974年），卷六，頁499。另亦可參《御定全唐詩》，見《文淵閣四庫全書》，第1425冊，卷二百二十五，頁124。

62 《杜詩詳注》（一），卷五，頁347。

「此已下自賊中竄歸鳳翔作」等字[63]。最後，杜甫另有〈至德二載，甫自京金光門出，間道歸鳳翔。乾元初，從左拾遺移華州掾，與親故別，因出此門，有悲往事〉詩，詩題明言「自京金光門出，間道歸鳳翔」[64]，皆可證明杜甫自長安竄歸鳳翔確為一事實。

詩又云「西憶岐陽信，無人遂却回」，「岐陽」因在岐山之南而得名，其地屬鳳翔，《元和郡縣圖志》「鳳翔府」下云：「岐陽縣，……，以在岐山之南，因以名之。」[65]此外，《新》《舊唐書‧地理志》「鳳翔府」下亦皆有岐陽縣[66]。鳳翔時為肅宗之行在所，行在所即皇帝巡行所在之地，此指天子所在。東漢‧蔡邕（133～192）即曾說：「天子以四海為家，故謂所居為行在所。」[67]肅宗行次鳳翔在至德二載二月戊子（十日），《舊唐書‧肅宗本紀》「至德二載」說：「二月戊子，幸鳳翔郡。」[68]《新唐書‧肅宗本紀》「至德二載」亦云：「二月戊子，次于鳳翔。」[69]最後，《資治通鑑》「至德二載」亦云：「二月，戊子，上至鳳翔。」[70]因此，〈喜達行在所三首〉詩當作於肅宗至德二載二月行次鳳翔之後。

此外，杜甫於至德二載夏四月即自長安賊中逃歸鳳翔[71]，〈述懷〉詩即有「去年潼關破，妻子隔絕久。今夏草木長，脫身得西走」諸句[72]。因此，〈喜

---

63 《杜工部集》（一），卷二，頁53。《錢牧齋先生箋註杜詩》（一），卷二，頁222。

64 此外，杜甫〈奉謝口敕放三司推問狀〉亦曾云：「臣以陷身賊庭，憤惋成疾，實從間道，獲謁龍顏。」

65 《元和郡縣圖志》（上），卷二，頁42。

66 《新唐書》（四），卷三十七，頁966。《舊唐書》（五），卷三十八，頁1402～1403。

67 《後漢書‧光武帝紀》（一）（北京：中華書局，2003年），卷一上，頁15。另亦可參《九家集註杜詩》（三），卷十九，頁1345。

68 《舊唐書》（一），卷十，頁245。

69 《新唐書》（一），卷六，頁157。

70 《資治通鑑》（十），卷二百一十九，頁7017。

71 聞一多曾於〈少陵先生年譜會箋〉「至德二載」下說「四月，自金光門出，間道竄歸鳳翔」，下並引〈述懷〉「今夏草木長，脫身得西走」為證（見《聞一多全集》，唐詩雜論，頁74）。

72 〈述懷〉詩作於至德二載夏，參拙著《杜詩舊注考據補證》，第四章，頁87。換言

達行在所三首〉詩的創作上限當斷於至德二載夏四月。

　　另據〈奉謝口敕放三司推問狀〉末云「至德二載六月一日，宣議郎行在左拾遺臣杜甫狀進」諸字，換言之，杜甫此前五月當已為左拾遺，黃鶴〈年譜辨疑〉即曾說：「六月一日有〈奉謝口敕放三司推問狀〉，時結銜云『宣義郎行左拾遺』，則拜拾遺，必在五月。」[73]再據〈杜甫授左拾遺誥〉一文，其云：「襄陽杜甫，爾之才德，朕深知之，今特命為宣議郎行在左拾遺，授職之後，宜勤是職毋殆。命中書侍郎張鎬齎符告諭。至德二載五月十六日行。」[74]依此，杜甫為左拾遺在二載五月十六日。那麼，杜甫應於此前已至鳳翔。因此，此詩的創作下限當斷於五月十六日前。

〈送樊二十三侍御赴漢中判官〉

　　黃鶴將此詩繫於至德二載作[75]。仇兆鰲將此詩繫於至德二載初赴行在時作[76]。浦起龍則將此詩繫於至德二載夏日作[77]。今考此詩創作上限當斷於至德二載夏四月，下限當斷於二載五月十六日前。

　　首先，詩云「天子從北來，長驅振凋敝。頓兵岐梁下，却跨沙漠裔」。李亨（711～762）於天寶十五載七月即位靈武（詳〈哀王孫〉繫年），並改元至德。靈武屬靈州，《通典》、《元和郡縣圖志》「靈州」下皆有「靈武縣」[78]；至德元載十月次彭原[79]；二載二月次于鳳翔（詳〈喜達行在所三首〉繫

之，依「今夏草木長」句，至德二載夏四月，杜甫自長安賊中竄歸鳳翔。

[73]　《補注杜詩》，年譜辨疑，頁24。

[74]　《全唐文補編》（上）（北京：中華書局，2005年），卷三九，頁465。此外，聞一多又說「五月十六日，拜左拾遺」，並云：「錢箋『甫拜拾遺，在至德二載五月十六日，命中書侍郎張鎬齎符告諭。今湖廣岳州府平江縣裔孫杜富家，尚藏此敕⋯⋯。』」（見《聞一多全集》，唐詩雜論，頁74）另亦可參《錢牧齋先生箋註杜詩》（一），卷二，頁223。

[75]　《補注杜詩》，卷四，頁117。

[76]　《杜詩詳註》（一），卷五，頁350。

[77]　《讀杜心解》（上），目譜，頁24。

[78]　《通典》（四），卷一百七十三，頁4522。《元和郡縣圖志》（上），卷四，頁94。

[79]　《新唐書・肅宗本紀》（一）「至德元載」說：「十月⋯⋯。癸未，次彭原郡。」（卷

年）。靈武在彭原西北，而彭原在鳳翔之北，此所謂「天子從北來」，朱鶴齡說：「『從北來』，謂肅宗即位靈武，靈武在鳳翔之北也。」[80]「岐梁」指岐山與梁山，皆在鳳翔。《元豐九域志》「鳳翔府」「岐山縣」下有「岐山」；「好畤縣」下有「梁山」[81]；《大元混一方輿勝覽》「鳳翔府」下亦有岐山與梁山[82]；此外，朱鶴齡亦曾云：「岐、梁二山在鳳翔。」[83]因此，「天子從北來」事指肅宗至德二載二月幸鳳翔。黃鶴曾說：「當是至德二載，肅宗在鳳翔，故詩云『天子從北來』、『頓兵岐梁卜』。」[84]再據詩題所言，當是杜甫在鳳翔所作，而非長安，否則身陷賊中何來送樊侍御赴漢中就任呢？因此，此詩的創作上限當斷於二載夏四月。

其次，詩又云「二京陷未收，四極我得制」，據《舊》《新唐書·肅宗本紀》「至德二載」所載，收復西京在至德二載九月二十八日（癸卯）；收復東京在至德二載十月[85]。今詩既言未收兩京，因此，此詩當作於未復京師之前。黃鶴說：「時未復京師，又有『兩京陷未收』之句。」[86]此外，詩又言「我無匡復資」[87]，此乃杜甫自言沒有救亡興復之憑藉。據此，杜甫時尚未為左拾遺，仇兆鰲說：「公尚未拜拾遺，故云：『我無匡復資。』」[88]杜甫為左拾遺在至德二載五月十六日，因此，此詩創作下限當斷於二載五月十六日前。依此，仇兆鰲之繫年可從。

六，頁157）《資治通鑑》（十）「至德元載」亦云：「冬，十月，……，癸未，至彭原。」（卷二百一十九，頁7001）

80 《杜工部詩集》（上），卷三，頁355。

81 《元豐九域志》（上），卷三，頁122。

82 《大元混一方輿勝覽》（上），卷上，頁209～210。

83 《杜工部詩集》（上），卷三，頁355。

84 《補注杜詩》，卷四，頁117。

85 《舊唐書》（一），卷十，頁247；《新唐書》（一），卷六，頁159。

86 《補注杜詩》，卷四，頁117。

87 《杜詩詳注》（一）云「我，一作恨，無匡復資，一作姿」（卷五，頁353）。此外，《杜工部集》（一）云「恨無匡復姿，一作資」（卷二，頁85）。《錢牧齋先生箋註杜詩》（一）亦作「恨無匡復姿，一作資」（卷二，頁225）。

88 《杜詩詳注》（一），卷五，頁350。

〈送韋十六評事充同谷防禦判官〉

黃鶴與錢謙益皆將此詩繫於至德二載作[89]。浦起龍則將此詩繫於至德二載
夏作[90]；今考此詩的創作上限當斷於至德二載四月，下限當斷於二載閏八月初
一前。

詩云「今歸行在所，王事有去留」。時「行在所」在鳳翔，因為詩有
「鑾輿駐鳳翔」之句。據史，至德二載二月肅宗次於鳳翔。夏四月杜甫自長
安竄歸鳳翔，所謂「今夏草木長，脫身得西走」（〈述懷〉），亦「今歸行在
所」之意；是年閏八月初一往鄜州省家，因此，此詩的創作上限當斷於至德
二載四月，下限也當斷在二載閏八月初一杜甫自鳳翔往鄜州省家前。

〈得家書〉

趙次公、黃鶴與李辰冬皆將此詩繫於至德二載七月作[91]。今考此詩當繫於
至德二載七月鳳翔作，最晚亦不晚於七月下旬。

詩云「二毛趨帳殿，一命侍鑾輿」，此杜甫自言授命為左拾遺在朝任官
並隨侍皇帝左右。而杜甫任左拾遺事在至德二載五月中。今詩又云「北闕
妖氛滿，西郊白露初。涼風新過雁，秋雨欲生魚」，「白露」正為秋七月之
候，譬如《禮記·月令》即曾說：「孟秋之月，……，涼風至，白露降。」[92]
此外，《太平御覽》「天部」「露」下亦曾云：「《易通卦驗》曰：『立秋白露

89　黃鶴說：「至德二年作，故詩云『今歸行在所』，又云『鑾輿駐鳳翔』也。」（《補注
　　杜詩》，卷四，頁119）《錢牧齋先生箋註杜詩》（二），年譜，頁1267。

90　《讀杜心解》（上），目譜，頁24。

91　《杜詩趙次公先後解輯校》（上），乙帙卷之三，頁204。《補注杜詩》，卷十九，頁
　　367。此外，仇兆鰲則說：「（黃）鶴注：此是至德二載秋，在鳳翔作。」（《杜詩詳
　　注》（一），卷五，頁360）《杜甫作品繫年》說：「詩言：『西郊白露初』，『月令』：
　　『孟秋之月，涼風至，白露降』，孟秋為七月，則此詩當作於至德二載七月。」（頁15）

92　《禮記正義》，見《十三經注疏附校勘記》（上）（臺北：大化書局，1991年），卷
　　十六，頁1372～1373。仇兆鰲亦曾云：「《月令》：孟秋之月，涼風至，白露降。」
　　（《杜詩詳注》（一），卷五，頁361）

下。」[93]最後，《白氏六帖》「露」下亦曾云：「立秋後五日白露降。」[94]

「立秋」常在陽曆八月七、八或九日。今按《增補二十史朔閏表》「至德二載」：陽曆七月二十一日為陰曆七月丁未朔[95]。推算至德二載立秋當落在陰曆七月十八（甲子）、十九（乙丑）或二十日（丙寅）上。「立秋後五日」又為白露，那麼，「白露」當在二十三（己巳）、二十四（庚午）或二十五日（辛未）上。那麼，依前述「白露」的相關記載，杜甫得家書當在七月，最晚也不晚於七月下旬。

此外，據〈北征〉詩，杜甫於二載（757）秋閏八月初一前往鄜州探問家室，所以，杜甫得家書當在此前，〈得家書〉詩非作於秋八月甚明，否則不當云「西郊白露初」。隔年乾元元年（758）夏六月杜甫即出為華州司功參軍。因此，依據上述這些理由，此詩當作於二載七月。黃鶴即曾說：「詩云『二毛趨帳殿，一命侍鑾輿』，當是至德二載在鳳翔行在作，時未往鄜州迎家，故又云『西郊白露初』。」[96]另外，趙次公於「西郊白露初」句下亦云：「此詩蓋至德二載七月所作。……。以『白露初』言之，則在七月明矣。」[97]

〈送長孫九侍御赴武威判官〉

黃鶴、單復與錢謙益等皆將此詩繫於至德二載作[98]。今考此詩當繫於至德二載作，創作上限當斷於至德二載五月十六日。

詩云「族父領元戎，名聲國中老」，「族父」指同族伯叔父，「元戎」指統帥，舊題為王洙者即曾注為「元帥」[99]。此句指杜鴻漸於至德二載為河西節

---

[93] 《太平御覽》（一）（石家莊：河北教育出版社，2000年），卷十二，頁110。

[94] 《白氏六帖》，見《唐代四大類書》（三）（北京：清華大學出版社，2003年），卷一，頁1947。

[95] 《增補二十史朔閏表》，頁97。

[96] 《補注杜詩》，卷十九，頁367。

[97] 《杜詩趙次公先後解輯校》（上），乙帙卷之三，頁204～205。

[98] 《補注杜詩》，卷四，頁116～117。《讀杜詩愚得》（一），年譜，32。《錢牧齋先生箋註杜詩》（二），年譜，頁1267。

[99] 《補注杜詩》，卷四，頁117。

度使，《舊唐書・肅宗本紀》「至德二載」說：「五月，……，以武部侍郎杜
鴻漸為河西節度。」[100]此外，《舊唐書・杜鴻漸傳》亦曾云：「肅宗即位，授
兵部郎中，知中書舍人事，尋轉武部侍郎。至德二年，兼御史大夫，為河西
節度使、涼州都督。」[101]本傳所載與舊書肅宗本紀所言亦符。據此，「族父」
句指杜鴻漸至德二載五月為河西節度使事，黃鶴即曾說：「『族父』，謂杜鴻
漸。按〈本傳〉：至德二年為遷河西節度使。」[102]

詩又云「奪我同官良，飄颻按城堡」，既言「同官」，則杜甫與長孫侍
御當同朝為官，時為左拾遺。黃鶴說：「詩云『奪我同官良』，乃至德二
年，公為拾遺時。」[103]因此，此詩當繫於至德二載作，創作上限當不早於至德
二載五月十六日杜甫受為左拾遺之時。

〈送從弟亞赴河西判官〉

黃鶴與錢謙益皆將此詩繫於至德二載作[104]。今考此詩當繫於至德二載
作，創作上限當斷於五月，下限當斷於九月二十八日收復西京前。

首先，此詩乃杜甫贈其堂弟杜亞（724～798）之作。詩云「令弟草中
來，蒼然請論事」，據史，肅宗在靈武時杜亞曾上書論當時事，《舊唐書・
杜亞傳》說：「至德初，於靈武獻封章，言政事。」[105]此外，《新唐書・杜亞
傳》亦云：「肅宗在靈武，上書論當時事。」[106]肅宗即位靈武乃在天寶十五載
七月，至德元載十月次於彭原。因此杜亞上書論事當在該年七月至十月間。

其次，杜鴻漸為河西節度使時，曾辟杜亞為從事，《舊唐書・杜亞傳》

---

[100] 《舊唐書》（一），卷十，頁246。

[101] 《舊唐書》（十），卷一百八，頁3283。

[102] 《補注杜詩》，卷四，頁117。此外，錢謙益亦曾引《舊唐書・肅宗本紀》為證，參
　　《錢牧齋先生箋註杜詩》（一），卷二，頁224。

[103] 《補注杜詩》，卷四，頁116～117。

[104] 《補注杜詩》，卷四，頁118。《錢牧齋先生箋註杜詩》（二），年譜，頁1267。

[105] 《舊唐書》（十二），卷一百四十六，頁3962。另亦可參《錢牧齋先生箋註杜詩》
　　（一），卷二，頁227。

[106] 《新唐書》（十七），卷一百七十二，頁5207。

云：「杜鴻漸為河西節度，辟為從事。」[107]此外，《新唐書‧杜亞傳》亦云：「杜鴻漸節度河西，奏署幕府。」[108]舊題為鮑曰者即曾說：「亞字次公。肅宗在靈武，上書論當世事，擢校書郎。杜鴻漸節度河西，奏署幕，故詩云『令弟草中來，蒼然請論事』。」[109]據《舊唐書‧肅宗本紀》，杜鴻漸為河西節度使在至德二載五月（詳〈送長孫九侍御赴武威判官〉繫年）。因此，此詩當繫於至德二載作，創作上限當不早於五月。

今詩又云「宗廟尚為灰，君臣俱下淚」，既云「宗廟」句，詩當作於收復西京前。據史，收復西京在九月二十八日（癸卯）。黃鶴即曾說：「按詩云『宗廟尚成灰』，是時京師猶未復也。」[110]因此，此詩創作下限當斷於九月二十八日收復西京前

最後，郭知達與蔡夢弼本詩題作「送從弟亞赴安西判官」[111]，今據史書本傳，杜鴻漸節度河西時曾召杜亞為僚屬，依此，詩題當作「河西判官」。

〈奉送郭中丞兼太僕卿充隴右節度使三十韻〉

黃鶴、單復與錢謙益皆將此詩繫於至德二載作[112]。仇兆鰲則將此詩繫於至德二載秋八月作[113]。今考此詩當繫於至德二載秋作，創作下限當斷於杜甫往鄜州省親前。

---

[107] 《舊唐書》（十二），卷一百四十六，頁3962。另亦可參《錢牧齋先生箋註杜詩》（一），卷二，頁227。

[108] 《新唐書》（十七），卷一百七十二，頁5207。

[109] 《百家注》（上），卷六，頁272。

[110] 《補注杜詩》，卷四，頁118。

[111] 《九家集註杜詩》（一），卷四，頁311。《草堂詩箋》（一），卷十，頁239。另見《百家注》（上），卷六，頁272。

[112] 黃鶴據《新》、《舊唐書‧本傳》將此詩繫於至德二載作，他說：「《舊史》言：至德初，（郭）英乂遷隴右節度使，兼御史中丞。……《新史》言：……。至德二載，加隴右節度使。……公此詩題曰『送郭中丞兼太僕卿充隴右節度使』，……當是至德二載作。」（《補注杜詩》，卷十九，頁370～371）《讀杜詩愚得》（一），年譜，頁32。《錢牧齋先生箋註杜詩》（二），年譜，頁1267。

[113] 《杜詩詳注》（一），卷五，頁370。

王洙、蔡夢弼與錢謙益諸本題下皆有原注「英乂」二字[114]。據此,當是贈郭英乂之詩。詩題云郭英乂為隴右節度使。而史書及相關史料記載郭英乂任隴右節度使時間不一:或在至德元載七月,譬如《舊唐書・肅宗本紀》「至德元載七月」云「以隴右節度使郭英乂為天水郡太守」[115];此外《資治通鑑》亦云「(至德元載七月)隴右節度使郭英乂為天水太守,兼防禦使」[116];另外,《舊唐書・郭英乂傳》則說:「至德初,肅宗興師朔野,英乂以將門子特見任用,遷隴右節度使。」[117]「朔」指朔方,代指靈武,肅宗即位所在,這是因為靈武本屬靈州,靈州為朔方節度使所轄,《舊唐書・地理志》「朔方節度使」下即云「治靈州」[118]。因此靈武本朔方節度使管轄。據此,《舊唐書・本傳》中之「至德初」當指「至德元載七月」。

或在至德二載,譬如《新唐書・郭英乂傳》云:「至德二年,加隴右節度使。」[119]另外,元載〈故定襄王郭英乂神道碑〉亦同,文云:「至德二年,詔公為鳳翔太守,轉西平太守,加隴右節度,兼御史大夫。」[120]史書記載不一,暫無法論斷。

詩又云「瘡痍親接戰,勇決冠垂成」,事指至德二載二月安守忠寇武功,郭英乂敗績,流矢貫頤,盧元昌曾說:「至德二載,上至鳳翔,旬日,隴右、河西、安西、西域兵皆會,江淮庸調亦至。上欲乘兵,搗賊腹心,於是王思禮軍武功,王難得軍西原,郭英乂軍東原。是『三月師逾整,羣兇勢就烹』也。時英乂流矢貫頤,裹創而戰,因王難得不協心,遂至敗績,是

---

[114] 《杜工部集》(一),卷十,頁412。《草堂詩箋》(一),卷十,頁244。《錢牧齋先生箋註杜詩》(二),卷十,頁658。此外,《九家集註杜詩》(三)題下亦有此二字(卷十九,頁1361)。

[115] 《舊唐書》(一),卷十,頁243。

[116] 《資治通鑑》(十),卷二百一十八,頁6982。

[117] 《舊唐書》(十),卷一百一十七,頁3396。

[118] 《舊唐書》(五),卷三十八,頁1390。

[119] 《新唐書》(十五),卷一百三十三,頁4546。

[120] 《全唐文》(四),卷三六九,頁3744。

『瘡痍親接戰，勇決冠垂成』也。」[121]詩又有「詔發山西將，秋屯隴右兵」諸字，因此，詩當作於至德二載秋，最遲當在杜甫還家省親前。

〈送楊六判官使西蕃〉

浦起龍將此詩繫於至德二載夏作[122]。今考此詩當是至德二載秋未復京師前作。

詩云「絕域遙懷怒，和親願結歡。敕書憐贊普，兵甲望長安」，據《舊唐書・肅宗本紀》，至德元載（756）八月迴紇、吐蕃曾請和親，並願助唐討賊（詳〈哀王孫〉繫年）。隔年（757）三月，吐蕃再請和親，肅宗遣給事中南巨川前往報命。《舊唐書・肅宗本紀》「至德二載」說：「三月，……。吐蕃遣使和親，遣給事中南巨川報命。」[123]詩中所云之「贊普」，乃吐蕃人對其君王之稱，《舊唐書・吐蕃列傳》說：「其國人號其王為贊普。」[124]此外，《舊五代史・外國列傳》亦云：「吐蕃，……，國人號其主為贊普。」[125]最後，《資治通鑑》中，亦曾有「吐蕃贊普」諸字[126]。

詩又云「送遠秋風落，西征海氣寒。帝京氛祲滿，人世別離難」，依

---

[121] 《杜詩闡》（一），卷五，頁241。另亦可參《杜詩詳註》（一），卷五，頁373。史事見《資治通鑑》（十），「至德二載二月」，卷二百一十九，頁7018～7019。亦可參《新唐書・肅宗本紀》（一）「至德二載二月」，卷六，頁157。

[122] 《讀杜心解》（上），目譜，頁24。

[123] 《舊唐書》（一），卷十，頁246。此外，趙次公與錢謙益亦曾言及此，《杜詩趙次公先後解輯校》（上）說：「明年，（吐蕃）使使來請討賊，且修好。肅宗遣給事中南巨川報聘。」（乙帙卷之三，頁202）《錢牧齋先生箋註杜詩》（二）亦曾云：「至德元載，吐蕃遣使請和親，願助國討賊。二載三月，吐蕃遣使和親，遣給事中南巨川報命。」（卷十，頁661）

[124] 《舊唐書》（十六），卷一百九十六上，頁5219。另亦可參《唐會要》（下），卷九十七，頁2049。

[125] 《舊五代史》（六）（北京：中華書局，2003年），卷一百三十八，頁1839。

[126] 《資治通鑑》（十），卷二百一十八，頁6992。「贊普」有時亦作「贊府」，譬如，《通典》（五）「吐蕃」下云：「至今故其人號其主曰贊府。」（卷一百九十，頁5170）又如，《太平寰宇記》（八）「西戎」「吐蕃」下亦云：「至今其人號其主曰贊府。」（卷一百八十五，頁3535）「贊府」與「贊普」其音亦近。

「帝京」句，詩當是未收復京師前作；再據「秋風」二字，此詩當是至德二載秋，未復京師前作。黃鶴即曾說：「詩云『帝京氛祲滿』，又云『送遠秋風落』，當是至德二載未復京師前，是年吐蕃遣使來請討賊且修好，肅宗遣給事中南巨川往報聘。」[127] 趙次公亦曾云：「此篇是至德二年九月前詩，蓋京師猶未復，所謂『帝京氛祲滿』，宜在收京師前。」[128] 因此，此詩當繫於至德二載秋未復京師前作。

〈奉贈嚴八閣老〉

黃鶴與錢謙益皆將此詩繫於至德二載作[129]。今考此詩當繫於至德二載作，創作上限當斷於五月中，下限當斷於九月收復長安前。

詩題云「嚴八閣老」，據〈留別賈、嚴二閣老兩院補闕〉詩題下原注「賈至、嚴武」諸字[130]，那麼，「嚴閣老」當指嚴武（726～765）。嚴武得稱閣老，乃是因為唐人稱給事中為閣老，宋·王應麟（1223～1296）曾說：「《通鑑》：王涯為給事中鄭肅、韓佽曰：『二閣老不用封敕。』此唐人稱給事中為閣老也。」[131] 問題是：嚴武是否曾任給事中呢？甚至，嚴武何時為給事中呢？嚴武為給事中當於赴肅宗行在後，至德二載九月收復長安前；收復長安後，即拜為京兆少尹。《舊唐書·嚴武傳》說：「至德初，肅宗興師靖難，大收才傑，武杖節赴行在。宰相房琯以武名臣之子，素重之，及是，首薦才

---

[127] 《補注杜詩》，卷十九，頁372。另亦可參《杜工部詩集》（上），卷三，頁368。

[128] 《杜詩趙次公先後解輯校》（上），乙帙卷之三，頁202。

[129] 《補注杜詩》，卷十九，頁367。《錢牧齋先生箋註杜詩》（二），年譜，頁1267。

[130] 《錢牧齋先生箋註杜詩》（二）題下原注作「賈至、嚴武」（卷十，頁662）。《杜工部集》（一）則作「嚴武、賈至」（卷十，頁409）。

[131] 《困學紀聞》，見《文淵閣四庫全書》，第854冊，卷十八，頁458。筆者按：「王涯為給事中鄭肅……」當乃「王涯謂給事中鄭肅……」。另亦可參《錢牧齋先生箋註杜詩》（二），卷十，頁657。史事見《資治通鑑》（十一），書云：「給事中鄭肅、韓佽封還敕書。（李）德裕將出中書，謂（王）涯曰：『且喜給事中封敕！』（王）涯即召肅、佽謂曰：『李公適留語，令二閣老不用封敕。』」（卷二百四十五，頁7897）此外，詩題「閣」非作「閤」，參拙著《杜詩舊注考據補證》，第六章，頁189～191。

略可稱，累遷給事中。既收長安，以武為京兆少尹。」[132]《新唐書・嚴武傳》亦云：「至德初，赴肅宗行在，房琯以其名臣子，薦為給事中。已收長安，拜京兆少尹。」[133] 舊題為鮑曰者對此即曾說：「嚴武也。至德初，房琯薦為給事中。收長安，拜京兆（少）尹。稱閣老，時為給事中。」[134]

　　詩又云「官曹可接聯」，換言之，詩作於杜甫為左拾遺時，杜甫為左拾遺在五月中旬後。黃鶴即說：「按《舊史》：遷給事中，在收長安之前。……。此詩在至德二載作。……。是年公亦為拾遺，故又曰『官曹可接聯』，左拾遺屬門下省。」[135] 因此，詩當作於至德二載，創作上限當斷於五月中，最晚當在九月收復長安前。

〈留別賈、嚴二閣老兩院補闕〉

　　黃鶴與浦起龍皆將此詩繫於至德二載秋作[136]。今考此詩當是至德二載秋欲往鄜州省家行前時作，最有可能乃是八月作，創作下限當斷於八月底。

　　詩題云「嚴閣老」，依前詩繫年所述，嚴武為閣老當於赴肅宗行在後，至德二載九月收復長安之前。詩題既云「留別」，則乃二載杜甫在鳳翔為左拾遺，並與賈至、嚴武留別時作。今詩又云「田園須暫往」，句指杜甫欲前往鄜州省家，後來杜甫即有〈北征〉詩，並有「皇帝二載秋，閏八月初吉。杜子將北征，蒼茫問家室」諸語。此外，《新唐書・文藝上》也曾說：「甫家寓鄜，彌年艱窶，……，因許甫自往省視。」[137] 最後，詩又有「一秋常苦雨」，因此，此詩乃至德二載秋杜甫欲前往鄜州省家時留別作，最有可能乃作於八月，下限當斷於八月底，仇兆鰲即曾說：「此是至德二載八月，往鄜

---

[132]《舊唐書》（十），卷一百一十七，頁3395。

[133]《新唐書》（十四），卷一百二十九，頁4484。

[134]《百家注》（上），卷六，頁284。

[135]《補注杜詩》，卷十九，頁367。

[136] 黃鶴說：「此詩乃是年秋往鄜州省家時作，詩云『一秋常苦雨』。」（《補注杜詩》，卷十九，頁368）《讀杜心解》（上），目譜，頁24。

[137]《新唐書》（十八），卷二百一，頁5737。舊題為王洙者與錢謙益皆曾引及此條，見《補注杜詩》，卷十九，頁368。《錢牧齋先生箋註杜詩》（二），卷十，頁662。

州省家時作。」[138]

〈晚行口號〉

　　黃鶴、仇兆鰲與浦起龍皆將此詩繫於至德二載往鄜州省家時作[139]。今考此詩當是至德二載秋往鄜州省家途中所作，創作上限當斷於閏八月初一，下限當斷於九月二十八日。

　　詩云「市朝今日異，喪亂幾時休」，據此，詩當是安史兵亂後作；又云「三川不可到，歸路晚山稠」，詩乃上句因為下句，此言三川不可到，因為歸路晚山稠。據〈三川觀水漲二十韻〉繫年所云，「三川」乃三川縣，唐屬鄜州。天寶十五載七月杜甫攜家避寇抵鄜州三川縣並有詩；此行後抵羌村；聞肅宗即位靈武，乃自鄜州奔赴行在，途中為賊軍所得，身陷長安；二載夏四月杜甫又自長安竄歸鳳翔。另據〈北征〉詩，杜甫於至德二載秋閏八月初一前往鄜州省家。那麼，此詩當是杜甫前往鄜州途中所作。黃鶴對此即曾說：「詩云『三川不可到，歸路晚山稠』，當是至德二載，往鄜州時作。」[140]因此，詩當繫於杜甫往鄜州省家時作，最早亦不早於閏八月初一。

　　自〈晚行口號〉以下，〈九成宮〉、〈徒步歸行〉、〈玉華宮〉與〈羌村三首〉等詩，乃杜甫自述其往鄜州途中所經並抵家情形。上述諸詩皆作於至德二載，據〈北征〉詩，杜甫出發在閏八月初一，依此，諸詩創作上限當斷於閏八月初一；詩中尚敘及抵家諸事與肅宗蒙塵在外，據此，下限當斷於九月二十八日收復長安。

---

138 《杜詩詳注》（一），卷五，頁382。此外，《杜甫作品繫年》亦曾云：「杜甫赴鄜州在至德二載閏八月初一，那末，儌行當在八月底。」（頁16）

139 《補注杜詩》，卷十九，頁368。仇兆鰲說：「此公往鄜州省家，在道時作。」（《杜詩詳注》（一），卷五，頁383）浦起龍則說：「此將到時作。」（《讀杜心解》（下），卷三之一，頁367）

140 《補注杜詩》，卷十九，頁368。

〈九成宮〉

　　黃鶴、錢謙益與浦起龍皆將此詩繫於至德二載作[141]。今考此詩當繫於至德二載秋往鄜州省家途中所作，創作上限當斷於閏八月初一，下限當斷於九月二十八日（詳〈晚行口號〉繫年）。

　　首先，詩云「我行屬時危，仰望嗟嘆久。天王守太白，駐馬更搔首」。「太白」指太白山，在郿縣，地屬鳳翔府，《新唐書・地理志》「鳳翔府」「郿縣」下即有「太白山」[142]。依此，太白山屬鳳翔府。「天王守太白」事指肅宗行次鳳翔。趙次公曾說：「守之為義，正言肅宗在鳳翔也。」[143]據史，至德二載二月肅宗次于鳳翔，十月收復東京後，乃自鳳翔歸還長安[144]。因此，詩當繫於至德二載。

　　其次，「九成宮」在麟遊縣西，本隋文帝所置之仁壽宮，麟遊縣西南至鳳翔府約一百六十里，《元和郡縣圖志》「鳳翔府」下說：「麟遊縣，……。西南至府一百六十里。……。九成宮，在縣西一里。即隋文帝所置仁壽宮。……。貞觀五年復修舊宮，以為避暑之所，改名九成宮。」[145]《舊唐書・地理志》「鳳翔府」「麟遊縣」下亦云：「太宗改仁壽宮為九成宮。」[146]此外，《新唐書・地理志》「鳳翔府」「麟遊縣」下亦云：「西五里有九成宮，本隋

---

[141] 《補注杜詩》，卷三，頁97。《錢牧齋先生箋註杜詩》（二），年譜，頁1267。《讀杜心解》（上）則明確地將此詩繫於八月作（目譜，頁24）。

[142] 《新唐書》（四），卷三十七，頁966～967。《錢牧齋先生箋註杜詩》（一）說：「吳若本注云：謂肅宗至德二載次于鳳翔時也。〈地理志〉：鳳翔郿縣有太白山。」（卷二，頁241）另亦可參《通典》（四），卷一百七十三，頁4516；《元豐九域志》（上）「鳳翔府」「郿縣」下亦有「太白山」（卷三，頁122）。

[143] 《杜詩趙次公先後解輯校》（上），乙帙卷之四，頁209。此外，仇兆鰲也說：「時肅宗在鳳翔，故云『天王守』。」（《杜詩詳注》（一），卷五，頁388）

[144] 《舊唐書・肅宗本紀》（一），卷十，頁245與248。《資治通鑑》（十），卷二百一十九，頁7017；卷二百二十，頁7041。

[145] 《元和郡縣圖志》（上），卷二，頁42。

[146] 《舊唐書》（五），卷三十八，頁1403。

仁壽宮，義寧元年廢，貞觀五年復置，更名。」[147]換言之，九成宮在鳳翔府
東北約一百六十里處。其東北即是邠州。杜甫離開鳳翔前往九成宮的路線
方向，與〈徒步歸行〉題下原注「自鳳翔赴鄜州，途經邠州」東北向路線相
合，這一路基本上是往東北前進的。因此〈九成宮〉當是杜甫離開鳳翔前往
鄜州途中所作。黃鶴即曾說：「『九成宮』，在鳳翔府麟遊縣，當是至德二載
經鄜州作，故詩云『天王守太白』，又曰『我行屬時危』。」[148]此中，「經」當
為「往」之訛。因此，此詩當繫於至德二載作，當不早於閏八月初一；不晚
於九月二十八日收復長安。

〈徒步歸行〉

黃鶴、錢謙益與浦起龍皆將此詩繫於至德二載作[149]。今考此詩當是至德
二載秋杜甫往鄜州省家途中所作，創作上限當斷於閏八月初一，下限當斷於
九月二十八日（詳〈晚行口號〉繫年）。

王洙、錢謙益、朱鶴齡與仇兆鰲諸本題下皆有原注：「贈李特進，自鳳
翔赴鄜州，途經邠州作。」[150]問題是：李特進是誰呢？當為李嗣業。趙次公即
曾說：「李特進，嗣業也。」[151]據史，李嗣業於天寶十載加特進，《舊唐書‧
李嗣業傳》說：「（天寶）十載，又從平石國，及破九國胡并背叛突騎施，

---

[147] 《新唐書》（四），卷三十七，頁966。另亦可參《補注杜詩》，卷三，頁97。《杜詩詳
注》（一），卷五，頁386。

[148] 《補注杜詩》，卷三，頁97。

[149] 《補注杜詩》，卷三，頁96。《錢牧齋先生箋註杜詩》（二），年譜，頁1267。《讀杜心
解》（上）更明確地將此詩繫於八月作（目譜，頁24）。

[150] 《杜工部集》（一），卷二，頁59。《錢牧齋先生箋註杜詩》（一），卷二，頁238。《杜
工部詩集》（上），卷四，頁381。《杜詩詳注》（一），卷五，頁385。另亦可參《御
定全唐詩》，見《文淵閣四庫全書》，第1425冊，卷二百十七，頁22。此外，《九
家集註杜詩》（一）題下亦有此諸字，然奪「途」字（卷三，頁233）。《草堂詩箋》
（一）則將題目作「徒步歸行，贈李特進，自鳳翔赴鄜州，途經邠州作」（卷十一，頁
256）。

[151] 《杜詩趙次公先後解輯校》（上），乙帙卷之四，頁210。

以跳盪加特進。」[152]此外，《新唐書·李嗣業傳》亦云：「從平石國及突騎施，以跳盪先鋒加特進。」[153]依此，李特進當指李嗣業。

詩云「鳳翔千官且飽飯，衣馬不復能輕肥。青袍朝士最困者，白頭拾遺徒步歸」，杜甫徒步歸行乃因至德二載二月肅宗盡括公私之馬以助軍，《舊唐書·肅宗本紀》「至德二載二月」說：「上議大舉收復兩京，盡括公私馬以助軍。」[154]此外，〈偪側行贈畢四曜〉亦曾言及此事，詩曾云：「自從官馬送還官，行路難行澀如棘。」由於朝廷已盡括公私之馬，因此杜甫只能徒步歸行，仇兆鰲曾說：「故惟徒步而行。」[155]據此，此詩作於至德二載二月後甚明。

詩題原注既云「自鳳翔赴鄜州」；又言及「青袍朝士最困者，白頭拾遺徒步歸」、「妻子山中哭向天，須公櫪上追風驃」，此乃杜甫自鳳翔依東北向往鄜州省家，途經邠州，向李嗣業借馬代步所作。黃鶴即曾說：「『李特進』，意是李嗣業。……至德二年作，故有『鳳翔千官且飽飯』、『白頭拾遺徒步歸』之句。」[156]因此，此詩當是至德二載秋杜甫往鄜州途中作，創作上限當不早於閏八月初一。

〈玉華宮〉

黃鶴、錢謙益與浦起龍皆將此詩繫於至德二載作[157]。今考此詩當是至德

---

[152]《舊唐書》（十），卷一百九，頁3298。黃鶴亦曾略引此條，見《補注杜詩》，卷三，頁97。

[153]《新唐書》（十五），卷一百三十八，頁4615。

[154]《舊唐書》（一），卷十，頁245。此外，《錢牧齋先生箋註杜詩》（一）也曾說：「時當肅宗括馬之後，故曰『不復能輕肥』也。」（卷二，頁238）最後，仇兆鰲亦曾引及《舊唐書》此條史料，見《杜詩詳注》（一），卷五，頁386。

[155]《杜詩詳注》（一），卷五，頁386。

[156]《補注杜詩》，卷三，頁96。

[157]《補注杜詩》說：「至德二載往鄜時作。」（卷三，頁97）《錢牧齋先生箋註杜詩》（二），年譜，頁1267。此外，《讀杜心解》（上）則明確地將此詩繫於八月作（目譜，頁25）。

二載秋杜甫往鄜州省家途中所作，創作上限當斷於閏八月初一，下限當斷於九月二十八日（詳〈晚行口號〉繫年）。

　　「玉華宮」在宜君縣北四里，宜君縣屬坊州，《元和郡縣圖志》「坊州」「宜君縣」下說：「玉華宮，在縣北四里。」[158]《舊唐書‧地理志》「坊州」「宜君」下亦云：「管玉華宮。」[159]此外，《新唐書‧地理志》「坊州中部郡」「宜君」下則云：「（貞觀）二十年置玉華宮。」[160]坊州在邠州東北約三百一十里，坊州北距鄜州約一百五十里，《元和郡縣圖志》「坊州」下說：「西南至邠州三百一十里。……。北距鄜州一百五十里。」[161]此外，《通典》「中部郡（坊州）」下亦云：「北至洛交郡（鄜州）百四十里。……。西南到新平郡（邠州）三百十里。」[162]玉華宮既在坊州，而坊州又在邠州與鄜州之間，再據〈徒步歸行〉題下原注「自鳳翔赴鄜州，途經邠州」之語，因此〈玉華宮〉當是杜甫離開鳳翔前往鄜州，經過邠州後，抵坊州宜君縣玉華宮時所作。趙次公即曾說：「玉華、九成，皆公歸鄜之所歷者也。」[163]此外，師古亦曾云：「自此詩（〈玉華宮〉）以下至〈羌村〉，乃甫趨鄜，路逢所經見，兼述抵家情況。」[164]詩又云：「萬籟真笙竽，秋色正蕭灑。」換言之，時序當為秋天，此亦與杜甫二載秋閏八月離開鳳翔季節相符，因此，此詩當作於二載秋，當不早於閏八月初一。

---

[158]《元和郡縣圖志》（上），卷三，頁73。

[159]《舊唐書》（五），卷三十八，頁1401。

[160]《新唐書》（四），卷三十七，頁970。另亦可參《錢牧齋先生箋註杜詩》（一），卷二，頁239。此外，《大清一統志》（六）「鄜州直隸州」「古蹟」條下亦有「玉華宮」（卷二四九，頁189）。

[161]《元和郡縣圖志》（上），卷三，頁72。

[162]《通典》（四），卷一百七十三，頁4525。

[163]《杜詩趙次公先後解輯校》（上），乙帙卷之四，頁211。

[164]《補注杜詩》，卷三，頁97。

〈羌村三首〉

　　黃鶴繫此詩於至德二載秋作[165]。浦起龍將此詩繫於至德二載秋八月作[166]。今考此詩當是至德二載秋杜甫初抵鄜州羌村之作，創作上限當斷於閏八月初一，下限當斷於九月二十八日（詳〈晚行口號〉繫年）。

　　依《草堂詩箋》所引《鄜州圖經》，「羌村」為洛交村墟，而洛交縣為鄜州州治。書云：「《鄜州圖經》：州治洛交縣。羌村，洛交村墟。」[167]今書雖未見，然鄜州治所確為洛交縣，《通典》「鄜州」下即云：「今理洛交縣。」[168]另據《陝西通志》，羌村約在鄜州西北三十里處，《陝西通志》「杜甫草堂」條說：「州西北三十里，羌村有杜窟，壁上詩甚多。」[169]此外，據《關中勝蹟圖志》「鄜州疆域圖」，羌村在鄜州州城西北，南有采銅川[170]；而「採銅川」下則云：「在鄜州西北十五里。《通志》：『為杜甫經遊地。在羌村南十里許，有一石窟，中有石脂，就窟可灌成燭。』」[171]因此，羌村約在鄜州州城之西北。

　　今其一詩云：「柴門鳥雀噪，歸客千里至。妻孥怪我在，驚定還拭淚。世亂遭飄蕩，生還偶然遂。隣人滿牆頭，感歎亦歔欷。」「世亂」指安史兵亂；今詩中既說「歸客」，又云「隣人」，此詩顯是杜甫自鳳翔起程，途經邠、坊兩州，抵達鄜州，返羌村之家[172]，初至時之作。詩當作於至德二載秋，創作上限當不會早於閏八月初一。

---

[165] 黃鶴說：「此詩當在至德二載秋至鄜時作。」（《補注杜詩》，卷三，頁98）

[166] 《讀杜心解》（上），目譜，頁25。

[167] 《草堂詩箋》（一），卷十一，頁267。

[168] 《通典》（四），卷一百七十三，頁4524。

[169] 《陝西通志》，見《文淵閣四庫全書》，第555冊，卷七十三，頁394。

[170] 《關中勝蹟圖志》，卷二十九，頁894～895。

[171] 《關中勝蹟圖志》，卷二十九，頁903。「采銅川」當即「採銅川」。

[172] 《杜甫傳記唐宋資料考辨》，第二篇，頁89～90。

〈北征〉

　　浦起龍將此詩繫於至德二載秋八月作[173]。黃鶴則將此詩繫於至德二載九月作[174]。今考此詩當繫於至德二載九月作，創作下限當斷於九月二十八日收復長安之前，時杜甫已抵家。

　　首先，王洙、蔡夢弼與錢謙益諸本題下皆有原注「歸至鳳翔，墨制放往鄜州作」諸字[175]。時杜甫欲往鄜州省家，鄜州在鳳翔行在之東北，因此詩題作「北征」，錢謙益即曾說：「公遭祿山之亂，自行在往鄜州，故以〈北征〉命篇。」[176]杜甫出發時間在肅宗至德二載閏八月初一，詩有「皇帝二載秋，閏八月初吉。杜子將北征，蒼茫問家室」諸句。詩中亦敘及抵家之事，並有「經年至茅屋，妻子衣百結」等語。

　　其次，詩云「陰風西北來，慘澹隨回紇。其王願助順，其俗善馳突。送兵五千人，驅馬一萬匹」，事指二載九月迴紇葉護太子率四千士卒助唐討賊，《舊唐書‧肅宗本紀》「至德二載」說：「九月，……，迴紇葉護太子率兵四千助國討賊。」[177]《舊唐書‧迴紇傳》亦云：「（二載九月）回紇遣其太子葉護領其將帝德等兵馬四千餘眾，助國討逆。」[178]此外，《資治通鑑》「至德二載九月」也說：「郭子儀以回紇兵精，勸上益徵其兵以擊賊。懷仁可汗遣

---

[173]《讀杜心解》（上），目譜，頁25。

[174] 黃鶴說：「〈北征〉詩述在路及到家之事，當在〈羌村〉後，至德二載九月作，故云『菊垂今秋花』。」（《補注杜詩》，卷三，頁94）

[175]《杜工部集》（一），卷二，頁55。《草堂詩箋》（一），卷十一，頁258。《錢牧齋先生箋註杜詩》（一），卷二，頁233。另亦可參《御定全唐詩》，見《文淵閣四庫全書》，第1425冊，卷二百十七，頁21。

[176]《錢牧齋先生箋註杜詩》（一），卷二，頁236。

[177]《舊唐書》（一），卷十，頁247。

[178]《舊唐書》（十六），卷一百九十五，頁5198。另亦可參《杜詩詳注》（一），卷五，頁402。此外，錢謙益雖亦引此條，然將「至德二載九月」訛作「至德元載九月」，見《錢牧齋先生箋註杜詩》（一），卷二，頁237。另外，浦起龍於「慘澹」句下注曰「《唐‧回鶻傳》：……。至德元載，遣其太子葉護率兵助國討賊」（《讀杜心解》（上），卷一之二，頁41～42），據史，當是二載九月，亦非元載間事。

其子葉護及將軍帝德等將精兵四千餘人來至鳳翔。」[179]那麼，詩當作於二載九月。

第三，今詩又云「至尊尚蒙塵，幾日休練卒」，「蒙塵」意指天子在外，仇兆鰲曾注說：「《左傳》：臧文仲曰：『天子蒙塵於外。』……。《漢書注》：天子在外曰蒙塵。」[180]浦起龍更進一步注云：「帝在鳳翔。」[181]換言之，時蕭宗尚未返京，事在收復西京之前，因此，此詩當作於二載秋九月癸卯（二十八日）廣平王收復長安前。時當尚未收復西京，否則詩當敘及「送喜」情狀（〈收京三首〉其三），況詩中又有「伊洛指掌收，西京不足拔」兩句，無疑是收復長安前作。

〈喜聞官軍已臨賊境二十韻〉

黃鶴將此詩繫於至德二載九月作[182]。今考此詩當繫於至德二載九月官軍臨賊境之時作，創作下限當斷於九月二十八日收復長安之前。

詩云「元帥歸龍種，司空握豹韜」。據史，至德元載九月廣平王李俶（727～779）為天下兵馬元帥，《資治通鑑》「至德元載九月」說：「上乃以廣平王俶為天下兵馬元帥。」[183]《舊唐書·代宗本紀》亦云：「祿山之亂，京城陷賊，從蕭宗蒐兵靈武，以上為天下兵馬元帥。」[184]隔年二載四月郭子儀

---

[179] 《資治通鑑》（十），卷二百二十，頁7032。另亦可參《唐會要》（下），卷九十八，頁2069。

[180] 《杜詩詳注》（一），卷五，頁402。此外，《後漢書》（八）「主上蒙塵」下亦曾注云：「《左傳》曰：周襄王出奔于鄭，魯臧文仲曰：『天子蒙塵于外。』」（卷七十三，頁2355）

[181] 《讀杜心解》（上），卷一之二，頁41。

[182] 黃鶴說：「詩又云『元帥歸龍種，司空握豹韜』。按《史》：至德二載閏八月丁卯，廣平王俶為天下兵馬元帥，郭子儀副之。則此詩九月作，蓋是月方與賊戰也。」（《補注杜詩》，卷三，頁364）

[183] 《資治通鑑》（十），卷二百一十八，頁6995。

[184] 《舊唐書》（二），卷十一，頁267。此外，仇兆鰲則說：「《唐書》：二載九月以廣平王俶為天下兵馬元帥，郭子儀副之。」（《杜詩詳注》（一），卷五，頁419）據《資治通鑑》，當為至德元載九月，非二載九月。

為司空，《舊唐書‧肅宗本紀》「至德二載」說：「夏四月戊寅朔，以郭子儀為司空。」[185]此外，《資治通鑑》「至德二載四月」下亦云：「上以郭子儀為司空、天下兵馬副元帥。」[186]

今詩題又云「官軍已臨賊境」，事乃二載九月丁亥（十二日），廣平王統朔方、安西、迴紇等二十萬軍東向討賊；壬寅（二十七日），戰于香積寺。《資治通鑑》「至德二載九月」云：「丁亥，元帥廣平王俶將朔方等軍及回紇、西域之眾十五萬，號二十萬，發鳳翔。……。壬寅，至長安西，陳於香積寺北灃水之東。」[187]此外，《舊唐書‧肅宗本紀》「至德二載九月」亦云：「丁亥，元帥廣平王統朔方、安西、迴紇、南蠻、大食之眾二十萬，東向討賊。壬寅，與賊將安守忠、李歸仁等戰于香積寺西北，賊軍大敗。」[188]香積寺在長安縣南三十里處[189]。據史，是月癸卯（二十八日）官軍即收復西京，那麼，詩當作於此前。因此，此詩當繫於二載九月臨賊境、收長安之前。浦起龍即曾說：「在鄜聞軍到長安而喜，尚未收京也。」[190]

〈收京三首〉

黃鶴認為此三首詩非同時之作[191]。仇兆鰲則將此三首詩繫於至德二載十月作[192]。今考此三首詩當繫於至德二載收復西京之後作，創作上限當斷於十月二十八日，時杜甫在鄜州。

---

[185]《舊唐書》（一），卷十，頁246。

[186]《資治通鑑》（十），卷二百一十九，頁7022。

[187]《資治通鑑》（十），卷二百二十，頁7032～7033。另亦可參《補注杜詩》，卷十九，頁366。

[188]《舊唐書》（一），卷十，頁247。此外，另亦可參《杜詩詳注》（一），卷五，頁417。

[189]《長安志》，卷十二，頁170。另亦可參《游城南記校注》，「復相率濟潏水陟神禾原西望香積寺塔」，頁123～124。此外，《關中勝蹟圖志》「香積寺」下亦云：「在長安縣南神禾原上。」（卷七，頁244）

[190]《讀杜心解》（下），卷五之一，頁715。

[191]黃鶴說：「此詩梁權道編在至德二載，然第三首又似乾元元年作，意二篇非同時作也。」（《補注杜詩》，卷十九，頁369）

[192]《杜詩詳注》（一），卷五，頁421。

　　詩題為「收京」，據史，至德二載九月癸卯（二十八日）廣平王收西京[193]。依此，收復西京事在二載九月。

　　今其二詩又云「生意甘衰白，天涯正寂寥。忽聞哀痛詔，又下聖明朝」。「天涯」意謂杜甫時在鄜州聞詔，盧元昌句下曾注云「謂在鄜時」[194]。「忽聞」兩句事指至德二載十月壬申（二十八日），肅宗還京後下詔。《資治通鑑》「至德二載十月」說：「壬申，上御丹鳳門，下制。」[195]此外，《杜甫傳記唐宋資料考辨》對此即曾說：「杜甫所謂的『哀痛詔』，應是指至德元載七月甲子及二載十月壬申肅宗所下的兩道制書而言。」[196]那麼，今詩既云「又下」，當謂十月二十八日所下之詔。

　　此前，仇兆鰲亦曾云：「詩云『生意甘衰白，天涯正寂寥。忽聞哀痛詔，又下聖明朝。』此明是在家聞詔。按肅宗於至德元年七月十三日甲子，即位靈武，制書大赦。二年十月十九日，帝還京。十月二十八日壬申，御丹鳳樓，下制。前後兩次聞詔，故云『又下』也。」[197]因此，此詩當作於至德二載收京下詔之後，創作上限當不會早於十月二十八日之前，時杜甫在鄜州。

　　最後，其三詩又云「汗馬收宮闕，春城鏟賊壕」，「春」字當指來春，仇兆鰲說：「宮闕已收，賊壕可鏟，……，即在來春時也。」[198]浦起龍進一步提出理由：首章乃原題；次章為題正面；三章為題後之描寫[199]。題後為本意

---

[193] 《舊唐書·肅宗本紀》（一），卷十，頁247。《資治通鑑》（十），卷二百二十，頁7034。

[194] 《杜詩闡》（一），卷六，頁269。

[195] 《資治通鑑》（十），卷二百二十，頁7043。此外，《舊唐書·肅宗本紀》（一）「至德二載」則云：「十一月壬申朔，上御丹鳳樓，下制。」（卷十，頁248）據《杜甫傳記唐宋資料考辨》查考結果，《舊唐書》記載有誤（第二篇，頁108～109）。《舊唐書》之誤，另亦可參《增補二十史朔閏表》，「唐」，頁97

[196] 《杜甫傳記唐宋資料考辨》，第二篇，頁106。

[197] 《杜詩詳注》（一），卷五，頁421。

[198] 《杜詩詳注》（一），卷五，頁423～424。

[199] 《讀杜心解》（下），卷三之一，頁368～369。關於「題後」，達人曾說：「題有反側前後，……。題之本意，是為正面，……，題後之事為後面。」（《論說秘訣》（臺

以後之事，此指收京後事。因此，「春」字為預料之詞，非實指之謂。

〈送鄭十八虔貶台州司戶，傷其臨老陷賊之故，闕為面別，情見於詩〉

黃鶴與仇兆鰲皆將此詩繫於至德二載十二月作[200]。今考此詩當繫於至德二載十二月作。

依《新唐書・文藝傳》所載：安祿山兵反，鄭虔被劫置東都並迫授偽官，賊平因獄，後貶台州司戶參軍事。此「賊平」當指收復東京而言。那麼，詩當作於至德二載十月收復東京之後。

今詩題云「貶台州司戶」，鄭虔獲罪當在至德二載十二月「諸陷賊官，背國從偽」定罪之列，《資治通鑑》「至德二載十二月」說：「上從（李）峴議，以六等定罪，重者刑之於市，次賜自盡，次重杖一百，次三等流、貶。」[201]因此，詩當作於二載十二月。黃鶴即曾說：「按《通鑑》：至德二載十二月，崔器、呂諲言：陷賊官，準律皆應處死。李峴云：槩以叛法處死，恐乖仁恕之道。於是上從峴議，以六等定罪，以三等者流、貶。（鄭）虔在次三等之數，故止貶台州司戶。……。當是至德二載十二月作。」[202]

〈臘日〉

仇兆鰲將此詩繫於至德二載十二月作[203]。今考此詩當是至德二載十二月作，創作下限當斷於十三日，時杜甫在長安。

詩云「縱酒欲謀良夜醉，還家初散紫宸朝」，換言之，杜甫臘日時在朝。杜甫至德二載五月為左拾遺，乾元元年六月出為華州司功參軍，那麼，杜甫臘日在朝的時間只有二載十二月。因此，詩當作於二載十二月。

北：廣文書局，1981年），上卷，頁4～5）

[200]《補注杜詩》，卷十九，頁380。《杜詩詳注》（一），卷五，頁425。

[201]《資治通鑑》（十），卷二百二十，頁7049。

[202]《補注杜詩》，卷十九，頁380。另亦可參《杜詩詳注》（一），卷五，頁425。

[203]《杜詩詳注》（一），卷五，頁426。

　　今詩題云「臘日」，據《杜甫傳記唐宋資料考辨》推算結果：臘日為丙辰（十三日）。推算過程如下：首先，二載十二月甲辰朔（初一）為陽曆一月十四日，大寒在陽曆一月二十一或二十二日，亦即大寒當在甲辰朔後七或八日，因此大寒為辛亥（初八）或壬子（初九）。其次，趙大綱《測旨》說：「唐以大寒後辰日為臘。」[204] 此外，清・吳景旭《歷代詩話・杜陵年譜》「永泰元年」「十二月一日臘」下也說：「唐運以土德行，衰于丑，故用丑月為臘。以大寒後辰日為臘。」[205] 亦即大寒後之辰日為臘日。今既知人寒為辛亥（初八）或壬子（初九），大寒後之辰日當為丙辰（十三日）。因此二載臘日為丙辰[206]。

　　此外，「臘日」尚有其它諸說，《杜甫傳記唐宋資料考辨》又云：「『臘日』尚有二說：『荊楚歲時記』以十二月八日為臘日，此其一；又『說文』云：『臘，冬至後三戌。』冬至在陽曆十二月廿二或廿三，可推算為至德二載十一月之辛巳（初七）或壬午（初八），其下第三戌日，則為十二月庚戌（初七）。故不論依據何種說法，杜甫必在十二月十三日前回到長安。」[207] 那麼，是年「臘日」可能為初七，或初八，或十三日。因此，此詩當作於二載十二月，其創作下限最晚當不會遲於十三日，時杜甫已在長安。

　　最後，據〈至日遣興，奉寄北省舊閣老、兩院故人二首〉詩云「去歲茲晨捧御牀，五更三點入鵷行」、「憶昨逍遙供奉班，去年今日侍龍顏」諸語，杜甫於至德二載十一月七日（辛巳）或八日（壬午）已自鄜州抵京（詳〈至日遣興，奉寄北省舊閣老、兩院故人二首〉繫年詩注）。聞一多〈年譜〉即曾說：「（至德二載）十一月，自鄜州至京師。」[208]

---

204 《杜詩詳注》（一），卷五，頁426。

205 《歷代詩話》，見《文淵閣四庫全書》，第1483冊，卷四十四，頁388。

206 推算過程詳見《杜甫傳記唐宋資料考辨》，第二篇，頁105～106。

207 《杜甫傳記唐宋資料考辨》，第二篇，頁109。

208 〈少陵先生年譜會箋〉，見《聞一多全集》，唐詩雜論，頁75。

〈彭衙行〉

　　黃鶴將此詩繫於天寶十五載作[209]。浦起龍則將此詩繫於至德二載秋八月赴鄜州省親途中作[210]。今考此詩當繫於至德二載作。

　　「彭衙」在同州白水縣東北六十里處，《括地志輯校》「白水縣」下說：「彭衙故城在同州白水縣東北六十里。」[211]此外，《通典》「同州」「白水縣」下則云：「漢彭衙縣故城在今縣東北。」[212]最後，《太平寰宇記》「同州」「白水縣」下亦云：「彭衙故城，在今縣東北六十里，有古城。」[213]換言之，彭衙乃漢彭衙故城，唐屬白水縣，在縣東北之處。

　　今詩云「憶昔避賊初，北走經險艱。夜深彭衙道，月照白水山」，據〈白水縣崔少府十九翁高齋三十韻〉，杜甫於天寶十五載（756）夏五月避賊行至白水縣。今詩又云「別來歲月周，胡羯仍構患」，因此，詩當作於至德二載（757）。黃希即曾說：「公以天寶十五載避寇入鄜，今云『歲月周』，即是指明年——至德二載而言。」[214]那麼，詩當作於其時。

---

[209]《補注杜詩》，卷三，頁106。然此說明顯忽視「別來歲月周」一句。

[210]《讀杜心解》（上），目譜，頁25。此外，浦起龍又說：「疑亦還鄜時，路經彭衙之西，回憶去歲孫宰周旋之誼，不克枉道相訪，耶作此志感。」（卷一之二，頁44）浦說或有可能，然目前亦無其它證據。

[211]《括地志輯校》（北京：中華書局，2005年），卷一，頁32～33。是書乃唐・李泰（618～652）等所撰，今人賀次君輯校。

[212]《通典》（四），卷一百七十三，頁4514。

[213]《太平寰宇記》（二），卷二十八，頁599。另亦可參《錢牧齋先生箋註杜詩》（一），卷二，頁233。

[214]《補注杜詩》，卷三，頁107。另亦可參《杜詩詳註》（一），卷五，頁413。

乾元年間

〈奉和賈至舍人早朝大明宮〉

趙次公、黃鶴與浦起龍皆將此詩繫於乾元元年作[1]。今考此詩當繫於乾元元年春長安作。

「大明宮」為東內之名，在宮城內，《舊唐書‧地理志》「京師」下說：「東內曰大明宮，在西內之東北，高宗龍朔二年置。」[2]此外，《長安志》「宮室」下亦云：「東內大明宮，在禁苑之東南，南接京城之北面，西接宮城之東北隅。南北五里，東西三里。」[3]今詩題既云「早朝大明宮」，那麼，詩當是至德二載（757）九月收復長安後作。

今詩云「五夜漏聲催曉箭，九重春色醉仙桃。旌旗日暖龍蛇動，宮殿風微燕雀高」，既云「春色」，又云「日暖」，當是春日，因此，詩當繫於乾元元年（758）春作，時杜甫為左拾遺，在長安；詩當非作於至德二載春，因為是時杜甫尚在賊中，有〈憶幼子〉與〈春望〉諸詩；亦非作於乾元二年春，因為乾元元年六月杜甫即出為華州司功參軍，有〈至德二載，甫自京金光門出，間道歸鳳翔。乾元初，從左拾遺移華州掾，與親故別，因出此門，有悲往事〉詩。仇兆鰲即曾說：「此乾元元年春，在諫省作。」[4]

---

[1] 趙次公將此詩繫於「乾元元年戊戌春至夏五月在諫省所作」詩內，見《杜詩趙次公先後解輯校》（上），目錄，頁6。此外，趙次公之〈紀年編次〉已佚，今趙本「目錄」當為林繼中所重編，此下，姑仍依此。黃鶴說：「此當是乾元元年諫省作。」（《補注杜詩》，卷十九，頁377）《讀杜心解》（上），目譜，頁25。

[2] 《舊唐書》（五），卷三十八，頁1394。另亦可參《雍錄》，圖10。

[3] 《長安志》，卷六，頁71。另亦可參《雍錄》，卷三，「唐東內大明宮」條，頁55。或參《杜詩詳注》（一），卷五，頁427。《杜詩釋地》，卷一，頁132。

[4] 《杜詩詳注》（一），卷五，頁427。

〈宣政殿退朝晚出左掖〉

　　趙次公、錢謙益與浦起龍皆將此詩繫於乾元元年作[5]。今考此詩當繫於乾元元年春長安作。

　　「宣政殿」在大明宮內，為大明宮諸宮殿之一。唐・李林甫（？～752）等撰之《唐六典》說：「大明宮在禁苑之東南，西接宮城之東北隅。南面五門：正南曰丹鳳門，……，丹鳳門內正殿曰含元殿，……。其北曰宣政門，……，內曰宣政殿。殿前東廊曰日華門，門東門下省，……。宣政殿前西廊曰月華門，門西中書省。」[6]此外，《舊唐書・地理志》亦云：「（大明宮）正門曰丹鳳，正殿曰含元，含元之後曰宣政。宣政左右，有中書門下二省。」[7]最後，《長安志》「東內大明宮」也說：「宣政門內有宣政殿，……，殿前東廊曰日華門，東有門下省。……，殿前西廊曰月華門，西有中書省。」[8]

　　杜甫於至德二載五月授左拾遺，左拾遺屬門下省。說明如下：首先，門下省在宣政殿殿廡之東，因此，門下省又稱左省，《雍錄》「唐兩省」下說：「宣政殿前有兩廡，兩廡各自有門。其東曰日華，日華之東，則門下省也，以其地居殿廡之左，故又曰左省也。」[9]黃鶴對此即曾說：「公為左拾遺，屬門下省，而門下省在東，故曰左省。」[10]另外，岑參有〈寄左省杜拾遺〉詩，此亦可證門下省可稱為左省。其次，宮殿正門兩側之邊門謂之掖

5　趙次公將此詩繫於「乾元元年戊戌春至夏五月在諫省所作」詩內，見《杜詩趙次公先後解輯校》（上），目錄，頁6。《錢牧齋先生箋註杜詩》（二），年譜，頁1268。《讀杜心解》（上），目譜，頁25。

6　《唐六典》（北京：中華書局，2005年），卷七，頁218。另亦可參《杜詩詳注》（一），卷六，頁435。此外，相關宮殿位置圖可參《雍錄》，圖一三。《關中勝蹟圖志》，卷五，頁156～157。

7　《舊唐書》（五），卷三十八，頁1394。

8　《長安志》，卷六，頁72～73。

9　《雍錄》，卷八，頁167～168。

10　《補注杜詩》，〈春宿左省〉題下補注，卷十九，頁378。

門，《漢書・高后紀》「掖門」下即曾注曰：「非正門而在兩旁，若人之臂掖也。」[11]日華門在東為左掖門；月華門在西為右掖門；門下省又在日華門之東，而稱為左掖；中書省在月華門之西，而稱右掖。黃鶴對此亦曾云：「宣政左右有中書、門下二省。公為左拾遺，屬門下，故曰左掖。」[12]那麼，若依詩題此當是杜甫為左拾遺時作。杜甫為左拾遺始於至德二載（757）五月。

今詩又云「天門日射黃金牓，春殿晴曛赤羽旗」，既云「春」字，詩當作於乾元元年春（758），時杜甫在長安；是年六月，杜甫即出為華州司功參軍。

最後，詩題與「左省」、「左掖」有關的作品尚有〈春宿左省〉（花隱掖垣暮，啾啾棲鳥過）、〈晚出左掖〉（晝刻傳呼淺，春旗簇仗齊）、〈題省中壁〉（落花遊絲白日靜，鳴鳩乳燕青春深），皆是同一時期之作。

〈紫宸殿退朝口號〉

趙次公、錢謙益與浦起龍皆將此詩繫於乾元元年作[13]。今考此詩當繫於乾元元年春長安作。

「紫宸殿」在宣政殿之北，大明宮內，同為大明宮諸宮殿之一。《唐六典》說：「宣政北曰紫宸門，其內曰紫宸殿。」[14]《長安志》「東內大明宮」亦云：「宣政殿北曰紫宸門，內有紫宸殿。」[15]此外，《雍錄》「漢唐宮殿據龍首山」下亦云：「含元之北為宣政，宣政之北為紫宸。」[16]據此詩題，詩亦杜甫

---

11 《漢書》（一）（北京：中華書局，2002年），卷三，頁102～103。另亦可參《錢牧齋先生箋註杜詩》（二），卷十，頁677。

12 《補注杜詩》，卷十九，頁377。

13 趙次公將此詩繫於「乾元元年戊戌春至夏五月在諫省所作」詩內，見《杜詩趙次公先後解輯校》（上），目錄，頁6。《錢牧齋先生箋註杜詩》（二），年譜，頁1268。《讀杜心解》（上），目譜，頁25。

14 《唐六典》，卷七，頁218。

15 《長安志》，卷六，頁73。舊題為「鄭曰」者亦曾引及此條，見《補注杜詩》，〈紫宸殿退朝口號〉題下注，卷十九，頁374。

16 《雍錄》，卷三，頁56。另亦可參《錢牧齋先生箋註杜詩》（二），卷十，頁671。

為左拾遺時作；杜甫為左拾遺始於至德二載夏。今詩又云「香飄合殿春風轉，花覆千官淑景移」，因此，此詩當作於乾元元年春，時杜甫在長安。黃鶴即曾云：「今詩云『宮中每出歸東省』，當是乾元元年為拾遺時作。」[17]

〈送賈閣老出汝州〉

黃鶴與浦起龍皆將此詩繫於乾元元年春作[18]。今考此詩當繫於乾元元年春長安作。

「賈閣老」當指賈至。首先，依據〈留別賈、嚴二閣老兩院補闕〉題下原注「賈至、嚴武」，那麼，杜詩中「賈閣老」指賈至早有其例[19]。其次，依史，賈至嘗為中書舍人，《舊唐書‧賈至傳》說：「（賈）至，天寶末為中書舍人。」[20]《新唐書‧賈至傳》亦曾云：「從玄宗幸蜀，拜起居舍人，知制誥。帝傳位，至當讓冊。……。歷中書舍人。」[21]此外，杜甫也有〈奉和賈至舍人早朝大明宮〉詩。而中書舍人之年深者可謂之「閣老」，《舊唐書‧楊綰傳》曾說：「（楊綰）遷中書舍人，兼修國史。故事，舍人年深者謂之『閣老』。」[22]另外，《新唐書‧楊綰傳》也說：「（楊綰）累遷中書舍人，兼脩國史。故事，舍人年久者為『閣老』。」[23]此外，《唐六典》亦曾云：「中書舍人在省，以年深者為閣老。」[24]因此，賈至可稱「賈閣老」。第三，賈至有〈汝

---

17 《補注杜詩》，卷十九，頁375。

18 《補注杜詩》，卷十九，頁379。《讀杜心解》（上），目譜，頁25。

19 題下原注詳見〈奉贈嚴八閣老〉繫年。此外，趙次公亦曾云：「此送賈至也。前篇有嚴、賈二閣老兩院補闕。公自注云：『嚴武，賈至也。』」（《杜詩趙次公先後解輯校》（上），乙帙卷之五，頁247）

20 《舊唐書》（十五），卷一百九十中，頁5029。

21 《新唐書》（十四），卷一百一十九，頁4298。

22 《舊唐書》（十），卷一百一十九，頁3430。另亦可參《錢牧齋先生箋註杜詩》（二），卷十，頁680。

23 《新唐書》（十五），卷一百四十二，頁4664。另亦可參《杜詩趙次公先後解輯校》（上），乙帙卷之三，頁206。

24 《唐六典》，卷九，頁276。

州刺史謝上表〉一文，文有「除臣汝州刺史」[25]云云，此亦與詩題「出汝州」相符。簡言之，依據上述這三個理由，「賈閣老」實指賈至。

今詩云「西掖梧桐樹，空留一院陰」，中書舍人隸中書省，中書省在宣政殿月華門之西；在右，因此，中書省又稱西掖。唐‧徐堅（？～729）等撰之《初學記》「西掖、右曹」下云：「以中書在右，因謂中書為右曹，又稱西掖。」[26]又如，岑參曾為右補闕，右補闕隸中書省，岑參即有〈西掖省即事〉詩。詩既云及「西掖」，詩題又云「送賈閣老出汝州」，換言之，賈至乃自中書舍人出貶汝州刺史；杜甫時在長安為左拾遺。詩又有「艱難歸故里，去住損春心」詩語，因此，詩當作於乾元元年春。黃鶴即曾說：「今詩云『西掖梧桐樹，空留一院陰』，又云『去住損春心』，則是在元年春作，公是時在左掖。」[27]此外，仇兆鰲亦云：「據此詩，賈出汝州在乾元元年之春。」[28]

〈曲江陪鄭八丈南史飲〉

單復、吳見思與浦起龍皆將此詩繫於乾元元年春作[29]。今考此詩當是乾元元年春長安作。

詩云「近侍即今難浪跡，此身那得更無家」，「近侍」指親近皇帝而侍奉之人，乃天子身邊近臣，事當為左拾遺時。詩又云「自知白髮非春事，

---

[25] 《全唐文》（四）卷三六七，頁3733。

[26] 《初學記》（上）（北京：中華書局，2005年），卷十一，頁272。另亦可參：《杜詩詳注》（一），卷六，頁443；《讀杜心解》（下），卷三之一，頁371。最後，趙次公亦曾云：「（賈）至……歷中書舍人，而中書舍人隸中書省，在月華門西，故曰『西掖』。」（《杜詩趙次公先後解輯校》（上），乙帙卷之五，頁247）

[27] 《補注杜詩》，卷十九，頁379。

[28] 《杜詩詳注》（一），卷六，頁443。

[29] 《讀杜詩愚得》（一）將此詩繫於乾元元年（年譜，頁33～34），內文又云「此詩首二句言曲江春日景物」（卷四，頁329），據此，單復將此詩繫於乾元元年春。《杜詩論文》（一），目錄，頁78。《讀杜心解》（上）目譜將此詩繫於乾元元年「春夏間」作（目譜，頁25），內文又云「首二，即所謂『春事』『物華』也」（卷四之一，頁609），據此，浦起龍將此詩繫於乾元元年春。

且盡芳樽戀物華」，既云「春事」，據此，詩當作於乾元元年春。黃鶴即曾說：「詩云『近侍只今難浪跡』，當是乾元元年在諫省時作，是時未貶華州司功也。」[30]

〈曲江二首〉

吳見思將此詩繫於乾元元年春作[31]。今考此詩當是乾元元年春長安作。

其二詩云「朝回日日典春衣，每日江頭盡醉歸」，「朝回」當指退朝而回，事為左拾遺時；又云「典春衣」，依此，詩當繫於乾元元年春。黃鶴於〈曲江〉之一題下注云：「按後篇云『朝回日日典春衣，每日江頭盡醉歸』，當是乾元元年為拾遺在京師作。」[32]

〈曲江對酒〉

吳見思將此詩繫於乾元元年春作[33]。今考此詩當是乾元元年春長安作。

首先，「曲江」在京城東南[34]。其次，詩云「縱飲久判人共棄，懶朝真與世相違。吏情更覺滄洲遠，老大徒傷未拂衣」，既云「懶朝」，又云「吏情」，當是左拾遺時。其三，詩又云「桃花細逐楊花落，黃鳥時兼白鳥飛」，說明如下：一、桃樹乃春天開花，《本草品彙精要》「桃核仁」下云：「時〔生〕三月開花。」[35]此外，明・李時珍《本草綱目》「桃」「花」下亦云：「〔別錄曰〕三月三日采，陰乾之。」[36]書云「采」字，顯然時已開花。二、楊樹亦春時開花，譬如，庾信〈春賦〉說：「新年鳥聲千種囀，二月楊花滿路飛。」[37]又如，石懋〈楊花〉也說：「我比楊花更飄蕩，楊花只是一春

30　《補注杜詩》，卷十九，頁379。

31　《杜詩論文》（一），目錄，頁78。

32　《補注杜詩》，卷十九，頁375。

33　《杜詩論文》（一），目錄，頁78。

34　參《游城南記校注》，「倚塔下瞰曲江宮殿」條下注語，頁42及44～45。

35　《本草品彙精要》，卷三十四，頁566。

36　《本草綱目》（中）（北京：人民衛生出版社，2005年），卷二十九，頁1424。

37　《歷代賦彙》（南京：鳳凰出版社，2004年），卷十，頁42。

忙。」此外，王洙、蔡夢弼與錢謙益諸本句下注云「一作『桃花欲共梨花語』」[38]。梨花亦在春日開花，《本草綱目》「梨」下云：「二月開白花如雪六出。」[39]據此，桃、楊、梨花皆為春季時物。依據上述這三點，詩當作於乾元元年春。黃鶴即曾說：「詩云『懶朝真與世相違』，又云『吏情更覺滄洲遠』，當是乾元元年為拾遺在京師作。」[40]

〈奉答岑參補闕見贈〉

　　黃鶴與吳見思皆將此詩繫於乾元元年春作[41]。今考此詩當繫於乾元元年春長安作。

　　詩題云及「岑參補闕」，岑參薦為右補闕事在至德二載六月，時裴薦、杜甫、韋少游、魏齊聃與孟昌浩等同薦，杜甫〈為補遺薦岑參狀〉末即有「至德二載六月十二日左拾遺內供奉臣裴薦等狀……」諸字[42]，後岑參曾有〈寄左省杜拾遺〉，杜甫回以此詩。依此，此詩當是至德二載六月十二日後作。今詩云「窈窕清禁闥，罷朝歸不同。君隨丞相後，我往日華東」，右補闕屬中書省，中書省在月華門之西；左拾遺屬門下省，門下省在日華門之東，罷朝後，各分東西歸於本省，即所謂「君隨丞相後，我往日華東」，朱鶴齡即曾說：「（岑）參為補闕，屬中書，居右署。公為拾遺，屬門下，居左署。……。『罷朝歸不同』，言分東、西班，各歸本省也。『君隨丞相後』，宰相罷朝，由月華門出而入中書，凡西省官亦隨丞相出西也。若左省

---

[38] 《杜工部集》（一）說：「一云『欲共梨花語』。」（卷十，頁417）《草堂詩箋》（二），卷十二，頁287。《錢牧齋先生箋註杜詩》（二）說：「一云『欲共梨花語』。」（卷十，頁673）

[39] 《本草綱目》（中），卷三十，頁1438。

[40] 《補注杜詩》，卷十九，頁375。

[41] 《補注杜詩》，卷十九，頁382。《杜詩論文》（一），目錄，頁78。

[42] 《杜詩詳注》（三），卷二十五，頁2196～2197。王洙與錢謙益本則作〈為遺補薦岑參狀〉，見《杜工部集》（二），卷二十，頁867。《錢牧齋先生箋註杜詩》（二），卷二十，頁1221。

官，仍自東出，故云『我往日華東』也。」[43]據此，時杜甫在朝為左拾遺。

今詩又云「冉冉柳枝碧，娟娟花蕊紅」，依此，詩當繫於乾元元年春。黃鶴即曾說：「公至德二載六月十二日同左右拾遺裴薦、孟昌浩、魏齊聃，左補闕韋少遊薦參為近侍。……。詩云『冉冉柳條碧，娟娟花藥紅』，當是乾元元年春作。」[44]

〈送許八拾遺歸江寧觀省，甫昔時嘗客遊此縣，於許生處乞瓦棺寺維摩圖樣，志諸篇末〉

仇兆鰲將此詩繫於乾元元年春作[45]。今考此詩當繫於乾元元年春長安作。

此詩詩題云及送許八歸江寧省親；杜甫另有〈因許八奉寄江寧旻上人〉詩，此詩則藉由許八回江寧而寄信旻上人，兩詩詩題同時並及許八與江寧。此外，王洙、蔡夢弼、錢謙益諸本兩詩亦先後為次[46]，因此兩詩當是同一時期先後之作。

首先，〈送許八拾遺歸江寧觀省〉詩題既云「許八拾遺」，詩又云「詔許辭中禁，慈顏赴北堂」，據此，時許八在長安。其次，再依詩題杜甫送許八歸江寧，而許八時在長安，因此，杜甫亦在京城。第三，〈因許八奉寄江寧旻上人〉詩云「問君話我為官在，頭白昏昏只醉眠」，依此，杜甫時在長安為官。第四，〈送許八拾遺歸江寧觀省〉詩又云「春隔雞人晝，秋期燕子

---

[43] 《杜工部詩集》（上），卷四，頁428。朱氏所云「罷朝」句後諸語，另見《錢牧齋先生箋註杜詩》（二），卷十，頁686。

[44] 《補注杜詩》，卷十九，頁382。

[45] 《杜詩詳注》（一），卷六，頁455。

[46] 《杜工部集》（一），卷十，頁426。《草堂詩箋》（二），卷十二，頁299～300。《錢牧齋先生箋註杜詩》（二），卷十，頁686～687。此外，《九家註》與《百家注》亦先後次之，見《九家集註杜詩》（三），卷十九，頁1413～1416。《百家注》（上），卷七，頁331～322。

涼」[47]，此「言春啟行而秋至家」[48]，據此，時序在春。那麼，兩詩當繫於乾元元年春長安作[49]。

〈送李校書二十六韻〉

黃鶴與吳見思皆將此詩繫於乾元元年春作[50]。今考此詩當繫於乾元元年春長安作。

詩云「乾元元年春，萬姓始安宅。舟也衣綵衣，告我欲遠適」。王洙、蔡夢弼本皆作「乾元元年春」[51]；郭知達、錢謙益本「元」字下云「一作二」[52]，換言之，或作「乾元二年春」。詩又云「顧我蓬屋資，謬通金閨籍」，「金閨籍」指在朝為官，仇兆鰲曾說：「時為拾遺也。」[53]杜甫為左拾遺始自至德二載五月，乾元元年六月即出為華州司功參軍。因此，詩語當作「乾元元年春」為是。據此，詩當繫於乾元元年春作。黃鶴即曾說：「今詩云『乾元元年春，萬姓始安宅』，當是其年在諫省時作。」[54]

〈偪側行贈畢四曜〉

黃鶴與吳見思皆將此詩繫於乾元元年春作[55]。今考此詩當繫於乾元元年春長安作。

---

47 《杜工部集》（一），卷十，頁426。《草堂詩箋》（二），卷十二，頁299。《錢牧齋先生箋註杜詩》（二），卷十，頁686～687。

48 《杜詩詳注》（一），卷六，頁456。

49 黃鶴於〈送許八拾遺歸江寧覲省〉詩題下云：「此詩當是乾元元年作。」（見《補注杜詩》，卷十九，頁382）又，黃鶴於〈因許八奉寄江寧旻上人〉詩題下亦云：「詩云『聞君話我為官在』，又因許拾遺以寄之，當是乾元元年作。」（卷十九，頁383）

50 《補注杜詩》，卷四，頁120。《杜詩論文》（一），目錄，頁78。

51 《杜工部集》（一），卷二，頁88。《草堂詩箋》（二），卷十二，頁284。

52 《九家集註杜詩》（一），卷四，頁322。《錢牧齋先生箋註杜詩》（一），卷二，頁244。

53 《杜詩詳注》（一），卷六，頁464。

54 《補注杜詩》，卷四，頁120。

55 《補注杜詩》，卷三，頁93。《杜詩論文》（一），目錄，頁78。

首先，詩云「自從官馬送還官，行路難行澀如棘」，「官馬送還」事指至德二載二月，盡括公私馬以助軍（詳〈徒步歸行〉繫年）[56]。其次，詩又云「東家蹇驢許借我，泥滑不敢騎朝天」，既云「朝天」，時杜甫在京為左拾遺，事當在二載（757）五月中旬後。第三，今詩又云「曉來急雨春風顛，睡美不聞鐘鼓傳」，既云「春風」，詩當是隔年春天之作，因此，詩當繫於乾元元年（758）春作；是年六月杜甫即離開長安，出為華州司功參軍。黃鶴即曾說：「詩云『東家蹇驢許借我，泥滑不敢騎朝天』，當是乾元元年為拾遺在京師作。」[57]

〈題鄭十八著作丈故居〉

黃鶴與仇兆鰲皆將此詩繫於乾元元年三月作[58]。今考此詩當繫於乾元元年季春長安作。

首先，「鄭十八著作」當指鄭虔，說明如下：一、蔡夢弼與錢謙益本題目皆作「題鄭十八著作虔」[59]；二、鄭虔曾為著作郎，《新唐書·文藝中》說：「（虔）嘗自寫其詩并畫以獻，帝大署其尾曰：『鄭虔三絕。』遷著作郎。」[60]那麼，鄭虔得稱鄭著作。三、詩云及「台州地闊海冥冥，雲水長和島嶼青」，「台州」乃至德二載十二月鄭虔貶謫處，杜甫即有〈送鄭十八虔貶台州司戶，傷其臨老陷賊之故，闕為面別，情見於詩〉。依此，「鄭十八著作」確指鄭虔，詩當是至德二載（757）十二月鄭虔遭貶後作。

其次，〈題鄭十八著作丈故居〉詩云「第五橋東流恨水，皇陂岸北結愁亭」，「第五橋」在長安縣南；「皇陂」乃皇子陂之謂，陂在萬年縣南[61]。據

---

[56] 或見《舊唐書》（一），卷十，頁245。另亦可參：《錢牧齋先生箋註杜詩》（一），卷二，頁243。《杜詩詳註》（一），卷六，頁467。

[57] 《補注杜詩》，卷三，頁93。

[58] 《補注杜詩》，卷十九，頁380。《杜詩詳註》（一），卷六，頁470。

[59] 《草堂詩箋》（二），卷十二，頁293。《錢牧齋先生箋註杜詩》（二），卷十，頁682。

[60] 《新唐書》（十八），卷二百二，頁5766。另亦可參《杜詩趙次公先後解輯校》（上），乙帙卷之五，頁249。

[61] 首先，明·馬理等纂之《陝西通志》（上）（西安：三秦出版社，2006年）「西安府」

此，杜甫時當在長安。第三，今詩又云「亂後故人雙別淚，春深逐客一浮萍」，既云「春深」，詩當是暮春作。依據上述這三個理由，此詩當繫於乾元元年季春作。黃鶴即曾說：「虔以至德二年十二月貶台州，而今詩云『春深逐客一浮萍』，當是乾元元年三月作。」[62]黃、仇兩人繫年之說可從。

〈端午日賜衣〉

黃鶴、仇兆鰲與浦起龍皆將此詩繫於乾元元年五月作[63]。今考此詩當繫於乾元元年端午日長安作。

詩云「宮衣亦有名，端午被恩榮」，「宮衣」指「宮人所製之衣」[64]；「亦有名」則時杜甫仍為左拾遺，鍾惺即曾說：「是近臣謝表語。」[65]今詩題又云「端午日」，則詩當作於乾元元年五月五日，時杜甫在長安。黃鶴即曾說：「公乾元元年端午見諫省，未出為華州司功，宜與宮衣之賜，故有此作。」[66]

〈奉贈王中允維〉

黃鶴與仇兆鰲皆將此詩繫於乾元元年作[67]。今考此詩當繫於乾元元年作。

下云：「韋曲之西有華嚴寺，……。寺西有雁鶩陂，陂西北有第五橋。」（卷二，頁42〜43）此外，《關中勝蹟圖志》「第五橋」下則云：「在長安縣南二十里沈橋里。」（卷八，頁289）其次，《關中勝蹟圖志》「皇子陂」下亦云：「在（萬年）縣南二十五里。」（卷八，頁272）另亦可參拙著《杜詩舊注考據補證》，第三章，頁31〜33。

[62] 《補注杜詩》，卷十九，頁380。

[63] 《補注杜詩》，卷十九，頁380。仇兆鰲說：「此乾元元年五月在拾遺時作。」（《杜詩詳注》（一），卷六，頁478）《讀杜心解》（上），目錄，頁26。

[64] 明・邵寶（1460〜1527）：《刻杜少陵先生詩分類集註》（六）（臺北：臺灣大通書局，1974年），卷十八，頁2610。另亦可參《杜詩詳注》（一），卷六，頁479。

[65] 明・王嗣奭（1565〜1645以後）：《杜臆》，見《續修四庫全書》（上海：上海古籍出版社，2003年），第1307冊，卷二，頁418。另亦可參《杜詩詳注》（一），卷六，頁479。

[66] 《補注杜詩》，卷十九，頁380。

[67] 黃鶴說：「今云『一病緣明主，三年獨此心』，當是乾元元年作。」（《補注杜詩》，卷十九，頁381）《杜詩詳注》（一），卷六，頁454。

詩云「一病緣明主，三年獨此心」，「一病」指安祿山反，玄宗幸蜀，
王維（701～761）扈從不及被俘，服藥使痢，偽稱瘖病，《舊唐書‧王維
傳》說：「祿山陷兩都，玄宗出幸，維扈從不及，為賊所得。維服藥取痢，
偽稱瘖病。」[68]此外，《新唐書‧王維傳》也說：「安祿山反，玄宗西狩，維為
賊得，以藥下利，陽瘖。」[69]玄宗幸蜀在天寶十五載（756）六月。今詩既云
「三年」，若以天寶十五載起算，則「三年」當為乾元元年（758），仇兆鰲
即曾說：「『一病』，指詐瘖事。『三年』，自天寶末至乾元初也。」[70]此外，據
王維〈年譜〉，其授太子中允亦在乾元元年，是秋復拜給事中[71]。因此，此詩
當是乾元元年作，最有可能是杜甫作於其左拾遺任內。今仍附編於此。

〈至德二載，甫自京金光門出，間道歸鳳翔。乾元初，從左拾遺移華州掾，與親故別，因出此門，有悲往事〉

趙次公、黃鶴與錢謙益皆將此詩繫於乾元元年六月作[72]。今考此詩當繫於
乾元元年六月長安作。

詩題言「乾元初，從左拾遺移華州掾」，那麼，詩當是杜甫出為華州司
功參軍離京時作。首先，據〈端午日賜衣〉，乾元元年五月五日杜甫尚在長
安受宮衣，依此，杜甫元年端午日在長安。其次，杜甫有〈為華州郭使君進
滅殘寇形勢圖狀〉，文末有「乾元元年七月日，某官臣狀進」諸字[73]；此外，

---

68 《舊唐書》（十五），卷一百九十下，頁5052。

69 《新唐書》（十八），卷二百二，頁5765。

70 《杜詩詳註》（一），卷六，頁455。

71 參見唐‧王維撰；清‧趙松谷箋註：《王右丞集箋註》（下）（臺北：廣文書局，1977
年），卷之末，頁107～108；唐‧王維撰；陳鐵民校注：《王維集校注》（四）（北
京：中華書局，2005年），附錄五，王維年譜，頁1366與1369。

72 趙次公將此詩繫於「乾元元年夏六月出為華州司功」詩內，見《杜詩趙次公先後解輯
校》（上），目錄，頁7。黃鶴說：「此詩作於乾元元年之六月，雖史不載移掾月日，
而七月已有〈代華州郭使君進滅寇狀〉。」（《補注杜詩》，卷十九，頁383）《錢牧齋
先生箋註杜詩》（二）「年譜」繫此詩於「乾元元年」作，又云：「（乾元元年）六
月，貶房琯為邠州刺史。」（頁1268）那麼，錢氏當亦認為詩乃作於是年六月。

73 《杜工部集》（二），卷二十，頁870～872。《全唐文》（四），卷三六〇，頁3653。

杜甫另有〈早秋苦熱堆案相仍〉詩，詩題下原注「時任華州司功」（詳是詩繫年），詩又云「七月六日苦炎蒸」，依此兩點，杜甫乾元元年七月上旬已在華州。

第三，《舊唐書・文苑傳》說：「（房）琯罷相，甫上疏言琯有才，不宜罷免。肅宗怒，貶琯為刺史，出甫為華州司功參軍。」[74] 房琯貶為邠州刺史在乾元元年六月，《舊唐書・房琯傳》說：「乾元元年六月，詔曰：……，琯可邠州刺史。」[75] 此外，《資治通鑑》「乾元元年六月」亦云：「下制數琯罪，貶豳州刺史。」[76] 而「豳州」即「邠州」[77]。房琯降為邠州刺史既在乾元元年六月，杜甫出為華州司功參軍當亦在此時。趙子櫟與蔡興宗〈年譜〉「乾元元年」下皆曾說：「夏六月，出為華州司功。」[78] 據此，此詩當是乾元元年六月長安作。

〈題鄭縣亭子〉

魯訔與黃鶴皆將此詩繫於乾元元年赴華州時作[79]。今考此詩當是乾元元年六月赴華州司功參軍在華州鄭縣時作。

「鄭縣」屬華州，《通典》、《元和郡縣圖志》、《舊唐書・地理志》與《新唐書・地理志》「華州」下皆有鄭縣[80]。華州在長安東方一百八十里，距

---

[74] 《舊唐書》（十五），卷一百九十下，頁5054。

[75] 《舊唐書》（十），卷一百一十一，頁3323～3324。

[76] 《資治通鑑》（十），卷二百二十，頁7056～7057。

[77] 《通典》（四）說：「大唐復置豳州，開元十三年改『豳』為『邠』。」（卷一百七十三，頁4518）此外，《元和郡縣圖志》（上）亦云：「開元十三年，以『豳』與『幽』字相涉，詔曰：『……，改為『邠』字。』」（卷三，頁61）

[78] 《杜工部草堂詩箋》（一），年譜，頁32。《分門集註》（一），年諸，頁68。

[79] 魯訔〈年譜〉「乾元元年」下說：「至華，〈題鄭縣亭子〉曰『雲斷岳蓮臨大路，天晴宮柳暗長春』。」（《分門集註》（一），年譜，頁91）此外，黃鶴也說：「『鄭縣』，隸華州。詩云『鄭縣亭子澗之濱』、『雲斷岳蓮臨大路』，當是乾元元年赴華州司功時作。」（《補注杜詩》，卷十九，頁384）

[80] 《通典》（四），卷一百七十三，頁4512～4513。《元和郡縣圖志》（上），卷二，頁34。《舊唐書》（五），卷三十八，頁1399。《新唐書》（四），卷三十七，頁964。

東都約六百七、八十里[81]。繫年說明如下:

首先,詩云「巢邊野雀羣欺燕,花底山蜂遠趁人」,仇兆鰲認為「雀欺、蜂趁,喻眾謗交侵」[82],李辰冬據此進一步認為此「當係被謫離朝的牢騷語」[83],因此,此詩似可逕繫於乾元元年六月出為華州司功、赴華州時作。然而,比興語之意義有時不甚明顯,難有較為確定之意味,趙次公對這兩句曾說:「舊注云皆感時而作,非也。此道實事,而偶似譏耳。」[84]那麼,意義不明顯的比興語有時實難以作為繫年之據依。

其次,詩又云「鄭縣亭子澗之濱,戶牖憑高發興新。雲斷岳蓮臨大路,天晴宮柳暗長春」。分述如下:一、「岳蓮」即西嶽華山上之蓮花峰,趙次公說:「『岳蓮』,指言蓮花峯也。」[85]仇兆鰲亦注云:「西岳蓮花峰也。」[86]此外,《白氏六帖》「華山」下亦有「蓮花峯」[87]。另外,《太平御覽》「地部」「華山」下亦云:「《華山記》云:……。山有三峰。謂蓮花、毛女、松檜也。」[88]最後,《讀史方輿紀要》「泰華」下亦曾說:「泰華山,在西安府華州華陰縣南十里,即西嶽也。……。《山海經》:『太華之山,削成而四方,高五千仞,廣十里,遠而望之若華然,故曰華山。』……。其峰巒洞谷,參差錯列,而峰之最著者為蓮花諸峰。按《華嶽志》:『嶽頂中峰曰蓮華峰。』」[89]

---

[81] 《通典》(四),卷一百七十三,頁4512。《舊唐書》(五),卷三十八,頁1399。《元和郡縣圖志》(上),卷二,頁34。

[82] 《杜詩詳注》(一),卷六,頁484。

[83] 《杜甫作品繫年》,頁28。李辰冬即依此並將此詩繫於乾元元年「六月赴華州途中」作。

[84] 《杜詩趙次公先後解輯校》(上),乙帙卷之六,頁265。

[85] 《杜詩趙次公先後解輯校》(上),乙帙卷之六,頁264。

[86] 《杜詩詳注》(一),卷六,頁485。

[87] 唐·白居易(772~846)編:《白氏六帖》,見《唐代四大類書》(三)(北京:清華大學出版社,2003年),卷二,頁1955。

[88] 《太平御覽》(一),卷三十九,頁338。

[89] 《讀史方輿紀要》(五),卷五十二,頁2462~2463。此外,《大清一統志》(六)「太華山」下亦曾云:「在華陰縣南,即西嶽也。……。《華嶽志》:嶽頂中峰曰蓮華峰。」(卷二四三,頁75~76)

依此,「岳蓮」當指華山之蓮花峯。

二、「鄭縣亭子」即西溪亭（或作西谿亭），在華州西南,南宋・陸游（1125～1210）《老學庵筆記》說:「先君入蜀時,至華之鄭縣,過西溪。唐昭宗避兵嘗幸之,其地在官道旁七八十步,澄深可愛,亭曰西溪亭,蓋杜工部詩所謂『鄭縣亭子澗之濱』者。」[90] 此外,陸游又嘗於其〈書事〉詩「寂寞西溪衰草裏,斷碑猶有少陵詩」兩句下,自注云:「華州西溪,即老杜所謂『鄭縣亭子』者。」[91] 最後,《大清一統志》「遊春亭」下亦曾云:「在華州西南五里,一名西谿亭,唐・杜甫詩『鄭縣亭子澗之濱』,即此。」[92] 據此,詩當是在華州鄭縣時作。

第三,王洙、趙次公、郭知達、蔡夢弼與錢謙益諸本皆將此詩置於〈望岳〉詩前,〈至德二載,甫自京金光門出,間道歸鳳翔。乾元初,從左拾遺移華州掾,與親故別,因出此門,有悲往事〉詩後[93]。舊次當屬合理。今從舊次,將〈題鄭縣亭子〉繫於乾元元年六月杜甫赴華州司功參軍,在華州鄭縣所作。

〈望岳〉（西岳崚嶒竦處尊）

黃鶴與仇兆鰲皆將此詩繫於乾元元年往華州途中作[94]。今考此詩當繫於乾元元年六月赴華州司功參軍,華州境內作。

詩云「西岳崚嶒竦處尊,諸峯羅立似兒孫。安得仙人九節杖,拄到玉

---

[90] 《老學庵筆記》（北京:中華書局,2005年）,卷六,頁73。另亦可參《錢牧齋先生箋註杜詩》（二）,卷十,頁690。

[91] 《劍南詩稾》,見《文淵閣四庫全書》,第1162冊,卷五十八,頁833。

[92] 《大清一統志》（六）,卷二四四,頁88。

[93] 《杜工部集》（一）,卷十,頁404。《杜詩趙次公先後解輯校》（上）,目錄,頁7。《九家集註杜詩》（三）,卷十九,頁1417～1421。《草堂詩箋》（一）,目錄,頁19。《錢牧齋先生箋註杜詩》（一）,目錄,頁96。

[94] 黃鶴說:「詩云『西岳崚嶒竦處尊』,是為西岳作。西岳在華州,當是乾元元年赴華州司功時作。」（《補注杜詩》,卷十九,頁384）仇兆鰲則說:「此往華州時中途所歷者。」（《杜詩詳注》（一）,卷六,頁485）

女洗頭盆。車箱入谷無歸路，箭栝通天有一門」。首先，「西岳」指華山，
譬如，《爾雅・釋山》說：「泰山為東嶽，華山為西嶽，霍山為南嶽，恒山
為北嶽，嵩高為中嶽。」[95]又如，《尚書》「八月西巡守，至于西岳」，孔穎達
疏曰：「西岳，華山。」[96]此外，《初學記》「華山」下亦云：「華山，五岳之
西岳也。」[97]西嶽華山在華州，《括地志輯校》說：「華山在華州華陰縣南八
里。」[98]此外，《通典》「華州」下也說：「西嶽華山在焉。」[99]其次，「玉女洗
頭盆」亦在華山，《大清一統志》「太華山」下說：「有上宮，宮前有池為
玉井，生千葉白蓮華，服之令人羽化，亦謂之玉女洗頭盆，唐・杜甫『安
得仙人九節杖，拄到玉女洗頭盆』，蓋峰之最高處也。」[100]第三，「車箱」即
車箱谷，亦在華山，《讀史方輿紀要》「華陰縣」「華山」下云：「又有車箱
谷，在縣西南三十里華山麓。谷方而長，如車箱然。」[101]此外，《大清一統
志》又云：「谷之最著者，……；曰仙谷，在霧谷西，……，入谷十里有車
箱，杜甫詩『車箱入谷無多路』。」[102]最後，「箭栝」亦在華山，《大清一統
志》又云：「西南上三里許得一箭如栝為天門，即杜詩所云『箭栝通天有一
門』。」[103]據此，詩當是杜甫在華州境內作。

今詩又云「稍待秋風涼冷後，高尋白帝問真源」，既云「稍待」句，那
麼，杜甫時在華州正值炎熱，當在秋前。今知杜甫乾元元年夏六月出為華州
司功參軍，那麼，此詩當是乾元元年六月杜甫在華州境內作。杜甫乾元二年

---

[95] 《爾雅注疏》，見《十三經注疏附校勘記》（下），卷七，頁2618。
[96] 《尚書正義》，見《十三經注疏附校勘記》（上），卷三，頁127。
[97] 《初學記》，見《唐代四大類書》（三），卷五，頁1508。
[98] 《括地志輯校》，卷一，頁27。
[99] 《通典》（四），卷一百七十三，頁4512。
[100] 《大清一統志》（六），卷二四三，頁76。
[101] 《讀史方輿紀要》（五），卷五十四，頁2587。另亦可參《杜甫作品繫年》，頁28。
　　「車箱谷」另亦可參《讀史方輿紀要》（五），卷五十二，頁2464。此外，《大明一統
　　志》（上）「西安府」「山川」「車箱谷」下亦云：「在華陰縣西南二十五里，深不可
　　測。」（卷三十二，頁558）
[102] 《大清一統志》（六），卷二四三，頁76～77。
[103] 《大清一統志》（六），卷二四三，頁76。

秋七月即離華客秦，有〈秦州雜詩二十首〉等，其時實難有「稍待秋風涼冷後」之念，因此，〈望岳〉當繫於乾元元年六月華州時作。

〈早秋苦熱堆案相仍〉

黃鶴與仇兆鰲皆將此詩繫於乾元元年初秋在華州作[104]。今考此詩當繫於乾元元年七月六日華州作。

詩云「七月六日苦炎蒸，對食暫餐還不能。……。束帶發狂欲大叫，簿書何急來相仍」，王洙、蔡夢弼、錢謙益與朱鶴齡諸本題下皆有原注「時任華州司功」[105]，杜甫乾元元年六月出貶華州，今詩又云「七月六日」，因此，詩當繫於乾元元年七月六日，時杜甫為華州司功參軍。黃鶴即曾說：「按：公乾元元年從左拾遺移華州掾，故文集有〈乾元元年華州試進士策問〉，又有乾元元年七月〈為華州郭使君進滅殘寇形勢圖狀〉，則公秋初在華州明矣。」[106]

此詩亦非乾元二年初秋之作，因為若將此詩繫於二年初秋作，再依題下注所載時為華州司功，則與〈立秋後題〉詩中「罷官」之思不符。依此，詩當繫於乾元元年初秋為是，非二年初秋作。

〈觀安西兵過赴關中待命二首〉

黃鶴將此詩繫於乾元元年華州時作[107]。今考此詩當繫於乾元元年秋華州作，創作下限當斷於九月二十一日。

---

[104] 《補注杜詩》，卷四，頁123。《杜詩詳注》（一），卷六，頁487。

[105] 《杜工部集》（一），卷二，頁91。《草堂詩箋》（二），卷十四，頁334。《錢牧齋先生箋註杜詩》（一），卷二，頁271。《杜工部詩集》（上），卷五，頁460。另亦可參《御定全唐詩》，見《文淵閣四庫全書》，第1425冊，卷二百二十五，頁131。

[106] 《補注杜詩》，卷四，頁123。

[107] 黃鶴說：「《通鑑》所謂『九月庚寅，命朔方節度郭子儀、淮西魯炅、鎮西、北庭李嗣業七節度將步騎二十萬討安慶緒。李光弼、王思（禮）助之』是也。此詩當是乾元元年華州作。」（《補注杜詩》，卷二十，頁399）此外，仇兆鰲亦云：「鶴注：此當是乾元元年秋在華州時作。」（《杜詩詳注》（一），卷六，頁488）

其一詩云「四鎮富精銳，摧鋒皆絕倫」，據史，安西都護所統四鎮計有龜茲、毗沙、疏勒與焉耆，《舊唐書・地理志》「安西都護所統四鎮」下即載龜茲、毗沙、疏勒、焉耆都督府[108]。此即所謂「四鎮」。安西都護又兼鎮西節度使，《舊唐書・地理志》云：「安西都護府，鎮兵二萬四千人，……。都護兼鎮西節度使。」[109]今其二詩又云「奇兵不在眾，萬馬救中原。談笑無河北，心肝奉至尊」，依史，乾元元年六月李嗣業為懷州刺史，充鎮西、北庭行營節度使，《資治通鑑》「乾元元年六月」下云：「以開府儀同三司李嗣業為懷州刺史，充鎮西、北庭行營節度使。」[110]九月庚寅（二十一日）李嗣業同郭子儀等討相州（鄴郡）安慶緒，《資治通鑑》「乾元元年九月」下云：「庚寅，命朔方郭子儀、淮西魯炅、興平李奐、滑濮許叔冀、鎮西、北庭李嗣業、鄭蔡季廣琛、河南崔光遠七節度使及平盧兵馬使董秦將步騎二十萬討慶緒。」[111]此外，《舊唐書・肅宗本紀》「乾元元年」則云：「（九月）庚寅，大舉討安慶緒於相州。命朔方節度郭子儀，……，北庭行營節度使李嗣業……，步騎二十萬。」[112]相州屬河北道，《元和郡縣圖志》、《舊唐書》、《新唐書・地理志》「河北道」下皆有相州[113]。此即詩中所謂之「河北」。李嗣業等討相州安慶緒既在九月二十一日，那麼詩題所云之「赴關中待命」當在此前，依此，此詩創作下限當不會晚於乾元元年九月二十一日；另據〈早秋苦熱堆案相仍〉詩，杜甫乾元元年七月六日已在華州。因此，此詩當是乾

---

[108] 《舊唐書・地理志》（五），卷四十，頁1648。另亦可參《錢牧齋先生箋註杜詩》（二），卷十，頁716～717。

[109] 《舊唐書・地理志》（五），卷四十，頁1648。

[110] 《資治通鑑》（十），卷二百二十，頁7056。另亦可參《杜詩詳註》（一），卷六，頁488。

[111] 《資治通鑑》（十），卷二百二十，頁7061。另亦可參《杜詩詳註》（一），卷六，頁488。然仇氏誤將「九月」訛為「八月」（頁488）。此外，《資治通鑑》「乾元元年九月」亦云：「安慶緒之初至鄴也。」（頁7060）據此，安慶緒時在相州。

[112] 《舊唐書》（一），卷十，頁253。另亦可參《新唐書》（一），卷六，頁161。

[113] 《元和郡縣圖志》（上），卷十六，頁451。《舊唐書》（五），卷三十九，頁1491。《新唐書》（四），卷三十九，頁1012。或亦可參《杜詩詳註》（一），卷六，頁489。

元元年秋在華州時作，最晚不會遲於九月二十一日。

〈遣興三首〉（我今日夜憂）

黃鶴與仇兆鰲皆將此詩繫於乾元元年在華州作[114]。今考此詩當繫於乾元元年冬華州作。

其二詩云「客子念故宅，三年門巷空」，若自天寶十四載（755）十一月初杜甫自京城前往奉先縣起算，則「三年」當為乾元元年（758）。其二詩又有「天寒落萬里，不復歸本叢」，據此，詩當是冬季之作。黃鶴即曾說：「以『客子念故宅，三年門巷空』，當是乾元元年在華州作。蓋公以天寶十四載攜家避亂，至乾元元年為『三年』。」[115]此外，「客子」句下又注云：「公以天寶十四載乙未十一月……至乾元二年戊戌為三周年。」[116]此中，「乾元二年」應為「乾元元年」之訛。因此，詩當是乾元元年冬之作，時杜甫在華州。

〈至日遣興，奉寄北省舊閣老、兩院故人二首〉

李辰冬將此詩繫於乾元元年十一月作[117]。今考此詩當繫於乾元元年十一月中旬作。

首先，其二詩云「孤城此日腸堪斷，愁對寒雲雪滿山」，那麼，時當為冬日。

其次，其一詩云「去歲茲晨捧御牀，五更三點入鵷行」，其二詩又云「憶昨逍遙供奉班，去年今日侍龍顏」，此皆言去年今日尚近侍為官，亦即去

---

[114] 《補注杜詩》，卷五，頁132。仇兆鰲則云：「此當是乾元元年罷諫官後作。」（《杜詩詳注》（一），卷六，頁493）

[115] 《補注杜詩》，卷五，頁132。

[116] 《補注杜詩》，卷五，頁132。「乾元元年」歲次「戊戌」。

[117] 《杜甫作品繫年》說：「至日指冬至，在十一月中。詩言：『去歲茲辰捧御牀，五更三點入鵷行』。又說：『去年今日侍龍顏，麒麟不動爐烟上。』去歲、去年，當指至德二載。」（頁32）

年冬至日時為左拾遺。杜甫冬至日為左拾遺在至德二載。據此，詩中所云之
「去歲」、「去年」當指至德二載（757），因此，今年當為乾元元年（758）。
黃鶴即曾說：「『去歲茲辰捧御牀』，謂至德二載至日在近侍也。又云『孤
城此日堪腸斷』，則在華州也，當是乾元元年。」[118] 冬至日約在陽曆十二月
二十二或二十三日，今查《增補二十史朔閏表》「乾元元年」：陽曆十二月六
日為陰曆十一月庚午（初一）[119]。推算乾元元年冬至日為陰曆十一月十七（丙
戌）或十八（丁亥）。因此，此詩當繫於乾元元年十一月十七或十八日左
右[120]。

〈路逢襄陽楊少府入城，戲呈楊四員外綰〉

　　黃鶴與仇兆鰲皆將此詩繫於乾元元年作[121]。浦起龍則進一步將此詩繫於
乾元元年冬晚所作[122]。今考此詩當繫於乾元元年冬末作。

　　王洙、趙次公、錢謙益與仇兆鰲諸本題下皆有原注「甫赴華州日，許
（寄）員外茯苓」諸字[123]。據史，唐、宋兩朝華州的土貢乃為茯苓，《新唐
書‧地理志》、《宋史‧地理志》與《元豐九域志》「華州」下土貢皆有「茯

---

[118] 《補注杜詩》，卷十九，頁385。此外，元‧方回（1227～1307）亦曾云：「此二詩乾
　　元元年戊戌作於華州為司功時。『去歲』，即至德二年丁酉為左拾遺時也。」（《瀛奎
　　律髓彙評》（中）（上海：上海古籍出版社，2005年），卷十六，頁602）
[119] 《增補二十史朔閏表》，頁97。
[120] 最後，詩云「去歲茲晨」、「去年今日」，再查《增補二十史朔閏表》「至德二載」：陽
　　曆十二月十六日為陰曆十一月乙亥（初一）。推算至德二載至日為陰曆十一月七日
　　（辛巳）或八日（壬午）。據此，至德二載十一月初七或初八前杜甫已自鄜州抵京。
[121] 《補注杜詩》，卷十九，頁384。《杜詩詳注》（一），卷六，頁499。
[122] 《讀杜心解》（上），目譜，頁26。
[123] 《杜工部集》（一）奪一「寄」字（卷十，頁428）。《杜詩趙次公先後解輯校》
　　（上），乙帙卷之六，頁269。《錢牧齋先生箋註杜詩》（二），卷十，頁689。《杜詩
　　詳注》（一），卷六，頁499。另亦可參《御定全唐詩》，見《文淵閣四庫全書》，
　　第1425冊，卷二百二十五，頁131。《草堂詩箋》（二）甚至將此原注視為題目（卷
　　十三，頁315）。

苓」（或作「伏苓」）[124]。茯苓產於華山，《本草綱目》「木部」「茯苓」下說：
「〔恭曰〕今太山亦有茯苓，實而理小，不復采用。第一出華山，形極粗大。
雍州南山亦有，不如華山。〔保升曰〕所在大松處皆有，惟華山最多。」[125]
此外，《本草品彙精要》「木部」「茯苓」下亦云：「地〔圖經曰〕生泰山山
谷，泰、華、嵩山，郁州、雍州，南山。」[126]亦即：華州土貢本有茯苓；古人
甚至有茯苓「第一出華山」之說。

今詩云「寄語楊員外，山寒少茯苓」，那麼，杜甫已抵華州，並發現此
地現在因山寒而茯苓未多，遂有寄語員外之言。依此，杜甫已在華州，且時
值冬季。

杜甫乾元元年冬末曾有洛陽之行，有〈冬末以事之東都，湖城東遇孟
雲卿，復歸劉顥宅宿宴飲散，因為醉歌〉詩[127]。此外，杜甫尚有〈憶弟二首〉
詩，其題下原注：「時歸在河南陸渾莊。」[128]其二詩中又云「且喜河南定，
不問鄴城圍」，鄴城之圍在乾元元年冬至二年之春（詳〈觀兵〉繫年）。另
外，其二詩又有「百戰今誰在，三年望汝歸。故園花自發，春日鳥還飛」諸
語。若自天寶十四載十一月安祿山兵反起算，至乾元元年十一月即滿「三
年」。今詩又及「春」、「花」諸字，因此，〈憶弟二首〉詩當是乾元二年春
作，時杜甫在河南陸渾莊；此亦證明乾元元年冬末杜甫曾至河南。

今〈路逢襄陽楊少府入城〉詩又云「歸來稍暄暖，當為斸青冥」，此
中「歸來」當指自洛陽歸華州，李辰冬即曾說：「歸來是從東都歸來。」[129]因
此，〈路逢襄陽楊少府入城〉詩當是乾元元年冬末自華州至東都途中作，杜

---

[124]《新唐書》（四），卷三十七，頁964。《宋史》（七），卷八十七，頁2146。《元豐九域
　　志》（上），卷三，頁110。

[125]《本草綱目》（下），卷三十七，頁1764。

[126]《本草品彙精要》，卷十六，頁304。關於「茯苓」在史書與《本草》的記載，亦可參
　　《杜工部詩集》（上），卷五，頁479。

[127]參見拙著《杜詩舊注考據補證》，第四章，頁56～57。

[128]《杜詩詳注》（一），卷六，頁508。《讀杜心解》（下），卷三之一，頁379。《杜詩鏡
　　銓》，卷五，頁212。《杜工部詩集》（上）則作「時歸在南陸渾莊」（卷五，頁487）。

[129]《杜甫作品繫年》，頁32。

甫時尚未歸華州。

〈李鄠縣丈人胡馬行〉

浦起龍將此詩繫於乾元元年冬晚作[130]。今考此詩當繫於乾元元年冬末作。

首先，詩云「丈人駿馬名胡騮，前年避賊過金牛。迴鞭却走見天子，朝飲漢水暮靈州」，「過金牛」與「見天子」事指「前年」扈從玄宗與趨謁肅宗[131]。玄宗幸蜀與肅宗即位靈武分別在天寶十五載六月與七月（詳〈哀王孫〉繫年），黃希曾說：「言避胡於金牛，回見天子於靈州，當時天寶十五年。」[132]「前年」既是天寶十五載（756），那麼，今年當為乾元元年（758）。

其次，詩又云「洛陽大道時再清，累日喜得俱東行」，此乃杜甫東行洛陽。杜甫於唐軍收復兩京後至洛陽乃在乾元元年冬末，並有〈冬末以事之東都，湖城東遇孟雲卿，復歸劉顥宅宿宴飲散，因為醉歌〉之詩。依此，詩當是乾元元年冬末至東都時作。黃鶴即曾說：「此詩云『前年避胡過金牛』，又云『洛道時再清』，當是乾元元年作。」[133]

〈觀兵〉

仇兆鰲將此詩繫於乾元元年冬東都作[134]。黃鶴則將此詩繫於乾元二年春作[135]。今考此詩創作上限當斷於乾元元年十月丙午，創作下限當斷於二年三月壬申。

詩云「莫守鄴城下，斬鯨遼海波」。鄴城之圍在乾元元年冬至隔年春。據《資治通鑑》所載，乾元元年九月，九節度使討安慶緒。十月丙午（七

---

[130] 《讀杜心解》（上），目譜，頁27。

[131] 仇兆鰲說：「『過金牛』，扈從明皇也。『見天子』，趨謁肅宗也。」（《杜詩詳注》（一），卷六，頁506）另亦可參《讀杜心解》（上），卷二之一，頁256。

[132] 《補注杜詩》，卷四，頁116。

[133] 《補注杜詩》，卷四，頁116。

[134] 《杜詩詳注》（一），卷六，頁507。

[135] 黃鶴說：「今詩云『莫守鄴城下，斬鯨遼海波』，乃鄴師未潰之前作。……當是乾元二年春作。」（《補注杜詩》，卷二十，頁396）

日），郭子儀（697～781）追安慶緒（？～759）至鄴城，並圍之。其後，自冬涉春，安慶緒堅守以待史思明（703～761）之援[136]。乾元二年三月壬申（六日），郭子儀等九節度使與史思明戰而兵潰[137]。今詩既云「莫守鄴城下」，當是圍鄴城時作。據此，此詩創作上限當不早於乾元元年（758）十月丙午，下限當不晚於二年（759）三月壬申。

〈不歸〉

　　黃鶴與仇兆鰲皆將此詩繫於乾元二年春作[138]。今考此詩當繫於乾元二年春作。

　　詩云「河間尚征伐，汝骨在空城」，「河間」為河間郡，屬河北道，《通典》「瀛州（河間郡）」下說：「隋初廢河間郡，置瀛州；煬帝初州廢，復置河間郡。大唐因之。」[139]此外，《舊唐書‧地理志》「河北道」「瀛州」下亦曾云：「隋河間郡。武德四年，……，改為瀛州。」[140]最後，《新唐書‧地理志》「河北道」下亦云「瀛州河間郡」[141]。今既云「河間尚征伐」，時安史兵反未平。詩又云「面上三年土，春風草又生」，若自天寶十四載（755）十一月安祿山兵反算起，則「三年」當為乾元元年（758）十一月。詩又云及「春」字，因此，此詩當是乾元二年春作。黃鶴即曾說：「詩云『河間尚征伐』。按《唐志》：瀛州為河間郡，屬河北。……。天寶十四載十一月，至乾元元年為三年。今云『面上三年土，春風草自生』，則是經三春，當是乾元二年春。」[142]

---

[136]《資治通鑑》（十），卷二百二十，頁7061～7063；卷二百二十一，頁7068。

[137]《資治通鑑》（十），卷二百二十一，頁7069。

[138]《補注杜詩》，卷二十，頁397。仇兆鰲說：「天寶十四載冬，祿山陷河北諸郡。……。至乾元二年，為三年，是春，公在東都作。」（《杜詩詳注》（一），卷六，頁511）

[139]《通典》（五），卷一百七十八，頁4706。

[140]《舊唐書》（五），卷三十九，頁1513。

[141]《新唐書》（四），卷三十九，頁1020。

[142]《補注杜詩》，卷二十，頁397。

〈新安吏〉

　　黃鶴與仇兆鰲皆將此詩繫於乾元二年作[143]。今考此詩當繫於乾元二年三月壬申九節度兵敗之後作，時杜甫途經新安縣。

　　首先，王洙、蔡夢弼、錢謙益與仇兆鰲諸本題下皆有「收京後作。雖收兩京，賊猶充斥」諸字[144]。據史，收復兩京在至德二載九、十月（詳〈送樊二十三侍御赴漢中判官〉繫年）。因此，詩當作於至德二載九月、十月之後。

　　其次，詩云「我軍取相州，日夕望其平。豈意賊難料，歸軍星散營。就糧近故壘，練卒依舊京」。「相州」即鄴郡[145]；「舊京」指東都[146]。詩中所云事，據《舊》《新唐書‧肅宗本紀》與《資治通鑑》所載，即指乾元二年三月壬申（六日）九節度使相州兵敗，郭子儀斷河陽橋，以兵保洛陽[147]。因此，此詩當作於乾元二年三月九節度兵敗之後。宋‧王回（1023～1065）曾說：「〈新安吏〉，乾元二年，郭子儀等九節度之師，圍安慶緒于鄴。時不立元帥，以中官魚朝恩為觀軍容宣慰使，師遂潰于城下。諸節度各還本鎮，子儀保河陽，詔留守東都。此詩蓋哀出兵之役。」[148]另外，趙次公亦曾云：「今公詩所謂，蓋言相州之敗，九節度兵各引還也。」[149]此外，黃鶴亦云：「〈新安吏〉至〈無家別〉，當是乾元二年作。」[150]

　　第三，「新安」在洛陽西七十里處，《元和郡縣圖志》「河南府，洛州，

---

[143] 《補注杜詩》，卷三，頁99。《杜詩詳注》（一），卷七，頁523。

[144] 《杜工部集》（一），卷二，頁62。《草堂詩箋》（二），卷十三，頁318。《錢牧齋先生箋註杜詩》（一），卷二，頁262。《杜詩詳注》（一），卷七，頁523。另亦可參《御定全唐詩》，見《文淵閣四庫全書》，第1425冊，卷二百十七，頁27。

[145] 《通典》（五），卷一百七十八，頁4696。《元和郡縣圖志》（上），卷十六，頁451。

[146] 《杜詩詳注》（一），卷七，頁525。

[147] 《舊唐書》（一），卷十，頁255。《新唐書》（一），卷六，頁161。《資治通鑑》（十），卷二百二十一，頁7069～7070。

[148] 《諸家老杜詩評》，見《杜甫詩話六種校注》，頁13。此中，王回所言魚朝恩之事，見《舊唐書‧魚朝恩傳》（十五），卷一百八十四，頁4763。

[149] 《杜詩趙次公先後解輯校》（上），乙帙卷之六，頁273。

[150] 《補注杜詩》，卷三，頁99。

東都」下說：「新安縣。……。東至府七十里。」[151] 此外，《元豐九域志》「西京」「河南府」下亦云：「新安，京西七十里。」[152] 那麼，此詩當是乾元二年三月官軍相州兵敗後，杜甫在新安道途中作，時自洛陽西返華州。蔡興宗〈年譜〉「乾元二年」下即曾云：「春三月，回，自東都，有〈新安吏〉、〈石壕吏〉、〈潼關吏〉、〈新昏別〉、〈垂老別〉、〈無家別〉詩。桉《唐史》：是月八日壬申，九節度之師潰於相州。」[153] 此外，仇兆鰲也曾說：「按：以下六詩，多言相州師潰事，乃乾元二年自東都回華州時，經歷道途，有感而作。」[154]

最後，錢謙益曾於詩末云：「諸詩皆乾元二年，自華之東郡，道途所經次，感事而作也。」[155] 然而，錢氏〈年譜〉「乾元元年」下云「冬晚間至東都」；「乾元二年」下又云「春自東都回華州」[156]。〈年譜〉既云：乾元元年冬晚至東都，二年自東都西返華州。何能又云二年自華之東都？錢氏於詩末所云明顯有誤，此恐是筆訛之故。

〈石壕吏〉

黃鶴將此詩繫於乾元二年作[157]。今考此詩當繫於乾元二年三月官軍退守河陽之後作，時杜甫途經陝州陝縣石壕鎮。

詩云「急應河陽役，猶得備晨炊」，「河陽」乃縣名，屬河南府，約在洛陽東北八十里，臨黃河，《元和郡縣圖志》「河南府，洛州，東都」下

---

[151] 《元和郡縣圖志》（上），卷五，頁142。此外，《通典》（五）「河南府」「洛州」下亦有「新安縣」（卷一百七十七，頁4655）。

[152] 《元豐九域志》（上），卷一，頁5。

[153] 《分門集註》（一），年譜，頁69。此中，乾元二年三月「壬申」，當是六日，非八日。

[154] 《杜詩詳註》（一），卷七，頁523。

[155] 《錢牧齋先生箋註杜詩》（一），卷二，頁263。

[156] 《錢牧齋先生箋註杜詩》（二），年譜，頁1268～1269。

[157] 黃鶴說：「觀『急應河陽役』之句，當是乾元二年九節度之師潰，子儀斷河（陽）橋，以餘眾保東京時作。」（《補注杜詩》，卷三，頁100）

說：「河陽縣，……，西南至州八十里。」[158]《唐代交通圖考》亦曾云：「河陽城在大河北岸（今孟縣南十五里），……。南臨孟津，去東都七八十里。」[159]水上架浮橋，為交通要道，《舊唐書・地理志》說：「本河南府之河陽縣，本屬懷州。顯慶二年，割屬河南府。以城臨大河，長橋架水，古稱設險。」[160]今詩云「急應河陽役」，當指乾元二年三月相州敗後，郭子儀採張用濟之策，力守河陽之事。《資治通鑑》「乾元二年三月」下說：「（郭）子儀至河陽，……，諸將繼至，眾及數萬，議捐東京，退保蒲、陝。都虞侯張用濟曰：『蒲、陝荐饑，不如守河陽，賊至，併力拒之。』子儀從之。」[161]據此，詩當繫於乾元二年三月退守河陽之後。

　　「石壕」為杜甫離開洛陽西返華州途經之地。石壕當指陝州陝縣石壕鎮，宋・王應麟（1223～1296）說：「〈石壕吏〉，蓋指陝州陝縣石壕鎮也。見《九域志》、《輿地廣記》。本崤縣，唐改為硤石，熙寧六年省為鎮。」[162]今按：《元豐九域志》「陝州」「陝縣」下確有「石壕鎮」[163]；此外，《輿地廣記》「陝西永興軍路上」「陝縣」下亦云：「石壕鎮，本崤縣。後魏置。唐武德八年來屬，正觀十四年改為硤石縣。」[164]石壕約在陝州東南七十里處，《大清一統志》「陝州」「石壕鎮」下說：「在州東南七十里。唐・杜甫有〈石壕吏〉詩。」[165]最後，《唐代交通圖考》亦曾云：「自（陝）州城正東偏南行十里至安陽故城。……。又四十里至硤石縣。……。硤石又東蓋二十里至石壕

[158]《元和郡縣圖志》（上），卷五，頁143。

[159]《唐代交通圖考》（一）（上海：上海古籍出版社，2007年），篇四，頁131。

[160]《舊唐書》（五），卷三十八，頁1425。

[161]《資治通鑑》（十），卷二百二十一，頁7070。另亦可參《錢牧齋先生箋註杜詩》（一），卷二，頁265。

[162]《困學紀聞》，見《文淵閣四庫全書》，第854冊，卷十八，頁457。

[163]《元豐九域志》（上），卷三，頁107。此外，《宋史・地理志》（七）「陝州」「陝縣」下亦曾云：「熙寧六年，省硤石縣為石壕鎮入焉。」（卷八十七，頁2145）

[164]《輿地廣記》（上），卷十三，頁366。

[165]《大清一統志》（五），卷二二一，頁447。

鎮（今石壕），即杜翁〈石壕吏〉作處。」[166]

　　石壕約在洛陽西二百三十里處[167]，河陽又在洛陽東北七八十里處，兩地相隔約三百餘里，何能「急應河陽役，猶得備晨炊」？首先，「猶得備晨炊」句非實指，亦即非謂今宵趕路，明晨即能抵達河陽。杜詩非句句寫實本有其例，譬如〈飛仙閣〉「棧雲闌干峻，梯石結構牢」兩句，非真謂「牢」，其意在「險」[168]。又如〈對雪〉「瓢棄樽無綠，爐存火似紅」兩句，非真謂「似紅」，其意在「無紅」[169]。其次，此為老嫗為救其夫所出應變倉卒之語，《杜詩提要》說：「『急應河陽』二語，口軟心強，酷肖婦人倉卒中語。」[170]因此，兩句非實筆，乃應變之言。

〈潼關吏〉

　　錢謙益、仇兆鰲與浦起龍皆將此詩繫於乾元二年作[171]。今考此詩當繫於乾元二年，杜甫自洛陽西返華州，途經潼關所作。

　　首先，詩云「哀哉桃林戰，百萬化為魚。請囑防關將，慎勿學哥舒」。桃林縣，隋置；天寶元年改為靈寶縣，《舊唐書・地理志》「靈寶縣」下云：「隋桃林縣。天寶元年，以堀得寶符，改為靈寶縣。」[172]此外，《新唐書・地理志》「靈寶縣」下云：「本桃林，……。天寶元年獲寶符于縣南古函谷關，因更名。」[173]桃林縣（或靈寶縣）西至潼關地為桃林塞，《括地志輯

---

[166]《唐代交通圖考》（一），篇二，頁52～53。

[167]《杜甫作品繫年》，頁37。

[168]《杜詩提要》（一）於「梯石結構牢」句下說：「白山云：懸崖置屋牢，形容其險，故以『牢』字發之。」（卷三，頁181）

[169] 此外，《杜詩鏡銓》於「爐存火似紅」句下也說：「正言無火也。」（卷三，頁125）

[170]《杜詩提要》（一），卷二，頁142。

[171]《錢牧齋先生箋註杜詩》（二），年譜，頁1269。《杜詩詳註》（一），卷七，頁523。《讀杜心解》（上），目譜，頁27。

[172]《舊唐書》（五），卷三十八，頁1428。

[173]《新唐書》（四），卷三十八，頁985。

校》說：「桃林在陝州桃林縣，西至潼關，皆為桃林塞地。」[174]此外，《元和郡縣圖志》「靈寶縣」下亦云：「桃林塞，自縣以西至潼關，皆是也。」[175]詩云之事乃指天寶十五載六月哥舒翰與崔乾祐戰于靈寶西原，《舊唐書·玄宗本紀》「天寶十五載」下云：「六月，……，哥舒翰將兵八萬與賊將崔乾祐戰于靈寶西原，官軍大敗。」[176]此外，《新唐書·玄宗本紀》「天寶十五載」下亦云：「六月，……，哥舒翰及安祿山戰于靈寶西原，敗績。」[177]最後，《資治通鑑》「至德元載六月」下則云：「丙戌，引兵出關。己丑，遇崔乾祐之軍於靈寶西原。……。庚寅，官軍與乾祐會戰。」[178]據此，詩當作於安史亂後。

其次，詩云「士卒何草草，築城潼關道。……。借問潼關吏，修關還備胡。……。胡來但自守，豈復憂西都」，修築潼關、毋憂西都事當在唐軍收復兩京之後，即至德二載九、十月以後。黃鶴即曾說：「哥舒翰天寶十五載六月潼關失守，京師遂陷。今詩云『修關還備胡』，當是至德二載收京後。」[179]官軍收復西京時，杜甫人在鄜州；十月二十八日後曾在家聞詔；十二月十三日（臘日）已在長安，受賜面藥，未聞其間曾至潼關等地，據此，詩當非繫於至德二載（757）。此詩當是乾元元年（758）冬末自華州遊東都，二年三月相州官軍兵潰，杜甫西返華州，途經潼關，官軍修築工事以備敵，所謂「修關還備胡」、「胡來但自守」。仇兆鰲即曾說：「此因相州大敗，故修潼關以備寇。」[180]浦起龍亦云：「此因鄴潰而修備。」[181]據此，此詩當繫於乾元二年，時杜甫返回華州，經潼關而作。是年秋冬，杜甫即離華

---

[174] 《括地志輯校》，卷三，頁113。

[175] 《元和郡縣圖志》（上），卷六，頁159。另亦可參《錢牧齋先生箋註杜詩》（一），卷二，頁264。

[176] 《舊唐書》（一），卷九，頁231。

[177] 《新唐書》（一），卷五，頁152。

[178] 《資治通鑑》（十），卷二百一十八，頁6967～6968。

[179] 《補注杜詩》，卷三，頁99。

[180] 《杜詩詳注》（一），卷七，頁526。

[181] 《讀杜心解》（上），卷一之二，頁54。

客秦、成；冬末赴蜀；後遷居夔州；出峽後，舟泊岳、潭、衡間，未再返長安、洛陽。

最後，「潼關」在華陰縣東北三十九里，屬華州，譬如，《元和郡縣圖志》「華州」「華陰縣」下說：「潼關，在縣東北三十九里，古桃林塞也。」[182] 又如，《雍錄》亦云：「潼關，在華州華陰縣東北。」[183] 此外，《通典》「華州」「華陰縣」下亦有「潼關」[184]。

〈新婚別〉

黃鶴與仇兆鰲皆將此詩繫於乾元二年作[185]。今考此詩當繫於乾元二年三月壬申官軍兵敗、力守河陽後作。

詩云「君行雖不遠，守邊赴河陽」，事指乾元二年三月相州兵潰之後，郭子儀納都虞侯張用濟策，力守河陽。因此，此詩當作於乾元二年三月力守河陽之後。黃鶴即曾說：「詩云『守邊赴河陽』，當是乾元二年作。」[186]

〈垂老別〉

仇兆鰲將此詩繫於乾元二年作[187]。今考此詩當繫於乾元二年三月壬申相州潰後作。

詩云「勢異鄴城下，縱死時猶寬」，「勢異」句指如今局勢已異於鄴城之役，因此，此詩當作於乾元二年三月相州潰後。

---

[182] 《元和郡縣圖志》（上），卷二，頁35。

[183] 《雍錄》，卷六，頁113。

[184] 《通典》（四），卷一百七十三，頁4513。

[185] 《補注杜詩》，卷三，頁101。《杜詩詳注》（一），卷七，頁523。

[186] 《補注杜詩》，卷三，頁101。

[187] 《杜詩詳注》（一），卷七，頁523。

〈無家別〉

黃鶴與仇兆鰲皆將此詩繫於乾元二年作[188]。今考此詩當繫於乾元二年春三月壬申相州潰後作。

首先，詩云「永痛長病母，五年委溝溪」，若以天寶十四載（755）安祿山兵反視為第一年，則「第五年」為乾元二年（759）。黃鶴即曾說：「詩云『永痛長病母，五年委溝壑』，殆謂天寶十四載乙未祿山反時調役，至乾元二年己亥為『五年』。」[189]此外，錢謙益亦云：「天寶十四載，祿山反范陽，至此恰『五年』。」[190]其次，詩又云「賤子因陣敗，歸來尋舊蹊」，「陣敗」當指鄴城之敗[191]。最後，今詩又云「方春獨荷鋤，日暮還灌畦」，既云「春」字，因此，此詩當是乾元二年三月壬申（六日）相州潰後之作，時序為春。

〈夏日歎〉

黃鶴與仇兆鰲皆將此詩繫於乾元二年夏作[192]。今考此詩當繫於乾元二年夏作。

首先，詩云「浩蕩想幽薊，王師安在哉」，「幽薊」乃幽、薊兩州（范陽郡、漁陽郡），具屬河北道，《新唐書·地理志》「河北道」下即有幽、薊兩州[193]。據《舊》《新唐書·玄宗本紀》「天寶十四載十一月」所載，幽州乃

---

[188] 《補注杜詩》，卷三，頁102。《杜詩詳注》（一），卷七，頁523。

[189] 《補注杜詩》，卷三，頁102。此外，黃鶴於〈新安吏〉詩題下亦曾云：「今以〈無家別〉『五年委溝蹊』之句論之，祿山以天寶十四載叛，至乾元二年乃『五年』。」（卷三，頁99）

[190] 《錢牧齋先生箋註杜詩》（一），卷二，頁269。

[191] 黃鶴說：「『賤子因陣敗』，正指九節度之師潰相州而言。」（《補注杜詩》，卷三，頁102）此外，仇兆鰲也說：「敗歸，謂鄴城之敗。」（《杜詩詳注》（一），卷七，頁538）最後，浦起龍亦云：「當即是鄴圍之潰。」（《讀杜心解》（一），卷一之二，頁57）

[192] 《補注杜詩》，卷三，頁103。仇兆鰲說：「此乾元二年夏在華州作。」（《杜詩詳注》（一），卷七，頁540）

[193] 《新唐書》（四），卷三十九，頁1019與1022。另亦可參《杜詩詳注》（一），卷七，

安祿山反兵之地，起兵不久即陷河北諸郡[194]，依此，詩當是安祿山兵反後作。

其次，詩云「萬人尚流冗，舉目惟蒿萊。至今大河北，化作虎與豺」，「流冗」指離散；「蒿萊」本屬草名，「舉目」句指禾稼皆死所見惟茂盛野草。邵寶說：「『冗』，散也。『蒿萊』，草名，言禾稼死，而蒿萊盛也。」[195]詩言之事乃乾元二年九節度使鄴城之役前後時事，《資治通鑑》「乾元二年二月」下即有「時天下饑饉」之句[196]。

第三，今詩又云「上蒼久無雷，無乃號令乖。雨降不濡物，良田起黃埃。飛鳥苦熱死，池魚涸其泥」，此言久旱為災[197]。乾元二年春三月丁亥（二十一日）已旱，《新唐書・肅宗本紀》「乾元二年三月」說：「丁亥，以旱降死罪，流以下原之。」[198]夏四月癸亥（二十七日）以久旱祈雨，《舊唐書・肅宗本紀》「乾元二年四月」說：「癸亥，以久旱徙市，雩祈雨。」[199]黃鶴即曾說：「乾元二年三月丁亥，以旱降死罪。……。《舊史》又云：四月癸亥，以久旱徙市，雩祀祈雨。……。觀詩殆與乾元二年事合。」[200]依據上述這些理由與詩題「夏日歎」三字，將此詩繫於乾元二年夏作。

〈立秋後題〉

黃鶴與仇兆鰲皆將此詩繫於乾元二年作[201]。今考此詩當繫於乾元二年立秋次日華州作。

頁541。

[194] 《舊唐書》（一），卷九，頁230。《新唐書》（一），卷五，頁150。另亦可參《資治通鑑》（十），卷二百一十七，頁6934～6935。

[195] 《（刻）杜少陵先生詩分類集註》（上），見《和刻本漢詩集成》（東京：古典研究會，昭和五十六年），第三輯，卷五，頁445。

[196] 《資治通鑑》（十），卷二百二十一，頁7069。另亦可參《補注杜詩》，卷三，頁103。

[197] 仇兆鰲說：「此有感時政，而歎久旱為災。」（《杜詩詳注》（一），卷七，頁540）

[198] 《新唐書》（一），卷六，頁161。

[199] 《舊唐書》（一），卷十，頁256。

[200] 《補注杜詩》，卷三，頁103。

[201] 《補注杜詩》，卷四，頁123。《杜詩詳注》（一），卷七，頁544。

　　詩云「罷官亦由人，何事拘形役」，此詩「罷官」非指罷河西尉事，因為罷官之念是在立秋次日，所謂「節序昨夜隔」；而罷尉是在十一月，所謂「昔罷河西尉，初興薊北師」，兩事時間不合。

　　「罷官」當指罷華州司功參軍，《新唐書·文藝上》說：「出為華州司功參軍。關輔饑，輒棄官去，客秦州。」[202] 杜甫罷華州司功參軍非在乾元元年，因為杜甫乾元元年夏六月出為華州司功參軍；七月六日在華州，有〈早秋苦熱堆案相仍〉詩；七月並進〈為華州郭使君進滅殘寇形勢圖狀〉，又有〈乾元元年華州試進士策問五首〉，此進狀試策皆與「罷官」之念不合。因此杜甫罷官之念非在乾元元年，當在乾元二年。此外，乾元二年二月天下饑饉，三、四月又久旱為災（詳〈夏日歎〉繫年），據此，〈本傳〉所云「關輔饑」、「棄官去」當指乾元二年事。由是言之，罷官當在乾元二年。未久，即去華客秦。因此，此詩當繫於乾元二年七月立秋次日。黃鶴即曾說：「以『罷官亦由人』，知是乾元二年欲棄官時作。」[203] 此外，仇兆鰲亦云：「此乾元二年立秋次日所作。」[204]

　　「立秋」常在陽曆八月七、八或九日。今按《增補二十史朔閏表》「乾元二年」：陽曆七月二十九日為陰曆七月乙丑朔[205]。推算乾元二年立秋當落在陰曆七月十（甲戌）、十一（乙亥）或十二日（丙子）上[206]。那麼，「立秋次日」當在十一（乙亥）、十二（丙子）或十三日（丁丑）上。

〈貽阮隱居昉〉

　　仇兆鰲與浦起龍皆將此詩繫於乾元二年作[207]。今考此詩當繫於乾元二年

---

[202] 《新唐書》（十八），卷二百一，頁5737。另亦可參《杜詩詳注》（一），卷七，頁544。

[203] 《補注杜詩》，卷四，頁123。

[204] 《杜詩詳注》（一），卷七，頁544。

[205] 《增補二十史朔閏表》，頁97。

[206] 亦可參《杜甫傳記唐宋資料考辨》，第二篇，頁113，是書云：「乾元二年立秋在七月十一或十二日。」（頁113）

[207] 仇兆鰲說：「此乾元二年，自華州之秦，秋冬間作。」（《杜詩詳注》（一），卷七，頁

秋秦州作。

王洙、單復與錢謙益本詩題皆作「貽阮隱居昉」[208]。今詩繫年分述如下：

首先，杜甫另有〈秋日阮隱居致薤三十束〉詩，仇本詩題下云：「原注：隱居，名昉，秦州人。」[209] 依此，阮昉乃秦州人。

其次，今〈貽阮隱居昉〉詩又云「塞上得阮生，迴繼先父祖」。杜詩中時以「塞」字指謂秦州，譬如〈夢李白二首〉「魂來楓林青，魂返關塞黑」；又如〈秦州雜詩二十首〉其七「無風雲出塞，不夜月臨關」；其十「雲氣接崑崙，洿洿塞雨繁」；其十一「蕭蕭古塞冷，漠漠秋雲低」；其十五「塞門風落木，客舍雨連山」；其十八「塞雲多斷續，邊日少光輝」。那麼，杜詩中「塞」字可指秦州。依據上述這兩個理由，此詩當是在秦州時作。杜甫棄華州司功參軍之思在乾元二年立秋次日，有〈立秋後題〉詩；不久，即離開華州，並前往秦州，有〈秦州雜詩二十首〉與〈遣興三首〉詩；十月初，又往成州同谷縣，有〈發秦州〉詩；是年十二月，即入蜀，有〈發同谷縣〉詩。依此，杜甫客居秦州乃於乾元二年秋。今詩既云及結識秦州人阮昉並與其往來諸事，當是在秦州時，因此，此詩當繫於乾元二年秋作。黃鶴即曾說：「以『塞上得阮生』，當是公自華之秦作。」[210]

〈遣興三首〉（下馬古戰場）

仇兆鰲將此詩繫於乾元二年秋在秦州作[211]。今考此詩當是乾元二年秋秦州作。

其二詩云「鄴中事反覆，死人積如丘」，「反覆」乃動盪之意，句指鄴

544）《讀杜心解》（上），目譜，頁27。

[208] 《杜工部詩》（一），卷三，頁97。《讀杜詩愚得》（一），卷五，頁417。《錢牧齋先生箋註杜詩》（一），卷三，頁273。此外，《杜詩詳注》（一）則作「貽阮隱居名昉」（卷七，頁544）。

[209] 《杜詩詳注》（一），卷八，頁632。

[210] 《補注杜詩》，卷五，頁124。黃鶴又說：「乾元元年秋冬間，詩云『褰裳踏寒雨』是也。」（卷五，頁124）此中，「元年」當作「二年」，此乃訛字。

[211] 仇兆鰲說：「此乾元二年秋在秦州作。」（《杜詩詳注》（一），卷七，頁546）

城師潰[212]，事在乾元二年三月。今其二詩又云「高秋登寒山，南望馬邑州」，既云「秋」字，那麼，詩當是秋時所作。

此外，「馬邑州」在秦、成兩州間，《新唐書‧地理志》「馬邑州」下說：「開元十七年置，在秦、成二州山谷間。」[213]秦州較偏東北，成州則在西南，《元和郡縣圖志》「秦州」下說：「西南至成州二百里。」[214]今詩既云「南望馬邑州」，那麼，杜甫時在秦州[215]。因此，依據上述諸點，此詩當是乾元二年秋在秦州作。黃鶴即曾說：「以『鄴中事反覆，死人積如邱』。……。當是乾元二年秦州作。」[216]

〈留花門〉

仇兆鰲將此詩繫於乾元二年秋作[217]。今考此詩當繫於乾元二年秋九月底作。

首先，「花門」指「迴紇」，譬如，王洙（1023～1065）於〈留花門〉下即曾說：「肅宗之復兩京，藉回紇之師助焉。」[218]換言之，時即以「花門」為迴紇也。又如，蔡興宗於「花門天驕子，飽肉氣勇決」下也說：「諸詩之言花門者，皆回紇也。」[219]對此宋‧嚴有翼（約1140左右在世）曾提出解釋，他說：「〔指回鶻為花門，注家不言其義。予以〕《唐‧地理志》〔攷之〕，甘州山丹縣北，渡張掖河西北行，出合黎山峽口，依河東壖，屈曲東北行千里，有寧寇軍，軍東北有居延海；又〔西〕北三百里有花門山堡；又

---

[212] 仇兆鰲說：「下四傷鄴城師潰。」（《杜詩詳注》（一），卷七，頁547）

[213] 《新唐書》（四），卷四十三下，頁1132。另亦可參《補注杜詩》，卷五，頁125。

[214] 《元和郡縣圖志》（下），卷三十九，頁980。

[215] 另亦可參《杜甫作品繫年》，頁39。

[216] 《補注杜詩》，卷五，頁125。

[217] 《杜詩詳注》（一），卷七，頁549。

[218] 《諸家老杜詩評》，見《杜甫詩話六種校注》，頁14。此外，「回紇」當作「迴紇」，參拙著《杜詩舊注考據補證》，第三章，頁47～48。

[219] 《杜甫卷》（一），頁262。

東北千里至回鶻牙帳。故謂回鶻為花門也。」[220]

　　其次，詩云「公主歌黃鵠，君王指白日」，「公主」句本指漢武帝（前156～前187）以公主嫁西域烏孫王事[221]，此借指乾元元年七月丁亥（十七日）唐肅宗以寧國公主嫁迴紇可汗事，《舊唐書・肅宗本紀》「乾元元年七月」說：「丁亥，制上第二女寧國公主出降迴紇英武威遠毗伽可汗。」[222]此外，《資治通鑑》「乾元元年七月」亦云：「丁亥，冊命回紇可汗曰英武威遠毗伽闕可汗，以上幼女寧國公主妻之。」[223]最後，《舊唐書・迴紇傳》也說：「（乾元元年）秋七月丁亥，詔以幼女封為寧國公主出降。」[224]趙次公對此即曾說：「乾元元年，肅宗以幼女寧國公主嫁回紇可汗，故公云。」[225]據此，詩當作於乾元元年七月後。

　　第三，今詩又云「胡塵踰太行，雜種抵京室」，此亦雙句互文，「雜種」指史思明，《舊唐書・史思明傳》即曾說：「本名窣干，營州寧夷州突厥雜種胡人也。」[226]依「雜種」句，其事當指史思明復陷東都[227]，《舊唐書・肅宗本紀》「乾元二年九月」說：「庚寅（二十七日），逆胡史思明陷洛陽。」[228]此外，《資治通鑑》「乾元二年九月」亦云：「庚寅，思明入洛陽。」[229]今詩又云

---

[220]《藝苑雌黃》，見《宋詩話輯佚》（臺北：華正書局，1981年），頁548。另亦可參見《新唐書・地理志》（四），卷四十，頁1045。

[221]《漢書・西域傳》（十二）說：「漢元封中，遣江都王建女細君為公主，以妻焉。……昆莫年老，語言不通，公主悲愁，自為作歌曰：『吾家嫁我兮天一方，遠託異國兮烏孫王。……居常土思兮心內傷，願為黃鵠兮歸故鄉。』」（卷九十六下，頁3903）舊題為王洙者亦曾引及此條，見《補注杜詩》，卷三，頁104。

[222]《舊唐書》（一），卷十，頁253。依〈寧國公主下降制〉，應為「幼女」，制曰：「宜以幼女封為寧國公主。」（見《全唐文》（一），卷四十二，頁460）

[223]《資治通鑑》（十），卷二百二十，頁7059。

[224]《舊唐書》（十六），卷一百九十五，頁5200。

[225]《杜詩趙次公先後解輯校》（上），乙帙卷之五，頁252。

[226]《舊唐書》（十六），卷二百上，頁5376。另亦可參《杜詩詳注》（一），卷七，頁552。

[227]《杜詩詳注》（一），卷七，頁551與552。

[228]《舊唐書》（一），卷十，頁257。

[229]《資治通鑑》（十），卷二百二十一，頁7083。

「高秋馬肥健，挾矢射漢月」，因此，依據前述所言，此詩當作於乾元二年秋九月底。

〈夢李白二首〉

錢謙益、仇兆鰲與浦起龍皆將此詩繫於乾元二年作[230]。今考此詩當是乾元二年秋秦州作。

首先，其一詩云「君今在羅網，何以有羽翼」，「羅網」言「李白得罪被放逐，猶如鳥在羅網」[231]。李白流放夜郎事在乾元元年，分述如下：一、李白有〈張相公出鎮荊州，尋除太子詹事，余時流夜郎，行至江夏，與張公相去千里，公因太府丞王昔使車寄羅衣二事，及五月五日贈余詩，余答以此詩〉，據史，張鎬出鎮荊州在乾元元年五月戊子（十七日），《舊唐書·肅宗本紀》「乾元元年五月」說：「戊子，以河南節度、中書侍郎、平章事張鎬為荊州大都督府長史、本州防禦使。」[232]此外，《資治通鑑》「乾元元年五月」亦云：「上以鎬為不切事機，戊子，罷為荊州防禦使。」[233]二、李白又有〈泛沔州城南郎官湖〉詩，序有「乾元歲秋八月，白遷於夜郎」諸語。三、宋·曾鞏（1019～1083）〈李太白集序〉亦云：「乾元元年，終以汙璘事長流夜郎。」[234]因此李白左遷夜郎在乾元元年[235]。李白遇赦放還在乾元二年，〈自漢陽病酒歸，寄王明府〉詩說「去歲左遷夜郎道，琉璃硯水長枯槁。今年赦放巫山陽，蛟龍筆翰生輝光」，「去歲左遷」既是乾元元年，那麼「今年赦放」當是二年，亦即李白遇赦釋放在乾元二年。那麼，李白此詩當作於乾元二年。

---

[230] 《錢牧齋先生箋註杜詩》（二），年譜，頁1269。《杜詩詳注》（一），卷七，頁555。《讀杜心解》（上），目譜，頁28。

[231] 盧國琛：《杜甫詩醇》（杭州：浙江大學出版社，2006年），五言古詩，頁114。

[232] 《舊唐書》（一），卷十，頁252。

[233] 《資治通鑑》（十），卷二百二十，頁7054。

[234] 唐·李白撰；清·王琦注：《李太白全集》（下）（北京：中華書局，1999年），卷三十一，附錄後序，頁1479。

[235] 詳見《李太白全集》（下），卷三十五，附錄年譜，頁1607～1608。

其次,今其一詩又云「魂來楓林青,魂返關塞黑」,「關塞」指杜甫所居[236]。杜甫於乾元元年六月出為華州司功參軍,二年七月立秋次日有罷官之思,除元年冬末間至東都洛陽、二年春返華州外,其間皆在華州,而華州屬關內道,非關塞之地。乾元二年秋杜甫至秦州,有〈遣興三首〉等詩。依此,「塞」字當指秦州。杜詩中有時即以「塞」字指秦州,朱鶴齡對此曾說:「《古今注》:塞者,所以壅塞夷狄也。公秦州、夔州詩,每用『塞上』字,蓋秦界羌夷,夔界五溪蠻,二州皆有關隘之設。」[237]「塞」字若指夔時,則乃永泰元年秋後作,此即與詩中「君今在羅網」之年月不合,那麼,「塞」字於此非指夔州,當指秦州。依據上述這兩個理由,詩當繫於乾元二年秋秦州作;是年十月初,杜甫即前往成州。仇兆鰲即曾說:「梁權道依舊次編在乾元二年秦州詩中。盧注:考白年譜:乾元元年,流夜郎。二年,半道承恩放還。白〈寄王明府〉詩云:『去年左遷夜郎道,今年敕放巫山陽。』其自巫山下漢陽,過江夏而復遊潯陽等處,蓋在二年。公客秦州,正其時也。觀詩中『關塞』、『江南』等字,可見。曾鞏〈李白集序〉:……。乾元元年,終以汙璘事長流夜郎。」[238]

〈秦州雜詩二十首〉

黃鶴與仇兆鰲皆將此詩繫於乾元二年秋作[239]。今考此詩當繫於乾元二年秋秦州作。

首先,其六詩云「那堪往來戍,恨解鄴城圍」,此言「所恨鄴城圍解,以致復有遣戍之役也」[240],鄴城圍解在乾元二年三月。其次,詩中又多云秋色,譬如,其一「水落魚龍夜,山空鳥鼠秋」;其四「秋聽殷地發,風散入雲悲」;其五「浮雲連陣沒,秋草徧山長」;其十「所居秋草靜,正閉小蓬

---

[236]《杜詩詳注》(一),卷七,頁556。

[237]《杜工部詩集》(上),卷五,頁504～505。

[238]《杜詩詳注》(一),卷七,頁555。

[239]《補注杜詩》,卷二十,頁387。《杜詩詳注》(一),卷七,頁572。

[240]《杜詩詳注》(一),卷七,頁577。

門」；其十一「蕭蕭古塞冷，漠漠秋雲低」；其十二「秋花危石底，晚景臥鐘邊」；其十七「邊秋陰易夕，不復辨晨光」；其十八「地僻秋將盡，山高夜未歸」等。依據上述這兩個理由與詩題「秦州雜詩」諸字，此詩當是乾元二年秋秦州作。黃鶴即曾說：「公以乾元二年夏之秦。……。此詩當是其年秋作。」[241]此中，杜甫至秦州當在秋天，非黃鶴所云「夏之秦」，杜甫乾元二年立秋次日尚在華州，時有罷官之念，有〈立秋後題〉詩，實非夏至秦，當是秋日。

〈赤谷西崦人家〉

浦起龍將此詩繫於乾元二年秋作[242]。今考此詩當繫於乾元二年秋秦州作。

首先，「赤谷」或作「赤峪」，地在秦州，《陝西通志》「秦州」下說：「赤峪，在州西南十二里。唐杜子美入同谷經此，詩云『晨發赤谷亭，艱險方自茲』。」[243]此外，《讀史方輿紀要》「秦州」下亦云：「赤谷，在州西南七里。」[244]最後，《大清一統志》「秦州直隸州」下亦云：「赤峪山，在州西南。杜甫詩『晨發赤峪亭，艱險方自茲』，即此。」[245]據此，赤谷在秦州。

其次，「崦」指崦嵫山，亦屬秦州，《大元混一方輿勝覽》「秦州」下即有「崦嵫山」[246]。此外，《陝西通志》「秦州」下也說：「崦嵫山，在州西五十里。」[247]最後，《大清一統志》「秦州直隸州」下亦云：「崦嵫山，在州西五十里。」[248]那麼，崦嵫山亦在秦州，約在赤谷之西，而稱為「西崦」。師古即曾說：「按地理志：秦州有崦嵫山，在赤谷之西。……。甫乾元元年，貶華州司功屬，關輔飢亂，乾元二年，遂棄官之秦州，宿于赤谷西崦人家，因有此

---

[241] 《補注杜詩》，卷二十，頁387。

[242] 《讀杜心解》（上），目譜，頁27。

[243] 《陝西通志》（上），卷四，頁132。

[244] 《讀史方輿紀要》（六），卷五十九，頁2838。

[245] 《大清一統志》（六），卷二七四，頁544。

[246] 《大元混一方輿勝覽》（上），卷上，頁191。

[247] 《陝西通志》（上），卷四，頁132。

[248] 《大清一統志》（六），卷二七四，頁544。

作。」[249] 依據上述這兩點，杜甫時在秦州。杜甫在秦州乃於乾元二年秋；十月即前往成州同谷縣，有〈發秦州〉諸詩。因此，此詩當作於乾元二年秋。

〈示姪佐〉

浦起龍將此詩繫於乾元二年秋作[250]。黃鶴則將此詩繫於乾元二年九月作[251]。今考此詩當繫於乾元二年秋秦州作。

王洙、趙次公、錢謙益與仇兆鰲諸本題下皆有「佐草堂在東柯谷」之句[252]。「東柯谷」地屬秦州，首先，〈秦州雜詩二十首〉其十三即有「傳道東柯谷，深藏數十家」語；其十五亦有「東柯遂疏懶，休鑷鬢毛斑」句；其十六也有「東柯好崖谷，不與眾峰羣」語。其次，《方輿勝覽》「天水軍」下亦云：「東柯谷，……。杜甫詩『傳道東柯谷，深藏數十家』。……。紹聖間，栗亭令王知彰作〈祠堂記〉云：『工部棄官，寓東柯姪佐之居。』」[253]「東柯谷」約在秦州東南五、六十里處，《陝西通志》「秦州」下云：「東柯谷在州東南五十里，有橋。杜甫嘗寓居此，多詩，有祠。」[254]此外，《甘肅通志》「秦州」「東柯谷」下亦云：「在州東南六十里。杜甫詩『傳道東柯

[249] 《補注杜詩》，卷五，頁128。此外，仇兆鰲也曾說：「地理志：秦州有崦嵫山，在赤谷之西，故曰西崦。」（《杜詩詳注》（一），卷七，頁593）

[250] 《讀杜心解》（上），目譜，頁27。

[251] 黃鶴說：「一本題下注云『佐草堂在東阿谷』，東柯在秦州，公〈秦州雜詩〉有云『聞道東柯谷，深藏數十家』是也。今以詩云『多病秋風落』，定為乾元二年九月作。蓋十月公已入同谷。」（《補注杜詩》，卷二十，頁400）

[252] 《杜工部集》（一），卷十，頁447。《杜詩趙次公先後解輯校》（上），乙帙卷之八，頁330。《錢牧齋先生箋註杜詩》（二），卷十，頁718。《杜詩詳注》（一），卷八，頁628。此外，《九家集注杜詩》、《草堂詩箋》與《御定全唐詩》諸本亦有此句，見《九家集注杜詩》（三），卷二十，頁1490；《草堂詩箋》（二），卷十四，頁346；《御定全唐詩》，見《文淵閣四庫全書》，第1425冊，卷二百二十五，頁138。

[253] 《方輿勝覽》（下），卷六十九，頁1210。《方輿勝覽》（下）「天水軍」「建置沿革」下云：「唐平薛舉，改置秦州。」（卷六十九，頁1208）

[254] 《陝西通志》（上），卷四，頁132。

谷』，即此。」[255]最後，《大清一統志》「秦州直隸州」下亦云：「東柯谷，在州東南，……。《通志》：谷在州東南五十里，其旁為東柯里。」[256]另外，「東柯草堂」條亦云：「在州東南。《元統志》：在東柯鎮。杜少陵棄官之秦，寓姪佐之居。」[257]據此，東柯谷在秦州。因此，此詩當是杜甫在秦州時作。杜甫居秦州在乾元二年七月至九月間。今詩又云「多病秋風落，君來慰眼前」，因此，此詩當繫於乾元二年秋秦州作。

〈秋日阮隱居致薤三十束〉

浦起龍將此詩繫於乾元二年秋作[258]。今考此詩當繫於乾元二年秋秦州作。

仇本題下云「原注：隱居，名昉，秦州人」（詳〈貽阮隱居昉〉繫年）。阮昉既是秦州人，詩題又有「秋日」。今依詩題與原注所云，此當是杜甫秋天在秦州作。因此，詩當亦繫於乾元二年。

〈秦州見敕目，薛三璩授司議郎，畢四曜除監察。與二子有故，遠喜遷官，兼述索居，凡三十韻〉

黃鶴與浦起龍皆將此詩繫於乾元二年秋作[259]。今考此詩當繫於乾元二年秋秦州作。

詩題既云「秦州見敕目」，此詩當是杜甫在秦州作。今詩又有「秋風動關塞，高臥想儀形」之句，「塞」字指詩題之秦州（另詳〈貽阮隱居昉〉、〈夢李白二首〉繫年），趙次公即曾云：「詩作於秦州，故云『關塞』。」[260]此外，詩又云及「秋風」，當是秋時之作，因此，此詩當繫於乾元二年秋秦州

---

[255]《甘肅通志》，見《文淵閣四庫全書》，第557冊，卷六，頁242～243。

[256]《大清一統志》（六），卷二七四，頁547。

[257]《大清一統志》（六），卷二七五，頁553。

[258]《讀杜心解》（上），目譜，頁28。

[259]《補注杜詩》說：「今詩云『秋風動關塞』，當是乾元二年春作。」（卷二十，頁401）
此中，「春」當為「秋」字之訛。《讀杜心解》（上），目譜，頁29。

[260]《杜詩趙次公先後解輯校》（上），乙帙卷之八，頁336。

作。

〈寄彭州高三十五使君適、虢州岑二十七長史參三十韻〉

　　仇兆鰲與浦起龍皆將此詩繫於乾元二年秋作[261]。今考此詩當繫於乾元二年秋秦州作。

　　首先，詩題云「虢州岑二十七長史參」，岑參出為虢州長史始於乾元二年（己亥）四月，岑參〈佐郡思舊遊序〉云：「己亥春三月，參自補闕轉起居舍人，夏四月，署虢州長史。」[262]

　　其次，詩題又云「彭州高三十五使君適」，高適出為彭州刺史在乾元二年五月，高適有〈同河南李少尹畢員外宅夜飲時洛陽告捷遂作春酒歌〉詩，詩題之「洛陽告捷」事指乾元二年十月李光弼敗史思明於河陽[263]，《新唐書・肅宗本紀》「乾元二年」說：「十月乙巳（十二日），李光弼及史思明戰于河陽，敗之。」[264]此外，《資治通鑑》「乾元二年十月」亦云：「史思明引兵攻河陽，……。（乙巳）光弼連颭其旗，諸將齊進致死，呼聲動天地，賊眾大潰。……。思明不知（周）摯敗，尚攻南城，光弼驅俘囚臨河示之，乃遁。」[265]據此，高適〈春酒歌〉當作於乾元二年十月十二日洛陽告捷後。今〈春酒歌〉又云「今年復拜二千石，盛夏五月西南行，彭門劍門蜀山裏」，因此，高適於乾元二年五月拜彭州刺史[266]。依前述這兩點，杜甫此詩的創作上

---

261 《杜詩詳注》（一），卷八，頁638～639。《讀杜心解》（上），目譜，頁29。

262 《岑參詩集編年箋註》，編年詩，頁439。另亦可參《錢牧齋先生箋註杜詩》（二），卷十，頁724。岑參於乾元二年四月出為虢州長史，亦可參〈岑嘉州繫年考證〉，頁125。或參《岑參詩集編年箋註》，岑參年譜，頁18～20。

263 「洛陽告捷」當指乾元二年十月李光弼敗史思明於河陽事，而非指至德二年十月收復東都事。因為「洛陽告捷」若指至德二年十月收復東京，則與詩中「去年留司在東京」句不合。

264 《新唐書》（一），卷六，頁162。

265 《資治通鑑》（十），卷二百二十一，頁7083、7087與7088。

266 另亦可參《高適詩集編年箋註》，年譜，頁23。「洛陽告捷」事亦可參同書〈春酒歌〉註，頁301～302。

限當斷於乾元二年四、五月。

第三，今杜詩又云「隴草蕭蕭白，洮雲片片黃」。杜詩中單「隴」字為地名時指隴山，譬如〈秦州雜詩二十首〉其一「遲迴度隴怯，浩蕩及關愁」；又如〈夕烽〉「照秦通警急，過隴自艱難」。由於杜甫自華之秦，途經隴山，且秦隴地近，因而詩中亦以「隴」字代指秦州，譬如〈宿贊公房〉之「相逢成夜宿，隴月向人圓」。據此，〈寄彭州高三十五使君適、虢州岑二十七長史參三十韻〉詩當是秦州時作。此詩又云「老去才雖盡，秋來興甚長」。依據上述這三個理由，此詩當亦繫於乾元二年秋秦州作。

〈寄岳州賈司馬六丈、巴州嚴八使君兩閣老五十韻〉

黃鶴與浦起龍皆將此詩繫於乾元二年作[267]。今考此詩當繫於乾元二年秋秦州作。

首先，詩題云賈、嚴兩閣老，今依〈留別賈、嚴二閣老兩院補闕〉題下原注「賈至、嚴武」諸字（詳〈奉贈嚴八閣老〉繫年），「賈閣老」當指賈至；「嚴閣老」則指嚴武。

其次，嚴武出任巴州刺史在乾元元年六月至三年四月，郁賢皓《唐刺史考全編》說：「《舊唐書・房琯傳》：『乾元元年六月，詔曰……前京兆少尹嚴武……可巴州刺史。』《通鑑・乾元元年》六月同。又見《全文》卷四二蕭宗〈貶房琯劉秩嚴武詔〉。……《唐文拾遺》卷二二韓濟〈唐救苦觀世音菩薩像銘〉：『巴州刺史嚴武，奉報烈考中書侍郎遠日之所鑿也。乾元二年正月十三日大理評事兼巴州長史韓濟銘。』又引《金石苑》嚴武〈巴州古佛龕記〉：『臣頃牧巴州……乾元三年四月十三日。』」[268]換言之，依郁賢皓所考，嚴武任巴州刺史在乾元元年六月至三年四月間。

第三，今詩又云「隴外翻投跡，漁陽復控弦」，此「隴」當指隴山，

---

267 《補注杜詩》，卷二十，頁404。《讀杜心解》（上），目譜，頁29。

268 《唐刺史考全編》（五）（合肥：安徽大學出版社，2000年），卷二一四，頁2870～2871。

「隴外」指杜甫所在之秦州，仇兆鰲即曾說：「隴外，公所居。」[269]依據上述這三個理由，此詩當繫於乾元二年秦州作。黃鶴即曾說：「詩云『隴外翻投跡』，當是乾元二年秦州作。」[270]杜甫去華客秦乃乾元二年秋，詩當繫於其時。

〈寄張十二山人彪三十韻〉

黃鶴與浦起龍皆將此詩繫於乾元二年秋作[271]。今考此詩當繫於乾元二年秋秦州作。

首先，詩云「羣凶瀰宇宙，此物在風塵」，「羣凶」指安史叛軍。據此，詩當作於安史兵反之後。其次，詩又云「流轉依邊徼，逢迎念席珍」，「邊徼」當指邊地，此指秦州。仇兆鰲即曾說：「『流轉』以下，公赴秦州也。」[272]第三，詩又云「獨臥嵩陽客，三違潁水春」，若自天寶十五載春起算，至乾元二年春為「三違春」，黃鶴即曾說：「自天寶十五載春至乾元二年秋，為『三違春』矣。」[273]第四，今詩又云「窮秋正搖落，回首望松筠」，因此，此詩當繫於乾元二年秋作。最後，「三違春」若指為乾元元年，然乾元元年之秋杜甫主要活動範圍在華州及其附近，此即與「邊徼」不合。依此，「三違春」非指乾元元年，當指乾元二年，杜甫時在秦州。

〈太平寺泉眼〉

浦起龍將此詩繫於乾元二年秋作[274]。今考此詩當是乾元二年秋冬之交秦州作。

---

[269] 《杜詩詳注》（一），卷八，頁651。

[270] 《補注杜詩》，卷二十，頁404。

[271] 黃鶴說：「詩云『流轉依邊徼，逢迎念席珍』，當是乾元二年秦州作。」（《補注杜詩》，卷二十，頁406）《讀杜心解》（上），目譜，頁29。

[272] 《杜詩詳注》（一），卷八，頁657。

[273] 《補注杜詩》，卷二十，頁406。

[274] 《讀杜心解》（上），目譜，頁28。

　　「太平寺」在秦州，邵寶曾說：「太平寺在陝西鞏昌府秦州。」[275] 此外，《大元混一方輿勝覽》「秦州」下亦曾云：「太平寺，〔在秦州〕，有泉眼，杜工部嘗有詩。」[276] 此亦杜甫在秦州所作之詩，杜甫棄官客秦乃於乾元二年秋。今詩又云「北風起寒文，弱藻舒翠縷」，依此，詩當繫在乾元二年秋冬之交作。黃鶴即曾說：「『太平寺』，在秦州。而詩云『北風起寒文』，當是乾元二年秋冬之交作。」[277]

〈即事〉（聞道花門破）

　　黃鶴將此詩繫於乾元二年秋作[278]。李辰冬進一步將此詩繫於乾元二年九月作[279]。今考此詩當繫於乾元二年九月作。

　　首先，詩云「聞道花門破，和親事却非。人憐漢公主，生得渡河歸」，事指乾元二年三月相州兵潰，迴紇亦敗，而奔西京；四月，迴紇可汗卒，迴紇欲以寧國公主殉葬；八月，寧國公主自迴紇歸。《舊唐書・迴紇傳》說：「乾元二年，迴紇骨啜特勤等率眾從郭子儀與九節度於相州城下戰，不利。三月壬子，迴紇王子骨啜特勤及宰相帝德等十五人自相州奔于西京。……。夏四月，迴紇毗伽闕可汗死。……。毗伽闕可汗初死，其牙官、都督等欲以寧國公主殉葬。……。公主亦依迴紇法，剺面大哭，竟以無子得歸。秋八月，寧國公主自迴紇還。」[280] 此外，《資治通鑑》「乾元二年」亦曾云：「（三月）甲申，回紇骨啜特勤、帝德等十五人自相州奔還西京。……。（四月）回紇毗伽闕可汗卒。……。回紇欲以寧國公主為殉。……。（八月）回紇以

---

[275]《刻杜少陵先生詩分類集註》（三），卷六，頁 1044。

[276]《大元混一方輿勝覽》（上），卷上，頁 193。

[277]《補注杜詩》，卷五，頁 130。

[278] 黃鶴說：「詩曰『人憐漢公主，生得渡河歸』，謂寧國公主乾元二年八月丙辰自回紇歸，當是其年作。」（《補注杜詩》，卷二十，頁 393）

[279]《杜甫作品繫年》，頁 44～45。

[280]《舊唐書》（十六），卷一百九十五，頁 5201～5202。另亦可參《杜工部詩集》（上），卷六，頁 559。

寧國公主無子，聽歸；丙辰，至京師。」[281]最後，《新唐書・回鶻傳》則說：「明年（筆者按：乾元二年），骨啜與九節度戰相州，王師潰，帝德等奔京師。……。俄而可汗死，國人欲以公主殉。……。後以無子，得還。」[282]依此，詩當是二年秋八月寧國公主回國後作。

其次，詩又云「羣凶猶索戰，回首意多違」，「羣凶」句事指二年九月史思明揮兵濟河，《資治通鑑》「乾元二年九月」下說：「史思明使其子朝清守范陽，命諸郡太守各將兵三千從己向河南，分為四道。」[283]因此，此詩當是乾元二年秋九月作。

〈西枝村尋置草堂地，夜宿贊公土室二首〉

浦起龍將此詩繫於乾元二年秋作[284]。今考此詩當繫於乾元二年秋晚秦州作。

「西枝村」在秦州東南東柯鎮附近，《甘肅通志》「東柯草堂」條下云：「在州東南東柯鎮。杜甫之秦，寓姪佐居，有〈示佐〉詩『自開茅屋下，只想竹牀眠』之句，即古北枝村也。距城三里，又有西枝村，岩寶玲瓏，有杉漆之利，甫嘗欲居之，有〈西枝村尋置草堂，夜宿贊公土室〉詩。」[285]杜甫於乾元二年七月去華之秦；十月，自秦往同谷，有〈發秦州〉詩。今其二詩又云「天寒鳥已歸，月出山更靜。……。躋攀倦日短，語樂寄夜永」語句，既云「天寒」、「日短」，詩當是乾元二年秋晚之作。黃鶴說：「公乾元二年七月，自華之秦，意欲居此，故尋置草堂地。西枝村，在秦近郭，有岩寶之勝，杉黍之利，贊（公）嘗稱之。公卒以關輔飢，棄之同谷，當是其年秋晚

[281] 《資治通鑑》（十），卷二百二十一，頁7072、7076與7080。

[282] 《新唐書》（十九），卷二百一十七上，頁6117。另亦可參《補注杜詩》，卷二十，頁393。

[283] 《資治通鑑》（十），卷二百二十一，頁7081。另亦可參《杜工部詩集》（上），卷六，頁560。

[284] 《讀杜心解》（上），目譜，頁27。

[285] 《甘肅通志》，見《文淵閣四庫全書》，第557冊，卷二十三，頁621。此外，〈示姪佐〉原詩本作「自聞茅屋趣，只想竹林眠」。

作，故詩有『天寒』、『日短』之句。」[286]

此外，杜甫另有〈寄贊上人〉，詩云「近聞西枝西，有谷杉桼稠」，「西枝」即西枝村；詩又云「當期塞雨乾，宿昔齒疾瘳」，「塞」字指秦州；此外，詩又有「年侵腰腳衰，未便陰崖秋」兩語。據此，詩當亦繫於乾元二年秋秦州之作。黃鶴亦曾云：「當是乾元二年在秦州作。」[287]

另外，杜甫又有〈宿贊公房〉，題下原注「（贊），京中大雲寺主，謫此安置」[288]，今依〈西枝村尋置草堂地，夜宿贊公土室二首〉詩題所言，那麼，「贊公土室」當亦在西枝村附近。此外，詩又有「相逢成夜宿，隴月向人圓」、「杖錫何來此，秋風已颯然。雨荒深院菊，霜倒半池蓮」諸語，詩當亦是二年秋晚秦州作。黃鶴即曾說：「詩云『隴月向人圓』，……。當是乾元二年晚秋在秦州作。」[289]

〈別贊上人〉

黃鶴與浦起龍皆將此詩繫於乾元二年十月作[290]。今考此詩當繫於乾元二年十月欲往成州時，在秦州作。

詩云「贊公釋門老，放逐來上國」，「放逐」句言贊公自長安放逐謫此，即〈宿贊公房〉詩題下原注「贊，京師大雲寺主，謫此安置」所云事。杜甫另有〈西枝村尋置草堂地，夜宿贊公土室二首〉與〈寄贊上人〉「近聞西枝西，有谷杉桼稠」兩句，可知贊上人當居於西枝村附近。據地志，西枝

---

[286]《補注杜詩》，卷五，頁129。

[287]《補注杜詩》，卷五，頁129。

[288]《杜工部詩》（二），卷十，頁436。《錢牧齋先生箋註杜詩》（二），卷十，頁704。《杜工部詩集》（上），卷六，頁550。另亦可參《御定全唐詩》，見《文淵閣四庫全書》，第1425冊，卷二百二十五，頁134。《杜詩詳注》（一）則作「贊，京師大雲寺主，謫此安置」（卷七，頁592）。

[289]《補注杜詩》，卷二十，頁391。

[290] 黃鶴說：「公以關輔飢，乃赴成州，遂以乾元二年十月去秦州，此詩云『歲暮飢饉迫、野風吹征衣』，當是其時作。」（《補注杜詩》，卷六，頁139）《讀杜心解》（上），目譜，頁29。

村在秦州，因此，時贊上人居於秦州。

　　今詩又云「天長關塞寒，歲暮饑凍逼」，前文已云：杜甫時以「塞」字指秦州。依此，此詩當是杜甫在秦州時作。此外，既云「塞寒」與「歲暮」，當是冬季作品。再據〈發秦州〉詩題下注語及詩歌內容，可知杜甫乾元二年十月前往成州同谷縣。今據上述這些理由，此詩當是乾元二年十月杜甫欲前往成州時，在秦州別贊上人時作。

〈發秦州〉

　　錢謙益與浦起龍皆將此詩繫於乾元二年十月作[291]。今依杜甫自秦州赴同谷縣諸詩內容，繫諸詩於乾元二年十月至十一月初秦、成作。

　　首先，王洙、趙次公與錢謙益諸本〈發秦州〉詩題下有原注「乾元二年，自秦州赴同谷縣，紀行十二首」諸字[292]。依此，詩當是乾元二年作。其次，〈發秦州〉又云「漢源十月交，天氣涼如秋」，「十月交」「猶言十月初，『交』，先後交替之際」[293]。因此，〈發秦州〉詩當繫於乾元二年十月初作，時杜甫自秦州出發，前往同谷縣途中作。「同谷縣」在成州，《括地志輯校》、《通典》、《元和郡縣圖志》與《舊唐書・地理志》「成州」下皆有「同谷縣」[294]。依此，成州同谷縣乃杜甫此行之目的地。

　　除〈發秦州〉外，尚有十一首詩。〈赤谷〉詩之地點前已述及（詳〈赤谷西崦人家〉繫年），茲不贅述。今將其餘十首詩題地點分述如下：

　　〈鐵堂峽〉：峽在秦州天水廢縣東五里。《陝西通志》「秦州」下說：「鐵

---

[291]《錢牧齋先生箋註杜詩》（二），年譜，頁1270。《讀杜心解》（上），目譜，頁29。

[292]《杜工部詩》（二），卷三，頁116。《杜詩趙次公先後解輯校》（上），乙帙卷之九，頁354。《錢牧齋先生箋註杜詩》（一），卷三，頁299。此外，亦可參《九家集注杜詩》（一），卷六，頁413。仇本原注作「乾元二年，自秦州赴同谷縣紀行」（《杜詩詳注》（一），卷八，頁672）。另亦可參《御定全唐詩》，見《文淵閣四庫全書》，第1425冊，卷二百十八，頁37。

[293]《杜甫詩醇》，五言古詩，頁118。

[294]《括地志輯校》，卷四，頁221。《通典》（五），卷一百七十六，頁4616。《元和郡縣圖志》（上），卷二十二，頁572。《舊唐書》（五），卷四十，頁1632。

堂峽，在州天水廢縣東五里，峽有石笋青翠，長者至丈，小者可為礪。」[295]
此外，《讀史方輿紀要》「秦州」「狐奴阜」下亦云：「鐵堂峽，在天水廢縣
東五里。」[296]最後，《大清一統志》「秦州直隸州」「鐵堂山」下也說：「在州
西七十里。《方輿勝覽》：在天水縣東五里。……。《舊志》：有盤龍山，在
州西七十里。山有鐵轤坡，即鐵堂峽。」[297]因此，鐵堂峽在秦州。

〈法鏡寺〉：寺在秦州。《大元混一方輿勝覽》「秦州」下說：「法鏡寺，
杜工部曾遊，有詩。」[298]此外，黃鶴亦曾云：「詩云『愁破崖寺古』，意尚在
秦州也。」[299]

〈鹽井〉：成州有鹽井。《新唐書・食貨志》說：「唐有鹽池十八，井
六百四十。……。成州、巂州井各一。」[300]鹽井在成州長道縣東三十里，《元
和郡縣圖志》「成州」「長道縣」下說：「鹽井，在縣東三十里。水與岸齊，
鹽極甘美。」[301]

〈寒峽〉：峽在成州。「寒峽」或以為在同谷縣；或以為在上祿之北，長
道之南。

先就峽在同谷縣言，《大元混一方輿勝覽》「秦州」下說：「寒峽、積草
嶺，在同谷縣。」[302]此條若確，則寒峽當在同谷縣。惟需說明的是，元代同
谷縣入成州，非秦州。唐代改隋漢陽郡為成州；天寶初改為同谷郡，領縣有
同谷等；乾元初，又復為成州；宋初為成州，隸秦鳳路，領縣亦有同谷。寶
慶元年升為同慶府，隸利州西路；元代仍為成州，並以附郭同谷與天水兩縣

---

[295] 《陝西通志》（上），卷四，頁132。

[296] 《讀史方輿紀要》（六），卷五十九，頁2838。另亦可參《杜甫作品繫年》，頁49。

[297] 《大清一統志》（六），卷二七四，頁544。

[298] 《大元混一方輿勝覽》（上），卷上，頁193。

[299] 《補注杜詩》，卷六，頁144。

[300] 《新唐書》（五），卷五十四，頁1377。另亦可參《補注杜詩》，卷六，頁143。

[301] 《元和郡縣圖志》（上），卷二十二，頁573。另亦可參《錢牧齋先生箋註杜詩》
（一），卷三，頁303。成州確有鹽井，《新唐書・地理志》（四）「成州」下亦曾云：
「有靜戎軍，寶應元年，徙馬邑州于鹽井城置。」（卷四十，頁1036）

[302] 《大元混一方輿勝覽》（上），卷上，頁192。

入；明洪武二年，成州降為成縣[303]。據此，寒峽若在同谷郡，則元時其地應屬成州，不當為「秦州」；唐時則亦隸屬成州或同谷郡。此外，《大元混一方輿勝覽》又云「積草嶺」在同谷縣。據〈積草嶺〉題下「同谷界」諸字，此說或確。

次就峽在上祿之北、長道之南言，《唐代交通圖考》說：「有寒峽者，……。其地在上祿之北，長道之南。……。考《水經注》二〇〈漾水注〉，漢水逕祁山軍南。又西，建安川水自南來會。『其水導源建威西北山白石戌東南』，東北受眾水，『又東北逕塞峽。元嘉十九年宋太祖遣龍驤將軍裴方明伐楊難當，難當將妻子北奔，安西參軍魯尚期追出塞峽，即是峽矣。……。』據此述事，唐長道縣殆在建安入漢水處。而塞峽在縣南，為建安水下游之峽谷，水出谷，西北流不遠即入漢水。然《宋書》九八〈氐胡傳〉，記裴方明擊楊難當事，作寒峽，與杜詩同。」[304]嚴耕望比對《水經注·漾水注》與《宋書·氐胡傳》記載，並以杜甫〈寒峽〉詩題為輔證，認定「塞峽」當為「寒峽」之訛。此說若確，則寒峽當在上祿之北、長道之南。今兩說地點稍有不同，然峽皆在成州境內。

今〈寒峽〉詩又云「況當仲冬交，泝沿增波瀾」，「仲冬」為十一月；「仲冬交」則十一月初[305]，時杜甫已至成州，非尚在秦州。

〈青陽峽〉：明清青陽峽地屬「西和縣」。《讀史方輿紀要》「鞏昌府」「西和縣」「栢關寨」下說：「又縣有青陽峽、木橋阨，皆為設險處。」[306]此外，《大清一統志》「鞏昌府」「關隘」下也說：「青陽峽隘，在西和縣南，

---

[303] 《陝西通志》（上），卷八，頁363。此外，《讀史方輿紀要》（六）「鞏昌府」「成縣」下亦云：「隋初郡廢州存，大業初改州為漢陽郡。唐亦曰成州，天寶初曰同谷郡，乾元初復故，……，咸通中復置成州，治同谷縣。……。元仍曰成州，以州治同谷縣省入。明初改州為縣。」（卷五十九，頁2826）依此，元代同谷縣隸屬成州，而非秦州。
[304] 《唐代交通圖考》（三），篇二二，頁830～831。
[305] 《杜詩詳注》（一），卷八，頁681。
[306] 《讀史方輿紀要》（六），卷五十九，頁2825～2826。「西和縣」建置沿革說明如下：隋長道縣地，唐屬成州，咸通中改屬秦州；宋改曰西和州；明代改州為縣。（見《讀史方輿紀要》（六），卷五十九，頁2823）

與階州成縣接界。」[307]

〈龍門鎮〉：明清龍門鎮在成縣東方。《大明一統志》「鞏昌府」下說：「龍門鎮，在成縣東。唐杜甫詩：『石門雲雷隘，古鎮峯巒集。』」[308]此外，《讀史方輿紀要》「鞏昌府」「成縣」「龍門戍」下亦云：「今縣東有龍門鎮。」[309]

〈石龕〉：石龕在成州近境。《方輿勝覽》「同慶府」下說：「石龕，在成州近境。杜甫說：『熊羆咆我東，虎豹號我西。』」[310]唐代成州，宋初亦為成州。寶慶元年，升為同慶府[311]。

〈積草嶺〉：又名積草山，嶺在同谷界。劉辰翁、邵寶、單復、朱鶴齡與仇兆鰲諸本有公自註或原注「（嶺）（在）同谷界」諸字[312]。此外，《陝西通志》「鞏昌府」「成縣」下亦云：「積草嶺，在舊天水、同谷之間，唐杜甫有詩。」[313]最後，《大清一統志》「秦州直隸州」「積草山」下亦云：「在徽縣北四十里，接成縣界。杜甫詩『山分積草嶺』，即此。」[314]

〈泥功山〉：山在同谷縣西二十里。《方輿勝覽》「同慶府」下說：「泥功山，在郡西二十里。」[315]此外，《陝西通志》「鞏昌府」「成縣」「泥功山」下

---

[307] 《大清一統志》（六），卷二五六，頁321。

[308] 《大明一統志》（上），卷三十五，頁616。

[309] 《讀史方輿紀要》（六），卷五十九，頁2832。另亦可參《杜甫作品繫年》，頁50。

[310] 《方輿勝覽》（下），卷七十，頁1223。另亦可參《錢牧齋先生箋註杜詩》（一），卷三，頁307。

[311] 《陝西通志》（上），卷八，頁363。另亦可參《方輿勝覽》（下），卷七十，頁1221。

[312] 《集千家註批點補遺杜詩集》（二），卷六，頁557。《（刻）杜少陵先生詩分類集註》（上），見《和刻本漢詩集成》，第三輯，卷一，頁273。《讀杜詩愚得》（一），卷六，頁476。《杜工部詩集》（上），卷七，頁626。《杜詩詳注》（一），卷八，頁688。《御定全唐詩》題下則作「原注：同谷縣界」（見《文淵閣四庫全書》，第1425冊，卷二百十八，頁38）。

[313] 《陝西通志》（上），卷四，頁130。

[314] 《大清一統志》（六），卷二七四，頁546。

[315] 《方輿勝覽》（下），卷七十，頁1223。錢謙益注「泥功山」時即曾引云：「《方輿勝覽》：在同谷郡西二十里。」（《錢牧齋先生箋註杜詩》（一），卷三，頁308）

亦云：「在縣西二十里，上有泥功廟，石像古怪。……。杜甫詩云：『朝行青泥上，暮行青泥中。』」[316] 最後，《讀史方輿紀要》「鞏昌府」「成縣」「雞頭山」下亦云：「泥功山，在縣西二十里，縣境之名山也。」[317]

〈鳳凰臺〉：鳳凰臺在成縣東南十里。《太平寰宇記》「隴右道」「成州」「同谷縣」下說：「鳳凰山，《水經注》云：廣業郡南『鳳凰溪，中有二石雙高，其形若闕，漢世有鳳凰棲其上，故謂之鳳凰臺。』」[318] 此外，《方輿勝覽》「同慶府」「鳳凰山」下說：「在州東南十里。下為鳳村溪，中有二石如闕。……。相傳漢世有鳳凰棲其上，號鳳凰臺。杜甫詩『亭亭鳳凰臺，北對西康州。』」[319] 最後，《陝西通志》「鞏昌府」「成縣」下亦云：「鳳凰山，在縣東南十里，漢世曾有鳳凰棲其上。」[320]

總而言之，自秦州赴同谷縣紀行十二首詩，當繫於乾元二年十月至十一月初秦、成作。

〈乾元中寓居同谷縣作歌七首〉

浦起龍將此詩繫於乾元二年十月作[321]。今考此詩當繫於乾元二年十一月成州同谷縣作。

首先，依據〈發秦州〉題下原注「乾元二年，自秦州赴同谷縣，紀行十二首」，及詩語「漢源十月交，天氣涼如秋」兩句，可知杜甫於乾元二年

---

[316] 《陝西通志》（上），卷四，頁130。另亦可參《大明一統志》（上），卷三十五，頁612。

[317] 《讀史方輿紀要》（六），卷五十九，頁2829。

[318] 《太平寰宇記》（七），卷一百五十，頁2906～2907。另亦可參《錢牧齋先生箋註杜詩》（一），卷三，頁309。

[319] 《方輿勝覽》（下），卷七十，頁1222。另亦可參《錢牧齋先生箋註杜詩》（一），卷三，頁309。

[320] 《陝西通志》（上），卷四，頁130。此外，《大明一統志》（上）「鞏昌府」「山川」下亦云：「鳳凰山，在成縣東南一十里。」（卷三十五，頁612）「宮室」下又云：「鳳凰臺，在成縣鳳凰山。」（卷三十五，頁615）因此，鳳凰臺當在成縣東南一十里處。

[321] 《讀杜心解》（上），目譜，頁29。

十月初從秦州出發，前往同谷縣；再據〈寒峽〉詩，「寒峽」在成州，詩中
又云「況當仲冬交，泝沿增波瀾」，那麼，杜甫在成州境內已是十一月初。
再依〈發同谷縣〉題下原注「乾元二年十二月一日，自隴右赴成都紀行」，
可知杜甫於乾元二年十二月一日從同谷縣出發，前往成都。那麼，杜甫寓居
同谷縣當在其間，所居時間不踰月。魯訔〈年譜〉「乾元二年」下即曾云：
「冬十月，發秦州，……。至同谷，作〈七歌〉。寓同谷，不盈月。十二月一
日，發同谷。」[322] 此外，仇兆鰲也說：「公居同谷，不踰月，即赴成都。」[323] 因
此，此詩當繫於乾元二年十一月，時杜甫在成州同谷縣。

〈萬丈潭〉

浦起龍將此詩繫於乾元二年十月作[324]。今考此詩當繫於乾元二年十一月
成州同谷縣作。

首先，王洙、趙次公、錢謙益與仇兆鰲諸本詩題下皆有原注「同谷縣
作」諸字[325]。同谷縣屬成州（詳〈發秦州〉繫年）。

其次，據地志，「萬丈潭」在同谷縣東南七里，《方輿勝覽》「同慶
府」「萬丈潭」下說：「在同谷縣東南七里。」[326] 此外，《陝西通志》「鞏昌
府」「成縣」「萬丈潭」下亦云：「在縣東南七里，俗傳有龍自潭飛出。唐
杜甫詩『青溪合冥漠，神物有顯晦』。……。一名鳳凰潭。」[327] 最後，《讀史
方輿紀要》「鞏昌府」「成縣」「泥陽川」下亦云：「萬丈潭，在縣東南七

---

322 《分門集註》（一），年譜，頁92～93。

323 《杜詩詳註》（二），卷九，頁705。

324 《讀杜心解》（上），目譜，頁29。

325 《杜工部詩》（一），卷三，頁114。《杜詩趙次公先後解輯校》（上），乙帙卷之九，
頁368。《錢牧齋先生箋註杜詩》（一），卷三，頁297。《杜詩詳註》（一），卷八，頁
701。此外，《九家註》題下亦有此諸字，見《九家集註杜詩》（一），卷六，頁406。
另亦可參《御定全唐詩》，見《文淵閣四庫全書》，第1425冊，卷二百十八，頁36。

326 《方輿勝覽》（下），卷七十，頁1224。錢謙益亦引此條，參《錢牧齋先生箋註杜詩》
（一），卷三，頁298。

327 《陝西通志》（上），卷四，頁131。

里。相傳曾有黑龍自潭飛出。」[328]第三，宋、晁說之（1059～1129）〈發興閣記〉亦云：「唐成州治上祿縣，同谷尤僻左，杜子美來自三川，謂可託死焉。……予始因子美之故居而祠之，距祠堂而南還十步，有萬丈潭。」[329]那麼，「萬丈潭」實在同谷縣。杜甫在成州已是十一月初；十二月一日前往成都。依此，此詩乃杜甫在成州同谷縣時作。因此，詩當亦繫於乾元二年十一月作。

〈發同谷縣〉

浦起龍將此詩繫於乾元二年冬晚作[330]。今依杜甫自隴右赴劍南紀行諸詩內容，繫諸詩於乾元二年十二月作。

首先，仇兆鰲本詩題下有原注「乾元二年十二月一日，自隴右赴成都紀行」諸字[331]；王洙、劉辰翁與錢謙益本詩題下原注則作「乾元二年十二月一日，自隴右赴劍南紀行」[332]。「隴右」指隴右道；唐代同谷縣屬成州，成州即

---

[328] 《讀史方輿紀要》（六），卷五十九，頁2831。關於「同谷縣」之建置沿革，詳參〈寒峽〉詩繫年。

[329] 《嵩山文集》，見《四部叢刊續編集部》（上海涵芬樓景印），卷十六，頁28。文末並有「宣和六年（1124）甲辰三月二十四日壬申，朝請大夫知成州賜紫金魚袋昭德晁說之記并書」諸字（頁30）。

[330] 《讀杜心解》（上），目譜，頁30。

[331] 《杜詩詳注》（二），卷九，頁705。

[332] 《杜工部詩》（一），卷三，頁125。《集千家註批點補遺杜詩集》（二），卷六，頁567。《錢牧齋先生箋註杜詩》（一），卷三，頁313。此外，黃鶴曾見趙次公本註中有此杜甫自註之語，他云：「趙註云：公嘗自註此詩，云『乾元二年十二月一日，自隴右赴劍南』。」（《補注杜詩》，年譜辨疑，頁25）又，〈成都府〉詩內引云：「趙曰：前於〈發同谷縣〉題下公自注云：乾元二年十二月一日，自隴右赴劍南紀行。」（《補注杜詩》，卷六，頁155～156）趙本杜甫原注之語亦可參見《杜詩趙次公先後解輯校》（上），乙帙卷之十，頁382。最後，亦可參《御定全唐詩》，見《文淵閣四庫全書》，第1425冊，卷二百十八，頁40。

隸隴右道[333]。「劍南」指劍南道；唐代成都即屬劍南道[334]。詩既注云「乾元二年十二月一日」，那麼，詩當亦作於此時。

其次，〈木皮嶺〉詩云「季冬攜童稚，辛苦赴蜀門」，「季冬」為十二月，依此，杜甫前往劍南道確在十二月[335]。此外，〈水會渡〉詩又云「微月沒已久，崖傾路何難」，「微月」為新月，據此，杜甫前往劍南道當在十二月初一[336]。

第三，題目既為「發同谷縣」，題下原注又云「隴右赴成都（或劍南）紀行」，那麼，杜甫此行乃從同谷縣出發，欲前往成都。所紀行者乃記述自同谷縣出發後至成都間之行旅聞見，故以〈發同谷縣〉為始，而終於〈成都府〉。計有十二首詩[337]。今將其餘十一首詩題地點分述如下：

〈木皮嶺〉：首先，木皮嶺約在河池縣西十里附近。《方輿勝覽》「利州西路」「鳳州」下說：「木皮嶺，在河池縣西十里。詳見成州。杜甫發同谷，取路栗亭南入郡界，歷當房村，度木皮嶺，由白水峽入蜀，即此。」[338]此外，《陝西通志》「鞏昌府」「徽州」下亦云：「木皮嶺，在（徽）州西十五里。……。杜詩略云『首路栗亭西，尚想鳳凰村』。」[339]最後，《大明一

---

[333] 《元和郡縣圖志》（上）「成州」下說：「（唐高祖）武德元年，復為成州。本屬隴右道，（德宗）貞元五年節度使嚴震奏割屬山南道。」（卷二十二，頁572）另亦可參《舊唐書》（五），卷四十，頁1630～1632。

[334] 《元和郡縣圖志》（下），卷三十一，頁765。《舊唐書》（五），卷四十一，頁1663。《新唐書》（四），卷四十二，頁1079。

[335] 黃鶴於〈木皮嶺〉題下即曾注說：「詩云『季冬攜童稚，辛苦赴蜀門』，當是乾元二年十二月作。」（《補注杜詩》，卷六，頁150）

[336] 黃鶴〈發同谷縣〉詩題下云：「『微月已沒久』，則發於一日，或是。」（《補注杜詩》，卷六，頁150）

[337] 《錢牧齋先生箋註杜詩》（二）即說：「發同谷縣赴劍南紀行十二首。」（年譜，頁1270）《讀杜心解》（上）亦稱〈發同谷縣〉「為後十二首之開端」（卷一之三，頁82）。此外，《杜工部集》（一）亦以〈發同谷縣〉為首，終於〈成都府〉，前後計有十二首（卷三，頁125～132）。

[338] 《方輿勝覽》（下），卷六十九，頁1213。

[339] 《陝西通志》（上），卷四，頁137。

統志》「鞏昌府」「山川」下亦云：「木皮嶺，在徽州西一十里。」[340]

其次，木皮嶺亦在同谷郡東二十里。《方輿勝覽》「利州西路」「同慶府」下說：「在郡東二十里。……。杜甫詩：『首路栗亭西，尚想鳳凰村。』」[341]換言之，木皮嶺在河池縣西十里附近、同谷郡東二十里處[342]。今詩又云「季冬攜童稚，辛苦赴蜀門」，據此，木皮嶺乃杜甫從同谷出發，入蜀所經之地。因此，此詩當繫於乾元二年十二月作[343]。

〈白沙渡〉：白沙渡約在劍州北一百四十里處。《輿地紀勝》「利州路」「隆慶府」下說：「白沙渡，杜甫自隴右赴劍南紀行——〈白沙渡〉詩。」[344]此外，《方輿勝覽》「利州東路」「隆慶府」下也說：「白沙渡，杜甫詩『畏途隨長江，渡口下絕岸』。」[345]最後，《大清一統志》「保寧府二」下說：「白沙渡，在劍州北一百四十里，接昭化縣界，即清水江津濟處，兩岸有白沙如雪。杜甫有〈白沙渡〉詩。」[346]

〈水會渡〉：水會渡在劍州。《輿地紀勝》「利州路」「隆慶府」下說：

---

[340] 《大明一統志》（上），卷三十五，頁613。「河池縣」建置沿革說明如下：唐河池縣，屬「山南道」「鳳州」（詳見《元和郡縣圖志》（上），卷二十二，頁566～568。《舊唐書》（五），卷三十九，頁1528～1529。《新唐書》（四），卷四十，頁1035）宋以「鳳州」隸「利西路」（見《方輿勝覽》（下），卷六十九，頁1212）。元代置為南鳳州；至元初，改為徽州，屬鞏昌。明洪武仍為徽州（見《陝西通志》（上），卷八，頁384）。

[341] 《方輿勝覽》（下），卷七十，頁1223。

[342] 錢謙益亦曾說：「《方輿勝覽》：木皮嶺在同谷郡東二十里，河池縣西十里。」（見《錢牧齋先生箋註杜詩》（一），卷三，頁315）

[343] 黃鶴即曾說：「詩云『季冬攜童稚，辛苦赴蜀門』，當是乾元二年十二月作。」（《補注杜詩》，卷六，頁150）

[344] 《輿地紀勝》（五）（北京：中華書局，2003年），卷一百八十六，頁4797。

[345] 《方輿勝覽》（下），卷六十七，頁1167。另亦可參《大元混一方輿勝覽》（上）「劍州」「白沙渡」條（卷中，頁305）。

[346] 《大清一統志》（九），卷三九一，頁242。「劍州」建置沿革說明如下：隋置普安郡；唐先天二年改為劍州，天寶初又復曰普安郡，乾元初又復曰劍州，地屬劍南道；宋紹熙元年升為隆慶府，屬利州東路；明洪武改隸保寧府；清代因之。詳見《大清一統志》（九），「劍州」條，卷三九〇，頁225。

「水會渡，一名水回渡。杜甫自隴右赴劍南紀行——〈水會渡〉詩。」[347] 此外，《方輿勝覽》「利州東路」「隆慶府」下也說：「水會渡，一名水回渡。杜甫詩『山行有常程，中夜尚未安』。」[348]

〈飛仙閣〉：飛仙閣在劍州。《輿地紀勝》「利州路」「隆慶府」下說：「飛仙閣，杜甫自隴右赴劍南紀行——〈飛仙閣〉詩。」[349] 此外，《方輿勝覽》「利州東路」「隆慶府」下說：「飛仙閣，在梁山。杜甫詩『土門山行笮，微徑緣秋豪』。」[350] 梁山，即大劍山，譬如，《通典》「劍州」「劍門」下云：「有梁山，亦曰大劍山。」[351] 又如，《太平寰宇記》「劍州」「劍門縣」下也說：「大劍山，亦曰梁山。」[352] 大劍山（梁山）在劍州普安縣北四十九里，《元和郡縣圖志》「劍南道」「劍州」「普安縣」下說：「大劍山，亦曰梁山，在縣北四十九里。」[353] 據此，飛仙閣在普安縣北。

〈五盤〉：五盤嶺又名七盤嶺；宋代隸屬利州。《輿地紀勝》「利州路」「隆慶府」下有「五盤山，杜甫行五盤山詩……」諸字[354]；此外，《方輿勝覽》「利州東路」「利州」下說：「五盤嶺，杜甫詩『五盤雖云險，山色佳有餘』。」[355] 清代五盤嶺在廣元縣北一百七十里處，《大清一統志》「保寧府一」下說：「七盤嶺，在廣元縣北百七十里，一名五盤嶺，與陝西寧羌州接界。自昔為秦蜀分界處。石磴七盤而上，因名。杜甫詩『五盤雖云險，山色佳有餘』。」[356]

---

347 《輿地紀勝》（五），卷一百八十六，頁4795。

348 《方輿勝覽》（下），卷六十七，頁1167。

349 《輿地紀勝》（五），卷一百八十六，頁4797。

350 《方輿勝覽》（下），卷六十七，頁1167。另亦可參《錢牧齋先生箋註杜詩》（一），卷三，頁317～318。

351 《通典》（五），卷一百七十六，頁4622。

352 《太平寰宇記》（四），卷八十四，頁1676。

353 《元和郡縣圖志》（下），卷三十三，頁845。錢謙益即曾說：「梁山，即大劍山也。」（見《錢牧齋先生箋註杜詩》（一），卷三，頁318）

354 《輿地紀勝》（五），卷一百八十六，頁4800。

355 《方輿勝覽》（下），卷六十六，頁1156。

356 《大清一統志》（九），卷三九〇，頁229。

　〈龍門閣〉：利州縣谷縣東北有龍門山。《元和郡縣圖志》「山南道」「利州」「綿谷縣」下說：「龍門山，在縣東北八十里。」[357]宋代龍門閣在利州綿谷縣附近，《方輿勝覽》「利州東路」「利州」下說：「龍門閣，在綿谷縣一里。馮鈴幹田云：『其他閣道雖險，然在山腰，亦微有徑可以增置閣道。獨惟此閣，石壁斗立，虛鑿石竅而架木其上，比他處極險。』」[358]此外，《大元混一方輿勝覽》「廣元路」下亦云：「龍門閣，綿谷縣。」[359]最後，清代龍門閣在廣元縣北，《大清一統志》「保寧府二」下說：「龍門閣，在廣元縣北千佛巖側。」[360]

　〈石櫃閣〉：宋代隸屬利州。《方輿勝覽》「利州東路」「利州」下有「石櫃閣」；又「石欄橋」下亦曾云：「在綿谷縣一里。自城北至大安軍界，管橋、欄、閣共一萬五千三百一十六間，其著名者為石櫃、龍門焉。」[361]此外，《輿地紀勝》「利州路」「隆慶府」與《大元混一方輿勝覽》「廣元路」下皆有「石櫃閣」[362]。清代石櫃閣在廣元縣北二十五里，《大清一統志》「保寧府二」「石櫃閣」下說：「在廣元縣北二十五里，唐杜甫有詩。」[363]

　〈桔柏渡〉：桔柏渡或作桔柏潭；宋代桔柏潭屬利州昭化縣。《方輿勝覽》

---

[357] 《元和郡縣圖志》（上），卷二十二，頁565。另亦可參《錢牧齋先生箋註杜詩》（一），卷三，頁319。

[358] 《方輿勝覽》（下），卷六十六，頁1156。另亦可參《錢牧齋先生箋註杜詩》（一），卷三，頁319。此外，《輿地紀勝》（五）「利州路」「隆慶府」下亦有「龍門閣」（卷一百八十六，頁4799）。

[359] 《大元混一方輿勝覽》（上），卷中，頁302。

[360] 《大清一統志》（九），卷三九一，頁241。「廣元縣」建置沿革說明如下：隋開皇十八年改州治興安縣為綿谷；唐乾元初復曰利州，屬山南西道；宋咸平四年分置利州路；元改為廣元路；明洪武七年曰廣元府，尋改府為州，十四年又降州為縣，屬保寧府；清代因之。詳見《大清一統志》（九），「廣元縣」條，卷三九〇，頁224。

[361] 《方輿勝覽》（下），卷六十六，頁1156～1157。另亦可參《錢牧齋先生箋註杜詩》（一），卷三，頁320。

[362] 《輿地紀勝》（五），卷一百八十六，頁4798。《大元混一方輿勝覽》（上），卷中，頁302。

[363] 《大清一統志》（九），卷三九一，頁241。

「利州東路」「利州」下說：「桔栢潭，在昭化縣。今昭化驛有古栢，土人呼桔栢，故以名潭。」[364]此外，《輿地紀勝》「利州路」「隆慶府」下則作「桔柏渡」[365]。最後，《大清一統志》「保寧府二」下說：「桔柏渡，在昭化縣東北。《舊唐書‧明皇紀》：天寶十五年，上次益昌縣渡桔柏江。……。《舊志》：今在縣東北三里，即嘉陵、白水二江合流處。杜甫〈桔柏渡〉詩……。」[366]

〈劍門〉：劍門在劍州。《元和郡縣圖志》與《舊唐書‧地理志》「劍州」下皆有「劍門縣」[367]。地以大劍山至此而有隘束之路因而名之，《太平寰宇記》「劍州」「劍門縣」下說：「諸葛武侯相蜀，于此立劍門，以大劍山至此有隘束之路，故曰劍門。」[368]

〈鹿頭山〉：唐代漢州德陽縣有鹿頭關。《新唐書‧地理志》「漢州」「德陽縣」下有「鹿頭關」[369]。此外，德陽縣亦有鹿頭山，《太平寰宇記》「漢州」「德陽縣」下云：「鹿頭山，自綿州羅江縣界迤邐入縣界。」[370]最後，《讀史方輿紀要》「漢州」「德陽縣」下亦云：「鹿頭山，縣北三十餘里。……。今山有鹿頭關。」[371]

---

[364] 《方輿勝覽》（下），卷六十六，頁1157。另亦可參《錢牧齋先生箋註杜詩》（一），卷三，頁320~321。另外，《大元混一方輿勝覽》（上）「廣元路」下亦有「桔柏潭」（卷中，頁302）。

[365] 《輿地紀勝》（五），卷一百八十六，頁4795。

[366] 《大清一統志》（九），卷三九一，頁242。

[367] 《元和郡縣圖志》（下），卷三十三，頁848。《舊唐書》（五），卷四十一，頁1671。此外，黃鶴於〈劍門〉題下亦曾云：「按《唐志》：劍門縣在劍州。」（見《補注杜詩》，卷六，頁154）

[368] 《太平寰宇記》（四），卷八十四，頁1676。另亦可參《錢牧齋先生箋註杜詩》（一），卷三，頁321。

[369] 《新唐書》（四），卷四十二，頁1081。宋代地志《輿地廣記》亦載「德陽縣」有「鹿頭關」（見《輿地廣記》（下），卷二十九，頁845）。此外，黃鶴於〈鹿頭山〉題下注曰：「《唐志》：德陽縣有鹿頭關。必以山而得名。」（見《補注杜詩》，卷六，頁154）

[370] 《太平寰宇記》（三），卷七十三，頁1492。另亦可參《錢牧齋先生箋註杜詩》（一），卷三，頁322。

[371] 《讀史方輿紀要》（六），卷六十七，頁3176。另亦可參《杜甫作品繫年》，頁55。

〈成都府〉：成都府在劍南道。《元和郡縣圖志》、《舊唐書・地理志》與《新唐書・地理志》「劍南道」下皆有「成都府」[372]。今詩又云「曾城填華屋，季冬樹木蒼」，因此，詩當作於乾元二年十二月，時杜甫從同谷縣出發，已抵成都府。蔡興宗〈年譜〉「乾元二年」下說：「十二月一日，自隴右赴劍南，又有〈紀行〉十二首，……。〈成都府〉詩曰『季冬樹木蒼』，乃以是月至劍南。」[373]此外，趙次公對此也曾說：「〈發同谷縣〉題下公自注云：『乾元二年十二月一日，隴右赴劍南紀行。』而今詩云：『季冬樹木蒼。』則至成都乃是月也。」[374]另外，黃鶴亦曾云：「公以乾元二年十二月至成都。……。今詩云『季冬樹木蒼』，則是初到成都時作。」[375]

歸結而言，杜甫自隴右赴劍南紀行十二首詩，當繫於乾元二年十二月作。杜甫乾元二年十月初自秦州前往成州同谷縣，十一月初，經成州寒峽，後寓居於同谷縣。十二月一日又自同谷縣赴蜀，是月，並抵成都。宋・王得臣（1036～1115？）即曾云「杜自十月發秦州，十一月至同谷，十二月一日離同谷入蜀，詩中歷歷可考」[376]。

---

[372] 《元和郡縣圖志》（下），卷三十一，頁765。《舊唐書》（五），卷四十一，頁1663。《新唐書》（四），卷四十二，頁1079。

[373] 《分門集註》（一），年譜，頁69～70。

[374] 《杜詩趙次公先後解輯校》（上），乙帙卷之十，頁382。

[375] 《補注杜詩》，卷六，頁155。

[376] 《塵史》，見《全宋筆記》（第一編，十）（鄭州：大象出版社，2003年），卷中，頁64～65。

上元年間

〈酬高使君相贈〉

　　黃鶴將此詩繫於上元元年作[1]。今考此詩當繫於乾元二年歲暮、上元元年春作，時杜甫初至成都。

　　詩云「古寺僧牢落，空房客寓居」，「古寺」當指草堂寺，草堂寺自梁朝即有，唐・李善（？～689）注孔稚珪（447～501）〈北山移文〉「鍾山之英，草堂之靈」時，即曾引梁簡文帝〈草堂傳〉「蜀草堂寺林壑可懷」之語[2]。草堂寺約在成都府西七里左右，魯訔〈年譜〉「上元元年」下即曾云：「〈成都記〉：草堂寺，府西七里。」[3]對此，朱鶴齡於「古寺」句下也曾說：「按：梁簡文帝〈草堂傳〉『蜀草堂寺』。自梁時有之，故曰『古寺』。」[4]那麼，依「古寺」兩句，詩當是杜甫抵成都後作，時客寓草堂寺。

　　杜甫既客居於草堂寺，那麼，時成都草堂當未初成。杜甫成都草堂最晚當於上元元年（760）三月即已初成（詳〈堂成〉繫年）。再依〈成都府〉「季冬樹木蒼」之句，杜甫抵成都在乾元二年（759）十二月。因此，〈酬高使君相贈〉詩當是其間作。

　　最後，詩題之「高使君」當指高適，杜甫亦有詩例，譬如〈寄彭州高三十五使君適、虢州岑二十七長史參三十韻〉詩。

1　《補注杜詩》，卷二十二，頁431。

2　《文選》，卷四十三，頁612。

3　《分門集註》（一），年譜，頁94～95。

4　《杜工部詩集》（上），卷七，頁687。另亦可參吳景旭：《歷代詩話》，卷四十四，頁488；《杜詩詳注》（二），卷九，頁727；《杜詩釋地》，卷二，頁213。

〈卜居〉（浣花溪水水西頭）

　　黃鶴、錢謙益、仇兆鰲與浦起龍皆將此詩繫於上元元年作[5]。今考此詩當繫於上元元年春成都作。

　　首先，詩云「浣花溪水水西頭，主人為卜林塘幽」，「浣花溪」在成都西五里，《方輿勝覽》「成都府路」「成都府」下云：「浣花溪，在城西五里。」[6]此外，《大元混一方輿勝覽》「成都路」下亦云：「浣花溪，在城西五里。」[7]最後，《大清一統志》「四川統部」「成都府」下亦云：「浣花溪，在成都縣西五里。」[8]因此，浣花溪在成都西五里之處。唐・張籍（約768～830）〈送客遊蜀〉詩亦曾云「行盡青山到益州，錦城樓下二江流。杜家曾向此中住，為到浣花谿水頭」[9]。

　　其次，詩題又云「卜居」，此乃杜甫在成都西郭外選擇居所。杜甫〈寄題江外草堂〉詩有「經營上元始，斷手寶應年」兩句，胡宗愈（1029～1094）即曾依此詩而懷疑杜甫至成都乃始於上元之初，〈成都草堂詩碑序〉說：「〈寄題草堂〉云：『經營上元始，斷手寶應年。』然則先生之來成都，殆上元之初乎？……。元祐庚午（1090），資政殿學士中大夫知成都軍府事胡宗愈序。」[10]此外，蔡興宗更依此認定杜甫經營成都草堂蓋始於是年，〈年譜〉「上元元年庚子」下云：「是歲春卜居成都浣花溪上，賦詩至多，後在

5　黃鶴說：「公有〈寄題草堂〉，詩云『經營上元始，斷於寶應年』，則此云『卜居』，當是上元元年作。」（《補注杜詩》，卷二十一，頁410）此中，據〈寄題江外草堂〉詩，「斷於」當為「斷手」之訛。《錢牧齋先生箋註杜詩》（二），年譜，頁1270。《杜詩詳注》（二）說：「按：顧注：乾元二年十二月，公至成都。明年，上元元年，卜成都西郭浣花溪以居。」（卷九，頁729）《讀杜心解》（上），目譜，頁30。

6　《方輿勝覽》（中），卷五十一，頁909。

7　《大元混一方輿勝覽》（上），卷中，頁233。

8　《大清一統志》（九），卷三八五，頁114。

9　《張司業集》，見《文淵閣四庫全書》，第1078冊，卷七，頁51。

10　《草堂詩箋》（一），序，頁17～19。

東川〈寄題江外草堂〉詩略曰『經營上元始，斷手寶應年』。」[11]杜甫乾元二年十二月一日從成州同谷縣出發赴蜀，是月並抵成都府。再依〈寄題江外草堂〉詩「經營上元始」之句，那麼，杜甫經營成都草堂確實始於上元元年。

第三，詩云「無數蜻蜓齊上下，一雙鸂鶒對沉浮」，春時即有蜻蜓，趙次公即曾說：「蜻蜓上下，今水面多然，乃二月已有之矣。梁簡文帝〈晚春〉詩曰：『花留蛺蝶粉，竹翳蜻蜓珠。』」[12]簡言之，春天已有蜻蜓。依據上述這三個理由，此詩乃杜甫抵成都後作，時為上元元年春。

〈王十五司馬弟出郭相訪遺營草堂貲〉

黃鶴將此詩繫於上元元年初營草堂時作[13]。今考此詩當繫於上元元年春成都作。

詩題既云「出郭」與「遺營草堂貲」；詩又云「客裏何遷次，江邊正寂寥」，由此可見杜甫籌建之草堂乃位於城外之江邊。此亦與〈卜居〉詩「浣花溪水水西頭，主人為卜林塘幽」兩語相合，那麼，選定營建草堂的地點乃在浣花溪邊；〈卜居〉詩又云「已知出郭少塵事，更有澄江銷客愁」，據此，草堂位置當在城外溪邊。因此，〈王十五司馬弟〉詩當繫於卜居之後、草堂初成之前。今已知〈卜居〉詩作於上元元年春；另據〈堂成〉詩繫年，成都草堂最晚於上元元年三月即已初成。因此，〈王十五司馬弟〉詩當作於其間，即繫於上元元年春。

〈蕭八明府實處覓桃栽〉

黃鶴將此詩繫於上元元年作[14]。今考此詩當繫於上元元年春成都作。

---

[11] 《分門集註》（一），年譜，頁70。

[12] 《杜詩趙次公先後解輯校》（上），丙帙卷之一，頁386。

[13] 黃鶴說：「題謂『遺營草堂貲』，又詩云『憂我營茅棟，攜錢過野橋』，當是上元元年初營草堂時作。」（《補注杜詩》，卷二十一，頁412）此中，「資」當作「貲」。

[14] 黃鶴說：「『春前為送浣花村』，……，上元元年作。」（《補注杜詩》，卷二十二，頁435）

詩云「奉乞桃栽一百根，春前為送浣花村」，「浣花村」指浣花溪畔之小村，借指浣花溪旁之草堂；「春前」句當為倒裝句法，意謂春時為我送至浣花村前。詩題云「覓桃栽」，當是杜甫初營成都草堂時所栽種之物[15]。依此，是詩當繫於〈卜居〉詩後。今詩既言「春」字，因此，此詩當作於上元元年春。

〈堂成〉

黃鶴將此詩繫於上元元年三月作[16]。今考此詩當繫於上元元年三月作，成都草堂最晚是時當已初成。

首先，〈寄題江外草堂〉詩云「經營上元始，斷手寶應年」，那麼，杜甫經營成都草堂始於上元元年。然而目前尚無法確定其初成時間。

其次，〈恨別〉詩云「草木變衰行劍外，兵戈阻絕老江邊」，「老」指終老；「江」指浣花溪。分述如下：一、杜甫在成都的作品時以「江」字稱浣花溪，譬如〈柟樹為風雨所拔歎〉之「倚江柟樹草堂前」；又如〈茅屋為秋風所破歌〉之「茅飛渡江灑江郊」；又如〈絕句漫興九首〉其三之「熟知茅齋絕低小，江上燕子故來頻」等等。二、浣花溪在成都草堂邊，譬如選擇居所時所云的「浣花溪水水西頭，主人為卜林塘幽」；又如〈懷錦水居止二首〉其二「萬里橋西宅，百花潭北莊」；又如〈狂夫〉「萬里橋西一草堂，百花潭水即滄浪」。此中，「百花潭」當即指浣花溪，《方輿勝覽》與《大元混一方輿勝覽》等書即曾稱浣花溪一名百花潭[17]。因此，「老江邊」指終老於浣花溪旁之草堂。據此，草堂實已初成，否則杜甫不得云「老江邊」。今依〈恨別〉詩繫年，其作於上元元年夏四月李光弼破史思明於河陽後。因此，此前草堂

---

15 仇兆鰲說：「覓桃……，皆營草堂時漸次栽種者。」（《杜詩詳注》（二），卷九，頁731）

16 黃鶴說：「公之初至成都，居於浣花溪寺。久之，公乃營草堂於寺側。今方堂成，故作此詩。而詩云『頻來語燕定新巢』，當是上元元年三月作。」（《補注杜詩》，卷二十一，頁412）

17 《方輿勝覽》（中），卷五十一，頁909。《大元混一方輿勝覽》（上），卷中，頁233。

當已初成。今〈堂成〉詩又云「背郭堂成蔭白茅,緣江路熟俯青郊」,「青郊」乃春天郊野之謂。因此,成都草堂最晚在上元元年三月即已初成。

〈蜀相〉

黃鶴將此詩繫於上元元年春作[18]。錢謙益與浦起龍皆將此詩繫於上元元年作[19]。今考此詩乃杜甫在成都時作,極可能作於上元元年春。

詩云「丞相祠堂何處尋?錦官城外柏森森」,「錦官城」即錦城,錦城在成都縣南十里。《元和郡縣圖志》「劍南道」「成都府」「成都縣」下說:「錦城,在縣南一十里。故錦官城也。」[20]此外,《太平寰宇記》「益州」「華陽縣」下亦曾云:「錦城,《華陽國志》云:『成都夷里橋南岸道西有城,故錦官也。』」[21]最後,《通典》「益州」「成都縣」下亦有「錦城」[22]。據此,錦官城當在成都附近。因此,此詩當是杜甫在成都時作。因為錦官城與草堂兩處相隔未遠,那麼,杜甫非常有可能於上元元年時已至此,因此,此詩極可能作於上元元年。今詩又云「映階碧草自春色,隔葉黃鸝空好音」,既言「春色」,因此,此詩極可能作於上元元年春。

〈恨別〉

趙次公、仇兆鰲與浦起龍皆將此詩繫於上元元年作[23]。今考此詩當繫於上

---

18 黃鶴說:「『蜀相』,謂諸葛武侯,當是上元元年作。公雖以乾元二年歲暮至成都,而此詩言『映階碧草』、『隔葉黃鸝』,當是次年春日也。」(見《補注杜詩》,卷二十一,頁409)

19 《錢牧齋先生箋註杜詩》(二),年譜,頁1270;《讀杜心解》(上),目譜,頁30。

20 《元和郡縣圖志》(下),卷三十一,頁768。另亦可參《錢牧齋先生箋註杜詩》(二),卷十一,頁737。

21 《太平寰宇記》(三),卷七十二,頁1469。

22 《通典》(五),卷一百七十六,頁4626。

23 《杜詩趙次公先後解輯校》(上)將此詩繫於「上元元年」作(目錄,頁11)。《杜詩詳注》(二)說:「據詩中『長驅五六年』之說,當是上元元年在成都作。」(卷九,頁772)《讀杜心解》(上),目譜,頁31。

元元年夏作。

首先，詩云「洛城一別四千里，胡騎長驅五六年」，若自天寶十四載（755）十一月安祿山兵反起算，則「六年」當指上元元年（760）。趙次公曾說：「安祿山於天寶十四載乙未十一月反，……，至庚子上元元年為六年矣。」[24]其次，詩又云「草木變衰行劍外，兵戈阻絕老江邊」，「劍外」指「劍門之外」[25]，即劍門以南之地。依此，時杜甫已抵蜀地。第三，今詩又云「聞道河陽近乘勝，司徒急為破幽燕」，「司徒」指李光弼；「河陽乘勝」事指乾元二年十月李光弼於河陽敗史思明；明年三月破安太清於懷州；四月又破史思明於河陽。朱鶴齡即曾說：「〈李光弼傳〉：至德二載，破賊將留希德，加檢校司徒。乾元二年冬十月，光弼悉軍赴河陽，大破賊眾。……。《通鑑》：上元元年三月，光弼破安太清于懷州城下。夏四月，又破史思明于河陽西渚。」[26]依據上述這三個理由，且詩云「聞道河陽近乘勝」，因此，此詩當作於上元元年夏。

〈因崔五侍御寄高彭州適一絕〉

朱鶴齡將此詩繫於上元元年作[27]。今考此詩當繫於上元元年秋成都作。

詩題云及「高彭州適」，今依高適為彭州刺史之時間而定此詩之繫年，說明如下：首先，據〈寄彭州高三十五使君適、虢州岑二十七長史參三十韻〉詩之繫年所云，乾元二年五月高適拜彭州刺史。

其次，上元二年人日高適已為蜀州刺史。杜甫有〈追酬故高蜀州人日見

---

24 《杜詩趙次公先後解輯校》（上），丙帙卷之二，頁416。

25 《杜詩詳注》（二），卷九，頁772。

26 《杜工部詩集》（上），卷七，頁691。李光弼破蔡希德，加檢校司徒事，見《舊唐書》（十），卷一百一十，頁3305。《新唐書》（十五），卷一百三十六，頁4585。此外，乾元二年十月李光弼敗史思明於河陽，事可見《新唐書·肅宗本紀》（一），卷六，頁162。最後，上元元年三、四月李光弼破安太清與史思明，事可見《資治通鑑》（十），卷二百二十一，頁7090～7091；《舊唐書·肅宗本紀》（一），卷十，頁258。

27 朱鶴齡說：「以公〈追酬高蜀州人日〉詩考之，（上元）二年，高已刺蜀，此云『彭州牧』，必元年作也。」（《杜工部詩集》（上），卷七，頁686）

寄〉詩，其序云：「開文書帙中，檢所遺忘，因得故高常侍適（往居在成都時，高任蜀州刺史）〈人日相憶見寄〉詩，淚灑行間，讀終篇末，自枉詩已十餘年。……。大曆五年正月二十一日，却追酬高公此作。」分述如下：

　　一、據杜甫「往居在成都時，高任蜀州刺史」序語，高適〈人日相憶見寄〉（亦即〈人日寄杜二拾遺〉，詩有「人日題詩寄草堂」句）詩乃寄往成都草堂。此外，〈追酬〉詩又有「錦里春光空爛熳，瑤墀侍臣已冥寞」之語，「錦里」即錦官城，亦借指成都，譬如，《華陽國志校注》「蜀志」下曾說：「永初後，……。州奪郡文學為州學，郡更於夷里橋南岸道東邊起文學，有女牆。其道西城，故錦官也。錦工織錦濯其〔江〕中則鮮明，濯他江則不好，故命曰『錦里』也。」[28]此外，《方輿勝覽》「成都府路」「成都府」下亦曾云：「錦官城，一名錦里。」[29]最後，《輿地廣記》「成都府路」「成都縣」下亦曾云：「成都舊謂之『錦官城』，言官之所織錦也。……。又或名之曰『錦里城』。」[30]那麼，杜甫時在成都草堂，仇兆鰲對此即曾說「適寄詩在草堂，故云『錦里』」[31]；而杜甫經營成都草堂實始於上元元年。

　　二、依「自枉詩已十餘年」之語，〈人日〉詩距〈追酬〉詩已十餘年，據詩序，〈追酬〉詩作於「大曆五年正月二十一日」。若自大曆五年（770）正月二十一日逆算，則「十年」當為上元二年（761）正月初七；而非指上元元年（760）正月初七，因為是時杜甫初抵成都，草堂未成，不得云「寄往成都草堂」，堂乃初成於三月。因此，〈人日〉詩當作於上元二年之正月初七，黃鶴於〈人日寄杜二拾遺〉詩題下曾補注說：「此合在上元元年作，然上元元年人日，公未有草堂，殆是二年人日作而寄之。」[32]據此，高適於上元二年人日時已為蜀州刺史。那麼，〈因崔五侍御寄高彭州適一絕〉詩當作於此前。

28　《華陽國志校注》（臺北：新文豐出版公司，1988 年），卷三，頁 122。

29　《方輿勝覽》（中），卷五十一，頁 915。另亦可參《杜詩釋地》，卷二，頁 220。

30　《輿地廣記》（下），卷二十九，頁 832。

31　《杜詩詳注》（三），卷二十三，頁 2039。

32　《補注杜詩》，卷十五，頁 302。

〈因崔五侍御寄高彭州適一絕〉詩又云「百年已過半，秋至轉飢寒。為問彭州牧，何時救急難」，今依「秋」字，那麼，此詩或作於乾元二年（759）秋，或作於上元元年（760）秋[33]。然乾元二年秋杜甫正罷官客秦，「秦」、「彭」兩州相隔過遠，實無法救急；上元元年秋杜甫已在成都，「益」、「彭」兩州相鄰，始有接濟可能。因此，此詩當繫於上元元年秋作。再依詩題「寄高彭州適」，換言之，上元元年秋高適仍為彭州刺史。

〈奉簡高三十五使君〉

黃鶴將此詩繫於上元元年秋作[34]。今考此詩當繫於上元元年秋晚作，時杜甫與蜀州刺史高適相見於蜀州。

首先，詩題「高三十五」當指高適，杜甫即有稱高適為高三十五之例，譬如〈送蔡希魯都尉還隴右因寄高三十五書記〉、〈寄彭州高三十五使君適、虢州岑二十七長史參三十韻〉等詩。此外，今詩又云「當代論才子，如公復幾人」，錢謙益曾引《舊唐書‧高適傳》來詮釋這兩句，他說：「《舊書》：『有唐以來，詩人之達者，唯適而已。』」[35]據此，「高三十五」當指為高適。

其次，據〈因崔五侍御寄高彭州適一絕〉繫年所云，高適於乾元二年五月拜彭州刺史；上元二年人日時已在蜀州刺史任上。今〈奉簡高三十五使君〉云「天涯喜相見，披豁道吾真」，那麼，此次杜甫與時任刺史的高適相見當在彭州？還是蜀州？據杜詩，杜甫嘗至蜀州域地，未往彭州境內，譬如杜甫即有〈和裴迪登新津寺寄王侍郎〉、〈暮登四安寺鐘樓寄裴十迪〉與

33　周勛初說：（高適）乾元二年五月拜彭州刺史；六月初，抵彭州任所；上元元年九月轉蜀州刺史。（見《高適年譜》（上海：上海古籍出版社，1980年），頁105、106與111）那麼，高適為彭州刺史當在乾元二年五月至上元元年八月。

34　《補注杜詩》，卷二十二，頁431。

35　《錢牧齋先生箋註杜詩》（二），卷十一，頁770。另亦可見《舊唐書》（十），卷一百一十一，頁3331。

〈遊修覺寺〉等詩[36]，諸寺皆在蜀州境內。因此，杜甫與高適相見當在蜀州，時高適為蜀州刺史。然從此詩之中，已無法確定兩人相見是否在蜀州州治。今詩又云「行色秋將晚，交情老更親」，既云「秋晚」，詩當為季秋作。

　　現在的問題是，此詩當是乾元二年（759）秋晚作？還是上元元年（760）季秋作？或是上元二年（761）暮秋作？第一，詩若作於乾元二年秋晚，則時杜甫尚在秦州，十二月始入蜀，是時不可能與蜀州刺史高適見面，何況，時高適仍為彭州刺史；第二，〈追酬故高蜀州人日見寄〉詩序有「往居在成都時，高任蜀州刺史」兩語，換言之，兩人見面當在杜甫居於成都草堂時。依此，詩當非作於乾元二年秋晚；第三，據〈因崔五侍御寄高彭州適一絕〉詩，上元元年秋杜甫已對老友發出「飢寒」、「救急」之語，依常理，兩人會面當在此時，不應再隔一年始見面，恐緩不濟急。據此，詩當非作於上元二年暮秋。因此，此詩當作於上元元年秋晚，次於〈因崔五侍御寄高彭州適一絕〉詩後，黃鶴即曾說：「今詩云『天涯喜相見，披豁對吾真』，當是上元元年秋作，故云『行色秋將晚。』」[37]此外，仇兆鰲亦曾云：「高由彭州刺蜀州，公時在蜀。《年譜》云：上元元年，間常至蜀州之青城、新津，是也。」[38]

　　依前述所言，高適為彭州刺史始於乾元二年五月至上元元年八月；轉蜀州刺史當於上元元年九月，二年正月人日仍在蜀州任上。周勛初《高適年譜》即曾說：「（上元元年）九月，轉蜀州刺史。」[39]

---

36 「四安寺」在蜀州新津縣南二里，《蜀中廣記》「新津縣」下云：「《志》又云：南二里四安寺，亦神秀刱，杜甫〈暮登四安寺鐘樓寄裴十詩〉⋯⋯。」（見《文津閣四庫全書》，第591冊，卷七，頁4）此外，《蜀中廣記》又云：「杜少陵〈暮登四安寺鐘樓寄裴十〉，即裴秀才迪也，寺在新津。」（見《文津閣四庫全書》，第592冊，卷一百一，頁601）《大清一統志》「四川統部」「成都府」下云：「修覺寺，在新津縣東南五里。⋯⋯。又縣南二里有四安寺，亦神秀創。杜甫有〈暮登四安寺鐘樓〉詩。」（《大清一統志》（九），卷三八五，頁125）「修覺寺」詳〈遊修覺寺〉繫年。

37 《補注杜詩》，卷二十二，頁431。

38 《杜詩詳注》（二），卷九，頁763。

39 《高適年譜》，頁111。

〈建都十二韻〉

趙次公將此詩繫於上元元年十二月作[40]。今考此詩當繫於上元元年十二月作。

詩云「建都分魏闕，下詔闢荊門」，事指上元元年九月改置南都於荊州，並以荊州為江陵府，《舊唐書・蕭宗本紀》「上元元年」說：「九月甲午，以荊州為南都，州曰江陵府。」[41]此外，《資治通鑑》「上元元年」下也說：「九月，甲午，置南都於荊州，以荊州為江陵府。」[42]最後，《舊唐書・地理志》「荊州江陵府」下亦云：「上元元年九月，置南都，以荊州為江陵府。」[43]今詩又云「窮冬客劍外，隨事有田園」，既云「劍外」，則杜甫已在蜀地；又云「窮冬」，詩當作於上元元年十二月。趙氏繫年可從。

〈雲山〉

黃鶴與浦起龍皆將此詩繫於上元元年作[44]。今考此詩當繫於上元元年成都作。

首先，詩云「神交作賦客，力盡望鄉臺」，「望鄉臺」在成都，《太平寰宇記》「劍南西道」「益州」「二臺」下云：「《益州記》云：『昇遷亭夾路有二臺，一名望鄉臺，在縣北九里。』」[45]此外，《方輿勝覽》「成都府路」「成都府」下亦云：「望鄉臺，隋蜀王秀所築。杜甫詩：『神交作賦客，力盡望

---

[40] 《杜詩趙次公先後解輯校》（上）說：「此篇今歲上元元年九月已後之作。句言『窮冬』，則十二月也。」（丙帙卷之二，頁423）

[41] 《舊唐書》（一），卷十，頁259。另亦可參《杜詩趙次公先後解輯校》（上），丙帙卷之二，頁423。

[42] 《資治通鑑》（十），卷二百二十一，頁7096。另亦可參《杜詩詳注》（二），卷九，頁775。

[43] 《舊唐書》（五），卷三十九，頁1552。

[44] 《補注杜詩》，卷二十一，頁415。《讀杜心解》（上），目譜，頁31。

[45] 《太平寰宇記》（三），卷七十二，頁1468。另亦可參《錢牧齋先生箋註杜詩》（二），卷十一，頁747。

鄉臺』。」[46]最後,《大元混一方輿勝覽》「成都路」下亦云:「望鄉臺,隋蜀王秀所築,杜甫有詩。」[47]據此,時杜甫在成都。

其次,詩又「京洛雲山外,音書靜不來」,此指上元元年黨項等寇邊鄙、近逼京畿與史思明入東京事。譬如,《新唐書・肅宗本紀》「上元元年」下即說:「六月乙丑,鳳翔節度使崔光遠及羌、渾、党項戰于涇、隴,敗之。」[48]此外,《資治通鑑》「上元元年」下也曾說:「(正月)党項等羌吞噬邊鄙,將逼京畿。……(閏四月)史思明入東京。(六月)鳳翔節度使崔光遠奏破涇、隴羌、渾十餘萬眾。」[49]黃鶴對此即曾說:「詩云『神交作賦客,力盡望鄉臺』,當是在成都作,上元元年。是年羌、渾、黨項寇涇、隴;史思明入東京,故詩云『京洛雲山外,音書靜不來』。」[50]依據上述這兩個理由,此詩當作於上元元年,時杜甫在成都。

〈石鏡〉

黃鶴與浦起龍皆將此詩繫於上元二年作[51]。今考此詩乃杜甫在成都時作,極可能作於上元元年。

「石鏡」在武擔山,《華陽國志校注》「蜀志」下說:「武都有一丈夫化為女子,美而艷,蓋山精也。蜀王納為妃。不習水土,欲去。……。無幾,物故。蜀王哀念之,乃遣五丁之武都擔土為妃作冢,蓋地數畝,高七丈,上有石鏡,今成都北角武擔是也。」[52]另外,《太平寰宇記》「劍南西道」「益州」下亦云:「武擔山,在府西北一百二十步,一名武都山。……。上有一

46　《方輿勝覽》(中),卷五十一,頁910。

47　《大元混一方輿勝覽》(上),卷中,頁234。

48　《新唐書》(一),卷六,頁163。

49　《資治通鑑》(十),卷二百二十一,頁7090～7092。

50　《補注杜詩》,卷二十一,頁415。

51　《補注杜詩》,卷二十二,頁427;《讀杜心解》(上),目譜,頁32。

52　《華陽國志校注》,卷三,頁116。另亦可參《錢牧齋先生箋註杜詩》(二),卷十一,頁764。此外,《華陽國志校注》卷三註三九又云:「武擔山,今在成都舊城內西北角。」(頁142)

石，厚五寸，徑五尺，瑩澈，號曰石鏡。」[53]最後，《方輿勝覽》「成都府路」「崇慶府」下亦曾云：「石鏡，在武擔山。杜甫詩：『蜀王將此鏡，送死置空山。……。』」[54]唐代武擔山在成都縣北，《元和郡縣圖志》「劍南道」「成都縣」下云：「武擔山，在縣北一百二十步。」[55]據此，石鏡當在成都附近。因此，此詩乃杜甫在成都時作。由於石鏡與成都草堂相隔未遠，杜甫既已經營成都草堂，且三月時堂又已初成，那麼，即非常有可能於是年至此，因此，此詩極可能作於上元元年。

〈琴臺〉

黃鶴與浦起龍皆將此詩繫於上元二年作[56]。今考此詩乃杜甫在成都時作，極可能作於上元元年。

「琴臺」即司馬相如宅，《方輿勝覽》「成都府路」「成都府」下云：「琴臺，即司馬相如宅。……。《成都志》：『在浣花溪之海安寺南。』今為金花寺，城內非其舊。」[57]此外，《大元混一方輿勝覽》「成都路」下亦云：「琴臺，司馬相如故宅。」[58]司馬相如宅約在益州西四里，《太平寰宇記》「劍南西道」「益州」下說：「相如宅，在州西四里。《蜀記》云：『相如宅在市橋西，即文君當壚滌器處。』又《益部耆舊傳》云：『宅在少城中笮橋下有百許步是也，又有琴臺在焉。今為金花等寺。』」[59]據此，琴臺當在成都附近。

---

[53] 《太平寰宇記》（三），卷七十二，頁1464。另亦可參《錢牧齋先生箋註杜詩》（二），卷十一，頁764。

[54] 《方輿勝覽》（中），卷五十一，頁908。另外，《讀史方輿紀要》（六）「四川」「華陽縣」下亦曾云：「武擔山，府治北。廣僅數畝，高七丈許，上有立石瑩潔，號曰『石鏡』。」（卷六十七，頁3138）

[55] 《元和郡縣圖志》（下），卷三十一，頁767。

[56] 《補注杜詩》，卷二十二，頁424；《讀杜心解》（上），目譜，頁32。

[57] 《方輿勝覽》（中），卷五十一，頁910。

[58] 《大元混一方輿勝覽》（上），卷中，頁234。

[59] 《太平寰宇記》（三），卷七十二，頁1468。另亦可參《錢牧齋先生箋註杜詩》（二），卷十一，頁764。此外，《大清一統志》（九）「成都府」下亦云：「司馬相如宅，在成都縣西南。……。《明統志》：在府城西南五里。」（卷三八五，頁119）

那麼，此詩當亦杜甫在成都時作。因此，此詩極可能亦作於上元元年，琴臺與草堂距離未遠之故。

〈石笋行〉

黃鶴將此詩繫於上元元年作[60]。今考此詩乃杜甫在成都時作，極可能作於上元元年。

詩云「君不見益州城西門，陌上石笋雙高蹲」，「石笋」傳說為古代蜀國王薨，所立之大石，《華陽國志校注》「蜀志」說：「蜀有五丁力士，能移山，舉萬鈞。每王薨，輒立大石，長三丈，重千鈞，為墓志，今石筍是也，號曰筍里。」[61]石笋約在成都西門之外，杜田說：「今按：石笋在衙西門外僅百五十步，二株双蹲，一南一北，北笋長一丈六尺，圍極於九尺五寸；南笋長一丈三尺，圍極於一丈二尺。」[62]此外，《太平寰宇記》「劍南西道」「益州」下亦云：「石笋在郭內州城西門之外大街中。」[63]據此，詩當是杜甫在成都時作。此詩極可能乃上元元年作，初抵成都且石笋距離草堂未遠的緣故。

〈石犀行〉

黃鶴將此詩繫於上元二年作[64]。今考此詩乃杜甫在成都時作，極可能作於上元元年。

「石犀」傳說為李冰所造，以厭水精，免除水患，《華陽國志校注》「蜀志」說：「（李）冰乃壅江作堋，……。外作石犀五頭以厭水精。」[65]「石犀」

---

[60] 《補注杜詩》，卷七，頁156。

[61] 《華陽國志校注》，卷三，頁115。

[62] 《分門集註》（二），卷十三，頁996。另亦可參《杜詩詳註》（二），卷十，頁833。

[63] 《太平寰宇記》（三），卷七十二，頁1468。關於「石笋」，亦可參《華陽國志校注》，卷三，註二十九，頁141。此外，劉琳亦曾云：「〔石筍〕原在成都西門外。」（見《華陽國志校注》，卷三，註二十九，頁141）

[64] 《補注杜詩》，卷七，頁157。

[65] 《華陽國志校注》，卷三，頁118。另亦可參《錢牧齋先生箋註杜詩》（一），卷四，頁327。

在犀浦縣，《元和郡縣圖志》「劍南道」「成都府」「犀浦縣」下說：「東至府二十七里。本成都縣之界，垂拱二年分置犀浦縣。昔蜀守李冰造五石犀，沈之於水，以厭怪，因取其事為名。」[66]此外，《方輿勝覽》「成都府路」「成都府」下亦云：「石犀，去城三十五里，犀浦。」[67]依此，詩當是杜甫在成都時作，是詩極有可能亦作於上元元年，這是因為石犀與草堂相隔並非甚遠之故。

〈散愁二首〉

黃鶴將此詩繫於乾元二年初入蜀時所作[68]。仇兆鰲與浦起龍則將此詩繫於上元元年作[69]。今考此詩的創作上限當斷於乾元二年十二月入蜀時，創作下限當斷於上元二年四月。

首先，其一詩云「蜀星陰少見，江雨夜聞多」，既曰「蜀星」，當是杜甫入蜀時作。其次，其二詩云「聞道并州鎮，尚書訓士齊」，分述如下：
一、「并州」於開元十一年改為太原府；天寶元年，號為北京。譬如，《通典》「并州」下云：「開元十一年，改為太原府；天寶元年，加號為北京。」[70]此外，《元和郡縣圖志》「太原府」下亦云：「開元十一年，玄宗行幸至此州，以王業所興，又建北都，改并州為太原府。……。天寶元年，改北都為北京。」[71]最後，《舊唐書・地理志》「北京太原府」下亦云：「開元十一年，又置北都，改并州為太原府。天寶元年，改北都為北京。」[72]
二、「聞道」兩句，王洙與錢謙益本於「尚書」字下有原注「王思禮」

---

66 《元和郡縣圖志》（下），卷三十一，頁769。
67 《方輿勝覽》（中），卷五十一，頁908。
68 黃鶴說：「此詩言及李光弼、王思禮，又云『蜀星陰少見』，當是乾元二年初入蜀時作。詩云『聞道并州鎮，尚書訓士齊』，蓋思禮以元年鎮太原，上元元年加司空，二年薨。」（《補注杜詩》，卷二十六，頁495）此中，「元年鎮太原」當作「二年」。
69 《杜詩詳注》（二），卷九，頁773。《讀杜心解》（上），目譜，頁31。
70 《通典》（五），卷一百七十九，頁4738。
71 《元和郡縣圖志》（上），卷十三，頁361～362。
72 《舊唐書》（五），卷三十九，頁1481。另亦可參《杜詩詳注》（二），卷九，頁774。

三字[73]，詩云之事乃王思禮於乾元二年七月以兵部尚書鎮守并州，《舊唐書‧蕭宗本紀》「乾元二年」說：「（秋七月）丁亥，以兵部尚書、潞州大都督府長史、潞沁節度、霍國公王思禮兼太原尹，充北京留守。」[74]另外，《資治通鑑》「乾元二年七月」亦云：「潞沁節度使王思禮兼太原尹，充北京留守。」[75]此外，〈王思禮北京留守制〉亦云：「開府儀同三司兼兵部尚書御史大夫潞州大都督府長史充澤潞沁等州節度使霍國公王思禮，……，可兼太原尹充北京留守河東節度副大使。乾元二年七月。」[76]而王思禮卒於上元二年四月，《舊唐書‧王思禮傳》說：「上元二年四月，以疾薨。」[77]《新唐書‧王思禮傳》則云：「（上元）二年，薨。」[78]因此，此詩的創作上限當不早於乾元二年十二月入蜀時，創作下限當不晚於上元二年四月。

〈題新津北橋樓得郊字〉

黃鶴將此詩繫於上元元年作[79]。今考此詩當繫於上元二年春蜀州作。

詩題既云「新津」，新津縣隸蜀州，《通典》「蜀州」下即有「新津縣」[80]；此外，《元和郡縣圖志》與《舊唐書‧地理志》並云：新津縣乃唐‧垂拱二年（686）入蜀州[81]。那麼，詩當是杜甫抵成都後作；依詩題，「北橋」

---

[73] 《杜工部集》（二），卷十三，頁583。《錢牧齋先生箋註杜詩》（二），卷十一，頁756。

[74] 《舊唐書》（一），卷十，頁256。另亦可參《杜詩詳注》（二），卷九，頁774。

[75] 《資治通鑑》（十），卷二百二十一，頁7079～7080。

[76] 《唐大詔令集》，卷五十九，頁316～317。此外，《舊唐書‧王思禮傳》（十）亦曾云：「乾元二年，……，制以思禮為太原尹、北京留守。」（卷一百一十，頁3313）

[77] 《舊唐書》（十），卷一百一十，頁3313。

[78] 《新唐書》（十五），卷一百四十七，頁4750。

[79] 黃鶴說：「新津縣，在蜀州。上元元年，公嘗暫如新津。」（《補注杜詩》，卷二十一，頁421）此外，黃鶴的〈年譜辨疑〉亦曾云：「〈堂成〉詩云『緣江路熟俯青郊』，又云『飛來語燕定新巢』，則三月堂已成，自是居草堂，間嘗至外邑，有賦〈青城縣出成都寄陶王二少尹〉。」（《補注杜詩》，頁26）

[80] 《通典》（五），卷一百七十六，頁4629。

[81] 《元和郡縣圖志》（下），卷三十一，頁776。《舊唐書》（五），卷四十一，頁1668。

當亦在新津縣內，此外，《方輿勝覽》「成都府路」「崇慶府」下亦有「北橋」[82]。唐・垂拱二年所分置之蜀州，宋紹興十年升為崇慶軍，淳熙四年又升為崇慶府；元至元二十年降為州；明清因之[83]。據此，此詩當是杜甫抵成都後，至蜀州時作。今詩又云「望極春城上，開筵近鳥巢。白花簷外朵，青柳檻前梢」，依此，詩乃春日作。首先，杜甫上元元年（760）春歷經卜居、營草堂貲、覓植栽、初成草堂，因此，上元元年春天杜甫恐怕沒有多餘時間與心情前往蜀州。其次，寶應元年（762）杜甫送嚴武至綿州，後入梓州；再輾轉於梓、綿、漢、閬諸州間；廣德二年（764）再赴蜀，入嚴武幕府；永泰元年（765）正月辭幕府返草堂，四月嚴武卒，隨即離蜀南下。未聞其間杜甫曾再至蜀州，因此，寶應元年並其後杜甫皆未再至蜀州。依此，此詩當繫於上元二年春作。

〈遊修覺寺〉

黃鶴將此詩繫於上元元年春作[84]。今考此詩當繫於上元二年春蜀州作。

首先，「修覺寺」在蜀州，宋・宋祁（998～1061）即有〈題蜀州修覺寺〉詩，詩末並有「杜子美詩刻今在」諸字[85]。其次，據地志，「修覺寺」在修覺山上，修覺山在新津縣東南五里。《方輿勝覽》「成都府路」「崇慶府」下說：「修覺寺，在新津縣南五里。」[86]此外，《大元混一方輿勝覽》「成都

---

[82] 《方輿勝覽》（中），卷五十二，頁930。

[83] 參《讀史方輿紀要》（六），卷六十七，頁3167。《大清一統志》（九），卷三八四，頁104。

[84] 黃鶴說：「詩云『吾得及春遊』，蓋公以乾元二年季冬至成都，及春遊之，所以有是句，當在上元元年。」（《補注杜詩》，卷二十一，頁420）

[85] 《景文集》，見《文津閣四庫全書》，第1091冊，卷七，頁415。

[86] 《方輿勝覽》（中），卷五十二，頁930。「修覺山」在新津縣，譬如，宋・范成大（1126～1193）即有〈次韻陸務觀編修新津遇雨，不得登修覺山，徑過眉州三絕〉詩（見《范石湖集》（上海：上海古籍出版社，2006年），卷十八，頁252），據此詩題，「修覺山」當在新津縣。又如，范成大又云：「（淳熙四年六月）（1177）己卯。大雨，不可登脩覺。脩覺者，新津縣對江一小山。」（《吳船錄》，見《范成大筆記六種》（北京：中華書局，2004年），卷上，頁193）

路」「崇慶州」下亦云：「修覺寺，杜詩。」[87]另外，《大清一統志》「四川統部」「成都府」下亦曾云：「修覺山，在新津縣東南五里，山有修覺寺，因名。」[88]此外，《大清一統志》又云：「修覺寺，在新津縣東南五里。修覺山，僧神秀結廬於此。」[89]據此，修覺寺在蜀州新津縣東南五里附近。此詩當亦是杜甫抵成都後，至蜀州作。今詩又云「詩應有神助，吾得及春遊」，既有「春」字，時序乃春，此當與〈題新津北橋樓得郊字〉詩為同時之作，因此，此詩當繫於上元二年春作。

〈寄杜位〉（近聞寬法離新州）

朱鶴齡將此詩繫於上元二年作[90]。今考此詩乃杜甫在蜀州青城縣時作，詩當繫於上元二年九月壬寅大赦後不久。

首先，詩云「玉壘題書心緒亂，何時更得曲江遊」，「玉壘」指玉壘山，時杜甫已至青城縣。說明如下：

一、唐代玉壘山在導江縣，《通典》「彭州」「導江縣」下有「玉壘山」[91]；此外，《元和郡縣圖志》「劍南道」「彭州」「導江縣」下說：「玉壘山，在縣西北二十九里。」[92]最後，《新唐書‧地理志》「劍南道」「彭州」「導江縣」下亦有「玉壘山」[93]。而青城山在青城縣，《通典》「蜀州」「青城縣」下有「青城山」[94]；此外，《新唐書‧地理志》「劍南道」「蜀州」「青城

---

[87] 《大元混一方輿勝覽》（上），卷中，頁240。

[88] 《大清一統志》（九），卷三八四，頁110。

[89] 《大清一統志》（九），卷三八五，頁125。

[90] 朱鶴齡說：「（李）林甫（天寶）十一載十一月卒，則（杜）位之貶，必在十二載。自十二載癸巳至上元二年辛丑為九年，詩舉成數，故云『十年流也』。」（《杜工部詩集》（中），卷八，頁728）

[91] 《通典》（五），卷一百七十六，頁4628。

[92] 《元和郡縣圖志》（下），卷三十一，頁773。

[93] 《新唐書》（四），卷四十二，頁1080。

[94] 《通典》（五），卷一百七十六，頁4629。

縣」下有「青城山」[95]。唐代導江與青城兩縣，宋代屬永康軍，元代入灌州。《讀史方輿紀要》「四川」「成都府」「導江廢縣」下說：「（唐）又改曰導江。……。宋仍為導江縣，屬永康軍。元至元十三年省入灌州。」[96]又「青城廢縣」下說：「開元十八年又改清城曰青城。……。元祐中復置，屬永康軍。元至元十三年省入灌州。」[97]明初改灌州為灌縣[98]。也因此，唐代導江與青城兩縣，明清皆屬灌縣，朱鶴齡即曾說：「灌縣，乃唐之導江、青城二縣地。」[99]

二、清代玉壘山在灌縣西北三十里；青城山在灌縣西南五十里，《讀史方輿紀要》「四川」「灌縣」下說：「青城山，在縣西南五十里。……。玉壘山，在縣西北三十里。」[100]此外，《大清一統志》「四川統部」「成都府」「山川」下亦云：「青城山，在灌縣西南。……。玉壘山，在灌縣西北。」[101]依此，清時玉壘與青城兩山相隔應不甚遠。

據地志，唐代青城山在青城縣西北三十二里，《元和郡縣圖志》「劍南道」「蜀州」「青城縣」下說：「青城山，在縣西北三十二里。」[102]此外，《舊唐書‧地理志》「劍南道」「蜀州」「青城」下則云：「山在西北三十二里。」[103]最後，《太平寰宇記》「永康軍」「青城縣」下亦云：「青城山，在縣西北三十二里。」[104]依據上述所言，唐之青城山當在青城縣之西北；而玉

95　《新唐書》（四），卷四十二，頁1080。

96　《讀史方輿紀要》（六），卷六十七，頁3151。

97　《讀史方輿紀要》（六），卷六十七，頁3152。

98　《讀史方輿紀要》（六）「四川」「成都府」「灌縣」下說：「明初改州為縣。」（卷六十七，頁3151）另亦可參《大清一統志》（九）「成都府」「灌縣」條（卷三八四，頁103～104）。

99　《杜工部詩集》（中），卷八，頁728～729。

100　《讀史方輿紀要》（六），卷六十七，頁3152。

101　《大清一統志》（九），卷三八四，頁108。另亦可參《杜工部詩集》（中），卷八，頁728。

102　《元和郡縣圖志》（下），卷三十一，頁776。

103　《舊唐書》（五），卷四十一，頁1667。

104　《太平寰宇記》（三），卷七十三，頁1495。

疊山離青城山當亦非遠，也因此，趙次公認為玉疊山在青城縣，他說：「玉疊，在蜀州青城縣。今時自成都過青城，因寄此詩。」[105]因此，此詩乃是杜甫至蜀州青城縣時所作。

其次，詩又云「近聞寬法離新州，想見懷歸尚百憂。逐客雖皆萬里去，悲君已是十年流」，詩言杜位流貶已十年。杜位貶於天寶十二載二月，其本為李林甫壻，李林甫薨於天寶十一載十一月，諸子與諸壻等等因誣奏叛案而多流貶。宋・王應麟（1223〜1296）即曾說：「其（筆者按：杜位）流貶蓋以林甫故。」[106]此外，《新唐書・李林甫傳》也說：「國忠素銜林甫，及未葬，陰諷祿山暴其短。祿山使阿布思降將入朝，告林甫與思約為父子，有異謀。……。帝怒，詔林甫淫祀厭勝，結叛虜，圖危宗社，悉奪官爵，……。諸子司儲郎中崿、太常少卿嶼及岫等悉徙嶺南、黔中，各給奴婢三人，籍其家；諸壻若張博濟、鄭平、杜位、元捴，屬子復道、光，皆貶官。」[107]亦即：此次杜位與李林甫之子李岫及李復道諸人一同流貶，而李岫及李復道等人貶於天寶十二載二月，《舊唐書・玄宗本紀》「天寶十二載二月」說：「癸未，追削故右相李林甫在身官爵，男將作監岫、宗黨李復道等五十人皆流貶，國忠誣奏林甫陰結叛胡阿布思故也。」[108]此外，《資治通鑑》「天寶十二載二月」亦云：「癸未，制削林甫官爵；子孫有官者除名，流嶺南及黔中。……。近親及黨與坐貶者五十餘人。」[109]因此，杜位當亦貶於天寶十二載二月。

第三，若自天寶十二載二月起算，至上元元年為八年；二年為九年；寶應元年為十年。此三年皆可能為此詩的創作年份。自上元元年至寶應元年赦者計有九次：

一、上元元年（760）三月丙子（十五日）降死罪，流以下原之[110]；

二、上元元年閏四月己卯（十九日）大赦天下[111]；

三、上元二年（761）正月甲寅（二十八日）詔死罪降從流，流以下釋放[112]；

四、上元二年九月壬寅（二十一日）去年號，但稱元年，大赦天下[113]；

五、元年（762）建卯月辛亥朔（二月一日）大赦[114]；

六、元年建辰月壬午（三月三日）詔天下見禁繫囚皆釋放[115]；

---

[110] 《新唐書・肅宗本紀》（一）「上元元年三月」說：「上元元年三月丙子，降死罪，流以下原之。」（卷六，頁162）

[111] 《舊唐書・肅宗本紀》（一）「乾元三年閏四月」說：「（己卯）上御明鳳門，大赦天下，改乾元為上元。」（卷十，頁259）此外，《資治通鑑》（十）「上元元年閏四月」亦云：「己卯，赦天下，改元。」（卷二百二十一，頁7091）最後，〈改元上元赦文〉則云：「可大赦天下。改乾元三年為上元元年。自上元元年閏四月十九日昧爽已前，大辟罪已下，已發覺未發覺、已結正未結正，見禁囚徒，罪無輕重，常赦不免者，咸赦除之。」（見《全唐文》（一），卷四五，頁496）

[112] 《舊唐書・肅宗本紀》（一）「上元二年春正月」說：「甲寅，詔府縣、御史臺、大理疏理繫囚，死罪降從流，流已下並釋放。」（卷十，頁260）此外，《新唐書・肅宗本紀》（一）「上元二年正月」則說：「（甲寅）降死罪，流以下原之。」（卷六，頁163）

[113] 《新唐書・肅宗本紀》（一）「上元二年九月」說：「壬寅，大赦。」（卷六，頁164）此外，《資治通鑑》（十）「上元二年九月」說：「（壬寅）因赦天下。」（卷二百二十二，頁7116）最後，〈去上元年號大赦文〉則云：「可大赦天下。自二年九月二十一日昧爽已前，大辟罪無輕重，已發覺未發覺、已結正未結正，見繫囚徒，常赦所不免者，咸赦除之。……。自乾元元年已前，開元已來，應反逆連累，赦慮度限所未該及者，並宜釋放；有官者降資與官，無官者依本色例收敘。」（見《全唐文》（一），卷四五，頁498）

[114] 《新唐書・肅宗本紀》（一）「元年建卯月」說：「建卯月辛亥，大赦。」（卷六，頁165）此外，《資治通鑑》（十）「元年建卯月」說：「建卯月，辛亥朔，赦天下。」（卷二百二十二，頁7119）最後，〈元年建卯月南郊赦文〉亦云：「可赦天下。自元年建卯月一日昧爽已前，大辟罪已下，罪無輕重，已發覺未發覺、已結正未結正，繫囚見徒，常赦所不免者，咸赦除之。……。」（見《全唐文》（一），卷四五，頁499）

[115] 《舊唐書・肅宗本紀》（一）「元年建辰月」說：「壬午，詔天下見禁繫囚，無輕重一切釋放。」（卷十，頁262）此外，《新唐書・肅宗本紀》（一）「元年建辰月」說：「建辰月壬午，大赦，官吏聽納贓免罪，左降官及流人罰鎮效力者還之。」（卷六，頁

七、元年建辰月丁未（三月二十八日）詔左降官、流人一切放還[116]；

八、寶應元年（762）建巳月乙丑（四月十六日）大赦[117]；

九、寶應元年五月丁酉（十九日）大赦[118]。

那麼，杜甫詩中所謂的「寬法」是哪一次？史書與杜集中並未明言確指。杜甫另有〈野望因過常少仙〉詩，詩云「野橋齊渡馬，秋望轉悠哉。竹覆青城合，江從灌口來」，既云「青城」，又云「秋望」，因此，杜甫在青城縣時正值秋季。杜甫在青城時若值秋季，那麼，杜甫所聞之「寬法」應指上元二年九月壬寅之大赦天下詔而言。也因此，〈寄杜位〉當作於上元二年九月壬寅大赦後不久，時杜甫在蜀州青城縣。

杜甫詩集中前往青城縣或與其相關的詩尚有〈赴青城縣出成都寄陶王二少尹〉及〈丈人山〉等詩。此中，「丈人山」即青城山，《太平寰宇記》「劍

165）最後，〈肅宗元年建辰月德音〉則說：「天下見禁囚徒，罪無輕重，一切放免。其官典犯贓，情雖難恕，特從寬典，許以自許，並宜納贓，放所犯罪。……。元年建辰月壬午。」（見《唐大詔令集補編》（下），卷二十，頁915～916）

[116]《舊唐書・肅宗本紀》（一）「元年建辰月」說：「丁未，詔左降官、流人一切放還。」（卷十，頁262）

[117]〈改元寶應赦文〉說：「上天降寶，獻自楚州。……。因以體元，叶乎五紀。其元年應改為寶應元年，建巳月改為四月，其餘月並為常數，仍舊以正月一日為歲首。……。其天下見禁囚徒，罪無輕重，并已發覺未發覺、已結正未結正。四月十五日昧爽以前，一切放免；左降官宜即量移近處；流人一切放迴。……。」（見《全唐文》，卷四五，頁500）此同於《舊唐書・肅宗本紀》「寶應元年四月」下所載，《舊唐書・肅宗本紀》（一）說：「（建巳月）乙丑，詔皇太子監國。又曰：『上天降寶，獻自楚州，因以體元，叶乎五紀。其元年宜改為寶應，建巳月為四月，餘月並依常數，仍依舊以正月一日為歲首。』」（卷十，頁263）此外，《新唐書・肅宗本紀》（一）也說：「（建巳月）乙丑，皇太子監國。大赦，改元年為寶應元年，復以正月為歲首，建巳月為四月。」（卷六，頁165）

[118]《舊唐書・代宗本紀》（二）「寶應元年五月」說：「丁酉，御丹鳳樓，大赦。」（卷十一，頁269）此外，《新唐書・代宗本紀》（一）「寶應元年五月」說：「丁酉，大赦。」（卷六，頁167）最後，《資治通鑑》（十）「寶應元年五月」說：「丁酉，赦天下。」（卷二百二十二，頁7128）

南西道」「永康軍」「青城縣」下說：「青城山，……。《玉匱經》曰：『此第五大洞寶仙九室之天，黃帝所奉，拜為五岳丈人。』」[119]此外，《大清一統志》「四川統部」「成都府」「青城山」下亦云：「《舊志》又名丈人山。」[120]因此，丈人山即青城山。青城山在青城縣西北三十二里處。因此杜甫上述二首詩乃至蜀州青城所作，其當與〈寄杜位〉詩為同一時期之作。

據〈題新津北橋樓得郊字〉、〈遊修覺寺〉、〈寄杜位〉、〈野望因過常少仙〉、〈赴青城縣出成都寄陶王二少尹〉與〈丈人山〉諸詩繫年之結果，杜甫於上元二年春季、秋晚分別曾至蜀州新津與青城縣。朱鶴齡〈年譜〉「上元二年」下即曾說：「間至蜀州之新津、青城。」[121]此前，《百家注》亦曾將上述諸詩繫於上元二年作[122]。

最後，王洙、郭知達、錢謙益、朱鶴齡與仇兆鰲諸本〈寄杜位〉詩題下皆有原注「位京中（有）宅，近西曲江，詩尾有述」諸字[123]。換言之，杜位在長安嘗有宅第。那麼，天寶十載除夕杜甫於其從弟杜位宅守歲時，當在長安。

---

[119] 《太平寰宇記》（三），卷七十三，頁1495。另亦可參《錢牧齋先生箋註杜詩》（一），卷四，頁341。另外，范成大《吳船錄》亦曾云：「（淳熙四年六月）（1177）至青城山。門曰寶仙九室洞天。夜宿丈人觀。觀在丈人峰下。……丈人自唐以來，號五岳丈人儲福定命真君。」（見《范成大筆記六種》，卷上，頁190）

[120] 《大清一統志》（九），卷三八四，頁108。

[121] 《杜工部詩集》（上），年譜，頁70。

[122] 《百家注》（上），目錄，頁19～21。

[123] 《杜工部集》（二），卷十三，頁580。《九家集註杜詩》（四）作「位京中有宅，近西曲江，詩尾有述」（卷二十六，頁1837）。《錢牧齋先生箋註杜詩》（二），卷十一，頁769。《杜工部詩集》（中），卷八，頁728。《杜詩詳注》（二），卷十，頁828。另亦可參《御定全唐詩》，見《文淵閣四庫全書》，第1425冊，卷二百二十六，頁150。此外，仇兆鰲於〈杜位宅守歲〉下亦曾云：「公集有〈寄杜位〉詩，題下原注：『位京中宅，近西曲江。』」（《杜詩詳注》（一），卷二，頁109）

〈草堂即事〉

　　黃鶴將此詩繫於上元二年十一月作[124]。今考此詩當繫於元年十一月成都作。

　　詩云「荒村建子月，獨樹老夫家」，「建子月」為元年（761）十一月。據史，肅宗上元二年九月壬寅（二十一日）詔去年號，只稱元年，並以建子月為歲首，《資治通鑑》「上元二年九月」說：「壬寅，制去尊號，但稱皇帝；去年號，但稱元年，以建子月為歲首，月皆以所建為數。」[125]此外，〈去上元年號大赦文〉則云：「自今已後，朕號唯稱皇帝，其年但號元年，去『上元』之號，其以今年十一月為天正歲首。」[126]最後，《新唐書·肅宗本紀》「上元二年九月」亦云：「（壬寅）去『上元』號，稱元年，以十一月為歲月，月以斗所建辰為名。」[127]依此，建子月為元年十一月（亦即上元二年（761）十一月）。因此，此詩當繫於元年十一月作。蔡興宗〈年譜〉「上元二年」下即曾云：「以十一月為歲首，去年號，稱『元年』，月以斗所建辰為名。〈草堂即事〉略曰『荒村建子月』，乃是歲詩也。」[128]此外，趙次公也說：「肅宗上元元年歲在辛丑，於九月壬寅大赦，去尊號，又去上元號，稱『元年』，以十一月為歲首。」[129]此中，「上元元年歲在辛丑」當為「上元二年歲在辛丑」之訛。最後，黃鶴也曾說：「詩云『荒村建子月，獨樹老夫家』，當是上元二年十一月在成都作。蓋上元元年公營草堂，而二年以十一月為歲首，故云。」[130]最後，仇兆鰲亦曾云：「『建子月』，是上元二年十一月在草堂作。」[131]

---

[124] 《補注杜詩》，卷二十二，頁431。

[125] 《資治通鑑》（十），卷二百二十二，頁7116。

[126] 《全唐文》（一），卷四五，頁498。

[127] 《新唐書》（一），卷六，頁164。

[128] 《分門集註》（一），年譜，頁71。

[129] 《杜詩趙次公先後解輯校》（上），丙帙卷之十一，頁626。

[130] 《補注杜詩》，卷二十二，頁431。

[131] 《杜詩詳注》（二），卷十，頁860。

〈贈虞十五司馬〉

　　黃鶴將此詩繫於上元、寶應間作[132]。李辰冬則將此詩繫於上元二年[133]。今考此詩當作於上元二年。

　　詩云「百年嗟已半，四座敢辭喧」，既云「百年嗟已半」，那麼，時已五十歲。現在只要知道杜甫生於何年？即可知此詩的創作年份。今已知杜甫生於先天元年（詳〈杜位宅守歲〉繫年），依此，杜甫「五十」歲時當是上元二年。因此，此詩當繫於上元二年作。

〈逢唐興劉主簿弟〉

　　黃鶴將此詩繫於上元二年作[134]。今考此詩當繫於上元二年作。

　　首先，唐代「唐興縣」在蜀州，《元和郡縣圖志》「劍南道」「蜀州」「唐興縣」下云：「本漢江原縣地，後魏於此立犍為郡。隋開皇三年罷郡，又徙樊道縣於此，大業二年廢入新津縣，武德元年於廢州置唐隆縣，屬益州，垂拱二年割入蜀州。先天元年以犯諱改為唐安，至德二年改為唐興縣。」[135]此外，《元豐九域志》「成都府路」「蜀州」下也說：「開寶四年改唐興縣為江源。」[136]最後，《大清一統志》「成都府」「江源廢縣」下亦云：「唐武德元年，於此置唐隆縣，屬益州。垂拱二年改屬蜀州。長壽二年，改曰武隆。

---

132 黃鶴說：「梁權道編在大曆三年公安詩內。今考詩云『百年嗟已半』，若在是年作，則公已五十七歲，當如〈暮歸〉詩云『年過半百不稱意』，於此云『百年虛過年』。今不云『過』，而云『已』，意是上元、寶應間，在浣花作，故云『沙岸風吹葉，雲江月上軒』。若在公安，則未嘗舍舟，所謂『維舟倚前浦』是也。」（《補注杜詩》，卷三十四，頁631）

133 《杜甫作品繫年》說：「詩言：『百年嗟已半』，杜甫本年整整五十歲。」（頁78）

134 黃鶴說：「公上元二年為邑宰王潛作〈唐興縣客館記〉，及此詩俱題云『唐興劉主簿』，何也？無乃因舊名而云耳。此詩當是上元二年與〈簡王明府〉詩同時作。」（《補注杜詩》，卷二十一，頁418）

135 《元和郡縣圖志》（下），卷三十一，頁776。《杜甫大辭典》亦曾引及此條（卷十，頁62）。

136 《元豐九域志》（上），卷七，頁310。

神龍元年復曰唐隆。先天元年改為唐安。至德二載又改唐興，後復曰唐安。宋、開寶四年，改曰江源。」[137]蜀州在劍門之外，因此，詩有「劍外官人冷」之句。依此，詩當亦杜甫抵蜀後作。

其次，此詩當與杜甫〈唐興縣客館記〉為同時期之作。〈唐興縣客館記〉作於上元二年，說明如下：一、仇兆鰲本即有「原注：此上元二年在成都作」[138]諸字。二、文末有「是日辛丑歲秋分」諸字，「辛丑歲」即上元二年。三、文中又有「中興之四年，王潛為唐興宰，修厥政事」諸語，杜甫至德二載所作之詩時出現「中興」兩字，譬如〈喜達行在所〉之「今朝漢社稷，新數中興年」；又如〈述懷〉之「漢運初中興，生平老耽酒」；又如〈北征〉之「君誠中興主，經緯固密勿」。若自至德二載九、十月收復兩京起算，那麼，「中興之四年」即為上元二年。依據上述這些理由，〈唐興縣客館記〉當作於上元二年。〈唐興縣客館記〉既作於上元二年，因此，〈逢唐興劉主簿弟〉當亦繫於上元二年作。

[137]《大清一統志》（九），卷三八五，頁117～118。
[138]《杜詩詳注》（三），卷二十五，頁2205。

寶應年間

〈嚴中丞枉駕見過〉

錢謙益將此詩繫於寶應元年作[1]。今考此詩當繫於寶應元年春成都作。

王洙、趙次公、錢謙益與朱鶴齡諸本題下皆有「嚴自東川除西川，敕令兩川都節制」諸字[2]。此詩繫年說明如下：

首先，據《新》《舊唐書·肅宗本紀》所載，上元二年四月段子璋叛反，李奐戰敗，奔於成都；五月崔光遠敗段子璋[3]。然而，崔光遠不能禁將士剽劫殺戮，肅宗按其罪，憂恚而疾，卒於上元二年十月[4]。

此外，《新》《舊唐書·高適傳》又云：肅宗罷崔光遠後，以高適代為西川節度使[5]。若此說為是，那麼，高適為西川節度使當始於上元二年崔光遠罷後。若高適於上元二年十月繼為西川節度使，那麼，此恐與杜甫題下注「嚴自東川除西川，敕令兩川都節制」不合。兩說有一為非。

趙子櫟〈年譜〉「上元二年」下曾說：「其年太子少保、鄭國公崔光遠為成都尹、劍南節度。會東川段子璋殺其節度，李奐走成都。光遠命花驚定平之。……。光遠死，其月廷命嚴武。」[6]據《舊唐書·崔光遠傳》所載，崔

1　《錢牧齋先生箋註杜詩》（二），年譜，頁1271。

2　《杜工部集》（二），卷十二，頁510。《杜詩趙次公先後解輯校》（上），丙帙卷之五，頁491。《錢牧齋先生箋註杜詩》（二），卷十二，頁786。《杜工部詩集》（中），卷九，頁783。另亦可參《御定全唐詩》，見《文淵閣四庫全書》，第1425冊，卷二百二十七，頁154。

3　《舊唐書》（一），卷十，頁261。《新唐書》（一），卷六，頁164。

4　《舊唐書·崔光遠傳》（十），卷一百一十一，頁3319。另亦可參《新唐書》（十五），卷一百四十一，頁4655。

5　《舊唐書》（十），卷一百一十一，頁3331。《新唐書》（十五），卷一百四十三，頁4681。

6　〈杜工部草堂詩年譜〉，見《杜工部草堂詩箋》，杜詩年譜，頁33。

光遠死於上元二年十月,那麼,是月朝廷即命嚴武代崔光遠而為節度使。此外,錢謙益亦曾引趙抃(1008～1084)《玉壘記》說:「『上元二年,東劍段子璋反,李奐走成都。崔光遠命花驚定平之,縱兵剽掠士女,至斷腕取金。監軍按其罪,冬十月恚死。其月廷令嚴武。』此武代光遠之証。」[7]依此,嚴武當於上元二年(761)十月代崔光遠為西川節度使,非以高適代崔光遠之任。

其次,杜甫另有〈說旱〉一文,題下原注「初,中丞嚴公節制劍南日,奉此說」[8],依題下自注,此文當是嚴武節制劍南時杜甫所作。文有「躬自疏決,請以兩縣成都、華陽及府繫為始,管內東西兩川各遣一使」諸語,其中「管內東西兩川各遣一使」亦與〈嚴中丞枉駕見過〉題下原注嚴武節制兩川之事相合。文中又云「今蜀自十月不雨,抵建卯非雩之時」,「建卯」即為元年(762)二月,亦即寶應元年(762)二月。因此寶應元年二月嚴武已節制兩川。最後,文中又有「自中丞下車之初,軍郡之政,罷弊之俗,已下手開濟矣;百事冗長者,又已革削矣」諸句,既言「又已革削」,那麼,嚴武節制兩川應有一段時日,否則不當言「蜀自十月不雨」。簡言之,寶應元年二月嚴武節制兩川已有一段時間。此亦可作為嚴武自上元二年十月代崔光遠為西川節度使之輔證。

第三,詩又云「元戎小隊出郊坰,問柳尋花到野亭」,「野亭」當指成都草堂,嚴武有〈寄題杜二錦江野亭〉詩[9],錦江在成都附近,「錦江」又名濯錦江,江以濯錦而鮮於他水,故名,《通典》「益州」「成都縣」下即有「錦江」[10]。此外,《元和郡縣圖志》「成都府」「成都縣」下云:「大江,一名

---

[7] 《錢牧齋先生箋註杜詩》(一),卷七,頁472。錢謙益於此對高適或嚴武代崔光遠為節度使有詳細考述。此外,吳廷燮《唐方鎮年表》(北京:中華書局,2003年)亦引此(卷六,「劍南西川」「上元二年」,頁965)。

[8] 《杜工部集》(二),卷十九,頁847。《錢牧齋先生箋註杜詩》(二),卷十九,頁1199。

[9] 《杜工部集》(二),卷十二,頁517。

[10] 《通典》(五),卷一百七十六,頁4626。

汶江，一名流江，經縣南七里。……。蜀人又謂流江為懸笮橋水，此水濯錦，鮮於他水。」[11] 最後，《太平寰宇記》「益州」「華陽縣」下亦云：「濯錦江，即蜀江，水至此濯錦，錦彩鮮潤于他水，故曰濯錦江。」[12] 依此，錦江在成都附近。因此，錦江野亭指杜甫成都草堂。詩又有「問柳尋花」諸字，依據上述這些理由，因此，此詩當是實應元年春成都作。

〈遭田父泥飲美嚴中丞〉

蔡興宗繫此詩於實應元年春作[13]。黃鶴將此詩繫於實應元年春社日作[14]。今考此詩當繫於實應元年春社前後成都作。

詩云「酒酣誇新尹，畜眼未見有」，「新尹」即新任成都尹。首先，據史，蕭宗至德二載十二月改蜀郡為成都府，〈以蜀郡為南京、鳳翔為西京、西京為中京詔〉說：「蜀郡改為成都府。至德二年十二月。」[15] 此外，《舊唐書・蕭宗本紀》「至德二載十二月」亦云：「蜀郡改為成都府。」[16] 最後，《唐會要》「諸府尹」「成都府」下亦云：「至德二載十二月十五日，改為成都

---

[11] 《元和郡縣圖志》（下），卷三十一，頁767。

[12] 《太平寰宇記》（三），卷七十二，頁1464。另外，《大清一統志》（九）「成都府」下亦云：「錦江，在華陽縣南，即流江也。自郫縣西分流至府城東南，合郫江，折西南入彭山縣界。《括地志》：大江，一名汶江，一名流江，一名笮橋水，西南自溫江縣界流來。《通典》：成都縣有錦江。《元和志》：大江逕成都縣南七里。蜀人又謂為笮橋水，此水濯錦，鮮於他水。又在華陽縣南六里。《舊志》：錦江在府城南關外，俗名府河，即岷江支流。自灌縣東南流逕崇寧縣西，入郫縣界，曰走馬河；東南流至合江浦，分一小支為九曲江；其正派又東流六十里，入成都縣界，為錦江。」（卷三百八十四，頁112）

[13] 蔡興宗〈年譜〉「實應元年」下云：「春，……。又有〈遭田父泥飲美新尹嚴中丞〉詩。」（《分門集註》（一），年譜，頁71）

[14] 黃鶴說：「考公〈說旱〉云『今蜀自十月不雨，抵建卯非雩之時』，則是〈說〉乃實應元年二月上嚴公。注云『初，中丞嚴公節制劍南』，此〈說〉中又云『管內東西兩川各遣一使』，則其時但是節制兩川。此詩當是實應元年春社作。……。詩云『拾遺能住否』，則是未為參謀時。」（《補注杜詩》，卷九，頁191）

[15] 《唐大詔令集補編》（下），卷二十一，頁963。

[16] 《舊唐書》（一），卷十，頁250。

府。」[17]詩中所云「誇新尹」即詩題「美嚴中丞」之謂，因為嚴武曾拜成都
尹[18]。

其次，杜甫〈說旱〉一文有「請以兩縣成都、華陽及府繫為始」之語，
「府」字即指成都府。依此，時嚴武當為成都尹。而此文作於寶應元年二
月。因此，寶應元年二月時嚴武已為成都尹。是年四月二十日代宗即位後不
久即召嚴武入朝，有〈奉送嚴公入朝十韻〉詩。

今詩又云「步屧隨春風，村村花自柳。田翁逼社日，邀我嘗春酒」，因
此，此詩當為寶應元年春社前後成都作。

〈奉和嚴中丞西城晚眺十韻〉

黃鶴將此詩繫於寶應元年春作[19]。今考此詩當繫於寶應元年春晚成都作。
首先，「西城」即張儀所築之少城。《讀史方輿紀要》「四川」「成都府」
「華陽縣」下即曾云：「成都城，府城舊有太城，有少城。……。少城，府
西城也。……。昔張儀既築太城，後一年又築少城。」[20]此外，《太平寰宇記》
「劍南西道」「益州」「華陽縣」下也說：「少城，……。李膺〈記〉：『與大
城俱築，惟西南北三壁，東即大城之西墉，故〈蜀都賦〉云：亞以少城，接
於其西。』」[21]唐代少城又在成都縣西南一里二百步，《元和郡縣圖志》「劍南
道」「成都府」「成都縣」下云：「少城，……，在縣西南一里二百步。」[22]因
此，西城在成都附近。

其次，詩云「政簡移風速，詩清立意新」，既言「政簡」，則嚴武時當

---

[17] 《唐會要》（下），卷六十八，頁1409。

[18] 《舊唐書‧嚴武傳》（十）說：「拜（嚴）武成都尹。」（卷一百一十七，頁3395）《新
　　唐書‧嚴武傳》（十四）說：「擢（嚴）武成都尹。」（卷一百二十九，頁4484）

[19] 黃鶴說：「題云『嚴中丞』，則是寶應元年作。同年有〈說旱〉，公『初，中丞嚴
　　公節制劍南日，奉此說』。……。又云『政簡移風速』、『層城臨媚景，絕域望餘
　　春』，……。此詩作於寶應元年之春，故云。」（《補注杜詩》，卷二十三，頁438）

[20] 《讀史方輿紀要》（六），卷六十七，頁3136。

[21] 《太平寰宇記》（三），卷七十二，頁1467。另亦可參《杜詩釋地》，卷三，頁262。

[22] 《元和郡縣圖志》（下），卷三十一，頁768。

為成都尹，仇兆鰲即曾說：「節鎮本係府尹，故其『政簡』。」[23] 據〈說旱〉一文，寶應元年二月嚴武已為成都尹，且歷一段時日；不久，杜甫送嚴武入朝，七月，嚴武尚在進京途中；九日，嚴武尚在巴山。今詩又云「層城臨暇景，絕域望餘春」，詩當作於寶應元年春晚，時杜甫在成都。

〈大雨〉

黃鶴將此詩繫於寶應元年初夏作[24]。今考此詩當繫於寶應元年初夏成都作。

詩云「西蜀冬不雪，春農尚嗷嗷。上天回哀眷，朱夏雲鬱陶」，此詩繫年分述如下：

首先，「西蜀」兩句與〈說旱〉中「今蜀自十月不雨，抵建卯非雩之時，奈久旱何」諸語相合，〈說旱〉謂：上元二年（761）十月蜀已無雨，至元年（762）建卯月（二月），已久旱。那麼，蜀地二月仍旱。換言之，〈大雨〉詩當作於寶應元年（762）二月之後。

其次，依據上述敘述可知：〈大雨〉詩乃敘述上元二年十月至寶應元年朱夏久旱降雨之事。然目前仍無法確定下雨月份，幸好杜甫另有〈戲贈友二首〉詩可為下雨月份之佐證。今已知〈戲贈友〉詩作於寶應元年四月（「元年建巳月」）[25]。而〈戲贈友〉詩其二又有「駑駘漫深泥，何不避雨色」之語，既云「雨色」，換言之，寶應元年夏四月蜀地降雨。依據上述這兩個理由，〈大雨〉詩之「朱夏」當指初夏，那麼，〈大雨〉詩當作於寶應元年夏四月。黃鶴對此即曾說：「按：寶應元年建卯月成都春旱，〈說旱〉云：『蜀

---

23 《杜詩詳注》（二），卷十一，頁893。

24 《補注杜詩》，卷十，頁198。黃鶴另於〈中丞嚴公雨中垂寄見憶一絕奉答二絕〉題下補注說：「詩云『雨映行宮辱贈詩』，當是寶應元年建巳月得雨時作。」（《補注杜詩》，卷二十三，頁443）據此，黃鶴認為此次「大雨」當發生於寶應元年四月（即建巳月）初夏。也因此，仇兆鰲引黃鶴注語時說：「入夏方雨。」（《杜詩詳注》（二），卷十一，頁907）

25 參拙著《杜詩舊注考據補證》，第四章，頁85。

自十月不雨，抵建卯非雩之時，奈久旱何。』意此詩是寶應元年在浣花作，故詩云『西蜀冬不雪，春農尚嗷嗷。上天回哀眷，朱夏雲鬱陶』，乃夏方雨至。」[26]

〈嚴公仲夏枉駕草堂兼攜酒饌〉

蔡興宗繫此詩於寶應元年五月作[27]。黃鶴亦將此詩繫於寶應元年五月作[28]。今考此詩當是寶應元年五月成都作。

首先，詩題既言及「仲夏」與「草堂」，詩中又有「百年地僻柴門迥，五月江深草閣寒」之句，換言之，此當是五月杜甫在成都時作。

其次，詩題又言及「嚴公」二字，今已知嚴武於上元二年十月代崔光遠為西川節度使，那麼，今若考量上述這兩個因素，此詩的創作時間選項可能為：寶應元年（762）五月、廣德二年（764）五月及永泰元年（765）五月。說明如下：

一、此詩非作於永泰元年五月，因為據史嚴武卒於永泰元年四月[29]。嚴武若卒於永泰元年四月，即不可能於永泰元年五月至成都草堂。

二、此詩非作於廣德二年五月。此詩題他本或作「鄭公枉駕攜饌訪水亭」[30]，亦即嚴武訪成都草堂水亭。草堂本有水亭，〈寄題江外草堂〉即有「亭臺隨高下，敞豁當清川」之語。草堂水亭亦有水檻，杜甫即有〈水檻遣心二首〉詩，而「水檻」即水亭之檻，邵寶曾說：「水檻，草堂水亭之

---

26 《補注杜詩》，卷十，頁198。黃鶴原句為「按：公寶應元年建卯月成都春旱，〈說〉云……」。筆者按：此中「公」字，當為衍字，暫刪之。此外，〈說〉後奪一「旱」字。

27 蔡興宗〈年譜〉「寶應元年」下云：「五月，有〈嚴公枉駕草堂〉詩。」（《分門集註》（一），年譜，頁71）

28 《補注杜詩》，卷二十三，頁443～444。

29 《舊唐書・代宗本紀》（二），卷十一，頁279。《資治通鑑》（十），卷二百二十三，頁7174。

30 《九家集註杜詩》（四），卷二十三，頁1683。《錢牧齋先生箋註杜詩》（二），卷十二，頁802。或見《杜詩詳註》（二），卷十一，903。

檻。」³¹

此詩非作於廣德二年五月，這是因為廣德二年春晚杜甫回成都草堂時水檻已損，〈水檻〉詩有「茅軒駕巨浪，焉得不低垂。遊子久在外，門戶無人持。高岸尚為谷，何傷浮柱欹」諸語可為證。黃鶴對此即曾說：「若以一云『鄭公枉駕攜（酒）饌訪水亭』為是，則此詩不在廣德二年五月，即在永泰元年五月作。然鄭公廣德二年春再鎮蜀，而公以是年春晚歸草堂，有『猶得見殘春』之句。而所謂『水檻』者，已為水損，〈水檻〉詩云『遊子久在外，門戶無人持。高岸尚為谷，何傷浮柱欹』，則非其年亦明。永泰五月嚴公已薨，當在寶應元年五月作。」³²因此，此詩當繫於寶應元年五月。

〈奉送嚴公入朝十韻〉

黃鶴將此詩繫於寶應元年夏作³³。今考此詩當繫於寶應元年夏作，創作上限當不早於五月。

首先，詩云「鼎湖瞻望遠，象闕憲章新」。「鼎湖」本黃帝乘龍昇天處，後亦指帝王，今既言「瞻望遠」，換言之，此言帝王仙逝；「象闕」乃象魏，代指朝廷，「憲章」為典章制度，既言「憲章新」，換言之，此言帝王即位。因此，兩句言肅宗崩逝，代宗即位，趙次公對此即曾說：「上句以言肅宗之上昇，下句以言代宗之初立。」³⁴此外，仇兆鰲亦曾云：「『鼎湖』，

31　《刻杜少陵先生詩分類集註》（六），卷十七，頁2471。此外，〈水檻遣心二首〉其二詩云「蜀天常夜雨，江檻已朝晴」，「蜀」指蜀郡，亦即益州，《通典》「益州」下云：「大唐為益州，或為蜀郡。」（《通典》（五），卷一百七十六，頁4626）此外，《舊唐書·地理志》亦云：「天寶元年，改益州為蜀郡。」（《舊唐書》（五），卷四十一，頁1664）最後，《大清一統志》「四川統部」「成都府」「建置沿革」下也說：「天寶元年，復曰蜀郡。」（《大清一統志》（九），卷三八四，頁102）既云「蜀天」，那麼，「水檻」當指成都草堂之水檻。

32　《補注杜詩》，卷二十三，頁443～444。

33　黃鶴說：「詩云『鼎湖瞻望遠，象闕憲章新』，正謂肅宗晏駕，代宗即位。又云『宮鶯罷囀春』，乃寶應元年夏作。」（《補注杜詩》，卷二十三，頁444）

34　《杜詩趙次公先後解輯校》（上），丙帙卷之六，頁505。

蕭宗晏駕。『象闕』，代宗即位。」[35]

蕭宗卒於寶應元年四月十七或十八日，《新唐書・蕭宗本紀》「寶應元年」載：蕭宗崩於建巳月丙寅（四月十七日）[36]。然而，《舊唐書・代宗本紀》與《資治通鑑》「寶應元年」卻載：蕭宗崩於（四月）丁卯（十八日）[37]。這可能是蕭宗夜裡駕崩使得記載日期有了一天之差。代宗即位於四月二十日，《新》《舊唐書・代宗本紀》與《資治通鑑》「寶應元年」皆載：代宗即位於本月己巳（二十日）[38]。

其次，詩又言「四海猶多難，中原憶舊臣」，「舊臣」指嚴武，即詩題所謂「嚴公」，趙次公即曾說：「『舊臣』，指嚴公。」[39]據此，詩當作於寶應元年四月二十日後。

最後，詩又云「漏鼓還思晝，宮鶯罷囀春」，既云「罷囀春」，時值當夏[40]。因此，此詩當繫於寶應元年夏作，創作上限當不早於五月，時杜甫尚在成都，有〈嚴公仲夏枉駕草堂兼攜酒饌〉詩。

〈送嚴侍郎到綿州，同登杜使君江樓宴〉

黃鶴將此詩繫於寶應元年五、六月作[41]。今考此詩當繫於寶應元年五、六月，最晚亦當在七月徐知道兵反前作，時杜甫在綿州。

「綿州」在益州（蜀郡）的東北方向[42]。而「江樓」在綿州城東隅，《方

---

[35] 《杜詩詳注》（二），卷十一，頁911。

[36] 《新唐書》（一），卷六，頁165。

[37] 《舊唐書》（二），卷十一，頁268。《資治通鑑》（十），卷二百二十二，頁7124。

[38] 《新唐書》（一），卷六，頁167。《舊唐書》（二），卷十一，頁268。《資治通鑑》（十），卷二百二十二，頁7125。

[39] 《杜詩趙次公先後解輯校》（上），丙帙卷之六，頁505。

[40] 《杜詩詳注》（二）說：「宮鶯罷囀，夏時入覲。」（卷十一，頁912）此外，《杜詩鏡銓》亦云：「言以夏時入覲。」（卷九，頁404）

[41] 黃鶴說：「寶應元年五、六月作。」（《補注杜詩》，卷二十三，頁445）

[42] 綿州西南至漢州（德陽郡）一百八十里，譬如《通典》（五）「綿州（巴西郡）」下即曾云：「西南到德陽郡百八十里。」（卷一百七十六，頁4622）此外，《元和郡縣圖志》（下）「劍南道」「綿州」下亦云：「西南至漢州一百八十里。」（卷三十三，頁

興勝覽》「成都府路」「綿州」下云：「江樓，枕城之東隅。……。杜甫〈送嚴侍郎到綿州同登杜使君江樓宴〉詩云：『野興每難盡，江樓延賞心。』」[43]此外，《大明一統志》「成都府」下亦云：「江樓，在綿州城東隅。唐時建。杜甫詩……。」[44]最後，《大清一統志》「綿州直隸州」下亦曾云：「江樓，在州城東隅。唐時建。杜甫送嚴武至州，有〈同登江樓宴〉詩。」[45]今詩又云「歸朝送使節，落景惜登臨」，「歸朝」句即送嚴武回朝[46]。今既云及送嚴武歸朝，此詩當與〈奉送嚴公入朝十韻〉為同年之作。杜甫另有〈奉濟驛重送嚴公四韻〉詩，而綿州州治距奉濟驛三十里，換言之，從距離而言，〈送嚴侍郎到綿州，同登杜使君江樓宴〉與〈奉濟驛重送嚴公四韻〉兩詩當是先後之作。今考兩詩當作於寶應元年五、六月（見下）。最後，胡宗愈（1029～1094）於〈成都草堂詩碑序〉中亦曾云：「嚴武入朝，先生送武之巴西，遂如梓州。」[47]此中，「巴西」即綿州州治巴西縣，亦可指綿州（巴西郡）。胡氏所云即是杜甫此行。

〈奉濟驛重送嚴公四韻〉

黃鶴將此詩繫於寶應元年作[48]。今考此詩當繫於寶應元年五、六月，最晚亦當在七月徐知道兵反前作，時杜甫在綿州。

首先，「奉濟驛」在綿州州治巴西縣東三十里，趙次公本題下有「驛去

848）而漢州南至蜀郡一百里，譬如《通典》（五）「漢州（德陽郡）」下即曾云：「南到蜀郡一百里。」（卷一百七十六，頁4627）此外，《元和郡縣圖志》（下）「劍南道」「漢州」下亦云：「南至成都府一百里。」（卷三十一，頁777）

43 《方輿勝覽》（中），卷五十四，頁972。錢謙益亦曾引及此條，並云：「枕綿州城之東隅。」（見《錢牧齋先生箋註杜詩》（二），卷十二，頁805）

44 《大明一統志》（下），卷六十七，頁1041。

45 《大清一統志》（九），卷四一四，頁635。

46 仇兆鰲說：「下二送嚴公。」（《杜詩詳注》（二），卷十一，頁915）

47 《草堂詩箋》（一），序，頁17。

48 黃鶴說：「寶應元年作。」（《補注杜詩》，卷二十三，頁445）

綿三十里」諸字[49]；《九家集註杜詩》題下則云「驛去綿州三十里」[50]；此外，黃鶴亦曾云：「奉濟驛，在綿州。」[51]其次，詩云「遠送從此別，青山空復情」，「遠送」指從成都送嚴武至綿州，再送至奉濟驛，因此，此詩當作於〈送嚴侍郎到綿州，同登杜使君江樓宴〉詩之後。據史，寶應元年七月癸巳（十六日）劍南西川兵馬使徐知道反，嚴武入朝受阻於路[52]。今兩詩未述及戰亂兵戈之意，詩當作於徐知道兵反前；若值徐知道兵反或其餘孽之亂，當有兵戈之語，譬如〈九日登梓州城〉即有「兵戈與關塞，此日意無窮」，不應尚有把杯宴會之情思。依此，兩詩當是寶應元年七月十六日徐知道兵反前作，最有可能乃作於寶應元年五、六月，時杜甫在綿州。

〈光祿坂行〉

黃鶴將此詩繫於寶應元年作[53]。今考此詩當繫於寶應元年作，時杜甫在梓州銅山縣。

首先，詩云「馬驚不憂深谷墜，草動只怕長弓射。安得更似開元中，道路即今多擁隔」，王洙與《九家集註杜詩》本於句下皆有「白日賊多，翻是長弓子弟」[54]諸字，此言白日賊多，轉身所見皆是長弓子弟；詩更謂蜀中山賊擁絕道路。據史，寶應初，蜀中亂，山賊擁隔道路，《舊唐書·崔寧傳》

---

[49] 《杜詩趙次公先後解輯校》（上），丙帙卷之六，頁507。

[50] 《九家集註杜詩》（四），卷二十三，頁1692。

[51] 《補注杜詩》，卷二十三，頁445。關於「奉濟驛」地點及其方位，詳參《唐代交通圖考》（四），篇二三，金牛成都驛道，頁895～896。此外，邵寶亦曾云：「奉濟驛在四川綿州，成都府城東北三百餘里。」（《刻杜少陵先生詩分類集註》（七），卷二十一，頁3009）最後，宋代綿州巴西縣亦有奉濟鎮，見《元豐九域志》（上），卷七，頁312。

[52] 《資治通鑑》（十），卷二百二十二，頁7130。《新唐書》（一），卷六，頁167。

[53] 黃鶴說：「〈崔寧傳〉云：『寶應初，蜀亂，道路不通。』與此詩所言合。當是寶應元年作，公時在梓州。」（《補注杜詩》，卷九，頁188）

[54] 王洙本於「道路」句下有此諸字，見《杜工部集》（一），卷五，頁178～179。《九家集註杜詩》（二）則於「草動」句下有此諸字（卷九，頁597）。此外，《錢牧齋先生箋註杜詩》（一）也說：「吳若本注云：白日賊多，翻是長弓子弟。」（卷五，頁362）

說：「寶應初，蜀中亂，山賊擁絕縣道，代宗憂之。」[55]此外，《新唐書・崔寧傳》也說：「寶應初，蜀亂，山賊乘險，道不通。」[56]舊題為鮑曰者即曾引此說：「〈崔寧傳〉：『寶應初，蜀亂，山賊乘險，道路不通。』與此詩合。」[57]因此，此詩當是寶應元年作。

其次，「光祿坂」在梓州銅山縣，蔡夢弼於《草堂詩箋》中曾說：「光祿坂，在梓州銅山縣。」[58]此外，《新修潼川府志校注》「輿地志」「山川」「中江縣」下亦云：「光祿坂，《通志》：『在廢銅山縣境。』杜詩注：『在梓州銅山縣。』唐杜甫〈光祿坂行〉。」[59]據此，時杜甫在梓州銅山縣。

〈九日登梓州城〉

黃鶴將此詩繫於寶應元年作[60]。今考此詩當繫於寶應元年九日梓州作。

今詩題云「九日登梓州城」，換言之，九月九日時杜甫在梓州登高。杜甫九月九日在梓州度過重陽節，計有兩次，一次在廣德元年，一次在寶應元年。

首先，就廣德元年九日言之，杜甫另有〈九日〉詩，詩云「去年登高郪縣北，今日重在涪江濱」，說明如下：一，「郪縣」在梓州，《通典》、《元和郡縣圖志》、《新》《舊唐書・地理志》「梓州」下皆有「郪縣」[61]。二，「涪江」流經梓州郪縣東四里，譬如，《元和郡縣圖志》「劍南道」「梓州」「郪

---

[55] 《舊唐書》（十），卷一百一十七，頁3398。

[56] 《新唐書》（十五），卷一百四十四，頁4704。

[57] 《九家集註杜詩》（二），卷九，頁597。

[58] 《草堂詩箋》（二），卷二十，頁477。另亦可參《錢牧齋先生箋註杜詩》（一），卷五，頁362。此外，《御定全唐詩》本詩題下亦有「在梓州銅山縣」諸字，見《文淵閣四庫全書》，第1425冊，卷二百二十，頁52。

[59] 《新修潼川府志校注》（上）（成都：巴蜀書社，2007年），卷二，頁31。

[60] 《補注杜詩》，卷二十四，頁451。

[61] 《通典》（五），卷一百七十六，頁4624。《元和郡縣圖志》（下），卷三十三，頁842。《新唐書》（四），卷四十二，頁1088。《舊唐書》（五），卷四十一，頁1671。

縣」下即云:「涪江水,經縣東,去縣四里。」[62]此外,《通典》「梓州」下亦有「郡城左帶涪水」之語[63]。最後,《舊唐書‧地理志》「劍南道」「梓州」「郪縣」下亦云:「郡城左帶涪水。……。梓州所治。」[64]據此,「涪江」流經梓州。〈九日〉詩既云「今日重在涪江濱」,那麼,杜甫時在梓州。

〈九日〉詩又云「酒闌却憶十年事,腸斷驪山清路塵」,「驪山」事指天寶十四載冬杜甫離開長安途經驪山,而此是十年前事。若自天寶十四載(755)起算,那麼,今年當為廣德二年(764),且杜甫九月九日在梓州。然若將〈九日〉詩繫於廣德二年梓州作,恐與他詩不合,茲列述於下:

廣德二年六月杜甫在成都,譬如〈揚旗〉詩題下原注云:「二年夏六月,成都尹鄭公置酒公堂,觀騎士,試新旗幟。」[65]且詩中又云「我公會賓客,肅肅有異聲」,既云「我公」,則時杜甫已入幕府,此即《新唐書‧杜甫傳》中所謂之「(嚴)武再帥劍南,表為參謀、檢校工部員外郎」語[66]。

廣德二年秋杜甫乃在幕府,並有描寫夜宿節度幕府心情之詩,〈宿府〉詩云「已忍伶俜十年事,強移棲息一枝安」,若自安祿山兵反(755)起算,則〈宿府〉詩之「十年」當即廣德二年,《刻杜少陵先生詩分類集註》對此亦曾云:「自祿山反,至今凡十年。」[67]

廣德二年九月己未(二十五日)嚴武破吐蕃,拔當狗城,《舊唐書‧代宗本紀》「廣德二年」說:「(九月)己未,劍南節度嚴武攻拔吐蕃當狗城,破蕃軍七萬。」[68]此外,《新唐書‧代宗本紀》「廣德二年」也說:「九月己

---

[62] 《元和郡縣圖志》(下),卷三十三,頁842。

[63] 《通典》(五),卷一百七十六,頁4624。

[64] 《舊唐書》(五),卷四十一,頁1671。

[65] 《杜工部集》(一),卷五,頁188。錢謙益與仇兆鰲本皆作「二年夏六月,成都尹嚴公置酒公堂,觀騎士,試新旗幟」,見《錢牧齋先生箋註杜詩》(一),卷五,頁406;《杜詩詳注》(二),卷十三,頁1139。

[66] 《新唐書》(十八),卷二百一,頁5737~5738。

[67] 《刻杜少陵先生詩分類集註》(七),卷二十二,頁3115。另亦可參《杜詩詳注》(二),卷十四,頁1173。

[68] 《舊唐書》(二),卷十一,頁276。

未，劍南節度使嚴武及吐蕃戰于當狗城，敗之。」[69]另外，《資治通鑑》「廣德二年」亦云：「（九月）己未，劍南節度使嚴武破吐蕃七萬眾，拔當狗城。」[70]

廣德二年十月庚午（初六）嚴武破吐蕃鹽川城，《資治通鑑》「廣德二年」云：「（十月）庚午，嚴武拔吐蕃鹽川城。」[71]此階段杜甫有〈陪鄭公秋晚北池臨眺〉詩，詩中云及「何補參軍乏，歡娛到薄躬」，既云「參軍」[72]，那麼，是年秋晚杜甫仍在節度幕府。歸納言之，廣德二年六月至九月杜甫皆於節度使幕府中。因此，廣德二年九月九日杜甫未在梓州。

〈九日〉詩若非於廣德二年九日梓州作，又當繫於何年呢？當繫於廣德元年。自天寶十四載（755）安祿山兵反起算，至廣德元年（763）為止乃「九年」，詩舉其成數而言「十年事」。《杜臆》即曾說：「天寶十四年冬，公自京師歸奉先，路經驪山；玄宗時幸華清宮，祿山反，然後還京。……。至今廣德元年，則十年矣。」[73]因此，〈九日〉詩當作於廣德元年，時杜甫在梓州度過重陽節。

其次，自寶應元年九日言之，今既已確定〈九日〉詩作於廣德元年，而該詩又云「去年登高郪縣北」，那麼，「去年」當為寶應元年，亦即：寶應元年九月九日杜甫亦在梓州登高。

歸納上述這兩點而言，杜甫在梓州兩度重九，分別是在：寶應元年與廣德元年。今已確定〈九日〉詩作於廣德元年，那麼，〈九日登梓州城〉當作於寶應元年。黃鶴對此即曾說：「公於寶應元年、廣德元年皆在梓州。今以後篇詩云『去年登高郪縣北』考之，則此詩在寶應元年作。」[74]

---

[69] 《新唐書》（一），卷六，頁170。

[70] 《資治通鑑》（十），卷二百二十三，頁7167。

[71] 《資治通鑑》（十），卷二百二十三，頁7167。

[72] 《兩唐書辭典》（濟南：山東教育出版社，2002年）「參軍」條說：「唐制，諸王府、都督府、都護府、諸王府、諸衛及外州府均分別置諸曹參軍。除諸衛外還置有參軍事。諸曹參軍分掌曹事，參軍事掌出使及檢校雜事。」（頁1031）

[73] 《杜臆》，見《續修四庫全書》，第1307冊，卷五，頁475。另亦可參《杜詩詳注》（二），卷十二，頁1034。

[74] 《補注杜詩》，卷二十四，頁451。

〈九日奉寄嚴大夫〉

蔡興宗繫此詩於寶應元年九日作[75]。黃鶴亦將此詩繫於寶應元年九日作[76]。今考此詩當繫於寶應元年九日作，時杜甫在梓州。

詩云「不眠持漢節，何路出巴山」，事指嚴武寶應元年赴召，亦即：〈奉送嚴公入朝十韻〉中之「鼎湖瞻望遠，象闕憲章新。四海猶多難，中原憶舊臣」諸語；〈送嚴侍郎到綿州同登杜使君江樓宴〉中之「歸朝送使節，落景惜登臨」諸語。時嚴武尚在巴山，其〈巴嶺答杜二見憶〉詩即曾云「臥向巴山落月時，兩鄉千里夢相思。……。江頭赤葉楓愁客，籬外黃花菊對誰」[77]。趙次公對此即曾說：「時嚴武歸朝。」[78]此外，邵寶亦曾云：「公九日在梓州登臨，時嚴武還朝，尚在蜀棧道中。」[79]最後，錢謙益亦云：「寶應元年四月，代宗即位。召武入朝。是年徐知道反，武阻兵，九月尚未出巴。」[80]詩既言及寶應元年嚴武還朝事，詩題又云「九日」，因此，此詩當作於寶應元年九月九日。據〈九日登梓州城〉詩，時杜甫在梓州。

〈野望〉（金華山北涪水西）

黃鶴將此詩繫於寶應元年十一月作[81]。今考此詩當繫於寶應元年十一月梓

---

[75] 蔡興宗〈年譜〉「寶應元年」下云：「尋避成都之亂，入梓州，有〈九日奉寄嚴大夫〉詩。」（《分門集註》（一），年譜，頁72）

[76] 黃鶴說：「嚴武以寶應元年夏赴召，公送至綿，尋入梓，故有『何路出巴山』之句。……。然（嚴）武夏離成都，而九日尚在巴嶺，何其遲遲如此，必是路梗。」（《補注杜詩》，卷二十四，頁451）

[77] 《杜工部集》（二），卷十二，頁525。

[78] 《杜詩趙次公先後解輯校》（上），丙帙卷之六，頁513。

[79] 《刻杜少陵先生詩分類集註》（六），卷十八，頁2619～2620。

[80] 《錢牧齋先生箋註杜詩》（二），卷十二，頁807。此外，上述所引三條，另亦可參見《杜詩詳注》（二），卷十一，頁934。

[81] 黃鶴說：「詩云『金華山北涪水西，仲冬風日始淒淒』，山與水皆在射洪縣。又云『仲冬』，當是寶應元年十一月往射洪作。同時有〈往射洪縣南途中有作〉、〈南之通泉縣〉等詩。」（《補注杜詩》，卷二十六，頁497）

州射洪縣作。

　　首先，詩云「射洪春酒寒仍綠，極目傷神誰為攜」，那麼，杜甫時當在射洪縣。依地志，「射洪」在梓州，譬如《通典》、《元和郡縣圖志》、《新》《舊唐書‧地理志》「梓州」下皆有射洪縣[82]。

　　其次，杜甫至梓州射洪縣在寶應元年秋。杜甫即有〈奉贈射洪李四丈明甫〉詩，詩嘗云「南京亂初定，所向色枯槁」，事指寶應元年七月徐知道之亂；八月徐知道即伏誅。今既云「亂初定」，那麼，詩當作於八月徐知道死後不久[83]；然九日嚴武受阻尚未出巴嶺，〈九日奉寄嚴大夫〉有「不眠持漢節，何路出巴山」之語，時當猶有餘孽。〈奉贈射洪李四丈明甫〉詩又有「遊子無根株，茅齋付秋草」兩語，前既云「初」字，後又云「秋草」，那麼，〈奉贈射洪李四丈明甫〉詩當是寶應元年秋作，時杜甫在梓州射洪縣。另據〈九日登梓州城〉詩，寶應元年九日杜甫尚在梓州州城。因此，杜甫前往梓州射洪縣當在寶應元年重陽過後。

　　惟需說明的是，〈奉贈射洪李四丈明甫〉詩又云「東征下月峽，掛席窮海島。萬里須十金，妻孥未相保」，此言「傷出峽無資，室家未有歸處」[84]，據此，寶應元年秋晚杜甫妻兒等當已至梓州，否則，不當言此。魯訔〈年譜〉「寶應元年」即曾說：「秋歸成都迎家，遂徑往梓。」[85]此外，〈聞官軍收河南河北〉有「却看妻子愁何在，漫卷詩書喜欲狂」之語，今已知〈聞官軍收河南河北〉詩作於廣德元年春（繫年見後），那麼，此前杜甫妻子當已在其身邊。依此，寶應元年秋晚杜甫迎妻兒至梓州當是事實。再據〈寄題江外草堂〉「偶攜老妻去，慘澹凌風烟」兩語，可知此次乃杜甫自己前往成都，迎家至梓州。

　　第三，今〈野望〉詩又云「金華山北涪水西，仲冬風日始淒淒」，「仲

82　《通典》（五），卷一百七十六，頁4624。《元和郡縣圖志》（下），卷三十三，頁842。《舊唐書》（五），卷四十一，頁1671。《新唐書》（四），卷四十二，頁1088。

83　〈奉贈射洪李四丈明甫〉詩繫年詳參拙著《杜詩舊注考據補證》，第四章，頁64～66。

84　《杜詩詳注》（一），卷十一，頁953。

85　《分門集註》（一），年譜，頁99。

冬」為十一月。依據上述這三點，〈野望〉詩當是杜甫於寶應元年十一月在
梓州射洪時作。

〈冬到金華山觀，因得故拾遺陳公學堂遺跡〉

　　黃鶴將此詩繫於寶應元年冬作[86]。今考此詩當繫於寶應元年冬梓州射洪縣
作。

　　「金華山」在梓州射洪縣北，山上有金華山觀及陳子昂學堂，「金華山
觀」後賜名玉京觀，《方輿勝覽》「潼川府路」「潼川府」下云：「金華山，
在射洪縣。有陳拾遺學堂。……。玉京觀，在射洪縣北金華山上。……。有
陳拾遺讀書堂。」[87]此外，《輿地紀勝》「潼川府路」「潼川府」下亦云：「玉
京觀，在射洪縣北金華山上。……。有陳拾遺讀書堂。……。金華山，在射
洪縣南，有陳子昂讀書堂。」[88]另外，《大清一統志》「潼川府」下亦云：「金
華山，在射洪縣北二里。……。陳子昂故宅，……，又，讀書堂，在縣北
金華山。……。玉京觀，在射洪縣治北金華山上。」[89]最後，《新修潼川府志
校注》「射洪縣」下亦云：「金華山，《方輿紀要》：『在縣北二里。……。』
《舊通志》：『有陳子昂讀書臺。』……。玉京觀，在縣北金華山。《名勝
志》：『……。本名金華山觀，宋治平二年賜號玉京。』……。陳子昂讀書
臺，《舊通志》：『在縣北金華山，子昂常讀書于此。』」[90]歸納言之，金華山
觀與陳拾遺學堂皆在梓州射洪縣北方。杜甫至射洪乃在寶應元年，今詩題既
有「冬」字，因此，此詩當是寶應元年冬作。

---

[86] 黃鶴說：「詩題云『冬到金華山』，蓋公寶應元年秋，自梓歸成都迎家，再至梓。
十一月，往射洪，乃是時作。」（《補注杜詩》，卷九，頁180）

[87] 《方輿勝覽》（下），卷六十二，頁1091、1092～1093。

[88] 《輿地紀勝》（五），卷一百五十四，頁4172。此中，「金華山，在射洪縣南」當為
「金華山，在射洪縣北」。另亦可參《杜詩詳注》（二），卷十一，頁946。

[89] 《大清一統志》（九），卷四〇六，頁493；卷四〇七，頁501；卷四〇七，頁503。

[90] 《新修潼川府志校注》（上），卷二，頁22；卷六，192；卷八，頁325。

〈陳拾遺故宅〉

黃鶴將此詩繫於寶應元年作[91]。今考此詩當繫於寶應元年秋冬梓州射洪縣作。

「陳拾遺故宅」在梓州射洪縣附近，《輿地紀勝》「潼川府路」「潼川府」「古迹」下即有「陳拾遺宅」[92]。此外，《大清一統志》「潼川府」下亦云：「陳子昂故宅，在射洪縣東武東山下。」[93]最後，《新修潼川府志校注》「射洪縣」下亦云：「陳子昂故宅，《舊通志》：『在縣東武東山下。』」[94]歸納言之，陳子昂故宅在梓州射洪縣。杜甫至射洪縣在寶應元年秋冬，因此，此詩當繫於其時作。

〈早發射洪縣南途中作〉

黃鶴將此詩繫於寶應元年十一月作[95]。今考此詩當是寶應元年十一、十二月作。

詩題云「早發射洪縣」，若據〈奉贈射洪李四丈明甫〉詩，杜甫於寶應元年秋晚至射洪縣；再據〈野望〉詩，杜甫寶應元年十一月仍於梓州射洪縣；其後，又往通泉縣，有〈通泉驛南去通泉縣十五里山水作〉、〈過郭代公宅〉諸詩；明年春在梓州登樓，有〈春日梓州登樓二首〉詩。因此，此詩當是寶應元年十一、十二月作。

此外，梓州東南六十里為射洪縣，射洪縣東南八十里為通泉縣，《元和郡縣圖志》「劍南道」「梓州」下說：「射洪縣，……。西北至州六十

91　黃鶴說：「『故宅』，當於『書堂』不遠，亦在山間，故詩云『悠揚荒山日，慘淡故園烟』，同上年作。」（《補注杜詩》，卷九，頁181）

92　《輿地紀勝》（五），卷一百五十四，頁4175。

93　《大清一統志》（九），卷四〇七，頁501。

94　《新修潼川府志校注》（上），卷八，頁324。此外，《杜詩詳注》（二）亦曾云：「楊德周曰：陳拾遺故宅，在射洪縣東武山下。」（卷十一，頁947）

95　《補注杜詩》，卷九，頁182。

里。……。通泉縣，……。西北至州一百四十里。」[96]此外，《太平寰宇記》
「劍南東道」「梓州」下亦云：「射洪縣，東南六十里。……。通泉縣，東
南百四十里。」[97]杜甫即有「通泉百里近梓州」之句（〈春日戲題惱郝使君
兄〉）。杜甫在「通泉縣」的詩作有：〈通泉驛南去通泉縣十五里山水作〉、
〈通泉縣署壁後薛少保畫鶴〉、〈陪王侍御宴通泉東山野亭〉與〈陪王侍御同
登東山最高頂，宴姚通泉，晚攜酒泛江〉等等。據此，詩題中之「南途」當
指由射洪縣往東南通泉縣途中。黃鶴即曾說：「射洪縣，在梓州東南六十
里。今題云『早發縣南』，當是寶應元年十一月南之通泉時作。」[98]隔年春天
杜甫在梓州州城登樓，有〈春日梓州登樓二首〉。換言之，杜甫自射洪縣出
發，南往通泉縣諸地，時當在是年十一、十二月。

〈通泉驛南去通泉縣十五里山水作〉

　　黃鶴將此詩繫於寶應元年十一月作[99]。今考此詩當繫於寶應元年十一、
十二月作。

　　「通泉縣」在梓州，《通典》、《元和郡縣圖志》、《新》《舊唐書・地理
志》「梓州」下皆有通泉縣[100]。縣在州治東南一百四十里（詳〈早發射洪縣南
途中作〉繫年）。另據地志，「通泉驛」亦在梓州，譬如，《方輿勝覽》「潼
川府」「館驛」下有「通泉驛」[101]；此外，《大元混一方輿勝覽》「潼川府路」
「景致」下亦有「通泉驛」[102]。最後，《唐代交通圖考》亦曾云：「梓州東南

[96] 《元和郡縣圖志》（下），卷三十三，頁842。

[97] 《太平寰宇記》（四），卷八十二，頁1651～1652。

[98] 《補注杜詩》，卷九，頁182。

[99] 黃鶴說：「此詩作於寶應元年十一月，故詩云『冬溫蚊蚋集』。」（《補注杜詩》，卷
　　九，頁183）

[100] 《通典》（五），卷一百七十六，頁4624。《元和郡縣圖志》（下），卷三十三，頁
　　842。《舊唐書》（五），卷四十一，頁1672。《新唐書》（四），卷四十二，頁1088。

[101] 《方輿勝覽》（下），卷六十二，頁1092。此外，宋開玉亦曾提及此條，見《杜詩釋
　　地》，卷三，頁284。

[102] 《大元混一方輿勝覽》（上），卷中，頁262。

六十里至射洪縣。……。東南六十五里至通泉驛，見杜詩。又十五里至通泉縣。」[103]簡言之，此詩當是杜甫在梓州時作。今詩又云「冬溫蚊蚋集，人遠鳧鴨亂」，既云「冬」字，詩當是杜甫在梓州，前往通泉縣作，時在冬天。據〈奉贈射洪李四丈明甫〉詩，杜甫於寶應元年秋晚至射洪縣；再依〈野望〉詩，杜甫十一月仍在射洪縣；再據〈早發射洪縣南途中作〉詩，杜甫前往通泉縣當在寶應元年十一月、十二月，因此，此詩當是其時所作。

〈過郭代公故宅〉

黃鶴將此詩繫於寶應元年十一月作[104]。今考此詩當繫於寶應元年十一月、十二月梓州通泉縣作。

詩云「代公通泉尉，放意何自若」。首先，「郭代公」指郭元振，其嘗為通泉尉，進封代國公，《舊唐書‧郭元振傳》說：「舉進士，授通泉尉。……。進封代國公。」[105]此外，《新唐書‧郭元振傳》也說：「郭震字元振，魏州貴鄉人，以字顯。……。十八舉進士，為通泉尉。……。進封代國公。」[106]最後，《舊唐書‧玄宗本紀》亦有「代國公郭元振」諸字[107]。依此，郭代公當指郭元振。王彥輔於題下即曾說：「郭震，字元振，以字顯，封代國公。」[108]

其次，「通泉」當指通泉縣，郭元振故宅即在此，《輿地紀勝》「潼川府路」「潼川府」下說：「郭元振故宅，在通泉縣。」[109]通泉縣於元代至元二十年併入射洪縣[110]，《大清一統志》「潼川府」下即曾云：「郭元振故宅，在射

---

[103] 《唐代交通圖考》（四），篇三十，嘉陵江中江水流域縱橫交通線，頁1175。

[104] 黃鶴說：「寶應元年十一月自射洪之通泉時作，故詩云『我行得遺跡，池館皆疏鑿』。」（《補注杜詩》，卷九，頁183）

[105] 《舊唐書》（九），卷九十七，頁3042、3048。

[106] 《新唐書》（十四），卷一百二十二，頁4360、4361、4365。

[107] 《舊唐書》（一），卷八，頁171。

[108] 《百家注》（上），卷十六，頁565。

[109] 《輿地紀勝》（五），卷一百五十四，頁4175。

[110] 《元史‧地理志》（五）「潼川府」下說：「至元二十年，……。通泉入射洪。」（卷

洪縣東南。」[111]最後，《新修潼川府志校注》「興地志」「古迹」「射洪縣」下
亦云：「郭元振故宅，⋯⋯，《舊府志》：『⋯⋯。此云『故宅』，當是尉通
泉時所居。』」[112]歸納言之，唐代郭代公故宅當在梓州通泉縣。今詩題既云
「過」，詩中又有「我行得遺跡，池館皆疏鑿」之語，因此，此詩當是杜甫至
通泉縣時作。據杜詩，杜甫至通泉縣在寶應元年十一月、十二月。因此，此
詩當是其時所作。

〈觀薛稷少保書畫壁〉

黃鶴將此詩繫於寶應元年十一月作[113]。今考此詩當繫於寶應元年十一
月、十二月梓州通泉縣作。

「薛稷」，善畫，官太子少保[114]，曾至梓州通泉縣慧普寺，並題寺名，
《興地紀勝》「潼川府路」「碑記」下說：「唐薛稷書慧普寺，⋯⋯，以書
名天下，慧普寺三寺，方徑三尺，筆畫雄健，在通泉壽聖寺聚古堂。」[115]此
外，《新修潼川府志校注》「興地志」「寺觀」「射洪縣」下亦曾云：「慧普
寺，即壽聖寺，在縣南七十里。唐建，薛少保稷嘗書『慧普寺』三大字。又
名慶善寺，今廢。唐・王勃（649～676）〈梓州通泉縣慧普寺碑〉⋯⋯。」[116]
此外，趙次公亦曾云：「（薛）稷所書惠普寺碑上三字，字方徑三尺許，筆

六十，頁1440）此外，《讀史方輿紀要》（七）「四川」「潼州府」「通泉廢縣」下亦
云：「（隋）縣復曰通泉，屬梓州。唐、宋因之，元至元二十年省入射洪縣。」（卷
七十一，頁3338）另亦可參《大清一統志》（九），卷四〇七，頁499。

[111] 《大清一統志》（九），卷四〇七，頁501。

[112] 《新修潼川府志校注》（上），卷八，頁327。

[113] 黃鶴說：「詩云『我行梓州東，遺跡涪江邊』，又云『不知百載後，誰復來通泉』，當
是寶應元年在通泉作。」（《補注杜詩》，卷九，頁184）

[114] 《舊唐書》（八），卷七十三，頁2591。《新唐書》（十三），卷九十八，頁3894。

[115] 《興地紀勝》（五），卷一百五十四，頁4182。此中，「三寺」當為「三字」之訛。錢
謙益亦曾引及此條，並作「三字」，見《錢牧齋先生箋註杜詩》（一），卷五，頁370。

[116] 《新修潼川府志校注》（上），卷六，頁188。

畫雄勁。……。今在通泉縣慶壽寺聚古堂，余嘗到寺觀之。」[117]簡言之，薛稷曾至梓州通泉縣並題慧普寺名。

今詩云「我遊梓州東，遺跡涪水邊。……。不知百載後，誰復來通泉」，既云「通泉」，此當是杜甫至通泉縣時作。杜甫至通泉縣在寶應元年十一、十二月，因此，詩當繫於其時。

〈通泉縣署壁後薛少保畫鶴〉

黃鶴將此詩繫於寶應元年十一月作[118]。今考此詩當繫於寶應元年十一月、十二月梓州通泉縣作。

薛稷亦善於畫鶴[119]。今詩題既云「通泉縣署」，因此，詩當是杜甫至通泉縣時作。依此，詩當繫於寶應元年十一月、十二月作。

〈陪王侍御宴通泉東山野亭〉

黃鶴將此詩繫於寶應元年十一月作[120]。今考此詩當繫於寶應元年十一、十二月梓州通泉縣作。

「野亭」在梓州通泉縣東山，《輿地紀勝》「潼川府路」下說：「野亭，

---

[117] 《杜詩趙次公先後解輯校》（上），丙帙卷之七，頁528。《九家集註杜詩》（二）引趙注作「惠普寺」（卷九，頁583）。此外，宋・張邦基（1094?～1148?）《墨莊漫錄》（北京：中華書局，2004年）亦曾云：「老杜作〈薛稷惠普寺〉詩，云：『鬱鬱三大字，蛟龍岌相纏。』」（卷六，頁164）王勃〈梓州通泉縣惠普寺碑〉，參見《全唐文》（二），卷一八五，頁1877。

[118] 黃鶴說：「題云『通泉縣署』，當是寶應元年十一月自梓州之通泉時作。」（《補注杜詩》，卷九，頁184）

[119] 朱景玄《唐朝名畫錄》「神品下七人」云：「薛稷，鶴竹、人物、佛像、菩薩、青牛、花鳥。」（見《唐五代畫論》（長沙：湖南美術出版社，2002年），頁76）此外，張彥遠《歷代名畫記》「歷代能畫人名」下亦云：「（薛稷），尤善花鳥人物雜畫，畫鶴知名。屏風六扇鶴樣，自稷始也。」（見《唐五代畫論》，頁239）另亦可參：《補注杜詩》，卷九，頁184～185；《錢牧齋先生箋註杜詩》（一），卷五，頁370。

[120] 黃鶴說：「通泉，縣名，屬梓州。當是寶應元年冬十一月，公至通泉時作。」（《補注杜詩》，卷二十四，頁455）

在通泉縣東山，杜甫詩云『亭影臨山水，村煙對浦沙』。」[121]此外，《大元混一方輿勝覽》「潼川府路」「景致」下亦云：「野亭，通泉東山。」[122]另外，《大清一統志》「潼川府」「古蹟」下亦云：「野亭，在射洪縣東南。」[123]最後，《新修潼川府志校注》「輿地志」「古迹」「射洪縣」下亦云：「野亭，《舊通志》：『在縣東南七十里東山。』」[124]據此，「野亭」當在通泉縣東山上。今詩題既云「通泉東山野亭」，詩當亦杜甫至通泉縣時作，杜甫至通泉縣在寶應元年十一、十二月，因此，詩當亦其時作。

此外，杜甫另有〈陪王侍御同登東山最高頂，宴姚通泉，晚攜酒泛江〉詩，「姚通泉」即姚姓通泉縣令，今詩題既云及「通泉」與「東山」，詩當亦在梓州通泉東山所作，因此，此詩當繫於寶應元年十一、十二月。

〈漁陽〉

仇兆鰲繫此詩於寶應元年冬晚作[125]。黃鶴則將此詩繫於廣德元年作[126]。今考此詩當繫於寶應元年冬晚作。

詩云「漁陽突騎猶精銳，赫赫雍王都節制」，「雍王」即李适（742～805）。問題是：李适於何年封為雍王呢？《舊唐書‧代宗本紀》「寶應元年」說：「九月丁丑朔，魯王适改封雍王。」[127]然此條恐有誤，李适封雍王當在寶應元年（762）八月乙亥（二十九日），《新唐書‧代宗本紀》「寶應元

---

[121]《輿地紀勝》（五），卷一百五十四，頁4165。

[122]《大元混一方輿勝覽》（上），卷中，頁262。

[123]《大清一統志》（九），卷四〇七，頁501。

[124]《新修潼川府志校注》（上），卷八，頁328。

[125] 仇兆鰲說：「此當是寶應元年冬晚在梓州作。」（《杜詩詳注》（二），卷十一，頁966）

[126] 黃鶴說：「按《（新）史：寶應元年八月乙亥，魯王适徙封雍王；明年廣德元年十月壬申，雍王為關內兵馬元帥；二年正月，為皇太子。《舊史》：廣德三年二月己巳朔，冊天下兵馬元帥、尚書令、雍王适為皇太子。此詩云『赫赫雍王都節制』，當是廣德二年前作。」（《補注杜詩》，卷十一，頁212）此中，「廣德三年」當為「廣德二年」之訛，見《舊唐書》（二），卷十一，頁275。

[127]《舊唐書》（二），卷十一，頁270。

年」說：「（八月）乙亥，徙封适為雍王。」[128]此外，《舊唐書‧德宗本紀》也說：「代宗即位之年……。八月，改封雍王。」[129]另外，《新唐書‧德宗本紀》亦云：「代宗即位，……。八月，徙封雍王。」[130]最後，《資治通鑑》「寶應元年」也說：「（八月）乙亥，徙魯王适為雍王。」[131]依此，李适封為雍王當在寶應元年八月二十九日，詩當繫於此後。

詩又云「猛將翻然恐後時，本朝不入非高計」，「猛將」指河北諸降將，仇兆鰲即曾說：「猛將，指河北降將，時薛嵩以四州來降，張忠志以五州來降。」[132]據史，寶應元年十月甲戌（二十九日）、十一月丁亥（十二日）、丁酉（二十二日），張獻誠、薛嵩與張忠志等來降，《新唐書‧代宗本紀》「寶應元年」說：「（十月甲戌）史朝義將張獻誠以汴州降。十一月丁亥，朝義將薛嵩以相、衛、洺、邢四州降。丁酉，朝義將張忠志以趙、定、深、恆、易五州降。」[133]此外，《資治通鑑》「寶應元年」亦云：「（十月）（史）朝義奔濮州，（張）獻誠開門出降。……。（十一月）鄴郡節度使薛嵩以相、衛、洺、邢四州降于陳鄭、澤潞節度使李抱玉，恆陽節度使張忠志以趙、恆、深、定、易五州降于河東節度使辛雲京。」[134]簡言之，此詩當繫於李适為雍王、河北諸將來降後，時官軍尚未收復河南河北。因此，詩當繫於寶應元年冬晚作。

〈去秋行〉

黃鶴將此詩繫於寶應元年作[135]。今考此詩當繫於寶應元年作。

---

[128] 《新唐書》（一），卷六，頁167。

[129] 《舊唐書》（二），卷十二，頁319。

[130] 《新唐書》（一），卷七，頁183。

[131] 《資治通鑑》（十），卷二百二十二，頁7130。

[132] 《杜詩詳注》（二），卷十一，頁966。另亦可參《杜詩趙次公先後解輯校》（上），丙帙卷之七，頁531。

[133] 《新唐書》（一），卷六，頁168。

[134] 《資治通鑑》（十），卷二百二十二，頁7135。

[135] 黃鶴說：「詩云『去秋涪州木落時』，又云『部曲有去皆無歸。遂州城中漢節在，遂

詩云「遂州城中漢節在，遂州城外巴人稀。戰場冤魂每夜哭，空令野營
猛士悲」，據《舊》、《新唐書‧肅宗本紀》與《資治通鑑》所載，此當指上
元二年四月段子璋反，陷遂州之事[136]。舊題為鮑曰者對此即曾說：「上元二
年四月……段子璋反，陷縣州、遂州刺史嗣虢王巨死之。」[137]今詩又云「去
秋涪江木落時，臂槍走馬誰家兒」，「去秋」既是上元二年（761），那麼，
今年當是寶應元年（762）。因此，此詩當作於寶應元年。此外，據史段子
璋叛於上元二年四月，伏誅於五月。然杜詩何以云「去秋」呢？這可能是因
為段子璋雖誅，然其餘亂尚未弭平。仇兆鰲即曾說：「蓋至秋末而寇始削平
也。」[138]

〈戲題寄上漢中王三首〉

黃鶴將此詩繫於寶應元年作[139]。今考此詩當繫於寶應元年作。

詩題中之「漢中王」為李瑀，《舊唐書‧李瑀傳》說：「天寶十五載，
從玄宗幸蜀，至漢中，因封漢中王。」[140]此外，《新唐書‧李瑀傳》也說：
「從帝幸蜀，至河池，封漢中王。」[141]趙次公對此即曾說：「漢中王名瑀。」[142]
今詩中又云「百年雙白鬢，一別五秋螢」，說明如下：

首先，據史，乾元二年十月李瑀與魏少游等因反對肅宗詔收群臣之馬以

州城外巴人稀』，當是寶應元年作。」（《補注杜詩》，卷九，頁187）此中，「涪州」
當為「涪江」之訛。

[136]《舊唐書》（一），卷十，頁261。《新唐書》（一），卷六，頁164。《資治通鑑》
（十），卷二百二十二，頁7113。

[137]《九家集註杜詩》（二），卷九，頁595。

[138]《杜詩詳注》（二），卷十一，頁927。

[139] 黃鶴說：「按〈漢中王傳〉：肅宗詔收羣臣馬助戰，瑀與魏少遊持不可。帝怒，貶蓬
州長史。而《舊史‧魏少遊傳》云：率羣臣馬在乾元二年十月。今詩云『成都老客
星，一別五愁螢』，謂公自乾元六年出華州時與王別，至寶應元年為五年。」（《補注
杜詩》，卷二十四，頁459）此中，「乾元六年」當作「乾元元年」。

[140]《舊唐書‧李瑀傳》（九），卷九十五，頁3015。

[141]《新唐書‧李瑀傳》（十二），卷八十一，頁3599。

[142]《杜詩趙次公先後解輯校》（上），丙帙卷之八，頁545。

助戰，而遭貶謫，《新唐書・李瑀傳》說：「肅宗詔收羣臣馬助戰，瑀與魏
少游等持不可。帝怒，貶蓬州長史。」[143]此外，《舊唐書・魏少遊傳》也說：
「乾元二年十月，議率朝臣馬以助軍，少遊與漢中郡王瑀沮其議，上知之，
貶渠州長史。」[144]依此，李瑀左遷當在乾元二年十月。

其次，乾元元年六月杜甫即離開長安，出為華州司功參軍，有〈至德二
載，甫自京金光門出，間道歸鳳翔。乾元初，從左拾遺移華州掾，與親故
別，因出此門，有悲往事〉詩。據此，杜甫與李瑀之別當在乾元元年六月。
問題是「一別五秋螢」該自何年起算呢？若自乾元二年十月起算，時杜甫
已從秦州出發，前往同谷，〈發秦州〉詩有「漢源十月交，天氣涼如秋」之
句；兩人既分隔兩地，實無從相別。因此，杜、李兩人相別，非自二年十月
起算，當自乾元元年六月起算。若自乾元元年（758）起算，則「五秋螢」
當指寶應元年（762），因此，此詩當繫於寶應元年作。

〈寄高適〉

黃鶴將此詩繫於寶應元年作[145]。今考此詩當繫於寶應元年作。

詩云「北闕更新主，南星落故園。定知相見日，爛漫倒芳樽」，「北闕」
句意指新皇帝即位朝廷。除玄宗外，杜甫生平經歷兩位皇帝即位：肅宗與代
宗。肅宗即位於天寶十五載七月十三日，時國破兵亂，長安淪陷，應無盡情
暢飲之心情[146]，因此，「北闕更新主」非指肅宗，當指代宗即位。而代宗即位
於寶應元年（詳〈奉送嚴公入朝十韻〉繫年），因此，此詩當繫於寶應元年
作。

---

[143] 《新唐書》（十二），卷八十一，頁3600。

[144] 《舊唐書》（十），卷一百一十五，頁3377。此外，《新唐書・魏少游傳》（十五）
也說：「會率羣臣馬助軍，少游與漢中王瑀持異，帝怒，貶渠州長史。」（卷
一百四十一，頁4657）

[145] 黃鶴說：「詩云『北闕更新主』，謂代宗初即位，當是寶應元年作。」（《補注杜詩》，
卷十九，頁386）

[146] 《杜詩新補注》說：「『爛漫』，……，這裡不當釋為醉貌，而應釋為盡情或盡興。」
（卷之十一，頁191）

〈相從歌〉

黃鶴將此詩繫於寶應元年作[147]。魯訔與師古以為詩乃永泰元年作（見下）。今考此詩當繫於寶應元年作，時杜甫在梓州。

首先，詩云「我行入東川，十步一迴首」，又云「梓中豪俊大者誰，本州從事知名久」。此中，「東川」指梓州，這是因為東川節度使治所即在梓州[148]，也是因為東川所轄者本包含梓州[149]。那麼，依「我行」句，杜甫時在梓州。

其次，《杜工部草堂詩箋補遺》題下有「時方經崔旰之亂」[150]；而《百家注》、《千家註》與《分門集註》諸本題下亦云：「魯曰贈嚴二別駕，時方經崔旰之亂。師曰：崔旰殺郭英乂，成都亂，適東川，與嚴別駕相遊從，一見如舊，故作此。」[151]

據《舊》《新唐書·代宗本紀》與《資治通鑑》所載，崔旰之亂在永泰元年閏十月[152]。也因此，魯訔與師古皆認為此詩當作於永泰元年閏十月之後，即所謂「時方經崔旰之亂」；師古進一步認為杜甫時在梓州。

然而，永泰元年九月九日至十二月一日杜甫皆在雲安，不在梓州，有〈雲安九日鄭十八攜酒陪諸公宴〉與〈十二月一日三首〉諸詩。先就〈雲安九日鄭十八攜酒陪諸公宴〉言之，此詩當作於永泰元年（765）九日，因為

---

[147] 《補注杜詩》，卷十，頁203。

[148] 《元和郡縣圖志》（下）「劍南道下」說：「梓州，……，今為東川節度使理所。」（卷三十三，頁841）此外，《舊唐書·地理志》（五）也說：「乾元後，分蜀為東、西川，梓州恆為東川節度使治所。」（卷四十一，頁1671）另外，《舊唐書·地理志》（五）又云：「劍南東川節度使。治梓州。」（卷三十八，頁1391）

[149] 《新唐書·方鎮表》（六）說：「以梓、遂、綿……十二州隸東川節度。」（卷六十七，頁1870）

[150] 《杜工部草堂詩箋補遺》（京都：中文出版社，1977年），卷四，頁113。

[151] 《百家注》（上），卷十六，頁554。《千家註》（三），卷二十五，頁1514～1515。《分門集註》（三），卷二十五，頁1673。《分門集註》「見」字下奪一「如」字。

[152] 《舊唐書》（二），卷十一，頁281。《新唐書》（一），卷六，頁172。《資治通鑑》（十），卷二百二十四，頁7187。

杜甫寶應元年、廣德元年、二年、大曆元年九日皆不在雲安，茲說明如下：

一、寶應元年（762）九日杜甫在梓州，有〈九日登梓州城〉詩。依此，〈雲安九日〉詩非作於寶應元年；

二、廣德元年（763）九日杜甫在梓州，有〈九日〉詩。依此，〈雲安九日〉詩非作於廣德元年；

三、廣德二年（764）夏六月至九月秋晚杜甫皆於嚴武節度使幕府之中（上述三點詳見〈九日登梓州城〉繫年），依此，〈雲安九日〉詩非作於廣德二年；

四、大曆元年（766）春晚杜甫即自雲安移居夔州，有〈移居夔州作〉，詩云「伏枕雲安縣，遷居白帝城。春知催柳別，江與放船清」。據杜詩，此後杜甫未嘗返回雲安縣。依此，〈雲安九日〉詩非作於大曆元年。依據上述這四點，因此〈雲安九日〉詩當繫於永泰元年九日作，時杜甫在雲安。

次就〈十二月一日三首〉言之，詩云「今朝臘月春意動，雲安縣前江可憐」，那麼，永泰元年十二月一日杜甫尚在雲安。歸納言之，永泰元年九日至十二月一日杜甫皆在夔州雲安縣，非在梓州。若上述這個反例成立，則魯訔與師古之說即不可信。那麼，〈相從歌〉當繫於何年呢？

今詩云「成都亂罷氣蕭索，浣花草堂亦何有」，「成都亂罷」當指徐知道之亂，趙次公曾說：「『成都亂罷氣蕭瑟』，言七月徐知道反，八月伏誅，劍南大亂。」[153]此外，黃鶴亦曾云：「魯、師二注及梁權道編皆以為永泰元年梓州避亂時作。然崔旰之亂在是年閏十月，公已次雲安矣。當是寶應元年避徐知道反，入梓時作。此詩乃寶應元年，故詩云『成都亂罷氣蕭索，浣花草堂亦何有』。若在永泰元年作，則是時決意下忠、渝矣，豈復更『十步一回首』於草堂也。」[154]此外，王洙本題下亦無「時方經崔旰之亂」諸字[155]，錢謙

[153]《杜詩趙次公先後解輯校》（上），丙帙卷之六，頁512。

[154]《補注杜詩》，卷十，頁203。

[155]《杜工部集》（一），卷五，頁193。

益對此亦以為此詩題下注語乃舊家妄添[156]。因此，此詩當非永泰元年作，當
繫於寶應元年梓州作。

---

[156] 《錢牧齋先生箋註杜詩》（一），卷五，頁361～362。另亦可參拙著《杜詩舊注考據補
證》，第五章，頁144。

廣德年間

〈聞官軍收河南河北〉

　　黃鶴將此詩繫於廣德元年春作[1]。今考此詩當繫於廣德元年春作。

　　詩題曰「聞官軍收河南河北」，官軍收復洛陽、河陽，河南遂告平定；史朝義自盡，河北遂告悉平，《新唐書・德宗本紀》即曾說：「寶應元年十月，屯于陝州，諸將進擊史朝義，敗之，朝義走河北，遂克東都。十一月，史朝義死幽州，守將李懷仙斬其首來獻，河北平。」[2]此外，《舊唐書・德宗本紀》則說：「（寶應元年）十一月，破賊於洛陽，進收東都，河南平定。朝義走河北，分命諸將追之，俄而賊將李懷仙斬朝義首以獻，河北平。」[3]此中，《新》、《舊唐書・德宗本紀》的敘述分別有兩處之誤：

　　首先，據《新》《舊唐書・代宗本紀》與《資治通鑑》所載，收復洛陽是在寶應元年（762）十月[4]。然《舊唐書・德宗本紀》卻云「十一月」，明顯有誤。

　　其次，據《新唐書・代宗本紀》與《資治通鑑》所載，史朝義自殺在廣

---

[1]　黃鶴說：「按《通鑑》：史朝義屢敗於寶應元年之冬，至廣德元年田承嗣說，令親往幽州發兵，還穎莫州，請自留守莫州。朝義既去，承嗣即以城降，送朝義母、妻、子於官軍。又范陽節度使李懷仙已因中使駱奉仙請降，至溫泉驛，懷仙遣兵追之，朝義窮蹙，縊於林中。今詩云『劍外忽傳收薊北』，正謂此也，又云『青春作伴好還鄉』，乃廣德元年春作。」（《補注杜詩》，卷二十四，頁453）此中，「穎」字當為「救」字之訛。

[2]　《新唐書》（一），卷七，頁183。

[3]　《舊唐書》（二），卷十二，頁319。簡言之，史朝義自縊後，河北諸州即平，《資治通鑑》（十）「廣德元年」下也說：「（閏正月）癸亥，以史朝義降將薛嵩為相、衛、邢、洺、貝、磁六州節度使，……，時河北諸州皆已降。」（卷二百二十二，頁7141）

[4]　《新唐書》（一），卷六，頁168。《舊唐書》（二），卷十一，頁270。《資治通鑑》（十），卷二百二十二，頁7134。

德元年（763）正月[5]。然《新唐書・德宗本紀》卻云「十一月」，明顯有誤。

　　然而無論如何，官軍收復河北當在史朝義死後，即廣德元年春正月，此即詩中所云「收薊北」。今詩又云「青春作伴好還鄉」，因此，此詩當是廣德元年春作。彭毅亦將此詩繫於「廣德元年河北悉平之後」[6]。

　　最後，此詩又云「却看妻子愁何在，漫卷詩書喜欲狂」，既云「却看妻子」，時杜甫妻子在其身邊。

〈春日梓州登樓二首〉

　　魯訔繫此詩於廣德元年春作[7]。黃鶴亦將此詩繫於廣德元年春作[8]。今考此詩當繫於廣德元年春梓州作。

　　繫年分述如下：首先，詩題云「梓州登樓」，已知杜甫曾於寶應元年（762）秋至梓州（詳〈九日登梓州城〉繫年），今詩題又云「春日」，因此，目前此詩可暫繫於廣德元年（763）春作。且依詩題，時杜甫在梓州。

　　其次，其二詩云「戰場今始定，移柳更能存」，「戰場」句意指史朝義死，河北悉平，趙次公曾於句下注說：「史朝義已滅。」[9]此外，邵寶亦云：「『今始定』，言史朝義已滅定，則不復用兵矣。」[10]最後，仇兆鰲也曾說：「朝義既平，戰場定矣。」[11]據史，史朝義卒於廣德元年春正月。依此，詩當作於廣德元年。最後，其一詩又有「江水流城郭，春風入鼓鞞」兩語，既云「春風」，此詩當是廣德元年春作。今依前述這兩個理由而將此詩繫於其時作。

---

[5]　《新唐書》（一），卷六，頁168。《資治通鑑》（十），卷二百二十二，頁7139～7140。

[6]　〈杜甫詩繫年辨證〉，見《文史哲學報》，第十七期，頁115。

[7]　魯訔〈年譜〉「廣德元年」下即有〈春日梓州登樓〉詩（《分門集註》（一），年譜，頁100）。

[8]　黃鶴說：「詩云『江水流城郭，春風入鼓鞞』，當是廣德元年春作，又云『戰場今始定』，蓋以史朝義已死。」（《補注杜詩》，卷二十四，頁453）

[9]　《杜詩趙次公先後解輯校》（上），丙帙卷之八，頁539。

[10]　《刻杜少陵先生詩分類集注》（六），卷十九，頁2760。

[11]　《杜詩詳注》（二），卷十一，頁970。

〈與嚴二歸奉禮別〉

黃鶴將此詩繫於廣德元年閬州作[12]。今考此詩當繫於廣德元年春作。

詩云「山東羣盜散，闕下受降頻」，「闕下」句指寶應元年（762）十月二十九日、十一月十二日、二十二日，張獻誠、薛嵩與張忠志等叛軍歸降（詳〈漁陽〉繫年）；明年廣德元年（763）正月田承嗣、李懷仙等亦來降，《新唐書・代宗本紀》「廣德元年正月」說：「李懷仙以幽州降，田承嗣以魏州降。」[13]此外，《資治通鑑》「廣德元年正月」也說：「（史）朝義既去，承嗣即以城降。」[14]最後，《舊唐書・史朝義傳》也說：「（寶應）二年正月，賊偽范陽節度李懷仙於莫州生擒之，送款來降。」[15]「寶應二年」即「廣德元年」，因此，此詩當繫於廣德元年春作。

〈春日戲題惱郝使君兄〉

趙次公繫此詩於廣德元年春作[16]。黃鶴將此詩繫於廣德元年春梓州作[17]。今考此詩當繫於廣德元年春梓州作。

詩云「使君意氣凌青霄，憶昨歡娛常見招。……。通泉百里近梓州，請公一來開我愁」，杜甫於寶應元年冬十一、十二月曾至通泉縣，並與郝使君

---

12 黃鶴說：「詩云『遙聞盛禮新』，又云『山東羣盜散，闕下受降頻』，當是廣德元年在閬州作，故詩又云『巴俗自為鄰』。」此外，黃鶴於「闕下受降頻」句下又注曰：「是時薛嵩以四州降，張忠志以五州降，張獻誠以汴州降，李懷仙以幽州降，田承嗣以魏州降，故云『受降頻』，其降在寶應元年冬、廣德元年春。」（《補注杜詩》，卷二十三，頁445）

13 《新唐書》（一），卷六，頁168。

14 《資治通鑑》（十），卷二百二十二，頁7139。

15 《舊唐書》（十六），卷二百上，頁5382。

16 《杜詩趙次公先後解輯校》（上）將此詩繫於「廣德元年春」作（目錄，頁16）。

17 黃鶴說：「廣德元年春在梓州作。梁權道編亦同。公亦有〈春日梓州登樓〉詩，郝使君當是居通泉，公在梓州，作此以戲之。」（《補注杜詩》，卷九，頁186）此外，黃鶴於「請公」句下亦補注云：「寶應元年十一月，公至通泉時，郝招公飲。……。明年春，公在梓州，因作此詩以戲之。」（頁186）

游宴，所謂「憶昨歡娛常見招」；今詩題既云「春日」，詩當是隔年（即廣德
元年）春作；詩又有「通泉」兩句，那麼，時杜甫當在梓州（詳〈通泉驛南
去通泉縣十五里山水作〉繫年），因此，此詩當是廣德元年春在梓州時作。

〈奉寄別馬巴州〉

　　黃鶴繫此詩於上元二年作[18]。趙次公將此詩繫於廣德元年作[19]。仇兆鰲則
將此詩繫於廣德二年春作[20]。今考此詩當繫於廣德元年春梓州作。

　　王洙、趙次公、蔡夢弼、錢謙益與仇兆鰲諸本題下皆有原注「時甫除京
兆功曹，在東川」之語[21]。分述如下：

　　首先，「東川」指梓州，杜詩本有其例，譬如〈相從歌〉即曾云「我行
入東川」，又云「梓中豪俊大者誰」；又如〈冬狩行〉題下亦有原注「時梓州
刺史章彝兼侍御史留後東川」之語。依此，「東川」當指梓州。杜甫至梓州
分別在：寶應元年（762）（秋末至冬）與廣德元年（763）。

　　其次，題下原注言及「東川」，此當為未合東、西兩川為一道時作；杜
甫於未合東、西兩川為一道時提及「東川」者亦有其例，譬如前述所言之

18　黃鶴說：「當是上元二年作。」（《補注杜詩》，卷二十五，頁471）

19　《杜詩趙次公先後解輯校》（上）將此詩繫於「廣德元年」作（目錄，頁18）。

20　仇兆鰲說：「《杜律演義》：此必作於廣德元年以後，蓋不赴功曹之補，將東遊荊楚，
而寄別巴州也。今按：本傳謂召補功曹，不至，在上元二年。王洙因之而誤。蔡興
宗年譜，編此詩在廣德元年，亦尚未確。廣德二年〈奉待嚴大夫〉詩云：『欲辭巴徼
啼鶯合，遠下荊門去鷁催。』此詩云：『扁舟繫纜沙邊久』，『獨把釣竿終遠去』。兩
詩互證，知同為二年所作矣。《杜臆》謂時欲適楚，以嚴武將至，故不果行。此說得
之。」（《杜詩詳注》（二），卷十三，頁1098）

21　《杜工部集》（二），卷十三，頁553。《杜詩趙次公先後解輯校》（上），丙帙卷之
九，頁587。《草堂詩箋》（二），卷二十，頁493。《錢牧齋先生箋註杜詩》（二），
卷十三，頁847。《杜詩詳注》（二），卷十三，頁1098。此外，蔡興宗〈年譜〉「廣
德元年」下亦曾云：「是歲召補京兆功曹，不赴，時嚴武尹京，有〈春日寄馬巴州〉
詩，注曰：『時除京兆功曹，在東川。』」（《分門集註》（一），年譜，頁73）另亦可
參《御定全唐詩》，見《文淵閣四庫全書》，第1425冊，卷二百二十八，頁171。

「時梓州刺史章彝兼侍御史留後東川」[22]；又如〈奉寄章十侍御〉題下原注之「時初罷梓州刺史、東川留後，將赴朝廷」。據史，上元二年（761）二月，分東西兩川。廣德二年（764）春正月初五（癸卯）或初八，合東、西兩川為一道，《唐會要》「諸使中」下說：「劍南節度使，……。上元二年二月，分為兩川。廣德二年正月八日，合為一道。」[23]此外，《資治通鑑》「廣德二年」下也說：「（春正月）癸卯，合劍南東、西兩川為一道，以黃門侍郎嚴武為節度使。」[24]最後，《新唐書‧方鎮表》「廣德二年」「劍南道」下亦云：「劍南西川節度復領東川十五州。」[25]朝庭合東、西兩川為一道既在廣德二年春正月初五或初八，那麼，兩川未合當在此前，因此，此詩創作下限當斷於廣德二年正月五日或八日前。

第三，今詩又云「知君未愛春湖色，興在驪駒白玉珂」，既云「春字」，詩當在春日時作。依據上述這三個理由，因此，此詩當繫於廣德元年春梓州作。

〈題郪縣郭三十二明府茅屋壁〉

趙次公繫此詩於廣德元年春作[26]。黃鶴將此詩繫於廣德元年春梓州作[27]。今考此詩當繫於廣德元年春梓州作。

「郪縣」在梓州（詳〈九日登梓州城〉繫年），乃州治所在。今依詩題，此詩當是杜甫在梓州時作。據杜詩，杜甫至梓州的時間分別是：寶應元年（秋末至冬）與廣德元年。今詩又云及「雲散灌壇雨，春青彭澤田」，「春」

---

[22] 〈冬狩行〉詩當繫於廣德元年冬作，參拙著《杜詩舊注考據補證》，第四章，頁62～63。

[23] 《唐會要》（下），卷七十八，頁1692。

[24] 《資治通鑑》（十），卷二百二十三，頁7159。

[25] 《新唐書》（六），卷六十七，頁1873。

[26] 《杜詩趙次公先後解輯校》（上），目錄，頁16。

[27] 黃鶴說：「詩云『雲散灌壇雨，春青彭澤田』，當是在梓州作，與前篇（筆者按：即〈郪城西原送李判官兄、武判官弟赴成都府〉詩）同時。」（《補注杜詩》，卷二十四，頁455）

即指春天，因此，此詩當是廣德元年春作。

〈郪城西原送李判官兄、武判官弟赴成都府〉

趙次公繫此詩於廣德元年春作[28]。黃鶴亦將此詩繫於廣德元年春作[29]。今考此詩當繫於廣德元年春梓州作。

詩題既云「郪城」，當亦在梓州時作。今詩又云「野花隨處發，官柳著行新」，因此，此詩當是廣德元年春作，時杜甫在梓州。

〈涪城縣香積寺官閣〉

黃鶴將此詩繫於廣德元年春作[30]。今考此詩當繫於廣德元年春綿州作。

首先，「香積寺」在「涪城縣」，《方輿勝覽》「潼川府路」「潼川府」下說：「香積寺，在涪城縣，有官閣。」[31]此外，《輿地紀勝》「潼川府路」「潼川府」「詩上」下亦有「杜甫〈治城縣香積寺官閣〉」諸字[32]。此中，「治」當為「涪」之訛。「涪城縣」於元至元二十年併入郪縣[33]，明初省縣入州，雍正時置三臺縣[34]，為潼川府治。《新修潼川府志校注》「輿地志」「寺觀」「三臺

---

[28] 《杜詩趙次公先後解輯校》（上），目錄，頁16。

[29] 黃鶴說：「詩云『野花隨處發，官柳著行新』，當是廣德元年春作。」（《補注杜詩》，卷二十四，頁454～455）

[30] 黃鶴說：「涪城在梓州西北五十五里。詩云『寺下春江深不流』，亦當是廣德元年春作。」（《補注杜詩》，卷二十四，頁459）

[31] 《方輿勝覽》（下），卷六十二，頁1092。另亦可參《杜詩釋地》，卷三，頁295。

[32] 《輿地紀勝》（五），卷一百五十四，頁4184。

[33] 《元史·地理志》（五）「潼川府」下說：「至元二十年，併涪城及錄事司入郪縣。」（卷六十，頁1440）此外，《讀史方輿紀要》（七）「涪城廢縣」下說：「唐仍屬綿州，大曆十三年改屬梓州。……元至元二十年併入郪縣。」（卷七十一，頁3336）最後，亦可參《大清一統志》（九），卷四〇七，「涪城廢縣」，頁499。

[34] 「三臺縣」建置沿革說明如下：漢置郪縣，屬廣漢郡；西魏置新城縣，尋改曰昌城；隋復改曰郪縣，為新城郡治；唐為梓州治；宋初為梓州路治；重和九年為潼川府治；明初省縣入州；清雍正置三臺縣，為潼川府治。（見《大清一統志》（九），卷四〇六，頁490）另亦可參《新修潼川府志校注》（上），卷一，頁2。

縣」下即云:「香積寺,今名菩提寺,在縣北六十五里香積山。」[35]

「官閣」在涪城縣香積寺,譬如,《輿地紀勝》「潼川府路」「潼川府」「景物上」說:「官閣,在涪城縣香積寺,老杜有詩。」[36]此外,《新修潼川府志校注》「輿地志」「古迹」「三臺縣」下亦云:「官閣,《舊通志》:在州北六十五里。」[37]

其次,「涪城縣」本屬綿州,大曆十三年始改隸梓州,《通典》、《舊唐書・地理志》「綿州」下皆有「涪城縣」[38]。此外,《元和郡縣圖志》「劍南道」「梓州」下亦云:「涪城縣,……,本漢涪縣地,隋開皇十六年改置涪城縣,屬綿州,大曆十三年割屬梓州。」[39]另外,《新唐書・地理志》「劍南道」「梓州」下也說:「涪城,……,本隸綿州,大曆十三年來屬。」[40]最後,《太平寰宇記》「劍南東道」「梓州」下亦曾云:「大曆十三年又自綿州卻隸梓州。」[41]依此,詩當是杜甫在綿州時作。

「涪城縣」雖屬綿州,然距梓州州治亦不遠,《元和郡縣圖志》「劍南道」「梓州」下云:「涪城縣,……,東南至州六十里。」[42]此外,《太平寰宇記》「劍南東道」「梓州」下說:「涪城縣,西北六十里。」[43]最後,《元豐九域志》「成都府路」「梓州路」下亦云:「涪城,州西北五十五里。」[44]

第三,詩云「寺下春江深不流,山腰官閣迥添愁」,既云「春江」,詩當是杜甫春日至綿州涪城縣時作。杜甫春日至綿州非在寶應元年,因為其時杜甫尚在成都。詩既非寶應元年春作,那麼,詩當是杜甫至梓州時,北上

---

35 《新修潼川府志校注》(上),卷六,頁180。

36 《輿地紀勝》(五),卷一百五十四,頁4165。

37 《新修潼川府志校注》(上),卷八,頁304。

38 《通典》(五),卷一百七十六,頁4623。《舊唐書》(五),卷四十一,頁1669。

39 《元和郡縣圖志》(下),卷三十三,頁844。另亦可參《杜詩釋地》,卷三,頁295。

40 《新唐書》(四),卷四十二,頁1088。

41 《太平寰宇記》(四),卷八十二,頁1651。

42 《元和郡縣圖志》(下),卷三十三,頁844。

43 《太平寰宇記》(四),卷八十二,頁1651。

44 《元豐九域志》(上),卷七,頁321。

六十里至綿州涪城縣時作。因此，此詩當是廣德元年春綿州時作。

〈泛江送客〉

　　黃鶴將此詩繫於廣德元年春作[45]。今考此詩當繫於廣德元年春二月綿州作。

　　詩云「二月頻送客，東津江欲平」，「東津」在綿州，首先就地志言，《方輿勝覽》「成都府路」「綿州」下即有「東津。杜甫〈觀打魚歌〉云云[46]。此外，《大清一統志》「綿州直隸州」「芙蓉溪」下亦曾云：「按《方輿勝覽》：芙蓉溪，在郡北官道傍。一名蚌溪。又有東津，即杜甫觀打魚作歌處。」[47]最後，《蜀中廣記》「綿州」下亦曾云：「芙蓉溪，即東津，杜甫〈觀打魚歌〉，是此處。」[48]其次就杜詩言，〈觀打魚歌〉即有「綿州江水之東津，魴魚鱍鱍色勝銀」之句，依此，東津當在綿州。今詩既云「二月」，當是杜甫春天至綿州時作。據杜詩，杜甫春天至綿州是在廣德元年，有〈涪城縣香積寺官閣〉詩，因此，此詩當繫於廣德元年春綿州時作。

〈上牛頭寺〉

　　黃鶴將此詩繫於廣德元年春梓州作[49]。今考此詩當繫於廣德元年春梓州郪縣作。

　　「牛頭山」在梓州郪縣西南二里，譬如，《元和郡縣圖志》「劍南道」

45　黃鶴說：「詩云『二月頻送客，東津江欲平』，當是廣德元年公暫遊左綿時作。東津在綿州，按〈打魚歌〉云『綿州江水之東津』。」（《補注杜詩》，卷二十四，頁456）黃鶴引杜詩證明：東津在綿州。

46　《方輿勝覽》（中），卷五十四，頁972。

47　《大清一統志》（九），卷四一四，頁633。

48　《蜀中廣記》，見《文淵閣四庫全書》，第591冊，卷九，頁132。

49　黃鶴說：「寺在梓州，當是廣德元年作。牛頭山在梓州。」（《補注杜詩》，卷二十四，頁457）此外，「青山」句下也說：「（黃）希曰：《寰宇記》云：牛頭山，在梓州郪縣西南二里，高一里，形似牛頭，四面孤絕，下有長樂寺。」（卷二十四，頁457）

「梓州」「郪縣」下說：「牛頭山，一名華林山，在縣西南二里。四面危絕。」[50]此外，《元豐九域志》「梓州路」「郪縣」下亦有「牛頭山」[51]。最後，《輿地紀勝》「潼川府路」「潼川府」下亦云：「牛頭山，在郪縣西南二里，形似牛頭。」[52]

「牛頭寺」在牛頭山，又名永福寺；梁武帝賜名長樂寺；唐代又名靈瑞寺。譬如，《太平寰宇記》「劍南東道」「梓州」「郪縣」下說：「牛頭山，在縣西南二里。高一里，形似牛頭，四面孤絕，俯臨州郭，下有長樂寺，樓閣烟花，為一方之勝概。」[53]另外，《大明一統志》「潼川州」「寺觀」下亦云：「永福寺，在州西，舊名牛頭寺。」[54]此外，《大清一統志》「潼川府」「寺觀」下亦云：「永福寺，在三臺縣西牛頭山下。舊名牛頭寺。唐杜甫有〈上牛頭寺〉及〈望牛頭寺〉詩。一名長樂寺。」[55]最後，《新修潼川府志校注》「輿地志」「寺觀」「三臺縣」下也說：「永福寺，在縣西。……。梁武帝賜名長樂。唐名靈瑞，即牛頭寺有浮圖，隋開皇中建。」[56]據此，〈上牛頭寺〉當是杜甫至梓州時作。

今詩云「青山意不盡，袞袞上牛頭。……。花濃春寺靜，竹細野池幽」，依此，詩當是春日時梓州作。杜甫春天在梓州乃廣德元年；廣德二年春，杜甫即自梓州前往閬州，二月又自閬州返成都，詩當非作於其時，因此，此詩當繫於廣德元年春梓州作。

此外，杜甫另有〈望牛頭寺〉詩，詩云「春色浮山外，天河宿殿陰」，

---

[50] 《元和郡縣圖志》（下），卷三十三，頁842。

[51] 《元豐九域志》（上），卷七，頁321。

[52] 《輿地紀勝》（五），卷一百五十四，頁4169。此外，《新修潼川府志校注》（上）「輿地志」「山川上」「三臺縣」下說：「牛頭山，《方輿紀要》：『在州西南二里，形如伏牛，俯臨城郭，上有浮圖。』」（卷二，頁18）

[53] 《太平寰宇記》（四），卷八十二，頁1650。

[54] 《大明一統志》（下），卷七十一，頁1099。

[55] 《大清一統志》（九），卷四〇七，頁503。

[56] 《新修潼川府志校注》（上），卷六，頁164。另亦可參《唐五代佛寺輯考》，「劍南道」「梓州」「牛頭寺」，頁272。

詩題既云「望牛頭寺」，詩中又云「春色」，詩當亦杜甫春日至梓州郪縣時
作，因此，此詩當繫於廣德元年春。黃鶴即曾說：「詩云『春色浮山外』，
而上篇云『濃花春寺靜』，當是與之同時作。」[57]詩中又云「牛頭見鶴林，梯
逕繞幽深」，「鶴林」乃鶴林寺，寺在梓州，《輿地紀勝‧輯補》「潼川府」
下說：「鶴林寺，州南七里有鶴林寺。」[58]此外，《新修潼川府志校注》「輿地
志」「寺觀」「三臺縣」下也說：「鶴林寺，在縣南七里。杜甫詩『牛頭見鶴
林』是也。」[59]此亦〈望牛頭寺〉為梓州作之另一輔證。

　　最後，杜甫又有〈登牛頭山亭子〉，詩云「猶殘數行淚，忍對百花
叢」，詩題既曰「登牛頭山亭子」，詩中又有「百花叢」，詩當亦是春時在梓
州郪縣登牛頭山時作，因此，此詩當亦繫於廣德元年春作。黃鶴也曾說：
「詩云『猶殘數行淚，忍對百花叢』，當是廣德元年作。與〈上牛頭寺〉同一
時作。」[60]

〈陪李梓州、王閬州、蘇遂州、李果州四使君登惠義寺〉

　　趙次公繫此詩於廣德元年春作[61]。黃鶴將此詩繫於廣德元年春梓州作[62]。
今考此詩當繫於廣德元年春梓州郪縣作。

　　「惠義寺」亦作「慧義寺」，寺在梓州郪縣北長平山，王勃有〈梓州慧義
寺碑銘并序〉，序並有「窮廣漢之名山，得長平之絕巘」之句[63]；李商隱亦有

57　《補注杜詩》，卷二十四，頁457。

58　《輿地紀勝》（十）（成都：四川大學出版社，2005年），輯補卷十二，頁5884。

59　《新修潼川府志校注》（上），卷六，頁163。

60　《補注杜詩》，卷二十四，頁458。

61　《杜詩趙次公先後解輯校》（上），目錄，頁16。

62　黃鶴說：「詩云『春日無人境』，又云『鶯花隨世界』，當是廣德元年春在梓州作，魯
　　訔〈年譜〉亦云在是年。」（《補注杜詩》，卷二十四，頁458）

63　《全唐文》（二），卷一百八十四，頁1874。此中，「長平山」在郪縣北方，《輿
　　地紀勝》（五）「潼川府路」「潼川府」下云：「長平山，在郪縣西北三里。」（卷
　　一百五十四，頁4167）另外，《大清一統志》（九）「潼川府」下亦云：「長平山，在
　　三臺縣北五里。」（卷四〇六，頁493）最後，《新修潼川府志校注》（上）「輿地志」
　　「山川上」「三臺縣」下亦云：「長平山，《方輿紀要》：『在州城北。』……。《高僧

〈唐梓州慧義精舍南禪院四證堂碑銘〉[64]。另外，《輿地紀勝》「潼川府路」「潼川府」下亦有「慧義居其北，兜率當其南，牛頭據而西，觀音距其東。侯圭〈東山觀音寺記〉」諸語[65]，此當是相對於郪縣而言。最後，《新修潼川府志校注》「輿地志」「寺觀」「三臺縣」下亦云：「惠義寺，在城北。《唐地志》：『惠義寺在梓州郪縣北長平山。』按：惠義亦作慧義。今名琴泉寺，下有千佛洞。」[66]據此，詩當是杜甫在梓州郪縣時作。

今詩云「春日無人境，虛空不住天」，既云「春日」，詩當是春日在梓州時作，因此，此詩當繫於廣德元年春梓州作。

杜甫另有〈惠義寺送王少尹赴成都得峰字〉詩，詩云「騎馬行春徑，衣冠起暮鐘」，既云及「春」，詩當是杜甫春日至梓州時作，因此，此詩當亦繫於廣德元年春梓州作。黃鶴對此曾說：「公嘗陪李梓州四使君登惠義寺，則寺在梓州。今詩云『騎馬行春徑』，當是廣德元年春作。」[67]

〈上兜率寺〉

趙次公繫此詩於廣德元年春作[68]。黃鶴將此詩繫於廣德元年梓州作[69]。今考此詩當亦廣德元年春梓州郪縣作。

「兜率寺」又名長壽寺、南山寺，在梓州郪縣之南山。唐代王勃即有〈梓州郪縣兜率寺浮圖碑〉[70]，依此題，「兜率寺」當即在梓州郪縣。地志亦有

傳》：『梓州城北，有白門蘭若，在長平山，即北崖山也。』」（卷二，頁20）歸納而言，長平山在郪縣之北。

64 《全唐文》（八），卷七百八十，頁8141。另亦可參《唐五代佛寺輯考》，「劍南道」「梓州」「慧義寺」，頁272。

65 《輿地紀勝》（五），卷一百五十四，頁4163。另外，《方輿勝覽》（下）「潼川府路」「潼川府」下亦有「慧義寺」（卷六十二，頁1092）。另亦可參《杜詩釋地》，卷三，頁298～299。

66 《新修潼川府志校注》（上），卷六，頁167。

67 《補注杜詩》，卷二十四，頁465。

68 《杜詩趙次公先後解輯校》（上），目錄，頁16。

69 黃鶴說：「寺在梓州。當是廣德元年作。」（《補注杜詩》，卷二十四，頁457）

70 《全唐文》（二），卷一百八十四，頁1867。另亦可參《杜工部詩集》（中），卷十，頁

相關的記載，譬如，《方輿勝覽》「潼川府路」「潼川府」下說：「兜率寺，在南山，名長壽。」[71]此外，《輿地紀勝》「潼川府路」「潼川府」下也說：「南山寺，南山長壽寺，在南山之陰。」[72]另外，《大明一統志》「潼川州」「寺觀」下亦云：「兜率寺，在州南二里。」[73]又，《大清一統志》「潼川府」下亦云：「兜率寺，在三臺縣南二里南山。隋開皇中建。……。杜甫有〈上兜率寺〉詩。」[74]最後，《新修潼川府志校注》「輿地志」「寺觀」「三臺縣」下亦云：「兜率寺，在縣南二里南山。一名長壽寺。隋開皇中建。」[75]據此，詩當是杜甫在梓州郪縣時作。

　　唐代侯圭〈東山觀音院記〉載：「梓州浮圖祠大小共十二，慧義居其北，兜率當其南，牛頭據其西，正觀距其東。」[76]此中，寺院方位當是以梓州州治郪縣為中心。其東，為東山[77]，有觀音寺；其北，為長平山，有惠義寺；其西南，為牛頭山，有牛頭寺；其南，為南山，有兜率寺。亦即，兜率寺在梓州郪縣南二里附近，杜甫在梓州郪縣時尚曾北遊惠義寺、西登牛頭寺，並有〈上牛頭寺〉與〈陪李梓州、王閬州、蘇遂州、李果州四使君登惠義寺〉等詩，杜甫極有可能在此時亦登距郪縣不遠的兜率寺。因此，〈上兜率寺〉

867。

[71] 《方輿勝覽》（下），卷六十二，頁1092。另亦可參《杜詩詳注》（二），卷十二，頁991。此外，仇兆鰲也曾說：「錢箋：《圖經》：兜率寺在梓州郪縣南二里。」（卷十二，頁991）今查《錢牧齋先生箋註杜詩》（二）（卷十二，頁817），並未有此語，引文或是他版，然亦存之。

[72] 《輿地紀勝》（五），卷一百五十四，頁4167。此外，《輿地勝紀》（五）「潼川府路」「潼川府」下亦云：「兜率閣，在南山兜率寺。前瞰郡城，拱揖如畫。杜甫詩云『江山有巴蜀，棟宇自齊梁』。」（卷一百五十四，頁4173～4174）

[73] 《大明一統志》（下），卷七十一，頁1099。

[74] 《大清一統志》（九），卷四○七，頁503。另亦可參《杜詩釋地》，卷三，頁297。

[75] 《新修潼川府志校注》（上），卷六，頁159。

[76] 《全唐文》（九），卷八○六，頁8473。另亦可參《杜詩詳注》（二），卷十二，頁991。

[77] 《大明一統志》（下）「潼川府」「山川」下說：「東山，在州東四里。」（卷七十一，頁1097）此外，《大清一統志》（九）「潼川府」「山川」下說：「東山，在三臺縣東四里。」（卷四○六，頁492）

當與登惠義寺、牛頭寺等詩為同一時期之作。那麼，詩當繫於廣德元年春梓州作。

此外，杜甫另有〈望兜率寺〉詩，此詩當亦杜甫至梓州郪縣時作，因此，詩當亦繫於其時。

〈行次鹽亭縣，聊題四韻，奉簡嚴遂州、蓬州二使君、咨議諸昆季〉

黃鶴將此詩繫於廣德元年梓州鹽亭縣作[78]。今考此詩當繫於廣德元年春梓州鹽亭縣作。

「鹽亭縣」在梓州，《通典》、《新》《舊唐書·地理志》「梓州」下皆有「鹽亭縣」[79]。其以地近鹽井而得名。《元和郡縣圖志》「劍南道」「梓州」下說：「鹽亭縣，……，後魏恭帝改為鹽亭縣，以近鹽井，因名。」[80]歸納言之，鹽亭縣屬梓州。依此，詩當是杜甫至梓州時作。

今詩云「雲溪花淡淡，春郭水泠泠」，既有「春」字，詩當是杜甫春天在梓州時作。因此，此詩當繫於廣德元年春梓州鹽亭縣作。

〈倚杖〉

黃鶴將此詩繫於廣德元年春作[81]。今考此詩當繫於廣德元年春梓州鹽亭縣作。

王洙、蔡夢弼、錢謙益與仇兆鰲諸本題下皆有「鹽亭縣作」諸字[82]。鹽亭

---

78 黃鶴說：「『鹽亭縣』，屬梓州，當是廣德元年公自梓州至鹽亭時作。公是年春夏在梓。鹽亭縣在梓州東九十里。」（《補注杜詩》，卷二十四，頁455～456）

79 《通典》（五），卷一百七十六，頁4624。《新唐書》（四），卷四十二，頁1088。《舊唐書》（五），卷四十一，頁1672。

80 《元和郡縣圖志》（下），卷三十三，頁843。

81 黃鶴說：「詩云『山縣早休市，江橋春聚船』，當是廣德元年春作。」（《補注杜詩》，卷二十四，頁456）

82 《杜工部詩》（二），卷十二，頁530。《草堂詩箋》（二）卷二十一，頁529。《錢牧齋先生箋註杜詩》（二），卷十三，頁861。《杜詩詳注》（二），卷十二，頁1001。另亦可參《御定全唐詩》，見《文淵閣四庫全書》，第1425冊，卷二百二十八，頁174。

縣地屬梓州。今詩又云「看花雖郭內，倚杖即溪邊。山縣早休市，江橋春聚船」，既云「花」「春」兩字，詩當是杜甫春日在梓州時作。因此，此詩當繫於廣德元年春梓州鹽亭縣作。

〈惠義寺園送辛員外〉

黃鶴將此詩繫於廣德元年作[83]。趙次公則將此詩繫於廣德元年春作[84]。今考此詩當繫於廣德元年春晚梓州作。

首先，「惠義寺」在梓州（詳〈陪李梓州、王閬州、蘇遂州、李果州四使君登惠義寺〉繫年）。依〈奉贈射洪李四丈明甫〉詩，杜甫至梓州在寶應元年秋天；隔年春亦在梓州，有〈春日梓州登樓二首〉詩。

其次，詩云「朱櫻此日垂朱實，郭外誰家負郭田」，櫻桃熟時其色深紅，故亦謂之「朱櫻」；櫻桃春初開花，三月末、四月初果熟，《本草綱目・果部》「櫻桃」下說：「〔頌曰〕……。其實熟時深紅色者，謂之朱櫻。……。〔時珍曰〕……。春初開白花，……，三月熟時須守護，否則鳥食無遺也。……。〔宗奭曰〕……。此果三月末、四月初熟。」[85]此外，《本草品彙精要・果部上品》「櫻桃」下亦云：「〔圖經曰〕……。其實熟時深紅色者，謂之朱櫻。……。〔衍義曰〕……。于四月初熟。……。時〔生〕春生葉。〔采〕四月取實。」[86]最後，仇兆鰲亦云：「櫻桃結子在春，而熟於四月，今云『垂實』，蓋在春末矣。」[87]歸納言之，櫻桃果熟於三、四月。

第三，杜甫另有〈又送〉詩，依題名，該詩當作於〈惠義寺園送辛員外〉後。今已知是詩作於廣德元年春晚（見下）。那麼，依據上述這些理由，〈惠義寺園送辛員外〉當是廣德元年春晚梓州時作。

83　黃鶴說：「『惠義寺』，在梓州，當是廣德元年作。」（《補注杜詩》，卷二十四，頁463）

84　《杜詩趙次公先後解輯校》（上），目錄，頁16。

85　《本草綱目》（中），卷三十，頁1472～1473。

86　《本草品彙精要》，卷三十二，頁552～553。

87　《杜詩詳注》（二），卷十二，頁1002。

〈又送〉

趙次公與黃鶴皆將此詩繫於廣德元年春作[88]。今考此詩當繫於廣德元年春晚綿州作。

詩云「直到綿州始分首，江邊樹裏共誰來」，那麼，杜甫時在綿州，此當是杜甫自梓州郪縣北之惠義寺送辛員外至綿州，魯訔即曾說：「公送辛員外暫至棉。」[89]今詩又云「雙峰寂寂對春臺，萬竹青青照客杯。細草留連侵坐軟，殘花悵望近人開」，既云「春」字與「殘花」，詩當是杜甫廣德元年春晚暫至綿州時作。最後，廣德二年二月杜甫自閬返成都，三月並抵草堂，不在綿州，依此，詩非作於其時。

〈巴西驛亭觀江漲呈竇十五使君二首〉

黃鶴將此詩繫於廣德元年春在綿州作[90]。今考此詩當繫於廣德元年春綿州作。

「巴西驛」當是驛站之名，驛亭在巴西縣，《唐代交通圖考》說：「……綿州治所巴西縣（今綿陽），有巴西驛。……杜翁皆有詩。」[91]巴西縣在綿州，《通典》、《元和郡縣圖志》、《新》《舊唐書·地理志》「綿州」下皆有「巴西縣」[92]。因此，詩當是杜甫至綿州時作。

杜甫另有〈又呈竇使君〉詩，詩有「漂泊猶杯酒，踟躕此驛亭」之語，兩詩皆言「驛亭」與「呈竇使君」，後詩題並有「又」字，因此，兩詩當是

---

88 《杜詩趙次公先後解輯校》（上），目錄，頁16。此外，黃鶴說：「魯訔〈年譜〉云：『公送辛員外暫至綿。』今詩云『直到綿州始分首』，則魯之說為是。廣德元年作。」（《補注杜詩》，卷二十四，頁463）

89 《分門集註》（一），年譜，頁100。

90 黃鶴說：「當是廣德元年春，自梓州送辛員外暫至綿州時作，後有〈又呈竇使君〉詩，亦云『日兼春有暮』。」（《補注杜詩》，卷二十三，頁445）

91 《唐代交通圖考》（四），篇二十三，金牛成都驛道，頁895。

92 《通典》（五），卷一百七十六，頁4623。《元和郡縣圖志》（下），卷三十三，頁849。《新唐書》（四），卷四十二，頁1089。《舊唐書》（五），卷四十一，頁1669。

先後之作[93]。而〈又呈竇使君〉詩又云「日兼春有暮，愁與酒無醒」，兩詩當是杜甫春日至綿州時作，因此，兩詩當繫於廣德元年春。仇兆鰲對此亦曾云：「寶應元年夏，公送嚴武至綿州。廣德元年春，公在梓州，有〈惠義寺送辛員外〉詩（筆者按：當為〈又送〉詩），中云『細草』、『殘花』，蓋春候也。末云『直到綿州』，蓋重至綿州矣。此詩末章言『春』『暮』，正其時也。今依黃鶴編在廣德元年春綿州作。黃（鶴）謂年譜脫漏，是也。」[94]

〈東津送韋諷攝閬州錄事〉

黃鶴將此詩繫於廣德元年春作[95]。今考此詩或作於寶應元年夏秋，或作於廣德元年春，時杜甫在綿州東津。

「東津」在綿州（詳〈泛江送客〉繫年），那麼，此詩當是杜甫至綿州時作。杜甫至綿州計有兩次，時間分別在：一、寶應元年夏秋，有〈送嚴侍郎到綿州，同登杜使君江樓宴〉與〈奉濟驛重送嚴公四韻〉諸詩。二、廣德元年春，據〈涪城縣香積寺官閣〉詩，廣德元年春杜甫曾至綿州涪城縣。今詩內未有明顯之時間季節等線索，因此，此詩可繫於上述這兩個時間內。

〈觀打魚歌〉

黃鶴將此詩繫於寶應元年秋作[96]。今考此詩或作於寶應元年夏秋，或作於廣德元年春，時杜甫在綿州東津。

詩題云「觀打魚歌」，詩又云「綿州江水之東津，魴魚鱗鱗色勝銀」，

---

[93] 此外，仇兆鰲也曾說：「《杜臆》謂此詩與前二章，乃同時作。」（《杜詩詳注》（二），卷十二，頁1005）最後，《杜臆》亦云：「『向晚』又承前章『朝來』言。」（卷五，頁473）

[94] 《杜詩詳注》（二），卷十二，頁1003。

[95] 黃鶴說：「東津在綿州。〈打魚歌〉云『綿州江水之東津』是也。當是廣德元年送辛員外暫至綿州時作。梁權道編在寶應元年梓州詩內。」（《補注杜詩》，卷二十四，頁465）

[96] 黃鶴說：「公以寶應元年秋送嚴武至綿州，此詩乃其時作，故詩云『綿州江水之東津』。」（《補注杜詩》，卷十，頁200）

那麼，詩當是杜甫在綿州時作。

此外，杜甫另有〈又觀打魚〉詩，詩云「東津觀魚已再來，主人罷鱠還傾杯」，今既云「東津觀魚已再來」，當是杜甫再次前往綿州東津觀人打魚所作。然上述兩詩未有明顯的時間意象，僅能依杜甫至綿州時間而繫年，因此，詩當繫於寶應元年夏秋或廣德元年春，杜甫在綿州東津所作。

〈越王樓歌〉

黃鶴將此詩繫於寶應元年作[97]。今考此詩或作於寶應元年夏秋，或作於廣德元年春，時杜甫在綿州。

詩云「綿州州府何磊落，顯慶年中越王作。孤城西北起高樓，碧瓦朱甍照城郭」，「越王樓」在綿州州城外西北，又稱越王臺[98]，譬如，《方輿勝覽》「成都府路」「綿州」下云：「越王樓，在城西北。」[99]此外，《大明一統志》「成都府」「宮室」下亦曾云：「越王樓，在綿州城西北。」[100]另外，宋·姚寬（1105～1162）亦曾引《綿州圖經》說：「越王臺，在綿州城外，西北有臺，高百尺，上有樓，下瞰州城。」[101]最後，《大清一統志》「綿州直隸州」下亦云：「越王樓，在州城西北。……。杜甫有詩。」[102]今詩既云「綿州」「越王樓」，當是在綿時作。詩亦未有明顯時間線索，今依杜甫至綿州時間，而將詩繫於寶應元年夏秋或廣德元年春作。

97　黃鶴說：「此詩當是寶應元年初至時作。」（《補注杜詩》，卷十，頁201）

98　《四川通志》說：「越王樓，在（綿）州西北。……。《舊志》曰：越王臺。」（見《文淵閣四庫全書》，第560冊，卷二十七，頁518）此外，《四川通志》又云：「唐越王樓，在綿州西北。」（卷二十九中，頁587）

99　《方輿勝覽》（中），卷五十四，頁972。另亦可參《杜詩釋地》，卷三，頁272；《大元混一方輿勝覽》（上），卷中，頁243。

100　《大明一統志》（下），卷六十七，頁1041。

101　《西溪叢語》，見《文淵閣四庫全書》，第850冊，卷下，頁968。

102　《大清一統志》（九），卷四一四，頁635。

〈海椶行〉

黃鶴將此詩繫於寶應元年綿州作[103]。今考此詩或作於寶應元年夏秋，或作於廣德元年春，時杜甫在綿州。

詩云「左綿公館清江濆，海椶一株高入雲」，「左綿」即綿州，因為綿州有綿水經其左，因此綿州又謂之左綿。譬如，《方輿勝覽》「成都府路」「綿州」下說：「左綿，以綿水經其左，故謂之左綿。左太冲〈蜀都賦〉：『於東則有左綿、巴中。』」[104]又如，《大元混一方輿勝覽》「成都路」「綿州」下也說：「綿水經其左，故謂左綿。……。（綿州）【郡名】左綿。」[105]另外，《讀史方輿紀要》「四川」「綿州」「涪水」下亦曾云：「志云：綿州亦謂之左綿，以綿水經州左云。」[106]此外，《太平寰宇記》「劍南東道」「綿州」「土產」下亦引〈遊蜀記〉而有「綿州左綿郡」諸字[107]，因此，綿州又謂之左綿。今詩既云「左綿」，當是杜甫至綿州時作。最後，陸游（1125～1210）〈感舊〉詩亦嘗有「我思杜陵叟，處處有遺蹤。錦里瞻祠柏，綿州弔海椶」[108]諸語，今依「綿州弔海椶」一句，那麼，杜甫〈海椶行〉當是綿州時作。

此外，杜甫另有〈姜楚公畫角鷹歌〉詩，並云「此鷹寫真在左綿，却嗟真骨遂虛傳」，既云「左綿」，詩當是在綿州時作。此外，陸游亦曾作〈綿州錄參軍廳觀姜楚公畫鷹少陵為作詩者〉[109]，此詩題所云亦可為〈姜楚公畫角鷹歌〉詩乃綿州作之輔證。上述兩詩亦未有明題時間線索，僅能依杜甫在綿州時間而繫年，因此，詩當繫於寶應元年夏秋或廣德元年春，時杜甫在綿州。

---

103 黃鶴說：「詩云『左綿公館清江濆，海椶一株高入雲』，則椶在綿州乃云。寶應元年至綿州作。」（《補注杜詩》，卷十，頁202）
104 《方輿勝覽》（中），卷五十四，頁970。另亦可參《杜詩釋地》，卷三，頁272。
105 《大元混一方輿勝覽》（上），卷中，頁242。
106 《讀史方輿紀要》（六），卷六十七，頁3180。另亦可參《杜詩作品繫年》，頁92。
107 《太平寰宇記》（四），卷八十三，頁1662。
108 《劍南詩稿》，見《文津閣四庫全書》，第1166冊，卷三十七，頁548。
109 《劍南詩稿》，見《文津閣四庫全書》，第1166冊，卷三，頁52。

〈陪王漢州留杜綿州泛房公西湖〉

黃鶴將此詩繫於廣德元年漢州時作[110]。趙次公則將此詩繫於廣德二年作[111]。今考此詩當繫於廣德元年春漢州作。

「房公西湖」在漢州，又名房公湖、房湖、西湖、官池[112]等等，本房琯為漢州刺史時所鑿，清代已淤塞。《方輿勝覽》「成都府路」「漢州」下說：「房公湖，又名西湖。……。房湖亭榭，按〈壁記〉，房相上元初牧此邦，其時始鑿湖，有詩存焉。同時高達夫、杜子美皆嘗賦詠。」[113]此外，《輿地紀勝・輯補》「漢州」下也說：「房湖，本唐房琯所鑿，凡數百畝，洲島回環。」[114]最後，《讀史方輿紀要》「四川」「漢州」下亦云：「房公湖，在州治南。唐房琯所鑿，亦謂之西湖，凡數百畝，稱為佳勝。宋熙寧間奏墾為田，今廢塞。」[115]歸納言之，房公西湖在漢州。

今詩云「舊相恩追後，春池賞不稀」，「舊相」句意指房琯應召前往朝廷，其事在廣德元年，《舊唐書・房琯傳》說：「（上元元年）八月，改漢州刺史。……。寶應二年四月，拜特進、刑部尚書。」[116]此外，《新唐書・房琯傳》也說：「寶應二年，召拜刑部尚書。」[117]首先，「寶應二年」即習慣上之「廣德元年」；其次，《舊唐書・房琯傳》謂朝廷召房琯在「寶應二年

---

110 黃鶴說：「西湖在漢州，即前所謂『城西池』也，當是公廣德元年再至漢州，故有此作。若以為寶應元年夏到漢時作，則詩不應云『春池賞不稀』。」（《補注杜詩》，卷二十三，頁448）

111 《杜詩趙次公先後解輯校》（上），目錄，頁19。

112 「房公湖」又稱「官池」，此據〈舟前小鵝兒〉詩題下原注（詳見該詩繫年）。

113 《方輿勝覽》（中），卷五十四，頁967。另亦可參《錢牧齋先生箋註杜詩》（二），卷十三，頁862。

114 《輿地紀勝》（十）（成都：四川大學出版社，2005年），輯補卷十一，頁5866。

115 《讀史方輿紀要》（六），卷六十七，頁3172。另亦可參《大清一統志》（九），卷三八五，頁114。

116 《舊唐書》（十），卷一百一十一，頁3324。另亦可參《錢牧齋先生箋註杜詩》（二），卷十三，頁862。

117 《新唐書》（十五），卷一百三十九，頁4628。

四月」，若據杜詩「春池賞不稀」句，當是在廣德元年春即召房琯，仇兆鰲即曾說：「今按《唐書》謂召琯在寶應二年之夏，是即廣德元年也。其云夏召，恐誤，據此詩，春末蓋已赴召矣。」[118]因此，此詩當是廣德元年春在漢州時作。

杜甫另有〈得房公池鵝〉詩，詩云「房相西池鵝一羣，眠沙泛浦白於雲」，「房相」即指房琯，因房琯曾拜宰相[119]；「房相西池」即房琯於漢州所鑿西湖。依此，詩當是杜甫於漢州時作，因此，此詩當亦繫於廣德元年春漢州時作。

杜甫又有〈答楊梓州〉詩，詩云「悶到房公池水頭，坐逢楊子鎮東州」[120]，「房公池」即房公湖。據此，詩當亦杜甫於漢州時作，因此，此詩當繫於廣德元年春。黃鶴即曾說：「詩云『悶到房公池水頭，坐逢楊子鎮東州』，……，當是廣德元年再至漢州時作。」[121]

〈舟前小鵝兒〉

黃鶴將此詩繫於寶應元年作[122]。今考此詩當繫於廣德元年春漢州作。

王洙、趙次公與錢謙益諸本題下皆有「漢州城西北角官池作」諸字[123]。「官池」即「房公池」，趙次公對此曾說：「官池，即房公湖也。琯未為漢州

---

[118] 《杜詩詳注》（二），卷十二，頁1007。

[119] 譬如，《舊唐書・房琯傳》（十）曾說：「（天寶十五載七月）玄宗大悅，即日拜文部尚書、同中書門下平章事。」（卷一百一十一，頁3320）此外，《新唐書・房琯傳》（十五）也曾說：「（天寶）十五載，帝狩蜀，琯馳至普安上謁，帝甚喜，即拜文部尚書、同中書門下平章事。」（卷一百三十九，頁4625）

[120] 王洙、郭知達、邵寶與錢謙益諸本皆作「房公池」，見《杜工部集》（二），卷十二，頁523；《九家集註杜詩》（四），卷二十四，頁1708；《刻杜少陵先生詩分類集註》（五），卷十五，頁2253；《錢牧齋先生箋註杜詩》（二），卷十三，頁863。

[121] 《補注杜詩》，卷二十四，頁450。

[122] 黃鶴說：「以舊注當是寶應元年作。」（《補注杜詩》，卷二十三，頁448）

[123] 《杜工部集》（二），卷十二，頁522。《杜詩趙次公先後解輯校》（上），丙帙卷之六，頁493。《錢牧齋先生箋註杜詩》（二），卷十三，頁862。另亦可參《御定全唐詩》，見《文淵閣四庫全書》，第1425冊，卷二百二十八，頁174。

刺史，止謂之官池，後人以其池經房公修之，故名之曰房公湖。」[124]依此，詩當亦杜甫在漢州時作。杜甫至漢州在廣德元年春，有〈陪王漢州留杜綿州泛房公西湖〉詩，因此，此詩當亦繫於廣德元年春漢州時作。

杜甫另有〈官池春雁二首〉，「官池」即房公池，詩題既云及「春」字，此詩當是杜甫春天至漢州時作，因此，詩當繫於廣德元年春漢州作。最後，黃鶴將此詩繫於寶應元年五月作[125]，若此詩真是寶應元年五月作，則詩題當言「夏雁」；而今詩題作「春雁」，依此，黃鶴繫年有誤。

〈喜雨〉（春旱天地昏）

黃鶴將此詩繫於永泰元年作[126]。今考此詩當繫於廣德元年春作。

詩云「安得鞭雷公，滂沱洗吳越」，王洙、蔡夢弼、錢謙益、朱鶴齡與仇兆鰲諸本句下皆有「時聞浙右多盜賊」諸字[127]。另外，蔡興宗〈年譜〉亦曾云：「〈喜雨〉詩，註曰『時聞浙右多盜賊』。」[128]此當是杜甫自註語。

據史，寶應元年八月台州賊袁晁陷台州與浙東州縣，《舊唐書·代宗本紀》「寶應元年」說：「（八月）台州賊袁晁陷台州，連陷浙東州縣。」[129]此

---

[124] 《杜詩趙次公先後解輯校》（上），丙帙卷之六，頁493。

[125] 黃鶴說：「漢州城西池，乃房琯所鑿。今曰『官池』，即城西池也。公送嚴武至綿，道出漢，故至『官池』。按《九域志》：成都北至漢，不滿百里，而漢東北至綿，不滿二百里。蓋漢在成都、綿州之間。當是寶應元年五月。而今詩云『青春欲盡』，何也？」（《補注杜詩》，卷二十三，頁442）

[126] 黃鶴說：「按《史》：永泰元年四月己巳，自春不雨。至是而雨，當是永泰元年。」（《補注杜詩》，卷七，頁164），此中，「已巳」當為「己巳」之訛；且《史》書未云何地春旱，實無法作為此詩繫年之依據。

[127] 《杜工部集》（一），卷四，頁145。《草堂詩箋》（二），卷二十一，頁520。《錢牧齋先生箋註杜詩》（一），卷四，頁351。《杜工部詩集》（中），卷十，頁879。《杜詩詳注》（二）作「時浙右多盜賊」（卷十二，頁1020）。《御定全唐詩》則作「原注：時聞浙右多盜」（見《文淵閣四庫全書》，第1425冊，卷二百十九，頁49）。

[128] 《分門集註》（一），年譜，頁70。

[129] 《舊唐書》（二），卷十一，頁270。另亦可參《錢牧齋先生箋註杜詩》（一），卷四，頁351。

外，《新唐書・代宗本紀》「寶應元年」說：「（八月）台州人袁量反。」[130]
最後，《資治通鑑》「寶應元年」也說：「（八月）台州賊帥袁晁攻陷浙東諸
州，改元寶勝；民疲於賦斂者多歸之。」[131]明年，廣德元年四月七日（庚辰）
李光弼奏擒袁晁，《舊唐書・代宗本紀》「廣德元年」說：「（四月）庚辰，
河南副元帥李光弼奏生擒袁晁，浙東州縣盡平。」[132]此外，《資治通鑑》「廣
德元年」也說：「（四月）庚辰，李光弼奏擒袁晁，浙東皆平。」[133]今原注既
云「時聞浙右多盜賊」，當是未平時作，創作時間當在寶應元年八月至廣德
元年四月之間。

今詩又云「春旱天地昏，日色赤如血」，既云「春」字，那麼，詩當是
廣德元年春作。仇兆鰲即曾說：「據原注有『浙右多盜賊』句，朱注謂《舊
唐書》寶應元年八月，台州人袁晁反，陷浙東州郡。廣德元年四月，李光弼
討之。此詩末自注語，正指袁晁也。」[134]最後，依杜詩，廣德元年春旱。

〈陪章留後侍御宴南樓〉

趙次公將此詩繫於廣德元年春作[135]。黃鶴則將此詩繫於廣德元年夏末
作[136]。今考此詩當繫於廣德元年夏梓州作。

「南樓」在梓州府南，《輿地紀勝》「潼川府路」「潼川府」下說：「南
樓，在府南。……。見杜少陵詩。」[137]此外，《新修潼川府志校注》「輿地志」

---

[130] 《新唐書》（一），卷六，頁167。

[131] 《資治通鑑》（十），卷二百二十二，頁7130。

[132] 《舊唐書》（二），卷十一，頁272。另亦可參《錢牧齋先生箋註杜詩》（一），卷四，
頁351。

[133] 《資治通鑑》（十），卷二百二十二，頁7143。

[134] 《杜詩詳注》（二），卷十二，頁1019。

[135] 《杜詩趙次公先後解輯校》（上），目錄，頁17。

[136] 黃鶴說：「前所謂『李梓州』者，乃寶應元年及廣德元年之春在梓州；而是年之夏至
二年，則『章侍御』守梓州也。此詩云『朝廷燒棧比』，事亦在廣德元年，當是其年
夏末作。」（《補注杜詩》，卷二十四，頁460）此中，「棧比」為「棧北」之訛。

[137] 《輿地紀勝》（五），卷一百五十四，頁4164。

「古迹」「三臺縣」下亦有「南樓」[138]。據此,詩當是杜甫在梓州時作。

今詩又云「絕域長夏晚,茲樓清宴同」,既云「夏」字,詩當是杜甫夏在梓州時作,因此,此詩當繫於廣德元年夏在梓州作。

〈陪章留後惠義寺餞嘉州崔都督赴州〉

趙次公將此詩繫於廣德元年春作[139]。黃鶴則將此詩繫於廣德元年夏作[140]。今考此詩當繫於廣德元年夏梓州作。

「惠義寺」在梓州郪縣北長平山(詳〈陪李梓州、王閬州、蘇遂州、李果州四使君登惠義寺〉繫年),依詩題,詩當是杜甫在梓州時作。杜甫在梓州乃寶應元年與廣德元年。惟須說明的是,寶應元年五月時,杜甫尚在成都草堂,有〈嚴公仲夏枉駕草堂兼攜酒饌〉詩。不久,送嚴武入朝。其後,杜甫自綿州轉往梓州,時在秋天,有〈九日登梓州城〉與〈九日奉寄嚴大夫〉諸詩。今〈陪章留後惠義寺餞嘉州崔都督赴州〉詩又云「永願坐長夏,將衰棲大乘」,既云「長夏」,那麼,此詩當是杜甫夏日在梓州時作。因此,此詩當非作於寶應元年夏,因為杜甫其時尚未至梓州;廣德二年暮春杜甫已返成都,有〈草堂〉諸詩。據此,詩當繫於廣德元年夏。

〈章梓州水亭〉

趙次公將此詩繫於廣德元年春作[141]。魯訔與黃鶴則將此詩繫於廣德元年秋作[142]。今考此詩當繫於廣德元年秋梓州作。

---

[138] 《新修潼川府志校注》(上),卷八,頁302。

[139] 《杜詩趙次公先後解輯校》(上),目錄,頁16。

[140] 黃鶴說:「寶應元年,雖至梓州,而在秋冬間。此詩云『永願坐長夜』、『畢景遺炎蒸』,當是廣德元年作。蓋公自寶應元年秋,歸成都,迎家于梓;至次年秋,方往閬,祭房相國。魯訔〈年譜〉亦以為在今年。獨梁權道編在寶應元年。」(《補注杜詩》,卷八,頁174)

[141] 《杜詩趙次公先後解輯校》(上),目錄,頁17。

[142] 魯訔〈年譜〉「廣德元年」下云:「秋,〈章梓州水亭〉。」(《分門集註》(一),年譜,頁100)黃鶴說:「魯訔、梁權道皆以為在廣德元年。然是年春,梓州是李使

　　首先，「水亭」在梓州，《方輿勝覽》「潼川府路」「潼川府」下說：「水亭，杜甫〈章梓州水亭〉。」[143]此外，《四川通志》「直隸潼川州」下亦云：「水亭，在州西。杜甫詩『城晚通雲霧，亭深到芰荷』。」[144]最後，《新修潼川府志校注》「輿地志」「古迹」「三臺縣」下亦云：「水亭，《舊通志》：『在州西。』」[145]歸納言之，據地志及詩題，水亭當在梓州。

　　其次，詩云「吏人橋外少，秋水席邊多」，既云「秋」字，詩當是秋時所作。依據上述這兩個理由，因此，此詩當是杜甫秋天在梓州時作。杜甫秋天在梓州分別是在寶應元年及廣德元年，即所謂的「去年登高郪縣北，今日重在涪江濱」（〈九日〉）。問題是：此詩當繫於何年呢？此詩當非作於寶應元年秋，因為〈章梓州水亭〉詩有「荊州愛山簡，吾醉亦長歌」兩句，而寶應元年秋七、八月有徐知道之亂，九月嚴武尚且未出巴嶺，兵戈時亂，不應歡醉如此，兩不相合。因此，此詩當繫於廣德元年秋梓州作。

〈章梓州橘亭餞成都竇少尹〉

　　黃鶴將此詩繫於廣德元年秋作[146]。今考此詩當繫於廣德元年秋梓州作。

　　「橘亭」在梓州，《四川通志》「直隸潼川州」下說：「橘亭，在州南。杜甫詩『秋日野亭千橘香，玉梧錦席高雲涼』。」[147]此外，《新修潼川府志校注》「輿地志」「古迹」「三臺縣」下亦云：「橘亭，《舊通志》：『在州南。』唐杜甫〈章梓州橘亭餞成都竇少尹詩〉。」[148]依此，詩當是在梓州時作。今詩云「秋日野亭千橘香，玉杯錦席高雲涼。主人送客何所作，行酒賦詩殊

　　君；夏，方是章彝為刺史。詩云『秋水席邊多』，當是其秋作。」（《補注杜詩》，卷二十四，頁464）

[143] 《方輿勝覽》（下），卷六十二，頁1092。

[144] 《四川通志》，見《文淵閣四庫全書》，第560冊，卷二十七，頁507。

[145] 《新修潼川府志校注》（上），卷八，頁303。

[146] 黃鶴說：「當在廣德元年秋作，是年九月公至閬。」（《補注杜詩》，卷二十四，頁464）

[147] 《四川通志》，見《文淵閣四庫全書》，第560冊，卷二十七，頁507。

[148] 《新修潼川府志校注》（上），卷八，頁303。

未央」，既云「秋日」，詩當是杜甫秋時在梓州時作；又曰「行酒賦詩殊未央」，詩當非寶應元年秋作（詳〈章梓州水亭〉繫年）。因此，此詩當繫於廣德元年秋。

〈送陵州路使君之任〉

黃鶴將此詩繫於廣德元年秋作[149]。今考此詩當繫於廣德元年秋作。

詩云「幽燕通使者，岳牧用詞人」，「幽燕」句指史朝義自殺，安史亂平，故幽燕之地可通使者。據史，史朝義卒於廣德元年正月（詳〈聞官軍收河南河北〉繫年）。今詩又云「秋天正搖落，回首大江濱」，因此，此詩當繫於廣德元年秋作。黃鶴即曾說：「『幽燕通使者』，謂史朝義廣德元年正月縊死，而河北盡平。詩又云『秋天正搖落』，當是廣德元年秋在梓州作。」[150]

〈九日〉

趙次公繫此詩於廣德元年九日作[151]。黃鶴亦將此詩繫於廣德元年九日作[152]。今考此詩當繫於廣德元年九日梓州作。

詩云「酒闌却憶十年事，腸斷驪山清路塵」，「驪山」句指天寶十四載冬杜甫離開長安途經驪山之事。今若自天寶十四載（755）起算，那麼，「十年」非指廣德二年（764），當指廣德元年（763），詩舉起成數而言；詩又云「去年登高鄅縣北，今日重在涪江濱」，「涪江」經梓州，依此，時杜甫在梓州（詳〈九日登梓州城〉繫年）。因此，此詩當繫於廣德元年九日梓州作。

---

149 《補注杜詩》，卷二十四，頁464。

150 《補注杜詩》，卷二十四，頁464。此外，趙次公亦曾云：「安史既平，幽、燕路通矣。」（《杜詩趙次公先後解輯校》（上），丙帙卷之八，頁568）

151 《杜詩趙次公先後解輯校》（上），目錄，頁17。

152 黃鶴說：「詩云『去年登高鄅縣北』，當是廣德元年作。」（《補注杜詩》，卷二十六，頁496）

〈閬州東樓筵奉送十一舅往青城縣得昏字〉

　　黃鶴將此詩繫於廣德元年秋末閬州作[153]。今考此詩當繫於廣德元年秋晚閬州作。

　　首先，《新唐書・地理志》將「閬州」劃屬「山南道」[154]；而《舊唐書・地理志》將「閬州」劃屬「劍南道」[155]。對此，《太平寰宇記》「劍南東道」「閬州」下解釋說：「按《十道錄》云：果、閬二州貞觀中屬劍南道，開元中又屬山南道，天寶中屬劍南道，乾元中又屬山南道。」[156]隸屬不同如此。

　　第二，「東樓」在閬州，《輿地紀勝》「利東路」「閬州」「詩」下說：「『雖有車馬客，而無塵世喧』（杜甫〈閬州東樓〉）。」[157]此外，《大清一統志》「保寧府」「古蹟」下說：「東樓，在府城南，嘉陵江上，唐杜甫詩『層城有高樓，制古丹臒存』。」[158]最後，《四川通志》「保寧府」「閬中縣」下也說：「東樓，在縣南，嘉陵江上。」[159]今依地志與詩題，東樓當在閬州。

　　第三，詩題有「閬州東樓筵」諸字，時杜甫當在此。廣德元年八月四日房琯卒於閬州[160]；杜甫九月九日尚在梓州，有〈九日〉詩，因此，杜甫前往閬州當在廣德元年九月九日之後；二十二日杜甫祭拜房琯，有〈祭故相國清

---

[153] 黃鶴說：「當是廣德元年初至閬時作，故詩云『是時秋冬交，節往顏色昏』。蔡興宗亦以為詩在此年作。」（《補注杜詩》，卷八，頁175）

[154] 《新唐書》（四），卷四十，頁1038。

[155] 《舊唐書》（五），卷四十一，頁1672。

[156] 《太平寰宇記》（四），卷八十六，頁1713。

[157] 《輿地紀勝》（五），卷一百八十五，頁4779。

[158] 《大清一統志》（九），卷三九一，頁239。

[159] 《四川通志》，見《文淵閣四庫全書》，第560冊，卷二十六，頁459。「保寧府」建置沿革說明如下：秦為巴郡閬中縣；唐先天二年曰閬州；宋亦曰閬州，紹興十四年，屬利州東路；元至元十三年升為保寧府；明亦曰保寧府（見《大清一統志》（九），卷三九〇，頁223）。

[160] 《舊唐書・房琯傳》（十）說：「廣德元年八月四日，卒於閬州僧舍。」（卷一百一十一，頁3324）此外，《新唐書・房琯傳》（十五）則說：「寶應二年，……，道病卒。」（卷一百三十九，頁4628）

河房公文〉，文云：「維唐廣德元年，歲次癸卯，九月辛丑朔，二十二日壬戌，京兆杜甫，敬以醴酒茶藕薄鯽之奠，奉祭故相國清河房公之靈。」[161] 此外，黃鶴〈年譜辨疑〉「廣德元年癸卯」下亦曾云：「九月壬戌是為二十三日，在閬州祭房琯。」[162] 此中，「二十三日」當為「二十二日」之訛。簡言之，杜甫此次前往閬州乃因房琯卒故，時在廣德元年秋晚。

第四，詩云「是時秋冬交，節往顏色昏」，既云「秋冬交」，詩當是廣德元年秋末閬州作。

此外，杜甫另有〈王閬州筵奉酬十一舅惜別之作〉，此詩詩題與〈閬州東樓〉詩同為「十一舅」；詩又云「浮舟出郡郭，別酒寄江濤」，此「郡郭」當指閬州（閬中郡）郡城，換言之，杜甫時在閬州；最後，詩云「萬壑樹聲滿，千崖秋氣高」，據此，兩詩當為先後之作。因此，〈王閬州筵奉酬十一舅惜別之作〉詩當亦繫於廣德元年秋末閬州時作。黃鶴即曾說：「詩云『千崖秋氣高』，當是廣德元年九月至閬州作。」[163]

〈閬州奉送二十四舅使自京赴任青城〉

黃鶴將此詩繫於廣德元年作[164]。今考此詩當是廣德元年秋晚作，時杜甫在閬州。

盧元昌將此詩繫於廣德元年閬州詩內。這主要是因為：詩題云「二十四舅」「赴任青城」；而〈閬州東樓〉詩題又有「十一舅」「往青城」。那麼，兩人當即同往青城，盧元昌曾對此說：「赴青城任者，二十四舅；十一舅，偕之往耳。」[165] 今既已知〈閬州東樓〉作於廣德元年。因此，〈閬州奉送二十四舅〉當亦繫於廣德元年閬州作。此說甚有可能。今從盧說。

---

161 《杜工部集》（二），卷二十，頁864。另亦可參《杜詩作品繫年》，頁107。
162 《補注杜詩》，年譜辨疑，頁27。此外，趙子櫟〈年譜〉「廣德元年」下亦曾云：「九月，有〈祭房相公文〉。」（見《杜工部草堂詩箋》（百部叢書集成），年譜，頁33）
163 《補注杜詩》，卷二十五，頁468。
164 黃鶴說：「廣德元年作。」（《補注杜詩》，卷二十五，頁468）
165 《杜詩闡》（二），卷十六，頁756。

〈放船〉（送客蒼溪縣）

趙次公將此詩繫於廣德元年自梓暫往閬州所作[166]。黃鶴將此詩繫於廣德元年秋閬州作[167]。今考此詩當繫於廣德元年秋晚冬日閬州作。

首先，詩云「送客蒼溪縣，山寒雨不開」，「蒼溪縣」在閬州，《通典》、《舊》、《新唐書·地理志》「閬州」下皆有「蒼溪縣」[168]。據此，詩當是杜甫至閬州蒼溪縣時作。

其次，今詩又云「青惜峯巒過，黃知橘柚來」，「橘」者，秋、冬黃熟而取其實。就秋熟而言，譬如，《神農本草經疏·果部三品》說：「橘皮，花開于夏，實成于秋。」[169]此外，仇兆鰲亦曾說：「橘熟在秋候也。」[170]就冬采而言，譬如，《本草綱目·果部》「橘」下說：「〔別錄曰〕橘柚生江南及山南山谷，十月采。……。〔頌曰〕橘柚……。夏初生白花，六七月成實，至冬黃熟。……。〔時珍曰〕……。四月著小白花，甚香。結實至冬黃熟。」[171]此外，《本草品彙精要·果部上品》「橘」下亦云：「〔圖經曰〕……。夏開白花，六七月成實，至冬黃熟，啖之甚甘美。……。〔生〕春生新葉。〔采〕十月取實。」[172]此外，「柚」亦黃熟於冬十月，《本草品彙精要·果部上品》「柚」下亦云：「〔圖經曰〕……夏初開白花，六七月成實，至冬黃，熟時亦可啖。……。〔生〕春生葉。〔采〕十月取實。」[173]歸納言之，橘柚當黃熟於秋、冬。

---

[166]《杜詩趙次公先後解輯校》（上），目錄，頁17。

[167] 黃鶴說：「詩云『送客蒼溪縣』，又云『黃知橘柚來』，當是廣德元年秋閬州作。」（《補注杜詩》，卷二十五，頁468）

[168]《通典》（五），卷一百七十五，頁4592。《舊唐書》（五），卷四十一，頁1673。《新唐書》（四），卷四十，頁1038。

[169]《神農本草經疏》（北京：中醫古籍出版社，2002年），卷二十三，頁664。

[170]《杜詩詳注》（二），卷十二，頁1040。

[171]《本草綱目》（中），卷三十，頁1459。

[172]《本草品彙精要》，卷三十二，頁546～547。

[173]《本草品彙精要》，卷三十二，頁547～548。

杜甫至閬州計有兩次，其時分別在：一、廣德元年秋晚，有〈閬州東樓筵奉送十一舅往青城縣得昏字〉詩；二、廣德二年春，有〈閬山歌〉諸詩。今〈放船〉詩既云「青惜峯巒過，黃知橘柚來」，當指廣德元年秋晚此次而言，因此，此詩當繫於廣德元年秋晚冬日閬州時作。

〈發閬中〉

黃鶴將此詩繫於廣德元年冬晚作[174]。今考此詩當繫於廣德元年冬晚閬州作。

「閬中」可指閬州，譬如，《通典》「閬州」下即曾說：「大唐為崇州，先天中，改為閬州，或為閬中郡。」[175]此外，《舊唐書‧地理志》「閬州」下亦云：「先天元年，改為閬州。天寶元年，改為閬中郡。乾元元年，復為閬州。」[176]最後，《新唐書‧地理志》「閬州」下亦云「閬州閬中郡」[177]；「閬中」亦可指閬中縣，譬如《通典》、《舊》《新唐書‧地理志》「閬州」下皆有閬中縣[178]。然而無論是指閬州或指閬中縣，此詩當可謂杜甫自閬州出發之作。

詩云「別家三月一得書，避地何時免愁苦」，杜甫於寶應元年（762）秋晚將妻兒等自成都草堂攜至梓州（詳〈野望〉繫年）；廣德元年（763）春聞官軍收復河南河北時，妻子即在身邊，有「却看妻子愁何在，漫卷詩書喜欲狂」兩句；廣德元年重九杜甫在梓州，有〈九日〉詩；其後前往閬州，二十二日祭拜房琯，有〈閬州東樓筵奉送十一舅往青城縣得昏字〉詩。今詩云「別家三月一得書」，若自廣德元年九月九日後杜甫自梓州前往閬州起算，則「三月」當指十二月。因此，此詩當繫於廣德元年十二月閬州時作。趙次公即曾說：「公九月自梓州往閬，至十二月復歸梓，其去妻孥三箇月，

---

[174] 《補注杜詩》，卷九，頁189。

[175] 《通典》（五），卷一百七十五，頁4592。

[176] 《舊唐書》（五），卷四十一，頁1672。

[177] 《新唐書》（四），卷四十，頁1038。

[178] 《通典》（五），卷一百七十五，頁4592。《舊唐書》（五），卷四十一，頁1672。《新唐書》（四），卷四十，頁1038。

故云『別家三月一得書』。」[179]黃鶴亦曾云：「公廣德元年九月自梓入閬，冬晚復歸梓，明年初春又至閬，此詩云『別家三月一得書』，當是元年冬晚歸梓時作。」[180]

最後，詩又云「女病妻憂歸意急，秋花錦石誰能數」，此詩若是廣德元年冬晚自閬歸梓時作，詩中為何又云及「秋花」呢？此乃追憶來時所見，意謂歸心急切，無心欣賞來時秋花錦石，《杜甫詩醇》說：「杜甫歸梓州在冬末，而曰『秋花』者，蓋追憶來時所見。……言秋花錦石可玩之物，因歸心急切，故不復數之矣。一說，言歸心如箭，無心像來時之能細賞秋花錦石也。」[181]「秋花」既是追憶過往所見，當非眼前之實錄。

〈薄遊〉

黃鶴將此詩繫於廣德元年秋晚作[182]。今考此詩當繫於寶應元年秋，或繫於廣德元年秋作。

首先，詩云「巴城添淚眼，今夕復清光」，「巴城」可指綿州，亦可指閬州。綿州指巴城，這是因為綿州即為巴西郡，《通典》「綿州」下說：「大唐為綿州，或為巴西郡。」[183]此外，《新唐書・地理志》亦稱「綿州巴西郡」[184]；最後，《太平寰宇記》「劍南東道」「綿州」下亦云「綿州，巴西郡」[185]；閬州亦可謂巴城，這是由於閬州於秦漢屬於巴郡；隋為巴西郡，《通典》「閬州」下說：「閬州，……。秦、二漢屬巴郡。」[186]此外，《舊唐書・地

---

[179] 《杜詩趙次公先後解輯校》（上），丙帙卷之九，頁575。

[180] 《補注杜詩》，卷九，頁189。

[181] 《杜甫詩醇》，七言古詩，頁266。

[182] 黃鶴說：「公廣德元年皆至兩郡，然至綿乃是春晚，至閬乃是秋晚。〈祭房公文〉乃是年九月二十三日，此詩云『病葉多先墜，寒花只暫香』，當是在閬州作。」（《補注杜詩》，卷二十四，頁466）其中，「二十三」日當為「二十二」日之訛。

[183] 《通典》（五），卷一百七十六，頁4623。

[184] 《新唐書》（四），卷四十二，頁1089。

[185] 《太平寰宇記》（四），卷八十三，頁1661。

[186] 《通典》（五），卷一百七十五，頁4592。

理志》也說：「閬州，隋巴西郡。」[187]

最後，《太平寰宇記》「劍南東道」「閬州」下亦云：「秦為巴郡地。後漢建安六年，劉璋改巴郡為巴西郡。」[188]據此，「巴城」或指綿州，或指閬州。黃鶴即曾說：「詩云『巴城添淚眼』，按《唐志》：閬州、綿州皆為巴西郡。」[189]

其次，今詩又云「遙空秋雁滅，半嶺暮雲長」，既云「秋雁」，詩當秋時所作。歸納上述這兩個理由，此詩或是秋日至綿州時作；或是秋日至閬州時作。依杜詩，若是秋日至綿州時作，則詩當繫於寶應元年秋；若是秋日至閬州時作，則詩當繫於廣德元年秋。

〈警急〉

趙次公與黃鶴皆將此詩繫於廣德元年松州未陷時作[190]。今考此詩的創作上限當斷於廣德元年七月，下限當斷於廣德元年十二月。

詩云「玉壘雖傳檄，松州會解圍」，「會」指定會，既云「會解圍」，則時松州尚未陷於吐蕃，黃鶴即曾說：「此詩云『松州會解圍』，則是在未陷時作。」[191]據史，廣德元年時，吐蕃取隴右，高適曾出兵牽制之，無功，吐蕃遂陷松州等地[192]。此中，吐蕃陷隴右在廣德元年七月[193]；而吐蕃取松州在廣德

---

187 《舊唐書》（五），卷四十一，頁1672。

188 《太平寰宇記》（四），卷八十六，頁1712。

189 《補注杜詩》，卷二十四，頁466。

190 首先，趙次公說：「廣德元年，吐蕃取隴右。十二月，遂亡松、維、保三州。公詩在未亡松州之前。」（《杜詩趙次公先後解輯校》（上），丙帙卷之八，頁560）其次，《杜工部草堂詩箋補遺》說：「考之《唐書》：……。廣德元年，吐蕃取隴右，（高）適率兵出南鄙，欲牽制其力，既無功，十二月，遂亡松、維、保三州及雲山城。按：公詩乃作於未亡之前也。」（卷五，頁160）

191 《補注杜詩》，卷二十四，頁462。

192 《新唐書·高適傳》（十五），卷一百四十三，頁4681。《舊唐書·高適傳》（十），卷一百一十一，頁3331。

193 《舊唐書·代宗本紀》（二）「廣德元年」說：「（七月）吐蕃大寇河、隴，陷我秦、成、渭三州，入大震關，陷蘭、廓、河、鄯、洮、岷等州，盜有隴右之地。」（卷

元年十二月[194]。

今詩既云「松州會解圍」，那麼，此詩的創作上限當斷於廣德元年七月，創作下限當斷於廣德元年十二月松州之陷。

〈西山三首〉

黃鶴將此詩繫於廣德元年十二月作[195]。今考此詩當繫於廣德元年冬松州未陷時作。

其二詩云「辛苦三城戍，長防萬里秋。烟塵侵火井，雨雪閉松州」，既云「雨雪閉松州」當是冬日松州之圍[196]。據史，松州陷於廣德元年十二月，因此，此詩當是廣德元年冬松州未陷吐蕃時作。

〈巴山〉

黃鶴將此詩繫於廣德元年十一月閬州作[197]。今考此詩創作上限當斷於廣德元年十月十二日，下限當斷於廣德二年春。

詩云「巴山遇中使，云自陝城來。盜賊還奔突，乘輿恐未回」，既云「巴山」，此當是杜甫入蜀後的作品。又云「自陝城來」[198]，陝城當謂陝州，事

十一，頁273）此外，《新唐書・代宗本紀》（一）「廣德元年」也說：「（七月）吐蕃陷隴右諸州。」（卷六，頁169）最後，《資治通鑑》（十）「廣德元年」下亦云：「吐蕃入大震關，陷蘭、廓、河、鄯、洮、岷、秦、成、渭等州，盡取河西、隴右之地。」（卷二百二十三，頁7146）

[194] 《舊唐書・代宗本紀》（二），卷十一，頁274。《新唐書・代宗本紀》（一），卷六，頁169。《資治通鑑》（十），卷二百二十三，頁7158～7159。

[195] 黃鶴說：「詩云『雨雪閉松州』，當是廣德元年十二月松州被圍時作。」（《補注杜詩》，卷二十四，頁465）

[196] 仇兆鰲說：「次章記松州之圍。……。『閉松州』，此被圍矣。」（《杜詩詳注》（二），卷十二，頁1046）

[197] 黃鶴說：「此詩廣德元年十一月公在閬州作。閬居巴子國之中，故曰『巴山』。……。代宗以是年十二月還京，而此云『乘輿恐未回』，故知其為十一月作。」（《補注杜詩》，卷二十三，頁446）

[198] 《九家集註杜詩》、《百家注》、《草堂詩箋》皆作「陝城」，見《九家集註杜詩》

指代宗幸陝[199]。據史，代宗幸陝始自廣德元年十月丙子（七日）；辛巳（十二日）至陝州；十二月甲午（二十六日）返至長安[200]。

今詩既謂「云自陝城來」，又云「乘輿恐未回」，此外，〈傷春五首〉題下原注又有「巴閬僻遠，傷春罷，始知春前已收宮闕」諸語，則杜甫於廣德二年春始知春前朝廷已收復宮闕。那麼，此詩創作上限當斷於廣德元年十月十二日，創作下限當斷於廣德二年春。

〈早花〉

黃鶴將此詩繫於廣德元年十二月作[201]。今考此詩當作於廣德元年十二月。

詩云「西京安穩未？不見一人來。臘日（一作月）巴江曲，山花已自開」，「西京」句當指廣德元年十月吐蕃陷京師、代宗幸陝事。黃鶴即曾說：「此云『西京安穩未』，又云『臘月巴江曲』，為廣德二年十月吐蕃陷京師，代宗幸陝；十二月至，自陝。」[202]此中，「廣德二年」當為「元年」之訛。

「臘日」他本或作「臘月」，《草堂詩箋》、《錢牧齋先生箋註杜詩》與《杜詩詳注》諸本皆作「臘日」[203]。《杜詩趙次公先後解輯校》與《九家集註杜詩》諸本則作「臘月」[204]。然而，此詩無論是作「臘日」或「臘月」，皆當繫

（四），卷二十三，頁1696；《百家注》（下），卷三十二，頁1208；《草堂詩箋》（四），卷四十，頁1018。

[199] 《刻杜少陵先生詩分類集註》（五）說：「時代宗出奔于此。」（卷十六，頁2406）此外，《杜律五言補註》（臺北：臺灣大通書局，1974年）亦云：「時代宗出幸陝。」（卷二，頁228）最後，《杜詩詳注》（二）亦云：「顧注：……，時天子在陝。」（卷十二，頁1050）

[200] 《舊唐書·代宗本紀》（二），卷十一，頁273～274。《新唐書·代宗本紀》（一），卷六，頁169。《資治通鑑》（十），卷二百二十三，頁7151～7158。

[201] 《補注杜詩》，卷二十三，頁446。

[202] 《補注杜詩》，卷二十三，頁446。

[203] 《草堂詩箋》（四），卷四十，頁1017。《錢牧齋先生箋註杜詩》（二），卷十八，頁1147。《杜詩詳注》（二），卷十二，頁1051。

[204] 《杜詩趙次公先後解輯校》（上），丙帙卷之六，頁517。《九家集註杜詩》（四），卷

於十二月。

〈山寺〉（野寺根石壁）

黃鶴將此詩繫於寶應元年冬作[205]。朱鶴齡則將此詩繫於廣德元年冬作[206]。今考此詩當繫於廣德元年十二月梓州作。

首先，王洙、錢謙益本題下皆有「得開字，章留後同遊」[207]諸字；趙次公、郭知達與仇兆鰲本題下則作「章留後同遊，得開字」[208]。歸納言之，題下皆云「章留後同遊」。

今詩又云「使君騎紫馬，捧擁從西來」。「使君」當指刺史，譬如〈數陪李梓州泛江，有女樂在諸舫，戲為豔曲二首贈李〉其二之「使君自有婦，莫學野鴛鴦」；又如〈陪王漢州留杜綿州泛房公西湖〉之「使君雙皂蓋，灘淺正相依」；又如〈將赴荊南寄別李劒州〉之「使君高義驅今古，寥落三年坐劒州」；又如〈冬狩行〉之「春蒐冬狩侯得用，使君五馬一馬驄」。換言之，使君乃刺史之謂。今〈山寺〉詩所言之「使君」當即〈冬狩行〉題下原注之「梓州刺史章彝兼侍御史留後東川」者，亦即杜甫所稱之「章留後」。

其次，依杜詩，廣德元年春，梓州刺史姓李，杜甫有〈陪李梓州、王閬州、蘇遂州、李果州四使君登惠義寺〉詩；是年春，梓州刺史又有姓楊者，杜甫有〈答楊梓州〉詩（詳〈陪王漢州留杜綿州泛房公西湖〉繫年）；若據〈冬狩行〉題下注，章彝為梓州刺史最早可能在是年夏天，杜甫有〈陪章留後侍御宴南樓〉與〈陪章留後惠義寺餞嘉州崔都督赴州〉詩，章彝為梓州刺史最晚當不會晚於是年之秋，杜甫有〈章梓州水亭〉與〈章梓州橘亭餞成都

205 黃鶴說：「章名彝，此詩云『歲宴風破肉』，當是寶應元年自通泉回作。」（《補注杜詩》，卷九，頁188）

206 仇兆鰲說：「依朱注編在廣德元年之冬。」（《杜詩詳注》（二），卷十二，頁1059）

207 《杜工部集》（一），卷五，頁179。《錢牧齋先生箋註杜詩》（一），卷五，頁376。另亦可參《御定全唐詩》，見《文淵閣四庫全書》，第1425冊，卷二百二十，頁56。

208 《杜詩趙次公先後解輯校》（上），丙帙卷之九，頁582。《九家集註杜詩》（二），卷九，頁597。《杜詩詳注》（二），卷十二，頁1059。

竇少尹〉詩。廣德元年冬十二月，章彝仍為梓州刺史，有〈冬狩行〉詩。

第三，今詩又有「歲晏風破肉，荒林寒可迴」，既云「歲晏」，當指一年將盡。詩當是杜甫自閬州返回梓州後作。依據上述這三點，此詩當是廣德元年冬十二月梓州作。

〈桃竹杖引贈章留後〉

趙次公與黃鶴皆將此詩繫於廣德元年作[209]。今考此詩的創作上限當斷於廣德元年夏，亦可能作於是年秋冬。

詩云「梓潼使君開一束，滿堂賓客皆嘆息」，「梓潼」乃郡名，即梓州，《通典》「梓州」下云：「大唐為梓州，或為梓潼郡。」[210]此外，《舊唐書・地理志》「梓州」亦云：「天寶元年，改為梓潼郡。乾元元年，復為梓州。」[211]最後，《新唐書・地理志》亦稱「梓州梓潼郡」[212]。簡言之，梓潼郡即梓州。那麼，「梓潼使君」即梓州刺史。今詩題既云「章留後」，詩又云「梓潼使君」，因此，此當指章彝而言。章彝為梓州刺史最早當不早於廣德元年夏，是年之冬仍為刺史。因此，詩當繫於其時。

〈歲暮〉

趙次公將此詩繫於上元元年歲暮作[213]。黃鶴則將此詩繫於廣德元年吐蕃陷松、維、保三州時作[214]。今考此詩當繫於廣德元年十二月作。

---

[209] 《杜詩趙次公先後解輯校》（上），目錄，頁17。黃鶴說：「此詩當在廣德元年作。」（《補注杜詩》，卷八，頁178）

[210] 《通典》（五），卷一百七十六，頁4624。

[211] 《舊唐書》（五），卷四十一，頁1671。

[212] 《新唐書》（四），卷四十二，頁1088。

[213] 《杜詩趙次公先後解輯校》（上），目錄，頁11。

[214] 黃鶴說：「詩云『邊隅還用兵，煙塵犯雪嶺』，當是是指吐蕃廣德元年陷松、維、保三州。雪嶺引維州也。《九域志》云：南至雪嶺二百六十里。」（《補注杜詩》，卷二十一，頁419）此中，「是」為衍字，「引」為「近」字之訛。《杜詩詳注》（二）即引黃鶴之注作「雪嶺近維州」（卷十二，頁1067）。

詩云「歲暮遠為客，邊隅還用兵。烟塵犯雪嶺，鼓角動江城」。趙次公認為「烟塵犯雪嶺」當指上元元年吐蕃陷廓州事，他說：「今歲上元元年歲在庚子，吐蕃陷廓州，則其兵燹於西山一帶。西山近接松、維，上有積雪，人謂之雪山。」[215] 唐代廓州隸屬隴右道，《元和郡縣圖志》、《舊》、《新唐書・地理志》「隴右道」下皆有廓州[216]。然隴右道之廓州與劍南道之松、維兩州相距甚遠，「烟塵犯雪嶺」事當與吐蕃陷廓州事無涉。

今詩繫年說明如下：首先，「雪嶺」即指雪山，雪山在松州，《元和郡縣圖志》「劍南道」「松州」「嘉誠縣」下說：「雪山，在縣東八十里。春夏常有積雪，故名。」[217] 此外，《太平寰宇記》「劍南西道」「松州」「交川縣」下亦云：「雪山，出朴硝，其色如銀，在縣西南百里。」[218]

其次，「烟塵犯雪嶺」句當指吐蕃侵犯松州，《大明一統志》「松潘等處軍民指揮使司」「建置沿革」下即云：「天寶初，改交川郡，後復為松州。廣德初，陷於吐蕃。」[219] 又，「形勝」下亦有「雪嶺面東南」之語[220]。此外，《大清一統志》「松潘直隸廳」「建置沿革」下亦云：「天寶初，改交川郡。乾元初，復曰松州。廣德初，陷於吐蕃。」[221] 又「形勝」下亦有「東南雪嶺」諸字[222]。今已知吐蕃取松州在廣德元年冬十二月，因此，此詩當繫於廣德元

---

[215] 《杜詩趙次公先後解輯校》（上），丙帙卷之二，頁427。趙次公所言「吐蕃陷廓州」事，另亦可參《新唐書》（一），卷六，頁163。《資治通鑑》（十），卷二百二十一，頁7102。

[216] 《元和郡縣圖志》（下），卷三十九，頁993。《舊唐書》（五），卷四十，頁1637。《新唐書》（四），卷四十，頁1043。

[217] 《元和郡縣圖志》（下），卷三十二，頁810。

[218] 《太平寰宇記》（三），卷八十一，頁1632。

[219] 《大明一統志》（下），卷七十三，頁1138。

[220] 《大明一統志》（下），卷七十三，頁1138。此外，「松潘等處軍民指揮使司」建置沿革說明如下：秦、漢為羌戎地；唐武德初置松州，天寶初為交川郡，乾元初復為松州；明洪武十一年置松、潘二衛，後并為松潘衛。二十年改「松潘等處軍民指揮使司」。嘉靖四十二年復改松潘衛（見《讀史方輿紀要》（七），卷七十三，頁3431）。

[221] 《大清一統志》（九），卷四一九，頁718。

[222] 《大清一統志》（九），卷四一九，頁718。

年歲暮作。

〈寄題江外草堂〉

黃鶴將此詩繫於廣德元年作[223]。今考此詩當繫於廣德元年梓州作。

首先，詩云「經營上元始，斷手寶應年」，因此，此詩當作於成都草堂完成之後。

其次，王洙、趙次公、錢謙益諸本題下皆有「梓州作，寄成都故居」諸字[224]。依此，詩當是在梓州時作。

第三，詩又云「干戈未偃息，安得酣歌眠。……。偶攜老妻去，慘澹凌風烟」，「干戈」句指徐知道之亂，「偶攜」乃言避亂攜家寓梓，朱鶴齡說：「成都有徐知道之亂，公攜家去蜀寓梓州。」[225]此外，仇兆鰲亦曾云：「干戈，指徐知道之亂。」[226]據史書與杜詩，寶應元年七月徐知道反，伏誅於八月，嚴武九月九日尚受阻未出巴嶺。秋晚杜甫返成都草堂攜家至梓州，此即「偶攜」兩句。今已知杜甫在梓州分別在於寶應元年秋末至冬與廣德元年。然此詩題下原注有「故居」兩字，「故居」具有以前之意。若〈寄題江外草堂〉詩作於寶應元年秋冬，時杜甫去蜀未久，當不應言「故居」。依此，既言「故居」，當是攜家他行已歷一段時日，如此，「故居」始較為貼切。因此，此詩當是廣德元年梓州時作。

---

[223] 黃鶴說：「寶應元年公避徐知道之亂至梓州，今詩云『顧惟魯鈍姿，豈識悔吝先。獨攜老妻去，慘淡凌風煙』，蓋謂不能前知徐知道之反也。詩云『經營上元始，斷手寶應年』，則此詩當是廣德元年。」（《補注杜詩》，卷八，頁178）此中，「獨攜」為「偶攜」之訛。

[224] 《杜工部集》（一），卷四，頁161。《杜詩趙次公先後解輯校》（上），丙帙卷之九，頁580。《錢牧齋先生箋註杜詩》（一），卷五，頁379。另亦可參《御定全唐詩》，見《文淵閣四庫全書》，第1425冊，卷二百二十，頁56。此外，《草堂詩箋》（二）則將詩題作「寄題江外草堂梓州作寄成都故居」（卷二十，頁484）。

[225] 《杜工部詩集》（中），卷十，頁881。

[226] 《杜詩詳注》（二），卷十二，頁1015。

〈王命〉

　　黃鶴將此詩繫在廣德元年十月作[227]。今考此詩的創作上限當斷於廣德元年三月，下限當斷於廣德二年五月。

　　詩云「漢北豺狼滿，巴西道路難。血埋諸將甲，骨斷使臣鞍」，「巴西」當指巴西郡，其可指閬州，亦可指綿州（詳〈薄遊〉繫年）；「使臣」事指李之芳等出使吐蕃，趙次公即曾對此說：「廣德元年，使李之芳、崔倫往聘吐蕃，留不遣。」[228]據史，廣德元年（763）三月李之芳往聘吐蕃，二年（764）五月李之芳始還，譬如，《舊唐書·李之芳傳》即說：「廣德元年，兵革未清，吐蕃又犯邊，侵軹原、會，乃遣之芳兼御史大夫，使吐蕃，被留境上二年而歸。」[229]此外，《舊唐書·吐蕃傳》也說：「寶應二年三月，遣左散騎常侍兼御史大夫李之芳、左庶子兼御史中丞崔倫使于吐蕃，至其境而留之。……。二年五月，放李之芳還。」[230]最後，《新唐書·吐蕃傳》亦云：「寶應元年，陷臨洮，取秦、成、渭等州。明年，使散騎常侍李之芳、太子左庶子崔倫往聘，吐蕃留不遣。……。明年，還使人李之芳等。」[231]據此，此詩的創作上限當斷於廣德元年三月，下限當斷於廣德二年五月。

227　黃鶴說：「詩云『牢落新燒棧』，謂廣德元年燒大散關；『蒼茫舊築壇』，謂是年吐蕃寇近畿，旋命子儀禦敵，子儀久閒廢，才得二十騎而行；詩又云『巴西道路難』，巴西，閬州也。時公在閬州，當是廣德元年十月作。」（《補注杜詩》，卷二十四，頁463）黃鶴將此詩繫於廣德元年十月作，他認為這是因為「蒼茫舊築壇」指吐蕃入寇，郭子儀召募，得二十騎而行，而其事在廣德元年十月（見《資治通鑑》（十），卷二百二十三，頁7150），黃鶴因此遂將此詩繫於廣德元年十月作。然此有異議。首先，「燒大散關在廣德元年」之說有誤，朱鶴齡引史論斷當在上元二年（見《杜工部詩集》（中），卷十，頁921）。其次，「蒼茫舊築壇」，錢謙益認為當指嚴武，非謂郭子儀（見《錢牧齋先生箋註杜詩》（二），卷十二，頁826）。

228　《杜詩趙次公先後解輯校》（上），丙帙卷之八，頁561。

229　《舊唐書》（八），卷七十六，頁2660。此外，《新唐書·李之芳傳》（十二）亦云：「廣德初，詔兼御史大夫使吐蕃，被留二歲乃得歸。」（卷八十，頁3575）

230　《舊唐書》（十六），卷一百九十六上，頁5237；5239。

231　《新唐書》（十九），卷二百二十六上，頁6087～6088。

〈送李卿曄〉

　　黃鶴將此詩繫於廣德元年十二月作[232]。今考此詩當繫於廣德二年春作。

　　首先，詩云「暮景巴蜀僻，春風江漢清」，既云「巴蜀僻」，詩當是杜甫入蜀後作，仇兆鰲即曾說：「垂暮『巴西』，自憐地僻。」[233]據此，此詩創作上限當不早於上元元年春。其次，詩又云「王子思歸日，長安已亂兵。霑衣問行在，走馬向承明」，上元元年春後之長安兵亂，當指代宗幸陝而言，趙次公對此即曾云：「十月，代宗出幸陝也。」[234]因此，此詩當繫於廣德元年冬。然而詩又云及「春風」，依此，此詩當繫於廣德二年春作。

〈釋悶〉

　　趙次公將此詩繫於廣德二年春作[235]。黃鶴則將此詩繫於廣德二年作[236]。今考此詩當繫於廣德二年春作。

　　首先，詩云「四海十年不解兵，犬戎也復臨咸京」。這兩句說明如下：一，「犬戎」句指吐蕃攻陷長安，趙次公即曾說：「祿山於天寶十五載嘗陷

---

[232] 黃鶴說：「詩云『王子思歸日，長安已亂兵。霑衣問行在，走馬向承明』，當是廣德元年十二月作。」（《補注杜詩》，卷二十四，頁450）此外，仇兆鰲卻說：「鶴注：此當是廣德二年初春作。」（《杜詩詳注》（二），卷十二，頁1068）然《杜工部草堂詩箋補遺》將此詩繫於「自梓暫往閬所作」（見「黃氏集千家註杜工部詩史補遺目錄」，頁17）則又似認為此當繫於廣德二年春。

[233] 《杜詩詳注》（二），卷十二，頁1069。

[234] 《杜詩趙次公先後解輯校》（上），丙帙卷之九，頁574。

[235] 《杜詩趙次公先後解輯校》（上），目錄，頁18。

[236] 黃鶴說：「詩云『四海十年不解兵，犬戎也復臨咸京』，謂吐蕃以廣德元年入寇陷京師。前此祿山陷京師，今又為吐蕃陷之，故云『犬戎也復臨咸京』。自天寶十四載乙未祿山反時起兵，至廣德元年，為『十年兵不解』也。此詩當是廣德二年作，故又曰『天子亦應厭奔走』。時在閬州，故自稱『江邊老翁』。」（《補注杜詩》，卷十三，頁266）此外，仇兆鰲亦曾云：「黃鶴編在廣德二年，蓋天寶十四載至此為十年也。」（《杜詩詳注》（二），卷十二，頁1070）

京師，而今吐蕃再陷焉，故云。」[237]其事在廣德元年冬。二，若自天寶十四
載（755）安祿山兵反起算，則至廣德元年（763）為九年，舉其成數，可稱
「十年」；若自十四載起算，則至廣德二年（764），又亦「十年」。

其次，詩又云「天子亦應厭奔走，羣公固合思昇平」，天子奔走即指代
宗幸陝事。據史，代宗幸陝始於廣德元年十月七日，十二日至陝州，十二
月二十六日返抵長安（詳〈巴山〉繫年）。就詩面而言，既云「天子」「奔
走」，時代宗當未返京，詩當作於十二月二十六日前；然巴蜀地僻遠遙
（〈送李卿曄〉即有「暮景巴蜀僻」之語），獲悉代宗返京之確切消息當亦數
日之後，〈傷春五首〉題下即有「巴閬僻遠，傷春罷，始知春前已收宮闕」
之語，因此，詩當繫於廣德二年春。

第三，今詩又云「但恐誅求不改轍，聞道嬖孽能全生」，「嬖孽」指程
元振，趙次公即曾說：「嬖孽，指程元振。」[238]據史，「聞道」句當指代宗未
誅隱瞞吐蕃入寇之程元振，僅罷官放歸故里；後圖不軌，明年（764）春並
將其安置於江陵。《舊唐書・程元振傳》說：「（廣德元年）十月，蕃軍至便
橋，代宗蒼黃出幸陝州，賊陷京師，府庫蕩盡。及至行在，太常博士柳伉
上疏切諫誅元振以謝天下，代宗顧人情歸咎，乃罷元振官，放歸故里。」[239]
此外，《資治通鑑》說：「（廣德元年九月）吐蕃之入寇也，邊將告急，程元
振皆不以聞。……。（二年）春，正月，壬寅，敕稱程元振變服潛行，將圖
不軌，長流溱州。上念元振之功，尋復令於江陵安置。」[240]最後，《舊唐書・
代宗本紀》「廣德二年」說：「（春正月）壬寅，御史臺以程元振獄狀聞，配
流溱州。既行，追念舊勳，特矜遐裔，令於江陵府安置。」[241]那麼，程元振

---

[237] 《杜詩趙次公先後解輯校》（上），丙帙卷之十，頁603。

[238] 《杜詩趙次公先後解輯校》（上），丙帙卷之十，頁603。另亦可參《草堂詩箋》
（二），卷二十一，頁509。

[239] 《舊唐書》（十五），卷一百八十四，頁4762。另亦可參《新唐書》（十九），卷
二百七，頁5861～5862。

[240] 《資治通鑑》（十），卷二百二十三，頁7150～7159。

[241] 《舊唐書》（二），卷十一，頁274。另亦可參《杜詩詳注》（二），卷十二，頁1071。

全生之事在廣德元年冬與二年春正月。朱鶴齡即曾說：「嬖孽，謂程元振。《唐書》：代宗在陝，削元振官爵，歸田里。廣德二年春正月，以私入京師，配流溱州。復令于江陵府安置。」[242]依據上述這三個理由，因此，此詩當繫於廣德二年春。

〈贈別賀蘭銛〉

黃鶴將此詩繫於廣德元年作[243]。仇兆鰲則將此詩繫於廣德二年春作[244]。今考此詩當繫於廣德二年春作。

詩云「國步初反正，乾坤尚風塵」，「國步」指國家命運，句指代宗回京；「乾坤」指天地，句指吐蕃未靖。朱鶴齡說：「『返正』，謂代宗幸陝初還。」[245]此外，仇兆鰲也曾說：「『反正』，代宗還京。『風塵』，吐蕃未靖。」[246]據史，兩事在廣德元年十二月（詳〈巴山〉與〈警急〉繫年）；然杜甫知悉代宗返京消息當在二年初春。今詩又云「悲歌鬢髮白，遠赴湘吳春」，既云「春」字，詩當繫於廣德二年春作。

〈閬山歌〉

黃鶴將此詩繫於廣德二年初春作[247]。今考此詩當繫於廣德二年春閬州作。

詩云「中原格鬬且未歸，應結茅齋著青壁」，「中原格鬬」句指吐蕃陷京師，趙次公說：「『中原格鬬』，乃去歲廣德元年吐蕃十月陷京師、邠州，寇奉天、武功，車駕幸陝。十二月，陷松、維、保三州。至今歲之春，干戈

---

[242] 《杜工部詩集》（中），卷十一，頁943。

[243] 黃鶴說：「詩云『國步初返正』，當是廣德元年公在梓、閬州作。賀蘭銛欲下東，故詩又云『遠赴東吳春』。」（《補注杜詩》，卷十，頁208）

[244] 仇兆鰲說：「詩云『國步初反正』、『遠赴湘吳春』，蓋在廣德二年春代宗回京後作。」（《杜詩詳注》（二），卷十二，頁1071）

[245] 《杜工部詩集》（中），卷十一，頁944。

[246] 《杜詩詳注》（二），卷十二，頁1071。

[247] 黃鶴說：「以後篇〈閬水歌〉云『更復春從沙際歸』，當與此詩同是廣德二年初春之時作。」（《補注杜詩》，卷九，頁189）

豈息邪？」[248]此外，黃鶴也說：「『格鬭』，謂吐蕃犯京師，中原未寧，故歸意且止。」[249]最後，邵寶亦曾云：「時吐蕃犯京師，中原尚未寧息。」[250]吐蕃犯京師事在廣德元年冬。此外，與〈閬山歌〉同時作之〈閬水歌〉亦云「正憐日破浪花出，更復春從沙際歸」，既云「春字」，那麼，〈閬山歌〉當繫於廣德二年春作。

此外，〈閬山歌〉又云「閬州城東靈山白，閬州城北玉臺碧」，「靈山」又名仙穴山，在閬州閬中縣，《新唐書‧地理志》「閬州閬中郡」「閬中縣」下即有「靈山」[251]。另外，《太平寰宇記》「劍南東道」「閬州」「閬中縣」下也說：「仙穴山，在縣東北十里。《周地圖》云：『靈山峯多雜樹，昔蜀王鼈靈帝登此，因名靈山。……』天寶六年勑改為仙穴山。」[252]此外，《大明一統志》「保寧府」「山川」下亦云：「靈山，在府城東一十里。……。杜甫詩所謂『閬州城東靈山白』者是也。」[253]最後，《讀史方輿紀要》「四川」「保寧府」「閬中縣」下說：「靈山，在府東十里。」[254]簡言之，靈山在閬州。

「玉臺」乃山名，亦在閬州，《大明一統志》「保寧府」「山川」下即云：「玉臺山，在府城北七里。唐杜甫詩『閬州城北玉臺碧』是也。」[255]此外，《讀史方輿紀要》「四川」「保寧府」「閬中縣」下說：「繖蓋山，府北五里。……。其相連者曰北巖，又北二里曰玉臺山。」[256]最後，《大清一統志》

---

[248] 《杜詩趙次公先後解輯校》（上），丙帙卷之十，頁590。

[249] 《補注杜詩》，卷九，頁190。

[250] 《刻杜少陵先生詩分類集註》（五），卷十三，頁2014～2015。

[251] 《新唐書》（四），卷四十，頁1038。另亦可參《杜工部詩集》（中），卷十一，頁946。

[252] 《太平寰宇記》（四），卷八十六，頁1714。另亦可參《錢牧齋先生箋註杜詩》（一），卷五，頁399。

[253] 《大明一統志》（下），卷六十八，頁1056。

[254] 《讀史方輿紀要》（七），卷六十八，頁3204。另亦可參《杜詩作品繫年》，頁114。此外，《大清一統志》（九）「保寧府」「山川」下亦云：「靈山，在閬中縣東。」（卷三九〇，頁226）

[255] 《大明一統志》（下），卷六十八，頁1056。

[256] 《讀史方輿紀要》（七），卷六十八，頁3204。另亦可參《杜詩作品繫年》，頁114。

「保寧府」「山川」下亦云：「玉臺山，在閬中縣北七里。」[257]簡言之，玉臺亦在閬州。今詩既云「閬州」，而「靈山」與「玉臺」亦在閬州，時杜甫在閬可知。

最後，杜甫另有〈閬水歌〉詩，詩云「閬中勝事可腸斷，閬州城南天下稀」，據此，時杜甫亦在閬州。今從詩題與內容而言，此詩當與〈閬山歌〉為同時之作，黃鶴即曾說：「與〈閬山歌〉同廣德二年作。」[258]因此，〈閬水歌〉當亦於廣德二年春作。

〈巴西聞收京闕送班司馬入京〉

趙次公繫此詩於廣德二年春閬州作[259]。黃鶴將此詩繫於廣德二年春在綿州作[260]。仇兆鰲亦將此詩繫於廣德二年春閬州作[261]。今考此詩當繫於廣德二年春閬州作。

首先，依詩題「巴西」二字，詩當是入蜀後作品。其次，詩云「聞道收宗廟，鳴鑾自陝歸」，「收京闕」當指廣德元年郭子儀收復長安事，《舊唐書‧代宗本紀》與《資治通鑑》記載事在廣德元年十月庚寅（二十一日）；《新唐書‧代宗本紀》則言在十月癸巳（二十四日）。《舊唐書‧代宗本紀》「廣德元年」說：「（十月）庚寅，（郭）子儀收京城。」[262]此外，《資治通鑑》「廣德元年」也說：「（十月）吐蕃惶駭，庚寅，悉眾遁去。」[263]最後，《新唐書‧代宗本紀》「廣德元年」則說：「（十月）癸巳，吐蕃潰，郭子儀

---

257 《大清一統志》（九），卷三九〇，頁226。

258 《補注杜詩》，卷九，頁190。

259 《杜詩趙次公先後解輯校》（上），目錄，頁18。

260 黃鶴說：「『巴西』，指綿州，當是廣德二年春公在綿州作，故詩云『劍外春天遠，巴西勑使稀』，與後篇當合為一。」（《補注杜詩》，卷二十三，頁447）

261 仇兆鰲說：「收京在去年十月，詩作於廣德二年之春，故云『劍外春天遠』。綿州屬巴西郡，是年公在閬州，閬州亦稱巴西郡，詳見〈巴西驛亭〉註。」（《杜詩詳註》（二），卷十三，頁1079）

262 《舊唐書》（二），卷十一，頁273。

263 《資治通鑑》（十），卷二百二十三，頁7153。

復京師。」[264] 據此，收復京闕當在廣德元年十月二十一日或二十四日。「自陝歸」當指代宗幸陝返回長安，事在廣德元年十二月二十六日（詳〈巴山〉繫年）。今詩又云「劍外春天遠，巴西勑使稀」，既云「春天」，此詩當是廣德二年春日作。

第三，一般而言杜詩中的「巴西」可指綿州，亦可指閬州（詳〈薄遊〉繫年）。然此詩題中的「巴西」指閬州，而非綿州之謂。舉證如下：杜甫另有〈傷春五首〉詩，諸本題下有原注「巴閬僻遠，傷春罷，始知春前已收宮闕」諸語。依此題下原注三語，可歸結出以下諸點：一、「收宮闕」指廣德元年十月事；二、此時當是二年春；三、依「巴閬僻遠」諸字，時杜甫在閬州。今若比對〈巴西聞收京闕送班司馬入京〉詩之內容與〈傷春五首〉題下原注，則知：廣德二年春杜甫在巴閬（巴西），始知春前朝廷已收復宮闕；並且，杜詩中「巴西」又稱「巴閬」，即閬州之謂。依據上述這三個理由，因此，此詩當繫於廣德二年春作，時杜甫在閬州。

〈收京〉

黃鶴將此詩繫於廣德元年十二月作[265]。仇兆鰲則將此詩繫於廣德二年春作[266]。今考此詩當繫於廣德二年春作。

詩云「復道收京邑，兼聞殺犬戎。衣冠却扈從，車駕已還宮」，此指吐蕃陷長安，代宗幸陝，後郭子儀收復京師，代宗返還長安，事在廣德元年冬。然據杜甫〈傷春五首〉題下原注「巴閬僻遠，傷春罷，始知春前已收宮闕」之語，杜甫當於廣德二年春始知元年冬已收復宮闕。因此，依「復道」與「兼聞」諸字，此詩當繫於廣德二年春作。

---

264 《新唐書》（一），卷六，頁169。

265 黃鶴說：「既題為〈收京〉，又詩云『衣冠却扈從，車馬已還宮』，則是廣德二年十二月作也。」（《補注杜詩》，卷二十三，頁447）此中，「二年」當為「元年」之訛。

266 仇兆鰲說：「《唐書》：廣德元年十月，郭子儀復京師，車駕至自陝州。按公在梓州，至次年而始聞其信，此當是廣德二年春作。」（《杜詩詳注》（二），卷十三，頁1078）

〈城上〉

　　黃鶴將此詩繫於廣德元年十二月作[267]。仇兆鰲則將此詩繫於廣德二年春閬州作[268]。今考此詩當繫於廣德二年春閬州作。

　　首先，詩云「草滿巴西綠，城空白日長。風吹花片片，春動水茫茫」，既云「巴西」，此當是杜甫入蜀後的作品。

　　其次，詩又云「八駿隨天子，羣臣從武皇。遙聞出巡狩，早晚徧遐荒」，那麼，「巡狩」當謂代宗幸陝，而非玄宗幸蜀，趙次公說：「代宗廣德元年十月，吐蕃寇奉天、武功，丙子車駕幸陝州。戊寅，吐蕃陷京師。末句不敢言天子蒙塵，姑以巡守微言之耳。」[269]杜甫詩中是否真不敢言「蒙塵」字，頗值斟酌，譬如〈冬狩行〉即有「得不哀痛塵再蒙」語；〈傷春五首〉其一亦有「蒙塵清路急」語。然「巡狩」確指代宗出奔。此外，黃鶴亦曾云：「當是言代宗廣德元年幸陝。」[270]最後，仇兆鰲也說：「借周漢巡遊，以比代宗幸陝。」[271]據此，此詩當斷於廣德元年冬後作。

　　第三，「巴西」或指綿州，或謂閬州（詳〈薄遊〉繫年）。然而，據杜詩與年譜，廣德元年冬以後杜甫未曾再至綿州，因此，「巴西」當指閬州。今詩又云「春動」，因此綜合前述這些理由，此詩當繫於廣德二年春作。

　　另一方面，杜甫至閬州分別在廣德元年秋末以及廣德二年春，今詩既云「春」字，因此，此詩當繫於廣德二年春作，時杜甫在閬州。

---

267 黃鶴說：「詩云『八駿隨天子，羣臣從武皇』，當是廣德元年十二月閬州作。而梁權道編在是年春綿州作，徒惑於『草滿巴西綠』之句，而不知代宗未出幸也。要之，綿、閬皆可為『巴西』。」（《補注杜詩》，卷二十三，頁447）

268 仇兆鰲說：「顧注：此是廣德二年春自梓州往閬州時作。代宗還京在元年十二月。」（《杜詩詳注》（二），卷十三，頁1080）

269 《杜詩趙次公先後解輯校》（上），丙帙卷之十，頁600。

270 《補注杜詩》，卷二十三，頁448。

271 《杜詩詳注》（二），卷十三，頁1080。

〈傷春五首〉

趙次公、蔡興宗與黃鶴皆將此詩繫於廣德二年春閬州作[272]。今考此詩當繫於廣德二年春閬州作。

首先,其一詩云「蒙塵清路急,御宿且誰供」,「蒙塵」謂天子在外(詳〈北征〉繫年)。杜甫之世天子蒙塵在外計有兩次:玄宗與代宗。問題是詩中所云當指何次呢?其四詩云「再有朝廷亂,難知消息真」,既云「再有」,「蒙塵」當指代宗出奔事。仇兆鰲對此即曾云:「『再亂』,謂祿山之後,復有吐蕃。」[273]依此,此詩當作於廣德元年冬吐蕃陷京師、代宗幸陝之後。今其一詩又云「天下兵雖滿,春光日自濃」,既云「春光」,因此,此詩當繫於廣德二年春。

其次,蔡夢弼、劉辰翁與仇兆鰲諸本題下亦有「巴閬僻遠,傷春罷,始知春前已收宮闕」之語[274]。原注既云「巴閬」,詩當是入蜀後在閬州的作品;又云「收宮闕」,事當指廣德元年冬郭子儀收復京師(詳〈巴西聞收京闕送班司馬入京〉繫年);詩題又云「傷春」,因此,此詩當是廣德二年春杜甫在

---

[272] 《杜詩趙次公先後解輯校》(上),目錄,頁18。蔡興宗〈年譜〉「廣德二年」,見《分門集註》(一),年譜,頁74。黃鶴說:「詩云『巴山春色靜』,又詩中備言吐蕃陷京,代宗出幸之事,當是廣德二年在閬州作。而梁權道編在廣德元年綿州作,不考代宗幸陝在元年十月,而十月始還京,若在元年作,何由有『春光日自濃』之句,當是二年無疑。」(《補注杜詩》,卷二十八,頁511)此中,「十月始還京」當作「十二月始還京」。另外,黃鶴於「西京疲百戰,北闕任羣兇」句下又云:「『蒙塵』,謂代宗幸陝,然幸陝乃十月丙子,至十二月即還京矣。此詩云乃春作,是廣德二年。」(卷二十八,頁512)

[273] 《杜詩詳注》(二),卷十三,頁1085。

[274] 《草堂詩箋》(二),卷二十,頁502。《集千家註批點補遺杜詩集》(三),卷十,頁871;此中,訛「罷」為「龍」。《杜詩詳注》(二),卷十三,頁1081。此外,蔡興宗亦曾見別有此註語,蔡興宗〈年譜〉「廣德二年」下說:「春居閬中,有〈傷春五首〉,別本註曰『巴閬僻遠,傷春罷,始知春前已收宮闕』。」(《分門集註》(一),年譜,頁74)另亦可參《御定全唐詩》,見《文淵閣四庫全書》,第1425冊,卷二百二十八,頁169。

閬州時作。

〈滕王亭子二首〉

黃鶴將此詩繫於廣德二年春閬州作[275]。今考此詩當繫於廣德二年春閬州作。

首先,「滕王」指李元嬰(?～684),乃高祖第二十二子,曾為隆州刺史,《舊唐書·李元嬰傳》說:「滕王元嬰,高祖第二十二子也。……。後起授壽州刺史,轉隆州刺史。」[276]此外,《新唐書·李元嬰傳》也說:「滕王元嬰。……。起授壽州刺史,徙隆州。」[277]

隆州於先天初年為避玄宗諱而改名閬州,譬如,《新唐書·地理志》「閬州」下即云:「本隆州巴西郡,先天二年避玄宗名更州名。」[278]另外,《太平寰宇記》「劍南東道」「閬州」下說:「唐武德元年改為隆州。……。先天元年避玄宗諱,改為閬州。」[279]此外,《輿地紀勝》「利東路」「閬州」下云:「唐改為隆州,隸山南道,改為閬州,取閬水以為名。」其下又云:「《元和郡縣志》云:在先天元年因避元宗諱故也。」[280]最後,《讀史方輿紀要》「四川」「保寧府」下亦云:「唐武德初復為隆州,先天初改曰閬州,避玄宗諱

---

[275] 黃鶴說:「按二《史》:滕王元嬰自壽州刺史移隆州刺史。後隆州避玄宗諱,改為閬州。亭在玉臺觀,故嬰嘗遊憩於此。詩云『春日鶯啼修竹裏,仙家犬吠白雲間』,又云『寂寞春山路,君王不復行』,當是廣德二年春作。」(《補注杜詩》,卷二十五,頁475)

[276] 《舊唐書》(七),卷六十四,頁2436～2437。另亦可參《杜工部詩集》(中),卷十一,頁953。

[277] 《新唐書》(十一),卷七十九,頁3560。

[278] 《新唐書》(四),卷四十,頁1038。《舊唐書·睿宗本紀》(一)「先天二年」下也說:「二月丙申,改隆州為閬州。」(卷七,頁161)然《舊唐書·地理志》(五)記載「隆州」改為「閬州」乃在先天元年(卷四十一,頁1672),姑存於此。

[279] 《太平寰宇記》(四),卷八十六,頁1712～1713。此外,宋·周密(1232～1298)《齊東野語》(北京:中華書局,2004年)「避諱」條亦曾云:「玄宗諱隆基,太一君基、臣基,並改為其字。隆州為閬中,……。」(卷四,頁56)

[280] 《輿地紀勝》(五),卷一百八十五,頁4753。

也。」[281]簡言之，李元嬰曾為隆州刺史，而隆州在先天初年時即更州名為閬
州。

其次，「滕王亭」亦在閬州，《方輿勝覽》「利州東路」「閬州」下說：
「滕王亭，即滕王元嬰所建，在玉臺觀。」[282]此外，《大明一統志》「保寧府」
下云：「滕王亭，在府城北，玉臺觀上，唐滕王元嬰建。」[283]最後，《大清一
統志》「保寧府」下亦云：「滕王亭，在閬中縣北，玉臺觀上。」[284]今其一詩
又云「春日鶯啼修竹裏，仙家犬吠白雲間」；其二詩亦曰「寂寞春山路，君
王不復行」，「滕王亭」既在閬州，而杜甫至閬州計有兩次：廣德元年秋末
以及廣德二年春。今詩既云及「春日」、「春山」，因此，此詩當繫於廣德二
年春閬州作。

〈玉臺觀二首〉

黃鶴與仇兆鰲皆將此詩繫於廣德二年春閬州作[285]。今考此詩當繫於廣德
二年春閬州作。

首先，王洙、趙次公、郭知達、錢謙益與仇兆鰲諸本題下皆有「滕王
造」或「滕王作」諸字[286]。

其次，「玉臺觀」在閬州，《輿地紀勝》「利東路」「閬州」下云：「玉臺

---

[281] 《讀史方輿紀要》（七），卷六十八，頁3201。

[282] 《方輿勝覽》（下），卷六十七，頁1175。另亦可參《杜詩釋地》，卷三，頁330。此
外，《大元混一方輿勝覽》（上）「保寧府」下亦曾云：「滕王亭，滕王元嬰所建。」
（卷中，頁307）

[283] 《大明一統志》（下），卷六十八，頁1059。

[284] 《大清一統志》（九），卷三九一，頁240。

[285] 黃鶴說：「此詩當與〈滕王亭子〉詩同年作。」（《補注杜詩》，卷二十五，頁476）此
外，仇兆鰲說：「此與上二章蓋同時所作。錢箋：《方輿勝覽》：玉臺觀在閬州城北七
里，唐滕王嘗遊，有亭及墓。」（《杜詩詳注》（二），卷十三，頁1090）

[286] 《杜工部集》（二），卷十三，頁558～559。《杜詩趙次公先後解輯校》（上），丙帙卷
之十，頁606。《九家集註杜詩》（四），卷二十五，頁1786。《錢牧齋先生箋註杜詩》
（二），卷十三，頁854～855。《杜詩詳注》（二），卷十三，頁1090。《御定全唐詩》
作「原注：滕王造」（見《文淵閣四庫全書》，第1425冊，卷二百二十八，頁172）。

觀，在州北十里。唐滕王嘗遊之，有滕王亭基。」[287]此外，《方輿勝覽》「利
州東路」「閬州」下亦云：「玉臺觀，在州北七里。唐滕王嘗遊，有亭及
墓。」[288]最後，《大明一統志》「保寧府」下亦云：「玉臺，在府城北七里，唐
滕王元嬰嘗遊息於此。」[289]據此，玉臺觀地屬閬州。

第三，玉臺觀上有滕王亭（詳〈滕王亭子二首〉繫年）；此外，王洙、
趙次公、郭知達、蔡夢弼與錢謙益諸本於〈滕王亭子〉下亦有「在玉臺觀
內」諸字[290]。杜甫至滕王亭子在廣德二年春，因此，玉臺觀亦杜甫於廣德二
年春所遊經之處，詩當亦作於其時。

〈南池〉

黃鶴將此詩繫於廣德元年秋作[291]。仇兆鰲則將此詩繫於廣德二年春閬州
作[292]。今考此詩當繫於廣德二年春閬州作。

首先，詩云「崢嶸巴閬間，所向盡山谷」，又云「呀然閬城南，枕帶巴
江腹」，「巴閬」即指閬州，譬如〈傷春五首〉下即有「巴閬僻遠」之語；
「閬城南」當指州治閬中縣之南，《讀史方輿紀要》「保寧府」「閬中縣」下
說：「唐復為閬中縣，閬州治焉。」「老溪」下又云：「南池，在府城南。」[293]

---

287 《輿地紀勝》（五），卷一百八十五，頁4767。

288 《方輿勝覽》（下），卷六十七，頁1176。此外，《大元混一方輿勝覽》（上）「保寧
府」下亦云：「玉臺觀，唐滕王嘗遊，有亭及墓，杜甫有詩。」（卷中，頁307）

289 《大明一統志》（下），卷六十八，頁1059。

290 《杜工部集》（二），卷十三，頁558。《杜詩趙次公先後解輯校》（上）作「亭在玉臺
觀內」（丙帙卷之十，頁605）。《九家集註杜詩》（四）亦作「亭在玉臺觀內」（卷
二十五，頁1785）。《草堂詩箋》（二）亦作「亭在玉臺觀內」（卷二十一，頁511）。
《御定全唐詩》則作「原注：亭在玉臺觀內」（見《文淵閣四庫全書》，第1425冊，卷
二百二十八，頁172）。《錢牧齋先生箋註杜詩》（二），卷十三，頁853。

291 黃鶴說：「今詩云『粳稻共比屋』，又云『高田失西成，此物頗豐熟』，當是廣德元年
秋在閬州作。」（《補注杜詩》，卷九，頁188～189）

292 仇兆鰲說：「廣德元年秋冬，公在閬州。二年春，亦在閬州。詩云『春時顏色好』，
應是二年春作。」（《杜詩詳注》（二），卷十三，頁1094）

293 《讀史方輿紀要》（七），卷六十八，頁3203；3205。

依此,「南池」當屬閬州。

　　其次,「南池」又名彭道將池,池在閬中縣南,屬閬州,《太平寰宇記》「劍南東道」「閬州」「閬中縣」下云:「彭道將池。《郡國志》云:『彭道魚池在州面南。』《四夷述》云:『州東南有南池,東西二里,南北約五里。州城西南十里有郭池,周約五十畝。二池與《漢志》注相符。』」[294]此外,《方輿勝覽》「利州東路」「閬州」下亦云:「南池,在高祖廟傍,東西四里,南北八里。《漢志》:彭道將池在今南池也,魚池在今郭池也。然則此池本彭之所開。」[295]另外,《大明一統志》「保寧府」下亦云:「南池,在府城南,漢高祖廟東。自漢以來,堰大斗、小斗之水灌田,里人賴之。唐時堰壞,遂成陸田。至今遺址可見。」[296]最後,《大清一統志》「保寧府」下亦云:「彭道將池,在閬中縣南。……《方輿勝覽》:彭道將池,即今南池。」[297]簡言之,「南池」地屬閬州。

　　歸結上述這兩點:「南池」在閬州。那麼,詩當是杜甫至閬州時作。今已知杜甫至閬州在廣德元年秋末及廣德二年春。詩中又云「獨嘆楓香林,春時好顏色」,既云「春時」,詩當繫於廣德二年春作。

〈奉寄章十侍御〉

　　黃鶴將此詩繫於廣德二年作[298]。今考此詩當繫於廣德二年作,最有可能

---

[294] 《太平寰宇記》(四),卷八十六,頁1715。

[295] 《方輿勝覽》(下),卷六十七,頁1174～1175。另亦可參《錢牧齋先生箋註杜詩》(一),卷五,頁388～389。此外,筆者按:《漢書·地理志》(六)「閬中」下作「彭道將池在南,彭道魚池在西南」(卷二十八上,頁1603)。最後,《大元混一方輿勝覽》(上)「保寧府」下亦云:「南池,高祖廟傍,杜甫有詩。」(卷中,頁306～307)

[296] 《大明一統志》(下),卷六十八,頁1058。

[297] 《大清一統志》(九),卷三九〇,頁233。

[298] 黃鶴說:「二《史》皆云:嚴武殺梓州刺史章彝。則章罷梓州刺史,不當更赴朝廷。而詩云『朝覲從容問幽側,勿云江漢有垂綸』,則又是送其入朝,豈非將行時,為武所殺。當是廣德二年作。」(《補注杜詩》,卷二十五,頁470)

乃是年初春作。

首先，王洙、郭知達、錢謙益、朱鶴齡與仇兆鰲諸本題下皆有「時初罷梓州刺史、東川留後，將赴朝廷」諸字[299]。

其次，詩題既云「章十侍御」，題下又云及「梓州刺史、東川留後」，據〈冬狩行〉題下原注「時梓州刺史章彝兼侍御史留後東川」諸字，因此「章十侍御」當指章彝，並且廣德元年冬仍為梓州刺史（亦可參〈山寺〉繫年）。

第三，題下原注既云「將赴朝廷」，當是代宗已返長安，否則當言「行在所」，而非「朝廷」；杜甫知悉代宗返還長安乃在廣德二年春，〈傷春五首〉題下原注即有「巴閬僻遠，傷春罷，始知春前已收宮闕」諸字。因此，此詩當是廣德二年作。原注既云「初罷」，最有可能乃作於廣德二年初春，時朝廷方合劍南東、西兩川為一道，以嚴武為節度使。

〈奉待嚴大夫〉

黃鶴將此詩繫於寶應元年作[300]。趙次公、蔡興宗與仇兆鰲則將此詩繫於廣德二年春作[301]。今考此詩當繫於廣德二年春作。

---

[299] 《杜工部集》（二），卷十三，頁552。《九家集註杜詩》（四），卷二十五，頁1773。《錢牧齋先生箋註杜詩》（二），卷十三，頁846。《杜工部詩集》（中），卷十一，頁958。《杜詩詳注》（二），卷十三，頁1093。另亦可參《御定全唐詩》，見《文淵閣四庫全書》，第1425冊，卷二百二十八，頁170。

[300] 黃鶴說：「今觀詩如曰『不知旌節隔年回』，蓋《史》：公上元二年建丑月以武為成都尹。而詩作於寶應元年之正月，故云。」（《補注杜詩》，卷二十五，頁469）

[301] 《杜詩趙次公先後解輯校》（上），目錄，頁18。蔡興宗〈年譜〉「廣德二年」下云：「（春）……。按《唐史》：正月合劍南東、西川為一道，以黃門侍郎嚴武為節度使。有〈奉待嚴大夫〉詩，略曰『不知旌節隔年回』是也。」（《分門集註》（一），年譜，頁74）仇兆鰲說：「朱注：此詩，舊譜及諸家注並云廣德二年作。據《通鑑》，是年正月嚴武得劍南之命也。黃鶴編在寶應元年，蓋疑廣德二年武已封鄭國公，不得但稱大夫，且遷黃門侍郎時，已罷兼御史大夫矣。按：寶應元年春，公未嘗去草堂，何以有『欲辭巴徼』、『遠下荊門』之語。仍從舊編為是。」（《杜詩詳注》（二），卷十三，頁1099）

詩云「殊方又喜故人來，重鎮還須濟世才。常怪偏裨終日待，不知旌節隔年回」，首先，上元二年（761）十月嚴武代崔光遠為西川節度使；〈說旱〉並有「中丞嚴公節制劍南」之語（詳〈嚴中丞枉駕見過〉繫年）。寶應元年（762）嚴武入朝。廣德二年（764）正月初五朝廷以嚴武為東、西兩川節度使（詳〈奉寄別馬巴州〉繫年），此所謂「重鎮」；其次，寶應元年嚴武受召入朝，中間隔一年（即廣德元年，763），廣德二年再次鎮蜀，此所謂「隔年回」，仇兆鰲即曾說：「武入朝在寶應元年秋，其回成都在廣德二年春，除前後相見時，中間止隔一年耳。」[302]第三，今詩又云「欲辭巴徼啼鶯合，遠下荊門去鷁催」，既云「啼鶯合」，而鶯本春鳥，時令為春。《呂氏春秋》即曾云：二月「蒼庚」鳴叫[303]。蒼庚本即黃鶯。趙次公即曾將「春鶯」連用[304]；此外，仇兆鰲注此詩時亦曾說：「『啼鶯合』，仲春時也。」[305]最後，杜甫〈憶幼子〉詩亦有「驥子春猶隔，鶯歌暖正繁」之語。因此，據上述這三個理由，此詩當繫於廣德二年春作，時嚴武再次鎮蜀。

〈自閬州領妻子却赴蜀山行三首〉

黃鶴將此詩繫於廣德二年春作[306]。今考此詩當繫於廣德二年春二月閬州作。

首先，其一詩云「汩汩避羣盜，悠悠經十年」，若自天寶十四載（755）安祿山兵反起算，那麼，「十年」即為廣德二年（764）。因此，此詩當繫於廣德二年。其次，詩題作「自閬州領妻子却赴蜀山行」，此乃杜甫自閬州返成都時作，當與〈將赴成都草堂途中有作先寄嚴鄭公五首〉詩為同時先後之作，該詩預計返抵成都乃在廣德二年殘春，因此，〈自閬州領妻子却赴蜀

---

302 《杜詩詳注》（二），卷十三，頁1100。

303 《呂氏春秋》（北京：中華書局，1991年）「仲春紀第二」下說：「蒼庚鳴。」（卷二，頁67）

304 《杜詩趙次公先後解輯校》（上）即曾有「春鶯秋月」語（丙帙卷之十一，頁643）。

305 《杜詩詳注》（二），卷十三，頁1100。

306 《補注杜詩》，卷二十五，頁479。

山行三首〉詩當繫於廣德二年二月閬州作。黃鶴即曾說：「詩云『不成向南國，復作遊西川』，正是廣德二年春再歸成都依嚴武時作，故詩又云『汩汩避羣盜，悠悠經十年』。」[307]第三，據杜詩，杜甫在閬州的時間乃分別於廣德元年與二年，然未聞杜甫於廣德元年自閬赴蜀，依此，事當是在二年。依據上述這三個理由，此詩當是廣德二年春二月閬州時作。

〈別房太尉墓〉

趙次公與黃鶴皆將此詩繫於廣德二年春作[308]。今考此詩當繫於廣德二年春二月閬州作。

「房太尉」指房琯，因為房琯卒後，獲贈太尉[309]；房琯墓在閬州，分述如下：一，就杜詩而言，王洙與錢謙益本題下皆有「閬州」二字[310]；《草堂詩箋》詩題則作「閬州別房太尉墓」[311]，那麼，「房太尉墓」在閬州。二，就地志而言，《輿地紀勝》「利東路」「閬州」下即有「房太尉墓」[312]。此外，《大明一統志》「保寧府」「陵墓」下亦云：「房琯墓，在閬中縣。」[313]最後，《大清一統志》「保寧府」「陵墓」下也曾云：「房琯墓，在閬中縣城北。」[314]依

---

[307]《補注杜詩》，卷二十五，頁479。

[308]《杜詩趙次公先後解輯校》（上），目錄，頁19。黃鶴說：「按《舊史》：廣德元年八月四日卒於閬州僧舍。而《新史》云：實應二年，召拜刑部尚書，道病卒。……。按：公〈祭房公文〉云『廣德元年歲次癸卯，九月辛丑朔，二十二日壬戌』；其中有云『撫墳日落，把劍秋高』，意與八月四日為合。是年，公自梓遊閬；明年春，自閬歸成都，而今詩云『唯見林花落，鶯啼送客聞』，殆詩作於二年春，別其墓而歸成都也。」（《補注杜詩》，卷二十五，頁479）此中，「壬戌」當作「壬戌」；「把劍」當作「脫劍」。

[309]《舊唐書·房琯傳》（十），卷一百一十一，頁3324。此外，《新唐書·房琯傳》（十五），卷一百三十九，頁4628。另亦可參《杜工部詩集》（中），卷十一，頁965。

[310]《杜工部集》（二），卷十三，頁562。《錢牧齋先生箋註杜詩》（二），卷十三，頁858。

[311]《草堂詩箋》（二），卷二十一，頁524。

[312]《輿地紀勝》（五），卷一百八十五，頁4770。

[313]《大明一統志》（下），卷六十八，頁1060。

[314]《大清一統志》（九），卷三九一，頁242。

此，房琯墓當在閬州。依據上述這兩點，此詩當是杜甫在閬州時作。

據史，房琯於廣德元年八月四日卒於閬州僧舍；杜甫於是年九月二十二日至閬州祭拜房琯（詳〈閬州東樓筵奉送十一舅往青城縣得昏字〉繫年）；自閬返梓在廣德元年十二月，有〈發閬中〉詩；冬晚杜甫在梓州，有〈冬狩行〉詩；杜甫於二年春又至閬州，有〈閬山歌〉詩。亦即：杜甫在閬州分別於廣德元年秋末冬日與二年春天。問題是：此詩當作於何時呢？詩云「惟見林花落，鶯啼送客聞」，既云及「花」與「鶯」，因此，此詩當繫於廣德二年春閬州作。是春，杜甫將自閬州返回成都，有〈自閬州領妻子卻赴蜀山行三首〉與〈將赴成都草堂途中有作先寄嚴鄭公五首〉詩，〈別房太尉墓〉詩當是杜甫返蜀前在閬州拜別房琯之墓時作，因此，此詩當繫於二月作。

〈將赴成都草堂途中有作先寄嚴鄭公五首〉

趙次公與黃鶴皆將此詩繫於廣德二年春作[315]。今考此詩當繫於廣德二年仲春作。

首先，其一詩云「得歸茅屋赴成都，直為文翁再剖符」，舊題為王洙者認為「文翁再剖符」指「嚴鄭公再鎮成都也」[316]；此外，仇兆鰲也曾說「欲歸草堂者，為嚴公再鎮也」[317]。嚴武再次鎮蜀乃於廣德二年正月初五（詳〈奉寄別馬巴州〉繫年）。因此，此詩當繫於其後。

其次，其四詩云「三年奔走空皮骨，信有人間行路難」，若自寶應元年（762）杜甫送嚴武入朝、後避徐知道亂而入於梓州起算，那麼，「三年」當指廣德二年（764）。第三，其二詩又云「處處清江帶白蘋，故園猶得見殘春」，「殘春」當為杜甫預計返抵之時間詞彙。杜甫既預計其抵成都草堂之時間在三月，則將其啟行赴成都草堂時間定在二月，應是合理。那麼，此詩

---

315 《杜詩趙次公先後解輯校》（上），目錄，頁19。黃鶴說：「詩云『得歸茅屋赴成都，真為文翁再剖符』，當是廣德二年自閬州歸成都作，故曰『寄嚴鄭公』。」（《補注杜詩》，卷二十五，頁477）

316 《百家注》（下），卷十九，頁643。

317 《杜詩詳注》（二），卷十三，頁1105。

當是廣德二年仲春作。

〈草堂〉

蔡伯世（蔡興宗）將此詩繫於廣德二年春晚作[318]。黃鶴則將此詩繫於廣德二年作[319]。今考此詩當繫於廣德二年春晚成都草堂作。

首先，詩云「大將赴朝廷，羣小起異圖」，事指嚴武入朝而徐知道反也，趙次公說：「『大將』指嚴武。」[320]此外，錢謙益更云：「謂（嚴）武入朝而（徐）知道反也。」[321]此為杜甫避亂而入梓州的原因。依史，事在寶應元年。詩當繫於其後。

其次，今詩又云「昔我去草堂，蠻夷塞成都。今我歸草堂，成都適無虞。……。賤子且奔走，三年望東吳」，若自杜甫於寶應元年（762）離開草堂送嚴武入朝、徐知道兵反起算，那麼，「三年」即為廣德二年（764）。

第三，詩又云「入門四松在，步屧萬竹疏」，杜甫於成都草堂植有四松，譬如〈寄題江外草堂〉有「尚念四小松，蔓草易拘纏」之語；〈將赴成都草堂途中有作先寄嚴鄭公五首〉其一詩亦有「但使閭閻還揖讓，敢論松竹久荒蕪」詩語；其四詩亦云「新松恨不高千尺，惡竹應須斬萬竿」。今云「入門」，則時杜甫已抵成都草堂，並見四松尚在。依〈將赴成都草堂途中有作先寄嚴鄭公五首〉詩繫年及其「處處清江帶白蘋，故園猶得見殘春」兩語，杜甫預計其抵成都草堂時間在廣德二年春晚。因此，〈草堂〉詩當繫於廣德二年春晚在成都草堂作。

---

[318] 《杜詩趙次公先後解輯校》（上）說：「蔡伯世以此詩為今歲廣德二年甲辰春晚所作。」（丙帙卷之十一，頁628）

[319] 黃鶴說：「當是廣德二年自梓閬歸成都，依嚴武時作，故有『賤子且奔走，三年望東吳』、『不忍竟舍此，復來薙榛蕪』之句。」又，黃鶴於「北斷劍閣隅」句下補注云：「公以寶應元年秋避成都之亂，去草堂，入梓州，殆是草堂方畢工而遂去；是年七月徐知道反。『大將赴朝廷』，謂嚴武以召去，為京兆尹。廣德二年，武再鎮蜀，公復往依之，于是始歸草堂。」（《補注杜詩》，卷十，頁204～205）

[320] 《杜詩趙次公先後解輯校》（上），丙帙卷之十一，頁628。

[321] 《錢牧齋先生箋註杜詩》（一），卷五，頁402。

〈四松〉

黃鶴將此詩繫於廣德二年春作[322]。今考此詩當繫於廣德二年春晚成都草堂作。

首先，詩云「避賊今始歸，春草滿空堂」，此中，「賊」當即〈草堂〉中之「羣小」，亦即徐知道等輩；據史，「避賊」事在寶應元年。今詩又云「別來忽三歲，離立如人長」，若自寶應元年（762）徐知道兵反起算，那麼，「三歲」當指廣德二年（764）。

其次，今〈四松〉詩中又云「避賊今始歸，春草滿空堂」，既云「始歸」、「空堂」，又云「春草」，則杜甫是年返抵草堂當在春天。杜甫廣德二年自閬州抵成都草堂時已是春晚，〈將赴成都草堂途中有作先寄嚴鄭公五首〉詩即有「故園猶得見殘春」語。綜合上述兩詩所言，則〈四松〉詩中之「春」實謂「晚春」、「殘春」之意。因此，此詩當繫於廣德二年春晚作。

〈贈王二十四侍御契四十韻〉

黃鶴將此詩繫於廣德二年春作[323]。趙次公則將此詩繫於廣德二年春晚作[324]。今考此詩當繫於廣德二年春晚成都作。

詩云「一別星橋夜，三移斗柄春」，首先，「星橋」指七星橋，《華陽國志》「蜀志」說：「李冰造七橋，上應七星。」[325]此外，《元和郡縣圖志》「劍南道」「成都府」下也說：「西南兩江共七橋李冰所造，言上應七星，漢代

---

[322] 黃鶴說：「詩云『別來忽三載』，按：公以寶應元年去成都，遊綿、梓、閬。廣德二年春，再歸，恰『三年』，故又云『避賊今始歸，春草滿空谷』，而〈草堂〉詩亦有『入門四松在』之句。」（《補注杜詩》，卷十，頁206）

[323] 黃鶴說：「詩云『一別星橋夜，三移斗柄春』，當是廣德二年春，自閬州歸成都時作。」（《補注杜詩》，卷二十五，頁480）

[324] 趙次公將此詩繫於「廣德二年」「春末再至成都後作」，見《杜詩趙次公先後解輯校》（上），目錄，頁20。

[325] 《華陽國志》，卷三，頁122。此外，《百家注》（下）亦曾云：「洙曰：《華陽記》：李永造七星橋，上應七星。」（卷二十，頁668）

祖遣吳漢伐蜀，謂之曰：『安軍宜在七星橋間。』」[326]最後，《太平寰宇記》「劍南西道」「益州」下亦有「七星橋」[327]。據此，「星橋」在成都。其次，「三移」指三年，趙次公即曾說：「斗杓隨時而指於昏，指東則為春，三移則三年矣。」[328]若自寶應元年（762）杜甫送嚴武入朝離開成都草堂起算，則「三年」當指廣德二年（764）。仇兆鰲即曾說：「自寶應元年至此已三年。」[329]今詩又云及「春」字，詩當是春時之作。然依〈將赴成都草堂途中有作先寄嚴鄭公五首〉詩，杜甫自擬其抵成都乃在「殘春」之時，因此，此「春」實乃季春，詩當繫於廣德二年春晚成都作。趙說可從。

〈登樓〉

趙次公將此詩繫於廣德二年春閬州作[330]。黃鶴則將此詩繫於廣德二年春晚作[331]。今考此詩當繫於廣德二年春晚成都作。

詩云「北極朝廷終不改，西山寇盜莫相侵」，趙次公對此說：「『寇盜』，指言吐蕃。蓋去年十月，吐蕃陷京師。……聞郭子儀軍至，眾驚潰。子儀復長安。則朝廷似乎改矣，而車駕已還，此其『終不改』也。而十二月，吐蕃陷松、維、保三州，成都大震，則來相侵矣。故公告之以朝廷

---

[326] 《元和郡縣圖志》（下），卷三十一，頁768。

[327] 《太平寰宇記》（三），卷七十二，頁1465。

[328] 《杜詩趙次公先後解輯校》（上），丙帙卷之十一，頁643。

[329] 《杜詩詳注》（二），卷十三，頁1124。

[330] 趙次公將此詩繫於「廣德二年自梓州挈家再往閬州」，見《杜詩趙次公先後解輯校》（上），目錄，頁18。趙次公並云：「此在閬中已聞代宗車駕還長安之作，又言吐蕃陷松、維、保州事。」（丙帙卷之十，頁600）

[331] 黃鶴說：「意是廣德二年作，指吐蕃廣德元年十二月陷松、維州而言，『西山』近維州故也。廣德二年春晚，公避亂還成都，故〈贈王侍御〉有『猶得見殘春』之句，故此詩亦言『錦江春色』。詩又云『北極朝廷終不改』者，亦謂吐蕃陷京師，立廣武郡王承宏為皇帝，將欲改命，而旋為郭子儀克復，代宗還京，終不為吐蕃所廢。趙注為是。」（《補注杜詩》，卷二十一，頁421）此中，「猶得見殘春」原作「故園猶得見殘春」，乃〈將赴成都草堂途中有作先寄嚴鄭公五首〉其二詩句。

如北極終不改移，爾吐蕃特寇盜耳，無用相侵犯也。」[332]此外，仇兆鰲亦曰：「時郭子儀初復京師，而吐蕃又新陷三州，故有『北極』、『西山』句。」[333]此中，「終不改」事涉代宗幸陝，歸抵長安，王命不改，其在廣德元年十二月二十六日；杜甫知悉此事乃在數日後（詳〈釋悶〉繫年）。因此，此詩當繫於廣德二年。

今詩又云「花近高樓傷客心，萬方多難此登臨。錦江春色來天地，玉壘浮雲變古今」，依「錦江」句，時杜甫已在成都（詳〈嚴中丞枉駕見過〉繫年）。詩又云及「春色」，據〈將赴成都草堂途中有作先寄嚴鄭公五首〉其二「故園猶得見殘春」詩句，杜甫廣德二年歸抵成都草堂當在晚春時節。因此，此詩當繫於其時。

〈奉寄高常侍〉

趙次公將此詩繫於廣德二年春作[334]。黃鶴則將此詩繫於永泰元年正月成都時作[335]。今考此詩當繫於廣德二年春作。

首先，詩題云「高常侍」，王洙、蔡夢弼與錢謙益本題下亦有「一云（或一作）寄高三十五大夫」諸字[336]。「高三十五」指高適，杜詩中本有其例，譬如〈送蔡希魯都尉還隴右因寄高三十五書記〉與〈寄彭州高三十五使君適、虢州岑二十七長史參三十韻〉諸詩。

「高常侍」謂高適，這是因為高適曾官左散騎常侍，時在廣德二年春，《舊唐書·高適傳》即說：「代宗即位，吐蕃陷隴右，漸逼京畿。適練兵於

---

[332]《杜詩趙次公先後解輯校》（上），丙帙卷之十，頁601。

[333]《杜詩詳注》（二），卷十三，頁1131。

[334]《杜詩趙次公先後解輯校》（上），目錄，頁18。

[335] 黃鶴說：「今題云〈寄高常侍〉，又詩云『今日朝廷須汲黯』，則（高）適在朝，明矣。又云『天涯春色催遲暮，別淚遙添錦水波』，當是永泰元年正月在成都作。若謂在廣德二年春，則是時適未出蜀，又公未歸成都，意作詩未久，適已卒。」（《補注杜詩》，卷二十五，頁469）

[336]《杜工部集》（二），卷十三，頁552。《草堂詩箋》（二），卷二十一，頁516。《錢牧齋先生箋註杜詩》（二），卷十三，頁845。

蜀，臨吐蕃南境以牽制之，師出無功，而松、維等州尋為蕃兵所陷。代宗以黃門侍郎嚴武代還，用為刑部侍郎，轉散騎常侍。」[337]嚴武為劍南節度使在廣德二年春正月。此外，《新唐書・高適傳》也說：「廣德元年，吐蕃取隴右，適率兵出南鄙，欲牽制其力，既無功，遂亡松、維二州及雲山城。召還，為刑部尚書、左散騎常侍。」[338]吐蕃陷松、維兩州在廣德元年十二月。據此，朝廷以嚴武代高適，並召高適入朝，當在廣德二年（764）春。高適卒於永泰元年（765）正月乙卯（二十三日），時官左散騎常侍[339]。亦即，高適為左散騎常侍始於廣德二年春，至永泰元年正月。

其次，今〈奉寄高常侍〉詩又云「天涯春色催遲暮，別淚遙添錦水波」，既云「春色」，當是春天時作。依據前述這兩點，此詩目前可繫於廣德二年春，亦可繫於永泰元年春。

第三，詩又云「今日朝廷須汲黯，中原將帥憶廉頗」，時當即朝廷召還，趙次公說：「起發赴召，故云。」[340]此外，朱鶴齡亦云：「時高赴召。」[341]最後，仇兆鰲也說：「舊將召還，故人憶廉頗。」[342]據此，此詩當是廣德二年春高適赴召後作。

〈寄董卿嘉榮十韻〉

黃鶴將此詩繫於廣德二年秋作[343]。今考此詩當繫於廣德二年秋作。

詩云「犬羊曾爛漫，宮闕尚蕭條」，「犬羊」指吐蕃；「爛漫」謂「亂跑」，《杜詩新補注》即曾說：「此處當釋為亂跑。此本于〈上林賦〉：『爛

---

[337]《舊唐書》（十），卷一百一十一，頁3331。

[338]《新唐書》（十五），卷一百四十三，頁4681。

[339]《舊唐書・代宗本紀》（二），卷十一，頁278。或參《舊唐書・高適傳》（十），卷一百一十一，頁3331；《新唐書・高適傳》（十五），卷一百四十三，頁4681。

[340]《杜詩趙次公先後解輯校》（上），丙帙卷之十，頁609。

[341]《杜工部詩集》（中），卷十一，頁981。

[342]《杜詩詳注》（二），卷十三，頁1122。

[343] 黃鶴說：「詩云『犬羊曾爛熳，宮闕尚蕭條』，當是廣德二年作，公時在成都，蓋是年春自閬歸草堂，而今詩云『秋天憶射鵰』。」（《補注杜詩》，卷二十六，頁483）

漫遠邅。』郭璞注：『崩騰群走也。』此指上林中野獸亂跑的情況。廣德元
年冬，吐蕃陷京師，此以吐蕃比之犬羊，曾在京師亂跑，故云『犬羊曾爛
漫』。」[344] 此外，朱鶴齡亦曾云：「廣德元年冬，吐蕃陷京師。」[345] 依此，詩
當是廣德元年冬後作。今詩又云「落日思輕騎，秋天憶射鵰」[346]，既云「秋
天」，詩當是廣德二年秋作。

〈立秋雨院中有作〉

趙次公與黃鶴皆將此詩繫於廣德二年秋作[347]。今考此詩當繫於廣德二年
立秋作。

首先，詩題「院中」，當指幕府[348]，此杜詩中即有其例，譬如〈院中晚晴
懷西郭茅舍〉即有「幕府秋風日夜清」之句。邵寶曾說：「嚴鄭公武奏公為
參謀時，在幕下院中作。」[349]「院中」或「幕府」亦即節度使之府署，仇兆鰲
即曾說：「院中，節度使府署。」[350] 簡言之，詩當在嚴武為劍南節度使時其幕
府中作。

其次，詩云「窮途愧知己，暮齒借前籌」，「借前籌」本謂借箸指劃，
此指節度使幕府之參謀[351]，亦所謂「參戎幕」也。依據上述這兩個理由，此

---

[344] 《杜詩新補注》，卷十四，頁249。

[345] 《杜工部詩集》（中），卷十一，頁1002。

[346] 此外，詩句一作「落日思輕騎，高天憶射鵰」，仇兆鰲說：「『落日』、『高天』，秋時
景。」（《杜詩詳注》（二），卷十四，頁1169）依此，此當秋時之作。

[347] 《杜詩趙次公先後解輯校》（上），目錄，頁19。黃鶴說：「題曰『院中』，又詩云
『暮齒借前籌』，當是嚴公奏為參謀，在幕中作。按：公有〈院中晚晴懷西郭茅舍〉
詩，又有〈正月三日歸溪上簡院內諸公〉，則當時指帥屬公廨為院故。」（《補注杜
詩》，卷二十六，頁485）

[348] 此外，《兩唐書辭典》「幕府」條說：「即軍府，軍幕。……。也指幕府的僚屬。」
（頁1136）

[349] 《（刻）杜少陵先生詩分類集註》（上），見《和刻本漢詩集成》，第三輯，卷五，頁
449。此外，《讀杜心解》（下）亦云：「在嚴武幕中。」（卷五之二，頁744）

[350] 《杜詩詳注》（二），卷十四，頁1169。

[351] 就借箸指劃而言，《杜詩詳注》（二）說：「《留侯世家》：臣請借前箸為大王籌之。」

詩當是杜甫在嚴武幕府時作。杜甫兩參嚴武幕府：一次在寶應元年；一次在廣德二年（詳後〈憶昔二首〉繫年）。〈立秋雨院中有作〉詩當非寶應元年立秋作，因為，據史嚴武受詔入朝啟行當在五、六月，最晚亦當在七月十六日徐知道兵反前，杜甫送至綿州，避亂遂入梓州，而此與是詩（含以下諸幕府詩）不相符應。今詩題既云「立秋」，詩又有「飛雨動華屋，蕭蕭梁棟秋」之句，因此，此詩當繫於廣德二年立秋作，時杜甫在嚴武幕府。

「立秋」常在陽曆八月七、八或九日。今按《增補二十史朔閏表》「廣德二年」：陽曆八月二日為陰曆七月丙申朔[352]。推算廣德二年立秋日當落在陰曆七月六（辛丑）、七（壬寅）或八日（癸卯）上。

〈奉和軍城早秋〉

黃鶴將此詩繫於廣德二年秋七月作[353]。今考此詩當繫於廣德二年秋七月作。

王洙、蔡夢弼本詩題作「奉和軍城早秋」[354]；趙次公、仇兆鰲本詩題作「奉和嚴鄭公軍城早秋」[355]；黃希、黃鶴本則作「奉和」，並置於嚴武〈軍城早秋〉詩後[356]。歸納言之，此詩當是杜甫和嚴武〈軍城早秋〉詩之作。

首先，嚴武〈軍城早秋〉詩云「昨夜秋風入漢關，朔雲邊雪滿西山。更催飛將追驕虜，莫遣沙場匹馬還」[357]。據史，事當在廣德二年，《新唐書·吐蕃傳》曾說：「明年，還使人李之芳等。劍南嚴武破吐蕃南鄙兵七萬，拔

（卷十四，頁1169）就借指為參謀而言，《杜詩趙次公先後解輯校》（上）說：「公謂晚年得預嚴府參謀也。」（丙帙卷之十一，頁636）

[352] 《增補二十史朔閏表》，頁98。

[353] 黃鶴說：「嚴武以廣德二年九月敗吐蕃於當狗城；十月克吐蕃鹽川城。此詩和其〈軍城早秋〉，則是其年七月作。」（《補注杜詩》，卷二十六，頁486）

[354] 《杜工部集》（二），卷十三，頁570。《草堂詩箋》（二），卷二十二，頁548。

[355] 《杜詩趙次公先後解輯校》（上），丙帙卷之十一，頁636。《杜詩詳注》（二），卷十四，頁1170。

[356] 《補注杜詩》，卷二十六，頁486。

[357] 《杜工部集》（二），卷十三，頁570。

當狗城。……。是時嚴武拔鹽州，又戰西山。」[358]此中，「明年」指廣德二年（詳〈王命〉繫年）；「鹽州」當為「鹽川」之訛[359]。嚴武拔鹽川事在廣德二年十月，《舊唐書‧代宗本紀》「廣德二年」說：「（十月）劍南嚴武奏收吐蕃鹽川城。」[360]此外，《新唐書‧代宗本紀》「廣德二年」也說：「（十月）嚴武克吐蕃鹽川城。」[361]最後，《資治通鑑》「廣德二年」也曾說：「（十月）嚴武拔吐蕃鹽川城。」[362]因此，嚴武於廣德二年十月攻克鹽川，後又戰於西山。今嚴武〈軍城早秋〉詩當是未克前作，既云「早秋」，當是七月作品。

其次，嚴武〈軍城早秋〉既是廣德二年七月之作品，那麼，杜甫〈奉和軍城早秋〉詩當是在嚴武幕府奉和時作。因此，詩當繫於廣德二年七月作。

〈院中晚晴懷西郭茅舍〉

黃鶴將此詩繫於廣德二年秋作[363]。今考此詩當繫於廣德二年秋作。

詩云「幕府秋風日夜清，澹雲疏雨過高城」，據〈奉贈蕭二十使君〉「艱危參大府，前後間清塵」句下原注「嚴再領成都，余復參幕府」兩語，杜甫再次入於幕府當於廣德二年春二、三月；永泰元年正月即辭幕府歸成都草堂。今詩既云「幕府秋風」，那麼，詩當繫於廣德二年秋作。

〈宿府〉

黃鶴將此詩繫於廣德二年秋作[364]。今考此詩當繫於廣德二年秋作。

---

[358] 《新唐書》（十九），卷二百一十六上，頁6088。

[359] 《新唐書‧吐蕃傳》（十九）說：「『鹽州』當為『鹽川』之訛。」（卷二百一十六上，頁6090）

[360] 《舊唐書》（二），卷十一，頁276。

[361] 《新唐書》（一），卷六，頁171。

[362] 《資治通鑑》（十），卷二百二十三，頁7167。

[363] 黃鶴說：「詩云『幕府秋風日夜清』，當是廣德二年秋。」（《補注杜詩》，卷二十六，頁486）

[364] 黃鶴說：「詩云『清秋幕府井梧寒』，當是廣德二年秋在府中作。」（《補注杜詩》，卷二十六，頁487）

　　首先，詩云「清秋幕府井梧寒，獨宿江城蠟炬殘」，既云「清秋幕府」，詩當是廣德二年秋作。

　　其次，詩又云「已忍伶俜十年事，強移棲息一枝安」，若自天寶十四載（755）安祿山兵反起算，則「十年」當指廣德二年（764）。邵寶即曾說：「自祿山反，至今凡『十年』。」[365]此外，仇兆鰲對此亦曾云：「邵寶云：自祿山初反，至此為『十年』。顧注謂自乾元初棄官至廣德二年為七年，其云『十年』者，舉成數言耳。兩說不同，今從前說。」[366]依據上述這兩個理由，詩當是廣德二年秋作。

〈到村〉

　　黃鶴將此詩繫於廣德二秋作[367]。今考此詩當繫於廣德二年秋成都草堂作。

　　詩云「老去參戎幕，歸來散馬蹄」，「戎幕」即節度使幕府，王琦於李白（701～762）〈宣城送劉副使入秦〉「寄深且戎幕，望重必台司」下注云：「戎幕，節度使之幕府。」[368]現已知杜甫再次入於嚴武劍南節度使幕府在廣德二年二、三月。今詩又云「碧潤雖多雨，秋沙先少泥」，既云「秋」字，此詩當是廣德二年秋作。

　　此外，「村」當指「浣花村」，〈蕭八明府實處覓桃栽〉即有「春前為送浣花村」之句，所謂「浣花草堂」也，杜甫於節度使幕府時即曾懷念浣花草堂，譬如〈院中晚晴懷西郭茅舍〉，朱鶴齡、仇兆鰲與浦起龍皆認為「茅舍」即「浣花草堂」[369]。依此詩題，時杜甫當曾返浣花村。

---

365 《刻杜少陵先生詩分類集註》（七），卷二十二，頁3115。

366 《杜詩詳注》（二），卷十四，頁1173。

367 黃鶴說：「詩云『老去參戎幕』，當是廣德二年秋作。」（《補注杜詩》，卷二十六，頁487）

368 《李太白全集》（中）（北京：中華書局，1999年），卷十八，頁862。

369 《杜工部詩集》（中），卷十一，頁1005。《杜詩詳注》（二），卷十四，頁1171。《讀杜心解》（下），卷四之一，頁640。

〈陪鄭公秋晚北池臨眺〉

　　黃鶴將此詩繫於廣德二年秋作[370]。今考此詩當繫於廣德二年秋晚作。

　　首先，浦起龍本詩題作「陪嚴鄭公秋晚北池臨眺」[371]，「嚴鄭公」當指嚴武，因為嚴武曾封鄭國公[372]；郭知達與黃鶴本詩題作「陪鄭公秋晚北池臨眺」[373]，「鄭公」當亦「鄭國公」之省稱。杜甫稱嚴武為「鄭公」亦有其例，譬如〈揚旗〉詩題下原注之「二年夏六月，成都尹鄭公置酒公堂」云云[374]。又如〈贈左僕射鄭國公嚴公武〉之「鄭公瑚璉器，華岳金天晶」。據此，杜甫稱嚴武為「鄭公」實有其例。

　　其次，詩又云「何補參軍乏，歡娛到薄躬」，「參軍」當指參與軍事。依據上述這兩點，詩當是杜甫在嚴武節度使幕府時作。今詩又云「秋晚」，因此，此詩當繫於廣德二年秋晚時作。

〈遣悶奉呈嚴鄭公二十韻〉

　　黃鶴將此詩繫於廣德二年秋作[375]。今考此詩當繫於廣德二年秋作。

　　首先，王洙、吳若與蔡夢弼諸本皆作「遣悶奉呈嚴鄭公二十韻」[376]。「嚴鄭公」指嚴武。據史，《新唐書·嚴武傳》僅稱嚴武曾封鄭國公，然未明確

---

[370] 黃鶴說：「詩云『何補參軍乏，歡娛到薄躬』，公時在幕中也，當是廣德二年作。」（《補注杜詩》，卷二十六，頁489）此外，仇兆鰲亦曾云：「鶴注編在廣德二年秋成都作。」（《杜詩詳注》（二），卷十四，頁1177）

[371] 《讀杜心解》（下），卷五之二，頁745。

[372] 《新唐書·嚴武傳》（十四）說：「封鄭國公。」（卷一百二十九，頁4484）

[373] 《九家集註杜詩》（四），卷二十六，頁1826。《補注杜詩》，卷二十六，頁489。

[374] 《杜工部集》（一），卷五，頁188。

[375] 黃鶴說：「公歸溪上在永泰元年正月三日，而此詩云『清秋鶴髮翁』，則是入幕未久便有此作。……。此詩作於廣德二年秋。」（《補注杜詩》，卷二十六，頁487）

[376] 《杜工部集》（二），卷十三，頁572。筆者並未見吳若本，然《錢牧齋先生箋註杜詩》（二）詩題作「遣悶奉呈嚴公二十韻」，並於「嚴」字下說：「吳本有『鄭』字。」（卷十三，頁874）《草堂詩箋》（二），卷二十二，頁550。

記載其受封年月[377]；《舊唐書・嚴武傳》則記載嚴武封鄭國公在廣德二年十月，《舊唐書・嚴武傳》云：「（廣德二年）十月，取鹽川城，加檢校吏部尚書，封鄭國公。」[378]然《舊唐書・嚴武傳》此段記載恐有誤，若據杜甫〈揚旗〉詩題下原注「二年夏六月，成都尹鄭公置酒公堂」諸字，那麼，嚴武在廣德二年六月時，已為鄭國公。

其次，詩云「胡為來幕下，祇合在舟中」，既云「幕下」，詩當是在幕府時作。第三，詩又云「白水魚竿客，清秋鶴髮翁」，嚴武若於廣德二年六月已為鄭國公，今又云及「清秋」，因此，依據上述這些理由，此詩當繫於廣德二年秋作。

〈嚴鄭公階下新松〉

黃鶴將此詩繫於廣德二年作[379]。今考此詩當繫於廣德二年作，創作上限當斷於廣德二年六月。

首先，詩題既云「嚴鄭公」，因此，此詩創作上限當斷於廣德二年六月（詳〈遣悶奉呈嚴鄭公二十韻〉繫年）。其次，詩又云「細聲侵玉帳，疏翠近珠簾」，「玉帳」乃主將所居軍帳，如玉之堅不可犯，朱鶴齡於李商隱〈重有感〉「玉帳牙旗得上遊，安危須共主君憂」下注云：「玉帳，乃兵家厭勝之方位，主將於其方置軍帳，則堅不可犯，猶玉帳然。」[380]據此，「玉帳」乃軍中之物。今詩既云「細聲侵玉帳」，那麼，時杜甫在嚴武軍中。仇兆鰲即曾說：「因在軍中，故云『玉帳』。」[381]杜甫辭幕府、歸草堂在永泰元年正月，有〈正月三日歸溪上有作簡院內諸公〉詩。因此，就目前所見資料而言，此詩當繫於廣德二年，最早當不早於廣德二年六月。

---

[377] 詳見《新唐書》（十四），卷一百二十九，頁4484。

[378] 《舊唐書》（十），卷一百一十七，頁3396。

[379] 黃鶴說：「詩云：……『細聲聞玉帳』，又題曰『嚴鄭公』，當是廣德二年。」（《補注杜詩》，卷二十六，頁489）

[380] 《李義山詩集箋注》（臺北：廣文書局，1981年），卷中，頁421。

[381] 《杜詩詳注》（二），卷十四，頁1184。

〈晚秋陪嚴鄭公摩訶池泛舟〉

黃鶴將此詩繫於廣德二年秋晚作[382]。今考此詩當繫於廣德二年秋晚成都作。

首先，詩題既云「嚴鄭公」，那麼，此詩的創作上限當斷於廣德二年六月。其次，今詩題有「晚秋」兩字，因此，此詩當是廣德二年秋晚作。

問題是：此詩是否得繫於永泰元年晚秋作呢？不可，因為此詩若繫於永泰元年晚秋作，那麼，時嚴武已卒數月，無法與杜甫同於摩訶池泛舟。今若欲合於史實，則此詩不可繫於永泰元年（765）秋。因此，此詩僅能繫於廣德二年（764）晚秋作。

此外，「摩訶池」在益州城內，又名汙池、躍龍池，《元和郡縣圖志》「劍南道」「成都府益州」「成都縣」下說：「摩訶池，在州中城內。」[383]此外，《太平寰宇記》「劍南西道」「益州」「華陽縣」下也說：「汙池，一名摩訶池，昔蕭摩訶所置，在錦城西。」[384]最後，《方輿勝覽》「成都府路」「成都府」「池井」下也說：「躍龍池，在成都縣東南十二里。隋開皇中欲伐陳，鑿大池以教水戰。……。又云：『摩訶池，或云蕭摩訶所開。』杜甫陪嚴武泛舟，有詩……。」[385]因此，時杜甫在成都。

---

[382] 黃鶴說：「當是廣德二年作。前此，（嚴）武尹成都，未嘗涉秋也。凡言秋者，皆是年作。」（《補注杜詩》，卷二十六，頁489）

[383] 《元和郡縣圖志》（下），卷三十一，頁768。另亦可參《錢牧齋先生箋註杜詩》（二），卷十三，頁878。

[384] 《太平寰宇記》（三），卷七十二，頁1469。另亦可參《錢牧齋先生箋註杜詩》（二），卷十三，頁878。

[385] 《方輿勝覽》（中），卷五十一，頁909。此外，《大清一統志》（九）「成都府」下亦云：「摩訶池，……。陸游《渭南集》：摩訶池入蜀王宮中，舊泛舟入此池，曲折十餘里。今蜀宮後門，已為平陸，猶呼水門。」（卷三八五，頁114）

〈哭台州鄭司戶、蘇少監〉

黃鶴將此詩繫於廣德二年秋作[386]。今考此詩當繫於廣德二年秋作。

首先，「鄭司戶」指鄭虔，杜甫即有〈送鄭十八虔貶台州司戶，傷其臨老陷賊之故，闕為面別，情見於詩〉與〈有懷台州鄭十八司戶〉詩。此外，據《新唐書‧文藝中》，鄭虔曾貶台州司戶參軍（詳〈鄭駙馬池臺喜遇鄭廣文同飲〉繫年）；「蘇少監」即蘇源明，杜甫有〈故秘書少監武功蘇公源明〉詩。此外，據《新唐書‧文藝中》，蘇源明即「以秘書少監卒」[387]。秘書少監屬秘書省，隸中書省[388]，因此，蘇源明卒時當在長安。

其次，詩云「故舊誰憐我，平生鄭與蘇。……。羈遊萬里闊，凶問一年俱」，「凶問」即凶訊、死訊之意[389]。今詩言「凶問一年俱」乃謂同一年內先後得到鄭、蘇死去的噩耗，仇兆鰲對此即曾說：「謂鄭蘇先後繼亡。」[390]問題是：鄭、蘇同亡於何年？說明如下：

杜甫〈故秘書少監武功蘇公源明〉詩云「肅宗復社稷，得無順逆辨」，「復社稷」當指收復兩京，邵寶曾說：「『逆順辨』，肅宗復兩京之後，受偽命者皆伏誅，惟源明擢吏部考功郎中、知制誥。」[391]收復兩京在至德二載九、十月（詳〈送樊二十三侍御赴漢中判官〉繫年），因此，〈故秘書少監武功蘇公源明〉詩當作於至德二載十月後。

今〈故秘書少監武功蘇公源明〉詩又有「長安米萬錢，凋喪盡餘喘」兩

---

386 《補注杜詩》，卷二十七，頁504。

387 《新唐書》（十八），卷二百二，頁5773。

388 《舊唐書‧職官志》（六）說：「秘書省，隸中書之下。……。少監二員。」（卷四十三，頁1854）另亦可參《新唐書‧百官志》（四），卷四十七，頁1214。

389 《三國志‧魏書‧王基傳》（三）（北京：中華書局，2002年）即有「（王）基母卒，詔秘其凶問」之語（卷二十七，頁755）。

390 《杜詩詳注》（二），卷十四，頁1190。

391 《刻杜少陵先生詩分類集註》（四），卷十二，頁1845。另亦可參《新唐書‧文藝中》（十八），卷二百二，頁5772。

語。詩言蘇源明因長安米貴而卒,仇兆鰲對此亦曾說:「武功凶年而卒。」[392]
自至德二載(757)十月後至永泰元年(765)夏杜甫離蜀,史載此間米貴
者,臚陳於下:

一、乾元三年(760)春:《新唐書·五行志》說:「乾元三年春,饑,
米斗錢千五百。」[393]

二、乾元三年四月:《舊唐書·肅宗本紀》「乾元三年(四月)」說:
「是歲饑,米斗至一千五百文。」[394]

三、乾元三年閏四月:《舊唐書·五行志》說:「(乾元三年閏四月)是
月,史思明再陷東都,京師米斗八百文,人相食,殍骸蔽地。」[395]此外,《舊
唐書·肅宗本紀》「上元元年」也說:「(閏四月)米價翔貴,人相食,餓死
者委骸于路。」[396]

四、廣德元年(763)秋:《舊唐書·五行志》說:「廣德元年秋,蚍蜉
食苗,關西尤甚,米斗千錢。」[397]此外,《陝西通志》亦曾云:「代宗廣德元
年秋,蚍蜉蟲害稼,關中尤甚。米斗千錢。」[398]

五、廣德二年(764)秋:《舊唐書·代宗本紀》「廣德二年」說:「是
秋,蝗食田殆盡,關輔尤甚,米斗千錢。」[399]此外,《新唐書·五行志》也
說:「廣德二年秋,關輔饑,米斗千錢。」[400]最後,《陝西通志》也曾說:
「(廣德)二年秋,關輔饑,米斗千錢。」[401]

---

[392]《杜詩詳注》(二),卷十六,頁1408。「武功」指蘇源明,其乃武功人,《新唐書·
文藝中》(十八)說:「蘇源明,京兆武功人。」(卷二百二,頁5771)

[393]《新唐書》(三),卷三十五,頁898。「乾元三年」即習慣上之「上元元年」。

[394]《舊唐書》(一),卷十,頁258。

[395]《舊唐書》(四),卷三十七,頁1361。

[396]《舊唐書》(一),卷十,頁259。

[397]《舊唐書》(四),卷三十七,頁1364。

[398]《陝西通志》(下),卷四十,頁2030。

[399]《舊唐書》(二),卷十一,頁276。

[400]《新唐書》(三),卷三十五,頁898。

[401]《陝西通志》(下)(西安:三秦出版社,2006年),卷四十,頁2030。

六、永泰元年春：《舊唐書‧代宗本紀》「永泰元年」說：「是春大旱，京師米貴，斛至萬錢。」[402]此外，《新唐書‧五行志》也說：「永泰元年，饑，京師米斗千錢。」[403]

何者為是呢？黃鶴依〈哭台州鄭司戶、蘇少監〉「俗依綿谷異，客對雪山孤。……。瘴病餐巴水，瘡痍老蜀都」諸語，認為此乃杜甫自敘歷綿、閬等地，後歸成都，黃鶴對此曾說：「考此詩有『俗依綿谷異，客對雪山孤』、『瘴癘殞巴水，瘡痍老蜀都』，蓋廣德元年公在綿、梓、閬；二年以嚴武鎮蜀，再歸成都依之，故云。」[404]此外，仇兆鰲亦云：「綿雪巴蜀，遍歷東西兩川。」[405]杜甫歷綿、閬等州，返歸成都在廣德二年，因此，此詩目前可繫於廣德二年秋，或永泰元年春。然詩中又云「白首中原上，清秋大海隅。夜臺當北斗，泉路窅東吳」，「中原」乃蘇源明所在之長安，「海隅」乃鄭虔遭貶之台州；「夜臺」指墳墓；「泉路」謂泉下之路，即俗稱之黃泉路，亦死後所處。此四句言蘇源明卒於長安；鄭虔亡於台州。此外，「白首」兩句亦可理解為互文。今依詩中「清秋」與「蜀都」諸詞，將此詩繫於廣德二年秋作。黃鶴繫年可從。

〈初冬〉

黃鶴將此詩繫於廣德二年十月作[406]。今考此詩當繫於廣德二年十月作。

詩云「垂老戎衣窄，歸休寒色深」，「戎衣」乃軍衣，據〈奉贈蕭二十使君〉「艱危參大府，前後間清塵」句下原注，杜甫再次入於嚴武節度使幕府當在廣德二年春二、三月。今詩題又云「初冬」，「初冬」即十月，因

---

[402]《舊唐書》（二），卷十一，頁279。

[403]《新唐書》（三），卷三十五，頁898。

[404]《補注杜詩》，卷二十七，頁504。此外，《杜詩鏡銓》（下）亦云：「鶴注：此與『俗依綿谷異』二句，公自敘展轉歷綿、閬間，而復來成都也。」（卷十一，頁551）

[405]《杜詩詳注》（二），卷十四，頁1192。

[406]黃鶴說：「詩云『垂老戎衣窄』，為廣德二年十月嚴武攻吐蕃鹽川城，克之，公時在幕府，故亦衣『戎衣』也，是時作。」（《補注杜詩》，卷二十六，頁490）

此，此詩當繫於廣德二年（764）十月作，明年永泰元年（765）春正月杜甫即辭嚴武幕府而歸成都草堂。

〈至後〉

黃鶴將此詩繫於廣德二年冬幕府作[407]。今考此詩當繫於廣德二年冬幕府作。

首先，詩云「冬至至後日初長，遠在劍南思洛陽」，既云「劍南」，詩當是杜甫入蜀後的作品。

其次，詩云「青袍白馬有何意，金谷銅駝非故鄉」，「青袍」乃杜甫在幕府時所著服色；「白馬」即杜甫在幕府時所騎馬匹。譬如〈遣悶奉呈嚴公二十韻〉即云「黃卷真如律，青袍也自公」；〈到村〉亦云「老去參戎幕，歸來散馬蹄」。朱鶴齡對此曾說：「『青袍』即『青袍也自公』；『白馬』即『歸來散馬蹄』也，皆在幕府。」[408] 此外，仇兆鰲亦曾云：「青袍白馬，劍南幕府也。」[409] 因此，此詩當是杜甫在劍南節度使幕府時作。今詩題又云「至後」，因此，此詩當繫於廣德二年冬，時杜甫在嚴武幕府。

〈憶昔二首〉

黃鶴將此詩繫於廣德二年作[410]。今考此詩當繫於廣德二年成都作。

其一詩云「犬戎直來坐御床，百官跣足隨天王。願見北地傅介子，老儒不用尚書郎」。首先，「犬戎」指吐蕃，杜詩本有其例，譬如：〈釋悶〉詩之「四海十年不解兵，犬戎也復臨咸京」；〈收京〉詩之「復道收京邑，兼聞

---

[407] 黃鶴說：「詩云『遠在劍南思洛陽』，又云『青袍白馬有何意』，當是廣德二年冬在嚴武幕中作。」（《補注杜詩》，卷二十六，頁496）

[408] 《杜工部詩集》（中），卷十一，頁1015。

[409] 《杜詩詳注》（二），卷十四，頁1199。

[410] 黃鶴說：「詩云『犬戎直來坐御床，百官跣足隨天王』，謂廣德二年吐蕃陷京師，代宗幸陝。當是作於廣德二年，故有『願見北地傅介子』之句。」（《補注杜詩》，卷八，頁170）此中，「廣德二年」當作「廣德元年（吐蕃陷京師）」。

殺犬戎」；〈揚旗〉詩之「三州陷犬戎，但見西嶺青」。今詩云「犬戎直來坐御床」，當指廣德元年冬吐蕃陷長安、代宗幸陝事。舊題為王洙者即曾說：「吐蕃陷長安，天子奔陝。」[411]因此，此詩當作於廣德元年冬事件發生之後。

其次，「尚書郎」乃杜甫自謂[412]，當即「檢校尚書工部員外郎」[413]之簡省。此即嚴武再次鎮蜀上奏杜甫之職。王嗣奭即曾說：「末云『老儒不用尚書郎』，知此詩作於嚴武奏為參謀、工部員外郎之後。」[414]此外，嚴武表為節度參謀、檢校尚書工部員外郎乃於再鎮成都之時。〈奉贈蕭二十使君〉「艱危參大府，前後間清塵」下有原注：「嚴再領成都，余復參幕府。」[415]曹慕樊（1912～1993）對此說：「『前後』字是說自已前後兩次參加嚴武幕府，都和蕭十二同事。可知杜在嚴武初鎮蜀時，即代宗寶應元年（七六二年）即已入幕。〈贈蕭十二使君〉詩自注是確證，足以補史缺。」[416]陳文華先生進一步說：「楊承祖先生以杜甫曾於寶應元年二月上嚴武『說旱』一文，認為這是既參幕府，乃陳獻替之據；又以為該年七月，嚴武入朝，杜甫不嫌於遠程送行至綿州，乃是有幕賓身分之緣故，非純出私誼，否則不合常情；又成都亂平之後，杜甫所以仍留滯東川，殆因有幕府客卿之名義，並為嚴武再鎮劍南預為布置。凡此理由，其證據力自較簡單之註語為堅強，而杜甫兩參幕府之事實，也才能為我們所接受。」[417]依此，則杜甫為檢校尚書工部員外郎當在廣德二年。今知廣德二年正月嚴武再鎮蜀，三月杜甫返抵草堂，那麼，依題下

411 《分門集註》（二），卷十三，頁984。

412 仇兆鰲說：「『尚書郎』，公自謂。」（《杜詩詳注》（二），卷十三，頁1163）

413 《舊唐書・文苑傳》（十五）說：「黃門侍郎、鄭國公嚴武鎮成都，奏為節度參謀、檢校尚書工部員外郎，賜緋魚袋。」（卷一百九十下，頁5054）此外，《杜工部集》每卷下結銜云「前劍南節度參謀宣義郎檢校尚書工部員外郎賜緋魚袋京兆杜甫」。

414 《杜臆》，見《續修四庫全書》，1307冊，卷五，頁483。

415 《錢牧齋先生箋註杜詩》（二），卷十八，頁1126；《御定全唐詩》，見《文淵閣四庫全書》，第1425冊，卷二百三十三，頁242。

416 《杜詩雜說全編》（北京：新知三聯書局，2009年），「杜甫兩參嚴武幕」，頁74。另亦可參《杜甫傳記唐宋資料考辨》，第三篇，頁149。

417 《杜甫傳記唐宋資料考辨》，第三篇，頁151。

原注，嚴武奏為檢校尚書工部員外郎當在二、三月[418]；隔年，永泰元年春杜甫辭幕府，〈正月三日歸溪上有作簡院內諸公〉詩有「白頭趨幕府，深覺負平生」語。因此，此詩當繫於廣德二年成都作，時杜甫已入節度參謀。

〈軍中醉歌寄沈八劉叟〉

趙次公將此詩繫於廣德元年作[419]。單復則將此詩繫於廣德二年作[420]。今考此詩當繫於廣德二年作，創作上限當斷於是年二月。

首先，詩題既云「軍中」，當是杜甫在嚴武幕府中，仇兆鰲即曾說：「……，時在嚴武幕中也。」[421]此外，浦起龍亦曾云：「『軍中』，指嚴武幕。」[422]據《資治通鑑》所載，嚴武再次鎮蜀乃於廣德二年春正月。三月杜甫抵草堂。杜甫永泰元年正月初即辭幕府歸於草堂。依此，此詩當繫於廣德二年，最早當不早於三月。

〈別唐十五誡因寄禮部賈侍郎〉

黃鶴與仇兆鰲皆將此詩繫於廣德二年作[423]。今考此詩當繫於廣德二年作。

首先，詩云「胡星墜燕地，漢將仍橫戈」，「胡星」句事指史朝義卒，黃鶴即曾說：「『胡星』，指史朝義。廣德元年已縊死。李懷仙取其首至京師，非為祿山與思明之死。」[424]此外，仇兆鰲亦云：「『胡星』，指史朝

---

[418] 《杜甫傳記唐宋資料考辨》說：「二月，遂返成都，武奏為檢校工部員外郎，賜緋、魚袋，入幕為節度參謀。」（第三篇，頁149）

[419] 《杜詩趙次公先後解輯校》（上），目錄，頁17。

[420] 《讀杜詩愚得》（上），年譜目錄，頁52。

[421] 《杜詩詳注》（二），卷十三，頁1147。

[422] 《讀杜心解》（下），卷三之四，頁476。

[423] 黃鶴說：「按《史》：廣德二年，轉禮部侍郎。……。當是廣德二年作。」（《補注杜詩》，卷十，頁193）此外，仇兆鰲則說：「《舊書‧賈至傳》：寶應二年為尚書右丞，廣德二年轉禮部侍郎。又云：廣德二年九月，尚書左丞楊綰知東京選，禮部侍郎賈至知東京舉，兩都分舉選，自至始。」（《杜詩詳注》（二），卷十四，頁1193）

[424] 《補注杜詩》，卷十，頁193。

義。」[425]史朝義死於廣德元年正月,因此,此詩當作於其後。

其次,詩題又云「禮部賈侍郎」,「賈侍郎」當指賈至,其於廣德二年轉為禮部侍郎[426]。據此,此詩當繫於廣德二年。

〈送韋諷上閬州錄事參軍〉

黃鶴將此詩繫於廣德二年作[427]。今考此詩或作於廣德元年,或作於廣德二年。

詩云「萬方哀嗷嗷,十載供軍食」,「十載」有兩說:首先,若自天寶十四載(755)安祿山兵反起算,至廣德元年(763)實為九年,今舉其成數,可稱「十載」;持此說者譬如趙次公,其將此詩繫於廣德元年作[428]。其次,若自天寶十四載安祿山兵反起算,至廣德二年(764)亦為「十載」;持此說者譬如黃鶴與仇兆鰲,兩人皆將此詩繫於廣德二年作[429]。

今兩說何者為是?兩種算法杜甫皆有詩例:自天寶十四載至廣德元年而稱「十年」者,譬如〈九日〉之「酒闌却憶十年事,腸斷驪山清路塵」,此中,「十年」指天寶十四載至廣德元年;自天寶十四載至廣德二年而稱「十年」者,譬如〈自閬州領妻子却赴蜀山行三首〉其一之「汩汩避群盜,悠悠經十年」,此中,「十年」指自天寶十四載至廣德二年。依此,兩種算法皆有可能。今在無其它證據下,姑繫此詩於廣德元年或二年作。

425 《杜詩詳注》(二),卷十四,頁1194。

426 《舊唐書·文苑中》(十五),卷一百九十中,頁5031。

427 《杜工部草堂詩箋補遺》說:「自廣德二年逆數至天寶十四年,凡十年矣。」(卷五,頁154)

428 《杜詩趙次公先後解輯校》(上),目錄,頁16。

429 《杜詩詳注》(二),卷十三,頁1157。

永泰年間

〈正月三日歸溪上有作簡院內諸公〉

　　黃鶴將此詩繫於永泰元年作[1]。今考此詩當繫於永泰元年正月三日成都草堂作。

　　詩云「白頭趨幕府，深覺負平生」，「趨幕府」當指廣德二年（764）春二、三月杜甫再次入為嚴武劍南節度使幕府事。杜甫此次再入嚴武幕府，多有不欲久趨幕府之意，譬如〈遣悶奉呈嚴鄭公二十韻〉即曾說「胡來為幕下，祇合在舟中。……信然龜觸網，直作鳥窺籠」；又如〈院中晚晴懷西郭茅舍〉所謂「浣花溪裏花饒笑，肯信吾兼吏隱名」等等。今依此詩，果辭歸草堂。今詩題又云「正月三日歸溪上」，詩當是永泰元年（765）正月三日成都草堂作。是夏，杜甫去蜀，未曾再返成都。

〈營屋〉

　　趙次公與黃鶴皆將此詩繫於永泰元年作[2]。今考此詩當繫於永泰元年作，創作下限當斷於是年五月，時杜甫在成都。

　　詩云「我有陰江竹，能令朱夏寒」，杜甫上元元年經營成都草堂時本已植竹，譬如〈堂成〉詩之「榿林礙日吟風葉，籠竹和烟滴露梢」；又如〈草堂即事〉詩之「雪裏江船渡，風前竹徑斜」；又如〈將赴成都草堂途中有作先寄嚴鄭公五首〉其三之「竹寒沙碧浣花溪，橘刺藤梢咫尺迷」；又如〈草堂〉之「入門四松在，步屧萬竹疏」等等。今〈營屋〉詩又云「愛惜已六載，茲晨去千竿」，若自上元元年（760）杜甫經營浣花草堂植竹起算，則

1　黃鶴說：「『溪上』，指浣花溪也。詩云『白頭趨幕府，深覺負平生』，於是不復入幕，當是永泰元年。」（《補注杜詩》，卷二十六，頁490）

2　《杜詩趙次公先後解輯校》（上）說：「此今歲永泰元年詩。」（丙帙卷之十一，頁658）《補注杜詩》，卷十，頁207。

「六載」當為永泰元年（765），趙次公說：「公之〈草堂〉云：『經營上元始，斷手寶應年。』上元元年歲在庚子，寶應元年歲在壬寅，則有竹已在庚子歲，今永泰元年乙巳是為『六載』也。」[3]此外，黃鶴對此也曾說：「『愛惜已六載，茲辰去千竿』，當是永泰元年作。蓋公上元元年營草堂時已植竹，〈堂成〉詩所謂『籠竹和煙滴露梢』；〈草堂〉詩所謂『步堞萬竹疎』是也，意公正月歸溪上，時營屋故作。」[4]最後，朱鶴齡亦云：「公自上元元年營草堂，至永泰元年為『六載』。」[5]因此，此詩當繫於永泰元年。此外，杜甫於是年五月離蜀，據此，此詩的創作下限最晚當不晚於五月。

〈春日江村五首〉

黃鶴將此詩繫於永泰元年春歸溪上作[6]。今考此詩當繫於永泰元年春成都作。

首先，其四詩云「郊扉存晚計，幕府愧羣材」，既云「幕府」，詩當是杜甫入於劍南節度使幕府後作。

其次，其二詩云「迢遞來三蜀，蹉跎又六年」，若自上元元年（760）杜甫入蜀經營成都草堂起算，則「六年」當指永泰元年（765）。依據上述這兩個理由，此詩當繫於永泰元年作。今詩題又云「春日」，則此詩當作於永泰元年春，時杜甫尚未去蜀，當在「江村」，即浣花村。

〈去蜀〉

黃鶴將此詩繫於廣德二年閬州作[7]。今考此詩當繫於永泰元年夏五月作。

3　《杜詩趙次公先後解輯校》（上），丙帙卷之十一，頁658。

4　《補注杜詩》，卷十，頁207。此中，「茲辰」當作「茲晨」。

5　《杜工部詩集》（中），卷十二，頁1022。

6　黃鶴說：「詩云『迢遞來三蜀，蹉跎又六年』；又云『扶病垂朱紱，歸休步紫苔』；又云『郊扉存晚計，幕府愧羣才』，當是永泰元年歸溪上後作。」（《補注杜詩》，卷二十六，頁491）此外，黃鶴又於「迢遞」兩句注云：「公以乾元冬入蜀，至永泰元年乃『六年』。」（頁491）

7　黃鶴說：「詩云『五載客蜀郡，一年歸梓州』，按：公乾元己亥冬至成都，距廣德二

詩云「五載客蜀郡，一年居梓州」，分述如下：

一、「蜀郡」即益州（詳〈嚴公仲夏枉駕草堂兼攜酒饌〉繫年注解），確切地說，即杜甫所居之成都（草堂）；依此，詩題「去蜀」兩字當指離開成都而言。

二、若自上元元年杜甫經營成都草堂起算，則「五載客蜀」當分別指：上元元年（760）、二年（761）、寶應元年（762）、廣德二年（764）與永泰元年（765）；「一年居梓」當指廣德元年（763）。「五載」「一年」合計當為六年。若自上元元年起算，則「六年」當指永泰元年。因此，此詩當繫於永泰元年，時杜甫欲去蜀。仇兆鰲即曾說：「題曰『去蜀』，是臨去成都而作也。公自乾元二年季冬來蜀，至永泰元年，首尾凡七年，其實止六年耳。所謂『五載客蜀』者：上元元年、上元二年、寶應元年、廣德二年、永泰元年也。二年居梓者，專指廣德元年也。此詩作於永泰元年夏，將往戎、渝之時。」[8]因此，此詩當繫於永泰元年作。據史，嚴武卒於永泰元年四月（詳〈嚴公仲夏枉駕草堂兼攜酒饌〉繫年），杜甫離蜀當在其後不久。據杜詩，杜甫離蜀南下，途經嘉、戎、渝、忠與夔州等地。依〈宴戎州楊使君東樓〉詩，杜甫抵戎州時當在五、六月，那麼，嚴武死後，杜甫五月即去蜀應是合理的推斷。

〈宿青溪驛奉懷張員外十五兄之緒〉

黃鶴將此詩繫於永泰元年去成都、經嘉州時作[9]。今考此詩當繫於永泰元年五月嘉州作。

年為『五載』；而寶應元年秋至廣德元年秋，在梓州，為『一年』。此當是廣德二年在閬州作，時嚴武未再鎮蜀，所以欲下瀟湘。」（《補注杜詩》，卷二十七，頁498）

8　《杜詩詳注》（二），卷十四，頁1217。此中，「二年居梓者」當為「一年居梓者」之訛，詳《杜少陵集詳註》（下）（北京：北京圖書館出版社，1999年），卷十四，頁753。

9　黃鶴說：「此詩當是永泰元年去成都，經嘉州，下忠、渝時所作，故詩有『佳期付荊楚』之句。」（《補注杜詩》，卷十，頁207）

「青溪驛」在嘉州犍為縣，黃鶴即曾說：「『青溪驛』，在嘉州犍為縣。」[10]此外，錢謙益與朱鶴齡皆曾云：「《輿地紀勝》：青溪驛，在嘉州犍為縣。」[11]今《輿地紀勝》卷一百四十六「嘉定府」內並無此條。然《輿地紀勝》「成都府路」「嘉定府」「總嘉州詩」下又云：「『漾舟千山內，日入泊荒渚』，杜甫宿清溪。」[12]依此，此詩當是在嘉州作。另外，《唐代交通圖考》「成都江陵間蜀江水陸道」亦云：「又南一百零六里至犍為縣，在大鹿山南一里。……相近有青溪驛（今縣東南青溪口），杜翁有詩。」[13]歸納言之，青溪驛當在嘉州犍為縣。此詩當是杜甫離蜀南下途經嘉州所作，詩當繫於永泰元年五月作。

〈狂歌行贈四兄〉

仇兆鰲將此詩繫於永泰元年夏去成都之嘉戎時作[14]。今考此詩當繫於永泰元年五月嘉州作。

詩云「今年思我來嘉州，嘉州酒重花繞樓」，「嘉州」屬劍南道，《元和郡縣圖志》、《舊》、《新唐書·地理志》「劍南道」下皆有「嘉州」[15]。嘉州（犍為郡）在眉州（通義郡）南方一百三十九里，《通典》「犍為郡」下說：「北至通義郡一百三十九里。」[16]眉州在蜀州（唐安郡）南方二百里，《通典》「通義郡」下說：「北至唐安郡二百里。」[17]因此，嘉州約在蜀州南方

---

10 《補注杜詩》，卷十，頁207。

11 《錢牧齋先生箋註杜詩》（一），卷八，頁539。《杜工部詩集》（中），卷十二，頁1035。

12 《輿地紀勝》（四），卷一百四十六，頁3953。

13 《唐代交通圖考》（四），篇二九，頁1088。

14 仇兆鰲說：「此當是永泰夏去成都之嘉戎時作，觀詩言嘉州可見。」（《杜詩詳注》（二），卷十四，頁1219）

15 《元和郡縣圖志》（下），卷三十一，頁786。《舊唐書》（五），卷四十一，頁1680。《新唐書》（四），卷四十二，頁1081。

16 《通典》（五），卷一百七十五，頁4596。此外，《通典》（五）「通義郡」下則云：「南至犍為郡百三十里。」（卷一百七十六，頁4611）

17 《通典》（五），卷一百七十六，頁4611。此外，《通典》（五）「唐安郡」下亦云：

三百三十九里處。依此，此詩當是杜甫離開成都南下途經嘉州所作，詩當繫
於永泰元年夏五月作。

〈宴戎州楊使君東樓〉

　　趙次公將此詩繫於永泰元年五月作[18]。黃鶴則將此詩繫於永泰元年六月戎
州作[19]。今考此詩當繫於永泰元年五、六月戎州作。

　　首先，「戎州」在劍南道，《元和郡縣圖志》、《舊》、《新唐書·地理
志》「劍南道」下皆有「戎州」[20]。戎州（南溪郡）又在嘉州（犍為郡）東南
三百五十里，《通典》「南溪郡」下說：「西北到犍為郡三百五十里。」[21]依
此，戎州約在蜀州東南六百八十九里處。因此，此詩當是杜甫離蜀南下途經
戎州時作。

　　其次，詩云「重碧拈春酒，輕紅擘荔枝」，「荔枝」成熟於夏，五、六
月取食，白居易〈荔枝圖序〉云：「荔枝生巴、峽間。樹形團團如帷蓋；
葉如桂，冬青；華如橘，春榮；實如丹，夏熟。」[22]此外，《紹興本草校注》
「荔枝子」下亦云：「四、五月熟，百鳥食之皆肥矣。」[23]另外，《本草品彙
精要》「荔枝子」下亦云：「〔圖經曰〕……。五六月成熟。……。時〔生〕
冬。〔采〕五月、六月取。」[24]此外，《本草綱目》「荔枝」下也說：「【集

　　「東南到通義郡二百里。」（卷一百七十六，頁4628）

18　趙次公將此詩繫於「永泰元年五月挈家下戎、渝、忠」作，見《杜詩趙次公先後解輯
　　校》（上），目錄，頁20。

19　黃鶴說：「《唐志》：戎州，本犍為郡，與嘉州皆犍為地也。公以永泰元年五月去成
　　都之嘉、戎。此詩云『輕紅擘荔枝』，當是其年六月作。山谷在戎州有〈和任道食荔
　　枝〉，詩云：『六月連山柘枝紅。』又有〈廖致平送綠荔枝〉，詩云『誰能同此絕勝
　　味，唯有老杜東樓詩』。」（《補注杜詩》，卷二十七，頁499）

20　《元和郡縣圖志》（下），卷三十一，頁790。《舊唐書》（五），卷四十一，頁1693。
　　《新唐書》（四），卷四十二，頁1085。

21　《通典》（五），卷一百七十六，頁4613。

22　《全唐文》（七），卷六七五，頁6895。

23　《紹興本草校注》，卷十三，頁348。

24　《本草品彙精要》，卷三十三，頁561。

解】……。夏至將中，則子翕然俱赤，乃可食也。大樹下子至百斛，五六月盛熟時，彼方皆燕會其下以賞之，極量取啖，雖多亦不傷人。」[25]簡言之，荔枝五、六月可食。

第三，戎州亦產荔枝，黃庭堅（1045～1105）即有〈廖致平送綠荔支，為戎州第一；王公權荔支綠酒，亦為戎州第一〉詩[26]。趙次公即曾云：「黃魯直在戎州，有詩云：『王公權家荔枝綠，廖致平家綠荔枝。』」[27]此外，吳曾於《能改齋漫錄》（書約編成於1154～1157）「貢荔枝地」條下亦云：「昔宋景文作〈成都方物略記圖〉言：荔枝生嘉、戎等州。」[28]最後，范成大亦曾記載敘州（本即戎州）有荔子林，《吳船錄》說：「（淳熙四年七月）（1177）甲辰（七日）。……。至敘州，纔亭午。敘，古戎州也。……。舊戎州在對江平坡之上，與夷蠻雜處。……。今徙州治於南岸。……。兩岸多荔子林。」[29]綜前所述，因此，此詩當是杜甫去蜀南下，過嘉州後，途經戎州時作，詩當繫永泰元年五、六月作。

〈渝州候嚴六侍御不到先下峽〉

黃鶴將此詩繫於永泰元年作[30]。今考此詩當繫於永泰元年渝州作。

「渝州」或屬劍南道或屬山南西道，《元和郡縣圖志》與《新唐書‧地理志》「劍南道」下皆有「渝州」[31]；此外，《舊唐書‧地理志》「山南西道」下

---

[25] 《本草綱目》（中），卷三十一，頁1488。

[26] 《山谷集》，見《文淵閣四庫全書》，第1113冊，卷六，頁48。

[27] 《杜詩趙次公先後解輯校》（下），丁帙卷之一，頁665。

[28] 《能改齋漫錄》，卷十五，頁468。此外，《蜀中廣記》「荔枝」下亦曾云：「昔宋景文作〈方物署〉言：荔枝生嘉、戎等州。」（見《文淵閣四庫全書》，第592冊，卷六十三，頁59）

[29] 《吳船錄》，見《范成大筆記六種》，卷下，頁212。

[30] 黃鶴說：「《唐志》：渝州，本漢巴郡。永泰元年，公去成都，經嘉、戎，至此作。」（《補注杜詩》，卷二十七，頁499）

[31] 《元和郡縣圖志》（下），卷三十三，頁853。《新唐書》（四），卷四十二，頁1091。

亦有「渝州」[32]。渝州（南平郡）在瀘州（瀘川郡）東北七百五十里，《通典》「南平郡」下說：「西南到瀘川郡七百五十里。」[33] 瀘州在戎州（南溪郡）東方三百五十里，《通典》「瀘川郡」下說：「西至南溪郡三百五十里。」[34] 因此，渝州（南平郡）約在戎州東北一千一百里處。依此，此詩當是杜甫離開成都乘舟南下，過嘉、戎後，途經渝州所作，詩當繫於永泰元年作。

〈哭嚴僕射歸櫬〉

黃鶴將此詩繫於永泰元年渝、忠州作[35]。今考此詩當繫於永泰元年渝、忠州作。

「嚴僕射」當指嚴武，嚴武死後贈尚書左僕射，《新唐書・嚴武傳》說：「永泰初卒，……，年四十，贈尚書左僕射。」[36] 杜甫即有〈贈左僕射鄭國公嚴公武〉詩。因此，嚴僕射當指嚴武。據史，嚴武卒於永泰元年四月。今詩題云「哭嚴僕射歸櫬」，詩當是嚴武死後所作。

今詩又云「一哀三峽暮，遺後見君情」，此中，「三峽」指在渝、忠州間之長江峽谷。首先，就渝州而言，杜甫即有〈渝州候嚴六侍御不到先下峽〉詩，此「峽」當指明月峽[37]，為「三峽」之一，《華陽國志・巴志》即曾說：「巴子時雖都江州。……。其郡東枳有明月峽、廣德峽，故巴亦有三峽。」[38] 此外，《輿地紀勝》「夔州路」「重慶府」下亦有「三峽」[39]。最後，《方

---

[32] 《舊唐書》（五），卷三十九，頁1542。

[33] 《通典》（五），卷一百七十五，頁4583。

[34] 《通典》（五），卷一百七十五，頁4585。

[35] 《補注杜詩》，卷二十七，頁498。

[36] 《新唐書》（十四），卷一百二十九，頁4484。另亦可參《杜工部詩集》（中），卷十二，頁1042。

[37] 《杜詩詳注》（二）說：「『峽』，明月峽也，在巴縣東八十里。」（卷十四，頁1222）

[38] 《華陽國志》，卷一，頁9～10。

[39] 《輿地紀勝》（五），卷一百七十五，頁4551。「重慶府」建置沿革說明如下：武王克商，封姬支庶於巴，是為巴子；梁置楚州；後魏改為巴州；隋改渝州，復為巴郡；唐為渝州；宋陞為重慶府（《方輿勝覽》（下），卷六十，頁1057～1058）。

輿勝覽》「夔州路」「重慶府」「山川」下亦云：「明月峽，在巴縣。……。
又有廣德等峽，亦謂之三峽。」[40]其次，就忠州而言，杜甫〈題忠州龍興寺所
居院壁〉詩亦有「忠州三峽內」之句。歸納言之，此「三峽」當指在渝、忠
州間之長江峽谷。據此，時杜甫在渝、忠州間。黃鶴即曾說：「嚴武以永泰
元年四月薨，公亦離成都，遊嘉、戎、渝、忠，至雲安。今詩云『一哀三峽
暮』，當是其年在渝、忠作。」[41]黃鶴繫年之說可從。

〈聞高常侍亡〉

　　黃鶴將此詩繫於永泰元年成都作[42]。今考此詩當繫於永泰元年秋忠州作，
創作下限當斷於九日前。

　　首先，「高常侍」指高適。據史，高適曾為左散騎常侍（詳〈奉寄高常
侍〉繫年）。此外，杜甫〈追酬故高蜀州人日見寄〉詩序亦有「高常侍適」
諸字。依此，「高常侍」當指高適。

　　其次，據史高適卒於永泰元年正月（詳〈奉寄高常侍〉繫年），因此，
今依詩題，此詩當是高適卒後所作。

　　第三，王洙、郭知達、蔡夢弼與錢謙益諸本題下皆有原注「忠州作」諸
字[43]。另據〈禹廟〉詩，杜甫在忠州時已永泰元年秋；九日在雲安，有〈雲安
九日鄭十八攜酒陪諸公宴〉詩。那麼，杜甫於忠州當是在永泰元年秋，下限

---

[40] 《方輿勝覽》（下），卷六十，頁1059。

[41] 《補注杜詩》，卷二十七，頁498。

[42] 黃鶴說：「按《舊史》云：（高）適練兵於蜀，臨吐蕃以牽制之，師出無功，而松、
　　維等州尋為蕃兵所陷。以嚴武代還，用為刑部侍郎，轉散騎常侍。永泰元年正月卒。
　　今詩云『蜀使忽傳亡』，當是其年在成都作。梁權道編在忠、渝間詩內。然是年公至
　　忠、渝，已是六、七月，不應（高）適正月卒，而今始聞之。」（《補注杜詩》，卷
　　二十七，頁499～500）此說或是。問題是：黃鶴並未在此提出任何具體證據證明諸
　　本題下原注「忠州作」之說有誤。

[43] 《杜工部集》（二），卷十四，頁593。《九家集註杜詩》（四），卷二十七，頁1854。
　　《草堂詩箋》（二），卷二十三，頁576。《錢牧齋先生箋註杜詩》（二），卷十四，頁
　　887。另亦可參《御定全唐詩》，見《文淵閣四庫全書》，第1425冊，卷二百二十九，
　　頁181。

當斷於九日前。因此，此詩當繫於永泰元年秋作，時杜甫在忠州。

〈宴忠州使君姪宅〉

　　黃鶴將此詩繫於永泰元年作[44]。今考此詩當繫於永泰元年秋忠州作，創作下限當斷於九日前。

　　「忠州」在山南道，《舊》、《新唐書・地理志》「山南道」下即有「忠州」[45]。忠州（南賓郡）在涪州（涪陵郡）東三百五十里，《通典》「南賓郡」下說：「西至涪陵郡三百五十里。」[46]涪州在渝州（南平郡）東北二百七十里，《通典》「涪陵郡」下說：「西南到南平郡二百七十里。」[47]因此，忠州約在渝州東北六百二十里處。依此，此詩當是杜甫離開成都南下，過嘉、戎、渝後，途經忠州所作，詩當繫於永泰元年秋，最晚亦不晚於九日前。

〈禹廟〉

　　趙次公將此詩繫於永泰元年秋八月作[48]。黃鶴則將此詩繫於永泰元年秋作[49]。今考此詩當繫於永泰元年秋忠州作，創作下限當斷於九日前。

　　「禹廟」又名禹祠，在忠州，《方輿勝覽》「夔州路」「咸淳府」下說：

44　黃鶴說：「忠州，唐屬山南道，蓋近夔州矣。永泰元年作。」（《補注杜詩》，卷二十七，頁500）

45　《舊唐書》（五），卷三十九，頁1557。《新唐書》（四），卷四十，頁1029。

46　《通典》（五），卷一百七十五，頁4591。

47　《通典》（五），卷一百七十五，頁4584。

48　《杜詩趙次公先後解輯校》（下）說：「公於〈東屯茅屋〉有云：『山險風煙僻，天寒橘柚垂。築場看斂積，一學楚人為。』蓋九月、十月之交也。今〈禹廟〉詩既定為八月之作，而曰『垂橘柚』，則橘柚在秋八月間雖青而盡結實矣，所以皆謂之『垂』也。公在〈夔州八月十七夜對月〉云：『茅齋依橘柚，清切露華新。』則今詩乃八月之作明矣。」（丁帙卷之一，頁670）然據《本草》，橘柚六、七月已成實，詳〈放船〉繫年。

49　黃鶴說：「詩云『禹廟空山裏，秋風落日斜』，又云『早知乘四載，疏鑿控三巴』，蓋夔州本巴東郡，而忠乃析巴東之臨江置。……。此詩當是永泰元年秋在渝、忠間作。」（《補注杜詩》，卷二十七，頁500）

「禹祠，在臨江縣南，過岷江二里。」[50]唐代忠州隸荊南；宋朝隸夔州路，後又昇為「咸淳府」[51]。此外，《輿地紀勝・輯補》「忠州」【碑記】下也有：「〈禹廟唐碑〉，今字畫漫滅。」諸字[52]，此亦可證禹廟在忠州。另外，《大元混一方輿勝覽》「忠州」下亦云：「禹祠，杜甫有詩。」[53]最後，《大明一統志》「重慶府」「祠廟」下亦云：「禹廟，在忠州治南，過江二里許。」[54]歸納言之，禹廟在忠州。依此，此詩當是杜甫離蜀南下，途經忠州所作。因此，詩當繫於永泰元年。

今詩又云「禹廟空山裏，秋風落日斜」，既云「秋風」，因此，此詩當繫於永泰元年秋日作，最晚當不晚於九日，因為時杜甫已在雲安。

〈題忠州龍興寺所居院壁〉

黃鶴將此詩繫於永泰元年秋忠州作[55]。今考此詩當繫於永泰元年秋忠州作，創作下限當斷於九日前。

首先，詩題既云「忠州龍興寺」，據此，寺當在「忠州」。其次，《方輿勝覽》「夔州路」「咸淳府」下說：「龍興寺，陸務觀有〈龍興寺弔少陵先生寓居詩〉。」[56]此外，《大元混一方輿勝覽》「忠州」下亦云：「龍興寺，陸游有題詠。」[57]最後，陸游（1125～1210）曾於其〈龍興寺弔少陵先生寓居〉詩內自注云：「以少陵詩考之，蓋以秋、冬間寓此州也。」[58]此說亦近於事實。

---

50 《方輿勝覽》（下），卷六十一，頁1074。另亦可參《錢牧齋先生箋註杜詩》（二），卷十四，頁888。

51 《方輿勝覽》（下），卷六十一，頁1071。

52 《輿地紀勝》（十）（成都：四川大學出版社，2005年），輯補卷十五，頁5920。

53 《大元混一方輿勝覽》（上），卷中，頁277。

54 《大明一統志》（下），卷六十九，頁1082。此外，《大清一統志》（九）「忠州直隸州」則云：「在州南，過江三里。」（卷四一六，頁673）

55 黃鶴說：「公以永泰元年秋至忠州，寓居於寺，故有此作。」（《補注杜詩》，卷二十七，頁500）

56 《方輿勝覽》（下），卷六十一，頁1074。

57 《大元混一方輿勝覽》（上），卷中，頁277。

58 《劍南詩稿》，見《文津閣四庫全書》，第1166冊，卷十，頁158。

簡言之，依據杜甫詩題與地志所云，「龍興寺」在忠州。此詩當是杜甫離蜀南下，途經忠州所作。因此，此詩當繫於永泰元年秋作，下限當斷於九日前，時杜甫離開成都，過嘉、戎、渝等州，在忠州作；是年九日，杜甫已在雲安。

〈雲安九日鄭十八攜酒陪諸公宴〉

趙次公與黃鶴皆將此詩繫於永泰元年九日作[59]。今考此詩當繫於永泰元年九日雲安作。

「雲安」在夔州，《通典》、《舊》、《新唐書・地理志》「夔州」（雲安郡）下皆有雲安縣[60]。此詩當是杜甫離蜀南下，經嘉、戎、渝、忠等州，後至夔州雲安縣所作。今詩題又云「九日」，因此，此詩當繫於永泰元年九日作。

〈十二月一日三首〉

黃鶴將此詩繫於永泰元年十二月一日作[61]。今考此詩當繫於永泰元年十二月一日雲安作。

其一詩云「今朝臘月春意動，雲安縣前江可憐」，既云「雲安縣」句，詩當是在雲安所作。杜甫至雲安縣在永泰元年，大曆元年春晚即移居夔州，有〈移居夔州作〉詩。今詩既云「臘月」；詩題又云「十二月一日」，依此，此詩當是永泰元年十二月一日作，時杜甫在雲安縣。

---

59 趙次公將此詩繫於「九月在雲安縣」下作，見《杜詩趙次公先後解輯校》（下），丁帙卷之一，頁677。黃鶴說：「公永泰元年初秋至雲安，故除章詩有『焉能待初秋』之句。……詩云『萬國皆戎馬』，是年八月僕固懷恩及吐蕃、回紇等入寇。」（《補注杜詩》，卷二十七，頁505）

60 《通典》（五），卷一百七十五，頁4596。《舊唐書》（五），卷三十九，頁1556。《新唐書》（四），卷四十，頁1029。

61 黃鶴說：「公以永泰元年秋至雲安，而明年春晚遷居於夔州城。今詩云『今朝臘月春意動，雲安縣前江可憐』，當是在雲安作。」（《補注杜詩》，卷二十七，頁501）

〈將曉二首〉

黃鶴將此詩繫於永泰元年冬作[62]。今考此詩當繫於永泰元年秋冬雲安作。

其一詩云「石城除擊柝，鐵鎖欲開關」，「石城」指石城山，山在雲安縣，《後漢書・郡國志》「巴郡」下有「朐忍縣」，其注文引《巴漢志》說：「山有大小石城。」[63]此外，《方輿勝覽》「夔州路」「雲安軍」下亦云：「石城山，在岷江北岸，相去一里。《漢志》：朐腮山有大小石城。」[64]最後，《大清一統志》「夔州府」下亦云：「石城山，在雲陽縣東二里。《華陽國志》：朐忍縣，山有大小石城。」[65]漢代朐忍縣，即唐朝之雲安縣，亦即清代雲陽縣[66]。據此，石城山當在雲安縣。詩當亦杜甫在雲安時作。

今其二詩又云「寒沙縈薄霧，落月去清波」，杜詩中「寒」字可指秋天，譬如〈課小豎鋤斫舍北果林枝蔓荒穢淨訖移牀三首〉其三詩有「寒水光難定，秋山響易哀」之句；可指冬天，〈寫懷二首〉其二詩又有「天寒行旅稀，歲暮日月疾」之語；亦可指秋冬，譬如〈從驛次草堂復至東屯茅屋二首〉即有「山險風烟僻，天寒橘柚垂」兩句。今將此詩繫於永泰元年秋冬作，時杜甫在雲安。

---

62 黃鶴說：「梁權道編在大曆元年雲安詩內，然詩云『寒沙蒙薄霧，落月去清波』，非春月所言，當是永泰元年冬作。」(《補注杜詩》，卷二十七，頁505)

63 《後漢書》(十二)(北京：中華書局，2003年)，卷二十三，頁3507。另亦可參《杜詩詳注》(二)，卷十四，頁1237。

64 《方輿勝覽》(下)，卷五十八，頁1030。此外，亦可參《大元混一方輿勝覽》(上)，卷中，頁291。

65 《大清一統志》(九)，卷三九七，頁346。

66 關於漢・朐忍縣為唐・雲安縣，譬如《通典》(五)「夔州」下說：「雲安，漢朐腮縣地。」(卷一百七十五，頁4596)此外，《舊唐書・地理志》(五)「夔州」下也說：「雲安，漢朐腮縣，屬巴郡。」(卷三十九，頁1556)關於漢・朐忍縣為清・雲陽縣，《讀史方輿紀要》(七)「四川」「夔州府」「雲陽縣」下說：「漢朐忍縣地，屬巴郡。……唐屬夔州。宋開寶六年置雲安軍治焉。……元至元十五年復隸雲安軍，二十年升雲陽州，以雲安縣省入。明洪武七年改州為縣。」(卷六十九，頁3258)另亦可參《大清一統志》(九)，卷三九七，頁344。

大曆年間

〈水閣朝霽奉簡雲安嚴明府〉

趙次公將此詩繫於永泰元年作[1]。黃鶴則將此詩繫於大曆元年春作[2]。今考此詩當繫於大曆元年春雲安作。

首先，「水閣」在雲安縣，《方輿勝覽》「夔州路」「雲安軍」「堂亭」下云：「水閣，杜甫〈水閣朝霽奉簡嚴雲安〉詩……。」[3]此外，《大元混一方輿勝覽》「雲陽州」「景致」下亦云：「水閣，杜甫有〈水閣朝霽〔奉〕簡嚴雲安〉詩。」[4]最後，《四川通志》「夔州」「雲陽縣」下也說：「水閣，在縣南。」[5]歸納言之，杜甫時在雲安縣。其次，詩云「東城抱春岑，江閣隣石面」，此「城」當指雲安縣城。第三，詩又云「晚交嚴明府，矧此數相見」，依據上述這三個理由，杜甫時當在雲安縣。杜甫確切在雲安縣乃於永泰元年九月，有〈雲安九日鄭十八攜酒陪諸公宴〉詩；大曆元年春晚即移居夔州。今詩又云「春」字，因此，此詩當繫於大曆元年春作，時杜甫在雲安。

〈子規〉

趙次公與黃鶴皆將此詩繫於大曆元年春作[6]。今考此詩當繫於大曆元年春雲安作。

1　《杜詩趙次公先後解輯校》（上），目錄，頁21。

2　黃鶴說：「『晚交嚴明府，矧此數相見』，又首云『東城抱春岑，江閣鄰石面』，當是大曆元年春在雲安作。梁權道編在大曆三年，然是年正月公已出峽矣，未必是。」（《補注杜詩》，卷十三，頁264）

3　《方輿勝覽》（下），卷五十八，頁1030。

4　《大元混一方輿勝覽》（上），卷中，頁292。

5　《四川通志》，見《文淵閣四庫全書》，第560冊，卷二十六，頁482。

6　趙次公說：「丙午大曆元年，時公五十五歲，春在雲安。」（《杜詩趙次公先後解輯校》（下），丁帙卷之三，頁734）黃鶴也說：「詩云『峽裏雲安縣』，又云『眇眇春風見』，當是大曆元年作。」（《補注杜詩》，卷二十七，頁506）

　　詩云「峽裏雲安縣，江樓翼瓦齊」，既云及「雲安縣」及其物事，詩當是杜甫在雲安縣時作。杜甫至雲安縣始於永泰元年秋。今詩又云「眇眇春風見，蕭蕭夜色淒」，既云「春風」，此詩當是隔年大曆元年春作，時杜甫在雲安。

〈客居〉

　　趙次公與黃鶴皆將此詩繫於大曆元年春晚作[7]。今考此詩當繫於大曆元年春晚作。

　　首先，詩云「西南失大將，商旅自星奔。今又降元戎，已聞動行軒」，「西南」句事指永泰元年（765）閏十月劍南節度使郭英乂為崔旰所殺，蜀中大亂；「元戎」指元帥（詳〈送長孫九侍御赴武威判官〉繫年），「今又」句事指永泰二年（766，習慣上即大曆元年）二月壬子（二十六日），朝廷命黃門侍郎、同平章事杜鴻漸，以平郭英乂之亂[8]。趙次公對此即曾說：「今云『西南失大將』，則崔旰殺郭英乂也。『今又降元戎』，則時除杜鴻漸來鎮蜀也。」[9]此外，仇兆鰲亦曾云：「『大將』，謂郭英乂。『元戎』，謂杜鴻漸。」[10]依「今又降元戎」兩句，此詩的創作上限當斷於大曆元年二月二十六日。

　　其次，今詩又云「短畦帶碧草，悵望思王孫」，「碧草」即春草，江淹

---

[7]　趙次公說：「蓋（嚴）武永泰元年四月盡日死，公五月下戎州，九月在雲安棲泊，於是有客居之堂。至今歲二月已後，聞子規時賦此詩，豈曾見郭英乂之來邪？」（《杜詩趙次公先後解輯校》（下），丁帙卷之三，頁736）黃鶴說：「詩云『今又降元戎，已聞動竹軒』，謂杜鴻漸帥蜀。按《史》：大曆元年壬子杜鴻漸為山南西道、劍南東・西川、邛南、山西等道副元帥。則是詩當在大曆元年春晚欲遷夔州時作，所以有『舟子候利涉』。」（《補注杜詩》，卷十一，頁215）此中，據《新唐書・代宗本紀》（一）「大曆元年二月」，「山西」當作「西山」（卷六，頁172）。

[8]　《舊唐書・代宗本紀》（二），卷十一，頁281～282。《新唐書・代宗本紀》（一），卷六，頁172。《資治通鑑》（十），卷二百二十四，頁7187與7190。《舊唐書・杜鴻漸傳》（十），卷一百八，頁3283。另亦可參《杜詩趙次公先後解輯校》（下），丁帙卷之三，頁736。

[9]　《杜詩趙次公先後解輯校》（下），丁帙卷之三，頁736。

[10]　《杜詩詳注》（二），卷十四，頁1254。

〈別賦〉有「春草碧色」之句[11]。綜合上述這兩個理由，此詩當繫於大曆元年春晚作。

〈別蔡十四著作〉

黃鶴將此詩繫於大曆元年春雲安作[12]。今考此詩當繫於大曆元年春作。

首先，詩云「主人薨城府，扶櫬歸咸秦」，「主人」當指郭英乂，趙次公對此即曾說：「『主人』，正指言郭英乂。」[13]據史，郭英乂卒於永泰元年閏十月。因此，此詩當是郭英乂死後未久所作。

其次，詩又云「憶念鳳翔都，聚散俄十春」，杜甫自京竄至鳳翔在至德二載夏，是年九、十月朝廷即收復兩京。若自至德二載（757）杜甫在鳳翔起算，則「十年」當為大曆元年（766），朱鶴齡即曾說：「自至德二載至大曆元年，恰『十春』也。」[14]依據上述這兩個理由，詩當作於大曆元年。今詩又云「春」字，因此，此詩當繫於大曆元年春作。

〈寄常徵君〉

仇兆鰲將此詩繫於大曆元年春作[15]。黃鶴則將此詩繫於大曆元年夏作[16]。

---

[11] 《文選》，卷十六，頁239。另亦可參《杜詩詳注》（二），卷十四，頁1255。

[12] 黃鶴說：「『憶念鳳翔都，聚散俄十春』。按：公至德二載丁酉在鳳翔，至大曆元年丙午為『十年』，當是其年作。詩又云『主人薨城府，扶櫬歸咸秦』，『主人』，謂郭英乂，為崔旰所殺。蔡訪郭於成都，值其死，遂扶其櫬以歸。公與蔡相逢於『巴道』。『巴道』云者，尚未至夔，意在雲安。蓋郭以永泰元年閏十月薨，而此詩云『積水駕三峽，浮龍倚長津。揚舲洪濤間，仗子濟物身』，非峽中冬間事，當是大曆元年春。」（《補注杜詩》，卷十四，頁283）

[13] 《杜詩趙次公先後解輯校》（下），丁帙卷之三，頁730。此外，邵寶亦曾云：「『主人』，指郭英乂。」（見《刻杜少陵先生詩分類集註》（四），卷十，頁1624）

[14] 《杜工部詩集》（中），卷十二，頁1073。

[15] 仇兆鰲說：「首句言『春』，末句言『雲安』，知是大曆元年春雲安作。其云『入夏』，又云『熱新』，乃當春而預道夏時也。」（《杜詩詳注》（二），卷十四，頁1261）

[16] 黃鶴說：「詩云『開州入夏知涼冷，不似雲安毒熱新』，蓋謂微君永泰元年秋曾訪公雲安，是時秋熱為甚。今在『開州』，故寄以詩，所以於詩尾及之。當是大曆元年

今考此詩當繫於大曆元年春雲安作。

詩云「開州入夏知涼冷，不似雲安毒熱新」，「開州」乃常徵君為官所在，趙次公說：「著言開州，則官於彼矣。」[17] 此外，邵寶亦云：「常徵君去年秋曾訪公雲安，今在開州，而公寄以詩。」[18] 最後，朱鶴齡亦曾云：「時常必官于開州。」[19]「雲安」乃杜甫寄寓之地。依此，詩當是杜甫在雲安時作。杜甫至雲安始於永泰元年秋。今詩又云「白水青山空復春，徵君晚節傍風塵」，既言「春」字，此詩當是大曆元年春雲安作。

〈寄岑嘉州〉

仇兆鰲將此詩繫於大曆元年春作[20]。黃鶴則將此詩繫於大曆二年作[21]。今考此詩當繫於大曆元年春雲安作。

「岑嘉州」即岑參，趙次公即曾說：「嘉州，岑參也。」[22] 首先，岑參出為嘉州刺史在永泰元年十一月，聞一多《岑嘉州繫年考證》說：「知本年十月出刺嘉州者，〈酬成少尹駱谷行見呈〉諸詩可證。〈酬成〉詩曰『憶昨蓬萊宮，新授刺史符。……。何幸承命日，得與夫子俱。攜手出華省，連驢赴長途。五馬當路嘶，按節投蜀都』。知公與成同日受命，且同行入蜀也。獨孤及〈送成少尹赴蜀序〉曰：『歲次乙巳，定襄郡王英乂出鎮庸蜀，謀亞尹。僉曰『左司郎中成公可。……。』……。卜十一月癸巳出車吉。』據此，則

夏。」（《補注杜詩》，卷二十九，頁535～536）

[17] 《杜詩趙次公先後解輯校》（下），丁帙卷之三，頁740。

[18] 《刻杜少陵先生詩分類集註》（七），卷二十三，頁3278～3279。

[19] 《杜工部詩集》（中），卷十二，頁1075～1076。

[20] 仇兆鰲說：「詩云『泊船秋夜經春草』，蓋公自去年秋至雲安，大曆元年春尚在其地也。」（《杜詩詳注》（二），卷十四，頁1262）

[21] 黃鶴說：「詩云『贈子雲安雙鯉魚』，又云『不見故人十年餘』。按：公與（岑）參嘗同省，乾元元年戊戌公出華州司功方相別，至大曆三年戊申十一年，方應『十年餘』之句。然公是春已出峽，此詩當是大曆二年作，亦可稱『十年餘』。其曰『雲安魚』者，在夔皆可言也。」（《補注杜詩》，卷二十九，頁536）

[22] 《杜詩趙次公先後解輯校》（下），丁帙卷之三，頁740。

公實以本年十一月被命,即以同月之官。」[23]岑參與成賁同年同日受命,成賁出為成都少尹歲在永泰元年(乙巳);成賁發京在十一月,因此,岑參出為嘉州刺史亦在其時。

其次,岑參罷官東歸在大曆三年(戊申)七月,其〈阻戎瀘間羣盜〉詩題下原注云:「戊申歲,余罷官東歸。」[24]「戊申」即大曆三年(768)。此外,岑參另有〈東歸發犍為至泥溪舟中作〉詩,其云:「前日解侯印,泛舟歸山東。……。七月江水大,滄波漲秋空。」「犍為」即「嘉州」[25];「解侯印」即「解去嘉州刺史印綬,即罷職」[26],因此,岑參罷官東歸在大曆三年七月[27]。歸納言之,岑參出為嘉州刺史始於永泰元年十一月,罷官在大曆三年七月。〈寄岑嘉州〉詩當作於此段時期。

今〈寄岑嘉州〉詩云「眼前所寄選何物,贈子雲安雙鯉魚」,既云「雲安」,時杜甫當在雲安縣。此外,詩又云「泊船秋夜經春草,伏枕青楓限玉除」,「泊船秋夜」句即指杜甫自永泰元年秋至雲安,其有〈雲安九日鄭十八攜酒陪諸公宴〉詩;隔年大曆元年春尚在雲安,又有〈水閣朝霽奉簡雲安嚴明府〉與〈寄常徵君〉諸詩。趙次公對此即曾云:「公初至雲安,是去年秋時,故云『泊船秋夜』。今又見春矣,故云『經春草』。」[28]因此,此詩當繫於大曆元年春雲安作。

---

23 《岑嘉州繫年考證》,見《聞一多全集》(三),頁129。另亦可參《岑嘉州詩箋注·年譜》(下),附錄,頁935。此外,《岑參詩集編年箋註·年譜》也說:「十一月(實閏十月),岑參出為嘉州刺史。……。左司郎中成賁出為成都少尹,同行至盩厔西南駱谷關,成賁有〈駱谷行〉之作,岑參為長詩以和。」(頁27)

24 《岑參詩集編年箋註》,頁733。

25 《通典》(五)說:「大唐為嘉州,或為犍為郡。」(卷一百七十五,頁4597)此外,《舊唐書·地理志》(五)「嘉州」下亦曾云:「天寶元年,改為犍為郡。」(卷四十一,頁1680)

26 《岑參詩集編年箋註》,編年詩,頁726。

27 聞一多《岑嘉州繫年考證》「大曆三年」下亦云:「〈阻戎瀘間羣盜〉詩原注『戊申歲,余罷官東歸,』〈東歸發犍為至泥谿舟中作〉詩曰『七月江水大,滄波滿秋空』,知罷官東歸在本年七月。」(頁132)另亦可參《岑參詩集編年箋註·年譜》,頁31。

28 《杜詩趙次公先後解輯校》(下),丁帙卷之三,頁741。

〈移居夔州作〉

趙次公與黃鶴皆將此詩繫於大曆元年春晚夔州城作[29]。今考此詩當繫於大曆元年春晚夔州作。

詩云「伏枕雲安縣，遷居白帝城」，「伏枕」乃伏臥枕上，意即生病。杜甫臥病雲安本有詩例，譬如〈十二月一日三首〉其一詩有「明光起草人所羨，肺病幾時朝日邊」之句；又如〈杜鵑〉詩亦有「今忽暮春間，值我病經年」之句；又如〈客堂〉詩亦有「棲泊雲安縣，消中內相毒」之句。

「白帝城」在夔州奉節縣白帝山上，《通典》「夔州」「奉節縣」下說：「有白帝城。」[30]此外，《太平寰宇記》「山南東道」「夔州」「奉節縣」下亦有「白帝城」[31]。最後，《元和郡縣圖志》「山南道」「夔州」「奉節縣」下亦云：「白帝山。……。初，公孫述殿前井有白龍出，因號白帝城。」[32]依此，白帝城當在奉節縣白帝山上[33]。南宋孝宗乾道年間，陸游（1125～1210）嘗至夔州

---

[29] 趙次公將此詩繫於「大曆元年三月移居夔州所作」，見《杜詩趙次公先後解輯校》（上），目錄，頁21。此外，黃鶴也說：「公以大曆元年春晚移居夔州城，此當是其時作，故詩云『春知催柳別』。」（《補注杜詩》，卷二十七，頁507）

[30] 《通典》（五），卷一百七十五，頁4596。

[31] 《太平寰宇記》（六），卷一百四十八，頁2873。

[32] 《元和郡縣圖志》（下），闕卷逸文卷一，頁1057。

[33] 夔州州治在赤岬城，民居則與白帝城相連。嚴耕望（1916～1996）據《水經注》指出：灩澦堆北岸有兩古城，一為赤岬城，在北偏西，城依赤岬山，公孫述（？～36）所築；一為魚復故城，在南偏東，城依白帝山，公孫述改稱白帝城。嚴氏再據杜甫「白帝夔州各異城」（〈夔州歌十絕句〉其二）斷定，赤岬城乃夔州州治所在，民居實與白帝城相接。《唐代交通圖考》（四）說：「三峽上口灩澦堆北岸本有兩古城，南北連基。其一赤岬城在北偏西，依赤岬山，為公孫述所築，周迴七里餘。其二即魚復故城，在南偏東，公孫述改名白帝城，依白帝山。城甚小，周迴不到一里。……。杜詩又云：『白帝、夔州各異城』，夔州殆必治古赤岬城，夔為大州，常為統府，固宜治赤岬大城，非治白帝小城也。」（頁1146）又云：「（夔州）其治所在瞿唐峽口灩澦堆北崖白帝山（今奉節東十三里）、赤岬山（今奉節東十五里）上。兩山連時，赤岬高大在北；白帝在南，臨江石壁特峻。漢魚復故城據白帝山，周二百數十步，公孫述更名白帝城。又就赤岬山築赤岬城，周七里餘。兩城南北連基，共據山險。唐夔州治古

憑弔杜甫遺跡，其時白帝城已廢百餘年矣[34]。今依「伏枕」兩句，杜甫離開雲安縣後，即前往白帝城。杜甫至雲安縣始於永泰元年秋天，有〈雲安九日鄭十八攜酒陪諸公宴〉詩；大曆元年暮春尚在雲安縣，〈杜鵑〉詩即有「涪萬無杜鵑，雲安有杜鵑」、「今忽暮春間，值我病經年」之句。

今〈移居夔州作〉詩又云「春知催柳別，江與放船清」，既云「春」字，詩當是大曆元年春晚作。

〈船下夔州，郭宿，雨濕不得上岸，別王十二判官〉

黃鶴將此詩繫於大曆元年春晚作[35]。今考此詩當繫於大曆元年春晚夔州作。

首先，詩題云「船下夔州」，那麼，此當是杜甫自雲安遷居夔州之時，譬如〈移居夔州作〉即有「伏枕雲安縣，遷居白帝城」兩句。杜甫遷居夔州在大曆元年春晚。因此，此詩當繫於其時作。

其次，今〈船下夔州〉詩又云「風起春燈亂，江鳴夜雨懸」，既云「春」字，此詩當是春時作。依據上述這兩個理由，此詩當繫於大曆元年春晚夔州時作。

赤岬城，而民居閭閻與白帝城相接，故雖『白帝、夔州各異城』，然說者多混為一，稱為白帝城。」（頁1110）亦即，據「白帝夔州各異城」之句，則知白帝城與夔州州城非一。此外，陸游亦曾云：「（乾道六年十月）二十六日。……。晚至瞿唐關。唐故夔州，與白帝城相連。杜詩云：『白帝、夔州各異城。』蓋言難辨也。」（《入蜀記》，見《西南稀見方志文獻》（蘭州：蘭州大學出版社，2003年），卷六，頁60）最後，〈秋日夔府詠懷奉寄鄭監審李賓客之芳一百韻〉亦有「絕塞烏蠻北，孤城白帝邊」之句，亦可證夔州州城在白帝城旁邊。

34 陸游〈東屯高齋記〉云：「予至夔數月，弔先生之遺迹，則白帝城已廢為丘墟百有餘年。自城郭府寺，父老莫知其處者，況所謂高齋乎？……。乾道七年四月十日山陰陸某記。」（《渭南文集》，見《宋集珍本叢刊》（北京：綫裝書局，2004年），卷十七，頁166～167）

35 黃鶴說：「大曆元年春晚，自雲安遷居夔州時作。」（《補注杜詩》，卷二十七，頁507）

〈客堂〉

黃鶴將此詩繫於大曆元年春雲安作[36]。王嗣奭則將此詩繫於大曆元年夔州詩內[37]。今考此詩當繫於大曆元年春末夏初作。

首先，詩云「棲泊雲安縣，消中內相毒」，杜甫停棲雲安縣始於永泰元年（765）秋，至大曆元年（766）春；春晚移居夔州。據「棲泊」句，詩當繫於永泰元年秋抵雲安縣後。

其次，今詩又云「巴鶯紛未稀，徼麥早向熟」，大麥、小麥皆秋生苗而夏取實之穀物，《本草綱目·谷部》「小麥」下說：「〔頌曰〕大小麥秋種冬長，春秀夏實。……。〔藏器曰〕小麥秋種夏熟。」[38]此外，《本草品彙精要·米谷部》「大麥」下則云：「時〔生〕秋生苗。〔采〕夏取實。……。色黃。」[39]另外，「小麥」下亦云：「時〔生〕秋生苗。〔采〕夏取實。……。色黃。」[40]據此，大、小麥皆夏熟而取其實。依此，「麥向熟」乃指春去夏來，朱鶴齡即曾說：「鶯未稀而麥向熟，正是春去夏來之時，所以感懷于節序。」[41]依據上述這兩點，因此，此詩當繫於大曆元年春末夏初。那麼，「棲泊雲安縣」即是追敘前事，王嗣奭即曾說：「『栖泊雲安』，是追往事。」[42]

36　黃鶴說：「詩云『栖泊雲安縣，消中內相毒』，又云『石暄蕨芽紫，渚秀蘆笋綠』，當是大曆元年春在雲安作。」（《補注杜詩》，卷十一，頁216）

37　《杜臆》說：「〈客堂〉非前〈客居〉，……。當是移夔後作。」（見《續修四庫全書》，第1307冊，卷七，頁514）

38　《本草綱目》（中），卷二十二，頁1185。

39　《本草品彙精要》，卷三十六，頁597。

40　《本草品彙精要》，卷三十六，頁597。

41　《杜工部詩集》（中），卷十二，頁1068。另亦可參《杜詩詳注》（二），卷十五，頁1268。

42　《杜臆》，見《續修四庫全書》，第1307冊，卷七，頁514。

〈上白帝城〉

黃鶴將此詩繫於大曆元年初至夔州作[43]，今考此詩當繫於大曆元年春晚夔州作。

首先，詩題云及「白帝城」，是城座落於夔州奉節縣白帝山上。杜甫遷居夔州奉節縣始於大曆元年春晚。

其次，杜甫〈上白帝城二首〉有「江城含變態，一上一回新」之句，既云「一上一回新」，那麼，〈上白帝城二首〉當是再登之作，仇兆鰲即曾說：「蓋再登白帝城而作也，故云『一上一回新』。」[44]此次「再登」是在大曆元年春晚（見下）。那麼，杜甫初登白帝城當在此前不久。依據上述這兩個理由，此詩當繫於大曆元年春晚作。杜甫兩次登臨白帝城時間相隔未久，同在大曆元年春晚，趙次公即曾說：「春盡已兩三次上城，亦無足怪。」[45]

〈上白帝城二首〉

黃鶴將此詩繫於大曆元年春晚作[46]。今考此詩當繫於大曆元年三月夔州作。

首先，詩題云及「白帝城」，白帝城既在夔州奉節縣白帝山上，那麼，詩當是杜甫自雲安移居夔州後作。

其次，其一詩云「兵戈猶擁蜀，賦斂強輸秦」，「兵戈擁蜀」當指張獻誠與崔旰戰于梓州，事在大曆元年三月。《舊唐書・代宗本紀》「大曆元年」下說：「三月辛未（十六日），張獻誠與崔旰戰于梓州，為旰所敗，僅以身

---

43 黃鶴說：「此詩言『城峻』『樓高』，又『見工』而『思夏』，因風而『憶襄王』，當是大曆元年初至夔時作。所以又賦〈上白帝城二首〉云『一上一回新』。」（《補注杜詩》，卷三十一，頁573～574）此中，據杜甫原詩，「見工」當為「見江」之訛。

44 《杜詩詳注》（二），卷十五，頁1273。

45 《杜詩趙次公先後解輯校》（下），丁帙卷之四，頁779。

46 黃鶴說：「當是大曆元年公初至夔時作，故云『山歸萬古春』，又云『兵戈猶擁蜀』，指崔旰之變也。」（《補注杜詩》，卷二十七，頁508）

免。」[47]此外，《新唐書・代宗本紀》「大曆元年」下說：「三月癸未（二十八日），劍南東川節度使張獻誠及崔旰戰于梓州，敗績。」[48]最後，《資治通鑑》「大曆元年」下亦云：「三月，癸未，獻誠與旰戰于梓州，獻誠軍敗，僅以身免，旌節皆為旰所奪。」[49]趙次公對此即曾說：「『兵戈猶擁蜀』，乃今歲大曆元年三月中事。」[50]又云：「崔旰之亂也，永泰元年閏十月，劍南兵馬使崔旰反，殺其將郭英乂。明年，張獻誠及崔旰戰于梓州，敗績。斯為『兵戈擁蜀』也。」[51]此外，朱鶴齡也說：「『兵戈擁蜀』，謂崔旰之亂。」[52]最後，仇兆鰲亦曾云：「『兵戈』，蜀有崔旰之亂。」[53]

第三，其一詩云「天欲今朝雨，山歸萬古春」[54]，其二詩又云「谷鳥鳴還過，林花落又開」，時季在春。依據上述這三個理由，因此，此詩當繫於大曆元年三月作。

〈引水〉

黃鶴將此詩繫於大曆元年夔州作[55]。趙次公則將此詩繫於大曆二年作[56]。今考此詩當繫於大曆元年夔州時作，創作上限當斷於是年春晚。

詩云「雲安沾水奴僕悲，魚復移居心力省」，「魚復」乃漢魚復縣名，西魏改為人復縣，唐初因之，貞觀二十三年改為奉節縣，《通典》、《元和郡

---

[47] 《舊唐書》（二），卷十一，頁282。

[48] 《新唐書》（一），卷六，頁172。

[49] 《資治通鑑》（十），卷二百二十四，頁7191。

[50] 《杜詩趙次公先後解輯校》（下），丁帙卷之四，頁778～779。

[51] 《九家集註杜詩》（四），卷二十七，頁1888。

[52] 《杜工部詩集》（中），卷十二，頁1082。

[53] 《杜詩詳注》（二），卷十五，頁1274。

[54] 「山歸萬古春」為倒裝句，《杜詩新補注》說：「原意當為『萬古春歸山』，意謂萬古春色之佳在山中。」（卷十五，頁291）

[55] 黃鶴說：「詩云『雲安沾水奴僕悲，魚復移居心力省』，當是大曆元年至夔州作。」（《補注杜詩》，卷十一，頁211）

[56] 《杜詩趙次公先後解輯校》（上），目錄，頁25。

縣圖志》、《舊唐書·地理志》「夔州」「奉節」下皆云：「漢魚復縣。」[57]最後，《括地志輯校》「夔州」「人復縣」下則說：「江關，今夔州（魚）〔人復〕縣南二十里江南岸白帝城是。……按漢魚復縣，西魏改名人復縣，唐初因之，貞觀二十三年改奉節縣。」[58]歸納言之，「魚復」即唐之奉節縣。

今詩又云「白帝城西萬竹蟠，接筒引水喉不乾」，前既云「雲安沽水」、「魚復移居」，此又云「接筒引水」，詩當是杜甫自雲安移居夔州初見當地生活習俗所作。奉節在夔州州城之西或西南四里處[59]。杜甫自雲安遷居夔州在大曆元年春晚，因此，此詩當繫於大曆元年作，創作上限當不早於是年春晚。

〈送殿中楊監赴蜀見相公〉

黃鶴將此詩繫於大曆元年秋作[60]。今考此詩當繫於大曆元年秋作，時杜甫在夔州。

首先，詩云「相公鎮梁益，軍事無孑遺」，說明如下：一，「梁益」指益州（或蜀郡），益州古為梁、益之域地，《水經注疏》即曾引《地理風俗

---

[57] 《通典》（五），卷一百七十五，頁4596。《元和郡縣圖志》（下），闕志逸文卷一，頁1057。《舊唐書》（五），卷三十九，頁1555。

[58] 《括地志輯校》，卷四，頁189。此外，黃希亦曾云：「《通典》、《唐志》：奉節縣，漢魚復縣。隋人復故地。貞觀二十三年始更名為奉節。」（見《補注杜詩》，卷十一，頁211）

[59] 《唐代交通圖考》（四）說：「《寰宇記》一四八夔州，奉節縣『去州四里』，不云方向。但下文云：『八陣圖在縣西南七里。』《通鑑》一六九陳天康元年，胡注引《夔州圖經》（……），亦云在縣西南七里。據李貽孫〈記〉，州左五里得鹽泉十四，又西稍南三里得八陣圖。是八陣圖在州城之西南八九里，即縣在州城之西或西南四里也。」（「唐代夔府地理與民戶生計」，頁1147）

[60] 黃鶴說：「按《史》：永泰二年二月杜鴻漸以黃門侍郎、平章事帥蜀。是年十二月改大曆元年。明年六月入朝。此詩云『送子清秋暮』，當是元年秋作。」（《補注杜詩》，卷十二，頁242）此中，「十二月」當為「十一月」之訛，據《舊唐書·代宗本紀》與《資治通鑑》「大曆元年」，改元在「十一月」，見《舊唐書》（二），卷十一，頁285；《資治通鑑》（十），卷二百二十四，頁7192。

記》說：「漢武帝元朔二年改梁曰益州，以新啟犍為、牂柯、越嶲，州之疆
壤益廣，故稱益云。」[61]此外，《讀史方輿紀要》「成都府」下亦云：「〈禹貢〉
梁州之域。……。秦滅蜀置蜀郡，漢因之，武帝兼置益州。」[62]最後，《大清
一統志》「成都府」下亦云：「〈禹貢〉梁州之域。……。秦滅之，置蜀郡。
漢亦曰蜀郡，屬益州。」[63]由於益州古為梁益之地，因此，益州可以梁益稱
之。

　　此外，杜詩亦有以「梁益」稱益州之例，〈贈司空王公思禮〉詩即有
「太子入朔方，至尊狩梁益」之句，此中，「梁益」即指益州（或蜀郡），
《舊唐書・玄宗本紀》「天寶十五載」下即云：「（七月）庚辰，車駕至蜀
郡。」[64]此外，《新唐書・玄宗本紀》「天寶十五載」下亦云：「（七月）庚
辰，次蜀郡。」[65]另外，《資治通鑑》「至德元載」下亦云：「（七月）庚辰，
上皇至成都。」[66]「成都」乃唐代益州治所。簡言之，「梁益」當指益州（或蜀
郡）。

　　二，「相公鎮梁益」句指杜鴻漸以黃門侍郎、同平章事兼成都尹、充劍
南西川節度使以平郭英乂之亂，事在永泰二年（即大曆元年，766）二月[67]。
明年大曆二年（767）六月杜鴻漸即自蜀返朝，《舊唐書・代宗本紀》「大曆
二年」下說：「六月戊戌，山南、劍南副元帥杜鴻漸自蜀入朝。」[68]另外，《資
治通鑑》「大曆二年」下亦云：「六月，甲戌，鴻漸來自成都。」[69]換言之，杜
鴻漸受命鎮蜀在大曆元年二月，二年六月即自蜀入朝。趙次公對此即曾說：

---

61 《水經注疏》（下），卷三十三，頁2750。

62 《讀史方輿紀要》（六），卷六十七，頁3131。

63 《大清一統志》（九），卷三八四，頁102。

64 《舊唐書》（一），卷九，頁234。

65 《新唐書》（一），卷五，頁153。

66 《資治通鑑》（十），卷二百一十八，頁6987。

67 《舊唐書・代宗本紀》（二），卷十一，頁282。《新唐書・杜鴻漸傳》（十四），卷
　　一百二十六，頁4423～4424。

68 《舊唐書》（二），卷十一，頁287。

69 《資治通鑑》（十），卷二百二十四，頁7195。

「『相公』者，杜鴻漸也。……。蓋（杜）鴻漸以是年二月壬午授命劍南西川節度使以平蜀。至明年夏四月，請入朝奏事，許之。既去，不復來蜀。」[70]

　　其次，今詩又云「送子清秋暮，風物長年悲」，既云「清秋」，那麼，詩當作於秋天，時杜甫送別楊監。依據上述這兩個理由，因此，詩當是大曆元年秋作。依杜詩，杜甫大曆元年春晚自雲安移居夔州，三年春正月即離夔下峽，有〈續得觀書迎就當陽居止正月中旬定出三峽〉詩，那麼，大曆元年秋時，杜甫仍在夔州。

〈黃草〉

　　黃鶴將此詩繫於廣德元年秋作[71]。趙次公則將此詩繫於大曆元年秋作[72]。今考此詩當繫於大曆元年秋夔州作。

　　首先，詩云「黃草峽西船不歸，赤甲山下行人稀」，說明如下：一，「黃草峽」在涪州西，趙次公曾說：「『黃草峽』，在涪州。」[73]此外，《資治通鑑》「大曆四年」下有「涪州守捉使王守仙伏兵黃草峽」之句，胡三省注曰：「《水經注》：涪州之西有黃葛峽，山高險絕，無人居。意即此峽也。」[74]

---

[70] 《杜詩趙次公先後解輯校》（下），丁帙卷之六，頁839。此中，「壬午」當為「壬子」之訛，見《舊唐書》（二），卷十一，頁282。《新唐書》（一），卷六，頁172。《資治通鑑》（十），卷二百二十四，頁7190。

[71] 黃鶴說：「詩云『聞道松州已被圍』。按《舊史》：廣德元年十二月吐蕃陷松州、維州。而今詩云『被圍』，則是作於其年秋，是時公在梓、閬，不應言錦水，殆是因兵戈而思成都故云。詩又云『黃草峽西船不歸，赤甲山下行人稀』者，亦是因山南之亂而言，非公在夔作也。」（《補注杜詩》，卷三十，頁548）

[72] 《杜詩趙次公先後解輯校》（上），目錄，頁23。

[73] 《杜詩趙次公先後解輯校》（下），丁帙卷之六，頁809。或見《補注杜詩》，卷三十，頁548。

[74] 《資治通鑑》（十），卷二百二十四，頁7207。關於「黃草峽」，另亦可參《杜工部詩集》（中），卷十三，頁1145。《唐代交通圖考》（四），「黃葛峽、黃草峽」，頁1097～1098。

最後，《讀史方輿紀要》「涪州」下亦云：「黃草峽，在州西。」[75]依此，黃草峽當在涪州之西。

二，「赤甲」或作「赤岬」，乃山名，山上有赤岬城，南為白帝山，《水經注疏》說：「江水又東逕赤岬城西，是公孫述所造，因山據勢，……。南連基白帝山，甚高大，不生樹木，其石悉赤。土人云：如人袒胛，故謂之赤岬山。」[76]依此，赤甲山當在白帝山北。此外，《元和郡縣圖志》與《方輿勝覽》「夔州」下亦有「赤甲山」[77]。此兩句杜詩言水阻陸梗[78]。今依「赤甲」句，定此詩當是杜甫在夔州時作，朱鶴齡即曾說：「此詩首二語，乃夔州作無疑。」[79]

其次，「秦中驛使無消息，蜀道兵戈有是非」，「蜀道」句指崔寧（即崔旰）之亂[80]，舊題為鮑曰者即曾說：「崔寧之亂。」[81]據史，崔旰之亂在永泰元年閏十月（詳〈相從歌〉繫年）；大曆元年二月杜鴻漸鎮蜀，奏授崔旰為茂州刺史[82]。朱鶴齡對此即曾說：「杜鴻漸至蜀，崔旰與楊子琳、柏茂琳等各授刺史、防禦，而不正旰專殺主將之罪，故有『兵戈』『是非』之語。」[83]依此，事當在大曆元年二月後未久。

第三，今詩又云「萬里秋風吹錦水，誰家別淚濕羅衣」，既云「秋風」，詩當是秋日所作。依據上述這三個理由，因此，此詩當繫於大曆元年秋作，時杜甫在夔州。

---

[75] 《讀史方輿紀要》（七），卷六十九，頁3295。

[76] 《水經注疏》（下），卷三十三，頁2814。

[77] 見《元和郡縣圖志》（下），闕卷逸文卷一，頁1057。《方輿勝覽》（下），卷五十七，頁1009。

[78] 《杜詩詳注》（二）說：「『船不歸』，水阻也。『行人稀』，陸梗也。」（卷十五，頁1351）

[79] 《杜工部詩集》（中），卷十三，頁1146。

[80] 《舊唐書·崔寧傳》（十）說：「崔寧，衛州人，本名旰。」（卷一百一十七，頁3397）

[81] 《百家注》（下），卷二十二，頁766。

[82] 《舊唐書》（二），卷十一，頁282。《資治通鑑》（十），卷二百二十四，頁7191。

[83] 《杜工部詩集》（中），卷十三，頁1146。

〈諸將五首〉

黃鶴將此詩繫於永泰元年秋雲安作[84]。趙次公則將此詩繫於大曆元年秋作[85]。今考此詩當是大曆元年秋夔州作。

首先，其五詩云「錦江春色逐人來，巫峽清秋萬壑哀。正憶往時嚴僕射，共迎中使望鄉臺」，說明如下：

一、「巫峽」在此指瞿唐峽。杜甫〈將別巫峽贈南卿兄瀼西果園四十畝〉詩有「具舟將出峽，巡圃念攜鋤」之句。此中，「峽」即詩題之「巫峽」，詩題之「巫峽」在此實指瞿唐峽。此外，嚴耕望亦曾說：「杜翁夔州諸詩屢稱巫峽，凡十餘見。多為泛指夔門以東之峽程而言，非專指巫山縣以東之狹義巫峽而言。茲舉其最顯著者如：〈返照〉：『返照開巫峽，寒空半有無。已低魚復浦，不盡白鹽孤。』……〈巫峽敝廬奉贈侍御四舅詩〉（詳注一九）此諸詩皆在夔州所作，寫目睹景物，而云巫峽，不云瞿唐；其〈巫峽敝廬〉一詩，尤為稱夔門瞿塘峽為巫峽之鐵證，知杜翁住夔州時所謂巫峽大多即指瞿唐峽也。」[86]

二、瞿唐峽在夔州州東一里，《太平寰宇記》、《方輿勝覽》與《大元混一方輿勝覽》「夔州」下皆云：瞿塘峽，在州東一里[87]。今若據「巫峽」「清秋」諸詞，此詩當是杜甫在夔州秋時之作。

其次，其五詩又云「西蜀地形天下險，安危須仗出羣材」，對此，《杜律旨歸》曾說：「蜀地險要，它的安和危，有關於整個國家，必得有出羣之才像嚴武一樣的人，方能擔負起重任。其時杜鴻漸鎮蜀，怯懦沒有遠略。崔

---

84 黃鶴說：「末篇云『正憶往時嚴僕射』，當是武死後作。武以永泰元年四月死，而公亦以其時去成都，故又云『錦江春色逐人來，巫峽清秋萬壑哀』，乃永泰元年秋在雲安作。」（《補注杜詩》，卷三十，頁569）

85 《杜詩趙次公先後解輯校》（上），目錄，頁23。

86 《唐代文通圖考》（四），篇二九，頁1126。

87 《太平寰宇記》（六），卷一百四十八，頁2875。《方輿勝覽》（下），卷五十七，頁1010。《大元混一方輿勝覽》（上），卷中，頁284。

旰、柏茂琳等互相攻伐，而鴻漸不能制，却奏請朝廷以節度讓崔旰、柏茂琳等，使各罷兵。杜甫在這裏深致其感慨。」[88]此外，錢謙益亦曾云：「崔旰殺郭英乂，柏茂琳、李昌夔、楊子琳舉兵討旰。蜀中大亂。杜鴻漸受命鎮蜀，畏旰，數薦之于朝。請以節制讓旰，茂琳等各為本州刺史。上不得已從之，鴻漸以宰相兼成都尹、劍南東西川副元帥，主恩尤隆於嚴武，而畏怯無遠略，憚旰雄武，反委以任，姑息養亂，日與從事置酒高會，其有媿於前鎮多矣，公詩標『巫峽』『錦江』，指西蜀之地形也。曰『正憶』、曰『往昔』，感今而指昔也。」[89]依史，杜鴻漸鎮蜀在大曆元年二月，其自蜀返京在大曆二年六月，那麼，今依據上述這兩點，此詩當是大曆元年秋夔州時作。

〈秋日夔府詠懷奉寄鄭監審、李賓客之芳一百韻〉

黃鶴將此詩繫於大曆元年秋作[90]。趙次公則將此詩繫於大曆二年秋作[91]。今考此詩當繫於大曆元年秋夔州作。

首先，詩題云「秋日夔府」，詩又云「絕塞烏蠻北，孤城白帝邊」，那麼，詩當是杜甫秋日在夔州所作。其次，詩又云「飄零仍百里，消渴已三年」，據杜詩，杜甫在成都時即患有消渴之病，〈贈王二十四侍御契四十韻〉有「錦里殘丹竈，花溪得釣綸。消中祇自惜，晚起索誰親」諸句，趙次公、郭知達與蔡夢弼諸本皆作「消中」兩字[92]，舊注即曾云：「『消中』，甫自謂有消渴之病也。」[93]此外，趙次公亦曾云：「『消中』，消渴也。」[94]是詩作於廣德

---

88 《杜律旨歸》（台北：學海出版社，1979年），頁134～135。
89 《錢牧齋先生箋註杜詩》（二），卷十五，頁959。
90 黃鶴說：「詩云『飄零仍百里』，謂雲安至夔百三十里。今又自雲安飄零至夔也，當是大曆元年秋作。」（《補注杜詩》，卷二十九，頁525）
91 《杜詩趙次公先後解輯校》（下）說：「自永泰元年十二月有消渴之疾，歷去歲大曆元年，至今歲大曆二年，是為『三年』。」（戊帙卷之六，頁1039）
92 《杜詩趙次公先後解輯校》（上），丙帙卷之十一，頁642。《九家集註杜詩》（四），卷二十五，頁1801。《草堂詩箋》（二），卷二十二，頁556。
93 《九家集註杜詩》（四），卷二十五，頁1801～1802。
94 《杜詩趙次公先後解輯校》（上），丙帙卷之十一，頁643。

二年。換言之，廣德二年杜甫歸成都時即患有此病。今若自廣德二年（764）杜甫在成都起算，那麼，「三年」當指大曆元年（766）。因此，此詩當繫於大曆元年秋夔州作。朱鶴齡對此即曾說：「廣德二年，公歸成都，詩有『消中祇自惜』語，及居夔府，已三年矣。」[95]

廣德二年後至大曆二年間，杜甫亦多次提及此病，譬如，〈別蔡十四著作〉詩即云「我雖消渴甚，敢忘帝力勤」，該詩作於大曆元年春。又如，〈客堂〉詩云「棲泊雲安縣，消中內相毒」，是詩作於大曆元年春末夏初。最後，〈熟食日示宗文宗武〉詩亦有「消渴遊江漢，羈棲尚甲兵」之句，是詩作於大曆二年春。

〈西閣二首〉

趙次公將此詩繫於大曆元年秋七月作[96]。黃鶴則將此詩繫於大曆元年秋晚作[97]。今考此詩當是大曆元年秋夔州作。

其一詩云「巫山小搖落，碧色見松林」，「巫山」本在夔州巫山縣，《隋書·地理志》「巴東郡」「巫山縣」下即有「巫山」[98]。唐改隋「巴東郡」為「夔州」[99]，《通典》、《新唐書·地理志》與《太平寰宇記》「夔州」「巫山縣」下皆有「巫山」[100]。然此「巫山」借指夔州州城附近之山，非真指巫山縣之巫山。此杜詩本有其例，譬如，杜甫〈老病〉詩即有「老病巫山裏，稽留楚客

---

[95] 《杜工部詩集》（中），卷十五，頁1283。

[96] 《杜詩趙次公先後解輯校》（上），目錄，頁22。此外，趙次公亦云：「『小搖落』，則七月也。」（丁帙卷之五，頁803）

[97] 黃鶴說：「詩云『巫山小搖落，碧色見松林』，當是大曆元年秋晚作。」（《補注杜詩》，卷三十一，頁582）

[98] 《隋書》（三）（北京：中華書局，2002年），卷二十九，頁825。

[99] 《舊唐書·地理志》（五）「夔州」下說：「隋巴東郡。武德元年，改為信州。……。又改信州為夔州。」（卷三十九，頁1555）另外，《新唐書·地理志》（四）「夔州」下亦云：「本信州巴東郡，武德二年更州名。」（卷四十，頁1028）另亦可參《杜工部詩集》（中），卷十三，頁1114。

[100] 《通典》（五），卷一百七十五，頁4596。《新唐書》（四），卷四十，頁1029。《太平寰宇記》（六），卷一百四十八，頁2876。

中」之語；又如〈赤甲〉詩有「卜居赤甲遷居新，兩見巫山楚水春」之句；
又如〈見螢火〉詩有「巫山秋夜螢火飛，疏簾巧入坐人衣。忽驚屋裏琴書
冷，復亂簷前屋宿稀」諸語；又如〈更題〉詩有「直怕巫山雨，真傷白帝
秋」兩句等等；最後，〈戲作俳諧體遣悶二首〉其二詩有「西歷青羌坂，南
留白帝城」詩句，王洙、趙次公、蔡夢弼、錢謙益與朱鶴齡諸本於其二詩末
皆有原注「頃歲自秦涉隴，從同谷縣出游蜀，留滯於巫山（也）」諸字[101]，那
麼，「巫山」當指夔州州城附近之山。因此，「西閣」當在夔州。

「搖落」乃秋候，譬如，杜甫〈送陵州路使君之任〉詩即有「秋天正搖
落，回首大江濱」之句；又如，〈大曆二年九月三十日〉詩亦有「年年小搖
落，不與故園同」之語；又如，〈吹笛〉詩亦有「吹笛秋山風月清，誰家
巧作斷腸聲。……。故園楊柳今搖落，何得愁中却盡生」之句。關於「搖
落」，趙次公即曾云：「搖落，秋時也。宋玉云：悲哉秋之為氣，草木搖落
而變衰。」[102]今〈西閣〉其二詩又云「經過凋碧柳，蕭瑟倚朱樓」，「蕭瑟」，
亦秋時，〈近聞〉詩即有「渭水逶迤白日靜，隴山蕭瑟秋雲高」之句。因
此，詩當是杜甫秋在夔州時作。

「西閣」當在白帝城內，說明如下：首先，杜甫描述兩者皆勢高臨江，
〈白帝〉詩云「白帝城中雲出門，白帝城下雨翻盆。高江急峽雷霆鬥，翠木
蒼藤日月昏」；〈中宵〉詩則云「西閣百尋餘，中宵步綺疏。飛星過水白，
落月動沙虛」；〈西閣二首〉其一亦云「層軒俯江壁，要路亦高深」。其次，
兩處皆可見松景、菊花。就松景言，譬如，〈曉望白帝城鹽山〉詩云「春城
見松雪，始擬進歸舟」；〈西閣雨望〉詩亦云「菊蕊淒疏放，松林駐遠情」；
〈西閣二首〉其一詩則云「巫山小搖落，碧色見松林」。就菊花言，譬如，

---

[101]《杜工部詩》（二），卷十六，頁732。《杜詩趙次公先後解輯校》（下），戊帙卷
之十，頁1166。《草堂詩箋》（三），卷三十三，頁838。《錢牧齋先生箋註杜詩》
（二），卷十六，頁1035。《杜工部詩集》（下），卷十七，頁1501。最後，《杜工部詩
集》作「去遊」。另亦可參《九家集註杜詩》（五），卷三十二，頁2296。

[102]《杜詩趙次公先後解輯校》（下），戊帙卷之五，頁1027。此外，《杜詩詳注》（二）亦
曾云：「搖落乃秋候。」（卷十五，頁1353）

〈秋興八首〉其一詩云「叢菊兩開他日淚，孤舟一繫故園心。寒衣處處催刀尺，白帝城高急暮砧」；〈西閣雨望〉詩亦有「菊蕊淒疏放，松林駐遠情」。第三，〈夜宿西閣曉呈元二十一曹長〉詩云「城暗更籌急，樓高雨雪微」，此「城」當指白帝城。第四，〈閣夜〉詩「臥龍」句下原注有「城上有白帝祠，郭外有孔明廟」諸字，而白帝城上本有白帝廟，據此，此「閣」當在「白帝城」（詳後〈閣夜〉繫年）。那麼，西閣當在白帝城內。第五，〈崔評事弟許相迎，不到，應慮老夫見泥雨怯出，必愆佳期，走筆戲簡〉詩有「江閣邀賓許馬迎，午時起坐自天明。浮雲不負青春色，細雨何孤白帝城」諸句，那麼，「江閣」當即西閣，在白帝城。此外，《杜甫傳》也曾說：「杜甫剛來夔州時，借居在城內的西閣。」[103]另外，《杜詩釋地》「西閣」條亦曾云：「故址在今重慶奉節縣東白帝山上。」[104]依此，西閣當在白帝城內。

杜甫居西閣既在夔州時期的秋天，問題是：當在元年秋？還是二年秋呢？當在元年秋，因為大曆二年秋杜甫已移居東屯，並有〈自瀼西荊扉且移居東屯茅屋四首〉與〈東屯月夜〉諸詩。亦即：若杜甫居西閣在大曆二年秋天，此則與二年秋遷居東屯之事實兩相矛盾。依此，杜甫居住西閣當在大曆元年秋。

此外，杜甫有關「西閣」的作品尚有：〈中宵〉（「西閣百尋餘，中宵步綺疏」）、〈西閣雨望〉、〈西閣夜〉與〈西閣三度期大昌嚴明府同宿不到〉等等。

〈秋興八首〉

黃鶴將此詩繫於大曆元年秋作[105]。今考此詩當繫於大曆元年秋夔州作。

首先，其一詩云「寒衣處處催刀尺，白帝城高急暮砧」，其二詩云「夔府孤城落日斜，每依北斗望京華」，其六詩云「瞿唐峽口曲江頭，萬里風烟

[103]《杜甫傳》（天津：天津人民出版社，2000 年），第八章，頁 269。

[104]《杜詩釋地》，卷四，頁 434。

[105]《補注杜詩》，卷三十，頁 557。

接素秋」，此中，依「白帝城」、「夔府」與「瞿唐峽口」諸名，可斷定時杜甫在夔州白帝城。

其次，其一詩又云「叢菊兩開他日淚，孤舟一繫故園心」，若以杜甫永泰元年（765）孤舟去蜀、九日在雲安起算，則「叢菊兩開」當指大曆元年（766）秋，黃鶴即曾說：「詩云『巫山巫峽氣蕭森』，又云『叢菊兩開他日淚，孤舟一繫故園心』，當是大曆元年夔州作，時艤舟以俟出峽。自永泰元年至雲安及今，為『菊兩開』也。」[106]此外，《杜律旨歸》亦云：「代宗大曆元年（七六六）秋天，在夔州作。……。杜甫離開成都，原想從水路東歸，棹孤舟而出峽。但是在雲安及夔州耽留，不覺已經兩秋，見到『叢菊兩開』。時序催人，回憶過去，頗多感傷，所以說『他日淚』。」[107]依據上述這兩個理由，因此，此詩當繫於大曆元年秋夔州作。

〈峽口二首〉

黃鶴將此詩繫於大曆元年秋作[108]。趙次公則將此詩繫於大曆二年秋作[109]。今考此詩當繫於大曆元年秋夔州作。

首先，其二詩云「蘆花留客晚，楓樹坐猿深」，今詩題既云「峽口」，詩又有「猿」字，那麼，此當指三峽而言，三峽兩岸本有高猿長嘯，《水經注疏》說：「自三峽七百里中，兩岸連山，略無闕處，重巖疊嶂，隱天蔽日，自非停午夜分，不見曦月。至于夏水襄陵，沿泝阻絕，或王命急宣，有時朝發白帝，暮到江陵，其閒千二百里，雖乘奔御風，不以疾也。春冬之時，則素湍綠潭，迴清倒影，絕巘多生怪柏，懸泉瀑布，飛漱其閒，清榮峻茂，良多趣味。每至晴初霜旦，林寒澗肅，常有高猿長嘯，屬引淒異，空谷

---

106 《補注杜詩》，卷三十，頁557。

107 《杜律旨歸》，頁158。

108 黃鶴說：「題云『峽口』，當是在夔州作；又云『秋氣動衰顏』、『蘆花留客晚』，當是大曆元年秋作。是年柏中丞為都督，公為作謝上表，柏嘗送菜，則『賜金』可知，故又云『諸侯數賜金』。」（《補注杜詩》，卷三十，頁563）

109 《杜詩趙次公先後解輯校》（上），目錄，頁28。

傳響，哀轉久絕。故漁者歌曰：『巴東三峽巫峽長，猿鳴三聲淚沾裳。』」[110]
此外，《方輿勝覽》「夔州路」「夔州」「三峽」下也曾說：「梁簡文（503～
551）〈蜀道難〉詩：『峽山七百里，巴水三回曲。笛聲下復高，猿鳴斷還
續。』」[111]最後，李白（701～762）〈早發白帝城〉亦曾云：「朝發白帝彩雲
間，千里江陵一日還。兩岸猿聲啼不盡，輕舟已過萬重山。」歸納言之，三
峽兩岸有猿嘯之聲。

其一詩又云「城敧連粉堞，岸斷更青山」，此「峽口」之「城」當指白
帝城，趙次公說：「『城敧連粉堞』，則言山上白帝城也。」[112]那麼，依據前
述所言，「峽口」當指瞿唐峽口，邵寶說：「在夔州府瞿唐峽。」[113]此外，仇
兆鰲也說：「此即瞿唐峽口也。」[114]瞿唐本屬三峽，而三峽有猿，因此，瞿唐
峽口當有猿蹤，譬如〈瀼西寒望〉詩即有「猿掛時相學，鷗行炯自如。瞿唐
春欲望，定卜瀼西居」諸語；又如〈西閣曝日〉詩亦有「流離木杪猿，翩
躚山顛鶴」之句。此外，〈峽口二首〉其一詩又云「亂離聞鼓角，秋氣動衰
顏」，既云「秋」字。依此，此詩當是杜甫秋時在夔州作。

其次，〈峽口二首〉其二詩又云「疲苶煩親故，諸侯數賜金」，諸本句
下有原注「主人柏中丞，頻分月俸」諸字[115]。「柏中丞」即柏貞節，柏貞節曾
為邛州刺史、御史中丞、夔州都督與夔州刺史等官，〈授柏貞節夔、忠等州
防禦使制〉說：「開府儀同三司試太常卿使持節邛州諸軍事兼邛州刺史、御

---

[110] 《水經注疏》（下），卷三十四，頁2834。此外，袁崧〈宜都記〉亦云：「巴陵，楚
之世有三峽，高山重郭，非日中半夜，不見日月，猿鳴至清，諸山谷傳其響。」（見
《太平御覽》（一）（石家莊：河北教育出版社，2000年），「地部十八」「峽」，卷
五十三，頁485）

[111] 《方輿勝覽》（下），卷五十七，頁1010。

[112] 《杜詩趙次公先後解輯校》（下），戊帙卷之八，頁1092。

[113] 《（刻）杜少陵先生詩分類集註》，見《和刻本漢詩集成》，第四輯，卷十九，頁402。

[114] 《杜詩詳注》（三），卷十八，頁1554。

[115] 《杜詩趙次公先後解輯校》（下），戊帙卷之八，頁1093。《錢牧齋先生箋註杜
詩》（二），卷十四，頁932。《杜工部詩集》（中），卷十五，頁1322。《杜詩詳注》
（三），卷十八，頁1555。此外，《草堂詩箋》（三）則說：「故人栢中丞，頻分月
俸。」（卷三十一，頁794）

史中丞、劍南防禦史及邛南招討使上柱國鉅鹿縣開國子柏貞節，雅有器幹，深於戎律。……。可使持節都督夔州諸軍事兼夔州刺史依前兼御史中丞，充夔、忠、萬、歸、涪等州都防禦使。」[116]問題是：柏貞節為「御史中丞」在何時呢？史書並未明言。然依〈授柏貞節夔、忠等州防禦使制〉所載，柏貞節兼「御史中丞」同時亦兼「邛州刺史」。

柏貞節亦即柏茂琳[117]。據史，其為「邛州刺史」時在大曆元年二月，《資治通鑑》「大曆元年」說：「（二月癸丑）邛州刺史柏茂琳為邛南防禦使。」[118]此外，《舊唐書・代宗本紀》「永泰二年」下亦云：「（二月癸丑）邛州刺史柏茂琳充邛南防禦使。」[119]「永泰二年」即大曆元年。是年八月柏茂琳仍為邛州刺史，《舊唐書・代宗本紀》「大曆元年」說：「（八月壬寅）邛南防禦使、邛州刺史柏茂琳為邛南節度使。」[120]那麼，依目前所見資料而言，柏貞節兼御史中丞亦在其時。然目前無法詳知柏貞節為御史中丞始於何年。簡言

---

116 《全唐文》（五），卷四一三，頁4232。另亦可參《唐刺史考全編》（四），卷二〇〇，頁2728～2729。

117 《杜工部詩集》（中）說：「《杜詩博議》：……。疑貞節乃茂林之字，或後改名，非二人也。」（卷十四，頁1253～1254）今若比對《舊唐書・代宗本紀》、《資治通鑑》與《舊唐書・杜鴻漸傳》對永泰元年閏十月蜀中崔旰亂事，亦可知：柏貞節當即柏茂琳。《舊唐書・代宗本紀》（二）「永泰元年」說：「（閏十月）劍南節度使郭英乂為其檢校西山兵馬使崔旰所殺，邛州柏茂琳、瀘州楊子琳、劍南李昌巙皆起兵討旰，蜀中亂。」（卷十一，頁281）《資治通鑑》（十）「永泰元年閏十月」亦云：「（崔）旰遂入成都，屠英乂家。英乂單騎奔簡州。普州刺史韓澄殺英乂，送首於旰。邛州牙將柏茂琳、瀘州牙將楊子琳、劍州牙將李昌巙各舉兵討旰，蜀中大亂。」（卷二百二十四，頁7187）《舊唐書・杜鴻漸傳》（十）則載云：「永泰元年十月，劍南西川兵馬使崔旰殺節度使郭英乂，據成都，自稱留後。邛州衙將柏貞節、瀘州衙將楊子琳、劍州衙將李昌巙等興兵討旰，西蜀大亂。」（卷一百八，頁3283）依此，柏貞節即柏茂琳。最後，《唐刺史考全編》（四）也曾說：「據岑仲勉《唐集質疑》考證，柏貞節即柏茂琳改名。」（卷二〇〇，頁2728）

118 《資治通鑑》（十），卷二百二十四，頁7191。

119 《舊唐書》（二），卷十一，頁282。

120 《舊唐書》（二），卷十一，頁283。關於柏貞節為邛州刺史之時間，亦可參《唐刺史考全編》（五），卷二三七，頁3088。

之,「主人柏中丞」當指柏貞節。依前所引述,其於大曆元年時當為御史中丞。因此,今依上述這兩點,此詩當繫於大曆元年秋夔州作。

〈覽柏中丞兼子姪數人除官制詞,因述父子兄弟四美,載歌絲綸〉

　　黃鶴將此詩繫於大曆元年夔州作[121]。今考此詩當繫於大曆元年夔州作,創作上限當斷於春晚。

　　首先,詩題他本或作「柏中允」,〈正異〉則作「中丞」[122]。「柏中丞」在杜詩中本有其例,就詩題言,譬如〈覽鏡呈柏中丞〉與〈陪柏中丞觀宴將士二首〉詩;就詩下原注言,譬如〈峽口二首〉其二詩「疲苶煩親故,諸侯數賜金」句下即有「主人柏中丞,頻分月俸」諸字。

　　其次,詩云「三止錦江沸,獨清玉壘昏」,朱鶴齡認為:「『三止錦江沸』,是柏中丞與崔旰相攻時事。」[123]若據《舊唐書‧代宗本紀》、《資治通鑑》與《舊唐書‧杜鴻漸傳》所載永泰元年十月蜀中崔旰亂事,那麼,朱氏所謂「柏中丞」當指柏貞節;此外,另據〈授柏貞節夔、忠等州防禦使制〉一文,柏貞節亦曾兼御史中丞,那麼,柏貞節可稱為柏中丞。據此,詩題中之「柏中丞」當即謂柏貞節。柏貞節兼御史中丞時在大曆元年(詳〈峽口二首〉繫年)。因此,此詩當繫於大曆元年作,創作上限當不早於春晚,時杜甫初至夔州,有〈移居夔州作〉詩。

---

121 黃鶴說:「此詩云『方當節鉞用』,又云『吾病日回首,雲臺誰討論。作歌把盛事,推轂期孤騫』,當是大曆元年到夔後作,是時柏都督在夔。」(《補注杜詩》,卷十三,頁245)

122 《草堂詩箋》(四),卷三十六,頁918。《杜工部詩集》(中)亦云:「舊作『允』,〈正異〉改作『丞』。」(卷十四,頁1250)此外,《杜詩趙次公先後解輯校》(下)也曾說:「舊本『中允』,師民瞻本作『中丞』,是。」(己帙卷之三,頁1353)

123 《杜工部詩集》(中),卷十四,頁1251。

〈夜宿西閣曉呈元二十一曹長〉

　　趙次公將此詩繫於大曆元年冬作[124]。黃鶴則將此詩繫於大曆二年冬作[125]。今考此詩當繫於大曆元年冬夔州作。

　　杜甫大曆元年春晚自雲安移居白帝城；秋，居於西閣，有〈西閣二首〉詩；二年春即遷居赤甲，〈赤甲〉詩即曾云「卜居赤甲遷居新，兩見巫山楚水春」。今詩題作「夜宿西閣」，詩當是大曆元年夔州時作。詩中又云「城暗更籌急，樓高雨雪微」，「雪」乃冬候。因此，依據前述所言，此詩當繫於大曆元年冬。顧宸即曾說：「大曆元年，公自雲安縣至夔州。秋，寓於西閣，終歲居之。明年春，始自西閣遷居赤甲。……黃鶴及《千家注》分為兩時，俱失考。」[126]

〈西閣口號呈元二十一〉

　　趙次公將此詩繫於大曆元年冬作[127]。黃鶴則將此詩繫於大曆二年冬作[128]。今考此詩當繫於大曆元年冬夔州作。

　　黃鶴將此詩繫於大曆二年冬作，今將其繫年理由暨過程分述如下：

　　詩云「雪崖纔變石，風幔不依樓」，那麼，此詩中有雪景。先就積極義而言，依史，有雪乃在大曆二年冬，《新唐書·代宗本紀》「大曆二年」載：「十一月辛未，雨木冰。」[129]因此，黃鶴遂將此詩繫於大曆二年冬作。次就消極義而言，依史，無雪乃在大曆元年冬，《舊》、《新唐書·代宗本紀》「大曆元年」載：「（十二月）是冬無雪。」[130]因此，黃鶴認為此詩非作於大曆

---

124 《杜詩趙次公先後解輯校》（上），目錄，頁23。

125 黃鶴說：「以後篇〈口號〉考之，當是大曆二年冬在夔州作。」（《補注杜詩》，卷三十一，頁580）此說有誤，詳辨於〈西閣口號呈元二十一〉詩繫年。

126 《杜詩詳注》（三），卷十八，頁1559。

127 《杜詩趙次公先後解輯校》（上），目錄，頁23。

128 《補注杜詩》，卷三十一，頁580。

129 《新唐書》（一），卷六，頁173。

130 《舊唐書》（二），卷十一，頁285。《新唐書》（一），卷六，頁173。

元年冬十二月。他說：「梁權道編在大歷元年。按《史》：是年冬無雪。長安且無雪，蜀安得有之？而今詩云『雪崖纔變石』，雖非大雪，然炎方尚至于『變石』，則長安不應云無。當是大歷二年作。《史》云：十一月，雨木冰。可知其有雪矣。」[131]

此中，黃鶴的論述明顯有誤：《史》載「大歷元年」「是冬無雪」，此並不意指夔州是冬亦無雪。除非能再另外舉證說明是年夔州無雪，當可作此論述。更何況，杜甫〈閣夜〉詩即有「歲暮陰陽催短景，天涯霜雪霽寒宵」之語，黃鶴即將此詩繫於大歷元年冬，並云「當是在夔州作」[132]。換言之，大歷元年冬夔州飄雪。依此，黃鶴之說實前後相互矛盾。此外，杜甫〈前苦寒行二首〉其二詩即曾云「去年白帝雪在山，今年白帝雪在地」，換言之，杜甫大歷元年及二年冬在夔州白帝皆見雪景，只是雪量多少不同而已。據此，黃鶴之說不可信。

今詩題云「西閣」，當是在夔州時作。詩又云「雪崖纔變石，風幔不依樓」，既有「雪」字，當是冬時。大歷二年秋杜甫即移居東屯；三年春正月即出峽。因此，此詩當繫於大歷元年冬作。

〈閣夜〉

趙次公與黃鶴皆將此詩繫於大歷元年冬作[133]。今考此詩當繫於大歷元年冬夔州作。

詩云「臥龍躍馬終黃土，人事依依漫寂寥」，王洙與趙次公本句下皆有原注「城上有白帝祠，郭外有孔明廟」諸字[134]。繫年說明如下：首先，原注

---

[131]《補注杜詩》，卷三十一，頁580。

[132]《補注杜詩》，卷三十一，頁587。

[133]《杜詩趙次公先後解輯校》（上），目錄，頁24。黃鶴說：「詩云『歲暮陰陽催短景』，又云『三峽星河影動搖』，當是在夔州作。又云『野哭千家聞戰伐，夷歌幾處起漁樵』，乃大歷元年作，是時崔旰之亂未息。」（《補注杜詩》，卷三十一，頁587）

[134]《杜工部集》（二），卷十六，頁713。《杜詩趙次公先後解輯校》（下），丁帙卷之七，頁858。此外，吳若本注有「夔州有白帝祠，郭外有孔明廟」諸字，見《錢牧齋先生箋註杜詩》（二），卷十四，頁907。

云「郭外有孔明廟」，而武侯廟本在夔州州治西郊，杜甫〈上卿翁請修武侯廟遺像缺落時崔卿權夔州〉詩即有「尚有西郊諸葛廟，臥龍無首對江濆」之句。

其次，白帝廟在夔州白帝城東南斗上，唐・李貽孫〈夔州都督府記〉曾云「王述徙白帝城，今衙是也。東南斗上二百七十步得白帝廟。……。瀼西有諸葛武侯廟」其末並有「會昌五年（845）十一月十三日建」諸字[135]。南宋・陸游於乾道六年（1170）時亦曾至此，他說：「（十月）肩輿入關，謁白帝廟，氣象甚古，松柏皆數百年物。」[136]另外，地志亦載「白帝祠」在夔州，譬如，《方輿勝覽》「夔州路」「夔州」下說：「白帝廟，在奉節縣東八里舊州城內，有三石笋猶存。」[137]此外，《大明一統志》「夔州府」「祠廟」下亦云：「白帝廟，在府城東八里舊州城內。西漢末，公孫述據蜀自稱白帝，有三石笋猶存。」[138]最後，《大清一統志》「夔州府」「祠廟」下亦云：「白帝廟，在奉節縣東八里舊州城內。」[139]簡言之，白帝祠在夔州白帝城東南斗上；武侯廟則在夔州西郊。詩當是杜甫在夔州時作。

今若比對「（白帝城）東南斗上二百七十步得白帝廟」與〈閣夜〉「城上有白帝祠，郭外有孔明廟」之語，那麼，〈閣夜〉詩中之「城」當指白帝城；此「閣」當在白帝城內。如此，始得云「城上」「郭外」。那麼，此「閣」當即是「西閣」，元・方回（1227～1307）說：「此老杜夔州詩，所謂『閣夜』，蓋西閣也。」[140]此外，朱鶴齡與仇兆鰲於〈閣夜〉題下亦曾云「即西閣」[141]。依此，詩當是大曆元年作。

---

[135] 《全唐文》（六），卷五四四，頁5515。另亦可參：《唐代交通圖考》（四），附篇五，頁1146。《唐刺史考全編》（四），卷二〇〇，頁2732～2733。

[136] 《入蜀記》，卷六，頁60。

[137] 《方輿勝覽》（下），卷五十七，頁1014。嚴耕望則認為：《方輿勝覽》所載即是新廟。參見《唐代交通圖考》（四），附篇五，頁1150。

[138] 《大明一統志》（下），卷七十，頁1092。

[139] 《大清一統志》（九），卷三九八，頁355。

[140] 《瀛奎律髓彙評》（上）（上海：上海古籍出版社，2005年），卷之一，頁29。

[141] 《杜工部詩集》（中），卷十五，頁1323。《杜詩詳注》（三），卷十八，頁1561。

最後，今詩又云「歲暮陰陽催短景，天涯霜雪霽寒宵」，因此，此詩當繫於大曆元年冬。

〈瀼西寒望〉

趙次公與黃鶴皆將此詩繫於大曆元年冬作[142]。今考此詩當繫於大曆元年冬夔州作。

繫年理由說明如下：首先，詩云「瞿唐春欲至，定卜瀼西居」，既云「瞿唐」，杜甫時當寄居於瞿唐北崖附近之白帝城西閣；此外，詩云「春欲至」，詩題又云「寒」字，那麼，當是夔州冬日之作。

其次，杜甫遷居瀼西在大曆二年暮春，〈暮春題瀼西新賃草屋五首〉其一詩即曾云「久嗟三峽客，再與暮春期」，此中，「再與暮春期」即指二年三月。今詩云「定卜瀼西居」，時間當是未移居瀼西前，亦即在二年三月前；詩題又有「寒」字，依此，詩當是大曆元年冬夔州作。

〈西閣曝日〉

趙次公與黃鶴皆將此詩繫於大曆元年冬作[143]。今考此詩當繫於大曆元年冬夔州作。

詩題云「西閣」，當是夔州時作。今詩又云「凜冽倦玄冬，負暄嗜飛閣」，既云「玄冬」。因此，此詩當繫於大曆元年冬作。二年春，杜甫即遷居赤甲，三月再遷瀼西。

---

[142] 《杜詩趙次公先後解輯校》（上），目錄，頁24。黃鶴說：「詩云『瞿塘春欲望，定卜瀼西居』，當是大曆元年冬作。明年春晚果自赤甲遷居瀼西。」（《補注杜詩》，卷三十一，頁588）

[143] 《杜詩趙次公先後解輯校》（上），目錄，頁24。黃鶴說：「詩云『凜冽倦玄冬，負暄嗜飛閣』，當是大曆元年居西閣時作。」（《補注杜詩》，卷十三，頁264）

〈不離西閣二首〉

趙次公與黃鶴皆將此詩繫於大曆元年冬作[144]。今考此詩當繫於大曆元年冬夔州作。

詩題云及「西閣」，當亦夔州時作。其一詩又云「地偏應有瘴，臘近已含春」，既云「臘近」。依此，詩當繫於大曆元年冬作。

〈奉送蜀州柏二別駕將中丞命赴江陵，起居衛尚書太夫人，因示從弟行軍司馬位〉

黃鶴將此詩繫於大曆元年歲晚作[145]。趙次公則將此詩繫於大曆二年冬作[146]。今考此詩當繫於大曆元年歲晚夔州作。

詩云「中丞問俗畫熊頻，愛弟傳書綵鶂新。遷轉五州防禦使，起居八座太夫人」，「遷轉」句事指柏貞節充夔、忠、萬、歸與涪等五州都防禦使，依〈授柏貞節夔、忠等州防禦使制〉一文所述，柏貞節充五州防禦使事在邛州刺史之後。而官邛州刺史在大曆元年（詳〈峽口二首〉繫年）。

今詩又云「楚宮臘送荊門水，白帝雲偷碧海春」，既云「臘」字，詩當是歲晚作。問題是：詩當繫於大曆元年冬晚作？還是繫於二年冬晚作呢？此詩不繫於大曆二年冬晚作。因為，若將此詩繫於大曆二年冬晚作，則與二年夏秋後柏貞節即去夔事兩相矛盾，杜甫大曆二年有〈上卿翁請修武侯廟遺像缺落時崔卿權夔州〉詩。依此，此詩當非繫於二年冬晚作，當繫於大曆元年歲晚。黃鶴即曾說：「梁權道編在大歷二年夔州作。然詩云『楚宮臘送荊門水，白帝雲偷碧海春』，當是元年歲晚作。二年柏已去夔，乃崔卿攝郡矣。『中丞』，當是柏貞節。」[147]那麼，大曆元年歲晚柏貞節時為夔州都督與刺史。

---

144 《杜詩趙次公先後解輯校》（上），目錄，頁23。黃鶴說：「詩云『地偏應有瘴，臘近已含春』，當是大歷元年冬作。」（《補注杜詩》，卷三十一，頁581）

145 《補注杜詩》，卷三十二，頁608。

146 《杜詩趙次公先後解輯校》（上），目錄，頁31。

147 《補注杜詩》，卷三十二，頁608。

〈崔評事弟許相迎，不到，應慮老夫見泥雨怯出，必愆佳期，走筆戲簡〉

趙次公將此詩繫於大曆元年作[148]。黃鶴則將此詩繫於大曆二年春作[149]。今考此詩當繫於大曆二年春夔州作。

詩云「江閣邀賓許馬迎，午時起坐自天明。浮雲不負青春色，細雨何孤白帝城」，既云「細雨何孤白帝城」，詩當是杜甫在夔州時作。此中，「江閣」當即是西閣。杜甫居於西閣始自大曆元年秋，有〈西閣二首〉詩，前此即無作品可為明證。今詩又云「青春色」，詩當是大曆二年春於西閣所作。《杜詩詳注》即曾說：「顧注：當是大曆二年春在夔州西閣作。」[150]

〈老病〉

黃鶴將此詩繫於大曆元年春晚作[151]。今考此詩當繫於大曆二年春夔州作。

詩云「老病巫山裏，稽留楚客中」，「楚」指夔州，這是因為夔本楚地，因此夔可以楚名之。譬如，《通典》「夔州」下即云：「春秋時為魚國，後屬楚。」[152]此外，《太平寰宇記》「山南東道」「夔州」下也說：「春秋時為夔子國，其後為楚滅，故其地歸楚。」[153]最後，《讀史方輿紀要》「四川」「夔州府」下亦云：「戰國時屬楚。」[154]此處以全體代部分，即由「楚」字代替夔州。此外，杜詩亦有其例，譬如，〈大曆三年春白帝城放船出瞿唐峽，久居

---

[148]《杜詩趙次公先後解輯校》（上），目錄，頁22。

[149] 黃鶴說：「詩云『浮雲不負青春約，細雨何孤白帝城』，又云『身邊花間露濕好，醉於馬上往來輕』，非大曆元年初到夔州作，蓋是年春晚方遷居，不應詩語如此，當是大曆二年。」（《補注杜詩》，卷二十七，頁510）

[150]《杜詩詳注》（三），卷十八，頁1601。

[151] 黃鶴說：「詩云『老病巫山裏』，當是大曆元年夔州作，蓋是年春晚，方自雲安遷夔州。」（《補注杜詩》，卷二十六，頁497）

[152]《通典》（五），卷一百七十五，頁4596。

[153]《太平寰宇記》（六），卷一百四十八，頁2871。

[154]《讀史方輿紀要》（七），卷六十九，頁3246。

夔府，將適江陵，漂泊有詩，凡四十韻〉詩中亦有「老向巴人裏，今辭楚塞隅」之語；又如，〈從驛次草堂復至東屯茅屋二首〉其一亦有「築場看斂積，一學楚人為」之句，瀼西與東屯草堂皆在夔州，那麼，「楚人」當指夔人。據此，「楚」實指夔州。

今詩又云「藥殘他日裏，花發去年叢。夜足霑沙雨，春多逆水風」，若以大曆元年春晚杜甫自雲安移至夔州起算，再依「花發去年叢」，那麼，今年當是大曆二年。李辰冬即曾說：「杜甫是大歷元年到的夔州，現今是第二年。」[155]今詩既云「花」「春」等字，因此，此詩當繫於大曆二年春作，時杜甫在夔州。

〈赤甲〉

魯訔繫此詩於大曆二年春赤甲作[156]。黃鶴將此詩繫於大曆二年春作[157]。今考此詩當繫於大曆二年春赤甲作。

詩云「卜居赤甲遷居新，兩見巫山楚水春」，「赤甲」乃山名，山在夔州白帝山北（詳〈黃草〉繫年）。今既云「卜居赤甲遷居新」，詩當是杜甫在夔州時作。杜甫移居夔州白帝城始於大曆元年春晚，〈移居夔州作〉詩即有「伏枕雲安縣，遷居白帝城」之句。今自大曆元年春晚起算，則「兩見巫山楚水春」當指大曆二年春。因此，此詩當繫於大曆二年春作。

〈入宅三首〉

黃鶴將此詩繫於大曆二年春作[158]。今考此詩當繫於大曆二年春赤甲作。

---

[155] 《杜甫作品繫年》，頁183。

[156] 魯訔〈年譜〉「大曆二年」下云：「移居赤甲，有〈入宅〉、〈赤甲〉二詩，曰『卜居赤甲遷居新，兩見巫山楚水春』。」（《分門集註》（一），年譜，頁108）

[157] 黃鶴說：「詩云『兩見巫山楚水春』，知是與〈入宅〉詩同時作。」（《補注杜詩》，卷二十七，頁508）

[158] 黃鶴說：「公大曆二年移居赤甲。按：公〈赤甲〉詩云『卜居赤甲遷居新，兩見巫山楚水春』，知此詩作於大曆二年春，故詩云『春色漸多添』。」（《補注杜詩》，卷二十七，頁507）

詩云「奔峭背赤甲，斷崖當白鹽。客居愧遷次，春色漸多添」，「奔峭」兩句言已遷居赤甲，邵寶說：「公初遷居赤甲，言『奔峭』、『斷崖』，以見新居之向背。」[159] 此外，浦起龍題下亦曾注云：「遷赤甲。」[160] 依此，詩當是杜甫在夔州遷居赤甲之作。依〈赤甲〉詩，杜甫移居赤甲在大曆二年春。因此，此詩當亦繫在大曆二年春作。朱鶴齡即曾說：「《年譜》：大曆二年春，公自西閣遷居赤甲。」[161]

〈卜居〉（歸羨遼東鶴）

黃鶴將此詩繫於大曆二年作[162]。今考此詩當繫於大曆二年春夔州作。

詩云「雲嶂寬江北，春耕破瀼西」，據〈暮春題瀼西新賃草屋五首〉詩，杜甫遷居瀼西在大曆二年暮春。今詩題云「卜居」，當是遷居前作，仇兆鰲即曾說：「此是大曆二年，自赤甲將遷居瀼西而作。」[163] 今詩又云「春」字，依此，此詩當繫於大曆二年春。

〈暮春〉

黃鶴將此詩繫於大曆元年暮春作[164]。趙次公則將此詩繫於大曆二年暮春作[165]。今考此詩當繫於大曆二年暮春夔州作。

詩云「臥病擁塞在峽中，瀟湘洞庭虛映空。楚天不斷四時雨，巫峽常吹萬里風。沙上草閣柳新闇，城邊野池蓮欲紅」，杜甫在詩中時以「楚」字指夔州（詳〈老病〉繫年）、「巫峽」指瞿唐峽（詳〈諸將五首〉繫年），依

[159] 《刻杜少陵先生詩分類集註》（六），卷十七，頁2479。

[160] 《讀杜心解》（下），卷三之五，頁531。

[161] 《杜工部詩集》（下），卷十六，頁1340。

[162] 黃鶴說：「詩云『春耕破瀼西』，當是大曆二年作。公是年三月自赤甲遷居瀼西。」（《補注杜詩》，卷三十一，頁582）

[163] 《杜詩詳注》（三），卷十八，頁1609。

[164] 黃鶴說：「詩云『臥病擁塞在峽中』，當是大曆元年初遷夔州時作。蓋公在雲安已臥病矣。」（《補注杜詩》，卷二十八，頁518）

[165] 《杜詩趙次公先後解輯校》（上），目錄，頁25。

此，詩當是在夔州時作。今詩有「久臥峽中」與「厭居」之意[166]，當非初至
夔時。若再依詩題，那麼，詩當繫於大曆二年暮春作。

〈暮春題瀼西新賃草屋五首〉

魯訔繫此詩於大曆二年三月作[167]。黃鶴將此詩繫於大曆二年瀼西作[168]。今
考此詩當繫於大曆二年暮春作，時杜甫遷居瀼西。

首先，其二詩云「萬里巴渝曲，三年實飽聞」，「渝」指渝州；「巴」指
夔州，這是因為夔州本秦、漢·巴郡之域地，因此夔州可以「巴」字稱之，
《通典》「夔州」下說：「秦、二漢屬巴郡。」[169]此外，《方輿勝覽》「夔州路」
「夔州」下亦云：「秦置巴郡，魚復隸焉。二漢因之。」[170]最後，《讀史方輿紀
要》「夔州府」下亦云：「秦屬巴郡，漢因之。」[171]「巴」既指「夔」，那麼，
「巴渝」當指渝、夔兩州。仇兆鰲即曾說：「巴州，在今夔州府。渝州，今
在重慶府。」[172]杜甫至渝州乃在永泰元年，有〈渝州候嚴六侍御不到先下峽〉
詩。今自永泰元年（765）起算，則「三年」當指大曆二年（767），時杜甫
在夔州。依此，詩題之「瀼西」當亦在夔州。

其次，其一詩云「久嗟三峽客，再與暮春期」；其三詩云「細雨荷鋤
立，江猿吟翠屏」，既云「三峽」，又云「江猿」，詩亦杜甫在夔州時作，杜
甫在夔州即時見猿蹤，〈瀼西寒望〉即有「猿掛時相學，鷗行炯自如。瞿唐

---

[166] 仇兆鰲說：「玩詩意，是久臥峽中，有厭居意，其不在元年明矣。」（《杜詩詳注》
（三），卷十八，頁1604）

[167] 魯訔〈年譜〉「大曆二年」下云：「三月，自赤甲遷居在瀼西，有〈小居〉、〈暮春題
瀼西新賃草居五首〉。」（《分門集註》（一），年譜，頁108～109）此中，〈小居〉當
為〈卜居〉之訛。

[168] 黃鶴說：「詩云『久嗟三峽客，再與暮春期』，當是大曆二年在瀼西作，是年公方自
赤甲遷瀼西，故詩又云『旅食瀼溪雲』。」（《補注杜詩》，卷二十八，頁513）此中，
「瀼溪」為「瀼西」之訛。

[169] 《通典》（五），卷一百七十五，頁4596。

[170] 《方輿勝覽》（下），卷五十七，頁1007。

[171] 《讀史方輿紀要》（七），卷六十九，頁3246。

[172] 《杜詩詳注》（三），卷十八，頁1611。

春欲至，定卜瀼西居」之語。杜甫遷居夔州乃在大曆元年春晚。今自大曆元年春晚起算，則「再與暮春期」，當指大曆二年暮春，趙次公即曾說：「『再與暮春期』，則公去歲大曆元年三月過望，自雲安縣移夔州舟居，今歲大曆二年為再見暮春也。」[173] 依據上述這兩點，此詩當繫於大曆二年暮春，時杜甫遷居瀼西。

〈晚登瀼上堂〉

黃鶴與邵寶皆將此詩繫於大曆二年三月作[174]。今考此詩當繫於大曆二年暮春瀼西作。

「瀼上堂」當指瀼西草屋，杜甫遷居瀼西在大曆二年三月，有〈暮春題瀼西新賃草屋五首〉詩。今詩云「春氣晚更生，江流靜猶湧」，又云「開襟野堂豁，繫馬林花動」，既云「春氣」，又云「林花」，詩當作於春天。此外，詩不作於大曆三年春，因為是年正月杜甫已去夔州。因此，此詩當繫於大曆二年暮春瀼西作。

〈江雨有懷鄭典設〉

黃鶴將此詩繫於大曆二年春作[175]。今考此詩當繫於大曆二年暮春瀼西作。

詩云「春雨闇闇塞峽中，早晚來自楚王宮」，首先，「楚王宮」在夔州巫山縣附近，《太平寰宇記》「山南東道」「夔州」「巫山縣」下說：「楚宮，在縣西北二百步，在陽臺古城內。即襄王所遊之地。」[176] 此外，《大明一統志》「夔州府」「宮室」下也說：「古楚宮，在巫山縣治西北。楚襄王所遊之

---

[173] 《杜詩趙次公先後解輯校》（下），戊帙卷之二，頁903。

[174] 黃鶴說：「大曆二年三月公自赤甲移居瀼西，此詩云『繫馬林花動』，又云『山田麥無隴』，當是其時作。」（《補注杜詩》，卷十三，頁265）邵寶亦云：「大曆二年三月，公自赤甲遷居瀼西時作。」（《刻杜少陵先生詩分類集註》（三），卷六，頁1072）

[175] 黃鶴說：「詩云『岸高瀼滑限西東』，當是大曆二年春作，是年公自赤甲遷瀼西。」（《補注杜詩》，卷二十七，頁509）

[176] 《太平寰宇記》（六），卷一百四十八，頁2876。

地，遺址尚存。宋·黃庭堅石刻所謂細腰宮是也。」[177]最後，《大清一統志》「夔州府」「古蹟」下亦云：「楚宮，在巫山縣東北一里。」[178]其次，「峽」當指瞿唐。那麼，詩當是在夔州時作。今詩又云「谷口子真正憶汝，岸高瀼滑限西東」，「岸高」句言岸高瀼滑使兩人分隔瀼東、瀼西無法往來。據〈暮春題瀼西新賃草屋五首〉詩，杜甫遷居瀼西在大曆二年暮春。趙次公即曾說：「夔有澗水出山谷間，土人名之曰瀼。又分左右曰瀼東、瀼西。……。則公在瀼西，而鄭必在瀼東矣。」[179]此外，邵寶也曾說：「『瀼限西東』，夔有澗水橫通山谷間謂之瀼，居人分左右，謂之瀼東、瀼西。時公又自赤甲遷居瀼西，則典設必居瀼東也。」[180]最後，仇兆鰲亦曾云：「公自赤甲，遷居瀼西，則鄭必居瀼東矣。」[181]因此，此詩當繫於大曆二年暮春瀼西作。

〈承聞河北諸道節度入朝，歡喜口號絕句十二首〉

趙次公將此詩繫於大曆二年三月作[182]。黃鶴則將此詩繫於大曆二年作[183]。今考此詩當繫於大曆二年三月作。

其十二詩云「十二年來多戰場，天威已息陣堂堂」，若自天寶十四載（755）十一月安祿山兵反起算，則「十二年來」當指大曆二年（767），趙次公即曾說：「此今歲大曆二年詩。時歲在丁未，逆數已前十二年，則天寶十四載，歲在乙未也。天寶十四載十一月，安祿山反，接之以史思明，又接之以吐蕃，至今歲大曆二年春，凡『十二年』矣。故曰：『十二年來多戰場。』」[184]此外，仇兆鰲亦曾云：「自天寶十四載，至大曆二年，首尾

---

177 《大明一統志》（下），卷七十，頁1090。
178 《大清一統志》（九），卷三九八，頁352。
179 《杜詩趙次公先後解輯校》（下），戊帙卷之一，頁882。
180 《刻杜少陵先生詩分類集註》（七），卷二十三，頁3208。
181 《杜詩詳注》（三），卷十八，頁1614。
182 《杜詩趙次公先後解輯校》（上），目錄，頁25。
183 黃鶴說：「案：末篇云『十二年來多戰場』，當是大曆二年作。然此詩十二首非止言一時事。」（《補注杜詩》，卷二十八，頁514）
184 《杜詩趙次公先後解輯校》（下），戊帙卷之二，頁914。

十二年。」[185]今其七詩又云「抱病江天白首郎，空山樓閣暮春光」，既云「暮春」，那麼，詩當是大曆二年三月作。仇兆鰲即曾說：「詩蓋作於二年三月也。」[186]

〈熟食日示宗文宗武〉

趙次公與黃鶴皆將此詩繫於大曆二年夔州作[187]。今考此詩當繫於大曆二年春夔州作。

詩云「松柏邙山路，風花白帝城，」「白帝城」在夔州，依此，詩當是杜甫至夔州時作。杜甫在夔州始於大曆元年春晚至三年正月。今詩繫年說明如下：首先，「熟食日」即寒食節[188]，寒食節在清明節前一或二日。清明約在陽曆四月四、五或六日，今查《增補二十史朔閏表》「大曆元年」：陽曆三月十六日為陰曆二月丁亥（初一）[189]。陽曆四月四、五或六日為陰曆二月丙午、丁未或戊申（二十、二十一、二十二日）。則推算大曆元年熟食日當落於陰曆二月十八（甲辰）至二十一（丁未）日間。亦即：若將此詩繫於大曆元年作，則二月下旬杜甫已至夔州白帝城。然此恐與杜甫大曆元年春晚始移居夔州不合。據此，詩當非作於大曆元年。

其次，若將此詩繫於大曆三年，則是年熟食日杜甫當在夔州白帝城。然此與三年春正月杜甫即離夔出峽之事實不合，杜甫〈將別巫峽贈南卿兄瀼西果園四十畝〉詩即有「具舟將出峽，巡圃念攜鋤。正月喧鶯末，茲辰放鷁初」諸語。因此，此詩當非作於大曆三年。

第三，今既已排除大曆元年、三年作詩之可能性，因此，此詩當繫於大

---

[185] 《杜詩詳注》（三），卷十八，頁1629。

[186] 《杜詩詳注》（三），卷十八，頁1624。

[187] 《杜詩趙次公先後解輯校》（下），目錄，頁25。《補注杜詩》，卷二十七，頁510。

[188] 《杜詩趙次公先後解輯校》（下）說：「熟食，即寒食日。」（戊帙卷之一，頁896）此外，《補注杜詩》也說：「（王）洙曰：『熟食日』，即寒食節也。」（卷二十七，頁510）

[189] 《增補二十史朔閏表》，頁98。

曆二年熟食日作。今查《增補二十史朔閏表》「大曆二年」：陽曆四月四、五或六日為陰曆三月辛亥、壬子或癸丑（初一、初二、初三）[190]。推算大曆二年熟食日當落於陰曆二月二十九（己酉）至三月初二（壬子）日間。黃鶴即曾說：「詩云『風花白帝城』，當是大曆二年在夔州作。蓋元年春晚方遷夔；三年正月已下峽。梁權道編在元年，恐非。」[191]

此外，杜甫〈又示兩兒〉又有「令節成吾老，他時見汝心」，「令節」本謂佳節，在此指「寒食」[192]。亦即熟食日又示兩兒，此當與〈熟食日示宗文宗武〉為同時作[193]。因此，〈又示兩兒〉詩當亦繫於大曆二年春。

〈得舍弟觀書，自中都已達江陵。今茲暮春月末，行李合到夔州。悲喜相兼，團圓可待，賦詩即事，情見乎詞〉

黃鶴將此詩繫於大曆二年春作[194]。今考此詩當繫於大曆二年春夔州作。

詩題云「自中都已達江陵。今茲暮春月末，行李合到夔州」「悲喜相兼，團圓可待」，既云「行李合到夔州」「團圓可待」，則是時杜甫在夔州，杜觀已抵江陵。又云「暮春月末」，則得杜觀書當在此前，亦即詩當「暮春月末」前作。那麼，首先，此詩若繫於大曆元年春，則是年春杜甫當即在夔州。然此恐與杜甫元年春晚始移居夔州之實情不合。其次，詩亦非作於三年春，因為是年春正月杜甫已去夔州，更無於暮春月末與杜觀團圓之可能。依此，此詩當繫於大曆二年春。黃鶴即曾說：「題云『今茲暮春月末，合到夔州』，當是大曆二年春作，蓋元年暮春方自雲安遷居夔州。」[195]

[190] 《增補二十史朔閏表》，頁98。

[191] 《補注杜詩》，卷二十七，頁510。

[192] 《杜詩趙次公先後解輯校》（下）說：「『令節』，指言寒食。」（戊帙卷之一，頁897）
此外，《杜詩詳注》（三）說：「『令節』，指寒食。」（卷十八，頁1616）

[193] 黃鶴說：「題云〈又示〉，則與上篇同時作。」（《補注杜詩》，卷二十七，頁510）

[194] 《補注杜詩》，卷二十八，頁516。

[195] 《補注杜詩》，卷二十八，頁516。

〈喜觀即到，復題短篇二首〉

　　黃鶴將此詩繫於大曆二年作[196]。今考此詩當繫於大曆二年春夔州作。

　　詩題既云「喜觀即到」，詩又云「巫山千山暗，終南萬里春」，詩當作於前篇之後，且是年春杜甫在夔州，仇兆鰲說：「此與上章，乃先後同時作。」[197]因此，此詩當繫於大曆二年春。

〈寄薛三郎中璩〉

　　黃鶴將此詩繫於大曆二年春作[198]。今考此詩當繫於大曆二年春夔州作。

　　首先，詩云「我未下瞿唐，空念禹功勤」，杜甫離夔下峽在大曆三年春正月，今云「我未下瞿塘」，當是此前在夔州時作。其次，詩又云「峽中一臥病，瘼癘終冬春。春復加肺氣，此病蓋有因」，「瘼癘」句謂整個冬、春兩季皆罹患瘼癘疾病，那麼，當指杜甫在夔州經冬歷春，因此，此詩當繫於大曆二年春作。

〈舍弟觀歸藍田迎新婦送示二首〉

　　黃鶴將此詩繫於大曆二年夏作[199]。今考此詩當繫於大曆二年三月末、四月初作。

　　首先，其二詩云「楚塞難為路，藍田莫滯留。……。滿峽重江水，開

---

[196] 黃鶴說：「詩云『應論十年事』，又云『終南萬里春』，則是『觀』自河南來也。公乾元元年冬自華州之東都，二年春尚留。自元年至大曆二年恰『十年』，當是大曆二年作。」（《補注杜詩》，卷二十八，頁516）

[197] 《杜詩詳注》（三），卷十八，頁1617。

[198] 黃鶴說：「詩云『峽中一臥病，瘼癘終冬春。春復加肺氣』，又云『我未下瞿塘，空念禹功勤』、『高秋却束帶，鼓枻視清旻』，當是大曆二年。」（《補注杜詩》，卷十四，頁288）此外，《杜詩詳注》（三）亦云：「鶴注：當是大曆二年春作。」（卷十八，頁1621）

[199] 黃鶴說：「詩云『汝去迎妻子，高秋念却迴』，又云『滿峽重江水，開帆八月舟。此時同一醉，應在仲宣樓』，是大曆二年夏作。」（《補注杜詩》，卷二十八，頁520）

帆八月舟」,「楚」可指夔州[200]。依此,詩當是杜甫在夔州時作。其次,杜甫
與其弟杜觀團圓在大曆二年暮春月末,杜甫即有〈得舍弟觀書,自中都已達
江陵。今茲暮春月末,行李合到夔州。悲喜相兼,團圓可待,賦詩即事,
情見乎詞〉詩,那麼,〈舍弟觀歸藍田迎新婦送示二首〉詩當是其後之作,
仇兆鰲對此即曾說:「前有〈得舍弟觀書〉、〈喜觀即到〉諸詩,蓋觀既到
夔州,復歸藍田迎婦也。」[201]第三,今其一詩又云「即今螢已亂,好與雁同
來」,「螢已亂」當在三月末、四月初,趙次公說:「『即今螢已亂』,則觀之
往也,應是三月末、四月初。」[202]因此,此詩當繫於大曆二年三月末、四月初
作。

〈月三首〉

　　黃鶴將此詩繫於大曆二年三月作[203]。今考此詩當繫於大曆二年六月上旬
夔州作。

　　其三詩云「萬里瞿唐月,春來六上弦」,既云「瞿唐月」,詩當是杜甫
在夔州時作。其二詩又云「羈棲愁裏見,二十四迴明」,詩題為「月」,詩
又云「二十四迴明」,此意指在夔州已二年,朱鶴齡即曾說:「言客夔已兩
年。」[204]此外,仇兆鰲亦曾云:「公客夔二年,故曰『二十四迴』。」[205]那麼,
詩當繫於大曆二年作。今其三詩又云「春來六上弦」,「上弦」指初七或初
八,亦即上旬,此句當謂自今春以來已在夔州六歷上旬,依此,詩當是大曆

---

[200] 《杜詩詳注》(三)亦曾云:「『楚塞』,即夔州。」(卷十九,頁1679)

[201] 《杜詩詳注》(三),卷十九,頁1678。

[202] 《杜詩趙次公先後解輯校》(下),戊帙卷之三,頁938。

[203] 黃鶴說:「當是大曆二年作。然三首非一時而成,以其俱在夔作,故題曰『三首』。
梁權道編在元年,然第二篇云『羈棲秋裏見,二十四迴明』,蓋公自永泰元年秋至雲
安,及今二年秋,為『二十四迴明』也。然第三首云『萬里瞿塘峽,春來六上弦』,
則是三月詩,故云非一時而成。」(《補注杜詩》,卷二十八,頁519)此中,「秋」當
為「愁」之訛;「塘」亦為「唐」之訛。

[204] 《杜工部詩集》(下),卷十六,頁1352。

[205] 《杜詩詳注》(三),卷十八,頁1630。

二年六月上旬作。仇兆鰲即曾說：「此當是大曆二年六月初旬所作。曰『巫山』、曰『二十四迴』，則在夔州已二年矣。曰『半輪』、曰『六上弦』，則是二年之六月矣。」[206]

〈季夏送鄉弟韶陪黃門從叔朝謁〉

黃鶴將此詩繫於大曆二年作[207]。今考此詩當繫於大曆二年夏六月夔州作。

詩題云「黃門從叔」，詩又云「比來相國兼安蜀，歸赴朝廷已入秦」，此當指杜鴻漸。據史，朝廷曾命黃門侍郎、同平章事杜鴻漸兼成都尹並充劍南西川節度使，其事在大曆元年二月（詳〈客居〉繫年）。今詩題云「朝謁」，詩云「歸赴朝廷」，當指杜鴻漸自蜀入朝，依史，事在大曆二年六月（詳〈送殿中楊監赴蜀見相公〉繫年）。今詩題又云「季夏」，因此，此詩當是大曆二年六月作。師古即曾說：「時崔旰成都作乱，杜鴻漸以黃門侍郎領相職入蜀平其乱；遂還朝，故有『相國』、『安蜀』、『歸朝』、『入秦』之語。」[208]此外，黃鶴亦曾云：「詩云『比來相國兼安蜀』，當是杜鴻漸大歷元年為劍南節度，二年歸朝。韶陪從其歸。『黃門』，謂鴻漸以黃門侍郎同平章事鎮蜀。」[209]最後，朱鶴齡題下亦注云：「《唐書》：杜鴻漸以黃門侍郎、同平章事鎮蜀。大曆二年六月戊戌，自蜀還朝。」[210]依此，詩當繫於其時，時杜甫在夔州，明年春正月即出峽。

〈行官張望補稻畦水歸〉

黃鶴將此詩繫於大曆二年未遷東屯時作[211]。今考此詩當繫於大曆二年六

---

[206] 《杜詩詳注》（三），卷十八，頁1629。

[207] 《補注杜詩》，卷二十八，頁520。

[208] 《百家注》（下），卷二十五，頁858。

[209] 《補注杜詩》，卷二十八，頁520。

[210] 《杜工部詩集》（下），卷十六，頁1378。

[211] 黃鶴說：「詩云『東屯大江北，百頃平若桉。六月青稻多，千畦碧泉亂』，當是大曆二年公未遷東屯時作，是年秋，公始自瀼西遷居也。」（《補注杜詩》，卷十一，頁225）

月瀼西作。

詩云「東屯大江北，百頃平若案。六月青稻多，千畦碧泉亂」，杜甫自瀼西遷居東屯在大曆二年秋，譬如，杜甫有〈自瀼西荊扉且移居東屯茅屋四首〉詩；又如，〈東屯月夜〉詩又有「青女霜楓重，黃牛峽水喧」之句。今詩言「六月」，詩當是未遷時作，因此，此詩當繫於大曆二年六月作。

〈奉賀陽城郡王太夫人恩命加鄧國太夫人〉

浦起龍將此詩繫於大曆二年秋末盡冬作[212]。趙次公則將此詩繫於大曆三年春作[213]。今考此詩當是大曆二年六月二十四日後不久作。

錢謙益本詩題下有「陽城郡王，衛伯玉也」諸字[214]；朱鶴齡、仇兆鰲與浦起龍諸本題下亦有「原註：陽城郡王，衛伯玉也」諸字[215]。據史，衛伯玉封陽城郡王在大曆二年六月壬寅（二十四日），《舊唐書・代宗本紀》「大曆二年」說：「（六月）壬寅，荊南節度使衛伯玉封城陽郡王。」[216]朱鶴齡即曾說：「《舊書・代宗紀》：大曆二年六月壬寅，荊南節度使衛伯玉封城陽郡王。……。今詩乃賀其母受封，蓋伯玉封王後，母亦進封大國。」[217]此外，仇兆鰲亦曾云：「《舊書・代宗紀》：大曆二年六月，荊南節度使衛伯玉，封城陽郡王。公詩乃賀其母受封，蓋伯玉封王後，母亦進封大國也。陽城，

---

[212]《讀杜心解》（上），目錄，頁54。

[213]《杜詩趙次公先後解輯校》（上），目錄，頁32。

[214]《錢牧齋先生箋註杜詩》（二），卷十七，頁1083～1084。此外，《九家集註杜詩》（五）則作「陽城王，衛伯玉也」（卷三十四，頁2365）。最後，亦可參〈封衛伯玉陽城郡王制〉，見《唐大詔令集》，卷六十一，頁332。

[215]《杜工部詩集》（下），卷十八，頁1551。《杜詩詳註》（三），卷二十一，頁1834。《讀杜心解》（下），卷五之三，頁782。另亦可參《御定全唐詩》，見《文淵閣四庫全書》，第1425冊，卷二百三十二，頁231。

[216]《舊唐書》（二），卷十一，頁287。此外，《舊》《新唐書》本傳與《舊唐書・代宗本紀》所載稍異，當以〈代宗本紀〉較為可信。參見《舊唐書》（十），卷一百一十五，頁3378；《新唐書》（十五），卷一百四十一，頁4657。

[217]《杜工部詩集》（下），卷十八，頁1551。

《新》、《舊唐書》作城陽。」[218]因此，此詩當是大曆二年六月二十四日後不久所作。

〈園人送瓜〉

黃鶴將此詩繫於大曆元年夏作[219]。趙次公與仇兆鰲則將此詩繫於二年夏作[220]。今考此詩當繫於大曆二年夏夔州作。

首先，詩云「柏公鎮夔國，滯務茲一掃」，「柏公」句指柏貞節為夔州都督兼夔州刺史，其事在授邛州刺史之後，就目前所見資料言，柏貞節為邛州刺史在大曆元年二月至八月。依此，此詩繫年當不早於是年。

此外，杜甫另有〈送田四弟將軍將夔州柏中丞命，起居江陵節度使陽城郡王衛公幕〉詩，據史，衛伯玉封陽城郡王在大曆二年六月二十四日。今〈送田四弟〉詩中又云「燕辭楓樹日，雁度麥城霜」，則該詩當作於大曆二年秋作。若依詩題「將夔州柏中丞命」諸字，則二年秋，柏中丞仍鎮夔州。

其次，今〈園人送瓜〉詩又云「食新先戰士，共少及溪老」，「溪老」指杜甫，邵寶與仇兆鰲皆說：「『溪老』，公自謂。」[221]此中，「溪」當指西瀼水。西瀼水之西即所謂的「瀼西」。《杜甫評傳》引〈訪古學詩萬里行·夔州白帝辨遺踪〉一文說：「『瀼西』即現在梅溪河之西。」又云：「梅溪河叫西瀼水。」[222]那麼，詩當是杜甫遷居瀼西後作。而杜甫遷居瀼西在大曆二年三月。依此，詩當作於此後。

第三，詩又云「江間雖炎瘴，瓜熟亦不早。……。落刃嚼冰霜，開懷慰

---

[218] 《杜詩詳注》（三），卷二十一，頁1834。

[219] 黃鶴說：「詩云『柏公鎮夔州』，正是公為柏都督作〈謝上表〉者，大曆元年夏作。」（《補注杜詩》，卷十一，頁223）

[220] 《杜詩趙次公先後解輯校》（上），目錄，頁26。《杜詩詳注》（三）說：「當是大曆二年夏作。」（卷十九，頁1638）

[221] 《刻杜少陵先生詩分類集註》（三），卷六，頁1116。《杜詩詳注》（三），卷十九，頁1638。

[222] 《杜甫評傳》（下），第十七章，頁881。是文筆者目前尚未能見。另亦可參《杜詩釋地》，卷四，頁468。地圖則參見《唐代交通圖考》（四），附篇五，頁1153。

枯槁」，今玩其詩意，當是夏日食瓜。依據前述三點，此詩當繫於大曆二年夏作。仇氏繫年可從。

〈上後園山腳〉

趙次公與黃鶴皆將此詩繫於大曆二年夏作[223]。今考此詩當繫於大曆二年夏瀼西作。

首先，詩云「劍門來巫峽，薄倚浩至今」，杜詩中「巫峽」多指瞿唐峽，今詩云「來巫峽」，詩當是杜甫在夔州時作。此外，杜甫另有〈又上後園山腳〉詩，詩有「瘴毒猿鳥落，峽乾南日黃」兩語，猿蹤乃杜甫在夔州時見景象，譬如，〈峽口二首〉其二詩之「蘆花留客晚，楓樹坐猿深」；又如，〈西閣曝日〉詩之「流離木杪猿，翩躚山顛鶴」；又如，〈瀼西寒望〉詩之「猿掛時相學，鷗行烱自如」。換言之，〈又上後園山腳〉當是杜甫在夔州時作。〈又上後園山腳〉既作於夔州，那麼，〈上後園山腳〉無疑亦夔州之作。

其次，此「園」當在瀼西，譬如，〈阻雨不得歸瀼西甘林〉詩即有「園甘長成時，三寸如黃金」之語；又如，〈小園〉詩亦有「由來巫峽水，本是楚人家。……。秋庭風落果，瀼岸雨頹沙」諸語。杜甫移居瀼西在大曆二年暮春；是秋自瀼西遷居東屯。第三，今〈上後園山腳〉詩又云「朱夏熱所嬰，清旭步北林」，既云「朱夏」，那麼，詩當是大曆二年夏夔州瀼西作。

最後，〈上後園山腳〉詩又云「自我登隴首，十年經碧岑」，杜甫自華之秦途登隴山在乾元二年，若自乾元二年（759）登隴起算，則「十年」當指大曆三年（768）。若再依「朱夏熱所嬰」句，那麼，詩當是大曆三年夏

---

223 《杜詩趙次公先後解輯校》（上），目錄，頁26。黃鶴則說：「詩云『自我登隴首，十年經碧岑』，又云『朱夏熱所嬰，清旦步北林』，當是大曆二年夏作。按：公以乾元二年己亥入隴右，大曆二年戊申為『十年』。然二年正月已出峽，今首云『朱夏』，則是二年夏無疑。詩又云『故園暗戎馬』，謂同華節度使周智光反，其年正月郭子儀討之，而去年正月吐蕃亦陷原州也。」（《補注杜詩》，卷十一，頁227）前述「大曆二年戊申為十年」句中，「二年」當為「三年」之訛，「二年」為丁未年；「三年」始為戊申年。此外，「二年正月」亦當作「三年正月」。

夔州作。然此與杜甫大曆三年春即離夔下峽不合，杜甫有〈大曆三年春白帝城放船出瞿唐峽，久居夔府，將適江陵，漂泊有詩，凡四十韻〉詩。因此，「十年」當是杜甫舉其成數而言，詩非作於三年夏，當是二年夏。

〈阻雨不得歸瀼西甘林〉

黃鶴將此詩繫於大曆元年作[224]。趙次公則將此詩繫於大曆二年秋作[225]。今考此詩當繫於大曆二年七月十三日後不久作。

首先，詩云「三伏適已過，驕陽化為霖。欲歸瀼西宅，阻此江浦深」，既云「瀼西宅」，據杜詩，杜甫遷居瀼西草屋事在大曆二年暮春，有〈暮春題瀼西新賃草屋五首〉詩。其次，「三伏」指初、中、後三伏，《初學記》說：「《陰陽書》曰：從夏至後第三庚為初伏，第四庚為中伏，立秋後初庚為後伏，謂之三伏。」[226]後伏既在立秋後初庚，立秋常在陽曆八月七、八或九日。今按《增補二十史朔閏表》「大曆二年」：陽曆七月三十日為陰曆七月戊申朔[227]。推算大曆二年立秋當落在陰曆七月九（丙辰）、十（丁巳）或十一日（戊午）上。又推算大曆二年立秋後初庚當為庚申（十三日）。因此，此詩當作於大曆二年七月十三日過後不久，時杜甫欲歸瀼西甘林。仇兆鰲即曾說：「當是大曆二年七月作，故詩云『三伏適已過』。」[228]

---

[224] 黃鶴說：「詩云『三伏適已過，驕陽化為霖。欲歸瀼西宅，阻此江浦深』，當是大曆元年作。按：其年夏旱，七月洛水溢河南，諸州亦水。他州史不書，往往亦然，特不為害，故不書。夔於是時江浦宜深矣。公雖大曆二年方自赤甲遷瀼西，而此詩又云『客居暫封植』，以〈客居〉詩互考之，乃是公初至夔時嘗暫居，故曰『客居』。」（《補注杜詩》，卷十二，頁237）

[225] 《杜詩趙次公先後解輯校》（上），目錄，頁27。

[226] 《初學記》（上）（北京：中華書局，2005年），卷四，頁75。另亦可參《補注杜詩》，卷十二，頁237。

[227] 《增補二十史朔閏表》，頁98。

[228] 《杜詩詳注》（三），卷十九，頁1659。

〈送李八秘書赴杜相公幕〉

　　黃鶴將此詩繫於大曆二年七月作[229]。今考此詩當繫於大曆二年七月夔州作。

　　首先，仇兆鰲與浦起龍本題下有：「原注：相公朝謁，今赴後期也。」[230]此中，詩題「杜相公」或原注「相公」乃杜鴻漸。朱鶴齡即曾說：「按史：鴻漸還朝，仍以平章事領山、劍副元帥，故稱『相公幕』。」[231]據史，杜鴻漸以同平章事兼成都尹並充劍南西川節度在大曆元年二月；而自蜀返京朝謁事在二年六月（詳〈送殿中楊監赴蜀見相公〉繫年）。依上述所言，此詩創作上限當斷於大曆二年六月。其次，今詩又云「青簾白舫益州來，巫峽秋濤天地迴。……。貪趨相府今晨發，恐失佳期後命催」，既云「秋濤」，又有「貪趨」兩句，詩當是二年秋七月作。黃鶴說：「按《舊史》：杜鴻漸大曆二年六月戊戌自蜀入朝。而今詩云『貪趨相府今晨發，恐失佳期後命催』，又云『巫峽秋濤天地迴』，當是大曆二年七月作。」[232]

〈贈李八秘書別三十韻〉

　　黃鶴將此詩繫於大曆二年秋七月作[233]。趙次公則將此詩繫於大曆二年秋九月作[234]。今考此詩當繫於大曆二年七月夔州作。

---

[229] 《補注杜詩》，卷二十九，頁525。

[230] 《杜詩詳注》（三），卷十九，頁1680。《讀杜心解》（下），卷四之二，頁669。

[231] 《杜工部詩集》（下），卷十六，頁1403。

[232] 《補注杜詩》，卷二十九，頁525。

[233] 黃鶴說：「『台星入朝謁，使節有吹噓』，『台星』，指杜鴻漸入朝，當是大曆二年秋七月。」（《補注杜詩》，卷二十九，頁531）然而，《杜詩詳注》（二）卻云：「鶴注：當是大曆元年七月作。」（卷十七，頁1455）仇注所引明顯有誤。

[234] 《杜詩趙次公先後解輯校》（上），目錄，頁29。趙次公又說：「『杜相公』，杜鴻漸也。永泰元年，歲在乙巳，崔旰殺郭英乂。西蜀大亂。次歲大曆元年，二月，命鴻漸以宰相兼成都尹，充山劍川副元帥，劍南西川節度使，以鎮撫之。既而今歲大曆二年夏四月，請入覲，許之。」（《杜詩趙次公先後解輯校》（下），戊帙卷之九，頁1160）

首先，詩云「幕府籌頻問，山家藥正鋤」，王洙、趙次公、郭知達、蔡夢弼、錢謙益與朱鶴齡諸本「幕府」句下皆有原注「山劍元帥杜相公，初屆幕府，參籌畫。相公朝謁，今赴後期也」諸語[235]。「山劍元帥杜相公」指杜鴻漸，杜鴻漸曾以黃門侍郎、平章事兼成都尹，持節充山南西道、劍南東川等道副元帥，平郭英乂亂，故有「山劍」句。今原注云「相公朝謁」乃指杜鴻漸入朝觀見，事在大曆二年六月。

其次，詩又云「清秋凋碧柳，別浦落紅蕖」，既云「清秋」，詩當繫於秋天，與〈送李八秘書赴杜相公幕〉為同時之作。今依上述這兩點，此詩當繫於大曆二年秋七月作。

最後，今詩又云「風烟巫峽遠，臺榭楚宮虛」，兩句皆夔州景物[236]，因此，時杜甫當在夔州。

〈八月十五日夜月二首〉

黃鶴將此詩繫於永泰元年八月雲安作[237]。趙次公則將此詩繫於大曆二年秋瀼西作[238]。今考此詩當繫於大曆二年中秋瀼西作。

首先，其二詩云「稍下巫山峽，猶銜白帝城」，兩句主詞指月而言，趙次公即曾說：「『稍下』、『猶銜』，指言月也。」[239]「巫山峽」指瞿唐峽，此在杜詩中亦有其例，〈天池〉詩即有「天池馬不到，嵐壁鳥纔通。……。直對

---

235 《杜工部集》（二），卷十五，頁640。《杜詩趙次公先後解輯校》（下），戊帙卷之九，頁1156。《九家集註杜詩》（四），卷二十九，頁1989。《草堂詩箋》（三）則作「山劍元帥杜相國，初屆幕府，參籌畫。相公朝謁，今赴後期也」（卷三十三，頁834）。《錢牧齋先生箋註杜詩》（二），卷十五，頁968。《杜工部詩集》（下），卷十六，頁1407。

236 《杜詩詳注》（二），卷十七，頁1456。

237 黃鶴說：「按《史》：永泰元年八月僕固懷恩及吐蕃、迴紇、黨項、羌渾、奴剌寇邊，故有『刁斗皆催曉』之句。是時公在雲安，故詩又云『稍近巫山峽，猶銜白帝城』。」（《補注杜詩》，卷三十，頁555）此中，「稍近」當為「稍下」之訛。

238 《杜詩趙次公先後解輯校》（上），目錄，頁28。

239 《杜詩趙次公先後解輯校》（下），戊帙卷之七，頁1075。

巫山峽，兼疑夏禹功」詩語，此中，「天池」乃在奉節縣附近，說明如下：
詩題云「天池」（〈天池〉），夔州天池有二：一在奉節縣附近；一在巫山縣
附近。《大明一統志》「夔州府」「山川」下說：「天池，在府治。巫山縣亦
有。唐・杜甫詩『天池馬不到，嵐壁鳥纔通』。」[240]此外，《大清一統志》「夔
州府」「山川」下也說：「天池，在奉節縣西北十五里。源出磨臺山，泉水
湧出，浸可千頃。杜甫詩『天池馬不到』，即此。」[241]最後，《四川通志》「夔
州府」「奉節縣」下也說「天池，在縣西北十五里」；又「巫山縣」下亦
云「天池，在縣西五十里」[242]。問題是：〈天池〉詩中指哪個天池？今據〈天
池〉詩云「九秋驚雁序，萬里狎漁翁」，「九秋」在此指秋，這是因為秋天
有九十日，故曰九秋，朱鶴齡即曾說：「梁元帝《纂要》說：秋曰三秋、九
秋。九秋，九十日也。」[243]那麼，杜甫登天池時在秋天。今若此「天池」指巫
山縣之天池，則杜甫出峽舟經巫山縣當在秋天，然此即與杜甫離夔出峽在三
年春天之實情不合，其有〈大曆三年春白帝城放船出瞿唐峽，久居夔府，將
適江陵，漂泊有詩，凡四十韻〉詩；況且三年暮春杜甫即抵江陵，有〈暮春
江陵送馬大卿公恩命追赴闕下〉詩。因此，「天池」（〈天池〉）當指奉節縣
附近的天池，非指巫山縣的天池[244]。天池既在奉節附近，那麼，「巫山峽」當
指瞿唐而言。

　　今〈八月十五日夜月二首〉其二詩兩詩句既描寫明月在瞿唐上漸落，
然猶連接白帝，那麼，詩當是杜甫八月十五日在夔州時作。其次，時杜甫
當在瀼西，〈十七夜對月〉詩有「秋月仍圓夜，江村獨老身。……。茅齋依
橘柚，清切露華新」諸語。十七日既在瀼西（詳〈十七夜對月〉繫年），那
麼，此前兩夜在瀼西的可能性極高。王嗣奭（1565～1645以後）於〈八月

---

[240]《大明一統志》（下），卷七十，頁1090。

[241]《大清一統志》（九），卷三九八，頁350。

[242]《四川通志》，見《文淵閣四庫全書》，第560冊，卷二十四，頁378與381。

[243]《杜工部詩集》（中），卷十五，頁1323。

[244]另外，《杜詩釋地》亦曾云：「杜甫出峽經過巫山時為初春，與〈天池〉詩中『九秋
　　驚雁序，萬里狎漁翁』時令不合。」（卷四，頁498）

十五日夜月二首〉詩下曾說：「隨有〈十六〉、〈十七夜玩月〉，……，蓋一時之作。」[245]因此，此詩當繫於大曆二年中秋瀼西作。

〈十七夜對月〉

黃鶴將此詩繫於大曆二年瀼西作[246]。趙次公則將此詩繫於大曆二年秋瀼西作[247]。今考此詩當繫於大曆二年秋八月瀼西作。

詩云「秋月仍圓夜，江村獨老身。……。茅齋依橘柚，清切露華新」，繫年分述如下：

首先，詩云「橘柚」，甘橘乃夔州之土產，《華陽國志‧巴志》曾載：魚復縣曾設有橘官[248]。而魚復即唐之奉節縣。此外，《新唐書‧地理志》亦載夔州土貢有「柑、橘」[249]。最後，《大明一統志》「夔州府」「土產」下亦云：「柑、橘，奉節縣、開縣出。」[250]

其次，橘、柚與柑三者相類，先就橘柚而言，《紹興本草校注》說：「柚橘總小大而名之也。」[251]次就橘柑而言，《本草綱目》「果部」「柑」下云：「〔時珍曰〕柑，……。其樹無異于橘，但刺少耳。」[252]橘、柚、柑三者實相類，古人甚至認為橘、柚皆為柑，《本草綱目》「果部」「橘」下云：「孔安國云：小曰橘，大曰柚，皆為柑也。」[253]此外，《本草綱目》「橘」下又云：「〔時珍曰〕……。夫橘、柚、柑三者相類而不同。」[254]據此，「橘柚」實

---

[245] 《杜臆》，見《續修四庫全書》，第1307冊，卷六，頁501。

[246] 《補注杜詩》，卷三十，頁556。

[247] 《杜詩趙次公先後解輯校》（上），目錄，頁28。

[248] 《華陽國志》，卷一，頁12。

[249] 《新唐書》（四），卷四十，頁1029。另亦可參《杜工部詩集》（下），〈阻雨不得歸瀼西甘林〉，卷十六，頁1386。

[250] 《大明一統志》（下），卷七十，頁1090。另亦可參《唐代交通圖考》（四），附篇五，頁1151。

[251] 《紹興本草校注》，452橘柚，頁341。

[252] 《本草綱目》（中），卷三十，頁1465。

[253] 《本草綱目》（中），卷三十，頁1459。

[254] 《本草綱目》（中），卷三十，頁1459。

類於柑。

　　第三，瀼西草堂植有橘柚。杜甫有〈從驛次草堂復至東屯茅屋二首〉詩，此中，「驛」指白帝城之驛，「草堂」指瀼西草堂[255]；詩題言杜甫「從驛借馬，暫次瀼西之草堂，而復至東屯」[256]，而〈從驛次草堂復至東屯茅屋二首〉其一詩又云「山險風烟僻，天寒橘柚垂。築場看斂積，一學楚人為」，「山險」兩句言瀼西；「築場」兩語則言「東屯」。據此，瀼西草堂當有橘柚，杜甫統名之為「甘林」，這是因為橘柚柑三者相類的緣故。那麼，〈十七夜對月〉詩之「茅齋依橘柚」當指瀼西草屋附近之甘林，杜甫即有〈暮春題瀼西新賃草屋五首〉與〈阻雨不得歸瀼西甘林〉諸詩。

　　第四，詩云「茅齋」，又云「江村」，那麼，茅齋當在江畔溪邊，此亦與瀼西附近有清溪（即西瀼水）相合，杜甫〈自瀼西荊扉且移居東屯茅屋四首〉其二詩即有「東屯復瀼西，一種住清溪」之句。因此，依據上述這些理由，「茅齋」當指瀼西草屋。陳貽焮（1924～2000）《杜甫評傳》說：「〈十七夜〉『茅齋依橘柚』，瀼西草屋院內有雙柑，屋後有柑林，作于瀼西無疑。」[257]杜甫在瀼西始於二年暮春，今詩云「秋月仍圓夜」，詩題又云「十七夜」。因此，此詩當繫於大曆二年秋八月瀼西作。黃鶴說：「詩云『江村獨老身』，又云『茅齋依橘柚』，當是大曆二年在瀼西作。」[258]黃鶴之說可從。

〈復愁十二首〉

　　黃鶴將此詩繫於大曆二年瀼溪作[259]。趙次公則將此詩繫於大曆二年秋九

---

[255]《杜工部詩集》（下）說：「『驛』，乃白帝城之驛。『草堂』，瀼西草堂也。」（卷十七，頁1493）此外，《杜詩鏡銓》也說：「『草堂』，瀼西草堂也。」（卷十七，頁862）

[256]《杜詩詳注》（三），卷二十，頁1771。

[257]《杜甫評傳》（下），第十八章，頁1025。

[258]《補注杜詩》，卷三十，頁556。

[259]《補注杜詩》，卷三十，頁567。

月作[260]。今考此詩當繫於大曆二年秋九月夔州作。

首先，其十詩云「江上亦秋色，火雲終不移。巫山猶錦樹，南國且黃
鸝」，「巫山」非指夔州巫山縣之巫山。這是因為杜甫離夔出峽在春天，三
月即抵江陵，杜甫有〈大曆三年春白帝城放船出瞿唐峽，久居夔府，將適江
陵，漂泊有詩，凡四十韻〉與〈暮春江陵送馬大卿公恩命追赴闕下〉詩。因
此，杜甫經巫山縣巫山當亦在春天。若杜甫春天出峽舟經巫山，那麼，〈復
愁〉中的「巫山」當非真指巫山縣之巫山，因為詩中所云「秋色」、「巫山」
諸語與杜甫實際出峽經巫山之經歷不合。據此，〈復愁〉非指巫山縣之巫
山，當指夔州州城附近之山（另詳〈西閣二首〉繫年）。因此，此詩當是杜
甫秋日在夔州時作。

其次，其一詩又云「野鶻翻窺草，村船逆上溪」，此「溪」可指夔州西
瀼水，亦可指東瀼水，然而無論如何，杜甫寓居瀼西、東屯皆在大曆二年，
〈自瀼西荊扉且移居東屯茅屋四首〉其二詩即有「東屯復瀼西，一種住清溪」
詩句。依此，詩當繫於大曆二年秋。黃鶴即曾說：「此詩當是大曆二年在瀼
溪作，故詩云『巫山猶錦樹』，又云『村船逆上溪』。」[261]

第三，其十一詩又云「如今九日至，自覺酒須賒」，既云「九日」，詩
當是大曆二年秋九月夔州時作。

〈九日五首〉

趙次公將此詩繫於大曆元年秋作[262]。黃鶴則將此詩繫於大曆二年夔州
作[263]。今考此詩當繫於大曆二年九日夔州作。

首先，其一詩云「殊方日落玄猿哭，舊國霜前白雁來」，杜詩有以「殊
方」指夔州之例，譬如〈客堂〉詩即有「棲泊雲安縣，消中內相毒。……。
死為殊方鬼，頭白免短促」諸語，而〈客堂〉作於大曆元年春末夏初，時杜

---

[260]《杜詩趙次公先後解輯校》（上），目錄，頁28。

[261]《補注杜詩》，卷三十，頁567。

[262]《杜詩趙次公先後解輯校》（上），目錄，頁23。

[263]《補注杜詩》，卷三十，頁570。

甫在夔州。杜甫在夔州亦時遇猿影啼聲,趙次公即曾說:「『玄猿哭』,則峽中多猿。」[264]此外,朱鶴齡於〈登高〉詩題下亦曾云:「按:詩有『猿嘯哀』之句,定為夔州作。」[265]

其次,其四詩又云「巫峽蟠江路,終南對國門。繫舟身萬里,伏枕淚雙痕」,若杜甫時在夔州,則繫舟所在當在瞿唐附近;今若舟繫於巫峽,再依詩題「九日」二字,則杜甫下峽當在秋天,然此與杜甫真實出峽時間不合,據此,繫舟非於巫峽,當在瞿唐。依據上述這兩點,詩當是杜甫九月九日在夔州時作。

問題是:此詩當是杜甫在夔州哪一年所作的呢?其一詩云「弟妹蕭條各何在,干戈衰謝兩相催」,「干戈」指戰爭,杜甫九日在夔州分別是大曆元年及二年;三年春正月中旬即下峽。今據史,元年九月及二年九月皆有兵禍:

一、大曆元年(766)九月辛巳(二十八日),吐蕃陷原州[266]。

二、大曆二年(767)九月甲寅(初七),吐蕃寇靈州;乙卯(初八),寇邠州;十月戊寅(初一),靈州奏破吐蕃[267]。

若「干戈」指元年九月辛巳(二十八日)吐蕃陷原州,則是年九日杜甫登台時何以能預知干戈後事,據此,「干戈」當非指元年九月吐蕃入侵事,當指二年吐蕃入寇,始較合理。黃鶴即曾說:「詩云『巫峽蟠江路』,當是

---

[264] 《杜詩趙次公先後解輯校》(下),丁帙卷之六,頁825。

[265] 《杜工部詩集》(下),卷十七,頁1473。

[266] 《新唐書·代宗本紀》(一)「大曆元年」下說:「九月辛巳,吐蕃陷原州。」(卷六,頁172)

[267] 《舊唐書·代宗本紀》(二)「大曆二年」說:「(九月)甲寅,吐蕃寇靈州,進寇邠州。……。十月戊寅,靈州奏破吐蕃二萬,京師解嚴。」(卷十一,頁287)此外,《新唐書·代宗本紀》(一)「大曆二年」下也說:「九月甲寅,吐蕃寇靈州。乙卯,寇邠州。……。十月戊寅,朔方軍節度使路嗣恭及吐蕃戰于靈州,敗之。京師解嚴。」(卷六,頁173)最後,《資治通鑑》(十)「大曆二年」下亦云:「九月,吐蕃眾數萬圍靈州,遊騎至潘原、宜祿。……,冬,十月,戊寅,朔方節度使路嗣恭破吐蕃於靈州城下,斬首二千餘級;吐蕃引去。」(卷二百二十四,頁7197)

大歷二年在夔州作。按《舊史》：是年九月吐蕃寇邠州、靈州，京師戒嚴，故詩又云『佳辰對羣盜』。」[268]「干戈」既指二年九月甲寅、乙卯寇靈、邠州事，那麼，此詩當繫於二年九日在夔州時作。

〈傷秋〉

黃鶴將此詩繫於大歷二年秋九月作[269]。今考此詩當繫於大歷二年秋九月作。

詩云「將軍思汗馬，天子尚戎衣」，兩句指吐蕃寇靈州、邠州，京師戒嚴，事在大歷二年秋九月。趙次公即將此詩繫於大歷二年秋作[270]，並云：「此篇吐蕃之禍未息，故云『將軍猶汗馬，天子尚戎衣』。」[271]此外，黃鶴亦云：「梁權道編在大歷元年夔州詩內。然是年無大兵戈，於『將軍思汗馬，天子尚戎衣』之句不協。當是二年，蓋其年九月吐蕃寇靈州、邠州，京師戒嚴。」[272]最後，朱鶴齡亦曾云：「按史：大歷二年九月，吐蕃寇靈州、邠州，京師戒嚴。故有『汗馬』、『戎衣』之句。」[273]因此，詩當繫於其時。

〈柴門〉

黃鶴將此詩繫於大歷元年夏作[274]。趙次公則將此詩繫於大歷二年秋作[275]。今考此詩當繫於大歷二年秋瀼西作。

詩云「泛舟登瀼西，迴首望兩崖」，又云「茅棟蓋一牀，清池有餘

---

[268] 《補注杜詩》，卷三十，頁570。

[269] 《補注杜詩》，卷三十，頁556。

[270] 《杜詩趙次公先後解輯校》（上），目錄，頁29。

[271] 《杜詩趙次公先後解輯校》（下），戊帙卷之九，頁1137。

[272] 《補注杜詩》，卷三十，頁556。

[273] 《杜工部詩集》（下），卷十七，頁1485。

[274] 黃鶴說：「詩云『泛舟登瀼西，回首望兩崖』，又云『東城乾旱天，其氣如焚柴』，當是大歷元年夏末求居於瀼西時作，所以又有『蕭瑟瀼秋色』之句。若云是大歷二年，則是年無旱，又自瀼西遷居東屯矣。」（《補注杜詩》，卷十一，頁218）

[275] 《杜詩趙次公先後解輯校》（上），目錄，頁27。

花」[276]，「瀼西」「茅棟」，當即瀼西新貰之草屋，杜甫有〈暮春題瀼西新貰草屋五首〉詩。杜甫至瀼西在大曆二年暮春；是秋遷居東屯，杜甫有〈自瀼西荊扉且移居東屯茅屋四首〉詩。今〈柴門〉詩又云「蕭颯灑秋色，氛昏霾日車」，那麼，詩當繫於大曆二年秋，其時當尚未移居東屯。仇兆鰲曾說：「黃鶴編在元年，此時初寓草閣，不當云『茅棟』、『清池』也。」[277]

〈又上後園山腳〉

趙次公與黃鶴皆將此詩繫於大曆二年秋作[278]。今考此詩當繫於大曆二年秋瀼西作。

首先，詩云「瘴毒猿鳥落，峽乾南日黃」，既云「峽」，又云「猿」，此詩當是杜甫在夔州時作。其次，杜甫另有〈上後園山腳〉詩，其乃大曆二年夏瀼西作。今詩題云「又上」，當是其後作，然當不晚於三年春，因為杜甫是時已離夔出峽。第三，今詩又云「秋風亦已起，江漢始如湯」，依據前述這些理由，詩當是大曆二年秋瀼西作。黃鶴說：「前有〈上後園山腳〉詩，為大曆二年夏作，則此詩乃其年秋作，故詩云『秋風亦已起』。」[279]此外，仇兆鰲也說：「初上山腳，在大曆二年之夏，此再上山腳，當在是年之秋。」[280]

〈甘林〉

趙次公與黃鶴皆將此詩繫於大曆二年秋作[281]。今考此詩當繫於大曆二年秋瀼西作。

---

[276] 《杜詩新補注》說：「『蓋一床』：言茅屋之小。」（卷十九，頁474）

[277] 《杜詩詳注》（三），卷十九，頁1643。

[278] 《杜詩趙次公先後解輯校》（上），目錄，頁27。《補注杜詩》，卷十二，頁239。

[279] 《補注杜詩》，卷十二，頁239。

[280] 《杜詩詳注》（三），卷十九，頁1661。

[281] 《杜詩趙次公先後解輯校》（上），目錄，頁27。黃鶴說：「詩云『捨舟越西岡』，必是自東屯登瀼西。梁權道編在大曆元年。然詩中言貨豆實送王畿，以添軍旅之用，蓋以大曆二年吐蕃寇近畿，子儀屯涇陽，京師戒嚴，故又云『戎馬何時稀』。是秋，公居東（屯）也。」（《補注杜詩》，卷十三，頁249）

詩題云「甘林」，此當是瀼西甘林，杜甫有〈阻雨不得歸瀼西甘林〉詩。杜甫遷居瀼西在大曆二年暮春，有〈暮春題瀼西新賃草屋五首〉。依此，此詩當是大曆二年暮春移居瀼西後，三年春離夔出峽前作。今〈甘林〉詩又云「相攜行豆田，秋花靄菲菲」，既云「秋花」，此詩當是秋日之作。因此，詩當繫於大曆二年秋瀼西作。

〈暇日小園散病，將種秋菜，督勒耕牛兼書觸目〉

趙次公與黃鶴皆將此詩繫於大曆二年秋瀼西作[282]。今考此詩當繫於大曆二年秋瀼西作。

詩題云「小園」，此當是在瀼西，譬如，〈阻雨不得歸瀼西甘林〉詩即有「園甘長成時，三寸如黃金」之語。又如，杜甫亦有〈將別巫峽贈南卿兄瀼西果園四十畝〉詩。另外，〈小園〉詩亦云「由來巫峽水，本是楚人家。……。秋庭風落果，瀼岸雨頹沙」。歸納言之，那麼，「小園」當在瀼西。依此，〈暇日小園散病〉詩當是杜甫在瀼西時作。杜甫移居瀼西始於大曆二年暮春，然三年春杜甫即出峽去夔。今詩題又云「將種秋菜」，因此，此詩當是大曆二年秋瀼西作。

〈巫峽敝廬奉贈侍御四舅別之澧、朗〉

黃鶴將此詩繫於大曆元年作[283]。趙次公則將此詩繫於大曆二年秋瀼西作[284]。今考此詩當繫於大曆二年秋瀼西作。

---

[282] 《杜詩趙次公先後解輯校》（上），目錄，頁26。黃鶴說：「詩云『不愛入州府，畏人嫌我真。及乎歸茅宇，傍舍未曾嗔』，又云『江村意自放，林木心所欣』，當是大曆二年瀼西作。雖東屯、瀼西俱有茅屋，東屯詩所謂『東屯復瀼西』、『來（往）皆茅屋』是也，然園圃在瀼西。」（《補注杜詩》，卷十三，頁256）此中，「東屯詩」謂〈自瀼西荊扉且移居東屯茅屋四首〉（其二）。

[283] 黃鶴說：「侍御舅之澧州、朗州也。題曰『巫峽敝廬』，而詩云『赤眉猶世亂』，則是在夔州作，時崔旰倡亂，有乘時為盜者，故云。當在大曆元年作。」（《補注杜詩》，卷三十，頁554）

[284] 《杜詩趙次公先後解輯校》（上），目錄，頁28。

「巫峽」在此當指瞿唐，瞿唐在白帝城南，峽屬夔州，因此，「巫峽敞廬」即杜甫在夔州之草堂，亦即瀼西草屋，杜甫有〈暮春題瀼西新賃草屋五首〉、〈晚登瀼上堂〉諸詩。依此，詩當是杜甫在瀼西時作。杜甫遷居瀼西在大曆二年三月。今詩又云「江城秋日落，山鬼閉門中」，既云「秋日」，詩當是大曆二年秋作。仇兆鰲即曾說：「此當是大曆二年秋瀼西作。」[285]

〈寄劉峽州伯華使君四十韻〉

趙次公將此詩繫於大曆元年秋作[286]。黃鶴則將此詩繫於大曆二年秋瀼西作[287]。今考此詩當繫於大曆二年秋瀼西作。

首先，詩云「峽內多雲雨，秋來尚鬱蒸。……哀猿更起坐，落雁失飛騰」，既云「峽」「猿」，詩當是杜甫在夔州時作。其次，詩又云「林居看蟻穴，野食待魚罾」，「林居」指瀼西草屋，這是因為瀼西草屋之北有林，譬如，〈上後園山腳〉詩云「朱夏熱所嬰，清旭步北林」；又如，〈又上後園山腳〉詩亦云「憂來杖匣劍，更上北林岡」。此外，〈暇日小園散病，將種秋菜，督勒耕牛兼書觸目〉詩亦有「江村意自放，林木心所欲」之句。那麼，此詩當是杜甫在瀼西草屋所作。今詩又云「秋」字，因此，詩當是大曆二年秋瀼西作。

〈秋野五首〉

趙次公與黃鶴皆將此詩繫於大曆二年秋瀼西作[288]。今考此詩當繫於大曆二年秋瀼西作。

---

285 《杜詩詳注》（三），卷十九，頁1681。

286 《杜詩趙次公先後解輯校》（上），目錄，頁22。

287 黃鶴說：「詩云『林居看蟻穴，野食待魚罾』，又云『秋來尚鬱蒸』，當是大曆二年在瀼西作。」（《補注杜詩》，卷二十九，頁533）

288 《杜詩趙次公先後解輯校》（上），目錄，頁27。黃鶴說：「詩云『繫舟蠻井絡，卜宅楚村墟』，當是大曆元年在夔州作，是時賃居瀼西。」（《補注杜詩》，卷三十，頁560）此中，「元年」當為「二年」之訛。

　　首先，其一詩云「繫舟蠻井絡，卜宅楚村墟」，「楚」於此指夔州（詳〈老病繫年〉）。其次，其一詩又云「棗熟從人打，葵荒欲自鋤」，「棗熟從人打」事另見於〈又呈吳郎〉詩，是詩云「堂前撲棗任西鄰，無食無兒一婦人」。此詩題之「吳郎」乃寄寓杜甫瀼西草堂者，〈簡吳郎司法〉詩即云「有客乘舸自忠州，遣騎安置瀼西頭」。依此，棗樹當在瀼西草堂前。杜甫移居瀼西草堂乃始於大曆二年暮春。今詩題又云「秋野」，那麼，〈秋野五首〉詩當是大曆二年秋在瀼西時作。翌年春正月即出峽。

〈課小豎鋤斫舍北果林枝蔓荒穢淨訖移牀三首〉

　　黃鶴將此詩繫於大曆二年瀼西作[289]。今考此詩當繫於大曆二年秋瀼西作。

　　首先，其一詩云「山雉防求敵，江猿應獨吟」，兩句「言其所見之事。山雉防求鬭之敵，猿應獨吟之伴」[290]，杜甫在夔州時見江猿，〈暮春題瀼西新賃草屋五首〉其三詩即曾云「細雨荷鋤立，江猿吟翠屏」。其次，詩題云「舍北果林」，而瀼西草屋附近本有果林，〈十七夜對月〉即有「茅齋依橘柚，清切露華新」句，此外，又有〈阻雨不得歸瀼西甘林〉詩。依此，此當指瀼西而言。第三，今〈課小豎鋤斫舍北果林枝蔓荒穢淨訖移牀三首〉其三詩又云「寒水光難近，秋山響易哀」，既云「秋山」，詩當是秋日時作。因此，此詩當繫於大曆二年秋瀼西作。

〈小園〉

　　趙次公與黃鶴皆將此詩繫於大曆二年秋作[291]。今考此詩當繫於大曆二年秋瀼西作。

　　首先，詩云「由來巫峽水，本是楚人家」，「楚」於此指夔州。那麼，詩當是杜甫在夔州時作。其次，詩云「秋庭風落果，瀼岸雨頹沙」，詩題既

---

[289] 黃鶴說：「詩云『背堂資僻遠，在野興清深』，又云『寒水光難近，秋山響易哀』，當是大曆二年在瀼西作。」（《補注杜詩》，卷三十，頁562）

[290] 《杜詩新補注》，卷二十，頁542。

[291] 《杜詩趙次公先後解輯校》（上），目錄，頁29。《補注杜詩》，卷三十二，592。

云「小園」，詩又云「瀼岸」「落果」，此當指杜甫在瀼西果園而言。杜甫移居瀼西乃在大曆二年暮春。今再依「秋庭」兩字，將此詩繫於大曆二年秋瀼西作。黃鶴即曾說：「『園』，即瀼西果園。詩云『秋庭風落果，瀼岸雨頹沙』，當是大歷二年在瀼西作。」[292]大曆三年春正月杜甫即離夔下峽。

〈自瀼西荊扉且移居東屯茅屋四首〉

魯訔與黃鶴皆將此詩繫於大曆二年秋東屯作[293]。趙次公則將此詩繫於大曆二年秋九月作[294]。今考此詩當繫於大曆二年秋東屯作。

詩題云「自瀼西荊扉且移居東屯茅屋」，問題是：杜甫移居東屯在何年呢？首先，杜甫遷居瀼西在大曆二年三月，〈暮春題瀼西新賃草屋五首〉其一詩有「久嗟三峽客，再與暮春期」之句，秋時又有〈阻雨不得歸瀼西甘林〉、〈甘林〉諸詩。其次，杜甫出峽離夔在大曆三年春，有〈大曆三年春白帝城放船出瞿唐峽，久居夔府，將適江陵，漂泊有詩，凡四十韻〉。據此，杜甫遷居東屯當在二年暮春後，三年春出峽前。第三，今〈自瀼西荊扉且移居東屯茅屋四首〉其一詩又云「烟霜淒野日，秔稻熟天風」，說明如下：一、「秔稻」即「粳米」[295]，粳米約熟於八九月，《本草品彙精要》「米谷部中品」「粳米」下云：「〔圖經曰〕三月布種于水田中。……。八九月熟則黃色。……。時〔生〕春生苗。〔采〕九月取實。」[296]二、「霜」乃秋候，譬如，《白氏六帖》「霜」下曾說：「季秋霜始降。」[297]此外，李白〈秋下荊門〉

---

[292] 《補注杜詩》，卷三十二，592。

[293] 魯訔〈年譜〉「大曆二年」下云：「秋，又移居東屯，有〈瀼西荊扉且移居東屯茅屋四首〉，曰：『東屯復瀼西，一種住青溪。來往皆茅屋，淹留為稻畦。』」（《分門集註》（一），年譜，頁109）黃鶴說：「公以大歷二年秋移居東屯，當是其年。魯訔〈年譜〉亦云。」（《補注杜詩》，卷三十二，頁593）

[294] 《杜詩趙次公先後解輯校》（上），目錄，頁29。

[295] 《杜詩詳注》（三），卷二十，頁1746。

[296] 《本草品彙精要》，卷三十六，頁593。

[297] 《白氏六帖》，見《唐代四大類書》（三）（北京：清華大學出版社，2003年），卷一，頁1947。

即有「霜落荊門江樹空，布帆無恙挂秋風」之句。最後，杜甫〈季秋江村〉亦有「素琴將暇日，白首望霜天」之句。依此，杜甫移居東屯茅屋時當在秋天，其〈東屯月夜〉詩即有「青女霜楓重，黃牛峽水喧」之句。依據上述這些理由，杜甫移居東屯當在大曆二年秋。

另外，陸游曾於南宋・孝宗乾道七年（1171）時至東屯並有記文，〈東屯高齋記〉云：「東屯有李氏者，居已數世，距少陵財三易主，大曆中故券猶在。而高齋負山帶谿，氣象良是。……。乾道七年四月十日，山陰陸某記。」[298] 東屯約距白帝城五里，于𡥗〈修夔州東屯少陵故居記〉即曾說：「唐大曆中，少陵先生自成都來夔門，……。始至，暫寓白帝，既而復還瀼西，最後徙居東屯。質之於詩皆可考。峽中多高山峻谷，地少平曠，獨東屯距白帝五里而近，稻田水畦，延袤百頃。前帶清溪，後枕崇岡，樹林蔥蒨，氣象深秀，稱高人逸士之居，少陵於是卜築焉。……慶元三年（1197）十二月初二日朝奉郎權通判夔州軍州兼管內勸農事借緋于𡥗記。」[299] 然未知其方位。〈自瀼西荊扉且移居東屯茅屋四首〉其一詩有「白鹽危嶠北，赤甲古城東」之句，那麼，「東屯」的位置在赤甲之東、白鹽之北[300]。據地志，赤甲又在白帝之北（詳〈黃草〉繫年），換言之，東屯當在白帝偏北之處，那麼，依上述文獻而言，東屯約在白帝城偏北五里之處。

〈簡吳郎司法〉

趙次公將此詩繫於大曆二年秋瀼西作[301]。黃鶴則將此詩繫於大曆二年秋東屯作[302]。今考此詩當繫於大曆二年秋東屯作。

---

[298] 《渭南文集》，見《宋集珍本叢刊》（北京：綫裝書局，2004年），卷十七，頁166～167。

[299] 《杜甫卷》（三），頁693。另亦可參《全蜀藝文志》，見《文津閣四庫全書》，第1384冊，卷三十九，頁668～669。

[300] 《杜詩詳注》（三），卷二十，頁1746。

[301] 《杜詩趙次公先後解輯校》（上），目錄，頁27。

[302] 黃鶴說：「詩云『有客乘舸自忠州，遣騎安置瀼西頭』，又云『風江颯颯亂帆秋』，蓋公大曆二年秋自瀼西遷東屯，故以草堂借吳郎也。當是大曆二年作。」（《補注杜

　　詩云「有客乘舸自忠州，遣騎安置瀼西頭」，「安置瀼西頭」當指安置
於杜甫之瀼西草堂。杜甫遷居瀼西在二年暮春，三年春即出峽。今詩又云
「雲石熒熒高葉曙，風江颯颯亂帆秋」，既云「秋」字，那麼，詩當是大曆二
年秋作。

　　此外，杜甫另有〈又呈吳郎〉詩，詩又云「堂前撲棗任西鄰，無食無
兒一婦人」。若依〈簡吳郎司法〉之「安置瀼西頭」，此「堂」當亦指瀼西
草堂。吳郎既暫借於瀼西草堂，又云「堂前撲棗任西鄰」，則杜甫當居於別
處—東屯，故以詩簡之，《杜詩詳注》即曾說：「遠注：大曆二年，公移居
東屯，以瀼西草堂，借吳寓居，而簡之也。」[303] 今依「又呈」與「堂」字，認
定兩詩當是先後之作，黃鶴即曾說：「同前篇一時作。」[304] 那麼，〈又呈吳郎〉
當繫於二年秋東屯作。〈又呈吳郎〉既作於東屯，則其前詩〈簡吳郎司法〉
當亦東屯作。

〈東屯月夜〉

　　趙次公與黃鶴皆將此詩繫於大曆二年秋東屯作[305]。今考此詩當繫於大曆
二年秋九月東屯作。

　　詩題云「東屯月夜」，那麼，詩當是杜甫在東屯時作。杜甫徙居東屯在
大曆二年。今詩又云「青女霜楓重，黃牛峽水喧」，「青女」乃降霜之神[306]，

詩》，卷二十八，頁 522）

[303] 《杜詩詳注》（三），卷二十，頁 1761。

[304] 《補注杜詩》，卷二十八，頁 522。

[305] 《杜詩趙次公先後解輯校》（上），目錄，頁 29。黃鶴說：「大曆二年秋，公自瀼西移
　　居東屯，當是其年作。」（《補注杜詩》，卷三十二，頁 595）

[306] 《淮南鴻烈解》說：「青女乃出以降霜雪。」見《文淵閣四庫全書》，第 848 冊，卷
　　三，頁 536。此外，《杜詩趙次公先後解輯校》（下）說：「青女者，霜神名。《淮南
　　子》曰：青女出以降霜。」（戊帙卷之八，頁 1130）此外，《杜詩詳注》（三）也說：
　　「《淮南子》：秋三月，青女出以降霜。高誘注：青女，天神，主霜雪。」（卷二十，頁
　　1735）

今云「霜重」乃秋深之意[307]。因此，此詩當是大曆二年秋九月東屯時作。

〈暫往白帝復還東屯〉

黃鶴將此詩繫於大曆二年秋東屯作[308]。趙次公則將此詩繫於大曆二年冬作[309]。今考此詩當繫於大曆二年九月東屯作。

詩題云「復還東屯」，那麼，詩當是杜甫回東屯之作。杜甫遷居東屯乃大曆二年。今詩又云「復作歸田去，猶殘穫稻功」，「猶殘」乃刈稻未完[310]。問題是：稻穫當在幾月呢？趙次公以為是在十月，並注云：「《詩》云：十月獲稻也。」[311]於是趙次公遂將此詩繫於二年冬作。

事實上，東屯稻穫當在九月，且此時已有寒氣，〈茅堂檢校收稻二首〉其一詩即曾云「香稻三秋末，平田百頃間。……。御袷侵寒氣，嘗新破旅顏」，「茅堂」乃指東屯茅堂[312]；今〈茅堂檢校收稻二首〉詩題既云及「收稻」，詩中又云「三秋末」，那麼，稻穫當在九月，所謂秋收也。依此，〈暫往白帝復還東屯〉詩當繫於大曆二年九月在東屯時作。

〈茅堂檢校收稻二首〉

黃鶴將此詩繫於大曆二年秋末瀼西作[313]。今考此詩當繫於大曆二年秋九月東屯作。

---

[307] 《杜詩詳注》（三）說：「『秋深』，故霜落重。」（卷二十，頁1770）

[308] 黃鶴說：「公以大曆二年秋居東屯，此詩當作於其時。」（《補注杜詩》，卷三十二，頁600）

[309] 《杜詩趙次公先後解輯校》（上），目錄，頁30。

[310] 《杜詩詳注》（三）說：「『猶殘』，刈穫未完也。」（卷二十，頁1772）此外，《杜詩新補注》亦曾云：「『殘』，餘。此句謂猶餘穫稻功。指收稻之功未完。」（卷二十，頁559）

[311] 《杜詩趙次公先後解輯校》（下），戊帙卷之十，頁1167。

[312] 朱鶴齡於〈茅堂檢校收稻二首〉詩題下說：「東屯茅堂。」（《杜工部詩集》（下），卷十七，頁1494）此外，盧元昌《杜詩闡》（四）（台北：台灣大通書局，1974年）於〈茅堂檢校收稻二首〉詩題下亦曾云：「此於東屯檢校收稻之事。」（卷二十八，頁1390）

[313] 《補注杜詩》，卷三十二，頁594。

　　黃鶴將此詩繫於二年秋末瀼西作，這是因為他認為稻畦當在瀼西的緣故，他說：「公在夔，事種稻，故耕。於東屯、瀼西俱有茅屋，故〈（自瀼西荊扉且）移居東屯茅屋〉云『東屯復瀼西，一種住青溪。來往兼茅屋，淹留為稻畦』。今云『香稻三秋末』，當是大曆二年瀼西作，蓋是年秋末又自東屯反瀼西也。」[314]然此說有誤，關鍵在於稻畦在東屯，非瀼西，說明如下：

　　首先，杜甫種稻乃在東屯，譬如，〈自瀼西荊扉且移居東屯茅屋四首〉其二詩即有「東屯復瀼西，一種住清溪。來往皆茅屋，淹留為稻畦。市喧宜近利，林僻此無蹊」，仇兆鰲說：「東西兩舍，總在清溪，今特移屯者，一為穫稻而來，一為避喧而至也。」[315]亦即，移居東屯乃為穫稻避喧，換言之，稻田在東屯。又如，〈暫往白帝復還東屯〉詩亦有「復作歸田去，猶殘穫稻功」之句。今〈茅堂檢校收稻二首〉詩題既云及「收稻」，那麼，詩當是在東屯作。

　　其次，其一詩又云「香稻三秋末，平田百頃間」，「平田百頃」本即東屯稻田面積，譬如，〈夔州歌十絕句〉其六詩云「東屯稻畦一百頃，北有澗水通青苗」。此外，〈行官張望補稻畦水歸〉詩亦云「東屯大江北，百頃平若案」。最後，〈修夔州東屯少陵故居記〉亦曾云：「稻田水畦，延袤百頃。」據此，此詩無疑是杜甫在東屯收稻所作。杜甫在東屯乃大曆二年，三年春即下峽。最後，詩既云「三秋末」，詩當是秋末作。因此，此詩當繫於大曆二年秋末在東屯作。仇兆鰲即曾說：「此是大曆二年東屯作。盧注：瀼西有果園而無稻田，公以課園責之豎子，以稻畦責之行官，前詩自明。鶴注作瀼西茅屋，誤矣。」[316]

---

[314]《補注杜詩》，卷三十二，頁594。

[315]《杜詩詳注》（三），卷二十，頁1747。

[316]《杜詩詳注》（三），卷二十，頁1773。

〈刈稻了詠懷〉

黃鶴將此詩繫於大曆二年初冬作[317]。趙次公則將此詩繫於大曆二年冬作[318]。今考此詩當繫於大曆二年九月東屯作。

首先，詩題云「刈稻」，杜甫刈稻乃在東屯，〈暫往白帝復還東屯〉詩即有「復作歸田去，猶殘穫稻功」。依此，詩當是在東屯作。

其次，〈刈稻了詠懷〉詩又云「寒風疏草木，旭日散雞豚」，杜甫在東屯刈稻乃於九月，其時已有寒氣，〈茅堂檢校收稻二首〉即有「香稻三秋末，平田百頃間。……。御裌侵寒氣，嘗新破旅顏」諸語。那麼，詩當是九月作。

第三，今詩又云「野哭初聞戰，樵歌稍出村」，此「戰」當指大曆二年九月初七、初八吐蕃寇靈、邠兩州。然十月初一，靈州即奏破吐蕃事（詳〈九日五首〉繫年）。今既云「初」字，當在九月。依據上述這三個理由，詩當繫於大曆二年九月作，時杜甫在東屯。

〈雨四首〉

黃鶴將此詩繫於大曆二年冬瀼西作[319]。今考此詩當繫於大曆二年九月東屯作。

首先，其二詩云「高軒當灧澦，潤色靜書帷」，「灧澦」即灧澦堆，又稱淫預石，《水經注疏》說：「水門之西，江中有孤石為淫預石，冬出水二十餘丈，夏則沒，亦有裁出處矣。」[320]灧澦堆約在夔州州城西南附近，譬

---

[317] 黃鶴說：「詩云『稻穫空雲水，川平對石門。寒風疏草木，旭日散雞豚』，當是大曆二年初冬作。是年九月、十月吐蕃入寇，故又云『野哭初聞戰』。」（《補注杜詩》，卷三十二，頁603）

[318] 《杜詩趙次公先後解輯校》（上），目錄，頁30。

[319] 黃鶴說：「詩云『高軒當灧澦』，又云『神女花鈿落』，雖是夔州詩，今以『柴扉臨野碓，半濕搗香秔』、『朔風鳴淅淅』、『物色歲將宴』等句，當是大曆二年冬瀼西作。」（《補注杜詩》，卷三十二，頁597）

[320] 《水經注疏》（下），卷三十三，頁2817。

如，《太平寰宇記》「山南東道」「夔州」下說：「灩澦堆，周迴二十丈，在州西南二百步，蜀江中心，瞿塘峽口。冬水淺，屹然露百餘尺，夏水漲，沒數十丈，其狀如馬，舟人不敢進。」[321]此外，《方輿勝覽》「夔州路」「夔州」下也說：「灩澦堆，在州西南二百步瞿唐峽口蜀江之心。」[322]最後，《大明一統志》「夔州府」「山川」下亦云：「灩澦堆，在瞿唐峽口江心，突兀而出。《水經》云：『白帝城西有孤石，冬出水二十餘丈，夏即沒，秋時方出。』」[323]依此，灩澦堆在夔州州城西南附近。那麼，依「高軒」兩句與詩題，詩當是在夔州時作。

其次，其一詩又云「柴扉臨野碓，半濕搗香粳」，「搗香粳」亦是東屯事。第三，其一詩又云「秋日新霑影，寒江舊落聲」；其二又云「暮秋霑物冷，今日過雲遲」，既云「秋日」、「暮秋」，詩當是大曆二年九月東屯時作。

〈雲〉

黃鶴將此詩繫於大曆二年東屯作[324]。今考此詩當繫於大曆二年秋末東屯作。

首先，詩云「龍以瞿唐會，江依白帝深」，既云「瞿唐」，又云「白帝」，詩當是在夔州時作。其次，詩又云「收穫辭霜渚，分明在夕岑」，「收穫」當指稻穫，仇兆鰲說：「『收穫』句，即〈刈稻咏懷〉詩：『稻穫空雲水。』」[325]而耕稼稻穫乃東屯事，杜甫移居東屯在大曆二年秋。此外，東屯稻穫乃在九月末，杜甫有〈暫往白帝復還東屯〉與〈茅堂檢校收稻二首〉等詩。最後，今詩又云「霜」字，因此，此詩當是大曆二年秋末東屯作。

---

[321]《太平寰宇記》（六），卷一百四十八，頁2875。另亦可參《杜詩詳注》（二），卷十五，頁1281。

[322]《方輿勝覽》（下），卷五十七，頁1011。

[323]《大明一統志》（下），卷七十，頁1089。

[324]黃鶴說：「詩云『收穫辭霜渚，分明在夕岑』，當是大曆二年東屯作。」（《補注杜詩》，卷三十二，頁596）

[325]《杜詩詳注》（三），卷二十，頁1786。

〈夔府書懷四十韻〉

黃鶴將此詩繫於大曆元年作[326]。趙次公則將此詩繫於大曆二年秋作[327]。今考此詩當繫於大曆二年秋夔州作。

「夔府」當即夔州州城,〈秋日夔府詠懷奉寄鄭監審李賓客之芳一百韻〉即有「絕塞烏蠻北,孤城白帝邊」之句。今〈夔府書懷四十韻〉詩云「扈聖崆峒日,端居灩澦堆」,今已知灩澦堆約在夔州州城西南附近。若依詩題及詩語所述,詩當是杜甫在夔州時作。

今詩又云「地蒸餘破扇,冬暖更纖絺」,此言夔州地蒸冬暖,換言之,此乃杜甫在夔州之經歷,趙次公於「地蒸」兩句下說:「公以永泰元年五月離成都,……。以今年三月過望,自雲安至夔,至冬在焉。公所親經是冬,見夔之風土多暄如此,故今言之,乃實道其事也。」[328]

今詩再云「賞月延秋桂,傾陽逐露葵」,既言「秋」字,詩當是杜甫在夔州經冬涉秋之作。因此,此詩當作於大曆二年秋。趙氏繫年之說可從。

〈第五弟豐獨在江左,近三、四載寂無消息,覓使寄此二首〉

黃鶴將此詩繫於大曆元年作[329]。趙次公則將此詩繫於大曆二年秋作[330]。今考此詩當繫於大曆二年秋夔州作。

首先,其二詩云「影著啼猿樹,魂飄結蜃樓」,三峽兩岸本有高猿啼

---

[326] 黃鶴說:「詩云『綠林寧小寇,雲夢欲難追』,當是大曆元年作,指崔旰之亂未已矣。」(《補注杜詩》,卷二十九,頁541)

[327] 《杜詩趙次公先後解輯校》(上),目錄,頁28。

[328] 《杜詩趙次公先後解輯校》(下),戊帙卷之七,頁1070。

[329] 黃鶴說:「詩云『十年朝夕淚,衣袖不曾乾』。按:公天寶十五載丙申避亂與諸弟相別,至大曆元年丙午為『十年』,當是其年在夔州作,故詩又云『楚設關城險』。」(《補注杜詩》,卷三十,頁554)

[330] 《杜詩趙次公先後解輯校》(上),目錄,頁27。

嘯。瞿唐峽又為盛唐三峽之首[331]，因此，瞿唐峽岸附近當亦有猿聲。而白帝城與州城在瞿唐北邊不遠，因此白帝城與州城當亦有猿啼之聲，〈秋興八首〉其二即有「夔府孤城落日斜，每依北斗望京華。聽猿實下三聲淚，奉使虛隨八月槎」諸句。今〈第五弟豐獨在江左〉其一詩又云「楚設關城險，吳吞水府寬」，「楚」於此指夔州，趙次公即曾說：「『楚』，則夔州為楚之地。」[332]那麼，〈第五弟豐獨在江左〉詩當是杜甫在夔州時作。

其次，其二詩云「風塵淹別日，江漢失清秋」，「失清秋」謂失去賞秋之心[333]。依此，詩當是秋日之作。第三，其二詩又云「明年下春水，東盡白雲求」。據〈大曆三年春白帝城放船出瞿唐峽，久居夔府，將適江陵，漂泊有詩，凡四十韻〉詩題，杜甫下瞿唐峽在大曆三年春。今詩云「明年下春水」，那麼，今年當是大曆二年。依據上述這三個理由，此詩當繫於大曆二年秋夔州作。

〈夜雨〉

黃鶴將此詩繫於大曆二年秋作[334]。今考此詩當繫於大曆二年秋夔州作。

詩云「天寒出巫峽，醉別仲宣樓」，「巫峽」在此指瞿唐峽。杜甫另有〈更題〉詩，是詩有「直怕巫山雨，真傷白帝秋」之句，「巫山」在此亦指夔州州城附近之山。依此，〈夜雨〉與〈更題〉兩詩當是杜甫在夔州同時之作。〈夜雨〉詩「天寒」兩句乃「思出峽」；〈更題〉詩「直怕」兩句乃

---

[331] 《唐代交通圖考》（四）說：「盛唐時代，夔門之峽號為三峽之首者，已稱為瞿塘峽。」（篇二九，頁1125）

[332] 《杜詩趙次公先後解輯校》（下），戊帙卷之四，頁995。

[333] 《杜詩新補注》說：「別離使其無賞秋之心，故云『失清秋』。」（卷十七，頁397）

[334] 黃鶴說：「詩云『天寒出巫峽，醉別仲宣樓』，當是大曆二年秋作。明年正月果出峽。」（《補注杜詩》，卷二十九，頁538）此外，杜甫另有〈更題〉詩，黃鶴亦將此詩繫於二年秋作，他說：「大曆二年秋作，與前一詩俱有意於出峽，況又謂之『更題』。」（頁538）

「『見此地斷難再留』」[335]。斷難再留，則出峽前作。那麼，兩詩繫年最晚當斷於大曆三年春。今兩詩皆有「秋」字[336]，因此，詩當繫於大曆二年秋作。

〈送田四弟將軍將夔州柏中丞命，起居江陵節度使陽城郡王衛公幕〉

黃鶴將此詩繫於大曆元年秋作[337]。仇兆鰲則將此詩繫於大曆二年秋作[338]。今考此詩當繫於大曆二年秋夔州作。

首先，詩題云「陽城郡王衛公幕」，此當即指陽城郡王衛伯玉，衛伯玉封王在大曆二年六月二十四日（詳〈奉賀陽城郡王太夫人恩命加鄧國太夫人〉繫年）。依此，詩當是其後作。

其次，今詩又云「燕辭楓樹日，雁度麥城霜」，既云「霜」字，詩當是秋作，仇兆鰲即曾云：「五、六送別秋景。」[339]因此，此詩當繫於大曆二年秋作，時杜甫在夔州。

〈大曆二年九月三十日〉

黃鶴將此詩繫於大曆二年九月三十日東屯作[340]。今考此詩當繫於大曆二年九月三十日夔州作。

首先，詩題云「大曆二年九月三十日」，那麼，詩當作於其時。其次，詩又云「璋餘夔子國，霜薄楚王宮」，夔州於春秋時為「夔子國」，劉禹錫

---

335 《杜詩詳注》（三）說：「公在夔則思出峽。」（卷十九，頁1677）又云：「『怕雨』『傷秋』，見此地斷難再留矣。」（頁1678）

336 〈夜雨〉詩云「小雨夜復密，迴風吹早秋」；〈更題〉詩云「直怕巫山雨，真傷白帝秋」。

337 黃鶴說：「當是大曆元年秋作，明年卿二翁權夔州矣。」（《補注杜詩》，卷三十，頁562）

338 仇兆鰲說：「衛伯玉封王，在大曆二年，此詩亦二年所作。黃鶴編在元年者，非。」（《杜詩詳注》（三），卷二十一，頁1835）

339 《杜詩詳注》（二），卷二十一，頁1835。

340 《補注杜詩》，卷三十二，頁602。

〈夔州刺史廳壁記〉曾說：「夔在春秋為子國。」[341] 此外，《太平寰宇記》「山南東道」「夔州」下也說：「春秋時為夔子國。」[342] 最後，趙次公亦曾云：「夔州，古夔子國也。」[343] 因此，此詩當繫於大曆二年九月三十日在夔州時作。

最後，黃鶴依「小搖落」諸字，將此詩繫於東屯作，他說：「詩云『年年小搖落，不與故園同』，蓋在東屯也。」[344] 然此說恐值斟酌。杜甫遷居東屯雖在大曆二年秋，然其時尚往來瀼西、東屯；白帝、東屯間，杜甫有〈從驛次草堂復至東屯茅屋二首〉與〈暫往白帝復還東屯〉詩。據此，僅依詩題「大曆二年九月三十日」或「小搖落」等字，尚無法斷定詩作於東屯，僅能確定作於夔州。

〈十月一日〉

黃鶴將此詩繫於大曆二年東屯作[345]。今考此詩當繫於大曆二年十月一日夔州作。

首先，詩云「夜郎溪日暖，白帝峽風寒」，「峽」指白帝城南之瞿唐峽。其次，詩又云「有瘴非全歇，為冬亦不難」，杜詩亦有以「瘴」字來形容描述夔州之例，譬如，〈不離西閣二首〉其一詩之「地偏應有瘴，臘近已含春」；又如，〈又上後園山腳〉詩之「瘴毒猿鳥落，峽乾南日黃」；又如，〈大曆二年九月三十日〉詩之「瘴餘夔子國，霜薄楚王宮」。依上述這兩點，詩當是夔州時作。

第三，王洙、趙次公、郭知達、蔡夢弼、錢謙益與朱鶴齡諸本皆將此詩置於〈大曆二年九月三十日〉後，趙、蔡兩家並將兩詩繫於二年夔州作[346]。

---

341 《全唐文》（六），卷六〇六，卷6119。

342 《太平寰宇記》（六），卷一百四十八，頁2871。

343 《杜詩趙次公先後解輯校》（下），戊帙卷之九，頁1163。

344 《補注杜詩》，卷三十二，頁602。

345 黃鶴說：「詩云『夜郎溪日暖，白帝峽風寒』，當是大曆二年在東屯作。」（《補注杜詩》，卷三十二，頁602）

346 《杜工部詩》（二），卷十六，頁730～731。《杜詩趙次公先後解輯校》（下），戊帙卷之九、十，頁1163～1164。《九家集註杜詩》（五），卷三十二，頁2293～2294。

今從舊次，將此詩繫於大曆二年十月一日夔州時作。

〈東屯北崦〉

趙次公與黃鶴皆將此詩繫於大曆二年東屯時作[347]。今考此詩當繫於大曆二年九、十月東屯作。

首先，詩題云「東屯北崦」，詩當亦杜甫在東屯時作。杜甫移居東屯在大曆二年秋。其次，今詩又云「遠山回白首，戰地有黃塵」，據史，「戰地」句指二年九月甲寅、乙卯（初七、初八）吐蕃寇靈、邠兩州；十月戊寅（初一），靈州奏破吐蕃事（詳〈九日五首〉繫年）。黃鶴對此即曾說：「公以大曆二年秋移居東屯。……。又云『戰地有黃塵』，蓋是年吐蕃寇邠州、靈州；靈州奏破吐蕃二萬。」[348]依此，詩當繫於大曆二年九、十月東屯時作。

〈孟冬〉

黃鶴將此詩繫於大曆元年作[349]。趙次公則將此詩繫於大曆二年冬作[350]。今考此詩當繫於大曆二年十月夔州作。

《草堂詩箋》（三），卷三十三，頁836。《錢牧齋先生箋註杜詩》（二），卷十六，頁1027～1028。《杜工部詩集》（下），卷十七，頁1495～1496。最後，《杜詩趙次公先後解輯校》與《草堂詩箋》並將兩詩繫於大曆二年夔州作，見《杜詩趙次公先後解輯校》（上），目錄，頁29～30。《草堂詩箋》（一），目錄，頁61。

[347] 《杜詩趙次公先後解輯校》（上），目錄，頁29。《補注杜詩》，卷三十二，頁595。

[348] 《補注杜詩》，卷三十二，頁595。

[349] 黃鶴說：「此詩當是大曆元年作。是年秋，多雨，七月，洛水溢，今故有『暫喜息蛟螭』之句。是冬，《史》書『無雪』，所以又云『寒薄而瘴隨』。梁權道編在二年。」（《補注杜詩》，卷三十二，頁604）今分述如下：首先，黃鶴所舉《史》載七月洛水泛溢事，僅及於河南諸州。《舊唐書・代宗本紀》（二）「大曆元年七月」下載：「自五月大雨，洛水泛溢，漂溺居人盧舍二十坊。河南諸州水。」（卷十一，頁283）其次，黃鶴認為：「寒薄」當意指「無雪」。其再據史，「無雪」在大曆元年冬，譬如，《舊唐書・代宗本紀》（二）「大曆元年」即載：「是冬無雪。」（卷十一，頁285）因此，此詩當繫於大曆元年冬作。問題是：史書所云之大曆元年冬無雪，是否含及夔州，本即有疑問，何況黃鶴亦未舉實例。

[350] 《杜詩趙次公先後解輯校》（上），目錄，頁30。

　　首先，詩云「巫峽寒都薄，黔溪瘴遠隨」，「巫峽」指瞿唐，非指巫山縣以東之巫峽。因為，此詩之「巫峽」若指巫山縣以東之巫峽，再據詩題「孟冬」兩字，則杜甫途經巫峽當在十月；若杜甫十月舟下巫峽，則此與杜甫實際下峽時間不合，其下峽在春正月，三月即抵江陵。因此，「巫峽」非指巫山縣以東之巫峽，當指瞿唐。

　　其次，詩又云「破甘霜落爪，嘗稻雪翻匙」，「甘果」、「秔稻」皆大曆二年事，杜甫有〈阻雨不得歸瀼西甘林〉與〈暫往白帝復還東屯〉諸詩。因此，此詩當繫於大曆二年十月夔州作。

〈觀公孫大娘弟子舞劍器行并序〉

　　趙子櫟、趙次公與黃鶴皆將此詩繫於大曆二年十月作[351]。今考此詩當繫於大曆二年十月夔州作。

　　首先，〈序〉云「大曆二年十月十九日，夔州別駕元持宅，見臨穎李十二娘舞劍器，壯其蔚跂」，那麼，詩當是大曆二年十月作。其次，詩又云「臨穎美人在白帝，妙舞此曲神揚揚」，既云「白帝」，詩當是在夔州時作。因此，此詩當繫於大曆二年十月夔州時作。

〈晚〉

　　黃鶴將此詩繫於大曆元年夔州作[352]。趙次公則將此詩繫於大曆二年冬作[353]。今考此詩當繫於大曆二年秋冬東屯作。

---

[351] 趙子櫟〈年譜〉「大曆二年」下云：「其年十月十九，有〈觀公孫大娘弟子舞劍器〉詩。」（見《杜工部草堂詩箋》（百部叢書集成），年譜，頁34）趙次公將此詩繫於大曆二年冬（見《杜詩趙次公先後解輯校》（上），目錄，頁30），又云「十月十九日見之，此所謂『映寒日』」（戊帙卷之十，頁1181）。黃鶴則說：「大曆二年十月公雖在東屯，而今〈序〉云『夔州別駕元持宅，見李十二娘舞劍器』，殆是公暫出府中也。」（《補注杜詩》，卷十三，頁259）

[352] 黃鶴說：「詩云『杖藜尋晚巷，炙背近牆暄』，又云『朝廷問府主，耕稼學山村』，當是大曆元年夔州作。」（《補注杜詩》，卷三十二，頁595）

[353] 《杜詩趙次公先後解輯校》（上），目錄，頁31。

詩云「朝廷問府主，耕稼學山村」，杜詩中，「耕稼」乃東屯事。杜甫在東屯乃大曆二年秋冬，明年正月即出峽。因此，此詩當繫於大曆二年秋冬。仇兆鰲即曾說：「當是大歷二年東屯作，故有『耕稼』之句。」[354]

〈戲作俳諧體遣悶二首〉

黃鶴將此詩繫於大曆元年夔州作[355]。趙次公則將此詩繫於大曆二年冬作[356]。今考此詩當繫於大曆二年秋冬東屯作。

首先，其二詩云「西歷青羌坂，南留白帝城」，既云「南留白帝城」，詩當是杜甫在夔州時作。其次，其一詩又云「治生且耕鑿，只有不關渠」，「耕鑿」謂耕田鑿井。耕種乃杜甫於東屯時事。依此，詩當是大曆二年秋冬東屯作。仇兆鰲即曾說：「詩有『治生且耕鑿』句，知是大曆二年作。」[357]

〈從驛次草堂復至東屯茅屋二首〉

趙次公將此詩繫於大曆二年秋作[358]。黃鶴則將此詩繫於大曆二年冬作[359]。今考此詩當繫於大曆二年秋冬東屯作。

詩題云及「復至東屯」，詩當亦杜甫在東屯時作。杜甫於東屯乃大曆二年秋冬，三年春即出峽。今其一詩又云「山險風烟僻，天寒橘柚垂」，既云「寒」字；且「橘柚」黃熟於秋冬（詳〈放船〉繫年），據此，詩當是二年秋冬東屯作。

---

354 《杜詩詳注》（三），卷二十，頁1756。

355 黃鶴說：「詩云『西歷青羌坂，南留白帝城』，蓋大歷元年公初至夔州時作，惟其習俗之異而記之，故首云『異俗吁可怪』。」（《補注杜詩》，卷三十二，頁602）

356 《杜詩趙次公先後解輯校》（上），目錄，頁30。

357 《杜詩詳注》（三），卷二十，頁1793。

358 《杜詩趙次公先後解輯校》（上），目錄，頁29。

359 黃鶴說：「題云『復至』，則是大歷二年自東屯歸瀼西後也。……。此詩云『山險風煙合，天寒橘柚垂』，當是其年冬作。」（《補注杜詩》，卷三十二，頁600）

〈白帝城樓〉

趙次公將此詩繫於大曆元年冬作[360]。黃鶴則將此詩繫於大曆二年歲晏作[361]。今考此詩當繫於大曆二年冬夔州作。

首先，詩題云「白帝城樓」，那麼，樓當在白帝城。依此，詩當是夔州時作。第二，詩云「夷陵春色起，漸擬放扁舟」，既云「春色起」「擬放扁舟」，則詩當是三年春正月下峽前作。第三，詩又云「江度寒山閣，城高絕塞樓」，「寒山」可指秋冬之山，然若據「春色起」三字，「寒山」在此當指冬日，而非秋時，較屬合理。黃鶴說：「明年正月公出峽，所以有『夷陵春色起，漸擬放扁舟』之句。」[362]依據上述這三個理由，此詩當繫於大曆二年冬時作，時杜甫尚在夔州。

〈上卿翁請修武侯廟遺像缺落時崔卿權夔州〉

黃鶴將此詩繫於大曆二年作[363]。今考此詩當繫於大曆二年夏秋後夔州作。

首先，詩題云「武侯廟」，又云「時崔卿權夔州」，那麼，此「武侯廟」當指夔州之諸葛廟，非成都之武侯祠堂。依此，詩當是在夔州時作。

其次，杜甫移居夔州乃大曆元年春晚，柏貞節為夔州都督兼夔州刺史，事在大曆元年（詳〈奉送蜀州柏二別駕將中丞命赴江陵，起居衛尚書太夫人，因示從弟行軍司馬位〉繫年）；二年夏秋仍鎮夔州，杜甫〈園人送瓜〉詩即有「柏公鎮夔國」句；〈送田四弟將軍將夔州柏中丞命，起居江陵節度使陽城郡王衛公幕〉亦有「燕辭楓樹日，雁度麥城霜」之語。今云「崔卿權夔州」，當是二年夏秋後事。黃鶴說：「公大歷元年至夔時，乃柏都督，公嘗為柏作〈謝上表〉；又有〈陪柏中丞陪宴將士二首〉，其詩作於冬。則『崔

---

[360] 《杜詩趙次公先後解輯校》（上），目錄，頁24。
[361] 黃鶴說：「此詩當是大歷二年歲晏作。」（《補注杜詩》，卷三十一，頁578）
[362] 《補注杜詩》，卷三十一，頁578。
[363] 《補注杜詩》，卷二十九，頁544。

卿權州』，必在二年，此當是二年作。」[364] 據此，此詩當繫於二年夏秋後夔州時作，三年春杜甫即下峽。

〈寄裴施州〉

黃鶴將此詩繫於永泰元年冬作[365]。趙次公則將此詩繫於大曆二年冬作[366]。今考此詩當繫於大曆二年冬東屯作。

詩云「幾度寄書白鹽北，苦寒贈我青羔裘」，「白鹽」即白鹽山，山在夔州州城東，譬如，《方輿勝覽》「夔州路」「夔州」下即曾說：「白鹽山，在城東十七里。崖壁五十餘里，其色炳耀，狀若白鹽。」[367]此外，《太平寰宇記》「山南東道」「夔州」「奉節縣」下亦云：「白鹽山，在州城潤東。」[368]最後，《大明一統志》「夔州府」「山川」下亦云：「白鹽山，在府城東十七里，崖壁高峻，色若白鹽。昔張珙嘗書『白鹽赤甲』四大字于上。」[369]依此，「白鹽山」在夔州城東。

「白鹽北」即白鹽山之北，杜甫所居，趙次公說：「白鹽者，夔州之山。公居白鹽之北。」[370]杜甫居白鹽之北，亦即東屯，朱鶴齡進一步引杜詩為證說：「公以大曆二年秋移居東屯，東屯正在白鹽之北，公〈移東屯〉詩『白鹽危嶠北』可證，則知是詩乃二年冬所作也。」[371]今詩既云「白鹽北」，又云「苦寒」，此詩當繫於大曆二年冬東屯作。

---

364 《補注杜詩》，卷二十九，頁544。

365 黃鶴說：「詩云『幾度寄書白鹽北，苦寒贈我青羔裘』，故定為在永泰元年冬。」（《補注杜詩》，卷十三，頁255）

366 《杜詩趙次公先後解輯校》（上），目錄，頁30。

367 《方輿勝覽》（下），卷五十七，頁1009。另亦可參《錢牧齋先生箋註杜詩》（二），卷十四，頁929。此外，《大元混一方輿勝覽》（上）「夔州路」下亦云：「白鹽山，在城東。崖壁炳耀，狀若白鹽。」（卷中，頁284）

368 《太平寰宇記》（六），卷一百四十八，頁2875。

369 《大明一統志》（下），卷七十，頁1087～1088。

370 《杜詩趙次公先後解輯校》（下），戊帙卷之十一，頁1212。

371 《杜工部詩集》（下），卷十八，頁1520～1521。

〈寫懷二首〉

趙次公與黃鶴皆將此詩繫於大曆二年冬作[372]。今考此詩當繫於大曆二年冬夔州作。

首先，其一詩云「鄙夫到巫峽，三歲如轉燭」；其二詩又云「天寒行旅稀，歲暮日月疾」，此「巫峽」若指巫山縣東之巫峽，再依「天寒」「歲暮」諸詞，則杜甫經巫峽時當在冬天。然此又與杜甫實際下峽時間不合，因此，巫峽當指瞿唐而言。依此，詩當是杜甫冬日在夔州時作。

其次，「三歲」非指大曆三年，因為「三歲」若指大曆三年，再依「巫峽」「歲暮」諸詞，則此詩當是杜甫大曆三年冬在夔州作。然此又與杜甫三年春即去夔之實情不合。據此，「三歲」非指大曆三年。

第三，若自永泰元年（765）杜甫去蜀南下起算，則「三歲」當指大曆二年（767）。趙次公即曾說：「公以永泰元年，歲在乙巳，到雲安縣，蓋屬夔州；次年來夔，今年又在夔，此之謂『三歲如轉燭』。」[373]此外，黃鶴亦云：「詩云『鄙夫到巫峽，三歲如轉燭』。按：公永泰元年至雲安；大曆元年移居夔州郭；三年下峽。此當是大曆二年作，故云『三歲』。詩又末云『負喧候樵牧』、『歲暮日月疾』，殆二年冬也。」[374]最後，朱鶴齡亦曾云：「公以永泰元年到雲安，至大曆二年為『三歲』。」[375]因此，此詩當繫於大曆二年冬夔州作。

〈白帝樓〉

趙次公將此詩繫於大曆元年冬作[376]。黃鶴則將此詩繫於大曆二年歲晏

---

[372]《杜詩趙次公先後解輯校》（上），目錄，頁30。《補注杜詩》，卷十三，頁257。

[373]《杜詩趙次公先後解輯校》（下），戊帙卷之十，頁1174。

[374]《補注杜詩》，卷十三，頁257。

[375]《杜工部詩集》（下），卷十八，頁1525。

[376]《杜詩趙次公先後解輯校》（上），目錄，頁24。

作[377]。今考此詩當繫於大曆二年冬盡時夔州作。

　　首先，詩題云「白帝樓」，「白帝樓」在夔州白帝城上，《方輿勝覽》「夔州路」「夔州」「樓亭」下說：「白帝樓，在城上。」[378]此外，《大明一統志》「夔州府」「宮室」下亦有「白帝樓」[379]。最後，《大清一統志》「夔州府」「古蹟」下亦云：「白帝樓，在奉節縣東，故白帝城上，唐‧杜甫有詩。」[380]依此，詩當是在夔州作。其次，詩云「臘破思端綺，春歸待一金」，既云「臘破」，當是歲晏之作。杜甫自大曆元年春晚移居夔州，三年春正月即去夔，依此，「臘破」當指元年或二年。第三，今詩又云「去年梅柳意，還欲攪邊心」，「梅柳」為所見之景物，吳見思說：「惟見去年梅柳又發，行將攪亂愁腸耳。」[381]據此，「去年梅柳」當謂第二年再至白帝樓所見物色，因此，今年當為大曆二年。那麼，詩當繫於大曆二年冬盡時作。黃鶴即曾說：「詩云『臘破思端綺，春歸待一金』，又云『去年梅柳意，還欲攪邊心』，當是大歷二年歲晏作。」[382]

〈舍弟觀赴藍田取妻子到江陵喜寄三首〉

　　趙次公與黃鶴皆將此詩繫於大曆二年冬作[383]。今考此詩當繫於大曆二年冬夔州作。

　　首先，杜甫於大曆二年春在夔州時曾得杜觀書信，言其已抵江陵，暮春

---

[377]《補注杜詩》，卷三十一，頁586。

[378]《方輿勝覽》（下），卷五十七，頁1012。另亦可參《大元混一方輿勝覽》（上），卷中，頁285。

[379]《大明一統志》（下），卷七十，頁1090。

[380]《大清一統志》（九），卷三九八，頁353。

[381]《杜詩論文》（四），卷四十七，頁1799。

[382]《補注杜詩》，卷三十一，頁586。

[383]《杜詩趙次公先後解輯校》（上），目錄，頁30。黃鶴說：「詩云『朱紱即當隨綵鷁，青雲不假報黃牛』，又云『巡簷索共梅花笑，冷蘂疏枝半不禁』，當是大歷二年冬作，明年正月果出峽。」（《補注杜詩》，卷三十二，頁605）此中，「青雲」當為「青春」之訛。

月末行李並將達夔州，有〈得舍弟觀書，自中都已達江陵。今茲暮春月末，行李合到夔州。悲喜相兼，團圓可待，賦詩即事，情見乎詞〉與〈喜觀即到，復題短篇二首〉兩詩。三月底、四月初杜觀回藍田取妻子，杜甫有〈舍弟觀歸藍田迎新婦送示二首〉詩。今詩題云「舍弟觀赴藍田取妻子到江陵喜寄三首」，那麼，詩當是杜觀將其妻自藍田接抵江陵。依此，詩當是三月底、四月初以後作。此外，既言「喜寄」，則是時杜甫尚未出峽抵江陵。那麼，詩當是大曆三年正月出峽前作。

其次，其二詩云「馬度秦山雪正深，北來肌骨苦寒侵」，既有「雪」「寒」諸字，詩當是冬日作。依據上述這兩個理由，此詩當繫於大曆二年冬作。

〈前苦寒行二首〉

黃鶴將此詩繫於大曆元年雲安作[384]。趙次公則將此詩繫於大曆二年冬作[385]。今考此詩當繫於大曆二年冬夔州作。

其二詩云「去年白帝雪在山，今年白帝雪在地」，此言兩遇白帝之雪。杜甫大曆元年暮春移居夔州；三年春正月即去夔。那麼，「去年白帝雪在山」當指元年冬；「今年白帝雪在地」當即二年冬。仇兆鰲即曾說：「據次章之說，是公兩遇白帝之雪，明係大曆二年冬作。」[386]因此，此詩當繫於大曆二年冬作。

〈後苦寒行二首〉

黃鶴將此詩繫於大曆元年作[387]。趙次公則將此詩繫於大曆二年冬作[388]。今

---

384 黃鶴說：「詩云『去年白帝雪在山，今年白帝雪在地』，當是大曆元年正月公在雲安作。」（《補注杜詩》，卷十三，頁262）

385 《杜詩趙次公先後解輯校》（上），目錄，頁30。

386 《杜詩詳注》（三），卷二十一，頁1845。

387 《補注杜詩》，卷十三，頁262。

388 《杜詩趙次公先後解輯校》（上），目錄，頁31。

考此詩當繫於大曆二年冬夔州作。

首先，其二詩云「天兵斬斷青海戎，殺氣南行動坤軸」，「天兵」指唐朝之兵[389]；「戎」指吐蕃，杜詩亦有其例（詳〈憶昔二首〉繫年）。「天兵」句事指大曆二年九月吐蕃寇靈、邠兩州；十月初一，靈州奏破吐蕃之事。仇兆鰲即曾說：「詩云『天兵新斬青海戎』，大曆二年，吐蕃寇邠、靈州，故云然。」[390]依此，詩當繫於大曆二年。其次，其一詩又云「蠻夷長老畏苦寒，崑崙天關凍應折」，那麼，當是冬天作。因此，此詩當繫於大曆二年冬作。

〈寒雨朝行視園樹〉

趙次公將此詩繫於大曆二年秋作[391]。黃鶴則將此詩繫於大曆二年冬瀼西作[392]。今考此詩當繫於大曆二年冬瀼西作。

首先，詩云「散騎未知雲閣處，啼猿僻在楚山隅」，「楚」在此指夔州；而杜甫在夔州亦時聞猿聲。依此，詩當是杜甫在夔州時作。其次，詩題又云「園」，此當指瀼西果園。今再依詩題「寒雨」兩字，則此詩當繫於大曆二年冬瀼西作。黃鶴說：「詩云『散騎未知雲閣處，啼猿僻在楚山隅』，當是在夔州作。然謂之『視園樹』，而詩中又言桃、李、梔子、紅椒、丹橘、黃柑，則是瀼西之園也。詩必作於大曆二年冬。」[393]

〈諸葛廟〉

趙次公與黃鶴皆將此詩繫於大曆二年作[394]。今考此詩當繫於大曆二年夔

---

[389] 《杜詩新補注》說：「天兵：當指唐王朝之兵。」（卷二十一，頁601）

[390] 《杜詩詳注》（三），卷二十一，頁1848。

[391] 《杜詩趙次公先後解輯校》（上），目錄，頁28。

[392] 《補注杜詩》，卷三十，頁564。

[393] 《補注杜詩》，卷三十，頁563～564。

[394] 《杜詩趙次公先後解輯校》（上），目錄，頁26。黃鶴說：「詩云『久遊巴子國，屢入武侯祠』，當是大曆二年。而梁權道編在元年，恐非。」（《補注杜詩》，卷二十八，頁520）

州作。

詩云「久遊巴子國，屢入武侯祠」，首先，「武侯祠」除成都外，夔州亦有。

據地志，「武侯廟」唐時在夔州州治之西，宋‧乾道中（1165～1173）移於八陣臺下，《大清一統志》「夔州府」「祠廟」云：「武侯廟，在府治八陣臺下。唐時夔州治白帝，廟在西郊，前有古柏，杜甫有〈古柏行〉及〈武侯廟〉諸詩。宋‧乾道中王十朋移建於此，內有開濟堂。」[395]宋明兩朝地志《方輿勝覽》與《大明一統志》即云：武侯廟，在八陣臺下[396]。精確地說，唐代「武侯廟」當在州治西方，杜甫〈上卿翁請修武侯廟遺像缺落時崔卿權夔州〉詩即有「尚有西郊諸葛廟，臥龍無首對江濆」之句。對此，《唐代交通圖考》「武侯廟」條亦曾云：「是在州城以西。」[397]此外，唐‧李貽孫〈夔州都督府記〉亦曾云：「瀼西有諸葛武侯廟。」[398]簡言之，武侯廟在夔州州治西郊。

其次，「巴子國」在此當借指夔州，趙次公即曾說：「古巴子國，今夔州也。」[399]此外，〈自瀼西荊扉且移居東屯茅屋四首〉其四即有「久遊巴子國，臥病楚人山」之句。杜甫遷居夔州始於大曆元年暮春，三年春即下峽。今詩云「久遊」，詩當是大曆二年夔州時作。

---

[395] 《大清一統志》（九），卷三九八，頁355。另外，宋‧張震〈忠武侯祠堂記〉亦曾云：「唐夔州治白帝，廟於西郊。杜少陵所謂『臥龍無首對江濆』者也。」（《全蜀藝文志》，見《文淵閣四庫全書》，第1381冊，卷三十七，頁450）亦可參《杜工部詩集》（中），卷十二，頁1084。此中，惟須說明的是：唐時州治當是在白帝城旁之赤岬城，其與白帝城相連接，而非治於白帝，詳〈移居夔州作〉詩注。

[396] 《方輿勝覽》（下）「夔州路」「夔州」「祠廟」下說：「諸葛忠武侯廟，在州城中八陣臺下。」（卷五十七，頁1015）此外，《大明一統志》（下）「夔州府」「祠廟」下亦云：「在府治八陣臺下。」（卷七十，頁1092）

[397] 《唐代交通圖考》（四），附篇五，頁1149。

[398] 《全唐文》（六），卷五四四，頁5515。另亦可參《唐代交通圖考》（四），附篇五，頁1149。

[399] 《杜詩趙次公先後解輯校》（下），戊帙卷之三，頁941。

〈陪諸公上白帝城頭宴越公堂之上〉

　　黃鶴將此詩繫於大曆元年春晚作[400]。今考此詩當是杜甫春時在夔州作，或作於大曆元年春晚，或作於二年春。

　　首先，詩題云「白帝城」，據地志，白帝城在夔州奉節縣白帝山上。杜甫至夔州白帝城乃在大曆元年春晚，其〈移居夔州作〉詩有「伏枕雲安縣，遷居白帝城。春知催柳別，江與放船清」諸句；大曆三年春正月元日杜甫即決定中旬出峽，有〈續得觀書迎就當陽居止正月中旬定出三峽〉詩。

　　其次，詩題云「越公堂」，據地志，越公堂在夔州，譬如，《方輿勝覽》「夔州路」「夔州」「古跡」下即云：「越公堂，在瞿唐關城內。隋楊公素所為也。」[401] 又如，《大明一統志》「夔州府」「宮室」下亦云：「越公堂，在府治東，瞿唐關內，隋越公楊素建。」[402] 又如，《大清一統志》「夔州府」「古蹟」下亦云：「越公堂，在奉節縣東。」[403] 此外，唐‧李貽孫〈夔州都督府記〉曾敘述「越公堂」在白帝城東南白帝廟偏南處，〈記〉云：「州初在瀼西之平上，宇文氏建德中王述徙白帝城，今衙是也。東南斗上二百七十步，得白帝廟。……。越公堂，在廟南而少西，隋越公素所為也。」[404] 依此，楊素越公堂在夔州白帝城偏南附近。南宋乾道六年（1170）陸游入夔州時所見之越公堂，乃是毀後新建，《入蜀記》說：「越公堂，隋楊素所創，少陵為賦詩者，已毀。今堂，近歲所築，亦甚宏壯。」[405]

　　第三，《九家集註杜詩》題下有「越公，楊素也，有堂在城上，畫像尚

---

[400] 黃鶴說：「詩云『此堂存古制，城上俯江郊』，蓋初見也，當是大曆元年春晚作。」（《補注杜詩》，卷二十八，頁511）

[401] 《方輿勝覽》（下），卷五十七，頁1016。另亦可參《錢牧齋先生箋註杜詩》（二），卷十四，頁930。

[402] 《大明一統志》（下），卷七十，頁1091。

[403] 《大清一統志》（九），卷三九八，頁353。

[404] 《全唐文》（六），卷五四四，頁5515。另亦可參《唐代交通圖考》（四），附篇五，頁1150。

[405] 《入蜀記》，卷六，頁60。

存」諸字[406]。此外，《集千家註批點補遺杜詩集》題下亦云：「公自註：越公，楊素也，有堂在城上，畫像尚存。」[407]最後，朱鶴齡與仇兆鰲本亦云：「原注：越公，楊素也，有堂在城上，畫像尚存。」[408]依此，「越公堂」在白帝城。白帝城又在夔州奉節縣。因此，詩當是杜甫至夔州奉節後作。

第四，詩又云「坐接春杯氣，心傷艷蕊梢」，既云「春杯」「艷蕊」，當是春時所作。依據上述這些理由，詩當繫於大曆元年春晚，或繫於二年春。

〈奉寄李十五秘書文嶷二首〉

黃鶴將此詩繫於大曆元年夏夔州作[409]。趙次公則將此詩繫於大曆二年夏夔州作[410]。今考此詩當是杜甫在夔州時作，或作於大曆元年夏，或作於二年夏。

其一詩云「暫留魚復浦，同過楚王臺」，「魚復」即漢‧魚復縣名，唐代稱為奉節縣（詳〈引水〉繫年）。此外，《方輿勝覽》與《大元混一方輿勝覽》「夔州」下亦云：「魚復浦，漢之魚復縣基，即奉節縣。」[411]今據「暫留」句，則杜甫時在夔州奉節。今其一詩又云「避暑雲安縣，秋風早下來」，既云李在雲安避暑，則時當是夏日，趙次公說：「『避暑雲安縣』，言李秘書留身雲安，欲以避暑也。秋風早下來，約李秘書早來也。自雲安來夔，所以謂之『下來』。既得下來，則囑其暫於魚復寄寓，而公與之同更南

---

[406]《九家集註杜詩》（四），卷二十八，頁1899。隋楊素曾封越國公，見《隋書‧楊素傳》（五），卷四十八，頁1284。

[407]《集千家註批點補遺杜詩集》（三），卷十四，頁1120。

[408]《杜工部詩集》（中），卷十二，頁1082。《杜詩詳注》（二），卷十五，頁1275。

[409]黃鶴說：「詩云『暫留魚復浦，同過楚王臺』，則是公大曆元年在夔州作。按《寰宇記》云：奉節縣北三十里，有赤田城，舊魚復縣基故也。李時在雲安縣，故寄以此詩。」（《補注杜詩》，卷二十九，頁545）此中，「赤田城」當為「赤甲城」之訛，見《太平寰宇記》（六），卷一四八，頁2873。

[410]趙次公將此詩繫於「大曆二年三月自赤甲遷瀼西所作」下，見《杜詩趙次公先後解輯校》（上），目錄，頁26。

[411]《方輿勝覽》（下），卷五十七，頁1012。《大元混一方輿勝覽》（上），卷中，頁285。

下也。魚復乃漢縣舊名，今之奉節縣也。」[412] 仇兆鰲也說：「李往雲安，公在魚復。」[413] 最後，浦起龍亦云：「此章期李來夔同下峽。」[414] 據此，詩或作於大曆元年夏，或作於大曆二年夏，時杜甫在夔州。

〈贈李十五丈別〉

　　黃鶴將此詩繫於大曆元年秋作[415]。趙次公則將此詩繫於大曆二年夏作[416]。今考此詩當是杜甫在夔州時作，創作上限當斷於大曆元年夏，亦有可能作於二年。

　　首先，詩云「北迴白帝棹，南入黔陽天」，「北迴」句指在白帝迴棹[417]；詩又云「峽人鳥獸居，其室附層巔。下臨不測江，中有萬里船」，此當為白帝城之描述。此外，「峽」當指白帝城南之瞿唐峽，杜詩亦有其例，譬如〈白帝〉詩中即有「白帝城中雲出門，白帝城下雨翻盆。高江急峽雷霆鬥，翠木蒼藤日月昏」之語；又如〈十月一日〉詩亦有「夜郎溪日暖，白帝峽風寒」之句。依據上述這兩點，杜甫當在白帝城與李十五丈相別。那麼，詩當作於夔州。

　　其次，〈贈李十五丈別〉詩又云「山深水增波，解榻秋露懸」，「解榻」為一倒裝句，信應舉認為：句本應作「秋露解懸榻」，「秋露」表示李十五丈到達之時間。榻本懸，李到則解之[418]。據此，「解榻」句非創作時間。

　　第三，詩題所云之「李十五丈」當即〈奉寄李十五秘書文嶷二首〉詩之「李十五秘書文嶷」。說明如下：一、兩者排行相同，兩詩詩題皆云「十五」；二、皆身長八尺軀，〈贈李十五丈別〉有「不聞八尺軀」之句，

[412]《杜詩趙次公先後解輯校》（下），戊帙卷之二，頁935。

[413]《杜詩詳注》（二），卷十五，頁1294。

[414]《讀杜心解》（下），卷三之四，頁499。

[415] 黃鶴說：「寄李之詩在大曆元年夏作，則此詩乃其年秋作也。」（《補注杜詩》，卷十二，頁240）

[416]《杜詩趙次公先後解輯校》（上），目錄，頁26。

[417]《杜詩新補注》，卷十五，頁321。

[418]《杜詩新補注》，卷十五，頁322。

〈奉寄李十五秘書文嶷〉其二詩則有「衣冠八尺身」之語；三、杜甫皆以韋玄成美兩者，〈贈李十五丈別〉有「玄成美價存」之句，〈奉寄李十五秘書文嶷〉其二詩則有「玄成負文彩」之語。依據這三個理由，李十五當即李十五秘書文嶷。黃鶴曾說：「李十五丈，即文嶷秘書也。……考公有〈寄李十五秘書〉詩二首，云『衣冠八尺身』，又云『玄成負文彩』；而此詩亦云『不聞八尺軀，長受眾人憐』，又云『玄成美價存』，於以知為文嶷也。」[419]

第四，〈贈李十五丈別〉當作於〈奉寄李十五秘書文嶷〉詩之後，因為〈贈李十五丈別〉詩是李文嶷欲離夔南下，杜甫贈別之作，有「北迴白帝棹，南入黔陽天」之句；而〈奉寄李十五秘書文嶷〉詩是李文嶷在雲安避暑，杜甫望其至夔州之作，有「避暑雲安縣，秋風早下來。暫留魚復浦，同過楚王臺」諸語。依此，〈贈李十五丈別〉的創作上限當不早於大曆元年夏，亦有可能作於二年。

〈謁先主廟〉

黃鶴將此詩繫於大曆元年作[420]。趙次公則將此詩繫於大曆二年秋作[421]。今考此詩當是杜甫在夔州時作，或作於大曆元年秋，或作於二年秋。

夔州有「先主廟」，分述如下：首先，就地志而言，《大元混一方輿勝覽》「夔州路」下說：「蜀先主廟，在奉節，杜甫有題詠。」[422]此外，《大明一統志》「夔州府」下亦有「先主廟」[423]。最後，《大清一統志》「夔州府」下亦

---

[419] 《補注杜詩》，卷十二，頁240。

[420] 黃鶴說：「先主廟雖在成都，而夔亦有之。蓋先主嘗為吳將所破，步歸魚復，又卒于夔州永安宮，所以亦有廟。此詩云『錦江元過楚』，亦以夔居南楚。先主國于成都，而廟于夔，猶錦江之過楚也。『竹送清溪月』，『溪』乃指豐溪，永安宮在豐溪之側，當是大曆元年作。」（《補注杜詩》，卷三十一，頁576）黃鶴以「溪」指豐溪，然未引證。

[421] 《杜詩趙次公先後解輯校》（上），目錄，頁27。

[422] 《大元混一方輿勝覽》（上），卷中，頁286。

[423] 《大明一統志》（下），卷七十，頁1092。

曾云:「照烈帝廟,在奉節縣東。」[424]據此,就地志而言,夔州有先主廟。

　　其次,就杜詩而言,〈詠懷古跡五首〉其四有「蜀主窺吳幸三峽,崩年亦在永安宮。翠華想像空山裏,玉殿虛無野寺中」之句。王洙、趙次公、郭知達、蔡夢弼、錢謙益與朱鶴齡諸本於是詩皆有原注「殿今為寺,廟在宮東」諸字[425]。換言之,永安宮唐代已成寺,而先主廟在永安宮東邊。依地志,「永安宮」在夔州奉節縣,譬如,《元和郡縣圖志》「夔州」「奉節縣」下即有「永安宮」[426]。此外,《太平寰宇記》「山南東道」「夔州」「奉節縣」下亦有「永安宮」[427]。因此,先主廟亦在夔州。

　　第三,〈謁先主廟〉詩云「竹送清溪月,苔移玉座春」[428],「清溪」當在夔州先主廟附近,因為先主廟在永安宮東邊。宋代永安宮已為郡倉,永安宮北又有清瀼,《讀史方輿紀要》「夔州府」「永安宮」下云:「在臥龍山下。……。王十朋曰:『永安宮今為郡倉,據爽塏……。宮之北有水曰清瀼。』」[429]因此,先主廟附近有清瀼,此當即杜甫詩中所謂之「清溪」。今依《讀史方輿紀要》所載:清瀼在夔州。因此,詩當是杜甫在夔州時作。

　　依據上述這三個理由,詩題中的「先主廟」當指夔州之先主廟,而非成都先主祠。趙次公即曾云:「此是夔州先主廟。」[430]此外,「竹送」兩句,並

---

[424] 《大清一統志》(九),卷三九八,頁355。劉備諡照烈皇帝,見《三國志‧蜀書‧先主傳》(四),卷三十二,頁891。

[425] 《杜工部集》(二),卷十五,頁672。《杜詩趙次公先後解輯校》(下),戊帙卷之七,頁1085。《九家集註杜詩》(五),卷三十,頁2119。《草堂詩箋》(三),卷三十一,頁790。《錢牧齋先生箋註杜詩》(二),卷十五,頁952。《杜工部詩集》(中),卷十三,頁1173。此外,《杜詩詳註》(二)說:「原注:殿今為臥龍寺,廟在宮東。」(卷十七,頁1505)亦存之。

[426] 《元和郡縣圖志》(下),闕卷逸文卷一,頁1057。

[427] 《太平寰宇記》(六),卷一百四十八,頁2875。

[428] 王洙、趙次公與郭知達諸本皆作「清溪」,見《杜工部集》(二),卷十六,頁700;《杜詩趙次公先後解輯校》(下),戊帙卷之五,頁1025;《九家集註杜詩》(五),卷三十一,頁2188。

[429] 《讀史方輿紀要》(七),卷六十九,頁3252。

[430] 《杜詩趙次公先後解輯校》(下),戊帙卷之五,頁1026。

非春候,乃言歲時屢度[431]。

今詩又云「如何對搖落,況乃久風塵」,「搖落」乃秋候,依此,詩當是杜甫秋天在夔州時作。因此,此詩或作於大曆元年秋,或作於二年秋。

〈白帝城最高樓〉

黃鶴將此詩繫於大曆元年春晚作[432]。趙次公則將此詩繫於大曆元年冬作[433]。今考此詩當是杜甫在夔州時作,創作上限當斷於大曆元年春晚,亦有可能作於二年。

首先,「最高樓」在奉節縣白帝城。《方輿勝覽》「夔州路」「夔州」「樓亭」下即有「最高樓」[434]。此外,《大明一統志》「夔州府」「宮室」下亦云:「最高樓,在府治東。」[435]最後,《大清一統志》「夔州府」「古蹟」下亦云:「最高樓,在奉節縣東白帝城。」[436]今再依杜甫詩題,則「最高樓」當在白帝城。

其次,「白帝城」在夔州奉節縣白帝山上,依此,詩當是杜甫移居夔州後作。杜甫至夔州白帝城在大曆元年春晚;三年正月中即出峽。因此,此詩的創作上限當斷於其時,亦有可能作於二年。

---

[431] 《杜詩詳注》(二)說:「『竹送』兩句,見歲時屢度。」(卷十五,頁1354)

[432] 黃鶴說:「題曰『最高樓』,則非前所賦白帝城樓與白帝樓也。當是公大曆元年到夔時,登此樓所作。」(《補注杜詩》,卷三十一,頁587)

[433] 《杜詩趙次公先後解輯校》(上),目錄,頁24。

[434] 《方輿勝覽》(下),卷五十七,頁1012。另亦可參《杜詩釋地》,卷三,頁377。此外,《大元混一方輿勝覽》(上)「夔州路」「景致」下亦云:「最高樓,杜甫有詩。」(卷中,頁285)

[435] 《大明一統志》(下),卷七十,頁1090。

[436] 《大清一統志》(九),卷三九八,頁353。此外,《四川通志》「奉節縣」下亦云:「最高樓,在縣東。」(見《文淵閣四庫全書》,第560冊,卷二十六,頁480)

〈八陣圖〉

　　黃鶴將此詩繫於大曆元年初至夔州作[437]。今考此詩當是杜甫在夔州時作，創作上限當斷於大曆元年春晚，亦有可能作於二年。

　　「八陣圖」在夔州奉節縣西方，《通典》「夔州」「奉節縣」下云：「有白帝城及諸葛亮八陣圖。」[438]此外，《元和郡縣圖志》「夔州」「奉節縣」下則說：「八陣圖，在縣西七里。」[439]最後，《太平寰宇記》「夔州」「奉節縣」下也說：「八陣圖，在縣西南七里。」[440]依此，詩當是杜甫在夔州時作。因此，此詩的創作上限當斷於大曆元年春晚，或作於二年。

〈古柏行〉

　　趙次公與黃鶴皆將此詩繫於大曆元年夔州作[441]。今考此詩當是杜甫在夔州時作，創作上限當斷於大曆元年春晚，亦有可能作於二年。

　　首先，成都與夔州皆有武侯祠廟，祠廟亦皆有柏，杜甫對兩地柏樹之形容亦不相同，〈蜀相〉詩云「丞相祠堂何處尋？錦官城外柏森森」；〈夔州歌十絕句〉其九詩云「武侯祠堂不可忘，中有松柏參天長」。換言之，「柏森森」者乃成都武侯祠；「參天長」者乃夔州武侯廟。依此，今〈古柏行〉詩云「孔明廟前有老柏，柯如青銅根如石。霜皮溜雨四十圍，黛色參天二千

---

[437] 黃鶴說：「此詩當是大曆元年公初至夔州作。」（《補注杜詩》，卷三十一，頁575）

[438] 《通典》（五），卷一百七十五，頁4596。

[439] 《元和郡縣圖志》（下），闕卷逸文卷一，頁1057。

[440] 《太平寰宇記》（六），卷一百四十八，頁2874。另亦可參《杜詩詳注》（二），卷十五，頁1278。此外，唐・李貽孫〈夔州都督府記〉亦曾云：「（白帝）城之左五里，得鹽泉十四，居民煮而利焉。又西而稍南三、四里，得八陣圖。」（見《全唐文》（六），卷五四四，頁5515）最後，宋・王讜（約1107左右在世）也曾說：「王武子曾在夔州之西市，俯臨江岸沙石，下看諸葛亮八陣圖。」（《宋詩話全編》（一）（南京：江蘇古籍出版社，1998年），頁572）依此，「八陣圖」當在夔州。

[441] 《杜詩趙次公先後解輯校》（上），目錄，頁22。《補注杜詩》，卷七，頁162。此外，《杜詩詳注》（二）亦云：「鶴注：此大曆元年至夔州作。」（卷十五，頁1357）

尺」，因此，此詩當指夔州武侯廟。趙次公對此亦曾云：「次公以『孔明廟前』為夔州詩，斷不移也。……。公〈夔州絕句〉有云：『武侯祠堂不可忘，中有松柏參天長。』則夔州廟中之柏，當公賦詩時，目見其高大，故今又有『參天二千尺』之句。」[442]

其次，詩又云「雲來氣接巫峽長，月出寒通雪山白」，「巫峽」在此指瞿唐峽。依據上述這兩個理由，此詩當是杜甫在夔州時作。今依杜甫居夔時間而定其上下限：大曆元年春晚杜甫自雲安至夔州，三年春正月中旬杜甫即離夔去峽，因此，此詩創作上限當斷於大曆元年春晚，亦可能作於二年。

〈遠懷舍弟穎、觀等〉

黃鶴將此詩繫於大曆三年正月元日作[443]。今考此詩當繫於大曆三年正月元日夔州作。

首先，詩云「陽翟空知處，荊南近得書」。「荊南」指江陵，杜詩本有其例，〈玉腕騮〉詩有「聞說荊南馬，尚書玉腕騮」之句，王洙、郭知達、錢謙益與仇兆鰲諸本題下皆有原注「江陵節度衛公馬也」諸字[444]。依此，「荊南」當指「江陵」。

杜甫謂近得荊南之書，其事在大曆二年，有〈得舍弟觀書，自中都已達江陵。今茲暮春月末，行李合到夔州。悲喜相兼，團圓可待，賦詩即事，情見乎詞〉詩，此外，〈舍弟觀赴藍田取妻子到江陵喜寄三首〉其一詩亦有「汝迎妻子達荊州，消息真傳解我憂。鴻雁影來連峽內，鶺鴒飛急到沙頭」諸句。黃鶴對此即曾說：「『荊南』，即江陵。公之弟觀迎婦至彼。」[445]

---

[442] 《杜詩趙次公先後解輯校》（下），丁帙卷之四，頁768～769。

[443] 《補注杜詩》，卷三十三，頁610。

[444] 《杜工部集》（二），卷十六，頁707。《九家集註杜詩》（五），卷三十一，頁2214。《錢牧齋先生箋註杜詩》（二），卷十六，頁1064。《杜詩詳注》（三），卷十八，頁1589。另亦可參《御定全唐詩》，見《文淵閣四庫全書》，第1425冊，卷二百三十一，頁224。

[445] 《補注杜詩》，卷三十三，頁610。此外，《杜工部詩集》（下）亦云：「『荊南』，即江陵，觀迎妻子在焉。」（卷十八，頁1567）

其次,〈遠懷舍弟穎、觀等〉詩又云「江漢春風起,冰霜昨夜除」,兩句時指元日,《杜詩新補注》說:「『春風起』:指元日。古人以元月一日起到三月底止為春,故至元日即為春風起。臘月最後一日過去,即謂『冰霜昨夜除』。」[446]依據上述這兩個理由,詩當是大曆三年正月初一作。黃鶴即曾說:「詩云『江漢春風起,冰霜昨夜除』,又『舊時元日會,鄉黨羨吾廬』,當是大曆三年正月旦日作。」[447]杜甫時尚未出峽。

〈續得觀書迎就當陽居止正月中旬定出三峽〉

黃鶴將此詩繫於大曆三年正月元日作[448]。今考此詩當繫於大曆三年正月元日夔州作。

首先,詩題云「正月中旬定出三峽」,那麼,詩當是杜甫在夔州未出峽前作。

其次,詩題云「續得觀書」,詩又云「自汝到荊府,書來數喚吾」,依此,當即杜甫得杜觀來自荊州書信,而得杜觀書信在大曆二年(詳〈遠懷舍弟穎、觀等〉繫年)。第三,詩又云「頌椒添諷詠,禁火卜歡娛」,「頌椒」乃椒盤頌花,皆元日舊俗,〈杜位宅守歲〉有「守歲阿戎家,椒盤已頌花」句,仇兆鰲即曾說:「崔寔《四民月令》:過臘一日,謂之小歲,拜賀君親,進椒酒,從小起。後世率於正月一日,以盤進椒,飲酒則撮置酒中,號椒盤焉。《晉書》:劉臻妻陳氏,元日獻〈椒花頌〉。」[449]依據上述這三個理由,詩當是大曆三年正月初一夔州作。黃鶴即曾說:「詩云『頌椒添諷詠』,當是大曆三年元日作。」[450]

---

[446]《杜詩新補注》,卷二十一,頁603。

[447]《補注杜詩》,卷三十三,頁610。

[448]《補注杜詩》,卷三十三,頁611。

[449]《杜詩詳注》(一),卷二,頁110。

[450]《補注杜詩》,卷三十三,頁611。

〈將別巫峽贈南卿兄瀼西果園四十畝〉

黃鶴將此詩繫於大曆三年春正月作[451]。今考此詩當繫於大曆三年春正月夔州作，時杜甫即將出峽。

首先，詩題云「將別巫峽贈南卿兄瀼西果園四十畝」，「巫峽」指瞿唐峽，杜甫有〈大曆三年春白帝城放船出瞿唐峽，久居夔府，將適江陵，漂泊有詩，凡四十韻〉詩可證。今云「將別巫峽」，當是大曆三年春離夔出峽前作。

其次，詩又云「具舟將出峽，巡圃念攜鋤。正月喧鶯末，茲辰放鷁初」，既云「正月」，依此，詩當是大曆三年春正月作。黃鶴說：「題云『將別巫峽』，又詩云『正月喧鶯末，茲辰放鷁初』，當是大歷三年正月作。」[452]

〈巫山縣汾州唐使君十八弟宴別，兼諸公攜酒樂相送，率題小詩留於屋壁〉

黃鶴將此詩繫於大曆三年春正月作[453]。今考此詩當繫於大曆三年春正月離夔下峽不久，至巫山縣作。

首先，詩云「臥病巴東久，今年強作歸」，「巴東」即夔州（詳〈西閣二首〉繫年）；既云「今年」句，那麼，詩當是大曆三年離夔出峽作。其次，詩題又云「巫山縣」，縣亦在夔州，《通典》、《舊》、《新唐書‧地理志》「夔州」下皆有「巫山縣」[454]。巫山縣約在夔州東南七、八十里，《太平寰宇記》「山南東道」「夔州」下云：「巫山縣，東南七十二里。」[455]此外，

---

[451] 《補注杜詩》，卷三十三，頁611。

[452] 《補注杜詩》，卷三十三，頁611。

[453] 《補注杜詩》，卷三十三，頁615。

[454] 《通典》（五），卷一百七十五，頁4596。《舊唐書》（五），卷三十九，頁1556。《新唐書》（四），卷四十，頁1029。

[455] 《太平寰宇記》（六），卷一百四十八，頁2876。

《元豐九域志》「夔州路」下亦云:「巫山,州東七十五里。」[456]依此,詩當是杜甫離夔不久所作。黃鶴將此詩繫於正月作,其說當可從。黃鶴說:「詩云『臥病巴東久,今年強作歸』,當是大曆三年正月作。」[457]

〈春夜峽州田侍御長史津亭留宴〉

趙次公將此詩繫於大曆三年春作[458]。黃鶴則將此詩繫於大曆三年十月作[459]。今考此詩當繫於大曆三年春峽州作。

「峽州」南至江陵郡(荊州)水路三百多里,《通典》「峽州(夷陵郡)」下說:「南至江陵郡水路三百三十七里。」[460]峽州在夔、歸州與荊州之間,乃下峽所經之地。杜甫離夔在大曆三年春正月,〈將別巫峽贈南卿兄瀼西果園四十畝〉詩即有「具舟將出峽,巡圃念攜鋤。正月喧鶯末,茲辰放鷁初」之句;抵江陵在是年暮春,有〈暮春江陵送馬大卿公恩命追赴闕下〉詩。因此,此詩當是其間所作。今詩題又云「春夜」,據此,詩當繫於大曆三年春作,時杜甫在峽州。

〈大曆三年春白帝城放船出瞿唐峽,久居夔府,將適江陵,漂泊有詩,凡四十韻〉

趙次公將此詩繫於大曆三年春作[461]。今考此詩當繫於大曆三年春作。

詩題云「大曆三年春白帝城放船出瞿唐峽,久居夔府,將適江陵」,依

---

[456] 《元豐九域志》(上),卷八,頁364。最後,《唐代交通圖考》(四)則云:「巫山縣(今縣),去州蓋八九十里之譜。」(篇二九,頁1114)

[457] 《補注杜詩》,卷三十三,頁615。

[458] 《杜詩趙次公先後解輯校》(上),目錄,頁31。

[459] 黃鶴說:「當是大曆三年十月作。」(《補注杜詩》,卷三十三,頁616)此外,《千家註》(二)亦云:「鶴曰:……當是大曆三年十月作。」(卷十五,頁981)然《杜詩詳注》(三)卻云:「鶴注:此大曆三年正月作。」(卷二十一,頁1866)其說不同如此,或為訛字,姑附於此。

[460] 《通典》(五),卷一百八十三,頁4865。

[461] 《杜詩趙次公先後解輯校》(上),目錄,頁31。

此，詩當是杜甫去夔、未抵江陵時作。杜甫抵江陵乃是年暮春時節，因此，此詩當是大曆三年春作。

〈泊松滋江亭〉

黃鶴將此詩繫於大曆三年三月作[462]。今考此詩當繫於大曆三年三月抵江陵前作。

首先，「松滋」乃松滋縣，屬江陵郡（荊州），《通典》、《舊》與《新唐書‧地理志》「江陵郡（府）」下皆有「松滋縣」[463]。其次，「江亭」又名「南極亭」，亭在松滋縣，《大明一統志》「荊州府」「宮室」下云：「南極亭，在松滋縣東三十里，舊名江亭，唐杜甫詩……。」[464]此外，《大清一統志》「荊州府」「古蹟」下亦曾云：「江亭，有二：……；一在松滋縣治後，唐‧杜甫、孟浩然俱有詩。」[465]

第三，今詩又云「一柱全應近，高唐莫再經」，「一柱」當指一柱觀，譬如，趙次公即曾說：「一柱，觀名。」[466]又如，吳曾《復齋漫錄》亦曾云：「張華《博物志》曰：江陵有臺甚大，而惟有一柱，眾梁皆共此柱，後土人呼為木履觀，或曰一柱觀。……。子美〈泊松滋江亭〉云：『一柱全應近，高唐莫再經。』」[467]再據地志，「一柱觀」乃在松滋縣東丘家湖中，《輿地紀勝》「荊湖北路」「江陵府」「景物」下說：「一柱觀，《皇朝郡縣志》云：『在松滋縣東邱家湖中。』」[468]此外，《方輿勝覽》「湖北路」「江陵府」「樓觀」下也說：「一柱觀，《郡縣志》云：『在松滋東丘家湖中。』」[469]依此，一

---

[462] 《補注杜詩》，卷三十三，頁616。

[463] 《通典》（五），卷一百八十三，頁4864。《舊唐書》（五），卷三十九，頁1553。《新唐書》（四），卷四十，頁1028。

[464] 《大明一統志》（下），卷六十二，頁948。另亦可參《杜詩釋地》，卷五，頁536。

[465] 《大清一統志》（八），卷三四四，頁245。

[466] 《杜詩趙次公先後解輯校》（下），己帙卷之一，頁1263。

[467] 《漁隱叢話》（五）（台北：廣文書局，1967年），後集，卷五，頁1280。

[468] 《輿地紀勝》（三），卷六十四，頁2209。

[469] 《方輿勝覽》（中），卷二十七，頁483。

柱觀當在松滋縣之東。

綜上所述,那麼,詩當是在松滋縣所作。「松滋」乃出三峽過峽州往江
陵所經之地,屬江陵郡縣。依此,詩當是杜甫抵江陵前作。今知杜甫至江陵
郡時已暮春,黃鶴遂將此詩繫於三月作,其說當可從。黃鶴說:「松滋,縣
名,屬江陵府,當是大曆三年三月作。」[470]

〈乘雨入行軍六弟宅〉

趙次公與黃鶴皆將此詩繫於大曆三年春作[471]。今考此詩當繫於大曆三年
春江陵作。

詩題所云之「行軍六弟」,當即杜位,其時在江陵,杜甫即有〈奉送
蜀州柏二別駕將中丞命赴江陵,起居衛尚書太夫人,因示從弟行軍司馬位〉
詩。趙次公即曾說:「此前篇所謂『從弟行軍司馬位』者也。」[472]此外,朱鶴
齡亦曾云:「杜位為江陵行軍司馬。」[473]杜甫離夔州、赴江陵在大曆三年春正
月,〈將別巫峽贈南卿兄瀼西果園四十畝〉詩即有「正月喧鶯末,茲辰放鷁
初」之句;另有〈大曆三年春白帝城放船出瞿唐峽,久居夔府,將適江陵,
漂泊有詩,凡四十韻〉與〈暮春江陵送馬大卿公恩命追赴闕下〉詩。是年秋
再轉往公安,有〈移居公安敬贈衛大郎鈞〉詩。

今〈乘雨入行軍六弟宅〉詩又云「曙角凌雲亂,春城帶雨長」,既云
「春城」字,詩當是大曆三年春在江陵時作。黃鶴說:「『行軍六弟』,即杜
位,前詩〈送柏二別駕赴江陵,因示從弟行軍司馬位〉是也。⋯⋯公以大
曆三年春抵荊南,是時衛伯玉為(鄭)〔節〕度使,故位為行軍司馬。此詩
當是其時作,故詩云『春城帶雨長』。」[474]

---

[470] 《補注杜詩》,卷三十三,頁616。
[471] 《杜詩趙次公先後解輯校》(上),目錄,頁32。《補注杜詩》,卷三十三,頁617。
[472] 《杜詩趙次公先後解輯校》(下),己帙卷之一,頁1265。
[473] 《杜工部詩集》(下),卷十八,頁1587。
[474] 《補注杜詩》,卷三十三,頁616～617。

〈宴胡侍御書堂〉

黃鶴將此詩繫於大曆三年春三月作[475]。今考此詩當繫於大曆三年春三月江陵作。

首先，王洙、趙次公與錢謙益諸本題下皆有原注「李尚書之芳、鄭秘監審同集，歸字韻」諸字[476]。郭知達本詩題則作〈宴胡侍御書堂，李尚書之芳、鄭秘監審同集，歸字韻〉[477]。換言之，此次同聚尚有李之芳與鄭審。李之芳與鄭審兩人此時當在江陵，杜甫大曆元年秋於夔州時曾作〈秋日夔府詠懷奉寄鄭監審、李賓客之芳一百韻〉詩，其「音徽一柱數，道里下牢千」句下原注有「鄭在江陵，李在夷陵」諸字[478]。換言之，杜甫出峽前——大曆元年秋——鄭審已在江陵，李之芳則在夷陵。

其次，大曆三年春三月杜甫抵江陵，有〈暮春江陵送馬大卿公恩命追赴闕下〉詩。今〈宴胡侍御書堂〉詩又云「江湖春欲暮，牆宇日猶微」，既云「春欲暮」，依據上述這兩個理由，此詩當是杜甫離夔出峽後作，當繫於大曆三年三月江陵作。此外，杜甫另有〈暮春陪李尚書李中丞過鄭監湖亭泛舟〉詩，此亦可作為暮春三月杜甫與李之芳、鄭審等人相聚之輔證。

最後，杜甫有〈書堂飲既夜，復邀李尚書下馬，月下賦絕句〉詩，既言

---

[475] 黃鶴說：「『胡侍御書堂』，必在荊南，故詩云『江湖春欲暮』，當是大曆三年三月作。」（《補注杜詩》，卷三十三，頁617）

[476] 《杜工部詩》（二），卷十七，頁753。《杜詩趙次公先後解輯校》（下），己帙卷之一，頁1265。《錢牧齋先生箋註杜詩》（二），卷十七，頁1077。此外，《杜工部詩集》與《杜詩詳注》題下則作：「原注：李尚書之芳、鄭秘監審同集，得歸字韻。」（《杜工部詩集》（下），卷十八，頁1588；《杜詩詳注》（三），卷二十一，頁1878）另亦可參《御定全唐詩》，見《文淵閣四庫全書》，第1425冊，卷二百三十二，頁229。

[477] 《九家集註杜詩》（五），卷三十三，頁2344。

[478] 《杜工部集》（二），卷十五，頁636。《杜詩趙次公先後解輯校》（下），戊帙卷之六，頁1037。《草堂詩箋》（三），卷三十，頁763。《錢牧齋先生箋註杜詩》（二），卷十五，頁961。《杜工部詩集》（中），卷十五，頁1287。此外，《杜詩詳注》（三），卷十九，頁1705。

「書堂飲」，又云「李尚書」，此當與前詩為同時之作，黃鶴即曾說：「同上篇一時作。」[479]

〈暮春江陵送馬大卿公恩命追赴闕下〉

黃鶴將此詩繫於大曆三年三月江陵作[480]。今考此詩當繫於大曆三年三月江陵作。

詩題云「江陵」，杜甫離開夔州，前往江陵在大曆三年春正月，有〈大曆三年春白帝城放船出瞿唐峽，久居夔府，將適江陵，漂泊有詩，凡四十韻〉詩；是秋又遷居公安，有〈移居公安敬贈衛大郎鈞〉詩。依此，詩當是大曆三年作。今詩題又云「暮春」，因此，此詩當繫於大曆三年三月江陵作。黃鶴即曾說：「題云『暮春江陵』，則是大歷三年三月作。」[481]

〈和江陵宋大少府暮春雨後同諸公及舍弟宴書齋〉

黃鶴將此詩繫於大曆三年暮春作[482]。今考此詩當繫於大曆三年暮春江陵作。

「舍弟」當指杜位[483]，時在江陵，杜甫有〈奉送蜀州柏二別駕將中丞命赴江陵，起居衛尚書太夫人，因示從弟行軍司馬位〉與〈乘雨入行軍六弟宅〉詩。今詩題云「和江陵宋大少府」與「舍弟」，詩當是在江陵作。杜甫抵江陵在大曆三年三月。今詩題又云「暮春」，詩當是其時作。

---

[479]《補注杜詩》，卷三十三，頁617。

[480]《補注杜詩》，卷三十三，頁618。

[481]《補注杜詩》，卷三十三，頁618。

[482] 黃鶴說：「公至江陵已是春晚，此詩云『棣華晴雨好，綵服暮春宜』，正其時也，大歷三年作。」（《補注杜詩》，卷三十三，頁619）

[483]《杜詩詳注》（三）說：「顧注：宋少府於春雨後，宴諸公及杜位，席上必皆賦詩，公聞而和之也。」（卷二十一，頁1882）

〈暮春陪李尚書李中丞過鄭監湖亭泛舟得過字韻〉

　　黃鶴將此詩繫於大曆三年杜甫往江陵過峽州作[484]。今考此詩當繫於大曆三年暮春江陵作。

　　「鄭監」即鄭秘書監審，〈宴胡侍御書堂〉題下即有原注「李尚書之芳、鄭秘監審同集」諸字；「鄭監湖亭」在荊州，杜甫有〈秋日寄題鄭監湖上亭三首〉，其一詩有沅湘、山簡、庾公與昭丘諸詞，此皆荊州事，吳見思曾說：「亭在荊州，沅湘、昭丘、庾公、山簡皆荊州事。」[485]對此，陳貽焮也曾說：「證之以『鄭在江陵』原注，吳說可信。」[486]依此，鄭監湖亭在江陵（荊州）。杜甫抵江陵在大曆三年，今詩題又云「暮春」，因此，詩當是大曆三年三月江陵作。

　　此外，杜甫另有〈宇文晁尚書之子崔彧司業之孫重泛鄭監審前湖〉詩，湖既在前述所云之江陵。杜甫抵江陵在暮春。今〈宇文晁尚書之子崔彧司業之孫重泛鄭監審前湖〉詩又云「郊扉俗遠長幽寂，野水春來更接連」，依此，詩當亦三年暮春江陵作。

〈短歌行贈王郎司直〉

　　黃鶴將此詩繫於寶應元年作[487]。趙次公則將此詩繫於大曆三年春作[488]。今考此詩當繫於大曆三年暮春江陵作。

　　詩云「仲宣樓頭春色深，青眼高歌望吾子」，「仲宣樓」在荊州，李善注王粲〈登樓賦〉說：「盛弘之《荊州記》曰：當陽縣城樓。王仲宣登之而

484　黃鶴說：「鄭監湖在峽州。殆是公往江陵時過峽州，故遊之，遂作此詩。」（《補注杜詩》，卷三十三，頁618）

485　《杜詩論文》（三），卷三十九，頁1503～1504。

486　《杜詩評傳》（下），第十八章，頁1054。原注在〈秋日夔府詠懷奉寄鄭監審、李賓客之芳一百韻〉詩「音徽一柱數，道里下牢千」兩句之下。

487　《補注杜詩》，卷十，頁204。

488　《杜詩趙次公先後解輯校》（上），目錄，頁32。

作賦。」[489] 此外，《大明一統志》「荆州府」「宮室」下亦云：「仲宣樓，在荆門州，即當陽縣城樓。漢・王粲仲宣登樓作賦。……。唐・杜甫詩『春風迴首仲宣樓』，指此。今府城東南隅，亦有仲宣樓，乃五代時高季興所建望沙樓。」[490] 依此，詩當是杜甫至荆州時作，趙次公即曾說：「『仲宣樓』，指言荆州也。」[491] 此外，朱鶴齡亦曾云：「此詩『仲宣樓頭』二句，乃公在荆州時作。諸本都入寶應元年成都詩內，非也。《草堂》編大曆三年，最是。」[492] 杜甫抵江陵（荆州），在大曆三年暮春。今詩又云「春色」，因此，此詩當繫於大曆三年暮春江陵作。

〈歸雁〉（聞道今春雁）

趙次公與黃鶴皆將此詩繫於大曆四年春作[493]。今考此詩當繫於大曆三年春作。

詩云「聞道今春雁，南歸自廣州」，此當指大雁自廣州南歸，事在大曆二年十一月底。朱鶴齡說：「《唐會要》：大曆二年，嶺南節度使徐浩奏：『十一月二十五日當管懷集縣陽雁來，乞編入史。』從之。先是，五嶺之外，朔雁不到，浩以為陽為君德，雁隨陽者，臣歸君之象也。」[494] 今詩既云「春雁」，當是三年春作。朱鶴齡又云：「詩云『聞道今春雁，南歸自廣州』，正是三年春所作。」[495]

---

[489] 《文選》，卷十一，頁162。另亦可參《杜詩釋地》，卷三，頁334～335。

[490] 《大明一統志》（下），卷六十二，頁947。另亦可參《杜工部詩集》（下），卷十八，頁1595。

[491] 《杜詩趙次公先後解輯校》（下），己帙卷之一，頁1275。

[492] 《杜工部詩集》（下），卷十八，頁1594～1595。

[493] 《杜詩趙次公先後解輯校》（上），目錄，頁34。黃鶴說：「詩云『是物關兵氣，何時免客愁』，當是大曆四年赴湖南時作，時吐蕃未寧。」（《補注杜詩》，卷三十五，頁638）

[494] 《杜工部詩集》（下），卷十八，頁1593。另亦可參《唐會要》（上），卷二十八祥瑞上，頁622。此中，《唐會要》作「翔雁不到」。

[495] 《杜工部詩集》（下），卷十八，頁1593。

〈惜別行送向卿進奉端午御衣之上都〉

趙次公與黃鶴皆將此詩繫於大曆三年荊南作[496]。今考此詩當繫於大曆三年四月初江陵作。

詩云「尚書勳業超千古，雄鎮荊州繼吾祖。裁縫雲霧成御衣，拜跪題封賀端午。向卿將命寸心赤，青山落日江湖白」。「尚書」指衛伯玉，〈玉腕騮〉詩「聞說荊南馬，尚書玉腕騮」句下即有原注「江陵節度衛公馬也」諸字[497]。此六句言向卿領荊南節度使、檢校工部尚書衛伯玉之命，前往長安進奉端午御衣，盧元昌說：「今日尚書衛伯玉，德業冠古，雄鎮荊州，無異我祖征南將軍。時值端午，御衣初成，尚書拜題而授向卿。向卿將尚書命，遂望上都進發也。」[498]詩當是杜甫在江陵送向卿時作。其時當不早於三年暮春，不晚於是年端午。四月初最有可能，趙次公曾說：「進端午衣，則起發當在四月初矣。」[499]

〈江陵節度使陽城郡王新樓成，王請嚴侍御判官賦七字句同作〉

黃鶴將此詩繫於大曆三年夏江陵作[500]。今考此詩當繫於大曆三年夏江陵作。

首先，詩題云「江陵節度使陽城郡王」，據《舊唐書‧代宗本紀》，荊州節度使衛伯玉封陽城郡王在大曆二年六月（詳〈奉賀陽城郡王太夫人恩命

---

[496] 《杜詩趙次公先後解輯校》（上），目錄，頁32。黃鶴說：「『尚書勳業超千古，雄鎮荊州繼吾祖。裁縫雲霧成御衣，拜跪題封賀端午』，當是大曆三年荊南作。」（《補注杜詩》，卷十五，頁294）

[497] 此外，《舊唐書‧衛伯玉傳》（十）亦曾云：「廣德元年冬，吐蕃寇京師，乘輿幸陝。以伯玉有幹略，可當重寄，乃拜江陵尹、兼御史大夫，充荊南節度觀察等使。尋加檢校工部尚書。」（卷一百一十五，頁3378）另亦可參《錢牧齋先生箋註杜詩》（一），卷八，頁546。

[498] 《杜詩闡》（四），卷三十，頁1490。

[499] 《杜詩趙次公先後解輯校》（下），己帙卷之二，頁1283。

[500] 《補注杜詩》，卷三十四，頁624。

加鄧國太夫人〉繫年)。那麼,詩當是其後所作。

其次,依此詩題「新樓」當在江陵,邵寶即曾說:「此公初至江陵依衛伯玉,故極口稱美新樓之成。」[501]此外,杜甫另有〈又作此奉衛王〉詩,是詩有「西北樓成雄楚都,遠開山嶽散江湖」之句,五代人即曾依杜詩而名荆州城樓為雄楚樓,《大明一統志》「荆州府」「宮室」下說:「雄楚樓,在府城上。五代時高氏內城樓也。今城雖遷改,而名仍存。按:唐‧江陵節度陽城郡王新樓成,杜甫為賦二詩,其一云『西北樓成雄楚都』,後人蓋因此立名。」[502]又,《大清一統志》「荆州府」「古蹟」下亦云:「雄楚樓,在江陵縣北城上。唐‧杜甫有『西北城樓雄楚都』句,高氏因以名城樓。」[503]那麼,陽城郡王新樓當在江陵。新樓若在江陵,詩當是大曆三年三月杜甫抵江陵後作。

第三,今〈江陵節度使陽城郡王新樓成〉詩又云「樓上炎天冰雪生,高飛燕雀賀新成」,既云「炎天」,當是大曆三年夏作。黃鶴即曾說:「公以大曆三年暮春至江陵,而今詩云『樓上炎天冰雪生』,當是其年夏作也。」[504]而〈又作此奉衛王〉當亦同時之作[505]。是秋,杜甫即自江陵南下移居公安縣。

〈秋日荆南述懷三十韻〉

趙次公將此詩繫於大曆三年秋荆南作[506]。黃鶴亦將此詩繫於大曆三年秋未移公安前作[507]。今考此詩當繫於大曆三年秋江陵作。

江陵郡又稱荆州,《通典》「江陵郡」下說:「今之荆州。……。隋并梁,置江陵總管府如故,後改為荆州;……。大唐為荆州,或為江陵

---

501 《刻杜少陵先生詩分類集註》(七),卷二十三,頁3220。

502 《大明一統志》(下),卷六十二,頁948。另亦可參《杜詩釋地》,卷五,543。

503 《大清一統志》(八),卷三四四,頁245。

504 《補注杜詩》,卷三十四,頁624。

505 《補注杜詩》,卷三十四,頁624。

506 《杜詩趙次公先後解輯校》(上),目錄,頁33。

507 《補注杜詩》,卷三十四,頁626。

郡。」[508] 此外，《舊唐書・地理志》「山南東道」下亦稱「荊州江陵府」[509]。最
後，《新唐書・地理志》亦云：「江陵府江陵郡，本荊州、南郡。」[510] 唐於至
德二載（757）置荊南節度使，治荊州，《新唐書・方鎮表》「荊南」「至德
二載」下即云：「置荊南節度，……，治荊州。」[511] 此外，《舊唐書・地理志》
亦云：「自至德後，中原多故，襄、鄧百姓，兩京衣冠，盡投江、湘，故荊
南井邑，十倍其初，乃置荊南節度使。」[512] 由於江陵郡乃荊南節度使治所，
因此，江陵得稱荊南。杜甫在〈玉腕騮〉詩中即曾以「荊南」稱江陵（亦詳
〈遠懷舍弟穎、觀等〉繫年）。此外，李辰冬亦曾云：「荊南即今之江陵，唐
至德初置荊南節度，治荊州，故杜甫稱之為荊南。」[513]

今詩題既云及「荊南述懷」，當是杜甫至江陵時作。杜甫至江陵乃大曆
三年暮春。今詩又云「秋日」，詩當是大曆三年秋江陵作。黃鶴即曾說：
「此詩當是大曆三年秋，未移公安前作。」[514] 趙、黃兩家繫年可從。

〈秋日荊南送石首薛明府辭滿告別，奉寄薛尚書，頌德敘懷，斐然之作三十韻〉

趙次公與黃鶴皆將此詩繫於大曆三年秋荊南作[515]。今考此詩當繫於大曆
三年秋荊南作。

詩題云「秋日荊南」，詩當是杜甫大曆三年秋江陵時作。黃鶴即曾說：
「公以大曆三年至荊南，當是其年秋作。」[516]

---

[508] 《通典》（五），卷一百八十三，頁4863～4864。

[509] 《舊唐書》（五），卷三十九，頁1551。

[510] 《新唐書》（四），卷四十，頁1027。

[511] 《新唐書》（六），卷六十七，頁1870。

[512] 《舊唐書》（五），卷三十九，頁1552。

[513] 《杜甫作品繫年》，頁235。

[514] 《補注杜詩》，卷三十四，頁626。

[515] 《杜詩趙次公先後解輯校》（上），目錄，頁33。《補注杜詩》，卷三十四，頁628。

[516] 《補注杜詩》，卷三十四，頁628。

〈哭李尚書之芳〉

黃鶴將此詩繫於大曆三年江陵秋作[517]。今考此詩當繫於大曆三年秋江陵作。

杜甫詩云「客亭鞍馬絕，旅櫬絪蟲懸。復魄昭丘遠，歸魂素滻偏」。首先，「客亭」兩句當是杜甫親見李之芳死後荒涼景況[518]。其次，「昭丘」乃楚昭王墓。楚昭王墓在荊州當陽縣，《大明一統志》「荊州」「祠廟」下曾云：「楚昭王廟，在當陽縣沮江西。」[519]此外，《輿地紀勝》「荊湖北路」「江陵府下」亦有「楚昭王冢」[520]。趙次公對此也曾說：「昭丘，楚昭王之墓也。按《荊州圖經》，在當陽東南七十里。」[521]唐代當陽縣在荊州，《通典》、《舊》與《新唐書·地理志》「江陵郡」下即有「當陽縣」[522]。那麼，詩當是杜甫離夔出峽後作。杜甫去夔在大曆三年春。今詩又云「秋色凋春草，王孫若個邊」，既云「秋色」，詩當是大曆三年秋作。

此外，杜甫另有〈重題〉詩，王洙、趙次公、錢謙益與朱鶴齡諸本詩末皆有「公歷禮部尚書，薨于太子賓客」諸字[523]。此當指「李尚書之芳」，李之芳曾為禮部尚書、太子賓客等官[524]。今詩題云「重題」，當即重哭李之芳之

---

[517] 黃鶴說：「詩作于大曆三年江陵府，所以復有『湖風井邇秋』之句。」（《補注杜詩》，卷三十四，頁629）筆者按：「湖風井邇秋」乃〈重題〉詩句。

[518] 《杜詩新補注》說：「『旅櫬絪絲懸』，此應是眼見。」（卷二十二，頁660）

[519] 《大明一統志》（下），卷六十二，頁949。

[520] 《輿地紀勝》（三），卷六十五，頁2221。

[521] 《杜詩趙次公先後解輯校》（下），己帙卷之二，頁1324。

[522] 《通典》（五），卷一百八十三，頁4865。《舊唐書》（五），卷三十九，頁1553。《新唐書》（四），卷四十，頁1028。

[523] 《杜工部集》（二），卷十七，頁768。《杜詩趙次公先後解輯校》（下），己帙卷之二，頁1325。《杜工部詩集》（下），卷十九，頁1629。《杜詩詳注》（三）作「原注：李公薨於太子賓客」（卷二十二，頁1919）。此外，《錢牧齋先生箋註杜詩》（二）則作「李公歷禮部尚書，薨于太子賓客」（卷十七，頁1095）。

[524] 《舊唐書·李之芳傳》（八），卷七十六，頁2660。《新唐書·李之芳傳》（十二），卷八十，頁3575。另亦可參《杜詩詳注》（三），卷二十二，頁1916。

謂，仇兆鰲說：「『涕不能收』，拈重哭意。」[525]詩中亦有「江雨銘旌濕，湖風井徑秋」之句，既云「秋」字，詩當亦大曆三年秋作。那麼，李之芳當卒於是秋。

〈舟出江陵南浦，奉寄鄭少尹審〉

黃鶴將此詩繫於大曆三年秋公安作[526]。今考此詩當是大曆三年秋作，時杜甫舟出江陵南往公安。

詩題云「舟出江陵」，詩當是杜甫抵江陵後作。杜甫舟至江陵在大曆三年暮春，是年秋即移居公安縣。今詩又云「鳴螿隨汎梗，別燕赴秋菰」，既云「秋菰」，當是大曆三年秋天所作，是時舟出江陵，南向公安。黃鶴說：「『鳴螿隨汎梗，別燕赴秋菰』，當是大曆三年秋作，是時公移居公安，公安在江陵之南，故『出南浦』也。」[527]此外，朱鶴齡亦云：「公自江陵移居公安，公安在江陵南九十里，故『出南浦』。」[528]

〈移居公安敬贈衛大郎鈞〉

黃鶴將此詩繫於大曆三年秋公安作[529]。今考此詩當繫於大曆三年秋公安作。

詩題云「移居公安」，「公安」乃公安縣，公安縣屬江陵郡，《通典》、《舊》與《新唐書·地理志》「江陵郡」下皆有「公安縣」[530]。依此，詩當是杜甫抵江陵後作。因此，詩當作於大曆三年暮春後。是年冬杜甫又往岳州，有〈泊岳陽城下〉詩。今〈移居公安敬贈衛大郎鈞〉詩又云「水烟通徑草，秋

---

525 《杜詩詳注》（三），卷二十二，頁1918。

526 《補注杜詩》，卷三十四，頁625。

527 《補注杜詩》，卷三十四，頁625。

528 《杜工部詩集》（下），卷十九，頁1630。

529 黃鶴說：「公以大曆三年秋移居公安，此詩云『水煙通徑草，秋露接園葵』，乃是時作。」（《補注杜詩》，卷三十四，頁631）

530 《通典》（五），卷一百八十三，頁4865。《舊唐書》（五），卷三十九，頁1553。《新唐書》（四），卷四十，頁1028。

露接園葵」，既云「秋露」，詩題又云「移居公安」，詩當是大曆三年秋公安作。

最後，公安縣在江陵府南八、九十里路，《元豐九域志》「荊湖路」「江陵府」「公安縣」下說：「府南九十里。」[531] 此外，《太平寰宇記》「山南東道」「荊州」「公安縣」下亦云：「東水路八十里。」[532]

〈公安送韋二少府匡贊〉

黃鶴將此詩繫於大曆三年秋晚公安作[533]。今考此詩當繫於大曆三年秋晚公安作。

首先，詩題云「公安送韋二少府匡贊」，那麼，此當是杜甫在公安時作。杜甫移居公安在大曆三年秋，並有〈移居公安敬贈衛大郎鈞〉詩。因此，詩當作於抵公安後。

其次，詩云「時危兵甲黃塵裏，日短江湖白髮前」，「兵甲黃塵」當指吐蕃入寇，事在大曆三年八、九月。譬如，《舊唐書·代宗本紀》「大曆三年」說：「（八月）壬戌，吐蕃十萬寇靈武。……。丁卯，吐蕃寇邠州，京師戒嚴。……。（九月）壬午（十一日），吐蕃寇靈州。」[534] 此外，《新唐書·代宗本紀》「大曆三年」也說：「八月己酉，吐蕃寇靈武。丁卯，寇邠州，京師戒嚴。……。（九月）壬午，吐蕃寇靈州。」[535] 最後，《資治通鑑》「大曆三年」下亦云：「八月，壬戌，吐蕃十萬眾寇靈武。丁卯，吐蕃尚贊摩二萬眾寇邠州，京師戒嚴。」[536] 依據上述這兩個理由，此詩當是大曆三年秋晚公安作。黃鶴曾說：「詩云『時危兵甲黃塵裏，日短江湖白髮前』，是大曆三

---

[531] 《元豐九域志》（上），卷六，頁266。

[532] 《太平寰宇記》（六），卷一百四十六，頁2841。

[533] 《補注杜詩》，卷三十四，頁631。

[534] 《舊唐書》（二），卷十一，頁290。

[535] 《新唐書》（一），卷六，頁174。

[536] 《資治通鑑》（十），卷二百二十四，頁7202。

年秋晚作。是年吐蕃入寇，京師戒嚴。」[537]

〈公安縣懷古〉

黃鶴將此詩繫於大曆三年秋晚公安作[538]。今考此詩當繫於大曆三年秋冬公安作。

詩題云「公安縣懷古」，詩當是在公安時作。杜甫至公安縣在大曆三年秋。今詩又云「寒天催日短，風浪與雲平」，既云「寒」字，詩當是大曆三年秋冬公安作。

最後，「寒」字不必專指冬天，亦可指秋，杜甫〈茅堂檢校收稻二首〉即有「香稻三秋末，平田百頃間。……。御袂侵寒氣，嘗新破旅顏」諸字。

〈移居公安山館〉

朱鶴齡將此詩繫於大曆三年冬公安時作[539]。今考此詩當繫於大曆三年冬公安作。

詩題云「移居公安」，杜甫漂泊至公安縣在大曆三年秋。今詩又云「南國晝多霧，北風天正寒」，既云「北風」，詩當是大曆三年冬日作。

〈公安送李二十九弟晉肅入蜀，余下沔鄂〉

黃鶴將此詩繫於大曆三年冬作[540]。今考此詩當繫於大曆三年冬公安作。

詩題有「公安送李二十九弟」諸字，詩當亦在公安時作。此外，詩又云「檣烏相背發，塞雁一行鳴」，「相背發」當謂兩船自相背方向出發。換言之，杜甫時欲離開公安，所謂「余下沔鄂」也。

---

[537] 《補注杜詩》，卷三十四，頁631。

[538] 黃鶴說：「詩云『寒天催日短，風浪與雲平』，當是大曆三年秋晚作。」（《補注杜詩》，卷三十四，頁632）

[539] 《杜工部詩集》（下）將此詩繫於「大曆中公在江陵、憩公安、次岳州及居湖南作」（卷十九，頁1603與頁1631）。

[540] 《補注杜詩》，卷三十四，頁632。

　　依杜詩,杜甫大曆三年窮冬抵岳州,有〈泊岳陽城下〉詩;此前,杜甫
另有〈發劉郎浦〉詩,劉郎浦在江陵郡石首縣,石首縣在公安縣南,乃杜甫
離開公安南下,途經之地。〈發劉郎浦〉詩中又有「十日北風風未迴,客行
歲晚晚相催」之句,那麼,杜甫自劉郎浦出發時,當是三年歲晚。此外,
〈留別公安太易沙門〉詩中亦有「沙村白雪仍含凍,江縣紅梅已放春」詩
語,那麼,杜甫離開公安時當在季冬;是年歲晚經劉郎浦,冬末抵岳陽城。
簡言之,杜甫離開公安在大曆三年季冬。依此,〈公安送李二十九弟晉肅入
蜀,余下沔鄂〉當是此前所作,詩當繫於大曆三年冬。黃鶴說:「公以大曆
三年冬發公安往岳陽,今詩云『檣烏相背發』,蓋其時,故題云『余下沔
鄂』。後不果至武昌。」[541]此外,朱鶴齡亦曾云:「公是年冬發公安至岳陽,
而題云『下沔鄂』,詩又云『正解柴桑纜』,蓋公是時欲由沔鄂東下,後不
果,乃之岳陽耳。」[542]

〈留別公安太易沙門〉

　　黃鶴將此詩繫於大曆三年冬作[543]。今考此詩當繫於大曆三年季冬欲離開
公安留別時作。

　　詩題云「留別公安太易沙門」,當是欲離開公安縣留別時作。今詩又
云「沙村白雪仍含凍,江縣紅梅已放春」,既云「白雪仍含凍」、「紅梅已放
春」,當是季冬時作。因此,此詩當繫於大曆三年季冬,杜甫欲離開公安時
作。

---

[541]《補注杜詩》,卷三十四,頁632。

[542]《杜工部詩集》(下),卷十九,頁1643。

[543] 黃鶴說:「詩云『沙村白雪猶含凍,江縣紅梅已放春』,當是大曆二年冬起岳陽時
　　作。」(《補注杜詩》,卷三十四,頁633)此中,若據黃鶴於〈公安送李二十九弟晉
　　肅入蜀,余下沔鄂〉題下繫年,則「二年」當為「三年」之訛;「起」當為「往」之
　　訛。

〈曉發公安〉

黃鶴將此詩繫於大曆三年冬作[544]。今考此詩當繫於大曆三年暮冬從公安縣舟發時作。

王洙與蔡夢弼本詩題作「曉發公安數月憩息此縣」[545]；趙次公、錢謙益、朱鶴齡與仇兆鰲諸本詩題作「曉發公安」，題下原注為「數月憩息此縣」[546]。今詩題既云「曉發公安」，詩當是離開公安縣時作。杜甫離開公安縣在大曆三年季冬，〈留別公安太易沙門〉即有「沙村白雪仍含凍，江縣紅梅已放春」之語。此外，陸游《入蜀記》亦曾云：「（乾道六年九月）十四日，次公安。……。老杜〈曉發公安〉詩注云：『數月憩息此縣。』按公〈移居公安〉詩云：『水煙通徑草，秋露接園葵。』而〈留別公安太易沙門〉詩云：『沙村白雪仍含凍，江縣紅梅已放春。』則是以秋至此縣，暮冬始去。其曰『數月憩息』，蓋謂此也。」[547]因此，此詩當繫於其時。

最後，杜甫大曆三年春正月離夔下峽；暮春抵江陵；秋移居公安；暮冬離開公安。那麼，秋、冬兩季若干月份杜甫在公安縣，此即所謂「數月憩息此縣」。

〈發劉郎浦〉

黃鶴將此詩繫於大曆三年往公安時作[548]。今考此詩當繫於大曆三年歲晚

---

[544] 黃鶴說：「大曆三年秋，公移居公安，冬深入岳陽，此詩作於其時。詩云『北城擊柝復欲罷』，謂九月吐蕃入寇，京城戒嚴，今已罷矣。」（《補注杜詩》，卷三十五，頁634）

[545] 《杜工部集》（二），卷十八，頁779。《草堂詩箋》（四），卷三十六，頁920。

[546] 《杜詩趙次公先後解輯校》（下），己帙卷之三，頁1356。《錢牧齋先生箋註杜詩》（二），卷十八，頁1101。《杜工部詩集》（下），卷十九，頁1644。《杜詩詳注》（三），卷二十二，頁1937。另亦可參《御定全唐詩》，見《文淵閣四庫全書》，第1425冊，卷二百三十三，頁236。

[547] 《入蜀記》，卷五，頁47。

[548] 黃鶴說：「《十道志》：劉郎浦在荊州。當是大曆三年往公安時作。」（《補注杜詩》，卷十五，頁297）

在劉郎浦作。

首先,「劉郎浦」在石首縣,《輿地紀勝》「荊湖北路」「江陵府下」說:「劉郎浦,在石首縣西南。」[549]此外,《太平寰宇記》「山南東道」「荊州」「石首縣」下亦有「劉郎浦」[550]。最後,《大清一統志》「荊州府」下則云:「劉郎浦,在石首縣西北。一名劉郎洑。《通鑑》『後唐天成三年』:高季興水軍至劉郎洑。胡三省注:江陵府石首縣沙步有劉郎浦。」[551]依此,劉郎浦在石首縣。

唐代石首縣在江陵郡,《通典》、《舊》、《新唐書·地理志》「江陵郡」下皆有「石首縣」[552]。依此,詩當是杜甫抵江陵後作。杜甫至江陵在大曆三年暮春。今詩又云「十日北風風未迴,客行歲晚晚相催」,既云「歲晚」,詩當是大曆三年歲晚作。

其次,公安縣北距江陵府約八、九十里路(詳〈移居公安敬贈衞大郎鈞〉繫年)。石首縣又在江陵府東南二百里,《元豐九域志》「荊湖路」「江陵府」「石首縣」下說:「府東南二百里。」[553]此外,《太平寰宇記》「山南東道」「荊州」「石首縣」下亦云:「東南水路二百里。」[554]那麼,石首縣當在公安縣東南約一百一、二十里附近。亦即:劉郎浦當在公安縣之下游,趙抃(1008~1084)〈過公安(子美嘗有發劉郎浦離公安渡詩)〉詩即有「劉郎浦上公安渡,我過高吟老杜詩」兩語[555]。此外,蔡興宗〈年譜〉「大曆三年」下

---

[549] 《輿地紀勝》(三),卷六十五,頁2218。

[550] 《太平寰宇記》(六),卷一百四十六,頁2844。

[551] 《大清一統志》(八),卷三四四,頁240。另亦可參《湖廣通志》,見《文淵閣四庫全書》,第531冊,卷九,頁279。

[552] 《通典》(五),卷一百八十三,頁4865。《舊唐書》(五),卷三十九,頁1553。《新唐書》(四),卷四十,頁1028。此外,陸游亦嘗於孝宗乾道六年(1170)九月十二日過石首縣,《入蜀記》說:「十二月,過石首縣,不入。石首自唐始為縣,在龍蓋山之麓,下臨漢水,亦形勝之地。杜子美有〈送石首薛明府〉詩,即此邑也。」(卷五,頁46)此中,依其前後文所述,「十二月」當為「十二日」之訛。

[553] 《元豐九域志》(上),卷六,頁267。

[554] 《太平寰宇記》(六),卷一百四十六,頁2843。

[555] 《清獻集》,見《文淵閣四庫全書》,第1094冊,卷五,頁800。

亦曾云:「歲暮,發公安至岳州,有〈發劉郎浦〉,在公安之下石首縣。」[556]

杜甫大曆三年秋冬在公安縣憩息數月;是年暮冬自公安縣舟發,後南往岳州。今詩又有「歲晚」兩字,那麼,詩當是杜甫離開公安縣後作。另一方面,杜甫離開公安縣後,暫泊石首縣劉郎浦,趙次公即曾說:「此公自公安縣欲往岳州所經行之處。劉郎浦,乃公安之下石首縣也。」[557]因此,此詩當繫於大曆三年歲晚作。

〈歲晏行〉

黃鶴將此詩繫於大曆三年次岳州作[558]。今考此詩當繫於大曆三年歲暮岳州作。

首先,詩云「去年米貴闕軍食,今年米賤太傷農」,「闕軍食」事當在大曆二年冬,《舊唐書・代宗本紀》「大曆二年」下說:「(十月)甲申,減京官職田三分之一,給軍糧。……(十一月)己丑,率百官京城士庶出錢以助軍。」[559]若「去年」謂大曆二年,那麼,「今年」當是三年。再依詩題「歲晏」兩字,詩當是三年歲末作。

其次,詩又云「歲云暮矣多北風,瀟湘洞庭白雪中」,一,「瀟湘」當借指「巴陵」,《太平寰宇記》「江南西道」「岳州」下即曾云:「按《楚地記》云:『巴陵即瀟、湘之淵,在九江之間。』」[560]此外,《輿地紀勝》亦曾轉引及此條[561];二,「洞庭」在岳州,《通典》「岳州」「巴陵縣」下有「洞庭湖」[562]。此外,《新唐書・地理志》「岳州」「巴陵縣」下亦云:「有洞庭山,在洞庭湖中。」[563]最後,《太平寰宇記》「江南西道」「岳州」「巴陵縣」下

[556]《分門集註》(一),年譜,頁77。

[557]《杜詩趙次公先後解輯校》(下),己帙卷之三,頁1359。

[558]《補注杜詩》,卷十五,頁295。

[559]《舊唐書》(二),卷十一,頁287～288。

[560]《太平寰宇記》(五),卷一百一十三,頁2297。

[561]《輿地紀勝》(三),「即瀟湘之淵」則,卷六十九,頁2340。

[562]《通典》(五),卷一百八十三,頁4875。

[563]《新唐書》(四),卷四十一,頁1069。

亦有「洞庭湖」[564]。依此，詩當是杜甫在岳州時作。因此，此詩當是大曆三
年歲末在岳州時作。黃鶴即曾說：「詩云『去年米貴闕軍食，今年米賤大傷
農』，當是大曆三年次岳州作。按《舊史》：大曆二年七月甲申，減京官職田
三分之一，充軍糧。又，十一月乙丑，率百官京城士庶出錢以助軍。」[565] 此
中，「七月」當為「十月」之訛；「乙丑」當為「己丑」之訛。最後，朱鶴
齡亦曾云：「此詩作於三年之冬，故云『去年米貴闕軍食』也。」[566]

〈泊岳陽城下〉

蔡興宗與黃鶴皆將此詩繫於大曆三年冬深作[567]。今考此詩當繫於大曆三
年歲暮岳州岳陽城下作。

首先，「岳陽」即巴陵，譬如，顏延之〈始安郡還都與張湘州登巴陵
城樓作一首〉即有「清氛霽岳陽，曾暉薄瀾澳」詩句[568]。此外，《方輿勝
覽》「湖北路」「岳州」「山川」下亦曾云：「《郡縣志》：……。又云：『蜀
先主稱尊號，凡文誥策命，皆劉巴所作。卒葬岳陽，後人因號為巴陵。』」[569]
換言之，「岳陽」亦可稱巴陵。唐代「巴陵」屬岳州（巴陵郡），《通典》、
《舊》、《新唐書·地理志》「岳州」下皆有「巴陵縣」[570]。

其次，「岳陽城」在洞庭湖北，崔季卿〈晴江秋望〉即有「盡日不分天
水色，洞庭南是岳陽城」兩語[571]，「洞庭」句當為倒裝，原句應為「岳陽城南

---

[564] 《太平寰宇記》（五），卷一百一十三，頁2300。

[565] 《補注杜詩》，卷十五，頁295。

[566] 《杜工部詩集》（下），卷十九，頁1649。

[567] 蔡興宗〈年譜〉「大曆三年」下云：「歲暮……有……〈歲晏行〉、〈泊岳陽城下〉諸
詩。」（《分門集註》（一），年譜，頁77）黃鶴說：「詩云『舟雪洒寒燈』，當是大曆
三年冬深作。」（《補注杜詩》，卷三十五，頁635）

[568] 《文選》，卷二十七，頁383。另亦可參《洞庭湖志》（長沙：岳麓書社，2003年），
古迹十三，卷五，頁107。

[569] 《方輿勝覽》（中），卷二十九，頁511。

[570] 《通典》（五），卷一百八十三，頁4875。《舊唐書》（五），卷四十，頁1611。《新唐
書》（四），卷四十一，頁1069。

[571] 《輿地紀勝》（三），卷六十九，頁2362。

是洞庭」。此外，賈至〈西亭望春〉亦有「岳陽城上聞吹笛，能使春心滿洞庭」詩句[572]。而洞庭湖在岳州。依據上述這兩點，詩當是杜甫至岳州時作。依〈歲晏行〉，杜甫抵岳州在大曆三年歲暮。

第三，今〈泊岳陽城下〉詩又云「岸風翻夕浪，舟雪灑寒燈」，既云「雪」字，當是冬日作。因此，此詩當繫於大曆三年歲暮次岳州時作。

〈登岳陽樓〉

黃鶴將此詩繫於大曆三年作[573]。今考此詩當繫於大曆三年歲暮岳州作。

「岳陽樓」在岳州治所巴陵縣，《太平寰宇記》「江南西道」「岳州」「巴陵縣」下說：「岳陽樓。唐·開元四年（716），張說自中書令為岳州刺史，常與才士登此樓，有詩百餘篇，列於樓壁。」[574]此外，《大清一統志》「岳州府」「古蹟」下亦云：「岳陽樓，在府城西門上。……。按：唐·張說詩止有南樓，並無稱岳陽樓者，其〈與趙冬曦登南樓〉詩有云『危樓瀉洞庭，積水照城隅』，是樓在城隅而臨湖岸，所登即岳陽樓也。又，唐·崔魯詩稱洞庭樓；李羣玉又稱洞庭驛樓，意其時樓未定名。」[575]最後，《洞庭湖志》「古迹」下亦曾云：「岳陽樓，在岳郡西門城上。」[576]簡言之，岳陽樓在岳州巴陵縣。張說授岳州刺史在開元四、五年間[577]，其時樓初雖無定名，然時未久，即有岳陽樓名，李白有〈與夏十二登岳陽樓〉詩。今杜甫詩題既云「登岳陽樓」，詩中又云「昔聞洞庭水，今上岳陽樓」，玩其詩味，當是杜甫舟次岳

---

[572]《輿地紀勝》（三），卷六十九，頁2363。

[573] 黃鶴說：「當是大曆三年作。」（《補注杜詩》，卷三十五，頁635）

[574]《太平寰宇記》（五），卷一百一十三，頁2299。此外，《方輿勝覽》（中）「湖北路」「岳州」下亦曾云：「岳陽樓，在郡治西南。西面洞庭，左顧君山，不知創始為誰。」（卷二十九，頁514）

[575]《大清一統志》（八），卷三五九，頁508。

[576]《洞庭湖志》，卷五，頁107。最後，宋《唐子西文錄》亦曾云：「過岳陽樓觀杜子美詩，不過四十字爾，氣象閎放，涵蓄深遠，殆與洞庭爭雄，所謂富哉言乎者也。」（《歷代詩話》（上）（北京：中華書局，2001年），頁447）

[577]《唐刺史考全編》（四），卷一六五，頁2395。

州，泊岳陽城下，初登岳陽樓時作。因此，此詩當繫於大曆三年歲暮時作。

〈陪裴使君登岳陽樓〉

黃鶴將此詩繫於大曆四年初春作[578]。今考此詩當繫於大曆四年初春岳州作。

詩題云「岳陽樓」，當是杜甫在岳州時作。杜甫抵岳州在大曆三年歲暮。今詩又云「雪岸叢梅發，春泥百草生」，既云「雪岸」，又云「春泥」，因此，此詩當繫於大曆四年初春作。

〈過南嶽入洞庭湖〉

趙次公與黃鶴皆將此詩繫於大曆四年春作[579]。今考此詩當繫於大曆四年初春自岳州往南嶽入洞庭時作。

「南嶽」即衡山，唐‧徐堅（？～729）等撰之《初學記》「地理」「衡山」下說：「徐靈期《南岳記》及盛弘之《荊州記》云：『衡山者，五岳之南岳也。』」[580]此外，《太平御覽》「地部」「衡山」下亦云：「《郡國志》[云]：衡山，南岳也。」[581]衡山在衡州湘潭縣西四十一里，《括地志輯校》「衡州」「湘潭縣」下說：「衡山，一名岣嶁山，在衡州湘潭縣西四十一里。」[582]此外，《通典》「衡州」「湘潭縣」下亦云：「有南岳衡山。」[583]元和後，湘潭縣由衡州改隸潭州，也因此，《新唐書‧地理志》「潭州」「湘潭」下有衡山，《新唐書‧地理志》「潭州」「湘潭」下即云：「本隸衡州，元和後來屬。有衡山。」[584]最後，衡山亦在衡州衡山縣西三十里，《元和郡縣圖

---

[578] 黃鶴說：「詩云『雪岸叢梅發，春泥百草生』，當是大曆四年初春作。」（《補注杜詩》，卷三十五，頁635）

[579] 《杜詩趙次公先後解輯校》（上），目錄，頁34。《補注杜詩》，卷三十五，頁636。

[580] 《初學記》（上）（北京：中華書局，2005年），卷五，頁96。

[581] 《太平御覽》（一），卷三十九，頁343。

[582] 《括地志輯校》，卷四，頁237。

[583] 《通典》（五），卷一百八十三，頁4877。

[584] 《新唐書》（四），卷四十一，頁1071。

志》「江南道」「衡山縣」下云：「衡山，南嶽也。一名岣嶁山，在縣西三十里。」[585] 簡言之，南嶽衡山在衡州。

今詩題云「過南嶽」當謂過往衡州南嶽，趙次公曾說：「南岳，衡山也。在潭州之西南。今題蓋欲過往南岳而入洞庭湖以去也。」[586] 另外，浦起龍亦曾云：「『過』者，將然之事。『入』者，現在之事。題意蓋謂將欲過彼，故入此湖也。」[587] 此中，「過南嶽」亦與〈陪裴使君登岳陽樓〉詩「從此更南征」句相合。依此，詩當是杜甫離開岳州，將往衡州衡山，入洞庭湖時作。杜甫次岳州在大曆三年歲暮，有〈歲晏行〉詩；四年初春尚在岳州，有〈陪裴使君登岳陽樓〉詩。

今〈過南嶽入洞庭湖〉詩又云「病渴身何去，春生力更無」，既云「春生」，因此，此詩當是大曆四年初春欲往衡山入洞庭湖作。朱鶴齡即曾說：「此詩大曆四年正月，公由岳陽之潭州時作。」[588]

最後，杜甫此行乃自岳州出發，途經潭州，南往衡州，所謂「自岳之潭之衡」[589]，逆湘水而上，其時在大曆四年春。

〈宿青草湖〉

黃鶴將此詩繫於大曆四年赴湖南時宿此作[590]。今考此詩當繫於大曆四年春宿青草湖時作。

「青草湖」在岳州巴陵縣南七十九里；青草湖亦在洞庭湖之南，夏秋水漲，兩湖相通；冬春水涸，此湖先乾。《通典》「岳州」「巴陵縣」下即有「青草湖」[591]。此外，《元和郡縣圖志》「江南道」「岳州」「巴陵縣」下說：

---

[585] 《元和郡縣圖志》（下），卷二十九，頁706。

[586] 《杜詩趙次公先後解輯校》（下），己帙卷之四，頁1368。

[587] 《讀杜心解》（下），卷五之四，頁802。

[588] 《杜工部詩集》（下），卷十九，頁1652。

[589] 《杜詩詳注》（三），卷二十二，頁1957。

[590] 黃鶴說：「『青草湖』，在岳州，與洞庭湖相連，當是大曆四年赴湖南時宿此。」（《補注杜詩》，卷三十五，頁637）

[591] 《通典》（五），卷一百八十三，頁4875。

「巴丘湖，又名青草湖，在縣南七十九里。周迴二百六十五里。俗云古雲夢澤也。」[592]另外，《大明一統志》「岳州府」「山川」下亦云：「青草湖，一名巴丘湖。北連洞庭，南接瀟湘，東納汨羅之水。每夏秋水泛，與洞庭為一；水涸，則此湖先乾，青草生焉。」[593]最後，《大清一統志》「岳州府」「山川」下亦云：「青草湖，在巴陵縣西南。湘水所匯，為洞庭之南浹，接長沙府湘陰縣界，亦名巴邱湖。《荊州記》：巴陵南有青草湖，湖南有青草山，故因以為名。……。《岳陽風土記》：青草湖，冬春水涸，皆青草也，與洞庭相通。」[594]依此，青草湖在岳州巴陵縣洞庭湖之南。今詩題云「宿青草湖」，當是杜甫將往南嶽，渡過洞庭湖後，宿於青草湖時作。杜甫離開岳州入洞庭湖在四年初春，有〈過南嶽入洞庭湖〉詩。因此，此詩當是其後所作。趙次公即將此詩繫於大曆四年春作[595]。

〈宿白沙驛〉

趙次公與黃鶴皆將此詩繫於大曆四年春作[596]。今考此詩當繫於大曆四年春白沙驛作。

首先，「白沙驛」在湘陰縣北五十七里，《大清一統志》「長沙府」「關隘」下云：「白沙戌，在湘陰縣北五十七里，湘江上。唐有驛，久裁。」[597]此外，《（光緒）湖南通志》「地理」「關隘」「長沙府」「湘陰縣」下亦云：「白沙戌，在縣北五十七里，湘江上。唐有驛，久裁。」[598]唐代湘陰縣屬岳

---

[592] 《元和郡縣圖志》（下），卷二十七，頁657。《太平寰宇記》（五）則云：青草湖在岳州巴陵縣西南七十九里（卷一百一十三，頁2301）。

[593] 《大明一統志》（下），卷六十二，頁960。

[594] 《大清一統志》（八），卷三五八，頁504。

[595] 《杜詩趙次公先後解輯校》（上），目錄，頁34。

[596] 《杜詩趙次公先後解輯校》（上），目錄，頁34。黃鶴說：「詩云『湖外草新青』，又云『萬象皆春氣』，當是大曆四年春赴湖南時經此。」（《補注杜詩》，卷三十五，頁637）

[597] 《大清一統志》（八），卷三五五，頁464。另亦可參《杜詩釋地》，卷五，頁559。

[598] 《（光緒）湖南通志》（二）（長沙：岳麓書社，2009年），卷二十九，頁815。

州，《通典》、《舊》、《新唐書·地理志》「岳州」下皆有「湘陰縣」[599]。因此，杜甫宿白沙驛時當仍在岳州。杜甫次岳州在大曆三年歲暮；往南嶽在四年春。

其次，湘陰又北距岳州州治三百三十里，《元和郡縣圖志》「江南道」「岳州」「湘陰縣」下說：「北至州三百三十里。」[600]那麼，白沙驛大約在州治南方二百七十三里處。依此，杜甫往南嶽途中其宿白沙驛，當在宿青草湖後。

第三，今詩又云「驛邊沙舊白，湖外草新青。萬象皆春氣，孤槎自客星」，既云「草青」，又云「春氣」，因此，此詩當繫於大曆四年春宿白沙驛時作。

〈湘夫人祠〉

趙次公與黃鶴皆將此詩繫於大曆四年春作[601]。今考此詩當繫於大曆四年春岳州作。

首先，「湘夫人祠」即黃陵廟，所祀者乃娥皇與女英。韓愈（768～824）〈黃陵廟碑〉云：「湘旁有廟曰黃陵，自前古立以祠堯之二女、舜二妃者。」[602]唐代黃陵廟在岳州湘陰縣北五十七里，《括地志輯校》「岳州」「湘陰縣」下說：「黃陵廟在岳州湘陰縣北五十七里，舜二妃之神。」[603]此外，《通典》「岳州」「湘陰縣」下亦云：「又有地名黃陵，即舜二妃所葬之地。」[604]依

---

[599] 《通典》（五），卷一百八十三，頁4876。《舊唐書》（五），卷四十，頁1612。《新唐書》（四），卷四十一，頁1069。

[600] 《元和郡縣圖志》（下），卷二十七，頁658。

[601] 《杜詩趙次公先後解輯校》（上），目錄，頁34。《補注杜詩》，卷三十五，頁638。

[602] 《全唐文》（六），卷五六一，頁5679。

[603] 《括地志輯校》，卷四，頁234。

[604] 《通典》（五），卷一百八十三，頁4876。另外，宋《輿地廣記》（下）「荊湖南路」「潭州」「湘陰縣」下亦云：「有黃陵水，上承大湖，西流入湘，逕二妃廟南，世謂之黃陵廟。」（卷二十六，頁749）唐「湘陰縣」屬岳州，宋改隸潭州，《讀史方輿紀要》（八）「長沙府」「湘陰縣」下說：「開皇十二年州廢，縣屬岳州。唐因之。……。宋

此，詩當是杜甫至岳州時作。杜甫抵岳州在三年歲晚，有〈歲晏行〉詩。今〈湘夫人祠〉詩又云「蕭蕭湘妃廟，空牆碧水春」，既云「春」字，詩當是大曆四年春作。

其次，杜甫大曆四年春重登岳陽樓，有〈陪裴使君登岳陽樓〉詩；後欲南往南嶽而入洞庭湖，有〈過南嶽入洞庭湖〉詩；途中舟次青草湖，有〈宿青草湖〉詩；其後再往南，宿於白沙驛，有〈宿白沙驛〉。白沙戍南即湘夫人祠，或：黃陵廟北即白沙戍，《讀史方輿紀要》「長沙府」「湘陰縣」下說：「白沙戍，縣北五十七里。……。《括地志》：『縣北有黃陵廟，舜二妃廟也。』廟北即白沙戍。」[605]那麼，此詩當與〈宿白沙驛〉詩為先後之作。因此，此詩當繫於大曆四年春作。

〈祠南夕望〉

趙次公與黃鶴皆將此詩繫於大曆四年春作[606]。今考此詩當繫於大曆四年春岳州作。

詩云「山鬼迷春竹，湘娥倚暮花」，關於「湘娥」，仇兆鰲即曾說：「湘娥，即屈平所謂湘妃也。」[607]那麼，此祠廟當即湘妃廟，即前篇之湘夫人祠，〈湘夫人祠〉即有「蕭蕭湘妃廟」之句，亦即黃陵廟也。因此，此詩當與前篇為同時之作，黃鶴即曾說：「與前篇同一時作。」[608]今詩又有「春」字，詩當繫於大曆四年春作。

〈入喬口〉

趙次公與黃鶴皆將此詩繫於大曆四年春作[609]。今考此詩當繫於大曆四年

仍為湘陰縣，改屬潭州。」（卷八十，頁3751）

[605]《讀史方輿紀要》（八），卷八十，頁3754。

[606]《杜詩趙次公先後解輯校》（上），目錄，頁34。《補注杜詩》，卷三十五，頁638。

[607]《杜詩詳注》（三），卷二十二，頁1956。

[608]《補注杜詩》，卷三十五，頁638。

[609]《杜詩趙次公先後解輯校》（上），目錄，頁34。《補注杜詩》，卷三十五，頁639。

春次喬口時作。

首先，王洙、郭知達、錢謙益與朱鶴齡諸本題下皆有原注「長沙北界」諸字[610]；趙次公本詩題則作「入喬口長沙北界一首」[611]。換言之，喬口在長沙北界。

「喬口」乃鎮名，或作橋口鎮，《新唐書・地理志》「潭州長沙郡」下有「橋口鎮兵」諸字[612]；《元豐九域志》「荊湖路」「潭州」「長沙縣」下亦有「橋口一鎮」[613]。

其次，喬口鎮在長沙西北九十里左右，《大明一統志》「長沙府」「關梁」下說：「喬口鎮，在府城西北九十里。」[614]此外，《肇域志》「湖廣」「長沙府」「長沙縣」下亦云：「喬口鎮，在縣西北九十里。唐杜甫有〈入喬口〉詩。」[615]最後，《讀史方輿紀要》「湖廣」「長沙府」「善化縣」下則云：「喬口鎮，府西北九十里，當益陽喬江之口。」[616]依此，喬口鎮在長沙西北約九十里處。那麼，詩當是杜甫自岳州往南嶽，途次喬口所作。杜甫往南嶽在大曆四年春。

今詩又云「殘年傍水國，落日對春華」，那麼，詩當是其時作。黃鶴

---

[610] 《杜工部集》（二），卷十八，頁783。《九家集註杜詩》（五），卷三十五，頁2433。《錢牧齋先生箋註杜詩》（二），卷十八，頁1108。《杜工部詩集》（下），卷十九，頁1667。此外，《杜詩詳注》（三）亦有「原注：長沙北界」諸字（卷二十二，頁1974）。另亦可參《御定全唐詩》，見《文淵閣四庫全書》，第1425冊，卷二百三十三，頁237。

[611] 《杜詩趙次公先後解輯校》（下），己帙卷之四，頁1390。

[612] 《新唐書》（四），卷四十一，頁1071。

[613] 《元豐九域志》（上），卷六，頁259。另亦可參清・陳運溶（1858～1918）《湘城訪古錄》（長沙：岳麓書社，2009年）「喬口鎮」條（卷五，頁70）。

[614] 《大明一統志》（下），卷六十三，頁974。另亦可參《杜詩詳注》（三），卷二十二，頁1974。

[615] 清・顧炎武（1613～1682）《肇域志》（三）（上海：上海古籍出版社，2004年），頁1906。

[616] 《讀史方輿紀要》（八），卷八十，頁3751。此外，《大清一統志》（八）「長沙府」「關隘」下則云：「喬口鎮，在長沙縣西北六十里。」（卷三五五，頁464）

說：「《唐志》：潭州有喬口鎮兵。《九域志》：喬口鎮在長沙縣。當是大歷四年春作。」[617]

〈銅官渚守風〉

趙次公與黃鶴皆將此詩繫於大歷四年春作[618]。今考此詩當繫於大歷四年春次銅官渚時作。

首先，潭州長沙縣北一百里有銅山（或作銅官山），《元和郡縣圖志》「江南道」「潭州」「長沙縣」下說：「銅山，在縣北一百里。楚鑄銅處。」[619] 此外，《太平寰宇記》「江南西道」「潭州」下亦云：「銅官山，在縣北，水路一百里。甄烈〈湘川記〉云：『蓋楚之鑄錢處，故曰銅官山。』」[620] 銅官山下又有銅官渚，銅官渚在長沙北六十里，《肇域志》「湖廣」「長沙府」「長沙縣」下說：「銅官渚，在縣北六十里。有洲，舊傳楚鑄錢處，其山亦名銅官山。」[621] 另外，《讀史方輿紀要》「湖廣」「長沙府」「善化縣」「橘洲」下亦云：「銅官渚，在府北六十里。……。有山，亦曰銅官山。」[622] 最後，《大清一統志》「長沙府」「山川」下亦云：「銅官渚，在長沙縣西北銅官山下。一作銅官浦。……。《水經注》：『湘水右岸，銅官浦出焉。』」[623] 據此，銅官渚約在長沙北六十里處。

其次，今詩云「早泊雲物晦，逆行波浪慳」，「逆行」指逆水行舟，亦

---

[617] 《補注杜詩》，卷三十五，頁639。

[618] 《杜詩趙次公先後解輯校》（上），目錄，頁34。《補注杜詩》說：「趙曰：潭州長沙有銅官山。……。（黃）鶴曰：按《寰宇記》：梓州銅山縣西南五十八里亦有銅官山。……。然此詩『不夜楚帆落，避風湘渚間』，則在潭州明矣。當是大歷四年春作。」（卷三十五，頁639）

[619] 《元和郡縣圖志》（下），卷二十九，頁702。此外，《隋書‧地理志》（三）「長沙郡」「長沙縣」下亦有「銅山」（卷三十一，頁895）。

[620] 《太平寰宇記》（五），卷一百一十四，頁2321。

[621] 《肇域志》（三），頁1905。

[622] 《讀史方輿紀要》（八），卷八十，頁3750。

[623] 《大清一統志》（八），卷三五四，頁459。另亦可參《水經注疏》（下），卷三十八，頁3149。

即逆湘水行舟,杜詩所謂「上水」也,趙子櫟曾說:「自岳之潭之衡,為上水。自衡回潭,為下水。」[624]此外,魯訔〈年譜〉「大曆四年」下也說:「自岳之潭之衡,為上水,而自衡回潭,為順水。」[625]最後,《杜臆》亦曾云:「自岳之潭之衡,俱上水。」[626]杜甫除〈上水遣懷〉詩外,〈次空靈岸〉亦有「沄沄逆素浪,落落展清眺」之句。因此,此詩當是杜甫自岳州逆湘水往南嶽,途次銅官渚所作。杜甫往南嶽在大曆四年春。因此,此詩當繫於大曆四年春作。

〈北風〉(春生南國瘴)

趙次公與黃鶴皆將此詩繫於大曆四年春作[627]。今考此詩當繫於大曆四年春潭州作。

首先,王洙、趙次公、郭知達、錢謙益、朱鶴齡與仇兆鰲諸本題下皆有原注「新康江口,信宿方行」諸字[628]。

溈江(或作溈水)源於大溈山,流經寧鄉縣南,東北注入長沙縣界,名新康江(或作新康河)。《大清一統志》「長沙府」「山川」下說:「溈江,在寧鄉縣西一百五十里,源出大溈山。東北流入長沙縣界,名新康河。又東北入湘。」[629]此外,《清史稿·地理志》「湖南」「長沙府」「寧鄉縣」下亦云:「西:大溈山,溈水出,東南流,右納黃絹水,左瑕溪,至雙江口,流沙河

[624]《杜詩詳注》(三),卷二十二,頁1957。

[625]《分門集註》(一),年譜,頁111。

[626]《杜臆》,見《續修四庫全書》,第1307冊,卷之十,頁589。

[627]《杜詩趙次公先後解輯校》(上),目錄,頁34。黃鶴說:「詩云『春生南國瘴,氣待北風蘇』,當是大曆四年春暖喜得北風而作也。」(《補注杜詩》,卷三十五,頁639)

[628]《杜工部集》(二),卷十八,頁784。《杜詩趙次公先後解輯校》(下),己帙卷之四,頁1392。《九家集註杜詩》(五),卷三十五,頁2436。《錢牧齋先生箋註杜詩》(二),卷十八,頁1109。《杜工部詩集》(下),卷十九,頁1669。《杜詩詳注》(三),卷二十二,頁1976。另亦可參《御定全唐詩》,見《文淵閣四庫全書》,第1425冊,卷二百三十三,頁237。

[629]《大清一統志》(八),卷三五四,頁455。

水自西南來注之。又東北，左合玉堂江水，右烏江水，又東北至縣治南，屈而東，會平江水，又東北入於長沙，為新康江。」[630]另外，《(光緒)湖南通志》「長沙府」「長沙縣」下亦曾云：「新康河在縣西北五十里，源自寧鄉縣溈水，由玉潭江歷善化縣注於湘。杜甫〈北風〉詩，自注『新康江口，信宿方行』。」[631]依此，新康江當在長沙西北五十里。唐代長沙縣屬潭州，《通典》、《舊》、《新唐書・地理志》「潭州」下皆有「長沙縣」[632]。那麼，詩當繫於潭州作。杜甫抵岳州在大曆三年歲末；四年初春仍在岳州，是時杜甫欲往南嶽，有〈過南嶽入洞庭湖〉詩。舟行湘水，自岳之衡，當經潭州。

其次，詩題云「北風」，詩又云「今晨非盛怒，便道却長驅」，那麼，此時杜甫利用風勢轉弱機會，於是便乘北風往南舟行。換言之，此亦杜甫舟航逆行時作。

第三，今詩又云「春生南國瘴，氣待北風蘇」，既云「春」字，當是春時所作。依據上述這些理由，此詩當是大曆四年春杜甫離開岳州，往南嶽，途經長沙之北新康江時作。

〈清明二首〉

黃鶴將此詩繫於大曆四年初到潭州時作[633]。趙次公則將此詩繫於大曆四年二月潭州作[634]。今考此詩當繫於大曆四年二月下旬潭州作。

其一詩云「朝來新火起新烟，湖色春光淨客船。……。不見定王城舊處，長懷賈傅井依然」。首先，「定王」當指漢景帝之子劉發（？～前

---

[630] 《清史稿》(九)，卷六十八，頁2187。另亦可參《杜詩釋地》，卷五，頁569。

[631] 《(光緒)湖南通志》(一)，卷十三，頁542。最後，《湘城訪古錄》「新康河」下也說：「《圖書集成・職方典》云：在長沙縣西北五十里，源自寧鄉縣溈水，由玉潭江歷善化注于湘。杜少陵有〈北風〉詩。」(卷十二，頁231)

[632] 《通典》(五)，卷一百八十三，頁4874。《舊唐書》(五)，卷四十，頁1612。《新唐書》(四)，卷四十一，頁1071。

[633] 《補注杜詩》，卷三十六，頁658。

[634] 《杜詩趙次公先後解輯校》(上)將此詩繫於「大曆四年春離岳州至潭州所作」(目錄，頁34)，文中又將此詩繫於「二月至潭州」下(己帙卷之四，頁1397與1398)。

127），《漢書‧長沙定王劉發傳》說：「長沙定王發，母唐姬。」[635]劉發曾都長沙，《水經注疏》「湘水」下亦云：「漢高祖五年，以封吳芮為長沙王，是城即芮所築也。漢景帝二年，封唐姬子發為王，都此。」[636]而「定王城」在潭州，漢景帝封其子劉發為長沙定王，《通典》「潭州」下說：「及景帝，封子發又為長沙王。」[637]此外，《方輿勝覽》「湖南路」「潭州」「建置沿革」下亦云：「景帝封子發為長沙定王。」[638]那麼，「定王城」當在長沙。

其次，「賈傅井」亦在長沙，《括地志輯校》「潭州」「長沙縣」下說：「賈誼宅在縣南三十步。《湘水記》云：誼宅中有一井，誼所穿，極小而深，上斂下大，其狀如壺。」[639]此外，《元和郡縣圖志》「潭州」「長沙縣」下也說：「賈誼宅，在縣南四十步。」[640]最後，《太平寰宇記》「潭州」「長沙縣」下亦云：「賈誼廟，在縣南六十步。漢時為長沙王傅廟，即誼宅也。中有井，上圓下方。」[641]「定王城」與「賈傅井」既皆在長沙，再據「春光」兩字，那麼，依「不見」兩句，詩當是杜甫春天初到潭州時作，趙次公即曾說：「今公詩中使定王城、賈誼井事，所以知其在潭州作。」[642]黃鶴也說：「詩云『不見定王城舊處，長懷賈傅井依然』，當是大曆四年初到潭州時作，故詩又云『湖色春光淨客船』。」[643]杜甫至潭州在大曆四年春，有〈北風〉與〈發潭州〉諸詩。

問題是：杜甫抵潭州之長沙當為春天幾月呢？當為二月。因為詩題作「清明」，清明約在陽曆四月四、五與六日左右。今查《增補二十史朔閏

635 《漢書》（八）（北京：中華書局，2002 年），卷五十三，頁 2426。

636 《水經注疏》（下），卷三十八，頁 3145。另亦可參《杜工部詩集》（下），卷十九，頁 1671。

637 《通典》（五），卷一百八十三，頁 4874。

638 《方輿勝覽》（上），卷二十三，頁 409。

639 《括地志輯校》，卷四，頁 230。

640 《元和郡縣圖志》（下），卷二十九，頁 703。

641 《太平寰宇記》（五），卷一百一十四，頁 2320。

642 《杜詩趙次公先後解輯校》（下），己帙卷之四，頁 1398。

643 《補注杜詩》，卷三十六，頁 658。

表》「大曆四年」：陽曆四月十一日為陰曆三月己巳日（初一）[644]。推算大曆四年陽曆四月四、五與六日乃為陰曆二月二十三（壬戌）、二十四（癸亥）與二十五日（甲子）。亦即，是年清明當在陰曆二月下旬。因此，此詩當繫於大曆四年二月下旬潭州作。

〈發潭州〉

黃鶴將此詩繫於大曆四年春作[645]。今考此詩當繫於大曆四年春潭州作。

「潭州（長沙郡）」屬江南道[646]。潭州在岳州（巴陵郡）南方，水路約五百五十里處；衡州（衡陽郡）北方，約四百五、六十里處，《通典》「潭州（長沙郡）」下說：「南至衡陽郡四百五十里。……。北至巴陵水路五百五十里。」[647]此外，《元和郡縣圖志》「潭州」下亦云：「正南微東至衡州四百六十里。北至岳州水路五百五十里。」[648]最後，《太平寰宇記》「江南西道」「潭州」下亦曾云：「南至衡州四百五十里。……。北至岳州水路五百五十里。」[649]依此，潭州在岳州南方水路約五百五十里；衡州之北，約四百五、六十里。亦即：潭在岳、衡兩州間。因此，詩當是杜甫離開岳州，往南嶽衡山，途經潭州，從潭州出發時作。杜有自岳州往南嶽在大曆四年春。今詩又云「夜醉長沙酒，曉行湘水春」，既云「春」字，詩當是大曆四年春作；大曆五年杜甫亦曾自潭至衡，然是時為夏，其時有〈入衡州〉詩可證，因此，〈發潭州〉詩非作於大曆五年。黃鶴說：「詩云『曉行湘水春』，當是大曆四年春自潭之衡時作。明年雖亦嘗去潭之衡，然是時已夏，故知其為今年作。」[650]朱鶴齡亦曾云：「時公自潭州之衡州。」[651]

---

[644] 《增補二十史朔閏表》，頁98。

[645] 《補注杜詩》，卷三十五，頁640。

[646] 《舊唐書》（五），卷四十，頁1612。《新唐書》（四），卷四十一，頁1071。

[647] 《通典》（五），卷一百八十三，頁4874。

[648] 《元和郡縣圖志》（下），卷二十九，頁702。

[649] 《太平寰宇記》（五），卷一百一十四，頁2316～2317。

[650] 《補注杜詩》，卷三十五，頁640。

[651] 《杜工部詩集》（下），卷十九，頁1684。

〈宿鑿石浦〉

黃鶴與仇兆鰲皆將此詩繫於大曆四年仲春作[652]。今考此詩當繫於大曆四年二月次鑿石浦時作。

「鑿石浦」約在湘潭縣西,《大明一統志》「長沙府」「山川」下說:「鑿石浦,在湘潭縣西九十里。唐・杜甫宿此有詩。」[653]另外,《(光緒)湖南通志》「地理」「山川」「長沙府」「湘潭縣」下也說:「鑿石浦,在縣西九十里。」[654]此外,《肇域志》「湖廣」「長沙府」「湘潭縣」下亦云:「鑿石浦,在縣西九十五里。」[655]最後,《大清一統志》「長沙府」「山川」下亦云:「鑿石浦,在湘潭縣西。杜甫有〈宿鑿石浦〉詩。」[656]依此,鑿石浦約在湘潭縣西。因此,此詩當是杜甫自岳之潭之衡,途經鑿石浦所作。邵寶即曾說:「鑿石浦,在今湖廣長沙府湘潭縣西。大曆四年,公自岳州適湘潭宿此。」[657]

今詩又云「早宿賓從勞,仲春江山麗」,「仲春」乃二月,因此,此詩當繫於大曆四年春二月於鑿石浦作。

杜甫自潭州出發後,逆水之衡,途經鑿石浦、津口、空靈岸、花石戍等地,趙子櫟〈年譜〉即曾說:「發潭州,泝湘,宿鑿石浦,過津口,次空靈岸,宿花石戍。」[658]

---

[652] 黃鶴說:「詩云『仲春江山麗』,正是大曆四年自岳入潭時宿此遂賦詩。」(《補注杜詩》,卷十六,頁311)此外,《杜詩詳注》(三)也說:「此大曆四年二月初作。」(卷二十二,頁1961)

[653] 《大明一統志》(下),卷六十三,頁972。

[654] 《(光緒)湖南通志》(一),卷十四,頁563。

[655] 《肇域志》(三),頁1907。

[656] 《大清一統志》(八),卷三五四,頁459。此外,《(乾隆)長沙府志》(一)(長沙:岳麓書社,2008年)「山川志」「湘潭縣」下亦曾云:「鑿石浦,縣西九十五里。杜甫有詩。」(卷五,頁108)另亦可參《杜詩釋地》,卷五,頁560。

[657] 《(刻)杜少陵先生詩分類集註》(上),見《和刻本漢詩集成》第三輯,卷一,頁286。另亦可參《杜詩詳注》(三),卷二十二,頁1961。

[658] 趙子櫟〈杜工部草堂詩年譜〉,見《杜工部草堂詩箋》(百部叢書集成),年譜,頁35。另亦可參《杜工部詩集》(下),卷十九,頁1660。

〈過津口〉

趙次公與黃鶴皆將此詩繫於大曆四年春作[659]。今考此詩當繫於大曆四年春作。

詩云「南岳自茲近，湘流東逝深」，那麼，詩當是杜甫自岳之潭之衡，途中過津口所作。此外，詩又云「和風引桂楫，春日漲雲岑」，既云「春日」，詩當是春天作。依據上述這兩點，此詩當繫於大曆四年春。黃鶴說：「詩云『南岳自茲近，湘流東逝深』，當同是大曆四年春作。」[660]

〈次空靈岸〉

趙次公與黃鶴皆將此詩繫於大曆四年春作[661]。今考此詩當繫於大曆四年春次空靈岸時作。

「空靈岸」約在湘潭縣西，《大明一統志》「長沙府」「山川」下云：「空靈岸，在湘潭縣西一百六十里。唐·杜甫〈次空靈岸〉詩。」[662]此外，《讀史方輿紀要》「湖廣」「長沙府」「湘潭縣」下則云：「空靈灘，縣西南百二十里。亦作空靈峽。……郡志云：縣西百六十里有空靈岸。」[663]另外，《肇域志》「湖廣」「長沙府」「湘潭縣」下亦云：「空靈岸，在縣西一百六十里。唐杜甫有〈次空靈岸〉詩。」[664]那麼，空靈岸約在湘潭縣西處。邵寶對此即

---

[659] 《杜詩趙次公先後解輯校》（上），目錄，頁34。《補注杜詩》，卷十六，頁312。

[660] 《補注杜詩》，卷十六，頁312。

[661] 《杜詩趙次公先後解輯校》（上），目錄，頁34。黃鶴說：「雖《寰宇記》云『空舲峽在秭歸縣東百二十五里』，然後篇云『午辭空舲岑，夕得花石戍』，則無容午在歸州，而夕至潭州也。況首句云『沄沄逆素浪』，則是自岳逆潭甚明，若是自夔下峽，則為順流矣，當是大曆四年春作。潭州自有空靈灘也，況詩與題俱為『空靈』，與『空舲』自不同。」（《補注杜詩》，卷十六，頁312）

[662] 《大明一統志》（下），卷六十三，頁972。

[663] 《讀史方輿紀要》（八），卷八十，頁3755。

[664] 《肇域志》（三），頁1907。

曾說：「空靈岸，在今長沙府湘潭縣。」[665]

今詩云「沄沄逆素浪，落落展清眺」，既云「逆素浪」，因此，此詩當是杜甫離開岳州，逆湘水，自潭之衡，過空靈岸所作，朱鶴齡即曾說：「此詩云『沄沄逆素浪』，是自岳溯潭甚明。」[666]那麼，詩當繫於大曆四年。今詩又云「青春猶無私，白日已偏照」，既云「青春」，詩當是大曆四年春作。

〈宿花石戍〉

趙次公與黃鶴皆將此詩繫於大曆四年春作[667]。今考此詩當繫於大曆四年晚春次花石戍時作。

唐書地志即有「花石戍」，《新唐書‧地理志》「潭州」「長沙郡」下云：「有府一，曰長沙。有淥口、花石二戍。」[668]另外，《大清一統志》「長沙府」「關隘」下亦云：「花石戍，在湘潭縣西。」[669]依此，「花石戍」約在湘潭縣西。邵寶即曾說：「花石戍，在今長沙府湘潭縣。」[670]因此，此詩當亦杜甫自岳之潭之衡，宿於花石戍時作。今詩又云「地蒸南風盛，春熱西日暮」，既云「春熱」字，詩當是大曆四年晚春作。黃鶴說：「按《唐‧地理志》：潭州有淥口、花石二戍。又詩云『地蒸南風盛，春熱西日暮』，當是大歷四年春入潭州作無疑。」[671]

---

665 《（刻）杜少陵先生詩分類集註》（上），見《和刻本漢詩集成》，第三輯，卷一，頁287。

666 《杜工部詩集》（下），卷十九，頁1662。

667 《杜詩趙次公先後解輯校》（上），目錄，頁34。《補注杜詩》，卷十六，頁312。

668 《新唐書》（四），卷四十一，頁1071。

669 《大清一統志》（八），卷三五五，頁464。此外，《（光緒）湖南通志》（二）「地理」「關隘」「長沙府」「湘潭縣」下亦云：「花石戍，在縣西（《一統志》）。長沙有花石戍（《唐書‧地理志》）。」（卷二十九，頁817）

670 《（刻）杜少陵先生詩分類集註》（上），見《和刻本漢詩集成》，第三輯，卷一，頁288。

671 《補注杜詩》，卷十六，頁312。

〈次晚洲〉

趙次公與黃鶴皆將此詩繫於大曆四年春作[672]。今考此詩當繫於大曆四年春，自潭之衡，途中次於晚洲時作。

「晚州」在湘潭縣南一百十里，《杜臆》說：「晚洲在湘潭。」[673]此外，《大清一統志》「長沙府」「山川」下則說：「晚洲，在湘潭縣南一百十里，石洲之北。杜甫有〈次晚洲〉詩。」[674]另外，《（光緒）湖南通志》「地理」「山川」「長沙府」「湘潭縣」下亦云：「晚洲，在縣南百一十里，石洲之北（《一統志》）。……。石洲，在縣南百五十里（《舊志》）。」[675]最後，《（乾隆）長沙府志》「山川志」「湘潭縣」下亦云：「晚洲，縣南一百一十里，杜少陵有〈次晚洲〉詩。」[676]依此，晚洲當在湘潭縣南一百十里。那麼，詩當亦杜甫離開岳州後，自潭之衡，途中所作。因此，此詩當繫於大曆四年春作。

〈望嶽〉（南嶽配朱鳥）

黃鶴將此詩繫於大曆四年初至潭州作[677]。仇兆鰲則將此詩繫於大曆四年春晚作[678]。今考此詩當繫於大曆四年春晚作。

詩云「南嶽配朱鳥，秩禮自百王」，「南嶽」即衡山，屬衡州。今詩題既云「望」，詩當是杜甫離開潭州，往南嶽途中，望見衡山時作。仇兆鰲

---

[672] 《杜詩趙次公先後解輯校》（上），目錄，頁34。黃鶴說：「詩云『桌經垂猿把，身在度鳥上』，當是大曆四年入潭時春漲如此。」（《補注杜詩》，卷十六，頁313）

[673] 《杜臆》，見《續修四庫全書》，第1307冊，卷之十，頁591。另亦可參《杜詩詳注》（三），卷二十二，頁1968。

[674] 《大清一統志》（八），卷三五四，頁459。

[675] 《（光緒）湖南通志》（一），卷十四，頁563。

[676] 《（乾隆）長沙府志》（一），卷五，頁108。

[677] 黃鶴說：「詩云『南嶽配朱鳥』，又云『行邁越瀟湘』，當是大曆四年初至潭望見遂賦此。」（《補注杜詩》，卷十六，頁314）

[678] 《杜詩詳注》（三），卷二十二，頁1983。

說:「當是大曆四年春晚自潭之衡州作。」[679]今依仇說,將此詩繫於大曆四年春晚作。

〈衡州送李大夫七丈勉赴廣州〉

浦起龍將此詩繫於大曆四年作[680]。今考此詩當繫於大曆四年衡州作,其創作上限當不早於是年春晚。

首先,詩題云「衡州送李大夫七丈勉赴廣州」,杜甫離開岳州,途經潭州,前往南嶽衡山在大曆四年春,有〈陪裴使君登岳陽樓〉與〈過南嶽入洞庭湖〉詩。次於潭州長沙,時在二月下旬,有〈清明二首〉詩。途中一路逆行湘水,有〈銅官渚守風〉(「逆行波浪慳」)、〈次空靈岸〉(「沄沄逆素浪」)與〈宿花石戍〉(「午辭空靈岑,夕得花石戍」)等詩。此外,〈過津口〉詩亦有「南岳自茲近,湘流東逝深」語。空靈岸與花石戍,皆在湘潭縣附近,如此,始能午辭空靈,夕得花石,其時在大曆四年春天,〈次空靈岸〉即有「青春猶無私」之句,〈宿花石戍〉亦有「春熱西日暮」之語。兩地已近衡山,時當已暮春,近於初夏。依此,推測杜甫抵衡州衡山當在大曆四年春晚,〈望嶽〉詩當是其時所作,趙次公即將〈望嶽〉詩繫於大曆四年春作[681]。

其次,詩題「李勉」,其曾授廣州刺史,《舊唐書・代宗本紀》載在大曆三年十月,《舊唐書・代宗本紀》「大曆三年」說:「(冬十月)乙未,以京兆尹李勉為廣州刺史,充嶺南節度使。」[682]《舊唐書・本傳》則云在大曆四年,《舊唐書・李勉傳》說:「大曆二年,來朝,拜京兆尹、兼御史大夫,政尚簡肅。……。四年,除廣州刺史,兼嶺南節度觀察使。」[683]兩處記載不

---

[679]《杜詩詳注》(三),卷二十二,頁1983。

[680]《讀杜心解》(上),目譜,頁58。

[681]《杜詩趙次公先後解輯校》(上),目錄,頁34。

[682]《舊唐書》(二),卷十一,頁291。

[683]《舊唐書》(十一),卷一百三十一,頁3634～3635。另亦可參《唐刺史考全編》(五),卷二五七,頁3166。

同。今據詩題，詩當是杜甫在衡州時作，杜甫抵衡州當在大曆四年春晚。那麼，李勉當是大曆四年赴廣州之任，途經衡州，而與杜甫相遇。因此，此詩當是大曆四年衡州作，創作上限當不早於是年春晚。

〈奉送韋中丞之晉赴湖南〉

黃鶴將此詩繫於大曆四年作[684]。今考此詩當繫於大曆四年作，其創作上限當斷於二月二十二日，下限當斷於季夏末，時杜甫應在衡州。

詩題所云當謂以衡州刺史韋之晉為潭州刺史，其時朝廷並徙湖南軍於潭州，事在大曆四年二月辛酉（二十二日），《舊唐書·代宗本紀》「大曆四年」說：「（二月）辛酉，以湖南都團練觀察使、衡州刺史韋之晉為潭州刺史，因是徙湖南軍於潭州。」[685]那麼，詩當作於二月二十二日以後。

是年夏韋之晉卒，杜甫〈哭韋大夫之晉〉詩有「城府深朱夏，江湖渺霽天」之句。七月己巳（四日），崔瓘授潭州刺史、湖南都團練觀察使，《舊唐書·代宗本紀》「大曆四年」說：「秋七月己巳，以澧州刺史崔瓘為潭州刺史、湖南都團練觀察使。」[686]因此，此詩當繫於大曆四年作，創作上限當不早於二月二十二日，下限當不晚於季夏末。最有可能乃杜甫在衡州時作。仇兆鰲即曾說：「此當是在衡州寄送韋者。」[687]

---

[684] 黃鶴說：「《舊史》：『大歷四年二月，以湖南都團練觀察使韋之晉為潭州刺史。』則此詩送韋為衡州刺史而作也。」（《補注杜詩》，卷三十一，頁575）此外，朱鶴齡亦云：「按《舊書》：『大歷四年二月，以湖南都團練觀察使、衡州刺史韋之晉為潭州刺史，因是徙湖南軍於潭州。』此詩是送韋之衡州而作。」（《杜工部詩集》（下），卷十九，頁1680）

[685] 《舊唐書》（二），卷十一，頁292。此外，《舊唐書·地理志》（五）亦云「湖南觀察使，治潭州」（卷三十八，頁1392）。另亦可參《杜詩釋地》，卷五，頁577。

[686] 《舊唐書》（二），卷十一，頁293。

[687] 《杜詩詳注》（三），卷二十二，頁1989。

〈湘江宴餞裴二端公赴道州〉

黃鶴將此詩繫於大曆四年夏作[688]。今考此詩當繫於大曆四年作，創作下限當斷於是年夏天。

首先，詩題「裴二端公赴道州」當指裴虯，其嘗兼侍御史，因而得稱「端公」（詳後〈江閣對雨有懷行營裴二端公〉繫年）。

其次，大曆四年二月至是夏這段時間內，裴虯已授道州刺史。《舊唐書・張建封傳》說：「大曆初，道州刺史裴虯薦（張）建封於觀察使韋之晉，辟為參謀。」[689]裴虯為道州刺史時曾薦張建封於湖南觀察使韋之晉，而韋之晉為湖南觀察使乃在大曆二年二月，並於是夏卒（詳〈奉送韋中丞之晉赴湖南〉與〈哭韋大夫之晉〉兩詩繫年）。那麼，裴虯於大曆四年二月可能即已授為道州刺史，最晚亦不晚於是年夏季。大曆五年四月裴虯仍為道州刺史，《舊唐書・代宗本紀》「大曆五年」說：「（夏四月）澧州刺史楊子琳、道州刺史裴虯、衡州刺史楊濟出軍討玠。」[690]

今詩題云「湘江宴餞裴二端公赴道州」，那麼，詩當作於裴虯赴任途中，因此，此詩當繫於大曆四年，最後當不晚於是年夏季。

〈哭韋大夫之晉〉

黃鶴將此詩繫於大曆四年夏作[691]。今考此詩當繫於大曆四年夏作。

首先，詩題「韋大夫」當指韋之晉，這是因為韋之晉在湖南加御史大夫的緣故，〈加韋之晉御史大夫制〉云：「……銀青光祿大夫檢校秘書監兼衡

---

[688] 黃鶴說：「裴虯大曆五年四月已出軍共平臧玠之亂，而公亦去潭之衡，當是四年夏作。」（《補注杜詩》，卷十六，頁314）

[689] 《舊唐書》（十二），卷一百四十，頁3829。

[690] 《舊唐書》（二），卷十一，頁296。此外，關於裴虯為道州刺史時間，詳參《唐刺史考全編》（四），卷一七〇，頁2469。

[691] 黃鶴說：「公有〈送韋中丞赴湖南〉詩，茲云『韋大夫』，則韋在湖南升大夫矣。詩云『誰斷方隅理，朝難將相權』，當是韋鎮湖南死於鎮所，大曆四年夏作，故詩又云『城府深朱夏』。」（《補注杜詩》，卷三十六，頁649）

州刺史御史中丞充湖南都團練守禦觀察處置等使上柱國扶陽縣開國男韋之晉，……，可兼御史大夫，餘如故。」[692]此外，朱鶴齡亦曾云：「之晉在湖南加御史大夫。常袞撰〈制〉，載《文苑英華》。」[693]因此，韋之晉得稱韋大夫。

其次，杜甫有〈奉送韋中丞之晉赴湖南〉詩，據《舊唐書・代宗本紀》所載，韋之晉授潭州刺史在大曆四年二月二十二日。換言之，其時韋之晉尚在人世。

其三，再據《舊唐書・代宗本紀》所云，是年七月四日崔瓘授為潭州刺史。那麼，韋之晉時已非潭州刺史，其任潭州刺史僅僅數個月。

第四，詩云「誰繼方隅理，朝難將帥權」，此言：「自今以往，湖南重地，誰為作牧之人？朝廷乏賢，孰繼推轂之任？」[694]那麼，韋之晉當卒於潭州刺史任內。今詩又云「城府深朱夏，江湖渺霽天」，既云「朱夏」，那麼，詩當作於夏日。依據上述這些理由，此詩當繫於大曆四年夏。

〈潭州送韋員外迢牧韶州〉

黃鶴將此詩繫於大曆四年秋作[695]。今考此詩當繫於大曆四年秋潭州作。詳見後〈送魏二十四司直充嶺南掌選崔郎中判官，兼寄韋韶州〉繫年。

〈送盧十四弟侍御護韋尚書靈櫬歸上都二十四韻〉

趙次公將此詩繫於大曆四年夏秋作[696]。黃鶴則將此詩繫於大曆四年冬作[697]。今考此詩當繫於大曆四年秋作。

---

[692]《文苑英華》，見《文津閣四庫全書》，第1340冊，卷四百九，頁661～662。

[693]《杜工部詩集》（下），卷二十，頁1701。

[694]《杜詩闡》（四），卷三十二，頁1594。

[695]黃鶴說：「詩云『秋天昨夜涼』，當是大曆四年秋作。『韶』屬嶺南道。」（《補注杜詩》，卷三十五，頁642）

[696]《杜詩趙次公先後解輯校》（上），目錄，頁35。

[697]黃鶴說：「詩云『清霜洞庭葉，故就別時飛』，當是大曆四年冬作，蓋公又有〈舟中懷盧十四侍御弟〉，云『朔風吹桂水』，則是其冬在潭州作。盧侍御，乃公之祖母盧氏姪孫，故呼為弟。」（《補注杜詩》，卷三十六，頁648）

　　首先，詩云「清霜洞庭葉，故就別時飛」，既云「洞庭」兩句，詩當是杜甫至岳州後作，杜甫至岳州在大曆三年冬晚。其次，「霜」乃秋候，仇兆鰲曾說：「霜凋木葉，對秋增悲也。」[698] 第三，黃鶴認為詩題「韋尚書」當指「韋之晉」，他說：「『韋尚書』，即後篇〈哭韋大夫之晉〉。」[699] 而韋之晉卒於大曆四年夏（詳〈奉送韋中丞之晉赴湖南〉與〈哭韋大夫之晉〉兩詩繫年）。依據上述這三個理由，此詩當繫於大曆四年秋作。

〈舟中夜雪有懷盧十四侍御弟〉

　　黃鶴將此詩繫於大曆四年冬作[700]。今考此詩當繫於大曆四年冬潭州作。

　　首先，此「盧十四侍御弟」當即前篇「護韋尚書靈櫬歸上都」者，大曆四年秋杜甫曾送其盧十四侍御弟之上都，有〈送盧十四弟侍御護韋尚書靈櫬歸上都二十四韻〉詩。今〈舟中夜雪有懷盧十四侍御弟〉詩乃是年送後，對冬雪懷思之作，黃鶴曾說：「此詩當是盧送韋大夫歸柩，公對雪而懷之也。」[701] 依此，詩當是大曆四年冬作。

　　其次，詩云「暗度南樓月，寒深北渚雲」，「南樓」在潭州，趙次公說：「『南樓』，……，蓋潭州實有之。」[702] 惜未引例證。柳宗元（773～819）〈長沙驛前南樓感舊〉詩即曾有「今來數行淚，獨上驛南樓。」之語[703]。此外，盧元昌《杜詩闡》亦云：「按：柳子厚集有〈長沙驛前南樓感舊〉詩，是南樓即在潭州。」[704] 另外，《湘城訪古錄》「長沙驛」下亦曾云：「唐柳宗元〈長沙驛前南樓感舊〉：……。今來數行淚，獨上驛南樓。」[705] 而「長沙驛」在

---

[698] 《杜詩詳注》（三），卷二十三，頁2014。

[699] 《補注杜詩》，卷三十六，頁648。《杜工部詩集》（下）亦云：「韋尚書，即之晉。」（卷二十，頁1714）

[700] 《補注杜詩》，卷三十六，頁650。

[701] 《補注杜詩》，卷三十六，頁650。

[702] 《杜詩趙次公先後解輯校》（下），己帙卷之六，頁1455。

[703] 《柳河東集》，見《文淵閣四庫全書》，第1076冊，卷四十二，頁394。

[704] 《杜詩闡》（四），卷三十三，頁1623。

[705] 《湘城訪古錄》，卷五，頁68。

潭州，韋迢〈潭州留別杜員外院長〉詩即有「江畔長沙驛，相逢纜客舡」兩
句[706]。另外，《方輿勝覽》「湖南路」「潭州」「亭館」下說：「長沙驛，柳宗
元有詩。」[707]此外，《清史稿・地理志》「湖南」「長沙府」「長沙縣」下亦有
「喬頭、長沙二驛」[708]。最後，《湘城訪古錄》「長沙驛」下亦云：「省志云：
在長沙縣南，唐置。」[709]依此，長沙驛當在潭州。杜甫抵潭州在大曆四年。
今詩又云「寒深」，當是冬日時作。依據上述這兩個理由，詩當是大曆四年
冬潭州時作。

〈追酬故高蜀州人日見寄并序〉

蔡興宗繫此詩於大曆五年正月作[710]。黃鶴將此詩繫於大曆五年正月
二十一日潭州作[711]。今考此詩當繫於大曆五年正月二十一日作。

〈序〉云「大曆五年正月二十一日却追酬高公此作，因寄王及敬弟」，依
此，詩當是大曆五年正月二十一日作。

〈送魏二十四司直充嶺南掌選崔郎中判官，兼寄韋韶州〉

趙次公與黃鶴皆將此詩繫於大曆五年春作[712]。今考此詩當繫於大曆五年
春作。

據杜甫〈潭州送韋員外迢牧韶州〉詩題，「韋韶州」當指韋迢，該詩並

---

[706] 《杜工部集》（二），卷十八，頁788。

[707] 《方輿勝覽》（上），卷二十三，頁416。

[708] 《清史稿》（九），卷六十八，頁2186。

[709] 《湘城訪古錄》，卷五，頁68。

[710] 蔡興宗〈年譜〉「大曆五年」下云：「春正月，有〈追和故高蜀州人日見寄〉詩。」
（《分門集註》（一），年譜，頁77）

[711] 黃鶴說：「『大曆五年正月二十一日』，臧玠未亂，公在潭州，此詩當在潭州作，故詩
云『瀟湘水國旁黿鼉』。」（《補注杜詩》，卷十五，頁302）

[712] 《杜詩趙次公先後解輯校》（上），目錄，頁36。黃鶴說：「詩云『故人湖外少，春
日嶺南長。為報韶州牧，新詩昨寄將』，韋韶州即韋迢，迢有〈早發潭州寄杜員外〉
詩，云『湘潭一葉黃』，蓋大曆四年秋矣，則此詩當是五年春作，時臧玠未為亂，公
尚在潭州。」（《補注杜詩》，卷三十六，頁656）

有「白首多年疾,秋天昨夜涼」之句,那麼,是詩當作於秋天。

今若比較兩詩詩題,〈潭州送韋員外迢牧韶州〉乃杜甫於潭州送韋迢赴任,當作在前,亦杜甫抵潭州後作;〈送魏二十四司直充嶺南掌選崔郎中判官,兼寄韋韶州〉乃別後之詩,當作於後。今〈送魏二十四司直充嶺南掌選崔郎中判官〉詩云「故人湖外少,春日嶺南長。憑報韶州牧,新詩昨寄將」,既云「春日」,那麼,詩當作於春天。〈送魏二十四司直〉詩之繫年分述如下:

一、詩非作於大曆三年(768)春。此詩若作於三年春,則杜甫與韋迢於潭州分別當在二年秋。然杜甫大曆二年秋尚未出峽,何能至潭州?依此,詩當非作於三年春。

二、詩亦非作於大曆四年(769)春。此詩若作於四年春,則杜甫與韋迢於潭州分別當在三年秋。然杜甫大曆三年秋尚在荊南、公安諸地,未抵潭州。

三、詩亦非作於大曆六年(771)春。此詩若作於六年春,則與杜甫卒於五年冬兩相矛盾。依此,詩非作於六年。

詩既非作於三、四、六年之春,因此,詩當作於五年春。〈送魏二十四司直〉既作於五年之春。那麼,〈潭州送韋員外迢牧韶州〉當作於四年之秋,依詩題,時杜甫在潭州。

〈燕子來舟中作〉

趙次公與黃鶴皆將此詩繫於大曆五年春作[713]。今考此詩當繫於大曆五年春潭州作。

詩云「湖南為客動經春,燕子銜泥兩度新」,吳見思對此曾說:「湖南為客,又經一春矣,故見燕子唧泥,不覺兩度也。」[714]依此,若以大曆四年

---

[713] 《杜詩趙次公先後解輯校》(上),目錄,頁36。黃鶴說:「詩云『湖南為客動經春,燕子唧泥兩度新』,當是大曆五年潭州作。」(《補注杜詩》,卷三十六,頁657)

[714] 《杜詩論文》(四),卷五十五,頁2058。

春杜甫抵潭州起算，那麼「兩度」當指大曆五年春。趙次公即曾云：「『兩度新』，則大曆四年、五年之春。」[715]因此，此詩當繫於大曆五年春作，時杜甫在潭州。

〈入衡州〉

黃鶴將此詩繫於大曆五年衡州作[716]。今考此詩當繫於大曆五年夏四月衡州作。

詩云「元惡迷是似，聚謀洩康莊。竟流帳下血，大降湖南殃」，「元惡」指臧玠，事指臧玠殺崔瓘據潭為亂，趙次公即曾說：「『元惡』，指言臧玠。……。（崔）瓘皇遽走，遇害。（臧）玠遂據潭州。」[717]湖南兵馬使臧玠殺其團練使崔瓘，並據潭為亂，事在大曆五年四月八日（庚子）[718]。依此，此詩當繫於大曆五年夏四月。黃鶴即曾說：「大歷五年公在潭，以臧玠之亂，遂入衡州，故作此詩，詩所以云『元惡迷是似，聚謀泄康莊。竟流帳下血，大降湖南殃』。按《舊史》：大歷五年四月湖南都團練使崔瓘為兵馬使臧玠所殺，據潭州為亂。澧州刺史楊子琳、道州刺史裴虯、衡州刺史楊濟，各出軍討之。公以四年春，自岳陽至潭如衡，畏熱復歸潭。今以兵亂再入衡州。」[719]此外，朱鶴齡亦云：「《舊唐書》：大曆四年秋七月，以澧州刺史崔瓘為潭州刺史、湖南都團練觀察使。五年夏四月庚子，瓘為其兵馬使臧玠所殺，玠據潭州為亂。湖南將王國良因之而反。時公入衡州避兵。」[720]依此，詩當繫於其時，時杜甫入於衡州。

---

[715]《杜詩趙次公先後解輯校》（下），己帙卷之七，頁1488。此外，《杜詩闡》（四）亦曾云：「我去春至潭，所見燕子銜泥，今已兩度。」（卷三十三，頁1638）

[716]《補注杜詩》，卷十六，頁316。

[717]《杜詩趙次公先後解輯校》（下），己帙卷之八，頁1513。

[718]《舊唐書·代宗本紀》（二），卷十一，頁296。《新唐書·代宗本紀》（一），卷六，頁175。《資治通鑑》（十），卷二百二十四，頁7214。

[719]《補注杜詩》，卷十六，頁316。

[720]《杜工部詩集》（下），卷二十，頁1767。

〈逃難〉

仇兆鰲將此詩繫於大曆五年避臧玠亂作[721]。今考此詩當繫於大曆五年夏衡州作。

詩云「歸路從此迷，涕盡湘江岸」，杜甫舟行湘水乃抵洞庭湖後，亦即大曆四年初春以後事。今詩題又云「逃難」，當指避臧玠之亂，仇兆鰲說：「末云『涕盡湘江岸』，當是避臧玠之亂而作。」[722]因此，此詩當繫於大曆五年夏作，時避臧玠之亂。再依〈入衡州〉詩，時杜甫當在衡州。

〈舟中苦熱遣懷，奉呈陽中丞，通簡臺省諸公〉

黃鶴將此詩繫於大曆五年避亂入衡州時作[723]。今考此詩當繫於大曆五年夏衡州作。

首先，詩云「愧為湖外客，看此戎馬亂」，此謂「悔到湖外（指洞庭湖南）來作客，遇上戎馬之亂」[724]。其次，詩又云「恥以風病辭，胡然泊湘岸」，「湘岸」乃湘水之岸，杜甫至「湖外」、「湘岸」乃大曆四年春去洞庭後事。今既云「戎馬亂」，當指大曆五年四月臧玠據潭州為亂，趙次公即曾說：「『戎馬亂』，指言臧玠之亂也。」[725]

第三，「陽中丞」即陽（楊）濟，趙次公說：「『中丞』，陽公也。……。陽公者，陽濟矣。」[726]此外，朱鶴齡亦云：「『陽中丞』，即陽濟。」[727]最後，仇兆鰲亦曾云：「『中丞』，即陽濟，時為衡州刺史。」[728]據

---

[721] 仇兆鰲說：「大曆五年，公年五十九，臧玠殺崔瓘，據州為亂。」（《杜詩詳注》（三），卷二十三，頁2073）

[722] 《杜詩詳注》（三），卷二十三，頁2073。

[723] 《補注杜詩》，卷十六，頁320。

[724] 《杜詩新補注》，卷二十三，頁756。

[725] 《杜詩趙次公先後解輯校》（下），己帙卷之八，頁1522。

[726] 《杜詩趙次公先後解輯校》（下），己帙卷之八，頁1523。

[727] 《杜工部詩集》（下），卷二十，頁1774。

[728] 《杜詩詳注》（三），卷二十三，頁2074。

史，陽濟曾兼御史中丞，《舊唐書・吐蕃傳》說：「永泰二年二月，命大理
少卿兼御史中丞楊濟修好于吐蕃。」[729]陽（楊）濟於大曆五年四月時為衡州刺
史，《舊唐書・代宗本紀》「大曆五年」說：「（四月）澧州刺史楊子琳、道
州刺史裴虬、衡州刺史楊濟出軍討（臧）玠。」[730]依據上述這些理由，此詩
當是大曆五年夏杜甫避臧玠之亂，入於衡州，苦熱遣懷，奉呈陽濟時作。
黃鶴即曾說：「詩云『媿為湖外客，看此戎馬亂。中夜混黎甿，脫身亦奔
竄』，又詩中備述陽中丞與裴道州諸公共討臧玠甚詳，當是大歷五年自潭避
亂之衡州時作。」[731]

〈江閣對雨有懷行營裴二端公〉

黃鶴將此詩繫於大曆五年初夏作[732]。今考此詩當繫於大曆五年夏作。

首先，「裴二」當指裴虬，嘗授道州刺史，所謂裴道州者。杜甫即有
〈送裴二虬尉永嘉〉詩，而〈暮秋枉裴道州手札率爾遣興寄遞呈蘇渙侍御〉
詩亦有「憶子初尉永嘉去，紅顏白面花映肉」之語。宋・劉昌詩（寧宗開禧
元年1205進士）《蘆浦筆記》「裴二端公」條即曾云：「按杜詩有〈送裴二虬
作尉永嘉〉，今〈暮秋遣興〉詩自有『憶子初尉永嘉去』之句，即可見。」[733]

其次，據〈湘江宴餞裴二端公赴道州〉詩題，「裴二端公」當指道州刺
史裴虬。裴虬嘗兼侍御史，吳曾（約1157左右在世）於《能改齋漫錄》「裴
二端公」條下說：「鮑彪《杜詩譜論》第十卷……有〈次湘江宴餞裴二端公
赴道州〉詩，又有〈暮秋枉裴道州手札〉詩，又有〈暮秋枉裴道州手札率
爾遣興〉詩，又有〈湘江宴餞裴二端公赴道州〉詩。彪皆不著裴二端公為

---

[729]《舊唐書》（十六），卷一百九十六下，頁5243。

[730]《舊唐書》（二），卷十一，頁296。此外，關於陽濟為衡州刺史時間，詳參《唐刺史
考全編》（四），卷一六七，頁2436。

[731]《補注杜詩》，卷十六，頁320。

[732]黃鶴說：「『端公』，謂裴虬，即道州刺史，同平臧玠之亂者，當是大曆五年作。」
（《補注杜詩》，卷三十五，頁643）此外，《杜詩詳注》（三）則說：「鶴注：當是大
曆五年初夏衡州作。」（卷二十三，頁2077）

[733]《蘆浦筆記》（北京：中華書局，2007年），卷三，頁21。

何人。余偶讀蔣參政之奇〈武昌怡亭序〉云:『〈怡亭銘〉,乃永泰元年李陽冰篆,李莒八分,而裴虬作銘』。又云:『因過浯溪,觀唐賢題名。有河東裴虬,字深源,大曆四年為著作郎、兼侍御史、道州刺史。』始知杜甫所謂『裴二端公』者,為虬也。余因著此,以補鮑氏之闕。」[734]

唐代侍御史號為「臺端」,他人稱為「端公」,《通典》「職官」「侍御史」下說:「侍御史之職有四,謂推、彈、公廨、雜事。定殿中、監察以下職事及進名、改轉,臺內之事悉主之,號為『臺端』,他人稱之曰『端公』。」[735]因此,裴虬得稱端公。裴虬為道州刺史時,嘗出兵共討臧玠,因而有「行營」,朱鶴齡即曾說:「裴虬與討臧玠之亂,故有『行營』。」[736]此外,仇兆鰲也說:「裴時為道州刺史,與討臧玠之亂,故有『行營』。」[737]因此,此詩當繫於大曆五年夏作。

〈題衡山縣文宣王廟新學堂呈陸宰〉

黃鶴將此詩繫於大曆五年夏衡州作[738]。今考此詩當繫於大曆五年夏衡州作。

首先,詩題之「衡山縣」在衡州,《元和郡縣圖志》、《舊》、《新唐書‧地理志》「衡州」下皆有「衡山縣」[739],那麼,詩當是杜甫至衡州衡山縣時作。其次,詩又云「何必三千徒,始壓戎馬氣。……。耳聞讀書聲,殺伐災髮髯」,「戎馬氣」、「殺伐災」當指大曆五年四月臧玠之亂,趙次公說:

734 《能改齋漫錄》,卷六,頁158。另亦可參《杜工部詩集》(下),卷二十,頁1697。

735 《通典》(一),卷二十四,頁672。另亦可參《刻杜少陵先生詩分類集註》(六),卷十九,頁2681～2682。《杜詩詳注》(三),卷二十三,頁2077。

736 《杜工部詩集》(下),卷二十,頁1776～1777。

737 《杜詩詳注》(三),卷二十三,頁2077。

738 黃鶴說:「『衡山』,唐初隸潭州;神龍三年,始屬衡州。公以大曆五年至衡山,當是其年作。」(《補注杜詩》,卷十六,頁315)

739 《元和郡縣圖志》(下),卷二十九,頁706。《舊唐書》(五),卷四十,頁1614。《新唐書》(四),卷四十一,頁1071。

「『戎馬氣』云者,指言臧玠之亂也。」[740] 此外,仇兆鰲也曾說:「『聲帶殺伐』者,時經臧玠之亂也。」[741] 依據上述這兩個理由,此詩當繫於大曆五年夏衡州作,是時杜甫逃難入於衡州。

〈聶耒陽以僕阻水,書致酒肉,療饑荒江。詩得代懷,興盡本韻,至縣呈聶令。陸路去方田驛四十里,舟行一日。時屬江漲,泊於方田〉

　　黃鶴將此詩繫於大曆五年五月作[742]。今考此詩當繫於大曆五年夏衡州方田驛作。

　　首先,詩云「麾下殺元戎,湖邊有飛旐」,「麾下」句指大曆五年四月湖南都團練使崔瓘為其兵馬使臧玠所殺事。趙次公說:「『麾下殺元戎』,即臧玠殺崔瓘也。」[743]

　　其次,趙次公、蔡夢弼、錢謙益、朱鶴齡與仇兆鰲諸本於詩末有原注「聞崔侍御漢乞師於(或作于)洪府,師已至袁州北。楊中丞琳問罪,將士自澧上達長沙(矣)」諸語[744]。依此,事當指臧玠亂事,趙次公又說:「末句,公之自注甚明。按唐史:大曆五年,歲在庚戌,夏四月八日庚子,湖南兵馬使臧玠殺其觀察使崔瓘。」[745] 依據上述這兩個理由,此詩當繫於大曆五年夏。

　　第三,詩題云「泊於方田(驛)」,方田驛在耒陽縣北,《大清一統志》

---

[740] 《杜詩趙次公先後解輯校》(下),己帙卷之八,頁1507。

[741] 《杜詩詳注》(三),卷二十三,頁2080。

[742] 黃鶴說:「聶致酒已在五年五月間,蓋臧玠以四月庚子反,公奔竄至衡,又至方田,且『半旬』沮水矣,是時肉非可久留,無容醉飽。」(《補注杜詩》,卷十六,頁322)

[743] 《杜詩趙次公先後解輯校》(下),己帙卷之八,頁1529。

[744] 《杜詩趙次公先後解輯校》(下),己帙卷之八,頁1528。《草堂詩箋》(四),卷三十九,頁1009。《錢牧齋先生箋註杜詩》(一),卷八,頁588~589。《杜工部詩集》(下),卷二十,頁1781~1782。《杜詩詳注》(三),卷二十三,頁2083。蔡夢弼與錢謙益本作「于」字。

[745] 《杜詩趙次公先後解輯校》(下),己帙卷之八,頁1530。

「衡州府」「古蹟」下說：「方田舊驛，在耒陽縣北。唐以前，梅嶺路未開，赴嶺者道必出此，故置驛以通往來，蓋在新城市地。今廢。」[746]此外，《（光緒）湖南通志‧武備志》「衡州府」「耒陽縣」「故驛考」「方田驛」條記載亦同[747]。最後，《（乾隆）衡州府志》「古蹟」「耒陽縣」下亦云：「方田驛，即杜工部阻水泊舟所。」[748]那麼，方田驛當在耒陽縣北。今再依詩題「陸路去方田驛四十里」諸字，那麼，方田驛當在耒陽縣北四十里處。

「耒陽縣」屬衡州，《通典》、《舊》、《新唐書‧地理志》「衡州」下皆有「耒陽縣」[749]。耒陽縣在衡州州治東南一百六十八里處，《元和郡縣圖志》「衡州」「耒陽」縣下說：「西北至州一百六十八里。」[750]方田驛又在耒陽之北，那麼，唐代方田驛當在衡州州治東南。簡言之，此詩當繫於大曆五年夏衡州方田驛作。

〈長沙送李十一銜〉

黃鶴將此詩繫於大曆五年秋長沙作[751]。今考此詩當繫於大曆五年秋長沙作。

詩云「與子避地西康州，洞庭相逢十二秋」，「西康州」乃同谷縣，《新唐書‧地理志》「興元府」「成州同谷郡」「同谷縣」下說：「武德元年以縣置西康州，貞觀元年州廢，來屬，咸通十三年復置。」[752]此外，《輿地廣記》

---

[746] 《大清一統志》（八），卷三六二，頁562。另亦可參《杜詩釋地》，卷五，頁600。

[747] 《（光緒）湖南通志》（三），卷八十，頁1754。

[748] 《（乾隆）衡州府志》（一）（長沙：岳麓書社，2008年），卷七，頁68。

[749] 《通典》（五），卷一百八十三，頁4877。《舊唐書》（五），卷四十，頁1614。《新唐書》（四），卷四十一，頁1071。

[750] 《元和郡縣圖志》（下），卷二十九，頁705。此外，《太平寰宇記》（五）「江南西道」「衡州」「耒陽縣」下則云：「東南一百一十六里。」（卷一百一十五，頁2331）另外，《元豐九域志》（上）「江南路」「荊湖路」下則云：「州東南一百三十五里。」（卷六，頁260）

[751] 黃鶴說：「詩云『與子避地西康州，洞庭相逢十二秋』，今計其年當是大曆五年作，未幾公即世矣。」（《補注杜詩》，卷三十五，頁645）

[752] 《新唐書》（四），卷四十，頁1036。

「陝西秦鳳路」「成州」「同谷縣」下也說:「唐武德元年以縣置西康州,正觀六年州廢,屬成州。」[753]最後,《讀史方輿紀要》「陝西」「鞏昌府」「成縣」「同谷廢縣」下亦云:「唐武德初置西康州於此。貞觀初州廢,縣改屬成州,咸通中始為州治。」[754]因此,西康州當指同谷縣。

杜甫移居於同谷在乾元二年冬十、十一月,有〈乾元中寓居同谷縣作歌七首〉詩;是年十二月一日即前往成都,有〈發同谷縣〉詩,題下並有「乾元二年十二月一日,自隴右赴成都紀行」諸字。今若以杜甫乾元二年(759)避居同谷縣起算,則「十二秋」當指大曆五年(770)。今〈長沙送李十一銜〉詩又云「李杜齊名真忝竊,朔雲寒菊倍離憂」,既云「寒菊」,當是秋作;再依詩題,詩當寫於長沙。因此,此詩當繫於大曆五年秋長沙作。對此,黃鶴於首聯句下曾說:「『西康州』,乃同谷縣。按〈志〉:武德元年以縣置西康州,貞觀元年州廢,縣屬成州,咸通十三年復置。公以乾元二年己亥冬至同谷,今詩云『洞庭相逢十二秋』,當是大曆五年秋作。蓋公是年夏自潭之衡,復欲歸襄陽,故下岳陽,復次潭也。」[755]此外,陳文華先生亦考云:「按西康州即同谷縣,杜甫是於乾元二年(七五九)十月至同谷,意當時與李銜相識;十二年後,再於長沙重逢。自乾元二年下推十二年,即大曆五年(七七○)。又此詩末句云:『朔雲寒菊倍離憂。』寫出秋景,故此詩可確認為大曆五年秋在長沙所作。」[756]

〈風疾舟中伏枕書懷三十六韻奉呈湖南親友〉

黃鶴將此詩繫於大曆四年冬作[757]。今考此詩當繫於大曆五年冬作。

---

[753] 《輿地廣記》(上),卷十五,頁434。此中,「正觀六年」,《元和郡縣圖志》(上)作「貞觀元年」(卷二十二,頁573)。另亦可參《輿地廣記》(上),卷十五,頁443。

[754] 《讀史方輿紀要》(六),卷五十九,頁2826。

[755] 《補注杜詩》,卷三十五,頁645。

[756] 《杜甫傳記唐宋資料考辨》,第三篇,頁194。

[757] 黃鶴說:「題云『呈湖南親友』,而詩云『故國悲寒望,羣雲慘歲陰』、『鬱鬱冬炎瘴,濛濛雨滯淫』,當是大曆四年冬作,故詩又云『書信中原闊,干戈北斗深』,指是年吐蕃寇靈州時而云。」(《補注杜詩》,卷三十六,頁652)

　　詩云「十暑岷山葛，三霜楚戶砧」，首先，「岷山」在劍南道茂州，譬如，《元和郡縣圖志》「劍南道」「茂州」「汶山縣」下即說：「按汶山，即岷山也。」[758] 此外，《新唐書・地理志》「劍南道」「茂州通化郡」「汶山縣」下也說：「有龍泉山、岷山。」[759] 最後，《方輿勝覽》「成都府路」「茂州」「山川」下亦云：「岷山，即汶山。」[760]「十暑」句中，「岷山」當代指蜀地。那麼，若自乾元二年（759）十二月一日杜甫自隴右赴成都、歲末抵成都起算，則「十暑」當算至大曆三年（768）。問題是：大曆三年春正月杜甫在夔州，並有〈遠懷舍弟穎、觀等〉、〈續得觀書迎就當陽居止正月中旬定出三峽〉諸詩，那麼，夔州是否屬蜀地呢？夔州曾屬蜀地，《通典》「夔州」下說：「三國時為蜀重鎮。先主自為吳將陸遜敗於夷陵，退屯白帝，改為永安。」[761] 此外，《方輿勝覽》「夔州路」「夔州」「建置沿革」下也說：「公孫述據蜀土，自稱白帝，更魚復曰白帝城。……蜀先主改為永安縣，又於此置固陵郡；蜀先主改固陵郡為巴東郡，為蜀重鎮。」[762] 最後，《讀史方輿紀要》「四川」「夔州府」下亦曾云：「後漢末置固陵郡，又改為巴東郡，三國漢因之。」[763] 據此，夔州古屬蜀地。夔州古既曾屬蜀地，那麼，「十暑」當謂乾元二年至大曆三年春在夔州時期。

　　其次，杜甫大曆三年春正月離夔出峽舟往荊州（江陵郡），後並抵岳、潭、衡諸州，上述諸州古並屬楚地，《通典》「荊州」下說：「今之荊州，春秋以來，楚國之都，謂之郢都。」[764] 此外，《通典》「岳州」下亦云：「春秋、戰國時，並屬楚。」[765] 另外，《通典》「潭州」下亦云：「自春秋以來，為黔中

[758] 《元和郡縣圖志》（下），卷三十二，頁811。
[759] 《新唐書》（四），卷四十二，頁1084。
[760] 《方輿勝覽》（中），卷五十五，頁982。
[761] 《通典》（五），卷一百七十五，頁4596。
[762] 《方輿勝覽》（下），卷五十七，頁1007。
[763] 《讀史方輿紀要》（七），卷六十九，頁3246。
[764] 《通典》（五），卷一百八十三，頁4864。
[765] 《通典》（五），卷一百八十三，頁4875。

地，楚國之南境。」[766] 最後，《通典》「衡州」下也說：「春秋以來屬楚。」[767]
荊、岳、潭、衡諸州古既屬楚地，就「三霜」句言，若自大曆三年（768）
暮春杜甫抵江陵起算，那麼，「三霜」當算至大曆五年（770）。

　　第三，今詩又云「故國悲寒望，羣雲慘歲陰。……。鬱鬱冬炎瘴，濛濛
雨淋淫」，此中，「『寒望』、『歲陰』，言冬令」[768]，又有「冬」字，詩當是冬
日作。依據上述這三個理由，此詩當繫於大曆五年冬作。仇兆鰲說：「此當
是大曆五年冬作。……。今以是詩考之，蓋卒於五年之冬矣。觀此詩『歲
陰』、『冬炎』語可見。」[769] 此外，陳文華先生亦曾詳考之，他說：「杜甫以
乾元二年（七五九）十二月一日發同谷入蜀，大曆三年（七六八）春出蜀適
江陵，前後十年，故言『十暑』；以大曆三年入楚，迄大曆五年，則為『三
霜』。又此詩有『故國悲寒望，羣雲慘歲陰。……。鬱鬱冬炎瘴，濛濛雨淋
淫』之句，則此詩為大曆五年冬作無疑。至於作地，詩云：『舟泊常依震，
湖平早見參。』湖當指洞庭湖，周易說卦：『震，東方也。』則其臥病之舟，
當在洞庭之東偏。」[770] 因此，此詩當繫於大曆五年冬作。此當為杜甫最後一
首詩。

---

[766] 《通典》（五），卷一百八十三，頁4874。

[767] 《通典》（五），卷一百八十三，頁4877。此外，《讀史方輿紀要》（七）「湖廣」「荊
　　州府」下說：「春秋時為楚郢都。」（卷七十八，頁3651）又，「岳州府」下說：「春
　　秋、戰國時屬楚。」（卷七十七，頁3626）又，「長沙府」下說：「春秋、戰國時屬
　　楚。」（卷八十，頁3745）又，「衡州府」下說：「春秋以來屬楚。」（卷八十，頁
　　3780）

[768] 《杜詩詳注》（三），卷二十三，頁2092。

[769] 《杜詩詳注》（三），卷二十三，頁2091。

[770] 《杜甫傳記唐宋資料考辨》，第三篇，頁194。

結　論

　　杜甫將其學思、交游、為官與生活流離等點滴，透過史筆方法將富含史地資訊之特色載入詩歌中，因此，杜詩呈現杜甫一生經歷的生命圖像。若以肅宗即位（756）為界，則此生命圖像以開元、天寶這個階段較為模糊難辨；至德以後即愈加清晰具體。依此，若能藉由杜詩繫年之考證，當可一窺杜甫張張生命之圖像；再依循此生命歷程之記錄，則可進一步構作較為具體可信之杜甫年譜。此年譜亦有助於杜甫生平及其詩歌之理解。惟需說明的是，筆者目前無力構作一可信又完整的杜甫年譜，此亦非行文之目的，本文旨在考論杜詩之繫年。況且，杜甫年譜之建構實須透過杜詩繫年之考證，始能讓人信服。此外，目前學界尚未出現藉由杜詩繫年的考證來建構可信杜詩年譜的相關著作。若干既有的杜詩繫年似有尚待補強證據之處，茲舉數端：

　　譬如〈房兵曹胡馬〉與〈畫鷹〉，或繫兩詩於開元二十九年作[1]，然並未言及繫年之理由。

　　又如〈今夕行〉，目前一般皆將是詩繫於天寶五載除夕作[2]，詩繫於五載除夕主要是因為題下有原注「自齊趙西歸至咸陽作」諸字，那麼，詩當是杜甫於六載正月應舉前作[3]。就現在所見資料而言，此原注乃來自錢箋，此外，他本並未有此諸字[4]。問題是：若此諸字確實為杜甫原注，那麼，錢謙益何不

---

[1]　《杜甫年譜》「開元二十九年」「作品」下有〈房兵曹胡馬〉與〈畫鷹〉詩（頁30）。

[2]　《杜甫年譜》「天寶五載」「生活」下說：「歲除，作〈今夕行〉。」（頁42）

[3]　《新譯杜甫詩選・新編杜甫年表》「天寶五載」下說：「除夕，作〈今夕行〉，題下原注：『自齊趙西歸至咸陽作。』」（頁521）

[4]　《錢牧齋先生箋註杜詩》（一），卷一，頁152。他本譬如：《杜工部集》（一），卷一，

將〈今夕行〉詩繫於五載作呢？[5]事實上，就目前所見資料言，此諸字極可能是黃鶴補注之誤入，黃鶴於詩題下補注說：「以『咸陽客舍一事無』，當是天寶五載『自齊趙西歸至咸陽時作』。」[6]況且，黃鶴於此亦未舉證說明何以依「咸陽」句即能確證是詩當是五載作。此只能說明詩當是在長安作，時未有官職。除非另有證明，否則黃鶴實無法遽將此詩繫於五載除夕作。

又如〈醉時歌〉，黃鶴懷疑此詩當作於天寶十三載春，其繫年理由主要是依據詩有「日糴太倉五升米」之句，再依《舊唐書‧玄宗本紀》記載「天寶十二載秋」令出太倉米並減糴與民事，且詩中又有「春」字，因此，黃鶴將此詩繫於十三載春作。然而，令出太倉米減糴與民事並非僅發生於十二載秋，十三載亦有（詳〈醉時歌〉繫年）。換言之，在沒有新證據、新論述出現前，此詩可繫於十三載春，亦可繫於十四載春。此意指某些杜詩實難以確證其創作時間，僅能斷其上下限。

又如〈九日寄岑參〉，仇兆鰲將此詩繫於天寶十三載秋九月作[7]。然今已知岑參早於是年三月後不久即赴北庭（詳〈同諸公登慈恩寺塔〉繫年），那麼，是詩是否繫於十三載秋恐須再斟酌，因為是時杜甫與岑參無法相見於長安。劉開揚即曾說：「杜此詩各家多繫於天寶十三載九月，其實岑參其載四月即已赴北庭，……。今謂杜此詩為本年作，亦未必是。」[8]因此，此詩無法遽繫於十三載秋長安作。

頁14～15；《杜詩趙次公先後解輯校》（上），甲帙卷之二，頁27～28；《九家集註杜詩》（一），卷一，頁45～48；《草堂詩箋》（一），卷二，頁28～29；《刻杜少陵先生詩分類集註》（五），卷十三，頁2006～2008；《讀杜詩愚得》（一），卷一，頁125～126；《杜工部詩集》（上），卷一，頁136～139；《杜詩詳註》（一），卷一，頁58。此外，《百家注》與《千家註》亦無此原注。見《百家注》（上），卷一，頁85～86；《千家註》（二），卷十一，頁762～763。

5　錢箋「年譜」「天寶五載」下詩從缺，見《錢牧齋先生箋註杜詩》（二），年譜，頁1262。

6　《補注杜詩》，卷一，頁49。

7　《杜詩詳註》（一）說：「此當是天寶十三載九月作。」（卷三，頁208）

8　《岑參詩集編年箋註》，第一部份‧編年詩，頁212。

　　此類繫年之詩頗多，尤以開元、天寶間為甚，無法一一說明於此。言雖
如此，目前杜詩學界相關的杜甫年譜仍有相當高程度的價值與貢獻，皆有助
於杜甫及其詩文之理解，前賢努力不容抹煞。某些詩歌之繫年，目前雖非可
驗證繫年，然仍屬極具價值之推薦性繫年。換言之，筆者所嘗試者乃一基礎
性工作，此亦價值所在。今僅從杜詩繫年的角度，將本文之研究成果，引諸
詩證，略及杜文，透過年譜簡表的方式，以時地為主，初步歸結臚列於下：

〈杜甫年譜簡表〉

先天元年（壬子）（712）　杜甫一歲

　　生

開元二十九年（辛巳）（741）　三十歲

　　三月中旬寒食日，杜甫築室於洛陽東北偃師縣首陽山下，並祭告遠祖
當陽成侯杜預，作〈祭遠祖當陽君文〉，文云「維開元二十九年歲次辛巳月
日，十三葉孫甫，謹以寒食之奠，敢昭告于先祖晉駙馬都尉鎮南大將軍當陽
成侯之靈。……。小子築室首陽之下」[9]。是秋，作〈臨邑舍弟書至，苦雨，
黃河泛溢，隄防之患，簿領所憂，因寄此詩，用寬其意〉詩，時杜甫當在偃
師首陽山下。

9　此外，魯訔〈年譜〉「二十九年辛巳」下即曾云：「公有醉遠祖晉鎮南將軍于洛之首
　　陽。醉文『十三葉孫甫』、『開元二十九年歲次辛巳』。」（《分門集註》（一），年譜，
　　頁83）最後，聞一多〈年譜〉「開元二十九年」下也說：「歸東都。築陸渾莊，於寒
　　食日祭遠祖當陽君。是年有〈祭當陽君文〉曰『小子築室首陽之下，不敢忘本，不敢
　　違仁，庶刻豐石，樹此大道，論次昭穆，載揚顯號。』紬詞意，當是因新居落成而昭
　　告遠祖。《寰宇記》：『首陽山，在偃師縣西北二十五里。』公〈寄河南韋尹〉詩原注
　　曰：『甫有故廬在偃師。』當即指此。」（頁57）另亦可參《杜詩評傳》（上），第三
　　章，頁55。

天寶元年（壬午）（742） 三十一歲

春，嘗探視繼祖母盧氏，有〈天寶初，南曹小司寇舅於我太夫人堂下壘土為山，一匱盈尺，以代彼朽木，承諸焚香瓷甌，甌甚安矣。旁植慈竹，蓋茲數峯，嶔岑嬋娟，宛有塵外致。乃不知興之所至，而作是詩〉，詩並有「慈竹春陰覆，香爐曉勢分」之語。

天寶三載（甲申）（744） 三十三歲

五月五日，杜甫繼祖母盧氏卒於汴州（陳留郡）。八月，葬於洛陽東北之偃師縣，有〈唐故范陽太君盧氏墓誌〉，文云：「維天寶三載五月五日，故修文館學士著作郎京兆杜府君諱某審言之繼室，范陽縣太君盧氏，卒於陳留郡之私第，春秋六十有九。嗚呼，以其載八月旬有一日發引，歸葬於河南之偃師。」時杜甫當在陳留郡與洛陽偃師附近。

天寶六載（丁亥）（747） 三十六歲

正月，杜甫在長安應舉，〈奉贈韋左丞丈二十二韻〉曾云「主上頃見徵，欻然欲求伸。青冥却垂翅，蹭蹬無縱鱗」；又，〈奉贈鮮于京兆二十韻〉亦曾云「破膽遭前政，陰謀獨秉鈞。微生霑忌刻，萬事益酸辛」。

天寶八載（己丑）（749） 三十八歲

冬，杜甫嘗歸洛陽，作〈冬日洛城北謁玄元皇帝廟〉詩，詩有「五聖聯龍袞，千官列鴈行」之句。

天寶九載（庚寅）（750） 三十九歲

冬，杜甫在長安，〈贈韋左丞丈濟〉詩有「左轄頻虛位，今年得舊

儒」、「歲寒仍顧遇，日暮且踟躕」諸句[10]。又，預獻三大禮賦，趙次公曾說：「公於天寶九載三十九歲之冬，預獻明年〈三大禮賦〉，〈表〉云：甫行四十載矣，沉埋盛時。」[11]

天寶十載（辛卯）（751）　四十歲

正月，玄宗有事於郊廟。杜甫獻賦後，玄宗奇之，命待制於集賢院，學官試文章，送隸有司參選，〈進封西岳賦表〉即曾云「頃歲，國家有事於郊廟，幸得奏賦，待罪於集賢，委學官試文章，再降恩澤，仍猥以臣名實相副，送隸有司，參列選序」。

有〈兵車行〉詩，詩有「車轔轔，馬蕭蕭，行人弓箭各在腰。耶孃妻子走相送，塵埃不見咸陽橋。牽衣頓足攔道哭，哭聲直上干雲霄」諸句。

冬，在長安，有〈病後過王倚飲贈歌〉詩，詩云「酷見凍餒不足恥，多病沉年苦無健。王生怪我顏色惡，答云伏枕艱難遍。瘧癘三秋孰可忍，寒熱百日相交戰」；又云「長安冬菹酸且綠，金城土酥淨如練」。

除夕，於從弟杜位長安宅第中守歲，〈杜位宅守歲〉詩有「四十明朝過，飛騰暮景斜」之句；此外，〈寄杜位〉詩題下亦有原注「位京中宅，近

---

[10] 據〈大唐故正議大夫行儀王傅上柱國奉明縣開國子賜紫金魚袋京兆韋府君墓誌銘并序〉一文記載，韋濟為河南尹當在天寶七載與八載；天寶九載即遷尚書左丞。〈墓誌銘并序〉說：「天寶七載，轉河南尹，兼水陸運使，事彌殷而政彌簡，保清靜而人自化。九載，遷尚書左丞，累加正議大夫，封奉明縣子。十二載，出為馮翊太守。……春秋六十七，以十三載十月十一日終於京城之興化里第。」（《唐代墓誌彙編續集》（上海：上海古籍出版社，2001年），天寶099，頁654。另亦可參張忠綱等：《新譯杜甫詩選》，頁47。韋濟天寶九載入京任尚書左丞，那麼，杜甫時當在長安，因此，此詩當繫於天寶九載冬長安作。

[11] 《杜詩趙次公先後解輯校》（上），甲帙卷之二，頁52。此前，蔡興宗〈年譜〉「（天寶）九載庚寅」下亦曾云：「時年三十九，是歲冬進〈三大禮賦〉，〈進表〉曰：『臣生陛下淳樸之俗，行四十載矣。』其〈賦〉曰：『冬十有一月，天子將納處士之議。』又曰：『明年孟陬，將攄大禮。』又曰：『壬辰，既格于道祖。』又曰：『甲午，方有事於采壇。』按《唐史》：十載春正月壬辰，上朝獻太清宮。癸巳，朝享太廟。甲午，合祀天地於南郊。」（《分門集註》（一），年譜，頁63）

西曲江，詩尾有述」諸字。

天寶十一載（壬辰）（752） 四十一歲

有〈送韋書記赴安西〉詩，詩云「書記赴三捷，公車留二年」。

秋，嘗登長安慈恩寺塔，有〈同諸公登慈恩寺塔〉詩。

天寶十三載（甲午）（754） 四十三歲

在長安，進〈封西岳賦〉，〈表〉有「臣本杜陵諸生，年過四十，經術淺陋，進無補於明時，退嘗困於衣食，蓋長安一匹夫耳」，又云「維岳，固陛下本命，以永嗣業；維岳，授陛下元弼，克生司空」。後作〈贈獻納起居田舍人澄〉詩，詩云「揚雄更有〈河東賦〉，唯待吹噓送上天」。

秋，八月，在長安，〈苦雨奉寄隴西公兼呈王徵士〉詩即云「今秋乃淫雨，仲月來寒風。螯木水光下，萬家雲氣中。所思礙行潦，九里信不通。悄悄素滻路，迢迢天漢東」[12]諸語。其後，攜家前往奉先縣，〈橋陵詩三十韻因呈縣內諸官〉詩云「轗軻辭下杜，飄颻凌濁涇。……。荒歲兒女瘦，暮途涕泗零。主人念老馬，廨宇容秋螢」[13]。

天寶十四載（乙未）（755） 四十四歲

春，在長安，〈送蔡希魯都尉還隴右因寄高三十五書記〉原題下注云「時哥舒入奏，勒蔡子先歸」；詩又云「雲幕隨開府，春城赴上都」[14]。

十月，在長安，授右衛率府兵曹，〈官定後戲贈〉詩題有原注「時免河西尉，為右衛率府兵曹」諸字；此外，〈夔府書懷四十韻〉亦曾云「昔罷河西尉，初興薊北師」。

十一月初，自長安赴奉先縣，〈自京赴奉先縣詠懷五百字〉有「歲暮百

---

12 詳參拙著《杜詩舊注考據補證》，第四章，頁80～81。

13 詳參拙著《杜詩舊注考據補證》，第四章，頁81。

14 詳參拙著《杜詩舊注考據補證》，第四章，頁178～180。

草零，疾風高岡裂。天衢陰崢嶸，客子中夜發。……。凌晨過驪山，御榻在
嵽嵲。……。君臣留歡娛，樂動殷膠葛」諸語。

天載十五載（七月改元，亦即至德元載）（丙申）（756）　四十五歲

　　五月，在白水縣，〈白水縣崔少府十九翁高齋三十韻〉詩曾云「知是相
公軍，鐵馬雲霧積」；題下又有「天寶十五載五月作」諸字。後自白水北走
至彭衙，〈彭衙行〉即曾說「憶昔避賊初，北走經險艱。夜深彭衙道，月照
白水山」。回經華原，七月中，在三川縣，〈三川觀水漲二十韻〉詩即曾云
「我經華原來，不復見平陸」；題下又云「天寶十五載七月中，避寇時作」。
再依〈羌村三首〉，杜甫此行實抵鄜州洛交縣西北之羌村。不久，聞肅宗即
位靈武，即奔赴行在，為賊所得。

　　八月，杜甫身陷長安，〈月夜〉詩有「今夜鄜州月，閨中只獨看。遙憐
小兒女，未解憶長安」諸句。

至德二載（丁酉）（757）　四十六歲

　　三月，杜甫仍在長安，〈春望〉詩有「國破山河在，城春草木
深。……。烽火連三月，家書抵萬金」[15]。

　　四月，自長安竄歸鳳翔，有〈喜達行在所三首（自京竄至鳳翔）〉詩，
此外，杜甫另有〈至德二載，甫自京金光門出，間道歸鳳翔。乾元初，從左
拾遺移華州掾，與親故別，因出此門，有悲往事〉詩題，〈述懷〉亦云「去
年潼關破，妻子隔絕久。今夏草木長，脫身得西走」，此兩詩皆可為二載夏
自京至鳳翔之輔證。

　　五月十六日，授左拾遺。〈杜甫授左拾遺誥〉有「至德二載五月十六日
行」諸字。

15　詳參拙著《杜詩舊注考據補證》，第四章，頁72～73。此外，陳文華先生也曾說：
　　「『三月』就是指季春三月，換句話說，就是指現在作詩的時候。『烽火連三月』是說
　　從祿山亂起，戰火就一直連綿不絕地直打到現在，用一個『連』字，表示了戰亂的無
　　休無止。」（《不廢江河萬古流》，頁112）

　　閏八月初一，自鳳翔東北向往鄜州羌村省家，〈北征〉即有「皇帝二載秋，閏八月初吉。杜子將北征，蒼茫問家室」諸語，〈晚行口號〉又有「三川不可到，歸路晚山稠」之句。途中行經鳳翔府麟遊縣九成宮，作〈九成宮〉詩；再經邠州，向李嗣業借馬代步，〈徒步歸行〉下即有「贈李特進，自鳳翔赴鄜州，途經邠州作」諸語，詩並云「青袍朝士最困者，白頭拾遺徒步歸」、「妻子山中哭向天，須公櫪上追風驃」；又經坊州宜君縣玉華宮，作〈玉華宮〉詩；後抵鄜州羌村，作〈羌村三首〉與〈北征〉諸詩。

　　十一月上旬，自鄜州羌村抵京，〈至日遣興，奉寄北省舊閣老、兩院故人二首〉詩即曾云「去歲茲晨捧御牀，五更三點入鵷行」、「憶昨逍遙供奉班，去年今日侍龍顏」，按：至德二載冬至日當在十一月上旬。

乾元元年（戊戌）（758）　四十七歲

　　春，杜甫在長安，有〈奉和賈至舍人早朝大明宮〉與〈宣政殿退朝晚出左掖〉諸詩。

　　端午，在長安授宮衣，〈端午日賜衣〉詩有「宮衣亦有名，端午被恩榮」之句。

　　六月，出為華州司功參軍，有〈至德二載，甫自京金光門出，間道歸鳳翔。乾元初，從左拾遺移華州掾，與親故別，因出此門，有悲往事〉詩。途經鄭縣亭子，有〈題鄭縣亭子〉詩。

　　七月初，在華州，〈早秋苦熱堆案相仍〉詩云「七月六日苦炎蒸，對食暫餐還不能」，題下有原注「時任華州司功」諸字。

　　秋，嘗至藍田縣，有〈九日藍田崔氏莊〉與〈崔氏東山草堂〉詩[16]。

　　冬晚，至洛陽，有〈冬末以事之東都，湖城東遇孟雲卿，復歸劉顥宅宿

---

[16]　兩詩當作於乾元元年，參見拙著《杜詩舊注考據補證》，第六章，頁180～182。今〈九日藍田崔氏莊〉有「老去悲秋強自寬」之句；〈崔氏東山草堂〉又有「高秋爽氣相鮮新」之語，當是秋天之作，因此，兩詩繫於乾元元年秋作。此外，〈崔氏東山草堂〉又云「何為西莊王給事」，此當謂王維於乾元元年為給事中。據〈王維年譜〉，王維復拜給事中乃乾元元年（《王右丞集箋註》（下），卷之末，〈年譜〉，頁108）。

宴飲散，因為醉歌〉詩[17]；另有〈李鄠縣丈人胡馬行〉詩，其「前年避賊過金牛」、「洛陽大道時再清」亦可為此行之證。此外，〈戲贈閺鄉秦少府短歌〉詩有「去年行宮當太白」之句，〈閺鄉姜七少府設膾戲贈長歌〉詩又有「姜侯設膾當嚴冬」與「東歸貪路自覺難」諸句，皆能證明是年冬末杜甫有東歸之行[18]。

乾元二年（己亥）（759）　四十八歲

　　春，杜甫自洛陽西返華州。三月九節度之師相州兵敗後，杜甫途經新安縣，〈新安吏〉詩有「我軍取相州，日夕望其平。豈意賊難料，歸軍星散營。就糧近故壘，練卒依舊京」諸語；又經陝州石壕鎮，〈石壕吏〉詩有「急應河陽役，猶得備晨炊」之語；後至華州華陰縣潼關，有〈潼關吏〉詩。杜甫於相州兵敗後之詩尚有：〈新婚別〉（「君行雖不遠，守邊赴河陽」）、〈垂老別〉（「勢異鄴城下，縱死時猶寬」）與〈無家別〉（「永痛長病母，五年委溝蹊」、「賤子因陣敗，歸來尋舊蹊」）。依〈無家別〉「方春獨荷鋤，日暮還灌畦」之句，上述〈三吏〉、〈三別〉六首詩極有可能同是二年春晚之作[19]。

　　立秋次日，有罷官之念，〈立秋後題〉詩即曾云「罷官亦由人，何事拘形役」；西行客秦州，《新唐書・文藝傳》說：「關輔饑，輒棄官去，客秦州。」並作〈秦州雜詩二十首〉與〈示姪佐〉諸詩。

　　十月初，前往成州同谷縣，〈發秦州〉題下有原注「乾元二年，自秦州赴同谷縣紀行十二首」諸字，並云「漢源十月交，天氣涼如秋」。

---

[17]　詳參拙著《杜詩舊注考據補證》，第四章，頁56～57。

[18]　詳參拙著《杜詩舊注考據補證》，第四章，頁57～58。此外，蔡興宗〈年譜〉中即有「乾元元年」「冬末以事之東都」之說（見《分門集註》（一），年譜，頁68）。另外，魯訔〈年譜〉「乾元元年」下亦曾云：「冬出潼關，東征洛陽道，《史》不載，有〈閺鄉姜七少府設膾〉及〈湖城遇孟雲卿歸劉顥宅飲宿〉等詩。」（《分門集註》（一），年譜，頁91）

[19]　聞一多〈年譜〉「乾元二年」下說：「春，自東都歸華州，途中作『三吏』、『三別』六首。」（頁77）

十一月初，經成州寒峽，〈寒峽〉詩云「況當仲冬交，泝沿增波瀾」；後寓居同谷縣，未踰月，有〈乾元中寓居同谷縣作歌七首〉與〈萬丈潭〉詩。

十二月一日，自成州同谷縣出發赴成都，〈發同谷縣〉詩題下有原注「乾元二年十二月一日，自隴右赴劍南紀行」（或作「乾元二年十二月一日，自隴右赴成都紀行」）諸字；是月，並抵成都，〈成都府〉詩有「曾城填華屋，季冬樹木蒼」之句。

上元元年（庚子）（760） 四十九歲

春，杜甫卜成都西郭浣花溪畔以居之，〈卜居〉詩有「浣花溪水水西頭，主人為卜林塘幽」與「無數蜻蜓齊上下，一雙鸂鶒對沉浮」之句；是春，成都草堂初成，〈堂成〉詩有「背郭堂成蔭白茅，緣江路熟俯青郊」之句。

秋，杜甫向高適求助救急，作〈因崔五侍御寄高彭州適一絕〉，詩云「百年已過半，秋至轉飢寒。為問彭州牧，何時救急難」；秋晚，杜甫即與高適相見於蜀州，〈奉簡高三十五使君〉詩有「行色秋將晚，交情老更親。天涯喜相見，披豁道吾真」之句。

上元二年（辛丑）（761） 五十歲

春，杜甫嘗至蜀州新津縣，作〈題新津北橋樓得郊字〉，詩云「望極春城上，開筵近鳥巢。白花簷外朵，青柳檻前梢」；並遊修覺寺，〈遊修覺寺〉詩有「詩應有神助，吾得及春遊」之句。

九月底，在蜀州青城縣，有〈寄杜位〉詩，詩云「近聞寬法離新州，想見懷歸尚百憂。逐客雖皆萬里去，悲君已是十年流」，又云「玉壘題書心緒亂，何時更得曲江遊」。

十一月，在成都，有〈草堂即事〉詩，詩云「荒村建子月，獨樹老夫家」。

寶應元年（壬寅）（762） 五十一歲

春，杜甫在成都，〈嚴中丞枉駕見過〉詩有「元戎小隊出郊坰，問柳尋

花到野亭」之句。

　　五月，仍在成都，有〈嚴公仲夏枉駕草堂兼攜酒饌〉詩。

　　夏，送嚴武入朝，〈奉送嚴公入朝十韻〉詩云「漏鼓還思晝，宮鶯罷囀春」；抵綿州州城，登江樓，有〈送嚴侍郎到綿州，同登杜使君江樓宴〉詩；再至州治巴西縣東三十里之奉濟驛，趙次公本〈奉濟驛重送嚴公四韻〉題下有「驛去綿三十里」諸字。

　　七月，徐知道反，杜甫避亂入於梓州，〈草堂〉詩即曾云「大將赴朝廷，羣小起異圖」，〈四松〉詩亦曾云「避賊今始歸，春草滿空堂」。此中，「羣小」與「賊」皆謂徐知道等輩。

　　九日，在梓州，登梓州城樓，有〈九日登梓州城〉與〈九日奉寄嚴大夫〉詩。重陽過後，南往射洪縣，〈奉贈射洪李四丈明甫〉詩有「南京亂初定，所向色枯槁」之句。

　　秋晚，歸成都迎家，至梓州，〈奉贈射洪李四丈明甫〉詩又有「萬里須十金，妻孥未相保」之句，是時杜甫妻兒當已至梓州。

　　十一月，仍在射洪，〈野望〉詩有「射洪春酒寒仍綠」、「仲冬風日始淒淒」之句。其後，杜甫自射洪縣出發，南往通泉縣，途經通泉驛，有〈早發射洪縣南途中作〉與〈通泉驛南去通泉縣十五里山水作〉詩。抵通泉縣，訪郭元振故宅、觀薛稷畫、遊東山野亭、登東山最高頂，作〈過郭代公故宅〉、〈觀薛稷少保書畫壁〉、〈陪王侍御宴通泉東山野亭〉與〈陪王侍御同登東山最高頂，宴姚通泉，晚攜酒泛江〉諸詩。

廣德元年（癸卯）（763）　五十二歲

　　春，杜甫在梓州，曾在梓州登樓，〈春日梓州登樓二首〉詩即有「戰場今始定，移柳更能存」之句。

　　間往綿州，二月在東津，〈泛江送客〉詩云「二月頻送客，東津江欲平」。

　　春晚，在梓州惠義寺送辛員外，〈惠義寺園送辛員外〉詩云「朱櫻此日垂朱實，郭外誰家負郭田」；再送辛員外至綿州，〈又送〉詩云「直到綿州始

分首」、「殘花悵望近人開」；又往漢州，泛房公湖，有〈陪王漢州留杜綿州泛房公西湖〉詩，〈舟前小鵝兒〉題下亦有「漢州城西北角官池作」諸字。

是春，杜甫除京兆功曹，〈奉寄別馬巴州〉題下有「時甫除京兆功曹，在東川」諸字。

夏秋，在梓州，〈陪章留後侍御宴南樓〉詩有「絕域長夏晚，茲樓清宴同」之句；〈九日〉詩又云「去年登高郪縣北，今日重在涪江濱」。

秋晚，自梓往閬。九月二十二日在閬州祭拜房琯，〈祭故相國清河房公文〉有「維唐廣德元年，歲次癸卯，九月辛丑朔，二十二日壬戌，京兆杜甫，敬以醴酒茶藕蓴鯽之奠，奉祭故相國清河房公之靈」諸語；此外，〈閬州東樓筵奉送十一舅往青城縣得昏字〉詩亦有「是時秋冬交，節往顏色昏」兩語。

十二月，以女病妻憂，自閬返梓，〈發閬中〉詩有「女病妻憂歸意急，秋花錦石誰能數。別家三月一得書，避地何時免愁苦」之語。嘗觀梓州刺史章彝冬狩事，〈冬狩行〉題下有「時梓州刺史章彝兼侍御史留後東川」諸字[20]，詩並云「草中狐兔盡何益，天子不在咸陽宮。朝廷雖無幽王禍，得不哀痛塵再蒙」[21]。杜甫自閬州出發返回梓州在廣德元年十二月，有〈發閬中〉詩。那麼，〈冬狩行〉詩當是杜甫冬晚在梓州時作。

廣德二年（甲辰）（764） 五十三歲

春，杜甫自梓往閬，〈巴西聞收京闕送班司馬入京〉詩有「聞道收宗廟，鳴鑾自陝歸」、「劍外春天遠，巴西勑使稀」諸語；此外，諸本〈傷春五首〉題下亦有「巴閬僻遠，傷春罷，始知春前已收宮闕」諸語；並至滕王亭子、玉臺觀與南池諸地，有〈滕王亭子二首〉、〈玉臺觀二首〉與〈南池〉詩。

---

[20] 《杜工部集》，卷四，頁152；《九家集註杜詩》（二），卷八，頁535；《錢牧齋先生箋註杜詩》（一），卷五，頁393；《杜詩詳注》（二），卷十二，頁1055。

[21] 〈冬狩行〉繫年詳參拙著《杜詩舊注考據補證》，第四章，頁62～63。

　　二月，聞嚴武再次鎮蜀，即自閬州攜家返成都，作〈自閬州領妻子却
赴蜀山行三首〉，詩並云「汩汩避羣盜，悠悠經十年」；另外，〈將赴成都草
堂途中有作先寄嚴鄭公五首〉詩亦曾云「得歸茅屋赴成都，直為文翁再剖
符」、「三年奔走空皮骨，信有人間行路難」與「處處清江帶白蘋，故園猶
得見殘春」諸句。杜甫預計返抵成都草堂在殘春之時，那麼，其啟程當在二
月；行前，拜別房琯之墓，作〈別房太尉墓〉詩。

　　三月，抵草堂，〈四松〉詩嘗云「避賊今始歸，春草滿空堂」。時嚴武
奏為檢校尚書工部員外郎，入為嚴武幕府，〈憶昔二首〉詩有「犬戎直來坐
御床，百官跣足隨天王。願見北地傅介子，老儒不用尚書郎」之語。

　　六月，於幕府中觀騎士，試新旗，〈揚旗〉題下有原注「二年夏六月，
成都尹鄭公置酒公堂，觀騎士，試新旗幟」諸字[22]。

　　秋冬仍在幕府，有〈奉和軍城早秋〉、〈宿府〉、〈初冬〉與〈至後〉諸
詩。

永泰元年（乙巳）（765）　五十四歲

　　春正月，杜甫辭歸嚴武幕府返浣花溪畔草堂，作〈正月三日歸溪上有作
簡院內諸公〉詩，詩中並有「白頭趨幕府，深覺負平生」之語。是春，仍在
草堂，有〈春日江村五首〉詩，詩曾云「郊扉存晚計，幕府愧羣才」與「迢
遞來三蜀，蹉跎又六年」。

　　五月，以嚴武卒，離蜀南下，作〈去蜀〉詩，並有「五載客蜀郡，一年
居梓州」之句。途經嘉、戎、渝州，並有〈宿青溪驛奉懷張員外十五兄之
緒〉、〈宴戎州楊使君東樓〉與〈渝州候嚴六侍御不到先下峽〉諸詩。

　　是秋，抵忠州，〈禹廟〉詩即有「禹廟空山裏，秋風落日斜」之句。

　　九日，在雲安縣，有〈雲安九日鄭十八攜酒陪諸公宴〉詩。

　　冬晚，仍在雲安縣，〈十二月一日三首〉有「今朝臘月春意動，雲安縣
前江可憐」之句。

---

[22] 〈揚旗〉繫年詳參拙著《杜詩舊注考據補證》，第四章，頁76～79。

大曆元年（丙午）（766） 五十五歲

春，杜甫在雲安，〈子規〉詩有「峽裏雲安縣，江樓翼瓦齊」、「眇眇春風見，蕭蕭夜色淒」諸語；三月，仍在雲安，〈杜鵑〉詩云「涪萬無杜鵑，雲安有杜鵑」，又云「今忽暮春間，值我病經年」，可為證。

春晚，自雲安縣移居夔州白帝城，〈移居夔州作〉詩即有「伏枕雲安縣，遷居白帝城」、「春知催柳別，江與放船清」之句。

秋、冬皆居於西閣，〈西閣二首〉其一詩有「巫山小搖落，碧色見松林」，其二詩又云「經過潤碧柳，蕭瑟倚朱樓」諸語；〈夜宿西閣曉呈元二十一曹長〉詩有「城暗更籌急，樓高雨雪微」之句。

大曆二年（丁未）（767） 五十六歲

春，杜甫自西閣遷居赤甲，〈赤甲〉詩云「卜居赤甲遷居新，兩見巫山楚水春」，若自元年暮春起算，則「兩見春」當指二年春。此外，〈入宅三首〉亦云「奔峭背赤甲，斷崖當白鹽。客居愧遷次，春色漸多添」。

三月，遷瀼西，〈暮春題瀼西新賃草屋五首〉詩有「久嗟三峽客，再與暮春期」，若自元年暮春起算，則「再與暮春期」當指二年暮春。

秋，遷東屯，杜甫有〈自瀼西荊扉且移居東屯茅屋四首〉詩。此外，杜甫〈東屯月夜〉詩又有「青女霜楓重，黃牛峽水喧」之句，「霜重」亦秋候。

十月（十九日），嘗觀公孫大娘弟子舞劍器，有〈觀公孫大娘弟子舞劍器行〉詩，〈序〉云「大曆二年十月十九日，夔州別駕元持宅，見臨潁李十二娘舞劍器，壯其蔚跂」。

冬晚，再登白帝樓，〈白帝樓〉詩即曾云「臘破思端綺，春歸待一金。去年梅柳意，還欲攪邊心」。

大曆三年（戊申）（768） 五十七歲

春正月中旬，杜甫出峽，舟往江陵，有〈續得觀書迎就當陽居止正月中旬定出三峽〉詩；此外，〈將別巫峽贈南卿兄瀼西果園四十畝〉詩亦有「具舟將出峽，巡圃念攜鋤。正月喧鶯末，茲辰放鷁初」諸語；又有〈大曆三年

春白帝城放船出瞿唐峽，久居夔府，將適江陵，漂泊有詩，凡四十韻〉詩可證。是月，途經夔州巫山縣，有〈巫山縣汾州唐十八使君弟宴別，兼諸公攜酒樂相送，率題小詩留於屋壁〉詩。過峽州，作〈春夜峽州田侍御長史津亭留宴〉詩。

三月，泊江陵郡松滋縣江亭，有〈泊松滋江亭〉詩；是月，舟抵江陵（荊州），作〈暮春江陵送馬大卿公恩命追赴闕下〉詩。

夏，仍在江陵，有〈江陵節度使陽城郡王新樓成，王請嚴侍御判官賦七字句，同作〉詩，詩又有「樓上炎天冰雪生，高飛燕雀賀新成」兩句。

秋，在江陵，作〈秋日荊南述懷三十韻〉與〈秋日荊南送石首薛明府辭滿告別，奉寄薛尚書，頌德敘懷，斐然之作三十韻〉詩。不久，自江陵南下移居公安，〈舟出江陵南浦，奉寄鄭少尹審〉詩有「鳴螿隨汎梗，別燕赴秋菰」之句；此外，〈移居公安敬贈衛大郎鈞〉詩亦有「水烟通徑草，秋露接園葵」之語。

暮冬，於公安憩息數月後，去公安南下，〈留別公安太易沙門〉詩即云「沙村白雪仍含凍，江縣紅梅已放春」，此外，〈曉發公安〉詩亦有原注「數月憩息此縣」諸字。冬晚，舟泊石首縣劉郎浦，〈發劉郎浦〉詩云「十日北風風未迴，客行歲晚晚相催」；歲暮，舟次洞庭湖北岳陽城下，〈泊岳陽城下〉詩云「岸風翻夕浪，舟雪灑寒燈」。

大曆四年（己酉）（769）　五十八歲

初春，杜甫仍在岳州，〈陪裴使君登岳陽樓〉詩即有「雪岸叢梅發，春泥百草生」之句；其後，自岳州往南嶽，舟入洞庭湖，作〈過南嶽入洞庭湖〉詩，並有「病渴身何去，春生力更無」之語。過洞庭湖後，宿於青草湖，有〈宿青草湖〉詩。過南嶽途中，又嘗宿於白沙驛，〈宿白沙驛〉詩云「驛邊沙舊白，湖外草新青。萬象皆春氣，孤槎自客星」。並南至湘夫人祠，作〈湘夫人祠〉與〈祠南夕望〉詩。途中入於長沙北界之喬口，作〈入喬口〉詩，題下並有原注「長沙北界」等字，詩並云「殘年傍水國，落日對春華」。逆行湘水，舟經銅官渚，作〈銅官渚守風〉詩。次新康江口，作〈北

風〉詩，題下並有原注「新康江口，信宿方行」兩語。二月下旬，抵潭州，作〈清明二首〉，詩云「朝來新火起新煙，湖色春光淨客船。……。不見定王城舊處，長懷賈傅井依然」。不久，舟發潭州，〈發潭州〉詩云「夜醉長沙酒，曉行湘水春」。是月，並宿於鑿石浦，〈宿鑿石浦〉詩云「早宿賓從勞，仲春江山麗」。其後過津口、次空靈岸、宿花石戌、次晚洲，並有詩。杜甫抵衡州（衡山）當在暮春。此行即所謂的「自岳之潭之衡」。

秋，在潭州，有〈潭州送韋員外迢牧韶州〉。

冬，在潭州，作〈舟中夜雪有懷盧十四侍御弟〉詩，並有「暗度南樓月，寒深北渚雲」之語。

大曆五年（庚戌）（770） 五十九歲

春，杜甫在潭州，〈燕子來舟中作〉詩云「湖南為客動經春，燕子銜泥兩度新」。

夏，四月臧玠亂潭州，杜甫避亂入於衡州，有〈入衡州〉詩，詩云「元惡迷是似，聚謀泄康莊。竟流帳下血，大降湖南殃」。抵衡山縣，有〈題衡山縣文宣王廟新學堂呈陸宰〉詩，詩有「何必三千徒，始壓戎馬氣。……。耳聞讀書聲，殺伐災髣髴」諸句。泊於耒陽縣北方田驛，有〈聶耒陽以僕阻水，書致酒肉，療饑荒江。詩得代懷，興盡本韻，至縣呈聶令。陸路去方田驛四十里，舟行一日。時屬江漲，泊於方田〉詩，詩曾云「麾下殺元戎，湖邊有飛旐」。

秋，在潭州，作〈長沙送李十一銜〉詩，並有「與子避地西康州，洞庭相逢十二秋」、「李杜齊名真忝竊，朔雲寒菊倍離憂」諸語。

冬，舟在洞庭湖東，有〈風疾舟中伏枕書懷三十六韻奉呈湖南親友〉詩，詩並云「舟泊常依震，湖平早見參」、「故國悲寒望，羣雲慘歲陰。……。鬱鬱冬炎瘴，濛濛雨滯淫」與「十暑岷山葛，三霜楚戶砧」諸語。此當為杜甫之絕筆詩。

引用暨參考書籍

一 杜甫相關研究專著與論文

（一）古籍（依朝代時間為序）

[唐]杜甫撰、[宋]王洙編次：《杜工部集》（影宋本），臺北：臺灣學生書局，1967。

[宋]趙次公注；（今人）林繼中輯校：《杜詩趙次公先後解輯校》，上海：上海古籍出版社，1994。

[宋]郭知達集註：《九家集註杜詩》，[清]《文瀾閣四庫全書》本，《杜詩叢刊》，臺北：臺灣大通書局，1974。

[宋]王十朋集註：《王狀元集百家註編年杜陵詩史》，景民國二年貴池劉氏玉海堂景宋刊本，《杜詩又叢》，京都：中文出版社，1977。

[宋]闕名集註：《分門集註杜工部詩》，上海涵芬樓借南海潘氏藏宋刊本，《杜詩叢刊》，臺北：臺灣大通書局，1974。

[宋]魯訔編次、蔡夢弼會箋：《草堂詩箋（千家注杜詩）》，臺北：廣文書局，1971。

[宋]魯訔編次、蔡夢弼會箋：《杜工部草堂詩箋》（附傳序碑銘），原刻景印百部叢書集成，臺北：藝文印書館，1965。

[宋]黃希原注、黃鶴補注：《補注杜詩》，《文淵閣四庫全書》本，臺北：臺灣商務印書館，1986。

[宋]徐居仁編、黃鶴補註：《集千家註分類杜工部詩》，《杜詩叢刊》，臺北：臺灣大通書局，1974。

[宋]黃鶴集注、蔡夢弼校正：《杜工部草堂詩箋補遺》，景古逸叢書景宋刊

本,《杜詩又叢》,京都:中文出版社,1977。

[宋]黃鶴注:《黃氏集千家註杜工部詩史補遺》,《續修四庫全書》本,上海:上海上海古籍出版社,2003。

[宋]劉辰翁批點、[元]高楚芳編:《集千家註批點補遺杜詩集》,明嘉靖己丑靖江王府刊本,臺北:臺灣大通書局,1974。

[元]虞伯生集註:《杜律虞註》,[明]吳登籍校刊本,《杜詩叢刊》,臺北:臺灣大通書局,1974。

[元]趙汸註:《杜律趙註》,[明]萬曆十六年新安吳氏七松居藏本,《杜詩叢刊》,臺北:臺灣大通書局,1974。

[元]張性撰:《杜律演義》,[明]嘉靖十六年汝南王齊刊本,《杜詩叢刊》,臺北:臺灣大通書局,1974。

[明]單復註:《讀杜詩愚得》,[明]宣德九年江陰朱氏刊本,《杜詩叢刊》,臺北:臺灣大通書局,1974。

[明]張綖撰:《杜工部詩通附本義》,[明]隆慶壬申張守中浙江刊本,《杜詩叢刊》,臺北:臺灣大通書局,1974。

[明]顏廷榘:《杜律意箋》,臺北市閩南同鄉會,1975。

[明]邵寶集註:《刻杜少陵先生詩分類集註》,[明]萬曆廿三年吳周子文刊本,《杜詩叢刊》,臺北:臺灣大通書局,1974。

[明]邵寶集註:《(刻)杜少陵先生詩分類集註》,《和刻本漢詩集成‧唐詩》,第三、四輯,東京:古典研究會,昭和56與57年,1982。

[明]邵傅撰、陳學樂校:《杜律集解》,日本元祿九年刊本,《杜詩叢刊》,臺北:臺灣大通書局,1974。

[明]汪瑗:《杜律五言補註》,[明]萬曆四十二年新安汪氏刊本,《杜詩叢刊》,臺北:臺灣大通書局,1974。

[明]王嗣奭撰:《杜臆》,《續修四庫全書》本,上海:上海古籍出版社,2003。

[明]王嗣奭撰:《杜臆》,臺北:臺灣中華書局,1986。

[清]錢謙益箋註、季滄葦校:《錢牧齋先生箋註杜詩》,臺北:臺灣大通書

局，1974。

[清]錢謙益箋註：《錢牧齋先生箋註杜工部集》，《續修四庫全書》本，上
　　海：上海古籍出版社，2003。

[清]錢謙益箋注：《錢注杜詩》，上海：上海古籍出版社，2009。

[清]朱鶴齡註：《杜工部詩集》，景康熙九年刊本，《杜詩又叢》，京都：中
　　文出版社，1977。

[清]朱鶴齡輯注；（今人）韓成武、孫微、周金標、韓夢澤、張嵐點校：
　　《杜工部詩集輯注》，保定：河北大學出版社，2009。

[清]金聖歎：《唱經堂杜詩解》，[清]宣統二年順德鄧氏排印本，《杜詩叢
　　刊》，臺北：臺灣大通書局，1974。

[清]金聖歎：《唱經堂杜詩解》，臺北：金藏書局，1972。

[清]黃生撰：《杜工部詩說》，京都：中文出版社，1976。

[清]黃生撰；（今人）徐定祥點校、賈文昭審訂：《杜詩說》，合肥：黃山書
　　社，1994。

[清]湯啟祚：《杜詩箋》（舊鈔本），《杜詩叢刊》，臺北：臺灣大通書局，
　　1974。

[清]仇兆鰲注：《杜詩詳注》，臺北：里仁書局，1980。

[清]仇兆鰲注：《杜詩詳注》，北京：北京圖書館出版社，1999。

[清]吳見思註、潘眉評：《杜詩論文》，康熙十一年吳郡寶翰樓刊本，《杜詩
　　叢刊》，臺北：臺灣大通書局，1974。

[朝鮮]李植批解：《纂註杜詩澤風堂批解》，康熙十八年朝鮮李氏家刊本，
　　《杜詩叢刊》，臺北：臺灣大通書局，1974。

[清]盧元昌註：《杜詩闡》，康熙二十五年書林刊本，《杜詩叢刊》，臺北：
　　臺灣大通書局，1974。

[清]張溍評註：《讀書堂杜詩集註解》，康熙三十七年刊本，《杜詩叢刊》，
　　臺北：臺灣大通書局，1974。

[清]吳瞻泰：《杜詩提要》，[清]乾隆間羅挺刊本，《杜詩叢刊》，臺北：臺
　　灣大通書局，1974。

[清]沈德潛纂：《杜詩評鈔》，大家合評，臺北：廣文書局，1976。
[清]沈德潛：《杜詩偶評》，京都：中文出版社，1977。
[清]翁方綱撰；賴貴三校釋：《臺灣師大圖書館鎮館之寶——翁方綱《翁批杜詩》稿本校釋》，臺北：里仁書局，2011。
[清]浦起龍：《讀杜心解》，北京：中華書局，2000。
[清]楊倫：《杜詩鏡銓》，臺北：華正書局，1986。
[清]梁運昌：《杜園說杜》，北京：書目文獻出版社，1994。
[清]范輦雲編註：《歲寒堂讀杜》，道光二十四年蘇州後樂堂原刊本，《杜詩叢刊》，臺北：臺灣大通書局，1974。
[清]史炳：《杜詩瑣證》，京都：中文出版社，1977。
[清]施鴻保著：《讀杜詩說》，臺北：臺灣中華書局，1970。

（二）今人專著（依出版時間為序）

彭毅：《錢牧齋箋注杜詩補》，臺北：國立臺灣大學文學院，1964。
李春坪：《少陵新譜》，臺北：古亭書屋，1969。
汪師雨盦：《杜甫》，臺北：河洛圖書出版社，1977。
胡豈凡：《杜甫生平及其詩學研究》，臺北：文史哲出版社，1978。
陳文華：《不廢江河萬古流》，臺北：偉文圖書公司，1978。
張夢機、陳文華：《杜律旨歸》，臺北：學海出版社，1979。
學海出版社編輯部編：《杜甫年譜》，臺北：學海出版社，1981。
曾莊棗：《杜甫在四川》，四川人民出版社，1983。
簡明勇：《杜甫詩研究》，臺北：學海出版社，1984。
方瑜：《杜甫夔州詩析論》，臺北：幼獅文化出版社，1985。
簡恩定：《清初杜詩學研究》，臺北：文史哲出版社，1986。
周采泉：《杜集書錄》，上海：上海古籍出版社，1986年。
鄭慶篤、張忠綱等編著：《杜集書目提要》，濟南：齊魯書社，1986年。
陳文華：《杜甫傳記唐宋資料考辨》，臺北：文史哲出版社，1987。
呂正惠：《杜甫與六朝詩人》，臺北：大安出版社，1989。

許總：《杜詩學發微》，南京：南京出版社，1989。

成善楷：《杜詩箋記》，成都：巴蜀書社，1989。

張忠綱：《杜詩縱橫探》，山東大學出版社，1990。

李辰冬：《杜甫作品繫年》，臺北：東大圖書公司，1990。

葉嘉瑩：《杜甫秋興八首集說》，臺北：桂冠圖書公司，1994。

蕭麗華：《杜甫—古今詩史第一人》，臺北：幼獅文化事業公司，1994。

楊松年：《杜甫戲為六絕句研究》，臺北：文史哲出版社，1995。

蕭滌非：《杜甫詩選注》，臺北：建宏書局，1996。

歐麗娟：《杜詩意象論》，臺北：里仁書局，1997。

許總：《杜甫律詩攬勝》，臺北：聖環圖書公司，1997。

簡錦松：《杜甫夔州詩現地研究》，臺北：臺灣學生書局，1999。

莫礪鋒、童強著：《杜甫傳：仁者在苦難中的追求》，天津：天津人民出版
　　社，2000。

郝潤華：《錢注杜詩與詩史互證方法》，合肥：黃山書社，2000。

華文軒等編：《杜甫卷》，北京：中華書局，2001。

蔣先偉：《杜甫夔州詩論稿》，成都：巴蜀書社，2002。

莫礪鋒：《杜甫評傳》，南京：南京大學出版社，2002。

信應舉：《杜詩新補注》，鄭州：中州古籍出版社，2002。

楊義：《李杜詩學》，北京：北京出版社，2002。

陳文華編：《杜甫與唐宋詩學》，臺北：里仁書局，2003。

陳貽焮：《杜詩評傳》，北京：北京大學出版社，2003。

胡可先：《杜甫詩學引論》，合肥：安徽大學出版社，2003。

張忠綱編注：《杜甫詩話六種校注》，濟南：齊魯書社，2004。

鄺健行：《杜甫新議集》，臺北：萬卷樓圖書股份有限公司，2004。

張忠綱、綦維、孫微：《山東杜詩學文獻研究》，濟南：齊魯書社，2004。

孫微：《清代杜詩學史》，濟南：齊魯書社，2004。

宋開玉：《杜詩釋地》，上海：上海古籍出版社，2004。

黃奕珍：《杜甫自秦入蜀詩歌析評》，臺北：里仁書局，2005。

陶瑞芝：《杜甫杜牧詩論叢》，上海：學林出版社，2005。

陳冠明、孫愫婷：《杜甫親眷交遊行年考》，上海：上海古籍出版社，2006。

盧國琛：《杜甫詩醇》，杭州：浙江大學出版社，2006。

陳美朱：《清初杜詩詩意闡釋研究》，臺中：漢家出版社，2007。

莫礪鋒：《杜甫詩歌講演錄》，桂林：廣西師範大學出版社，2007。

蔡錦芳：《杜詩版本及作品研究》，上海：上海大學出版社，2007。

蔡志超：《杜詩舊注考據補證》，臺北：萬卷樓圖書股份有限公司，2007。

葉嘉瑩：《葉嘉瑩說杜甫詩》，北京：中華書局，2008。

孫微、王新芳：《杜詩學研究論稿》，濟南：齊魯書社，2008。

歐麗娟：《唐代詩歌與性別研究：以杜甫為中心》，臺北：里仁書局，2008。

徐國能：《清代詩論與杜詩批評》，臺北：里仁書局，2009。

曹慕樊：《杜詩雜說全編》，北京：三聯書店，2009。

孫微：《杜詩學文獻研究論稿》，保定：河北大學出版社，2009。

張忠綱、趙睿才、綦維注釋：《新譯杜甫詩選》，臺北：三民書局，2009。

吳明賢：《杜詩論析》，成都：四川大學出版社，2009。

郝潤華等著：《杜詩學與杜詩文獻》，成都：巴蜀書社，2010。

林繼中：《杜甫研究續貂》，臺中：天空數位圖書，2010。

陳莥珊：《《錢箋杜詩》研究》，北京：學苑出版社，2011。

黃永武：《杜甫詩集四十種索引》，臺北：臺灣大通書局。

（三）學位論文（依出版時間為序）

陳文華：《杜甫詩律探微》，臺北：國立臺灣師範大學國文研究所碩士論
　　文，1977。

許應華：《杜甫夔州詩研究》，臺北：國立臺灣師範大學國文研究所碩士論
　　文，1982。

徐鳳城：《杜甫律詩研究》，臺北：國立臺灣師範大學國文研究所碩士論
　　文，1984。

蕭麗華：《論杜詩沉鬱頓挫之風格》，臺北：國立臺灣師範大學國文研究所

碩士論文，1985。

楊國蘭：《杜甫題畫詩研究》，桃園：國立中央大學中文研究所碩士論文，1990。

許銘全：《杜甫詩追憶主題研究》，臺北：國立臺灣大學中國文學研究所碩士論文，1997。

李欣錫：《杜甫巴蜀詩生活題材研究》，臺北：國立臺灣師範大學國文研究所碩士論文，1999。

徐國能：《歷代杜詩學詩法論研究》，臺北：國立臺灣師範大學國文研究所博士論文，2002。

蔡志超：《清代杜詩創作理論研究──以古文筆法的考察為限》，臺北：國立臺灣師範大學國文研究所博士論文，2004。

（四）短篇論文（依出版時間為序）

彭毅：〈杜甫詩繫年辨證〉，《文史哲學報》，第17期，1968。

耿元瑞：〈有關李杜交遊的幾個問題〉，《唐詩研究論文集》，第二集‧中冊，《李白詩研究專集》，中國語文學社，1969。

羅聯添：〈杜甫「忤下考功第」的年歲與地點〉，《書目季刊》，17卷3期，1983年12月。

楊承祖：〈杜甫李白高適梁宋同遊考年〉，《國立臺灣師範大學校友學術論文集》，水牛出版社，1985。

蕭麗華：〈杜詩「沉鬱頓挫」新解〉，《國立編譯館館刊》，第16卷1期，1987年6月。

王學泰：〈杜詩的趙次公注與宋代的杜詩研究〉，《首都師範大學學報》（社會科學版），1994年第1期。

譚文興：〈談雲安嚴明府與杜甫流寓雲安時的住地〉，《杜甫研究學刊》，1994年第2期。

王輝斌：〈杜甫母系問題辨說〉，《杜甫研究學刊》，1994年第2期。

王輝斌：〈孔巢父與李白、杜甫交游考〉，《齊魯學刊》，1994年第2期。

喬長阜：〈杜甫與高適李白游宋中考辨──兼辨杜李游魯及杜入長安時間〉，《鎮江高專學報》（綜合版），1994年12月。

廖仲安、王學泰：〈《杜詩趙次公先后解輯校》述評〉，《首都師範大學學報》（社會科學版），1995年第6期。

梅新林：〈杜詩偽王注新考〉，《杜甫研究學刊》，1995年第2期。

陶瑞芝：〈杜甫〈喜晴〉繫年舊注考辨〉，《杜甫研究學刊》，1995年第3期。

曾廣開、郭新和：〈杜甫疏救房琯辨〉，《周口師專學報》，第12卷3期1995年9月。

喬長阜：〈杜甫再游齊魯和西歸長安考辨〉，《杜甫研究學刊》，1996年第1期。

賴顯榮：〈關於杜甫來蓬溪與否的史實考證〉，《杜甫研究學刊》，1996年第3期。

喬長阜：〈杜甫二入長安時期的幾個問題──兼辨杜甫應進士試中的兩個問題〉，《杜甫研究學刊》，1996年第3期。

文正義：〈杜甫湘行踪迹及其死葬考〉，《中國韻文學刊》，1997年第2期。

牟寶仁：〈杜甫長安故居考〉，《西安教育學院學報》，1998年第3期。

李佐棠：〈杜甫在株洲作詩的時間、編次、地點考〉，《株洲教育學院學報》（綜合版），1998年第1期。

沈時蓉：〈《詞話叢編》中有關杜甫資料輯證〉，《杜甫研究學刊》，1998年第4期。

王輝斌：〈杜甫出生地考實〉，《首都師範大學學報》，1998年4期。

何林天：〈杜甫詩辨偽〉，《山西師大學報》（社會科學版）1998年4月，第25卷第2期。

莫礪鋒：〈杜詩「偽蘇注」研究〉，《文學遺產》，1999年第1期。

蔡錦芳：〈《四庫全書·九家集注杜詩》所用底本考〉，《四川師範大學學報》，第26卷第2期，1999年4月。

車寶仁：〈杜甫唐都故居考〉，《唐都學刊》，1999年7月15卷3期。

金志仁：〈杜甫〈登高〉詩指瑕與寫作時地考辨〉，《名作欣賞》，2000年1月。

蔣先偉：〈杜詩〈黃草〉繫年辨〉，《四川三峽學院學報》，2000年第1期。

黃去非：〈杜甫入湘早期行踪及詩作編年〉，《雲夢學刊》，2000年。

聶巧平：〈宋代杜詩的輯佚〉，《廣西師範學報》，2001年4月第22卷第2期。

蔣先偉：〈「吳郎」為杜甫女婿考辨〉，《杜甫研究學刊》，2001年第4期。

辛玉璞：〈杜甫杜曲故居考〉，《杜甫研究學刊》，2001年第4期。

劉曉光：〈杜甫晚年心態及詩歌創作考辨〉，《北京教育學院學報》，2001年
　　9月第15卷第3期。

蔡錦芳：〈趙子櫟未嘗注杜考〉，《四川師範大學學報》（社會科學版），2002
　　年1月29卷第1期。

王增文：〈關于李白、杜甫梁宋之游若干問題的考證〉，《商丘師範學院學
　　報》，2002年6月第18卷第3期。

陶先淮、陶劍：〈大名詩獨步，勝迹遍長沙──杜甫三寓長沙行踪及卒年考
　　略〉，《中國韵文學刊》，2002年第2期。

李良品、李金榮：〈杜甫辭幕原因考〉，《四川教育學院學報》，2002年7月
　　第18卷第7期。

夏松凉：〈杜詩雜考〉，《寧波職業技術學院學報》，2002年第4期。

陳文華：〈杜甫入蜀紀行詩之道路意象〉，《杜甫與唐宋詩學》，臺北：里仁
　　書局，2003。

張忠綱：〈杜甫在山東行迹交游考辨〉，《東岳論叢》，2003年7月第24卷第
　　4期。

何焱林：〈杜甫享年考〉，《杜甫研究學刊》，2003年4期。

李一飛：〈杜甫流寓湖南行事考辨三題〉，《杜甫研究學刊》，2004年1期。

周睿：〈杜甫舍弟行踪考略〉，《杜甫研究學刊》，2004年1期。

吳在慶：〈杜甫晚年詩數首編年考辨〉，《福州大學學報》（哲學社會科學
　　版），2004年第2期。

黃去非：〈杜詩湖湘地名考〉，《雲夢學刊》，2004年11月第25卷第6期。

莫礪鋒：〈論宋人校勘杜詩的成就及影響〉，《杜甫研究學刊》，2005年3期。

蔡志超：〈再論杜甫詩史說〉，《叩問經典》，臺北：學生書局，2005年。

蔡志超：〈杜甫以文為詩說〉，《淡江中文學報》，第13期，2005年12月。

張戎：〈杜詩巴峽新考〉，《宜春學院學報》，第28卷第1期，2006年2月。

張忠綱：〈杜甫獻《三大禮賦》時間考辨〉，《文史哲》，2006年第1期。

歐麗娟：〈論杜甫詩中倫理失序的邊緣女姓〉，《漢學研究》，2008年6月。

李順民：〈從史學「同情之理解」談杜甫〈石壕吏〉〉，《慈濟技術學院學報》，第12期，2008年12月。

蔡志超：〈論杜詩師古注之錯謬〉，《慈濟技術學院學報》，第12期，2008年12月。

蔡志超：〈杜詩王洙注研究〉，《慈濟技術學院學報》，第14期，2009年11月。

蔡志超：〈黃生的杜詩句法與詮釋〉，《慈濟技術學院學報》，第16期，2011年3月。

二　其他古籍及其相關研究專著

[清]阮元校勘：《十三經注疏附校勘記（上）（下）》，臺北：大化書局，1982。

[漢]司馬遷撰：《史記》，北京：中華書局，2005。

[漢]班固撰、[唐]顏師古注：《漢書》，北京：中華書局，2002。

[宋]范曄、[唐]李賢等注：《後漢書》，北京：中華書局，2003。

[晉]陳壽撰、[宋]裴松之注：《三國志》，北京：中華書局，2002。

[唐]魏徵等撰：《隋書》，北京：中華書局，2002。

[唐]杜佑撰：《通典》，北京：中華書局，2003。

[唐]李林甫等撰；陳仲夫點校：《唐六典》，北京：中華書局，2005。

[唐]姚汝能纂：《安祿山事蹟》，景印百部叢書集成，藝文印書館。

[後晉]劉昫等撰：《舊唐書》，北京：中華書局，2002。

[宋]歐陽修、宋祁撰：《新唐書》，北京：中華書局，2003。

[宋]薛居正等撰：《舊五代史》，北京：中華書局，2003。

［宋］司馬光撰、胡三省注；章鈺校記：《資治通鑑》，新象書店。

［宋］王溥：《唐會要》，上海：上海古籍出版社，2006。

［宋］宋敏求編：《唐大詔令集》，北京：中華書局，2008。

［元］脫脫等撰：《宋史》，北京：中華書局，2004。

［明］宋濂等撰：《元史》，北京：中華書局，1997。

［清］曹仁虎、稽璜：《欽定續通志》，《文淵閣四庫全書》本，臺北：臺灣商
務印書館，1986。

趙爾巽等撰：《清史稿》，北京：中華書局，2003。

李希泌主編、毛華軒等編：《唐大詔令集補編》，上海：上海古籍出版社，
2003。

［漢］王襃等撰；陳曉捷輯注：《關中佚志輯注》，西安：三秦出版社，2006。

［晉］常璩撰；劉琳校注：《華陽國志校注》，臺北：新文豐出版公司，1988。

［北魏］酈道元注；（今人）楊守敬、熊會貞疏：《水經注疏》，南京：江蘇古
籍出版社，1999。

［唐］李泰等著；賀次君等輯校：《括地志輯校》，北京：中華書局，2005。

［唐］韋述撰；辛德勇輯校：《兩京新記輯校》，《長安史蹟叢刊》，西安：三
秦出版社，2006。

［唐］李吉甫撰；賀次君點校：《元和郡縣圖志》，北京：中華書局，2005。

［宋］樂史撰：《太平寰宇記附補闕》，臺北：文海出版社，1993。

［宋］樂史撰；王文楚等點校：《太平寰宇記》，北京：中華書局，2007。

［宋］張禮撰；史念海、曹爾琴校注：《游城南記校注》，西安：三秦出版
社，2006。

［宋］王象之著：《輿地紀勝》，《中國古代地理總志叢刊》，影印本，北京：
中華書局，2003。

［宋］王象之著；李勇先校點：《輿地紀勝》，成都：四川大學出版社，2005。

［宋］王存撰；王文楚、魏嵩山點校：《元豐九域志》，《中國古代地理總志叢
刊》，北京：中華書局，2005。

[宋]祝穆撰、祝洙增訂；施和金點校：《方輿勝覽》，《中國古代地理總志叢
　　刊》，北京：中華書局，2003。

[宋]程大昌撰；黃永年點校：《雍錄》，《中國古代都城資料選刊》，北京：
　　中華書局，2005。

[宋]歐陽忞著；李勇先、王小紅校注：《輿地廣記》，《宋元地理志叢刊》，
　　成都：四川大學出版社，2003。

[宋]宋敏求：《長安志》，北京：中華書局，1991。

[元]劉應李原編；詹有諒改編，郭聲波整理：《大元混一方輿勝覽》，《宋元
　　地理志叢刊》，成都：四川大學出版社，2003。

[元]駱天驤撰；黃永年點校：《類編長安志》，《長安史蹟叢刊》，西安：三
　　秦出版社，2006。

[明]李賢等撰：《大明一統志》，西安：三秦出版社，1990。

[明]李賢等奉敕：《明一統志》，《文淵閣四庫全書》本，臺北：臺灣商務印
　　書館，1986。

[明]馬理等纂；董健橋等校注：《陝西通志》，西安：三秦出版社，2006。

[明]曹學佺撰：《蜀中廣記》，《文淵閣四庫全書》本，臺北：臺灣商務印書
　　館，1986。

[明]曹學佺撰：《蜀中廣記》，《文津閣四庫全書》本，北京：商務印書館，
　　2006。

[清]穆彰阿、潘錫恩等纂修：《大清一統志》，《續修四庫全書》本，上海：
　　上海古籍出版社，2008。

[清]顧炎武著；于杰點校：《歷代宅京記》，北京：中華書局，2005。

[清]顧炎武：《肇域志》，上海：上海古籍出版社，2004。

[清]徐松撰；李健超增訂：《增訂唐兩京城坊考》，西安：三秦出版社，
　　2006。

[清]畢沅撰；張沛點校：《關中勝蹟圖志》，西安：三秦出版社，2004。

[清]王謨輯：《漢唐地理書鈔》，北京：中華書局，2006。

[清]顧祖禹撰；賀次君、施和金點校：《讀史方輿紀要》，北京：中華書

局，2005。

[清]許容等監修、李迪等編纂：《甘肅通志》，《文淵閣四庫全書》本，臺
　　北：臺灣商務印書館，1986。

[清]邁柱等監修、夏力恕等編纂：《湖廣通志》，《文淵閣四庫全書》本，臺
　　北：臺灣商務印書館，1986。

[清]黃廷桂等監修、張晉生等編纂：《四川通志》，《文淵閣四庫全書》本，
　　臺北：臺灣商務印書館，1986。

[清]饒佺修、[清]曠敏本纂：《（乾隆）衡州府志》（影印本），長沙：岳麓
　　書社，2008。

[清]黃凝道、[清]謝仲塓修纂：《（乾隆）岳州府志》，長沙：岳麓書社，
　　2008。

[清]呂肅高修；張雄圖、王文清纂：《（乾隆）長沙府志》，長沙：岳麓書
　　社，2008。

[清]劉於義等監修、沈青崖等編纂：《陝西通志》，《文淵閣四庫全書》本，
　　臺北：臺灣商務印書館，1986。

[清]陶澍、萬年淳修纂；何培金點校：《洞庭湖志》，長沙：岳麓書社，
　　2003。

[清]李瀚章等編纂：《（光緒）湖南通志》，長沙：岳麓書社，2009。

[清]陳運溶編纂；陳先樞校點：《湘城訪古錄·湘城遺事記》，長沙：岳麓
　　書社，2009。

馬蓉等點校：《永樂大典方志輯佚》，北京：中華書局，2004。

何向東等校注：《新修潼川府志校注》，成都：巴蜀書社，2007。

辛德勇：《隋唐兩京叢考》，西安：三秦出版社，2006。

吳松弟編著：《兩唐書地理志彙釋》，合肥：安徽教育出版社，2007。

[隋]虞世南編纂：《北堂書鈔》，《唐代四大類書》，北京：清華大學出版
　　社，2003。

[唐]歐陽詢等編纂：《藝文類聚》，《唐代四大類書》，北京：清華大學出版

社，2003。

[唐] 徐堅等著：《初學記》，北京：中華書局，2005。

[唐] 徐堅等著：《初學記》，《唐代四大類書》，北京：清華大學出版社，
　　2003。

[唐] 白居易編纂：《白氏六帖》，《唐代四大類書》，北京：清華大學出版
　　社，2003。

[宋] 李昉等編纂：《太平御覽》，《文淵閣四庫全書》本，臺北：臺灣商務印
　　書館，1986。

[宋] 李昉等編纂：《太平御覽》，石家莊：河北教育出版社，2000。

[宋] 李昉等：《文苑英華》，《文津閣四庫全書》本，北京：商務印書館，
　　2006。

[明] 余寅：《同姓名錄》，《文淵閣四庫全書》本，臺北：臺灣商務印書館，
　　1986。

[戰國] 呂不韋輯；畢沅輯校：《呂氏春秋》，《叢書集成初編》，北京：中華
　　書局，1991。

[漢] 劉安撰；高誘注：《淮南鴻烈解》，《文淵閣四庫全書》本，臺北：臺灣
　　商務印書館，1986。

[晉] 周處：《陽羨風土記》，見《中國風土志叢刊》，揚州：廣陵書社，
　　2003。

[唐] 李白著；[清] 王琦注：《李太白全集》，北京：中華書局，1999。

[唐] 王維著；[清] 趙松谷箋註：《王右丞集箋註》，臺北：廣文書局，1977。

[唐] 王維撰；[清] 趙殿成箋注：《王右丞集箋注》，上海：上海古籍出版
　　社，2007。

[唐] 王維撰；陳鐵民校注：《王維集校注》，北京：中華書局，2005。

[唐] 高適著；劉開揚箋註：《高適詩集編年箋註》，臺北：漢京文化事業有
　　限公司，1983。

[唐] 岑參著；劉開揚箋註：《岑參詩集編年箋註》，成都：巴蜀書社，1995。

[唐]岑參著；廖立箋注：《岑嘉州詩箋注》，北京：中華書局，2004。

[唐]岑參著；陳鐵民、侯忠義校注：《岑參集校注》，臺北：漢京文化事業有限公司，2004。

[唐]岑參著；陳鐵民、侯忠義校注；陳鐵民修訂：《岑參集校注》，上海：上海古籍出版社，2004。

[唐]張籍：《張司業集》，《文淵閣四庫全書》本，臺北：臺灣商務印書館，1986。

[唐]柳宗元撰；[宋]韓醇詁訓：《柳河東集》，《文淵閣四庫全書》本，臺北：臺灣商務印書館，1986。

[唐]李商隱撰；[清]朱鶴齡箋注：《李義山詩集箋注》，臺北：廣文書局，1981。

[唐]張彥遠：《歷代名畫記》，見《唐五代畫論》，長沙：湖南美術出版社，2002。

[五代]王定保撰；姜漢椿校注：《唐摭言校注》，上海：上海社會科學院出版社，2002。

[宋]宋祁：《景文集》，《文津閣四庫全書》本，北京：商務印書館，2006。

[宋]趙抃：《清獻集》，《文淵閣四庫全書》本，臺北：臺灣商務印書館，1986。

[宋]呂大防：〈韓吏部文公集年譜〉，見《韓柳年譜》，北京：中華書局，1991。

[宋]王讜：《唐語林》，臺北：廣文書局，1968。

[宋]王得臣：《麈史》，見《全宋筆記》，鄭州：大象出版社，2003。

[宋]黃庭堅：《山谷集》，《文淵閣四庫全書》本，臺北：臺灣商務印書館，1986。

[宋]晁說之：《嵩山文集》，上海涵芬樓景印舊鈔本，見《四部叢刊續編集部》。

[宋]張邦基撰；孔凡禮點校：《墨莊漫錄》，北京：中華書局，2004。

[宋]王觀國：《學林》，《文淵閣四庫全書》本，臺北：臺灣商務印書館，

1986。

[宋]吳曾:《能改齋漫錄》,臺北:木鐸出版社,1982。

[宋]姚寬:《西溪叢語》,《文淵閣四庫全書》本,臺北:臺灣商務印書館,
　　1986。

[宋]胡仔:《漁隱叢話》,臺北:廣文書局,1967。

[宋]汪應辰:《文定集》,《文津閣四庫全書》本,北京:商務印書館,
　　2006。

[宋]晁公武:《郡齋讀書志校證》,上海:上海古籍出版社,2006。

[宋]計有功:《唐詩紀事》,《文津閣四庫全書》本,北京:商務印書館,
　　2006。

[宋]袁文:《甕牖閒評》,《文津閣四庫全書》本,北京:商務印書館,
　　2006。

[宋]莊綽:《雞肋編》,北京:中華書局,2004。

[宋]陸游撰;李劍雄、劉德權點校:《老學庵筆記》,北京:中華書局,
　　2005。

[宋]陸游:《入蜀記》,《中國西南文獻叢書》‧第一輯‧《西南稀見方志文
　　獻》,蘭州:蘭州大學出版社,2003。

[宋]陸游撰、陸子虡編:《劍南詩彙》,《文淵閣四庫全書》本,臺北:臺灣
　　商務印書館,1986。

[宋]陸游:《劍南詩稿》,《文津閣四庫全書》本,北京:商務印書館,
　　2006。

[宋]陸游:《渭南文集》,宋嘉定十三年刻本,《宋集珍本叢刊》,北京:綫
　　裝書局,2004。

[宋]范成大撰;孔凡禮點校:《范成大筆記六種》,北京:中華書局,2004。

[宋]范成大著;富壽蓀標校:《范石湖集》,上海:上海古籍出版社,2006。

[宋]劉昌詩撰;張榮錚、秦呈瑞點校:《蘆浦筆記》,北京:中華書局,
　　2007。

[宋]陳振孫:《直齋書錄解題》,《文淵閣四庫全書》本,臺北:臺灣商務印

書館，1986。

[宋]葛立方：《韻語陽秋》，《文津閣四庫全書》本，北京：商務印書館，2006。

[宋]王應麟：《困學紀聞》，《文淵閣四庫全書》本，臺北：臺灣商務印書館，1986。

[元]方回選評；李慶甲集評校點：《瀛奎律髓彙評》，上海：上海古籍出版社，2005。

[元]辛文房：《唐才子傳》，《文淵閣四庫全書》本，臺北：臺灣商務印書館，1986。

[明]胡震亨：《唐音癸籤》，《文淵閣四庫全書》本，臺北：臺灣商務印書館，1986。

[明]唐順之：《荊川先生文集》，上海商務印書館縮印明刊本，《四部叢刊初編集部》。

[清]顧炎武：《日知錄》，《文淵閣四庫全書》本，臺北：臺灣商務印書館，1986。

[清]錢謙益著、錢曾箋注；錢仲聯標校：《錢牧齋全集》，上海：上海古籍出版社，2003。

[清]錢謙益：《讀杜小箋二箋》，臺北：廣文書局，1976。

[清]黃生撰；諸偉奇主編：《黃生全集》，合肥：安徽大學出版社，2009。

[梁]蕭統編；[唐]李善注：《文選》，北京：中華書局，2005。

[明]周復俊：《全蜀藝文志》，《文淵閣四庫全書》本，臺北：臺灣商務印書館，1986。

[明]周復俊：《全蜀藝文志》，《文津閣四庫全書》本，北京：商務印書館，2006。

[清]董誥等編：《全唐文》，北京：中華書局，2001。

陳尚君輯校：《全唐文補編》，北京：中華書局，2005。

《御定全唐詩》，[清]康熙四十二年御定，《文淵閣四庫全書》本，臺北：臺

灣商務印書館，1986。

[清]陳元龍編：《歷代賦彙附索引》，南京：鳳凰出版社，2004。

周紹良主編；趙超副主編：《唐代墓誌彙編》，上海：上海古籍出版社，
　　2007。

周紹良、趙超主編：《唐代墓誌彙編續集》，上海：上海古籍出版社，2007。

[魏]吳普著；尚志鈞輯校：《吳氏本草經》，北京：中醫古籍出版社，2005。

[宋]王繼先等撰；尚志鈞校注：《紹興本草校注》，北京：中醫古籍出版
　　社，2007。

[明]李時珍：《本草綱目》，北京：人民衛生出版社，2005。

[明]太醫院劉文泰等纂修；曹暉校注：《本草品彙精要》，北京：華夏出版
　　社，2004。

[明]繆希雍著；鄭金生校注：《神農本草經疏》，北京：中醫古籍出版社，
　　2002。

[宋]嚴羽著；郭紹虞校釋：《滄浪詩話校釋》，臺北：里仁書局，1987。

[清]王夫之等撰：《清詩話》，臺北：西南書局，1979。

[清]毛先舒等撰：《清詩話續編》，臺北：藝文印書館，1985。

[清]吳景旭著：《歷代詩話》，北京：京華出版社，1998。

[清]吳景旭著：《歷代詩話》，《文淵閣四庫全書》本，臺北：臺灣商務印書
　　館，1986。

郭紹虞輯：《宋詩話輯佚》，臺北：華正書局，1981。

吳文治主編：《宋詩話全編》，南京：江蘇古籍出版社，1998。

吳文治主編：《明詩話全編》，南京：江蘇古籍出版社，1997。

吳文治主編：《遼金元詩話全編》，南京：鳳凰出版社，2006。

張寅彭主編：《民國詩話叢編》，上海：上海書店出版社，2002。

何文煥輯：《歷代詩話》，臺北：藝文印書館，1991。

何文煥輯：《歷代詩話》，北京：中華書局，2001。

丁福保輯：《歷代詩話續編》，北京：中華書局，2001。

三　其他現代研究專著（依出版時間為序）

陳垣編纂、董作賓增補：《增補二十史朔閏表》，臺北：藝文印書館，1958。

黃永武：《中國詩學》，臺北：巨流圖書公司印行，1979。

周勛初：《高適年譜》，上海：上海古籍出版社，1980。

黃錫珪：《李白年譜》，臺北：學海出版社，1980。

達人：《論說秘訣‧論說啟蒙》，臺北：廣文書局，1981。

林慶彰：《明代考據學研究》，臺北：學生書局，1986。

吳宏一：《清代詩學初探》，臺北：臺灣學生書局，1986。

李洒陽、中津濱涉合編：《十三經注疏經文索引》，臺北：大化書局，1991。

漆永祥：《乾嘉考據學研究》，北京：中國社會科學出版社，1998。

中華書局編輯部：《二十四史人名索引》，北京：中華書局，1998。

聞一多撰；朱自清等編輯：《聞一多全集》，臺北：里仁書局，2000。

陳居淵：《清代樸學與中國文學》，南昌：百花洲文藝出版社，2000。

郁賢皓：《唐刺史考全編》，合肥：安徽大學出版社，2000。

張相：《詩詞曲語辭匯釋》，北京：中華書局，2001。

傅樂成：《漢唐史論集》，臺北：聯經出版事業公司，2002。

邱師燮友：《童山詩論卷》，臺北：萬卷樓圖書股份有限公司，2003。

吳廷燮：《唐方鎮年表》，北京：中華書局，2003。

許道勛、趙克堯：《唐玄宗傳》，北京：人民出版社，2003。

趙文潤、趙吉惠主編：《兩唐書辭典》，濟南：山東教育出版社，2004。

許逸民編：《初學記索引》，北京：中華書局，2004。

顏崑陽：《李商隱詩箋釋方法論——中國古典詮釋學例說》，臺北：里仁書
　　　局，2005。

李芳民：《唐五代佛寺輯考》，北京：商務印書館，2006。

嚴耕望：《唐代交通圖考》，上海：上海古籍出版社，2007。

張忠綱主編:《杜甫大辭典》,濟南:山東教育出版社,2009。

陶敏:《唐代文學與文獻論集》,北京:中華書局,2010。

張立齋:《文心雕龍註訂》,北京:國家圖書館出版社,2010。

李裕民:《宋人生卒行年考》,北京:中華書局,2010。

瀚典資料庫,http://www.sinica.edu.tw/ftms-bin/ftmsw3。

後　記

　　本篇構思暨撰述的歲月約近四年半，此時間實不足以處理杜詩繫年中細微繁複的問題，是以文中當有諸多尚待斟酌之處，但眼前也只能暫以這個面貌呈獻了。

　　其間，後山──臺北的家──圖書館，是最常周旋往返的三個點。除假日外，夜燈伴讀是最期待與苦痛的時刻。期待是由於那是平時僅有的完整時間；苦痛乃因為無法久坐。我習慣點亮宿舍中所有的燈光，好像我並非孤獨的觀者。累了，即仰望無垠星光。那是古今交會的一點！

　　彷彿我是闖入唐代的時光旅人。藉由杜甫的詩歌，一旁噤聲地觀看他的足履行迹與人生抉擇；踏遍大江南北，重歷陷賊罷官；並隨其人事之聚散生滅，旋次之輾轉漂泊，時而心情亦波瀾跌蕩。這實在是種難忘的學習經驗！

　　值此殺青之際，感謝所有在學習路上給我指引、鼓勵與幫助的師長、同學與朋友，在此表示由衷的感謝。

2012年2月蔡志超謹記於後山花蓮

文學研究叢書·古典詩學叢刊 0804003

杜詩繫年考論

作　　者　蔡志超
主　　編　陳欣欣
編輯助理　游依玲

發 行 人　林慶彰
總 經 理　梁錦興
總 編 輯　張晏瑞
編 輯 所　萬卷樓圖書股份有限公司
　　　　　臺北市羅斯福路二段 41 號 6 樓之 3
　　　　　電話 (02)23216565
　　　　　傳真 (02)23218698

發　　行　萬卷樓圖書股份有限公司
　　　　　臺北市羅斯福路二段 41 號 6 樓之 3
　　　　　電話 (02)23216565
　　　　　傳真 (02)23218698
　　　　　電郵 SERVICE@WANJUAN.COM.TW
香港經銷　香港聯合書刊物流有限公司
　　　　　電話 (852)21502100
　　　　　傳真 (852)23560735

ISBN 978-957-739-747-8
2012 年 3 月初版一刷
定價：新臺幣 620 元

如何購買本書：

1. 劃撥購書，請透過以下郵政劃撥帳號：
　　帳號：15624015
　　戶名：萬卷樓圖書股份有限公司
2. 轉帳購書，請透過以下帳戶
　　合作金庫銀行　古亭分行
　　戶名：萬卷樓圖書股份有限公司
　　帳號：0877717092596
3. 網路購書，請透過萬卷樓網站
　　網址 WWW.WANJUAN.COM.TW

大量購書，請直接聯繫我們，將有專人為
您服務。客服：(02)23216565 分機 610

如有缺頁、破損或裝訂錯誤，請寄回更換

國家圖書館出版品預行編目資料

杜詩繫年考論 / 蔡志超著.-- 初版.-- 臺北
市 ：萬卷樓, 2012.03
　面 ；　公分
ISBN 978-957-739-747-8(平裝)

1.(唐)杜甫 2.唐詩 3.詩評

851.4415　　　　　　　　　　101001800